《聚讼诗话词话》

上海三联书店　2012

《聚讼诗话词话（增订本）》

台湾万卷楼　2018

孙绍振文集

聚讼诗话评论

海峡出版发行集团｜海峡文艺出版社

图书在版编目(CIP)数据

聚讼诗话评论/孙绍振著. —福州:海峡文艺出版社,2025.6
(孙绍振文集)
ISBN 978-7-5550-3000-3

Ⅰ.①聚… Ⅱ.①孙… Ⅲ.①诗话—诗歌研究—中国②词话(文学)—诗词研究—中国 Ⅳ.①I207.2

中国国家版本馆 CIP 数据核字(2023)第 072280 号

聚讼诗话评论

孙绍振 著

出版人	林 滨
丛书统筹	林可莘
责任编辑	陈 婧
出版发行	海峡文艺出版社
经 销	福建新华发行(集团)有限责任公司
社 址	福州市东水路 76 号 14 层
发行部	0591—87536797
印 刷	上海盛通时代印刷有限公司
厂 址	上海市金山工业区广业路 568 号
开 本	787 毫米×1092 毫米 1/16
字 数	823 千字
印 张	41.25 插页 1
版 次	2025 年 6 月第 1 版
印 次	2025 年 6 月第 1 次印刷
书 号	ISBN 978-7-5550-3000-3
定 价	208.00 元

出版说明

孙绍振先生是我国著名的文艺理论家、文学评论家、语文教育理论家、作家，是“闽派批评”的旗帜性人物。

他学贯中西、思通古今，全面梳理中国传统文艺理论中的重要命题，对当代西方文论进行了系统的分析和批判。他的文学研究贯穿着“实践真理论”的世界观和辩证方法论。他以一个“文学教练”的矫健身手，在“文学创作论”和“文学文本解读学”的坚实理论基础上，进行海量的经典文本分析，洞察小说、诗歌、散文等文类的艺术奥秘。由此，他建构了富有原创性的中国特色文学理论话语体系，在理论和实践结合方面发出中国声音。

他以先锋姿态投入“朦胧诗”大论战，业已留下重要的历史文献；以创新思维和精准表达，体现文学批评的力量与高度。

在语文教育改革中，他以犀利的思想拨乱反正，为语文教育的学科建设做出独特的贡献。其成就不仅深刻影响祖国大陆语文教育学界，还辐射至宝岛台湾，有力助推两岸学术、文化与教育交流。

作为一个作家，他钟情于诗歌、散文创作，产出丰硕的成果。其演讲体散文，卓尔成家。

为了全面展示孙绍振先生的研究成果和学术成就，我社组织出版“孙绍振文集”（20册），汇编其迄今为止的全部代表性学术著述和文学作品，涵盖文学理论建构、文艺评论、演讲、语文教育、文学创作等诸方面内容。希望这套文集能全面展示孙绍振先生的理论成就、评论成果和文学创作的整体风貌，呈现中国学派崛起的绰约风姿及其在世界学术话语体系中日渐突出的自主地位。

海峡文艺出版社

二〇二五年六月

编辑说明

本书原为陈一琴教授辑录、孙绍振教授评说之《聚讼诗话词话》(上海三联书店 2012 年版)，此次以《聚讼诗话评论》为名，收入“孙绍振文集”。

《聚讼诗话词话》由陈一琴教授辑录古典诗话词话，孙绍振教授于每题后评说。陈一琴教授辑录纷纭聚讼甚至针锋相对的历代诗话，或明或隐，统称之“聚讼诗话”；孙绍振教授评说内容或梳理提示，或比较剖析，或广为引证，或发挥己见，贯通古今中外。

《聚讼诗话评论》系关于聚讼诗话的评论合集，全书分三编：上编侧重于理论上的争辩，中编是诸多案例的歧解，下编为若干有关问题的讨论。为统一体例，每专题均以孙绍振教授评论为正文，文后引录“陈一琴辑历代诗话”，希望读者能在阅读孙评后对相关争论产生兴趣和思考，再仔细阅读纷纭聚讼甚至针锋相对的历代诗话，或许能得到比正面论述更为深刻的启迪，于各家争鸣中产生自己的见解，对批判地传承古代诗话词话丰硕成果亦有所帮助。

古往今来，关于中国诗歌审美特征众说纷纭，论争迭出，为提供学者研究时比较参酌，所选辑资料，除后者完全复述的不再重见外，一般从宽予以收录。每题入选论著大体按作者时代先后排列，以便读者约略了解争论的历史及演变。作者生平未详者，依据其在世活动时间、同时期交往人物或成书刊行时间等酌情编次。若以上皆无从查考，则一般附于题末。

本书引录著述包括诗话、词话、笔记资料及诗词批语、解释五百余种。所引论著，往往版本诸多，卷次、文字各有差异；作者之间互引，彼此更时有异文、讹误或增删；即使今人点校本，从文字到标点，也难免略有不同。本书选辑，除极少数参酌不同版本，或有明显错字和标点外，概按原著摘录，不予改动，不作校勘。读者如欲转引，请查检原著。本书后附主要引用书目，亦非专为佳椠，仅供参考。

选辑资料文中时有夹注小号文字，均为原著所有。凡有圆括号之内的文字，则为选辑者所加按语或人名字号等说明。选辑论述或点评所涉诗词作品，为省读者翻检之劳，编者视需要全篇或部分加以引注。如前文各题已引录者，后文则一般不重引。

目　录

上编

中编

下编

附录

参考文献

上编

诗文之辨——酒饭妙喻

诗与文的区别，或者说分工，这在中国文学理论史上，相当受重视，在诗话、词话、文论及笔记中长期众说纷纭。但是在西方文论史上，却没有这样受到关注。在古希腊罗马的修辞学经典中，这个问题似乎很少论及。这跟他们没有我们这样的散文观念有关。他们的散文，在古希腊罗马时期是演讲和对话，后来则是随笔，大体都是主智的，和我们今天心目中的审美抒情散文，不尽相同。在英语国家的百科全书中，有诗的条目，却没有单独的散文（prose）条目，只有和 prose 有关的文体，例如：alliterative prose（押头韵的散文）、prose poem（散文诗）、nonfictional prose（非小说类 / 非虚构写实散文）、heroic prose（史诗散文）、polyphonic prose（自由韵律散文）。在他们心目中，散文并不是一个特殊的文体，而是一种表达的手段，许多文体都可以用。在俄语里，与 prose 相对应，发音相近的是“проза”则包括除了韵文以外的一切文体，而在德语里，散文气息（prosaische）即枯燥的意思。亚里士多德的《诗学》，关注的不是诗与散文的关系，而是诗与哲学、历史的关系：历史是个别的事，而诗是普遍的、概括的，从这一点来说，诗和哲学更接近。英国浪漫主义诗人华兹华斯这样说：“诗是一切文章中最富哲学意味的。诗的目的是在真理，不是个别的和局部的真理，而是普遍的和有效的真理。”[①]他们的思路和我们不同之处，还在方法上，他们是三分法，而我们是诗与散文的二分法。

我们早期的观念“诗言志，文载道”，是把诗与散文对举的。我们的二分法，一直延续到清代，甚至当代。虽然形式上二分，但是内容上，许多论者都强调其统一。司马光把《诗大序》的“在心为志，发言为诗”稍稍改动了一下，变成“在心为志，发口为言。言之美者为文，文之美者为诗。”元好问则说：“诗与文，特言语之别称耳。有所记述之谓文，

① 华兹华斯《〈抒情歌谣集〉序言》，曹葆华译，《古典文艺理论译丛》（第一册），人民文学出版社 1961 年版，第 11 页。

吟咏情性之谓诗，其为言语则一也。”都是把诗与文对举，承认诗与文有区别，但强调诗与文主要方面是统一的。司马光说的是，二者均美，只是程度不同；元好问说的是，表现方法有异，一为记事，一为吟咏而已。宋濂则更是直说：“诗文本出于一原，诗则领在乐官，故必定之以五声，若其辞则未始有异也。如《易》《书》之协韵者，非文之诗乎？《诗》之《周颂》，多无韵者，非诗之文乎？何尝岐而二之！”这种掩盖矛盾的说法颇为牵强，挡不住诗词理论家关于二者差异的长期争论。不管怎么说，谁也不能否认二者的区别，至少是程度上的不同。明徐一夔说：“夫语言精者为文，诗之于文，又其精者也。”把二者的区别定位在“精”的程度上，立论亦甚为软弱。

诗与散文的区别不是量的，而是质的。这是明摆着的事实，可许多诗话家和词话家宁愿模棱两可。当然这也许和诗话词话的体制偏小，很难以理论形态正面展开有关，结合具体作家作品的评判要方便得多。黄庭坚说：“诗文各有体，韩以文为诗，杜以诗为文，故不工尔。”在理论上，正面把诗文作为根本的差异提出来，是需要时间和勇气的。说得最为坚决的是明代的江盈科：“诗有诗体，文有文体，两不相入。……宋人无诗，非无诗也，盖彼不以诗为诗，而以议论为诗，故为非诗。……以文为诗，非诗也。”

承认区别是容易的，但阐明区别则是艰难的。诗与文的区别一直在争论不休，甚至到21世纪，仍然是一个严峻的课题。古人在这方面不乏某些天才的直觉，然而，对起码的直觉加以表达，也是要有一点才力的。明庄元臣值得称道之处，就是把他的直觉表述得很清晰：“诗主自适，文主喻人。诗言忧愁媮侈，以舒己拂郁之怀；文言是非得失，以觉人迷惑之志。”实际上，就是说诗是抒情的（不过偏重于忧郁）；文是“言是非得失”的，也就是说理的。这种把说理和抒情区分开来的观点，至少在明代以前，应该是有相当的根据，但是把话说绝了，因而还不够深刻，不够严密。清邹祗谟则有所补正：“作诗之法，情胜于理；作文之法，理胜于情。乃诗未尝不本理以纬夫情，文未尝不因情以宣乎理，情理并至，此盖诗与文所不能外也。”应该说，“情理并至”至少在方法论上带着哲学性的突破，不管是在诗中还是文中，情与理并不是绝对分裂的，而是互相依存，如经纬之交织，诗情中往往有理，文理中也不乏情致。情理互渗，互为底蕴。只是在文中，理为主导，在诗中，情为主导。这样说，比较全面，比较深刻，在情理对立面中，只因主导性的不同，产生了不同的性质，这样的精致的哲学思辨方法，竟然出之于这个不太知名的邹祗谟，是有点令人惊异的。当然，他也还有局限，毕竟，还仅仅是推理，还缺乏文本的实感。真正有理论意义上的突破，则是吴乔。他在《围炉诗话》中这样写：

问曰：“诗文之界如何？”答曰：“意岂有二？意同而所以用之者不同，是以诗文体制有异耳。文之词达，诗之词婉。书以道政事，故宜词达；诗以道性情，故宜词婉。

意喻之米，饭与酒所同出。文喻之炊而为饭，诗喻之酿而为酒。文之措词必副乎意，犹饭之不变米形，啖之则饱也。诗之措词不必副乎意，犹酒之变尽米形，饮之则醉也。文为人事之实用，诏敕、书疏、案牍、记载、辨解，皆实用也。实用则安可措词不达，如饭之实用以养生尽年，不可矫揉而为糟也。诗为人事之虚用，永言、播乐，皆虚用也。……诗若直陈，《凯风》《小弁》大诟父母矣。”

这可以说，真正深入到文体的核心了。邹祗谟探索诗与文的区别，还拘于内涵（情与理），吴乔则把内涵与形式结合起来考虑。虽然在一开头，他认定诗文“意岂有二”，但是，他并没有把二者的内涵完全混同，接下来，他马上声明文的内涵是“道政事”，而诗歌的内涵则是“道性情”，而形式上则是一个说理，一个抒情。他的可贵在于，指出由于内涵的不同，导致了形式上巨大的差异：“文喻之炊而为饭，诗喻之酿而为酒。文之措词必副乎意，犹饭之不变米形，啖之则饱也。诗之措词不必副乎意，犹酒之变尽米形，饮之则醉也。”把诗与文的关系比喻为米（原料）、饭和酒的关系。散文由于是说理的，如米煮成饭，不改变原生的材料（米）的形状，而诗是抒情的，感情使原生材料（米）“变尽米形”成了酒。在答万季野问时，他说得更彻底，不但是形态变了，而且性质也变了（“酒形质尽变”）。这个说法，对千年的诗文之辨是一大突破。

生活感受，在感情的冲击下发生种种变幻，是相当普遍的规律。情人眼里出西施，看自己，一朵花，看别人，豆腐渣。抒情的诗歌形象正是从这变异的规律出发，进入了想象的假定的境界。“一日不见，如三秋兮”“谁谓荼苦，其甘如荠”“露从今夜白，月是故乡明”“回眸一笑百媚生，六宫粉黛无颜色”，就是以感知强化结果提示着情感的强烈的原因。创作实践走在理论前面，理论落伍的规律使得我国古典诗论往往拘泥于《诗大序》的“在心为志，发言为诗。情动于中而形于言”的陈说，好像情感直接等于语言，有感情的语言就一定是诗，情感和语言、语言和诗之间没有任何矛盾似的。其实，从情感到语言之间横着一条相当复杂的迷途。语言符号，并不直接指称事物，而是唤醒有关事物的感知经验。而情感的冲击感知发生变异，语言符号的有限性以及诗歌传统的遮蔽性，都可能使得情志为现成的权威的流行语言所遮蔽。心中所有往往笔下所无。言不称意，笔不称言，手中之竹背叛胸中之竹，是普遍规律，正是因为这样，诗歌创作才需要才华。司空图似乎意识到了“遗形得似”的现象，只是天才猜测，限于简单论断未有必要的阐释。

吴乔明确地把诗歌形象的变异作为一种普遍规律提上理论前沿，不仅是鉴赏论的前沿，而且是创作论的前沿，在中国诗歌史上可谓空前。它突破了中国古典文论中形与神对立统一的思路，提出了形与形、形与质对立统一的范畴，这就把诗歌形象的假定性触动了。很可惜这个观点在他的《围炉诗话》中并没有得到更系统的论证。但是，这个观点在当时就受到了重视，清《四库全书总目提要》十分重视，纪昀在《评苏文忠公诗集》、延君寿在《老生常谈》中都曾加以发挥。当然，这些发挥今天看来还嫌不足，主要是因为大都抓住了变形变质之说，却忽略了在变形变质的基础上，还须提出诗文价值上的分化。吴乔则强调读文如吃饭，可以果腹，因为“文为人事之实用”，也就是“实用”价值；而读诗如饮酒，则可醉人，而不能解决饥寒之困，旨在享受精神的解放，因为“诗为人事之虚用”。吴乔的理论意义不仅在于变形变质，而且在于提出在功利价值上的“实用”和“虚用”。这在中国文艺理论史上，应该是超前的，他意识到诗的审美价值是不实用的，还为之命名曰“虚用”，这和康德在《判断力批判》中所言审美的“非实用”异曲同工。当然，吴乔没有康德那样的思辨能力，也没有西方建构宏大体系的演绎能力，他的见解只是吉光片羽，这不仅仅吴乔的局限，而且是诗话词话体裁的局限，也是我国传统民族文化的局限。但是，这并不妨碍他的理论具有超前的性质。

吴乔之所以能揭示出诗与文之间的重大矛盾来，一方面是因为他的才华，另一方面也不能不看到他的心目中的散文，主要是他所说的“诏敕、书疏、案牍、记载、辨解”等，其实用性质是很明显的。按姚鼐《古文辞类纂》分类，它是相对于词赋类的，形式很丰富：论辩类、序跋类、奏议类、书说类、赠序类、诏令类、传状类、碑志类、杂记类、箴铭类，基本上是实用类的文体。在这样的背景上观察诗词，进行逻辑划分，有显而易见的方便，审美与实用的差异可以说是一目了然。这一点和西方有些相似，西方也没有我们今天这种抒情审美散文的独立文体，他们的散文大体是以议论为主展示智慧的随笔（essay）。从这个意义来说，吴乔的发现仍属难能可贵。

以理性思维见长的西方，直到差不多一个世纪以后，才有雪莱的总结：“诗使它所触及的一切都变形。”①在这方面英国浪漫主义诗歌理论家赫斯列特说得相当勇敢。他在《泛论诗歌》中说：“想象是这样一种机能，它不按事物的本相表现事物，而是按照其他的思想情绪把事物揉成无穷的不同的形态和力量的综合来表现它们。这种语言不因为与事实有出入而不忠于自然；如果它能传达出事物在激情的影响下，在心灵中产生的印象，它便是更为忠实和自然的语言了。比如在激动或恐怖的心境中，感官觉察了事物——想象就会歪曲或夸大这些事物，使之成为最能助长恐怖的形状，‘我们的眼睛’被其他的官能‘所愚弄’，这是想象的普遍规律。”②其实这个观念并非赫氏的原创，而是来自莎士比亚《仲夏夜之梦》第五幕第一场希波吕特的台词：“忒修斯，这些恋人们所说的事真是稀奇。……情人们和疯子们都有发热的头脑和有声有色的幻想，疯子、情人和诗人，都是幻想的产儿：疯子眼中所

① 雪莱《为诗辩护》，《十九世纪英国诗人论诗》，人民文学出版社1984年版，第155页。
② 《古典文艺理论译丛》（第一册），人民文学出版社1961年版，第60—61页。

见的鬼，比地狱里的还多；情人，同样是那么疯狂，能从埃及人的黑脸上看见海伦；诗人的眼睛在神奇狂放的一转中，便能从天上看到地下，从地下看到天上。想象会把虚无的东西用一种形式呈现出来，诗人的妙笔再使它们具有如实的形象，虚无缥缈也会有了住处和名字。强烈的想象往往具有这种本领，只要一领略到一些快乐，就会相信那种快乐的背后有一个赐予的人；夜间一转到恐惧的念头，一株灌木一下子便会变成一头狗熊。”到了西欧浪漫主义诗歌衰亡之后，马拉美提出了“诗是舞蹈，散文是散步”的说法，与吴乔的诗酒文饭之说，有异曲同工之妙。

可惜的是，吴乔的这个天才的直觉，在后来的诗词的赏析中没有得到充分的运用。如果把他的理论贯彻到底，认真地以作品来检验的话，对权威的经典诗论可能有所颠覆。诗人就算如《诗大序》所说的那样心里有了志，口中就是有了相应的言，然而口中之言是不足的，因而还不是诗。如果不加以变形变质，肯定不是诗。即使长言之，也还不是转化的充分条件，至于手之舞之，足之蹈之，对于作诗来说，不管如何手舞足蹈，也是白费劲。从语言到诗歌，不那么简单，在这一点上，刘勰的论述就全面系统得多。《文心雕龙·附会》说：“才量学文，宜正体制，必以情志为神明，事义为骨髓，辞采为肌肤，宫商为声气。”至少要情志、事义、辞采、宫商四者协同才可能成为艺术。不像西方当代文论所说的那样，仅仅是一种语言的“书写”。“书写”的说法，还不如20世纪早期俄国形式主义者说的“陌生化”到位。“陌生化”由斯克洛夫斯基1917年在“Art as Device”（有时翻译成“Art as Technique”）提出，认为文学的感染力，并不来自历史的、社会的和政治的内容，而是来自作品的形式。他们取消了文学和生活的联系，不承认感知有任何真假的区分。他们的兴奋点在语言上。由于在日常生活中，运用日常语言，人们对事物和语言都熟悉了，自动化，实际上是没有感知了，陌生化就成为使艺术成为艺术的核心“策略”，以陌生化的语言提高感知的难度和持续性，迫使读者对普通的事物产生新异感。他们后期的代表托多洛夫虽然也接触到文学作品的审美价值属性，但是他认为“审美评价不是诗学的主要任务”①，这就使得他们与情感和感知之间的变形、变质互动机制擦肩而过。他们热衷于语义的变异（与日常、学理语言、散文语言拉开语义的距离），但是，他们虽然号称形式主义者，却似乎对诗歌形式与其他文学形式的区别并不在意。事实上，语义的变异不但受到语境的制约，而且受到诗歌形式规范的制约，它的陌生化只能从诗歌的形式规范的预期中获得突破的自由，因而它不但是诗歌风格的创造，而且是人格从实用向审美高度的升华。正是在这升华的过程中突破，主要的是，突破原生状态的实用性的人，让人格和诗格同步向审美境界升华。

---

① 托多罗夫《诗学》，赵毅敏编选《符号学文学论文集》，百花文艺出版社2004年版，第186页。

以吴乔的散文实用、诗歌审美的观念来分析李白的诗和散文，就可获得雄辩的论据。在实用性散文中，李白陷于生存的需求，并不像诗歌中以藐视权贵为荣，相反，他在著名的《与韩荆州书》中以“遍干诸侯”“历抵卿相”自夸，对于他所巴结的权势者，不惜阿谀逢迎之词。对这个韩荆州，他是这样奉承的：“君侯制作侔神明，德行动天地，笔参造化，学究天人。”[①]这类肉麻的词语在其他实用性章表，如《上安州裴长史书》《上安州李长史书》中，比比皆是。可以说在散文中和诗歌中，有两个李白。在散文中的李白，是个大俗人，在诗歌中的李白，则不食人间烟火。这是一个人的两面，或者说得准确一点，是一个人的两个层次。由于章表、书等散文是实用性的，是李白求得飞黄腾达的手段，具有形而下的性质，故李白世俗实用心态袒露无遗。我们不能像一些学究那样，把李白绝对地崇高化，完全无视李白庸俗的这一层，当然也不能像一些偏激的老师那样，轻浮地贬斥李白，把他的人格说得很卑微甚至卑污。

两个李白，都是真实的，只是一个是世俗的、表层的角色面具，和当时庸俗文士一样，不能不摧眉折腰，甚至奴颜婢膝地歌颂杨贵妃。李白之所以是李白，就在于他不满足于这样庸俗，他的诗歌就表现了他有一种潜在的、深层的，藐视摧眉折腰、奴颜婢膝的冲动，上天入地，追求超凡脱俗的自由人格。不可忽略的是文体功能的分化。诗歌生动地表现了李白在卑污潮流中忍受不了委屈，苦苦挣扎，追求形而上的解脱。诗的想象，为李白提供了超越现实的契机，李白清高的一面，天真的一面，“天子呼来不上船，自称臣是酒中仙”“一醉累月轻王侯”的风流潇洒的一面就这样得到诗化的表现。当他干谒顺利，得到权贵的赏识，甚至得到中央王朝最高统治者的接纳，他就驯服地承旨奉诏，写出《清平调》那样把皇帝宠妃奉承为天上仙女的诗。如果李白就这样长此得到皇帝的宠爱，中国古典诗歌史上这颗最明亮的星星很可能就要陨落了。幸而，他的个性注定了他会在政治上碰壁，他那反抗权势的激情，他的清高，他的傲岸，他的放浪形骸、落拓不羁的自豪，和现存秩序的冲突就尖锐起来了。游仙，山水赏玩，激发了他形而上的想象，《梦游天姥吟留别》《宣州谢朓楼饯别校书叔云》正是他政治上遭受挫折后的作品，他的人格就在诗的创造中得到净化，得到纯化。诗中的李白和现实中的李白的不同，不是李白人格分裂，而是人格在诗化创造中升华。

当然，诗与散文的区别不仅仅在这个比较明显的层次上，在更深刻的审美层次上，也有重大的区别。从某种意义上来说，诗比之散文更具形而上的超越性，而散文则不免带着某种形而下的现实感。柳宗元的《钴鉧潭西小丘记》极写购得一方便宜土地之乐，甚至想到如果将此等土地置之京都将如何如何。在《小石潭记》也极写小潭之美，却因其“寂寥

---

① 李白《李太白全集》（下册），中华书局1957年版，第1240页。

无人，凄神寒骨，悄怆幽邃。以其境过清，不可久居”弃之而去。这里的美，是远离尘世的、超凡脱俗的，但是“其境过清”，欣赏则可（审美），并不适合自己“久居”（实用）。当然，它还是散文审美的经典。这反映了柳宗元性格的一个侧面，比较执着于现实，不像他在诗歌里表现出来的另外一面，那里充满了不食人间烟火的境界。如《江雪》：

千山鸟飞绝，万径人踪灭。

孤舟蓑笠翁，独钓寒江雪。

头两句，强调的是生命的“绝”和“灭”，与这相对比的是，一个孤独的渔翁，在寒冷、冰封的江上，并不以“寂寥无人”为念。特别应该注意的是，“钓雪”，而不是钓鱼，也就是不计任何功利，孤独本身就是一种享受。袁行霈先生在《中国古典诗歌的多义性》中分析这首诗时，却这样说：“大雪铺天盖地，这一切对他没有丝毫的影响，他依然钓他的鱼。”①

这和散文中“寂寥无人，凄神寒骨，悄怆幽邃”“其境过清，不可久居”的审美境界是大不相同的。在诗歌里的柳宗元，和在散文中的他是有差异的。散文中的柳宗元，还是不能忘情现实环境，居住条件，甚至是国计民生，乃至于政治；而诗歌则可以尽情发挥超现实的形而上学的空寂的理想，以无目的、无心的境界，为最高的境界，这种境界不是与抒情的境界“情动于中”恰恰相反，是“无动于衷”，这是一种禅宗的理性。如他的《渔翁》一诗，可谓达到物我两忘的境界：

渔翁夜傍西岩宿，晓汲清湘燃楚竹。

烟销日出不见人，欸乃一声山水绿。

回看天际下中流，岩上无心云相逐。

这种诗的境界中，无心的云就是无心的人，超越一切功利，大自然和人达到高度的和谐和统一。这是诗的意境，而在散文中，作者是可以欣赏，却不想接受的。

陈一琴辑历代诗话

诗者，其文章之蕴耶！义得而言丧，故微而难能；境生于象外，故精而寡和。

（唐）刘禹锡《董氏武陵集纪》

① 袁行霈《中国古典诗歌的多义性》，原载《北京大学学报》，1983年第2期。后收入作者之《中国诗歌艺术研究》，北京大学出版社2009年版，引文见第17页。后又收入《燕园论诗》，见北京大学出版社2010年9月版，引文见第14页。二者均列为首篇。该文又见《清思录》，首都师范大学出版社2008年版，引文见第474页。从1983年到2010年，27年，4个版本，引文只字未改。

故仆志在兼济，行在独善，奉而始终之则为道，言而发明之则为诗。

（唐）白居易《与元九书》

在心为志，发口为言。言之美者为文，文之美者为诗。

（宋）司马光《赵朝议文稿集序》

文章之精者，尽在于诗。观人文者，观其诗，斯知其才之远近矣。

又《冯亚诗集序》

杜（唐杜甫）之诗法，韩（唐韩愈）之文法也。诗文各有体，韩以文为诗，杜以诗为文，故不工尔。

（宋）黄庭坚语，转引自陈师道《后山诗话》

韩以文为诗，杜以诗为文，世传以为戏。然文中要自有诗，诗中要自有文，亦相生法也。文中有诗，则句语精确；诗中有文，则词调流畅。谢玄晖（南朝谢朓字）曰："好诗圆美流转如弹丸。"此所谓诗中有文也。唐子西（宋唐庚字）曰："古人虽不用偶俪，而散句之中，暗有声调；步骤驰骋，亦有节奏。"此所谓文中有诗也。前代作者皆知此法，吾谓无出韩杜。……世之议者，遂谓子美（杜甫字）无韵语殆不堪读，而以退之（韩愈字）之诗但为押韵之文者，是故足以为韩杜病乎？文中有诗，诗中有文，知者领予此语。

（宋）陈善《扪虱新话》上集

诗非文比也，必诗人为之；如攻玉者必得玉工焉，使攻金之工代之琢，则窳矣。而或者挟其深博之学、雄隽之文，于是檃栝其伟辞以为诗，五七其句读，而平上其音节，夫岂非诗哉？

（宋）杨万里《杨万里诗话·辑录》

诗与文，特言语之别称耳。有所记述之谓文，吟咏情性之谓诗，其为言语则一也。

（金）元好问《元好问诗话·辑录》

散文不宜用诗家语，诗句不宜用散文言。

（金）刘祁《归潜志》卷十二

文之精者为诗，诗之精者为律。

（元）方回《瀛奎律髓序》

诗文本出于一原，诗则领在乐官，故必定之以五声，若其辞则未始有异也。如《易》《书》之协韵者，非文之诗乎？《诗》之《周颂》，多无韵者，非诗之文乎？何尝岐而二之！沿及后世，其道愈降，至有儒者、诗人之分。自此说一行，仁义道德之辞，遂为诗家大禁。而风花烟鸟之章，留连于海内矣，不亦悲夫！

（明）宋濂《宋濂诗话》

夫语言精者为文，诗之于文，又其精者也。故为文必去陈言，于诗尤所当务。

（明）徐一夔《徐一夔诗话》

东坡谓孟襄阳（唐孟浩然，襄阳人）诗，韵高而才短，如造内法酒手而无材料耳。余不然之，襄阳诗如玄酒至味存焉，总有材料，亦着些子不得。

（明）刘绩《霏雪集》卷上

言之成章者为文，文之成声者则为诗。诗与文同谓之言，亦各有体，而不相乱。

（明）李东阳《李东阳诗话·辑录》

诗与文不同体，昔人谓杜子美以诗为文，韩退之以文为诗，固未然。然其所得所就，亦各有偏长独到之处。近见名家大手以文章自命者，至其为诗，则毫厘千里，终其身而不悟。然则诗果易言哉？

……

诗太拙则近于文，太巧则近于词。宋之拙者，皆文也；元之巧者，皆词也。

又《麓堂诗话》

作诗譬如江南诸郡造酒，皆以曲米为料，酿成则醇味如一。善饮者历历尝之曰："此南京酒也，此苏州酒也，此镇江酒也，此金华酒也。"其美虽同，尝之各有甄别，何哉？做手不同故尔。

（明）谢榛《四溟诗话》卷三

诗依情，情发而葩，约之以韵；文依事，事述而核，衍之成篇。

（明）张佳胤《李沧溟先生集序》

言之精者为文，文之精者为诗。

（明）王文禄《诗的》

文显于目也，气为主。诗咏于口也，声为主。文必体势之壮严，诗必音调之流转。是故文以载道，诗以陶性情，道在中矣。

又《文脉·总论》卷一

夫道之菁英为文，文之有韵为诗。

（明）屠隆《屠隆诗话》

从古以来，诗有诗人，文有文人。譬如斲琴者不能制笛，刻玉者不能镂金。专擅则独诣，双鹜则两废。有唐一代诗人，如李（白）如杜（甫），皆不能为文章。李即为文数篇，然皆俳偶之词，不脱诗料。求其兼诣并至，自杜樊川（杜牧，常游长安樊川，曾嘱文集名《樊川集》）、柳柳州（柳宗元，终贬柳州刺史）之外，殆不多见。韩昌黎（韩愈，以郡望代称）文起八代，而诗笔未免质木，所乏俊声秀色，终难脍炙人口。宋朝惟欧阳（修）公，号称双美。天才如苏长公（苏轼，苏洵长子，与弟辙并称二苏，人称大苏），而其诗独七言古不失唐格，若七言律绝，便以议论典故为诗，所谓文人之诗，非诗人之诗也。

……

诗有诗体，文有文体，两不相入。中、晚之诗，穷工极变，自非后世可及。若宋人无诗，非无诗也，盖彼不以诗为诗，而以议论为诗，故为非诗。若乃欧阳永叔（宋欧阳修字）、杨大年（宋杨亿字）、陈后山（宋陈师道字）、黄鲁直（宋黄庭坚字）、梅圣俞（宋梅尧臣字）诸人，则皆以诗为诗，安见其非唐耶？我朝如何（景明）、李（梦阳）以后，一时词人，自谓诗能复古，然诵其篇章，往往取古人之文字句藻丽者，衬贴铺饰，直是以文为诗，非诗也。夫诗，则宁质宁朴，宁摭景目前，畅协众耳众目，而奈何以文为诗，乃反自谓复古耶？余谓为诗者，专用诗料；为文者，专用文料。如制朝衣，须用锦绮；如制衲衣，须用布帛。

（明）江盈科《雪涛小书·诗评》

诗主自适，文主喻人。诗言忧愁媮侈，以舒己拂郁之怀；文言是非得失，以觉人迷惑之志。故有贵于文，诗也。若诗不能适己，文不能喻人，而徒以人藻绘饰其游言，是所谓圬粪土而刻朽木也。呜乎，其于诗文之本，未之思耳！

（明）庄元臣《庄元臣诗话》

诗与文章不同，文显而直，诗曲而隐。风人之诗，不落言筌，意在言外。曲而隐也。……诗虽以不落言筌为尚，然唐人又以气格为主，故与论《国风》、汉、魏不同。

（明）许学夷《诗源辩体》卷一

诗与文异：文主义，诗主声；文体直，诗体婉；文之辞即志，诗之志或非辞；文有正志无反辞，所无邪思有旁声。

（明）郝敬《艺圃伧谈》卷一

诗极变于杜甫，而韩愈效之。先辈谓甫“以诗为文”，愈“以文为诗”。诗文同而体别也，诗近性情，文直写胸臆；文所难言者，诗以咏之。“五经”同文而别有风雅，其来远矣。夫既谓之诗，不焉可以为文？卤莽混同，自是后人驰骋之习，非诗之正体也。

同上卷三

古之为诗者，有泛寄之情，无直书之事；而其为文也，有直书之事，无泛寄之情。故诗虚而文实。晋、唐以后，为诗者有赠别，有叙事；为文者有辨说，有论叙。架空而言，不必有其事与其人，是诗之体已不虚，而文之体已不能实矣。古人之法，顾安可概哉！

（明）袁宏道《雪涛阁集序》

学诗如酿酒，自晒稻、舂米、蒸饭、拌曲，历多少境界而后酒成，尚窨如许岁月而后酒成，皆非一日可至。诗至成酒，上天下地，横说竖说，无所不可。酿而不成酒，必把作不良也。

（明）费经虞《雅伦》卷二十四

文贵高洁，诗尚清真，况于词乎。

（清）李渔《窥词管见》第八则

又问：“诗与文之辨？”答曰：“二者意岂有异？唯是体制辞语不同耳。意喻之米，文喻之炊而为饭，诗喻之酿而为酒；饭不变米形，酒形质尽变；啖饭则饱，可以养生，可以尽年，为人事之正道；饮酒则醉，忧者以乐，喜者以悲，有不知其所以然者。如《凯风》《小弁》之意，断不可以文章之道平直出之，诗其可已于世乎？”

（清）吴乔《答万季野诗问》

问曰：“诗文之界如何？”答曰：“意岂有二？意同而所以用之者不同，是以诗文体制有异耳。文之词达，诗之词婉。书以道政事，故宜词达；诗以道性情，故宜词婉。意喻之米，饭与酒所同出。文喻之炊而为饭，诗喻之酿而为酒。文之措词必副乎意，犹饭之不变米形，啖之则饱也。诗之措词不必副乎意，犹酒之变尽米形，饮之则醉也。文为人事之实用，诏敕、书疏、案牍、记载、辨解，皆实用也。实则安可措词不达，如饭之实用以养生尽年，不可矫揉而为糟也。诗为人事之虚用，永言、播乐，皆虚用也。……诗若直陈，《凯风》《小弁》大诟父母矣。”

又《围炉诗话》卷一

（唐贾至“白云明月吊湘娥”[①]）硬装。以无为有。○此诗起句不响，特以结句见奇，却全首无病。末句言吊湘娥于白云、明月中也。吊湘娥，语空无实事，诗人类以无为有，境象盖在虚实之间，此又诗与古文分途处也。

（清）黄生《唐诗摘抄》卷四

作诗之法，情胜于理；作文之法，理胜于情。乃诗未尝不本理以纬夫情，文未尝不因情以宣乎理，情理并至，此盖诗与文所不能外也。

（清）邹祗谟《与陆荩思》

韩文公（韩愈，死后谥文）一肚皮好道理，恰宜于文发之；杜工部（杜甫，曾官检校工部员外郎）一肚皮好性情，恰宜于诗发之。所以各登峰造极。

（清）李光地《榕村语录》卷二十九

诗主言情，文主言道；诗一言道，则落腐烂。然诗亦有言道者，陆机云：“我静如

① 《初至巴陵与李十二白裴九同泛洞庭》（其二）：“枫岸纷纷落叶多，洞庭秋水晚来波。乘兴轻舟无近远，白云明月吊湘娥。”

镜，民动如烟。”[①]陶潜云：“此中有真意，欲辩已忘言。”[②]杜甫云：“舜举十六相，身尊道何高？”[③]各有怀抱。至于宋人则益多，如“月到天心处，风来水面时”[④]“一阳初动处，万物未生时”[⑤]，流入卑俗。

（清）费锡璜《汉诗总说》

少时见赵秋谷（清赵执信号）先生，为述吴修龄（吴乔字）语云：“意思犹五谷也，文则炊而为饭，诗则酿而为酒；饭不变米形，酒形质变尽；吃饭而饱，可以养生，可以尽年；饮酒而醉，忧者以乐，喜者以悲，有不知其所以然者。”斯言可谓善喻。余谓：“以酒喻诗，善矣。第今人酿酒，最要分别醇醨，与其鲁酒千钟，不若云安一盏。”先生拊掌大笑。

（清）李重华《贞一斋诗说》

意喻之米，饭与酒所同出。文喻之炊而为饭，诗喻之酿而为酒。文之措词必副乎意，犹饭之不变米形，啖之则饱也。诗之措词不必副乎意，犹酒之变尽米形，饮之则醉也。醉则忧者以乐，喜者以悲，有不知其所以然者。

（清）王应奎《柳南随笔》卷六

真能文，定知诗，不必其能诗也。真能诗亦然。

（清）乔亿《剑溪说诗》又编

［苏轼《和子由记园中草木十首》（其三）[⑥]］纯乎正面说理而不入肤廓，以仍是诗人意境，非道学意境也。夫理喻之米，诗则酿之而为酒，道学之文则炊之而为饭。

（清）纪昀《纪文达公评苏文忠公诗集》卷五

（按：纪昀《玉溪生诗说·抄诗或问》卷下，亦曾引吴乔“诗酒文饭”说以答问。）

吴修龄论诗云：“意喻之米，文则炊而为饭，诗则酿而为酒。饭不变米形，酒则变尽。

---

① 陆机《陇西行》诗句。

② 陶潜《饮酒二十首》（其五）诗句。

③ 杜甫《述古三首》（其二）诗句。

④ 邵雍《清夜吟》：“月到天心处，风来水面时。一般清意味，料得少人知。”

⑤ 又《冬至吟》：“冬至子之半，天心无改移。一阳初起处，万物未生时。玄酒味方淡，大音声正希。此言如不信，更请问庖牺。”

⑥ 苏轼《和子由记园中草木十首》（其三）：“种柏待其成，柏成人已老。不如种丛慧，春种秋可倒。阴阳不择物，美恶随意造。柏生何苦艰，似亦费天巧。天工巧有几，肯尽为汝耗。君看藜与藿，生意常草草。”

啖饭则饱，饮酒则醉。醉则忧者以乐，悲者以喜，有不知其所以然者。”李安溪（清李光地，安溪人）云：“李太白诗如酒，杜少陵诗如饭。”二公之论诗，皆有意味可寻。

（清）阮葵生《茶余客话》卷十一

（韩愈《郑群赠簟》诗）前人有诮作者是以文为诗，殊不知诗文原无二理，文如米蒸为饭，诗则米酿为酒耳。如此突过一层法，即文法也，施之于诗，有何不可？

（清）延君寿《老生常谈》

文所不能言之意，诗或能言之。大抵文善醒，诗善醉，醉中语亦有醒时道不到者。盖其天机之发，不可思议也。故余论文旨曰：“惟此圣人，瞻言百里。”论诗旨曰：“百尔所思，不如我所之。”

（清）刘熙载《艺概·诗概》卷二

文之理法通于诗，诗之情志通于文。作诗必诗，作文必文，非知诗文者也。

又《游艺约言》

前代古文大家，竟有不能诗者，人多不解。余谓诗、古文有不同：作文如吃饭，求其精洁；作诗如饮酒，领略其味而已，一着实相，便落言筌。理学诗多不可观，皆坐此病。

（清）徐经《雅歌堂诗话》卷二

诗和散文不同。散文叙事说理，事理是直截了当、一往无余的，所以它忌讳迂回往复，贵能直率流畅。诗遣兴表情，兴与情都是低回往复、缠绵不尽的，所以它忌讳直率，贵有一唱三叹之音，使情溢于辞。粗略地说，散文大半用叙述语气，诗大半用惊叹语气。

（现当代）朱光潜《谈美》十二

诗是抒情的。诗与文的相对的分别，多与语言有关。诗的语言更经济，情感更丰富。

（现当代）朱自清《诗的语言》

诗教、真情、痴顽

中国传统的经典诗歌理论，据陈伯海先生研究，是以“情志为本”的。《文心雕龙·附会》说：“才量学文，宜正体制，必以情志为神明，事义为骨髓，辞采为肌肤，宫商为声气。”其精华所在乃是情志、事义、辞采、宫商（格律、节奏等）四者协同，才能构成艺术。可到了陆机《文赋》，变成了“诗缘情”，日后成为诗学的纲领，从理论上说，其实有点倒退了。但“情”成为核心范畴，此后，就没有遭到怀疑和挑战。千百年的诗词的鉴赏都丢开了“事义”，孤立地以情的范畴为核心，在外部和内部矛盾中发展。首先得到关注的是外部——情与“礼”（也是理）的矛盾。在先秦的传统理念中，诗是“诗教”的手段，官方采风是为了教化，“上以风化下，下以风刺上”（《诗大序》），带着很强的政治道德理性的功利性，从根本上和情感的自由是矛盾的。但是，废除情感就没有诗了，就产生了中国式的折中，那就是对情感的约束。“发乎情，止乎礼义。发乎情，民之性也；止乎礼义，先王之泽也。”（《诗大序》）以礼义来节制情感，就有了温柔敦厚、乐而不淫、哀而不伤、怨而不怒等等，用今天的话来说，就是把情感规范在政治、道德理性允许的范围之内。孔子曰：“《关雎》乐而不淫，哀而不伤。”（《论语·八佾》）孔安国注曰：“乐不至淫，哀不至伤，言其和也。”[①]“和”，就是中和，不极端。《关雎》被列为《诗经》首篇的原因可能就是它的“中和”，也就是抒情而不极端的原则。

从诗学理论来说，这很有东方特点，“怨而不怒”和西方俗语所说“愤怒出诗人”截然相反。后者最早由古罗马诗人尤维利斯提出，成为西方普遍接受的千古命题，连恩格斯在《反杜林论》中都曾引用过。而我国的“怨而不怒”其实质是，愤怒不出诗人。放任情感是西方传统，后来浪漫主义诗人华兹华斯在1800年《〈抒情歌谣集〉序言》中总结出了“强烈的感情的自然流露”（the spontaneous over flow of powerful feelings），就是抒发极端的感情。

① 何晏《论语集解》卷二引注，《四库全书》本。

中国和西方可能是对于抒情的两极各执一端。从创作实际上来看，中国此类经典所抒更多是温情，而西方经典似乎更多激情。以公元前 7 世纪古希腊最负盛名的女诗人萨福的《歌》为例：

当我看见你，波洛赫，我的嘴唇发不出声音，
我的舌头凝住了，一阵温柔的火，突然
从我的皮肤上溜过，
我的眼睛看不见东西，
我的耳朵被嗓音填塞，
我浑身流汗，全身都战栗，
我变得苍白，比草还无力，
好像我就要断了呼吸，
在我垂死之际。

这显然不是一般的抒情，而是激情的突发。激情的特点，就是不受节制，任其疯狂。萨福的爱情变异到竟然没有感到欢乐，而是视觉瘫痪，听觉失灵，失去话语能力，身体不由自主地颤抖，完全处于失控状态的垂死的感觉。和中国的温柔敦厚对比起来，显然有东西方民族文化心理的不同，同时也隐含着东西方诗学的出发点的不同。

当然，这只能是从大体上来说，而诗歌是无限丰富的，《诗经》中的爱情诗，并不是没有强烈的激情。如："自伯之东，首如飞蓬。岂无膏沐，谁适为容！"（《伯兮》）"髧彼两髦，实维我仪。之死矢靡它。"（《柏舟》）"谁谓荼苦？其甘如荠。"（《谷风》）但这样的激情毕竟还没有像西方人那样极端化到近于疯狂的程度。可就是这样的极端，在中国正统诗论中也是得不到肯定的。郑风《将仲子兮》不过就是"将仲子兮，无踰我里！无折我树杞！岂敢爱之，畏我父母。仲可怀也，父母之言，亦可畏也"，就被孔夫子斥为"郑声淫"，此后"郑风放荡淫邪""郑卫之音其诗大段邪淫"，在《诗经》注解中几乎成了定论。所谓"淫"就是过分，也就是感情强烈，不加节制。

从理论上来说，孔夫子节制感情的抒情理论，并不是很全面的，在历史的发展中被突破应该是必然的。屈原在《九章》中就宣称"发愤以抒情"。这可能与西方所谓"愤怒出诗人"有点相近，对感情不加节制，痛快淋漓的抒发。最痛快的就是李贽的童心说，其最根本的特点就是感情的绝对解放："夫童心者，绝假纯真，最初一念之本心也。"所谓"最初一念之本心"，就是最原始最自发的情感，这有点像华兹华斯的自然流露（spontaneously over flow），道德伦理来不及规范。比之西方诗论中的强烈感情、愤怒感情，李贽更强调人的情感自由的绝对性与主流经典的矛盾性，一旦沾染上"六经"、《论语》、《孟子》，不但情

感假了，而且人也成问题了。“若失却童心，便失却真心；失却真心，便失却真人”，甚至就不是人了。

但是，诗与情感固然有其统一性，也并非没有矛盾，并非一切情感的流露均是好诗。黄庭坚就指出：“诗者，人之情性也，非强谏争于庭，怨忿诟于道，怒邻骂坐之为也。”这就对一味独尊“真情”的理论带来了挑战。钱振锽说：“诗贵真。贵真而雅，不贵真而俗。……诗家务真而不择雅言，则吃饭撒屎皆是诗矣。”钱氏提出的表面上是真与雅的矛盾，其实是原生的真和诗的矛盾。一味求真就不雅了；不雅，就不是诗了。正是因为这样，节制情感的理论，要比放任激情的理论似乎更有底气，更经得起历史的考验。钱锺书先生曰：“夫‘长歌当哭’，而歌非哭也，哭者情感之天然发泄，而歌者情感之艺术表现也。‘发’而能‘止’，‘之’而能‘持’，则抒情通乎造艺，而非徒以宣泄为快有如西人所嘲‘灵魂之便溺’……‘之’与‘持’，一纵一敛，一送一控，相反而亦相成……”① 从这个意义上说，乐而不淫，哀而不伤，正是“发而能止”，纵而能敛，比极端感情自发地流露更经得起艺术历史的考验。

对于情感的节制，走向极端，又产生了邵雍那样的教条：感情一定要“以天下大义而为言”，“天下大义”就是他心目中的政治道德，违反了政治道德准则，“其诗大率溺于情好也。噫！情之溺人也甚于水”，甚至能“伤性害命”。诗歌毕竟是心灵自由的象征，情感属于审美，和政治道德的实用理性的矛盾是不可回避的。政治道德的理性是有实用价值的，而情感是非实用的，完全屈从于实用价值，对于情感就是扼杀。原因在于实用理性的逻辑与感情逻辑的矛盾。上千年的诗歌欣赏所面临的困境就是道德政治的制约与激情的自发，实用理性和审美自由，理性逻辑与情感逻辑的矛盾。这本是世界性的难题，西方浪漫主义诗人华兹华斯在强调了强烈感情的自然流露，自然流露中的自然（spontaneous），原文有点自发的意味，在这一点似乎与李贽的“最初一念之本心”有某种类似。但实际上，华兹华斯马上稍作调整，强烈的情感不但是从宁静聚集起来的（It takes its origin from emotion recollected in tranquility.），而且是在审思（contemplation）中沉静（disappears）下去的。②这只是在操作上一个小小的妥协，在理论上则是一个大大的矛盾。沉静下去，感情还强烈吗？从华兹华斯的具体创作来看，从《西敏寺桥》到《孤独的割麦女郎》，感情似乎并不强烈的作品比比皆是。如《孤独的割麦女郎》，诗写在苏格兰高地，听到一个割麦女郎在唱歌，他虽然听不懂那是英武的战斗还是平凡的悲凉，却为她歌唱时的专注而感动，以至于

① 钱锺书《管锥编》（第一册），中华书局 1986 年版，第 57—58 页。

② 参见华兹华斯《〈抒情歌谣集〉序言》，曹葆华译，《古典文艺理论译丛》（第一册），人民文学出版社 1961 年版，第 4 页。

这歌声久久留在自己的心中。（The music in my heart I bore/ Long after it was heard no more.）创作与理论矛盾是常见的，矛盾长期积累不得解脱，理论与现实的脱节也是常见的。

宋代严羽早就说过“诗有别趣，非关理也”。但是，诗和理究竟是怎么样个非关法呢？经过上百年积累，偏于感性的诗词评家在情与理之间，凝聚出一个新范畴“痴”，建构成“理（背理）—痴—情”的逻辑构架，这是中国抒情理念的一大突破，也是诗词欣赏对中国古典诗学，乃至世界诗学的一大贡献。明邓云霄在提出这个范畴时，还飘浮在“怪”“癫”等话语中：“诗家贵有怪语。怪语与癫语、凝语相类而兴象不同。杜工部云：‘斫却月中桂，清光应更多。’李太白云：‘我且为君捶碎黄鹤楼，君亦为吾倒却鹦鹉洲。’此真团造天地手段。”后来逐渐集中到“痴”上去：“诗语有入痴境，方令人颐解而心醉。如：‘微雨夜来过，不知春草生。’‘庭前时有东风入，杨柳千条尽向西。’此等景兴非由人力。”他的所谓“痴”（“怪”“癫”）揭示的是情感与理性逻辑相背，月中桂不能斫，斫之亦不能使月光更明，黄鹤楼捶之既不能碎，其碎之后果也很可怕，说微雨不知春草生长，似乎本该有知，说东风为杨柳西向之因，其间因果皆不合现实之理性逻辑。于实用理性观之为“怪”为“癫”，但于诗恰恰十分动人。为什么呢？谭元春评万楚《题情人药栏》《河上逢落花》诗曰：“思深而奇，情苦而媚。”“此诗骂草，后诗托花，可谓有情痴矣，不痴不可为情。”这样就把“痴”和情的关系联系来了：痴语（背理）之所以动人，就是因为它强化了感情。感情并不就是诗，直接把感情写在纸上，可能很粗糙，很不雅，很煞风景，可能闹笑话。要让感情变成诗，就要进入“痴”（背理）的境界。“痴”的本质，是“情痴”。“痴”的境界的特点是：

第一，就是超越理性的“真”进入假定的境界，想象的境界。不管是捶楼还是骂草，都是不现实的、假定的境界，说白了，不是真的境界。这在理论上，就补正了一些把“真”绝对化的成说。绝对的真不是诗，为了真实表达感情，就要进入假定的想象。真假互补，虚实相生。如清焦袁熹所说：“如梦如痴，诗家三昧。”恰恰是这种“如梦”的假定境界，才可能有诗。又如黄生所说：“极世间痴绝之事，不妨形之于言，此之谓诗思。以无为有，以虚为实，以假为真。”刘宏煦说得更坚决：“写来绝痴、绝真。”进入假定境界，才能达到最真的最高的“绝真”境界。徐增同样把痴境当作诗歌的最高境界：“妙绝，亦复痴绝。诗至此，直是游戏三昧矣。”这个情痴的观念，影响还超出了诗歌，甚至到达小说创作领域，至少可能启发了曹雪芹，使他在《红楼梦》中把贾宝玉的情感逻辑定性为“情痴”（“情种”）。

第二，为什么“无理”“痴”会成为诗的境界呢？清沈雄说：“词家所谓无理而入妙，非深于情者不辨。”可以说相当完整地提出了无理向有理转化的条件，乃是“深于情”。这些理念相互生发，相得益彰。痴的境界的优越还在于，只有进入这个境界，情感才能从理性逻辑和功利价值的节制中解脱出来。

黄生说："灵心妙舌，每出人常理之外，此之谓诗趣。"出人常理之外，就是痴的逻辑超越了理性逻辑，才有诗的趣味。吴修坞把痴作为作诗的入门："语不痴不足以为诗。"贺裳评王諲《闺怨》"昨来频梦见，夫婿莫应知"二句说："情痴语也。情不痴不深。"也就是只有达到痴的程度，感情才会深刻，甚至是"痴而入妙"。这个"痴而入妙"，和他的"无理而妙"说相得益彰，应该是中国诗歌鉴赏史上的重大发明，在当时影响颇大，连袁枚都反复阐释，将之推向极端："诗情愈痴愈妙。"与西方诗论相比，其睿智有过之而无不及。可惜，这个以痴为美的命题，属于中国独创的命题，至今没有得到充分的阐释，从而也就没有在中国诗学上得到应有的地位。

"痴"这个中国式的话语的构成，经历了上百年，显示了中国诗论家的天才，如果拿来和他们差不多同时代的莎士比亚相比，可以说，并不逊色。莎士比亚把诗人、情人和疯子相提并论。莎士比亚在《仲夏夜之梦》第五幕第一场借希波吕特之口这样说："疯子情人和诗人都是猜想的产儿。"（The lunatic，the lover，and the poet are of imagination all compact.）莎氏的意思不过是说诗人时有疯语，疯语当然超越了理性，但近于狂，狂之极端可能失之于暴，而我国的"痴语"超越理性，不近于狂暴，更近于迷（痴迷）。痴迷者，在逻辑上执于一端也，专注而且持久，近于迷醉。痴迷，迷醉，相比于狂暴，更有人性可爱处。怪不得清谭献从"痴语"中看到了"温厚"。莎士比亚"以疯为美"的话语天下流传，而我国的"痴语"却鲜为人知。这不但是中国文化的悲哀，而且是我们对民族文化的不自信的后果。

陈一琴辑历代诗话

入其国，其教可知也。其为人也，温柔敦厚，诗教也。

（春秋）孔丘语录，转引自《礼记·经解》

惜诵以致愍兮，发愤以抒情。

（战国）屈原《楚辞·九章·惜诵》

故变风发乎情，止乎礼义。发乎情，民之性也；止乎礼义，先王之泽也。

《毛诗序》

林下闲言语，何须要许多。几乎三百首，足以备吟哦。

（宋）邵雍《答宁秀才求诗吟》

近世诗人，穷戚则职于怨憝，荣达则专于淫泆。身之休戚，发于喜怒；时之否泰，出于爱恶。殊不以天下大义而为言者，故其诗大率溺于情好也。噫！情之溺人也甚于水。古者谓水能载舟，亦能覆舟，是覆载在水也，不在人也。载则为利，覆则为害，是利害在人也，不在水也。不知覆载能使人有利害耶，利害能使水有覆载耶？二者之间，必有处焉。就如人能蹈水，非水能蹈人也，然而有称善蹈者，未始不为水之所害也。若外利而蹈水，则水之情亦由人之情也；若内利而蹈水，则败坏之患立至于前，又何必分乎人焉水焉，其伤性害命一也。

又《伊川击壤集序》

或问："诗可学否？"曰："既学诗，须是用功，方合诗人格。既用功，甚妨事。古人诗云'吟成五个字，用破一生心'，又谓'可惜一生心，用在五字上'。此言甚当。"先生尝说："王子真曾寄药来，某无以答他，某素不作诗，亦非是禁止不作，但不欲为此闲言语。且如今言能诗如杜甫，如云'穿花蛱蝶深深见，点水蜻蜓款款飞'[①]，如此闲言语，道出做甚？某所以不常作诗。"

（宋）程颐《程颐诗话》

诗者，人之情性也，非强谏争于廷，怨忿诟于道，怒邻骂坐之为也。其人忠信笃敬，抱道而居，与时乖逢，遇物悲喜，同床而不察，并世而不闻；情之所不能堪，因发于呻吟调笑之声，胸次释然，而闻者亦有所劝勉。比律吕而可歌，列干羽而可舞，是诗之美也。

（宋）黄庭坚《书王知载朐山杂咏后》

为文要有温柔敦厚之气。对人主语言及章疏文字，温柔敦厚尤不可无。如子瞻诗，多于讥玩，殊无恻怛爱君之意。

（宋）杨时《杨时集·语录一》卷十

① 《曲江二首》（其二）："朝回日日典春衣，每日江头尽醉归。酒债寻常行处有，人生七十古来稀。穿花蛱蝶深深见，点水蜻蜓款款飞。传语风光共流转，暂时相赏莫相违。"王嗣奭《杜臆》卷二："余初不满此诗，国方多事，身为谏官，岂行乐之时。后读其'沉醉聊自遣，放歌颇愁绝'二语，自状最真，而恍然悟此二诗，乃以赋而兼比兴，以忧愤而托之行乐者也。"徐增《而庵说唐诗》卷十八："诗作流连光景语，其意甚于痛哭也。"何焯《义门读书记·杜工部集》卷五十三："蛱蝶恋花，蜻蜓贴水，我于风光亦复然也。却反'传语风光'，劝其共我'流转'：杜语妙多如此。"

余谓“怒邻骂坐”，固非诗本指，若《小弁》亲亲[①]，未尝无怨，《何人斯》[②]、“取彼谮人，投畀豺虎”[③]，未尝不愤。谓不可谏争，则又甚矣。箴规刺诲，何为而作？古者帝王尚许百工各执艺事以谏，诗独不得与工技等哉？

（宋）黄彻《䂬溪诗话》卷十

作诗间以数句适怀，亦不妨。但不用多作，盖便是陷溺尔。当其不应事时，平淡自摄，岂不胜如思量诗句？至其真味发溢，又却与寻常好吟者不同。

（宋）朱熹《清邃阁论诗》

（唐韦应物《幽居》诗[④]）刘会孟曰：“古调本色。‘微雨’一联，似亦以痴得之。”

（宋）刘辰翁（字会孟）评语，转引自李攀龙《唐诗广选》卷一

何谓本？诚是也。……故由心而诚，由诚而言，由言而诗也。三者相为一，情动于中而形于言，言发乎迩而见乎远。同声相应，同气相求，虽小夫贱妇孤臣孽子之感讽，皆可以厚人伦、美教化，无他道也。故曰不诚无物。

（金）元好问《元好问诗话》

曲学虚荒小说欺，俳谐怒骂岂诗宜？今人合笑古人拙，除却雅言都不知。

又《论诗三十首》（其二十三）

夫诗者，本发其喜怒哀乐之情，如使人读之无所感动，非诗也。予观后世诗人之诗，皆穷极辞藻，牵引学问，诚美矣！然读之不能动人，则亦何贵哉？

（金）刘祁《归潜志》卷十三

（《古诗十九首》）情真，景真，事真，意真。澄至清，发至情。

……

（东晋陶渊明）心存忠义，身处闲逸，情真景真，事真意真，几于《十九首》矣，但气

① 《诗经·小雅·小弁》。《孟子·告子下》：“《小弁》之怨，亲亲也，亲亲仁也。”

② 《诗经·小雅》篇名。

③ 《诗经·小雅·巷伯》诗句。

④ 韦诗：“贵贱虽异等，出门皆有营。独无外物牵，遂此幽居情。微雨夜来过，不知春草生。青山忽已曙，鸟雀绕舍鸣。时与道人偶，或随樵者行。自当安蹇劣，谁谓薄世荣。”

差缓耳。

（元）陈绎曾《诗谱》

夫诗之感人者，非感之者之为难，乃不能不为之感者为难也。是故发于情而形于言。故曰："诗，情之所发，诚则至焉。"诚之所至，其言无不足以感人者。唯夫能知其可感而有感，奋发惩创而不能自已焉，斯又不易能矣。

（明）王祎《王祎诗话》

诗本人情，情真则语真。故虽不假雕琢，而自得温柔敦厚之意。

（明）林弼《林弼诗话》

王子（明王叔武）曰："真者，音之发而情之原也。……"

……

王子曰："……夫文人学子，比兴寡而直率多。何也？出于情寡而工于词多也。夫途巷蠢蠢之夫，固无文也。乃其讴也，咢也，呻也，吟也，行呫而坐歌，食咄而寤嗟，此唱而彼和，无不有比焉兴焉，无非其情焉，斯足以观义矣。故曰：'诗者，天地自然之音也。'"

（明）李梦阳《诗集自序》

情者，心之精也。情无定位，触感而兴，既动于中，必形于声。故喜则为笑哑，忧则为吁戏，怒则为叱咤。然引而成音，气实为佐；引音成词，文实与功。盖因情以发气，因气以成声，因声而绘词，因词而定韵，此诗之源也。

（明）徐祯卿《谈艺录》

今之学子美者，处富有而言穷愁，遇承平而言干戈，不老曰老，无病曰病，此摹拟太甚，殊非性情之真也。

（明）谢榛《四溟诗话》卷二

夫童心者，真心也。若以童心为不可，是以真心为不可也。夫童心者，绝假纯真，最初一念之本心也。若失却童心，便失却真心；失却真心，便失却真人。人而非真，全不复有初矣。……天下之至文，未有不出于童心焉者也。……故吾因是而有感于童心者之自文也，更说甚么"六经"，更说甚么《语》《孟》乎？

（明）李贽《童心说》

温柔敦厚四字，诗家宗印，不可易也。学温柔，常失于轻狎而少敦厚；学敦厚，常失于硬直而乏温柔。必不得已，宁直无狎也。

（明）郝敬《艺圃伧谈》卷一

诗家贵有怪语。怪语与癫语、凝语相类而兴象不同。杜工部云："斫却月中桂，清光应更多。"[①]李太白云："我且为君捶碎黄鹤楼，君亦为吾倒却鹦鹉洲。"[②]此真团造天地手段。苏东坡云："我持此石归，袖中有东海。"[③]抑又次之。

（明）邓云霄《冷邸小言》

诗语有入痴境，方令人颐解而心醉。如："微雨夜来过，不知春草生。"[④]"庭前时有东风入，杨柳千条尽向西。"[⑤]此等景兴非由人力。

（明）郝敬《艺圃伧谈》卷一

（唐万楚《题情人药栏》诗[⑥]）思深而奇，情苦而媚。○此诗骂草，后诗（指下引《河上逢落花》）托花，可谓有情痴矣，不痴不可为情。

（明）钟惺、谭元春《唐诗归》卷十三谭批语

（万楚《河上逢落花》诗[⑦]）此与前诗（指《题情人药栏》）同法。"正见""相向"着芳草上，"应见""为道"着落花上，怒语芳草，温语落花，皆用无情为有情，无可奈何之词。

同上钟批语

诗之有风，由来尚矣。十五国中，忠臣孝子、劳人思妇之所作，皆曰风人。风之感物，莫如天籁。天籁之发，非风非窍，无意而感，自然而乌可已者，天也。诗人之天亦如是已矣。……凡我诗人之聪明，皆天之似鼻似口者也；凡我诗人之讽刺，皆天之叱吸叫嚎者也；

---

① 杜甫《一百五日夜对月》："无家对寒食，有泪如金波。斫却月中桂，清光应更多。仳离放红蕊，想象嚬青蛾。牛女漫愁思，秋期犹渡河。"

② 李白《江夏赠韦南陵冰》诗句。

③ 苏轼《文登蓬莱阁下，石壁千丈，为海浪所战，时有碎裂，淘洒岁久，皆圆熟可爱，土人谓此弹子涡也。取数百枚，以养石菖蒲，且作诗遗垂慈堂老人》诗句。

④ 韦应物《幽居》诗句。

⑤ 刘方平《代春怨》诗句。

⑥《题情人药栏》："敛眉语芳草，何许太无情？正见离人别，春心相向生。"

⑦ 万诗："河水浮落花，花流东不息。应见浣纱人，为道长相忆。"

凡我诗人之心思肺肠、啼笑瘖歌，皆天之唱喁唱于刁刁调调者也；任天而发，吹万不同，听其自取，而真诗存焉。

（清）贺贻孙《陶邵陈三先生诗选序》

王諲《闺怨》曰“昨来频梦见，夫婿莫应知”[①]，情痴语也。情不痴不深。……○张潮《江风行》曰：“商贾归欲尽，君今向巴东。巴东有巫山，窈窕神女颜。常恐游此方，果然不知还。”[②]亦以痴而入妙。

（清）贺裳《载酒园诗话》卷一

（杜甫《落日》诗[③]）日将暮，则老圃灌植，樵人炊饭，岂非春事之幽者乎？溪边薄暮，人各有事，而我何为者？又见枝上，雀啅而坠，是相争也；喻兵戈扰扰，无可安之处，是子美之忧也。满院小虫，游上游下，游来游去，是做市也；虫犹如此，而人却闲在这里，亦是子美所忧。……此时适有浊醪在案，喜不自胜，乃呼之曰：“浊醪，是谁造汝乎？我今一酌，忧便散释，真妙物也。”若并欲为杜康立庙者。妙绝，亦复痴绝。诗至此，直是游戏三昧矣。

（清）徐增《而庵说唐诗》卷十四

余尝论作诗与古文不同：古文必静气凝神，深思精择而出之，是故宜深室独座，宜静夜，宜焚香啜茗。诗则不然，本以娱性情，将有待于兴会。夫兴会则深室不如登山临水，静夜不如良辰吉日，独坐焚香啜茗不如与高朋胜友飞觞痛饮之为欢畅也。于是分韵刻烛，争奇斗捷，豪气狂才，高怀深致，错出并见，其诗必有可观。

（清）归庄《文吴门唱和诗序》

凡诗肠欲曲，诗思欲痴，诗趣欲灵。意本如此，而语反如彼，或从其前后左右曲折以取之，此之谓诗肠。狂欲上天，怨思填海，极世间痴绝之事，不妨形之于言，此之谓诗思。以无为有，以虚为实，以假为真，灵心妙舌，每出人常理之外，此之谓诗趣。……唐人唯具此三者之妙，故风神洒落，兴象玲珑。

（清）黄生《一木堂诗麈·诗家浅说》卷一

---

① 题误，应作《闺情》。诗云：“日暮裁缝歇，深嫌气力微。才能收箧笥，懒起下帘帷。怨坐空燃烛，愁眠不解衣。昨来频梦见，夫婿莫应知。”

② 张潮诗句。一题《长干行》。向、方，一作“尚”“山”。

③ 杜诗：“落日在帘钩，溪边春事幽。芳菲缘岸圃，樵爨倚滩舟。啅雀争枝坠，飞虫满院游。浊醪谁造汝？一酌散千忧。”

（唐楼颖《西施石》诗[①]）将青苔说得十分有情，将桃李说得十分无色，总是一片痴情迷留其际耳。西施往矣；浣纱之处，亦不过传闻指点，依稀恍惚而已，尚足使人动色消魂，则当年身当之者何如？噫！色之于人甚矣哉！咏西施石只就石上生情，不必说到入吴时事，此即唐人诗中元气也；若后人涉笔，定作一篇吴越兴亡论，其诗安得如唐贤包孕有余乎？

又《唐诗摘抄》卷四

张祖望曰："词虽小道，第一要辨雅俗，结构天成。而中有艳语、隽语、奇语、豪语、苦语、痴语、没要紧语，如巧匠运斤，毫无痕迹，方为妙手。古词中如……'惟有楼前流水，应念我、终日凝眸'[②]……痴语也。'这次第，怎一个、愁字了得'[③]……没要紧语也。"

（清）王又华《古今词论·张祖望词论》

人生喜怒之感，不可毕见于诗。无论一泄无余，非风人之致，兼恐我之喜怒，不合道理，不中节处多，有乖正道耳。

（清）张谦宜《茧斋诗谈》卷一

性情面目，人人各具。读太白诗，如见其脱屣千乘。读少陵诗，如见其忧国伤时。其世不我容，爱才若渴者，昌黎之诗也。其嬉笑怒骂，风流儒雅者，东坡之诗也。即下而贾岛、李洞辈，拈其一章一句，无不有贾岛、李洞者存。倘词可馈贫，工同鞶帨，而性情面目，隐而不见，何以使尚友古人者，读其书、想见其为人乎？

（清）沈德潜《说诗晬语》卷下

诗本性情，固不可强，亦不必强。近见论诗者，或以悲愁过甚为非；且谓喜怒哀乐，俱宜中节。不知此乃讲道学，不是论诗。诗人万种苦心，不得已而寓之于诗。诗中之所谓悲愁，尚不敌其胸中所有也。《三百篇》中岂无哀怨动人者？乃谓忠臣孝子贞夫节妇之反过

① 楼诗："西施昔日浣纱津，石上青苔思杀人。一去姑苏不复返，岸旁桃李为谁春？"

② 李清照《凤凰台上忆吹箫》词："香冷金猊，被翻红浪，起来慵自梳头。任宝奁尘满，日上帘钩。生怕离怀别苦，多少事、欲说还休。新来瘦，非干病酒，不是悲秋。　休休。这回去也，千万遍阳关，也则难留。念武陵人远，烟锁秦楼。惟有楼前流水，应念我、终日凝眸。凝眸处，从今又添，一段新愁。"

③ 又《声声慢》词下阕："满地黄花堆积，憔悴损，如今有谁堪摘。守着窗儿，独自怎生得黑。梧桐更兼细雨，到黄昏、点点滴滴。这次第，怎一个、愁字了得。"

甚乎？金罍兕觥，固是能节情处，然唯怀人则然。若乃处悲愁之境，何尝不可一往情深？

（清）吴雷发《说诗菅蒯》

（唐徐安贞《闻邻家理筝》诗[①]）出语出想，俱情艳诗中常境，然既前脱陈、梁之纤靡，后又不落温（庭筠）、李（商隐）之俗艳，可为有唐正风。“梦中看”，痴语，然语不痴不足以为诗。严沧浪所谓“诗有妙趣，不关理”，要当于此等处求之。

（清）吴修坞《唐诗续评》卷三

诗肠须曲，诗思须痴，诗趣须灵。……狂欲上天，怨思填海，极世间痴绝之事，不妨形之于言，此之谓痴思。……诗思之痴，如李白“刬却君山好，平铺湘水流。巴陵无限酒，醉杀洞庭秋”[②]，杜甫“斫却月中桂，清光应更多”，万楚“河水浮落花，花流东不息。应见浣纱人，为道长相忆”。

（清）冒春荣《葚原诗说》卷一

古人为诗皆发于情之不能自已，故情真语挚，不求工而自工；后人无病呻吟，刻意求工，而不知满纸浮词，时露矫揉痕迹，是之谓弄巧反拙。

（清）邬启祚《耕云别墅诗话》

余常谓：“诗人者，不失其赤子之心者也。”沈石田（明沈周号）《落花》诗云：“浩劫信于今日尽，痴心疑有别家开。”卢仝云：“昨夜醉酒归，仆倒竟三五。摩挲青莓苔，莫嗔惊着汝。”[③]宋人仿之，云：“池昨平添水三尺，失却捣衣平正石。今朝水退石依然，老夫一夜空相忆。”[④]又曰：“老僧只恐云飞去，日午先教掩寺门。”[⑤]近人陈楚南《题背面美人图》云：“美人背倚玉栏干，惆怅花容一见难。几度唤他他不转，痴心欲掉画图看。”妙在皆孩子语也。

（清）袁枚《随园诗话》卷三

诗情愈痴愈妙。红兰主人（清宗室蕴端号）《归途赠朱赞皇》云：“大漠归来至半途，

① 徐诗：“北斗横天夜欲阑，愁人倚月思无端。忽闻画阁秦筝逸，知是邻家赵女弹。曲成虚忆青蛾敛，调急遥怜玉指寒。银锁重关听未辟，不如眠去梦中看。”

② 《陪侍郎叔游洞庭醉后三首》（其三）诗。

③ 卢仝《村醉》诗。《全唐诗》一二句作：“昨夜村饮归，健倒三四五。”

④ 《全宋诗》载葛天民、释月涧皆有此诗，仅一、三句数字异文。

⑤ 释唯茂《绝句》诗句。云飞去，《全宋诗》作“山移去”。

闻君先我入京都。此宵我有逢君梦，梦里逢君见我无？”许宜媖（清许权字）《寄外》云：“柳风梅雨路漫漫，身不能飞着翅难。除是今宵同入梦，梦时权作醒时看。”

同上卷六

凡作诗，写景易，言情难。何也？景从外来，目之所触，留心便得；情从心出，非有一种芬芳悱恻之怀，便不能哀感顽艳。然亦各人性之所近：杜甫长于言情，太白不能也；永叔长于言情，子瞻不能也；王介甫（宋王安石字）、曾子固（宋曾巩字）偶作小歌词，读者笑倒，亦天性少情之故。

同上

诗难其真也，有性情而后真，否则敷衍成文矣。诗难其雅也，有学问而后雅，否则俚鄙率意矣。太白斗酒诗百篇，东坡嬉笑怒骂皆成文章：不过一时兴到语，不可以词害意。若认以为真，则两家之集，宜塞破屋子；而何以仅存若干？且可精选者，亦不过十之五六。人安得恃才而自放乎？

同上卷七

诗人爱管闲事，越没要紧则愈佳；所谓“吹皱一池春水，干卿底事”[①]也。陈方伯德荣《七夕》诗云：“笑问牛郎与织女，是谁先过鹊桥来？”杨铁崖（元杨维祯号）《柳花》诗云：“飞入画楼花几点，不知杨柳在谁家？”[②]

同上卷八

诗家两题，不过“写景、言情”四字。我道：“景虽好，一过目而已忘；情果真时，往来于心而不释。孔子所云‘兴观群怨’四字，惟言情者居其三。若写景，则不过‘可以观’一句而已。”

又《随园诗话补遗》卷十

且夫诗者由情生者也，有必不可解之情，而后有必不可朽之诗。

又《答蕺园论诗书》

---

① 《南唐书》载：“南唐冯延巳《谒金门》词‘风乍起，吹皱一池春水’句，人称警策。中主李璟尝戏问之：‘吹皱一池春水，干卿何事？’”

② 一题作《飞絮》：“春风门巷欲无花，絮起晴风落又斜。飞入画帘空惹恨，不知杨柳在谁家？”

诗发乎情，故能感人之情，欢娱疾苦之词，皆情之所不可假者；非若嘲风弄月，可以妆点而成也。

（清）方熏《山静居诗话》

诗有三真：言情欲真，写境欲真，纪事欲真。

（清）王寿昌《小清华园诗谈》卷上

想到空灵笔有神，每从游戏得天真。笑他正色谈风雅，戎服朝冠对美人。

（清）张问陶《论诗十二绝句》

少年哀乐过于人，歌泣无端字字真。既壮周旋杂痴黠，童心来复梦中身。

（清）龚自珍《己亥杂诗》

昔人云："诗必有为而作，方为不苟。"此语不易解，如遇忠孝节烈有关系风教者，乐得做一篇，然此等题，作者或百人，佳篇不得三四，除此三四篇外，虽有为而作，仍无关系了。有时小题乘兴，而所见者远大，则不必有为而作，而理足词文，字句之外，大有关系。故大家之集，题目大小杂出，而未有无正经性情道理寄托者，此之谓有为而作，非必尽要庄重正大题也。惟冶游之题，必无有关系语，古人亦有存者，偶不经意，非后人所当效也。

（清）何绍基《与汪菊士论诗》

词深于兴，则觉事异而情同，事浅而情深。故没要紧语正是极要紧语，乱道语正是极不乱道语。固知"吹皱一池春水，干卿甚事"，原是戏言。

（清）刘熙载《艺概·词曲概》卷四

词家先要辨得"情"字。《诗序》言"发乎情"，《文赋》言"诗缘情"，所贵于情者，为得其正也。忠臣孝子，义夫节妇，皆世间极有情之人。流俗误以欲为情。欲长情消，患在世道。

同上

（宋吴文英《风入松》词[①]）“黄蜂”二句，是痴语，是深语。结处见温厚。

（清）谭献《谭评词辨》

诗兴所发，不外哀乐两端，或抽“悲慨”之幽思，或骋“旷达”之远怀，伫兴而言，无容作伪。

（清）许印芳《诗法萃编·二十四诗品跋》

（欧阳修《诉衷情令·眉意》词[②]）纵画长眉，能解离恨否？笔妙能于无理中传出痴女子心肠。

（清）陈廷焯编选《词则闲情集》卷一眉批

词之言情，贵得其真。劳人思妇，孝子忠臣，各有其情。古无无情之词，亦无假托其情之词。柳（永）、秦（观）之妍婉，苏（轼）、辛（弃疾）之豪放，皆自言其情者也。必专言“懊侬”“子夜”之情，情之为用，亦隘矣哉。

（清）沈祥龙《论词随笔》

（吴文英《风入松》词）“扫林亭”，犹望其还，赏则无聊消遣。见秋千而思纤手，因蜂扑而念香凝，纯是痴望神理。

（清）陈洵《海绡说词》

（万楚《河上逢落花》诗）如梦如痴，诗家三昧。

（清）焦袁熹《此木轩论诗汇编》

（唐崔颢《长干曲》[③]）望远杳然，偶闻船上土音，遂直问之曰：“君家何处住耶？”问者急，答者缓，迫不及待，乃先自言曰：“妾住在横塘也，闻君语音似横塘，暂停借问，恐是同乡亦未可知。”盖惟同乡知同乡，我家在外之人或知其所在、知其所为耶？直述问语，不添一字，写来绝痴、绝真。用笔之妙，如环无端。心事无一字道及，俱在人意想间遇之。

（清）刘宏煦《唐诗真趣编》

① 《风入松》词下阕：“西园日日扫林亭。依旧赏新晴。黄蜂频扑秋千索，有当时、纤手香凝。惆怅双鸳不到，幽阶一夜苔生。”

② 欧词：“清晨帘幕卷轻霜。呵手试梅妆。都缘自有离恨，故画作，远山长。　思往事，惜流芳。易成伤。拟歌先敛，欲笑还颦，最断人肠。”

③ 《长干曲四首》（其一）：“君家何处住？妾住在横塘。停船暂借问，或恐是同乡。”

问哀感顽艳，“顽”字云何诠？释曰：“拙不可及，融重与大于拙之中，郁勃久之，有不得已者出乎其中而不自知，乃至不可解，其殆庶几乎。犹有一言蔽之：‘若赤子之笑啼然，看似至易，而实至难者也。’”

（近代）况周颐《蕙风词话》卷五

南海先生（康有为，广东南海人）不以诗名，然其诗固有非寻常作家所能及者，盖发于真性情，故诗外常有人也。

（近代）梁启超《饮冰室诗话》

诗贵真。贵真而雅，不贵真而俗。譬如画家画美人，不画丑妇。画竹篱茅舍，画宫室台榭，不画廁厕。画一切木石花树，亦只画其苍古拳曲、清疏峭拔合格者，而不画其凡陋蘩芜无意义者也。诗家务真而不择雅言，则吃饭撒屎皆是诗矣。

（近代）钱振锽《谪星说诗》卷二

词人者，不失其赤子之心也。

（近代）王国维《人间词话》

大家之作，其言情也必沁人心脾，其写景也必豁人耳目。其辞脱口而出，无矫揉妆束之态。以其所见者真，所知者深也。诗词皆然。持此以衡古今之作者，可无大误矣。

同上

（宋葛天民《绝句》诗[①]）诗有愈痴愈妙者，即指此种而言。

（近代）王文濡《宋元明诗评注读本》卷四

（宋乐雷发《汴堤柳》诗[②]）愈痴愈妙，与前首风一风趣。

（宋辛弃疾《祝英台近·晚春》[③]）过变从送别而盼“归期”，遥承起句。“鬓边”之“花”，又由“飞红”想出。“觑”“卜”“才簪”“重数”，辗转反侧之情，传神阿堵，语极

① 葛诗：“夜雨涨波高二尺，失却捣衣平正石。天明水落石依然，老夫一夜空相忆。”

② 乐诗：“万缕春风窣汴堤，锦帆何处柳空垂。流莺应有儿孙在，问着隋朝总不知。”

③ 辛词：“宝钗分，桃叶渡，烟柳暗南浦。怕上层楼，十日九风雨。断肠片片飞红，都无人管，倩谁唤、流莺声住？　鬓边觑，试把花卜归期，才簪又重数。罗帐灯昏，哽咽梦中语。是他春带愁来，春归何处？却不解、带将愁去。”

痴，情极挚。稼轩词中，此种语实不多觏，真所谓摧刚为柔者。

（近代）陈匪石《宋词举》卷上

况君诠释“顽”字，归本于赤子之笑、啼，实则一真字耳。情真之极，转而成痴，痴则非可以理解矣。痴，亦“顽”字之训释也。天下唯情痴少，故至文亦少。情痴者，不惜牺牲一切以赴之，《柏舟》之诗人、《楚骚》之屈子（屈原），其千古情痴乎。有此痴情已难矣，而又能出诸口，形诸文，其难乃更甚。然而情之发本于自然，不容矫饰，但使一往而深，自然痴绝，故又曰“至易”。

（现当代）刘永济《词论·作法》卷下

（五代南唐后主李煜《忆江南》词[①]）后首乃念旧宫嫔妃之悲苦，因而作劝慰之语，故曰“莫将”“休向”。更揣其此时必已肠断，故曰“更无疑”。后主已成亡国之“臣虏”，乃不暇自悲而慰人之悲，亦太痴矣。昔人谓后主亡国后之词，乃以血写成者，言其语语真切，出自肺腑也。

又《唐五代两宋词简析》

（五代前蜀韦庄《菩萨蛮》词[②]）结尾两句，无限低徊，谭评“怨而不怒”，已得诗人之旨。此等境界，妙在丰神，妙在口角，一涉言诠便不甚好。谭评周邦彦《兰陵王》：“斜阳七字微吟千百遍，当入三昧出三昧。”其言固神秘，非无见而发，吾于此亦云然。说了半天，还是要想的；赌了半天咒，还是不中用；无家可归，还是要回家，痴顽得妙。夫痴顽者，温柔敦厚之别名也，此古今诗人之所同具也。

（现当代）俞平伯《论诗词曲杂著·读词偶得》

（五代后唐牛希济《生查子》词[③]）着末，揭出别后难忘之情，以处处芳草之绿，而联想人罗裙之绿，设想似痴，而情则极挚。

（现当代）唐圭璋《唐宋词简释》

（辛弃疾《祝英台近·晚春》词）换头三句，觑花卜归，才簪又数，写盼归之痴情可

① 李词：“多少泪，沾袖复横颐。心事莫将和泪滴，凤笙休向月明吹，肠断更无疑。”

② 韦词：“洛阳城里春光好。洛阳才子他乡老。柳暗魏王堤，此时心转迷。　桃花春水渌，水上鸳鸯浴。凝恨对残晖，忆君君不知。”

③ 《生查子》词：“春山烟欲收，天淡稀星小。残月脸边明，别泪临清晓。　语已多，情未了，回首犹重道：‘记得绿罗裙，处处怜芳草。’”

思。“罗帐”两句，言觑卜无凭，但记梦中哽咽之语，情更可伤。

同上

冯公（五代南唐冯延巳）词忠爱缠绵，最喜作痴顽语，如“河畔青芜堤上柳，为问新愁，何事年年有”“开眼新愁无问处，珠帘锦帐相思否”“懊恨年年秋不管”及本词之“泪眼问花花不语，乱红飞过秋千去”[①]，均此之类。

（现当代）丁寿田等《唐五代四大名家词》丙篇

（唐贾岛《三月晦日赠刘评事》诗[②]）首言春日已尽。次言春光虽好，亦仅供我苦吟，况又别我而去耶？所言已到尽头，故后半一转，谓虽已至春尽之期，然最后一宵犹未过去，共君不睡，尚能消受之也。“犹是春”三字，可谓一刻千金，一字千金矣。流连光景，爱惜韶华，缠绵之情，而出以险仄之笔，包括多少执着痴顽在内。

（现当代）沈祖棻《唐人七绝诗浅释》

写情能到真处好，能到痴处亦好。痴者，思虑发于无端也，情深则往往因无端之事，作有关之想也。

李益《江南曲》云：“嫁得瞿塘贾，朝朝误妾期。早知潮有信，嫁与弄潮儿。”小妇人深不足于“误”而专注情于“信”，竟云任下嫁于趁潮水来去之海上弄舟之小子，唯涎其乘潮有信无误而已，他不复计，其情痴可见。……思虑发于无端，是无理也。……情之愈痴者，愈远于理耳。

冯延巳《蝶恋花》云：“谁道闲情抛弃久？每到春来，惆怅还依旧。日日花前常病酒，不辞镜里朱颜瘦。　　河畔青芜堤上柳，为问新愁，何事年年有？独立小桥风满袖，平林新月人归后。”亦写出一片痴情，而转折多妙。……此词写痴情人为春愁所苦，若负创之蛇，盘旋左右，痛终不解；曲折多处，正缘春恨多耳。

……

牛希济《生查子》云（词同上引，略）月照泪光，纵横满面，语多情未了，回首犹重道，看他哭哭啼啼，絮絮叨叨，痴情已写得彻骨。记得绿罗裙，从此眼前只理会得一片绿，处处再见芳草之萋以绿，辄动怜爱之心，是别已久，情未了，岂唯未了，更是颠颠倒倒，除却一片绿外，不晓他事矣。此词亦写情到痴绝处，字句则甚是真切爽利，自是痴情男子

① 以上诸篇，词牌均为《鹊踏枝》。“泪眼问花”篇，一说为欧阳修作品。

② 贾诗：“三月正当三十日，风光别我苦吟身。与君今夜不须睡，未到晓钟犹是春。”

情态也。

（现当代）傅庚生《中国文学欣赏举隅·痴情与彻悟》

（韦庄《清平乐》词[①]）“莺啼残月”亦为妇女代作闺怨之类，末联“去路香尘莫扫，扫即郎去归迟”是嘱咐使女之语，写当时风俗迷信，痴语愈见真情。

（现当代）吴世昌《词林新话·唐、五代》

① 韦词：“莺啼残月，绣阁香灯灭。门外马嘶郎欲别，正是落花时节。　妆成不画蛾眉，含愁独倚金扉。去路香尘莫扫，扫即郎去归迟。”

情景之真实、变异和相生

古典诗歌欣赏不约而同地集中在情景上，作为核心范畴，很有中国特色，英语、俄语诗歌理论罕见把情景看得这么关键。这可能是由于西方诗歌的基本表现手段并不是触景生情，而是直接抒情，他们遇到的是抒情与理念的矛盾，理性过甚则扼杀抒情。玄学派诗人（Metaphysical poets）和浪漫主义诗人长于激情（passion），逻辑越极端越片面，表现感情的效果越强烈，其经典之作以情理交融取胜。他们的诗学理论中几乎没有情与景（特别是自然风景）交融观念。我们古典诗论这样重视情景的关系，表面上看，是由于诗歌往往作为现场交往的手段，自然景观和人事关系都在现场引发，现场感决定了触景生情和即景抒情。往深处探索，这里似乎还有和中国的绘画一样的美学原则，那就是把重点放在人和自然和谐上，在天人合一深厚的基础上，建构出情景交融的“意境”的诗学范畴。

当然，中国诗歌的历史发展是丰富多元的，直接抒情在中国古典诗歌传统中也是源远流长的。《诗经》中如“谁谓荼苦，其甘如荠”“称彼斯觥，万寿无疆”等，比比皆是，但淹没在现场情景互动的诗歌之中。到了屈原时代，直接抒情的诗歌可以说已经独立发展起来，《离骚》就是一首直接抒情的长篇政治诗。这个传统到了汉魏建安仍然是很强大的，《古诗十九首》和曹操的杰作基本上都是直接抒情的。梁启超在《中国韵文里头所表现的情感》中说：“向来写情感的，多半是以含蓄蕴藉为原则，像那弹琴的弦外之音，像吃橄榄的那点回甘味儿，是我们中国文学家所最乐道。但是有一类的情感，是要忽然奔迸一泻无余的。我们可以给这类文学起一个名，叫作‘奔迸的表情法’。……例如《诗经》：‘蓼蓼者莪，匪莪伊蒿。哀哀父母，生我劬劳！’（《蓼莪……》）这些都是用极简单的语句，把极真的情感尽量表出；真所谓‘一声《河满子》，双泪落君前’。你若要多著些话，或是说得委婉些，那么真面目完全丧掉了。……正式的五七言诗，用这类表情法的很少，因为多少总受些格律的束缚，不能自由了。……词里头这种表情法也很少，因为词家最讲究缠绵悱恻，也不是写这种情感的好工具。……凡这一类，都是情感突变，一烧烧到‘白热度’，便一毫不隐瞒，一毫不修饰，照那情感的原样子，迸裂到字句上。我们既承认情感越发真越发神圣，讲真，没有真得过这一类了。这类文学，真是和那作者的生命分劈不开。”

从历史渊源来说，比之触景生情的诗歌，直接抒情的诗歌有更为深厚的经典传统。即景生情、情景交融的诗学，似乎从《诗经》的“赋”中演化而来，伴随着绝句、律诗的定型，构成了完整的抒情的模式，尔后还决定了词别无选择的追随。但是，直接抒情的传统并未因而断绝，即使在绝句、律诗成熟以后，直接抒情的诗仍然在古风歌行体诗歌中蓬勃发展，其经典之作在艺术水准上与近体诗可谓相得益彰。严羽对于汉魏古风给以比近体诗更高的评价。他在《沧浪诗话·诗评》中这样说：“诗有词理意兴。南朝人尚词而病于理；本朝人尚理而病于意兴；唐人尚意兴而理在其中；汉魏之诗，词理意兴，无迹可求。”虽然如此，绝大部分的诗话和词话所论及的却是律诗、绝句和词，也许律诗和绝句以自然景观和人文景观的现场感为主，且有固定格式，便于操作，古风歌行体直接抒情，要求对情志有较高的概括力，且无固定格式可循，不但在宋代以后作者少，而且佳作稀，故宋以来的诗话所论往往集中于近体诗。

现场感的“感”，一方面所感对象是景物，另一方面所感的主体是人情。汉语的“情感”一词比之英语的 feeling 和 emotion 内涵都更深邃，feeling 偏于表层感知，emotion 偏于情绪，二者在词语上互不相干。而汉语的情和感则不但相连，而且隐含着内在转化：因情而感，因感生情，感与情互动而互生。情感这个词由于反复使用，习以为常，联想陷于自动化而变得老化，情感互动的意味埋藏到潜意识里去了，造成了对情感互动意味的麻木，感而不觉其情了。不但一般人如此，就是很有学问的人士也未能免俗。唐刘知几曰：“今俗文士，谓鸟鸣为啼，花发为笑。花之与鸟，安有啼笑之情哉？必以人无喜怒，不知哀乐，便云其智不如花，花犹善笑，其智不如鸟，鸟犹善啼，可谓之谠言者哉？”这个在史学的叙述语言上很有修养、很见地的学者，太拘守于史家的实录精神了，以至于对“鸟啼”“花笑”都不能理解。这种把情与感绝对割裂开来的观念并非史家外行所独有。南宋诗话家范晞文，也承认有时“情景相触而莫分也”，但否认其为规律性现象，到具体分析文本时，又往往把律诗对仗句的情景机械分割为“上联景，下联情”“上联情，下联景”之类。

个中原因，可能在于中国传统的诗学理念片面强调真和实，不免将之推向极端。元陈绎曾说《古诗十九首》的好处就在一个“真”字上：“情真，景真，事真，意真。澄至清，发至情。”陶渊明的诗就好在“情真景真，事真意真”。用这样简单的观念，阐释无比复杂的诗歌，牵强附会是必然的。至于机械地把“真”又和“实”联系在一起，就更加僵化了。

在这一点上，连王夫之也未能免俗。他在颇具经典性的《姜斋诗话》中虽然承认情对景的重要性，却把景钉死在“实”也就是现场感上：“身之所历，目之所见，是铁门限。即极写大景，如‘阴晴众壑殊’‘乾坤日夜浮’，亦必不逾此限。非按舆地图便可云‘平野入青徐’也，抑登楼所得见者耳。隔垣听演杂剧，可闻其歌，不见其舞，更远则但闻鼓声，而可云所演何出乎？”这就把景观的“真”变成了现场亲历的“实”。这种简单的、机械的真实观造成了彩丽竞繁、极尽雕镂藻绘之工的风气，遂使宫体诗的卑格和咏物诗的匠气阴魂千年不散。甚至在诗歌中消亡以后，在小说中，乃至经典小说如《三国演义》《水浒传》《红楼梦》在场景人物的静态赋体中，仍然大量借尸还魂。

对这个理论上的偏颇，许多诗评家们长期含而混之，与之和平共处。只有清代黄生在《一木堂诗麈》中提出挑战：“诗家写有景之景不难，所难者，写无景之景而已。此亦惟老杜饶为之，如‘河汉不改色，关山空自寒’，写初月易落之景；……‘日长惟鸟雀，春远独柴荆’，写花事既罢之景。偏从无月、无雨、无花处着笔，后人正难措手耳。”黄生提出的“无景之景”非常警策，在理论上可以说是横空出世。有景之景，写五官直接感知，由情绪而产生变异感，这是常规现象，而黄生提出“河汉不改色，关山空自寒”显示的不是变异感，而是持续性的不变之感。更雄辩的是，他说写有景之景，写花、写月不难着笔，然而，从无花无月处写，亦可以产生感人的效果。可惜的是，无景之景在理论上的重大价值却被他糟糕的例子淹没了。

其实只要举陈子昂的《登幽州台歌》，就足够说明无景之景：

前不见古人，后不见来者。

念天地之悠悠，独怆然而涕下。

登临之常格往往求情景交融，所感依于所见，但是，出格的登临却以“无景之景”见长，所感依于两个“不见”。把立意的焦点定在“不见”上，并非偶然。乐府杂曲歌辞中有以“独不见”为题者，歌行中有以“君不见”为起兴者，“无景之景”乃不见之见，变不见为见者，情也。情不可见，以可见之景而显，却不如不见之更深。陈子昂不见古人黄金台，怨也，不见后来者，时不待人，迫于生命之大限，怨之极乃怆然涕下。如实见黄金台，怨不至极，何至于泪下？杜甫《春夜喜雨》：“随风潜入夜，润物细无声。”好就好在，不但看不见，而且听不到。这里写的只是春夜里看不见（潜入）的雨，而默默欣慰之情，却跃然纸上。看不见的比看得见的，在诗中更能调动读者的想象。

在古典诗歌中，每逢有看不见的美，往往胜过看得见的，着眼于看不见的美的，往往比致力看得见的美更为别出心裁。如李白《独不见》诗句：“桃今百余尺，花落成枯枝。终然独不见，流泪空自知。”欧阳修《生查子》：“不见去年人，泪满春衫袖。”均因不见而泣，见了就不会哭了。“孤帆远影碧空尽”“山回路转不见君”“春在溪头荠菜花”，都是妙在见中有所不见。可惜这个非常深邃的不见之见，至今仍然没有得到充分的重视。甚至词学大家如唐圭璋先生论断苏轼《念奴娇·赤壁怀古》上半片是“即景写实”。[①]其实，分析起来明显不通，“大江东去”“浪淘尽”，尚可言即景所见，“千古风流人物”，何能得见？强说可见，无异于活见鬼。何况，苏轼所见之大江，不能坐实于长江，乃孔夫子所言“逝者”，时间也。时间不可见，不在所见之中潜隐不见，则难显其豪杰风流之气。诗家所视，诗人称为“灵视”，心有多灵，视就有多活。具体表现为随时间、空间而变，“会当凌绝顶，一览众山小”，妙在此时不见，设想来日之见；“何时倚虚幌，双照泪痕干”“何当共剪西窗烛，却话巴山夜雨时”，妙在当时之不见，预想他日之相见。把灵视预存入回忆是大诗人的专利，在李商隐最为得心应手——“昨夜星辰昨夜风”“相见时难别亦难”。此中道理于听觉亦同。“曲终人不见，江上数峰青”，从所听之终止，转入所见之静止。“此时无声胜有声”，比之“银瓶乍破”“铁骑突出”之有声，更有千古绝唱的艺术高度。此等规律，不限于视觉，而且遍及于触觉、嗅觉、听觉等等。苏轼在他的朋友惠崇描绘春江的图画上题诗曰：

竹外桃花三两枝，春江水暖鸭先知。

前面一句，虽有色彩层次，堪为美景，虽为难能，然而皆为目力所及，而“春江水暖鸭先知”成为千古绝唱的奥秘就在：光是看见鸭子的躯体浮在水面上，是一点诗意也没有的，激发读者想象那鸭子看不见的脚（触觉）才韵味无穷。看不见的比看得见的，在诗中更能调动读者的想象。五代诗人江为“桂香浮动月黄昏”，被林和靖改成“暗香浮动月黄昏”，把闻得见的桂香，变成看不见的暗香，遂一举成名。王安石步其后尘咏梅：“遥知不是雪，为有暗香来。”妙在暗香，看不见的香气和雪一样白的颜色构成感知的层次。

扩而大之为人感知，知与不知相互转化，不知常常胜于有知。李后主“梦里不知身是客”，比清醒的“多少恨，昨夜梦魂中”更深厚；“云深不知处”，比“遥指杏花村”更为高格。明明细叶已经为二月春风所裁出，偏偏说“不知细叶谁裁出”；明明已知盘中餐，粒粒皆辛苦，还要说“谁知盘中餐”。如此这般，皆以否定、疑问，更为有情而婉转也。

从哲学范畴而言，有无之辨最为深邃，但是曲高和寡，不如宾主之分直观。故宾主之说，比较流行。李渔坚定地指出：“词虽不出情景二字，然二字亦分主宾。情为主，景是

---

① 吴熊和主编《唐宋词汇评》（两宋卷第一册），浙江教育出版社2004年版，第426页。这个说法影响很大，至今一线教师仍然奉为圭臬。网上一篇赏析文章，一开头就是这样的论调：“《念奴娇·赤壁怀古》上阕集中写景。开头一句‘大江东去’写出了长江水浩浩荡荡，滔滔不绝，东奔大海。场面宏大，气势奔放。接着集中写赤壁古战场之景。先写乱石，突兀参差，陡峭奇拔，气势飞动，高耸入云——仰视所见；次写惊涛，水势激荡，撞击江岸，声若惊雷，势若奔马——俯视所睹；再写浪花，由远而近，层层叠叠，如玉似雪，奔涌而来——极目远眺。作者大笔似椽，浓墨似泼，关景摹物，气势宏大，境界壮阔，飞动豪迈，雄奇壮丽，尽显豪放派的风格。为下文英雄人物周瑜的出场做了铺垫，起了极好的渲染衬托作用。”

客，说景即是说情。”吴乔更指出“两联言情，两联叙景，是为死法。盖景多则浮泛，情多则虚薄也”，只有“顺逆在境，哀乐在心，能寄情于景，融景入情，无施不可，是为活法”，故“情为主，景为宾也”。

诗话词话之争讼往往流于感性，清乔亿于此可算是佼佼者。王夫之说，宏大景观，也是登高所见，乔亿则把屈原、李白拿出来，特别是把明显不是现场目接的“天上十二楼”（李白）全是幻想的景观亮出来，这就从感性上取得了优势。此论虽出于感性，但不乏机智，其可贵在于理论上提出了一个与王夫之的“目接”相反的范畴“神遇”，可以说为黄生的“无景之景”寻到原因。“景有神遇，有目接。神遇者，虚拟以成辞……目接则语贵征实。”这个与目接相对立的范畴“神遇”，显得很有理论深度。这个“神”隐含着诗的虚拟、想象，由情而感的自由。

但是理论问题的解决，光凭这一点的机智是不够的。“目接”是真的，实的，“神遇”则是想象的，不是真的，不是实的，有可能是虚假的，其感染力从何而来呢？早在明朝，谢榛就提出与写实相对的“写虚”：“写景述事，宜实而不泥乎实。有实用而害于诗者，有虚用而无害于诗者。”诗人的功夫就是在虚实之间“权衡”。实际上就是写实与写虚的对立并不是僵化凝固的，而是可以相互转化的。他举出贯休的诗：“‘庭花蒙蒙水泠泠，小儿啼索树上莺。’景实而无趣。”而李白的“‘燕山雪花大如席，片片吹落轩辕台。’景虚而有味”。在汉语中，实和真是天然地联系在一起的，而虚则和假联系在一起。怎样才能避免由虚而假，达到由虚而真呢？元好问曾经提出，虚不要紧，虚得诚乃是根本。“何谓本？诚是也。……故由心而诚，由诚而言，由言而诗也。”“由心而诚”，还是不到位。实际上，诗人无不自以为是诚心而发，可是事实上，假诗还是滔滔者天下皆是也。

乔亿在回答这个问题时，有了突破，这个突破首先在理论范畴上。一般诗话词话，大都从鉴赏学出发，将诗词作为成品来欣赏，而乔亿却从创作论出发，把问题回归到创作过程的矛盾中去：“景物万状，前人钩致无遗，称诗于今日大难。”乔亿的杰出就在从创作过程，从难度的克服来展开论述：景观万象已经给前人写光了，“无遗”了。经典的、权威的、流行的诗语，已经充满了心理空间。怎样才能虚而不假，虚而入诚呢？乔亿的深刻之处在于提出“同题而异趣”，也就是同景而异趣。“节序同，景物同”，景观相同，是有风险的。如果以景之真为准，则千人一面；如果以权威、流行之诚为准，则于人为真诚，于我为虚伪。真诚不是公共的，因为“人心故自不同”。他提出“唯句中有我在，斯同题而异趣矣”。自我是私有的。人心不同，各如其面，找到自我就是找到与他人之心的不同，“以不同接所同，斯同亦不同，而诗文之用无穷焉”。只要找到自我心与人之“不同”，即使面对节序景物之“同”，矛盾也能转化，“斯同亦不同”，诗文才有无穷的不同。

诗词创作论最可贵的进展，就是不把感官功能局限在对外部信息的被动接受上，而是强调主体（自我、心灵）对外部景观的同化和变异。刘勰早在《文心雕龙》中就说："目既往还，心亦吐纳……情往似赠，兴来如答。"人的感官并不完全是被动接受外部信息，同时也激发出情感作用于感知。在实用性散文（而不是抒情性散文）中，主观情感作用是要抑制的，而在诗歌中，这种情感作用则是要给以自由飞翔的天地的。对于主客体在创作过程中的交互作用，晚清朱庭珍发挥到极致。他反对当时流行的一些教条式的操作法程，如"某联宜实，某联宜虚，何处写景，何处言情，虚实情景，各自为对之常格恒法"。他说："夫律诗千态百变，诚不外情景虚实二端。然在大作手，则一以贯之，无情景虚实之可执也。"他的"大作手"，不但是主体情致对于景观的驱遣，而且是对于自我情感的驾驭，更有对于形式规范的控制。他的指导思想，是以情为主，为主就是驾驭，选择、同化、变形、变质，固然不可脱离外物，但不为外物所役，固然不能没有法度，但不为法度所制。他引用禅宗六祖慧能语曰："人转《法华》，勿为《法华》所转。"

朱庭珍的境界是"写景，或情在景中，或情在言外。写情，或情中有景，或景从情生。断未有无情之景，无景之情也。又或不必言情而情更深，不必写景而景毕现，相生相融，化成一片。情即是景，景即是情"。而"虚实"更是"无一定"之法，全在"妙悟"，以不"着迹，别有最上乘功用"。这里，除了"断未有……无景之情也"一语有些脱离创作实践以外，他对主客之真诚、情景的虚实、形式法度的有意无意，追求不着痕迹的自然、自由的和谐等等论述，是很精深，很自由的："使情景虚实各得其真可也，使各逞其变可也，使互相为用可也，使失其本意而反从吾意所用，亦可也。"这里强调的是，对法度的不拘一格，各逞其变，出神入化，得心应手，透彻玲珑，神与法游，法我两忘。其精微之妙，达到严羽的理想中那种没有形迹可求的境界。超越了鉴赏论，进入了创作论，他的阐释，不但深邃而且生动。其实与王国维后来很权威的一些说法，如"一切景语皆情语"说，"境界"说，"隔"和"不隔"之说，也不乏可比之处。

20世纪早期，朱光潜在《文艺心理学》说到景观与人的矛盾和转化，归结为西方文艺心理学上"移情"："大地山河以及风云星斗原来都是死板的东西，我们往往觉得它们有情感，有生命，有动作，这都是移情作用的结果。……诗文的妙处往往都从移情作用得来。例如'天寒犹有傲霜枝'句的'傲'，'云破月来花弄影'句的'弄'，'数峰清苦，商略黄昏雨'句的'清苦'和'商略'……都是原文的精彩所在，也都是移情作用的实例。在聚精会神的观照中，我的情趣和物的情趣往复回流。有时物的情趣随我的情趣而定，例如自己在欢喜时，大地山河都随着扬眉带笑，自己在悲伤时，风云花鸟都随着黯淡愁苦。……物我交感，人的生命和宇宙的生命互相回还震荡，全赖移情作用。"

诗话词话在漫长的历史过程中经过积累，情景衍生出宾主、有无、虚实、真伪、我与非我成套的观念。和这么丰厚系统相比起来，立普斯的移情说，充其量不过是说明了情主导景而已，不能不显得贫困。而朱光潜先生虽然有开山之功，然拘于“傲”“弄”“商略”等词语，也不能不给人以单薄之感。其原因就在于文艺心理学之鉴赏论，总是满足于对现成作品的解释，与我国古典诗词的创作论倾向，强调诗词的生成过程相比，似乎略逊一筹。

陈一琴辑历代诗话

夫有生而无识，有质而无性者，其唯草木乎？然自古设比兴，而以草木方人者，皆取其善恶薰莸，荣枯贞脆而已。……今俗文士，谓鸟鸣为啼，花发为笑。花之与鸟，安有啼笑之情哉？必以人无喜怒，不知哀乐，便云其智不如花，花犹善笑，其智不如鸟，鸟犹善啼，可谓之谠言者哉？

（唐）刘知几《史通·杂说上》卷十六

老杜寄身于兵戈骚屑之中，感时对物，则悲伤系之。如“感时花溅泪”[①]是也。

（宋）葛立方《韵语阳秋》卷一

少陵又有诗云：“感时花溅泪，恨别鸟惊心。”花、鸟本是平时可喜之物，而抑郁如此者，亦以触目有感，所遇之时异耳。

（宋）费衮《梁溪漫志》卷七

老杜诗：“天高云去尽，江迥月来迟。衰谢多扶病，招邀屡有期。”[②]上联景，下联情。“身无却少壮，迹有但羁栖。江水流城郭，春风入鼓鼙。”[③]上联情，下联景。“水流心不竞，云在意俱迟。”[④]景中之情也。“卷帘唯白水，隐几亦青山。”[⑤]情中之景也。“感时花溅泪，恨别鸟惊心。”情景相触而莫分也。“白首多年疾，秋天昨夜凉。”[⑥]“高风下木叶，永夜揽貂

---

① 杜甫《春望》：“国破山河在，城春草木深。感时花溅泪，恨别鸟惊心。烽火连三月，家书抵万金。白头搔更短，浑欲不胜簪。”

② 又《观作桥成月夜舟中有述还呈李司马》诗句。

③ 又《春日梓州登楼二首》（其一）诗句。

④ 又《江亭》诗句。

⑤ 又《闷》诗句。

⑥ 又《潭州送韦员外迢牧韶州》诗句。

袭。”[①]一句情一句景也。固知景无情不发，情无景不生，或者便谓首首当如此作，则失之甚矣。

（宋）范晞文《对床夜语》卷二

有以诗集呈南轩先生（宋张栻号），先生曰：“诗人之诗也，可惜不禁咀嚼。”或问其故，曰：“非学者之诗。学者诗，读着似质，却有无限滋味，涵咏愈久，愈觉深长。”又曰：“诗者，纪一时之实，只要据眼前实说。古诗皆是道当时实事，今人做诗多爱装这言语，只要斗好，却不思一语不实便是欺，这上面欺，将何往不欺！”

（元）盛如梓《庶斋老学丛谈》卷中

诗贵真实，不真实，不足以言诗。古人之诗，虽纵横自恣，不事拘检，而皆实情、实景，是以千百载而下诵之者，如亲见其人，亲目其事。盖实情、实景，人心所同，贯古今如一日者也。

（元）李祁《李祁诗话》

（《古诗十九首》）情真，景真，事真，意真。澄至清，发至情。

……

（陶渊明）心存忠义，心处闲逸，情真景真，事真意真，几于《十九首》矣，但气差缓耳。

（元）陈绎曾《诗谱》

诗人题咏，多出一时之兴遇，难谓尽有根据。如牛女七夕之说，转相沿袭，遂以为真矣。

（明）游潜《梦蕉诗话》

写景述事，宜实而不泥乎实。有实用而害于诗者，有虚用而无害于诗者，此诗之权衡也。

贯休曰：“庭花蒙蒙水泠泠，小儿啼索树上莺。”[②]景实而无趣。太白曰：“燕山雪花大如

---

① 杜甫《江上》诗句。

② 释贯休《春晚书山家屋壁》诗句。

席，片片吹落轩辕台。”[①]景虚而有味。

（明）谢榛《四溟诗话》卷一

作诗本乎情景，孤不自成，两不相背。凡登高致思，则神交古人，穷乎遐迩，系乎忧乐，此相因偶然，着形于绝迹，振响于无声也。夫情景有异同，模写有难易，诗有二要，莫切于斯者。观则同于外，感则异于内，当自用其力，使内外如一，出入此心而无间也。景乃诗之媒，情乃诗之胚，合而为诗，以数言而统万形，元气浑成，其浩无涯矣。同而不流于俗，异而不失其正，岂徒丽藻炫人而已。然才亦有异同，同者得其貌，异者得其骨。人但能同其同，而莫能异其异。吾见异其同者，代不数人尔。

同上卷三

诗乃模写情景之具，情融乎内而深且长，景耀乎外而远且大。当知神龙变化之妙，小则入乎微罅，大则腾乎天宇。此惟李杜二老知之。

同上卷四

夫情景相触而成诗，此作家之常也。或有时不拘形胜，面西言东，但假山川以发豪兴尔。譬若倚太行而咏峨嵋，见衡漳而赋沧海，即近以彻远，犹夫兵法之出奇也。

同上

诗有一两句而跨越千万里，中之情绪密如丝牵者，此乃无上菩提。如刘文房“已是洞庭人，犹看灞陵月”[②]、孟东野“长安日下影，又落江湖中”[③]已称妙绝，又不如陈陶“可怜无定河边骨，犹是春闺梦里人”[④]。所谓泣鬼神者非耶！

（明）邓云霄《冷邸小言》

凡诗须一联景，一联情，固也。然亦须情中插景，景中含情。显露者为中乘，浑化者为上驷。如杜之“孤嶂秦碑在，荒城鲁殿余”[⑤]，景中情也；王之“流水如有意，暮禽相与

① 李白《北风行》诗句。
② 刘长卿（字文房）《初至洞庭怀灞陵别业》诗句。
③ 孟郊（字东野）《失意归吴因寄东台刘复侍御》诗句。
④ 陈陶《陇西行四首》（其二）诗句。
⑤ 杜甫《登兖州城楼》诗句。

还”[①]，情中景也。然犹显露者也。至杜之“片云天共远，永夜月同孤”[②]，谁共耶？谁同耶？不落思议，乃情景浑化之极矣。

同上

只“一雁声”便是忆弟。[③]对明月而忆弟，觉露增其白，但月不如故乡之明，忆在故乡兄弟无故也。盖情异而景为之变也。

（明）王嗣奭《杜臆》卷三

赵子常（元赵汸字）云：‘此诗[④]中四句以情景混合言之：云天夜月，落日秋风，物也、景也；与天共远，与月同孤，心视落日而犹壮。病对秋风而欲苏者，我也、情也。他诗多以景对景、情对情，人亦能效之；或以情对景，则效之者已鲜；若此之虚实一贯，不可分别，能效之者尤鲜。近岁唯汪古逸有句云‘年争飞鸟疾，云共此生浮’近之。”此论亦细，虽不必拘，却须识得。

同上卷九

此[⑤]写登高之旅况也。台名望乡，乡心已切；客中送客，尤难为怀。我固厌此南中久矣，雁奈何自北而来，以搅我之情乎？唐人绝句，类于无情处生有情，此联是其鼻祖。

（明）唐汝询《唐诗解》卷二十五

作诗有情有景，情与景会，便是佳诗。若情景相睽，勿作可也。

（清）贺贻孙《诗筏》

词虽不出情景二字，然二字亦分主客。情为主，景是客，说景即是说情，非借物遣怀，即将人喻物。有全篇不露秋毫情意，而实句句是情，字字关情者。切勿泥定即景咏物之说，为题字所误，认真做向外面去。

（清）李渔《窥词管见》第九则

① 王维《归嵩山作》诗句。

② 杜甫《江汉》诗句。

③ 又《月夜忆舍弟》：“戍鼓断人行，边秋一雁声。露从今夜白，月是故乡明。有弟皆分散，无家问死生。寄书长不达，况乃未休兵。”

④ 又《江汉》：“江汉思归客，乾坤一腐儒。片云天共远，永夜月同孤。落日心犹壮，秋风病欲苏。古来存老马，不必取长途。”

⑤ 王勃《蜀中九日》：“九月九日望乡台，他席他乡送客杯。人情已厌南中苦，鸿雁那从北地来？”

古人有通篇言情者，无通篇叙景者，情为主，景为宾也。情为境遇，景则景物也。……七律大抵两联言情，两联叙景，是为死法。盖景多则浮泛，情多则虚薄也。然顺逆在境，哀乐在心，能寄情于景，融景入情，无施不可，是为活法。

（清）吴乔《围炉诗话》卷一

《春望》诗云“国破山河在，城春草木深”，言无人物也。“感时花溅泪，恨别鸟惊心”，花鸟乐事而溅泪惊心，景随情化也。“烽火连三月，家书抵万金”，极平常语，以境苦情真，遂同于《六经》中语之不可动摇。

同上卷二

诗以身经目见者为景，故情得融之为一，若叙景过于远大，即与情不关，惟登临形胜不同耳。

同上卷六

情与景合而有诗。廊庙有廊庙之情景，江湖有江湖之情景，缁衣黄冠有缁衣黄冠之情景。情真景真，从而形之咏歌，其词必工；如舍现在之情景，而别取目之所未尝接，意之所不相关者，以为能脱本色，是相率而为伪也。

（清）归庄《眉照上人诗序》

兴在有意无意之间，比亦不容雕刻；关情者景，自与情相为珀芥也。情景虽有在心在物之分，而景生情，情生景，哀乐之触，荣悴之迎，互藏其宅。天情物理，可哀而可乐，用之无穷，流而不滞，穷且滞者不知尔。

（清）王夫之《姜斋诗话》卷上

身之所历，目之所见，是铁门限。即极写大景，如“阴晴众壑殊”①“乾坤日夜浮”②，亦必不逾此限。非按舆地图便可云“平野入青徐”③也，抑登楼所得见者耳。隔垣听演杂剧，可闻其歌，不见其舞，更远则但闻鼓声，而可云所演何出乎？

同上卷下

---

① 王维《终南山》诗句：“分野中峰变，阴晴众壑殊。”

② 杜甫《登岳阳楼》诗句：“吴楚东南坼，乾坤日夜浮。”

③ 又《登兖州城楼》诗句：“浮云连海岱，平野入青徐。”

情、景名为二，而实不可离。神于诗者，妙合无垠。巧者则有情中景，景中情。景中情者，如“长安一片月”①，自然是孤栖忆远之情；“影静千官里”②，自然是喜达行在之情。情中景尤难曲写，如“诗成珠玉在挥毫”③，写出才人翰墨淋漓、自心欣赏之景。凡此类，知者遇之；非然，亦鹘突看过，作等闲语耳。

同上

不能作景语，又何能作情语耶？古人绝唱句多景语，如“高台多悲风”④“胡蝶飞南园”⑤“池塘生春草”⑥“亭皋木叶下”⑦“芙蓉露下落”⑧，皆是也，而情寓其中矣。以写景之心理言情，则身心中独喻之微，轻安拈出。

同上

游览诗固有适然未有情者，俗笔必强入以情，无病呻吟，徒令江山短气。写景至处，但令与心目不相睽离，则无穷之情正从此而生。一虚一实、一景一情之说生，而诗遂为阱，为梏，为行尸。噫，可畏也哉！

又《古诗评选》卷五

（李白《采莲曲》⑨）卸开一步，取情为景，诗文至此，只存一片神光，更无形迹矣。

又《唐诗评选》卷一

诗家写有景之景不难，所难者，写无景之景而已。此亦惟老杜饶为之，如“河汉不改色，关山空自寒”⑩，写初月易落之景；“秋日新沾影，寒江旧落声”⑪，写微雨易晴之景；“日

① 李白《子夜吴歌·秋歌》：“长安一片月，万户捣衣声。秋风吹不尽，总是玉关情。何日平胡虏，良人罢远征？”

② 杜甫《自京窜至凤翔喜达行在所》（其三）诗句：“影静千官里，心苏七校前。”

③ 又《奉和贾至舍人早朝大明宫》诗句：“朝罢香烟携满袖，诗成珠玉在挥毫。”

④ 曹植《杂诗七首》（其一）句：“高台多悲风，朝日照北林。”

⑤ 张协《杂诗》句：“借问此何时？蝴蝶飞南园。”

⑥ 谢灵运《登池上楼》诗句：“池塘生春草，园柳变鸣禽。”

⑦ 柳恽《捣衣》诗句：“亭皋木叶下，陇首秋云飞。”

⑧ 萧悫《秋思》诗句：“芙蓉露下落，杨柳月中疏。”

⑨《采莲曲》：“若耶溪傍采莲女，笑隔荷花共人语。日照新妆水底明，风飘香袂空中举。岸上谁家游冶郎，三三五五映垂杨。紫骝嘶入落花去，见此踟蹰空断肠。”

⑩ 杜甫《初月》诗句。

⑪ 又《雨四首》（其一）诗句。

长惟鸟雀，春远独柴荆”[①]，写花事既罢之景。偏从无月、无雨、无花处着笔，后人正难措手耳。

（清）黄生《一木堂诗麈·诗家浅说》卷一

（又评杜《春远》诗）写有景之景，诗人类能之；写无景之景，惟杜独擅耳。欲往关中，关中数有乱；欲留剑外，剑外何曾清。只缘地入亚夫营，徒望故乡归不得。当此日长春远之时，将何以为情耶？

又《杜诗说》卷六

凡游览诗，以景中有情为妙。得是法，则凡景皆情也。

（清）陈祚明《采菽堂古诗选》卷十七

金粟（清彭孙遹，号金粟山人）谓："近人诗余，能作景语，不能作情语。"仆则谓："情语多，景语少，同是一病。但言情至色飞魂动时，乃能于无景中着景。此理亦近人未解。"

（清）董以宁《蓉渡词话》

诗有情有景，且以律诗浅言之：四句两联，必须情景互换，方不复沓；更要识景中情，情中景，二者循环相生，即变化不穷。

（清）李重华《贞一斋诗说》

诗不外乎情事景物，情事景物要不离乎真实无伪。一日有一日之情，有一日之景，作诗者若能随境兴怀，因题着句，则固景无不真，情无不诚矣；不真不诚，下笔安能变易而不穷？是故康乐（南朝宋谢灵运，晋时袭封康乐公）无聊，惯裁理语；青莲（李白，号青莲居士）窘步，便说神仙；近代牧斋（清钱谦益号）暮年萧瑟，行文未半，辄谈三乘矣。

（清）黄子云《野鸿诗的》

情生于景，景生于情；情景相生，自成声律。

（清）黄图珌《看山阁集闲笔·文学部·词曲》

① 杜甫《春远》："肃肃花絮晚，菲菲红素轻。日长惟鸟雀，春远独柴荆。数有关中乱，何曾剑外清？故乡归不得，地入亚夫营。"

诗家写有景之景不难，所难在写无景之景，此惟老杜能之。如“河汉不改色，关山空自寒”，写初月易落之景，“日长惟鸟雀，春远独柴荆”，写花事既罢之景，偏从无月无花处着笔。

（清）冒春荣《葚原诗说》卷一

诗非无为而作，情因景生，景随情变，感触之下，即淡语亦自有致。彼无情之言，纵悬幡击鼓，亦安能助其威灵哉！况掇拾事物以凑好句者，则又卑卑不足道矣！

（清）田同之《西圃诗说》

词与诗体格不同，其为摅写性情，标举景物，一也。若夫性情不露，景物不真，而徒然缀枯树以新花，被偶人以衮服，饰淫靡为周（邦彦）、柳（永），假豪放为苏（轼）、辛（弃疾），号曰诗余，生趣尽矣，亦何异诗家之活剥工部（杜甫），生吞义山（李商隐字）也哉。

又《西圃词说》

景物万状，前人钩致无遗，称诗于今日大难。唯句中有我在，斯同题而异趣矣。节序同，景物同，而时有盛衰，境有苦乐，人心故自不同。以不同接所同，斯同亦不同，而诗文之用无穷焉。

景有神遇，有目接。神遇者，虚拟以成辞，屈、宋（屈原、宋玉）已下皆然，所谓五城十二楼，缥缈俱在空际也。目接则语贵征实，如靖节（陶渊明私谥）田园，谢公（谢灵运）山水，皆可以识曲听真也。

（清）乔亿《剑溪说诗》卷下

观古人自咏所居，言山水、卉木、禽鱼，皆实有其境，抑或小加润色，而规模广狭，境地喧寂，以及景物之丰悴，未或全非也。陶渊明若居邻城市，必不为田园诸诗；且陶之性情高洁，在处可见，何假烟霞泉石为哉！

寓言诗如海市蜃楼，空中结撰，凡点缀景物，不妨侈言之。招提、道馆、园林、斋舍等作，须即景抒情，景或不真，情焉得实？虽词句清美，气味恬雅，可以充高品，不可为真诗。

又《剑溪说诗又编》

诗家两题，不过“写景、言情”四字。我道：“景虽好，一过目而已忘；情果真时，往来于心而不释。”孔子所云“兴观群怨”四字，惟言情者居其三。若写景，则不过“可以观”一句而已。

（清）袁枚《随园诗话补遗》卷十

诗不但因时，抑且因地。如杜牧之云：“南山与秋色，气势两相高。”[①]此必是陕西之终南山。若以咏江西之庐山，广东之罗浮，便不是矣。即如“夜足沾沙雨，春多逆水风”[②]，不可以入江、浙之舟景。“阊阖晴开昳荡荡，曲江翠幕排银榜”[③]，不可以咏吴地之曲江也。明矣！

（清）翁方纲《石洲诗话》卷二

读陶公（陶潜）诗，专取其真：事真景真，情真理真，不烦绳削而自合。

（清）方东树《昭昧詹言》卷四

诗景有虚有实，若虚实之间，不必常有此，却自应有此，惟高手自然写出，新颖可喜。

（清）杨际昌《国朝诗话》卷一

陶诗“吾亦爱吾庐”[④]，我亦具物之情也；“良苗亦怀新”[⑤]，物亦具我之情也。

……

“昔我往矣，杨柳依依。今我来思，雨雪霏霏。”[⑥]雅人深致，正在借景言情。若舍景不言，不过曰春往冬来耳，有何意味？然“黍稷方华”“雨雪载涂”[⑦]，与此又似同而异，须索解人。

（清）刘熙载《艺概·诗概》卷二

词或前景后情，或前情后景，或情景齐到，相间相融，各有其妙。

又《艺概·词曲概》卷四

---

① 杜牧（字牧之）《长安秋望》诗句。

② 杜甫《老病》诗句。

③ 又《乐游园歌》诗句。

④ 陶渊明《读山海经十三首》（其一）诗句：“众鸟欣有托，吾亦爱吾庐。”

⑤ 又《癸卯岁始春怀古田舍二首》（其二）诗句：“平畴交远风，良苗亦怀新。”

⑥ 《诗经·小雅·采薇》诗句。

⑦ 《诗经·小雅·出车》诗句。

夫律诗千态百变，诚不外情景虚实二端。然在大作手，则一以贯之，无情景虚实之可执也。写景，或情在景中，或情在言外。写情，或情中有景，或景从情生。断未有无情之景，无景之情也。又或不必言情而情更深，不必写景而景毕现，相生相融，化成一片。情即是景，景即是情，如镜花水月，空明掩映，活泼玲珑。其兴象精微之妙，在人神契，何可执形迹分乎？至虚实尤无一定。……总之诗家妙悟，不应着迹，别有最上乘功用，使情景虚实各得其真可也，使各逞其变可也，使互相为用可也，使失其本意而反从吾意所用，亦可也。此固不在某联宜实，某联宜虚，何处写景，何处言情，虚实情景，各自为对之常格恒法。亦不在当情而景，当景而情，当虚而实，当实而虚，及全不言情，全不言景，虚实情景，互相易对之新式变法。别有妙法活法，在吾方寸，不可方物。六祖（唐释慧能，被尊为禅宗第六祖）语曰："人转《法华》，勿为《法华》所转。"此中消息，亦如是矣。

（清）朱庭珍《筱园诗话》卷一

律诗炼句，以情景交融为上，情景相对次之，一联皆情、一联皆景又次之。……情景交融者，景中有情，情中有景，打成一片，不可分拆。如工部"感时花溅泪，恨别鸟惊心""卷帘残月影，高枕远江声"①"村春雨外急，邻火夜深明"②"风月自清夜，江山非故园"③"露从今夜白，月是故乡明"……皆是句中有人，情景兼到者也。

同上卷四

词虽浓丽而乏趣味者，以其但知作情景两分语，不知作景中有情、情中有景语耳。"雨打梨花深闭门"④"落红万点愁如海"⑤，皆情景双绘，故称好句，而趣味无穷。

（清）沈祥龙《论词随笔》

词之诀曰情景交炼。宋词如李世英"一寸相思千万绪，人间没个安排处"⑥，情语也。梅

① 杜甫《客夜》诗："客睡何曾着，秋天不肯明。卷帘残月影，高枕远江声。计拙无衣食，途穷仗友生。老妻书数纸，应悉未归情。"

② 又《村夜》诗："风色萧萧暮，江头人不行。村春雨外急，邻火夜深明。胡羯何多难，樵渔寄此生。中原有兄弟，万里正含情。"

③ 又《日暮》诗："牛羊下来久，各已闭柴门。风月自清夜，江山非故园。石泉流暗壁，草露滴秋根。头白灯明里，何须花烬繁。"

④ 李重元《忆王孙·春词》词："萋萋芳草忆王孙，柳外楼高空断魂，杜宇声声不忍闻。欲黄昏，雨打梨花深闭门。"

⑤ 秦观《千秋岁》词下阕："忆昔西池会，鹓鹭同飞盖。携手处，今谁在？日边清梦断，镜里朱颜改。春去也，飞红万点愁如海。"

⑥ 李冠（字世英）《蝶恋花·春暮》词下阕："桃杏依稀香暗度。谁在秋千，笑里轻轻语？一寸相思千万绪，人间没个安排处。"依稀一作"依依"，一寸相思一作"一片芳心"。

尧臣“落尽梨花春又了，满地斜阳，翠色和烟老”①，景语也。姜尧章“旧时月色，算几番照我，梅边吹笛”②，景寄于情也。寇平叔“倚楼无语欲销魂，长空黯淡连芳草”③，情系于景也。词之为道，其大旨固不出此。

（清）张德瀛《词征》卷一

真字是词骨。情真、景真，所作必佳，且易脱稿。

（近代）况周颐《蕙风词话》卷一

盖写景与言情，非二事也。善言情者，但写景而情在其中。此等境界，唯北宋人词往往有之。

同上卷二

境非独谓景物也。喜怒哀乐，亦人心中之一境界。故能写真景物、真感情者，谓之有境界。否则谓之无境界。

（近代）王国维《人间词话》

昔人论诗词，有景语、情语之别。不知一切景语，皆情语也。

又《人间词话删稿》

曰物有生死动静之别，一等可怜是它无灵魂、无感情无生物，或有感情焉，而无思想动植物，总而言之，它不是人。大作家笔下所赋之物即不如然，它有灵魂，有感情，有思想，总而言之，它是人。必如是夫而后赋物之时乃可以物物而不物于物。……所以故。老杜不肯使其全无而且非是，而必欲使其全有而且真是。于是老杜乃给与以情感、以思想、以灵魂，又不宁唯是，而又给与以人底情感、人底思想與夫人底灵魂，使之成为特出的鹰、马，之外又复具有完全真正的人格焉。此其所以赋物而能物物而不物于物也。

（现当代）顾随《驼庵词话》卷四

---

① 梅尧臣《苏幕遮》词下阕：“接长亭，迷远道。堪怨王孙，不记归期早，落尽梨花春又了。满地残阳，翠色和烟老。”

② 姜夔（字尧章）《暗香》词上阕：“旧时月色，算几番照我，梅边吹笛？唤起玉人，不管清寒与攀摘。何逊而今渐老，都忘却、春风词笔。但怪得、竹外疏花，香冷入瑶席。”

③ 寇准（字平仲）《踏莎行·春暮》词下阕：“密约沉沉，离情杳杳。菱花尘满慵将照。倚楼无语欲销魂，长空黯淡连芳草。”

大地山河以及风云星斗原来都是死板的东西，我们往往觉得它们有情感，有生命，有动作，这都是移情作用的结果。……诗文的妙处往往都从移情作用得来。例如“天寒犹有傲霜枝”[①]句的“傲”，“云破月来花弄影”[②]句的“弄”，“数峰清苦，商略黄昏雨”[③]句的“清苦”和“商略”……都是原文的精彩所在，也都是移情作用的实例。

在聚精会神的观照中，我的情趣和物的情趣往复回流。有时物的情趣随我的情趣而定，例如自己在欢喜时，大地山河都随着扬眉带笑，自己在悲伤时，风云花鸟都随着黯淡愁苦。……物我交感，人的生命和宇宙的生命互相回还震荡，全赖移情作用。

（现当代）朱光潜《文艺心理学》第三章

① 苏轼《赠刘景文》诗句：“荷尽已无擎雨盖，菊残犹有傲霜枝。”

② 张先《天仙子》词句：“沙上并禽池上暝，云破月来花弄影。”

③ 姜夔《点绛唇》词句。

名言之理与诗家之理

诗中情与理的矛盾，诗话中引发争讼可能要从严羽说起。当然，在严羽以前，欧阳修、严有翼对这个问题已经有所接触。欧阳修批评诗人“贪求好句而理有不通”，提示的是，好诗与理的矛盾。好句“好”在哪里？并不十分明确。严有翼说得更明白一些，“作豪句”要防止有“叛于理”。豪就是豪情、激情，也就是激情与理有矛盾。这实际上是说感情越强烈越容易与理发生冲突。

到了严羽，二者的矛盾才充分揭开：诗有“别材”“别趣”，也就是特殊的才华和趣味。特殊在哪里呢？第一，诗与理的矛盾极端到毫不相干的程度（非关理也）。第二，诗是“吟咏情性”，“情性”与“理”有不可调和的矛盾。第三，矛盾在哪里呢？诗的兴趣“不涉理路”，也就是不遵循理性逻辑。第四，诗“不落言筌”，“言有尽意无穷”，也就是直接用语言表达出来是有限的，而诗的意味是无限的。诗的意蕴，不在言之内，而在其外，可意会不可言传，不可捉摸到“无迹可求”的地步，但是可以感受到。第五，这种才能与读书明理是不相干的，但是不读书不“穷理”，又不能达到其最高层次。这里的“穷理”，很值得注意，不是一般的明理，要把道理“穷”尽了，真正弄通了，才能达到“极其至”的最高的境界。从这个意义上来说，诗又不是表面上与“理”无关，“理”是它的最初根源，也是它的最高境界。

严羽这里的“理”，显然有多重意涵。最表层的“理”，就是他在下文中指出的“近代诸公”“以文字为诗，以才学为诗，以议论为诗”，流于“末流者，叫噪怒张”至“骂詈为诗”。从这个意义上说，严羽针对的是宋朝的诗风。[①] 但是，严羽的理的意涵，并不局限于此。他显然还把理作为诗歌的历史发展过程中一个重要因素加以考虑，从这个意义上说，

① 钟秀观《我生斋诗话》卷一引严羽的话后评论说：“沧浪斯言亦为宋人以议论为诗者对症发药。”见严羽《沧浪诗话校释》，郭绍虞校释，人民文学出版社 1993 年版，第 27 页。

“理”在诗中，并不绝对是消极因素，其积极性与消极性是随史沉浮的。他在《诗评》一章中这样说：“诗有词理意兴。南朝人尚词而病于理；本朝人尚理而病于意兴；唐人尚意兴而理在其中；汉魏之诗，词理意兴，无迹可求。”很显然，他认为理不能独立地研究，要把它放在和“词”（文采）、“意兴”（情致激发）的关系中来具体分析。光有“词”，华彩的语言，而没有“理”，成为南朝诗人的一大缺陷；光有“理”，而没有“意兴”，则是宋朝人的毛病。只有把“理”融入“意兴”（情致激发）之中，才能达到唐诗那样的“词理意兴”的高度统一。更高的典范，则是汉魏古诗，语言、情致和“理”水乳交融到没有分别的程度。

严羽把这个“理”的多重意涵说得太感性，在概念上有些交叉，带着禅宗的直觉主义，并未把问题说透彻。但是，他的直觉很独到，很深刻，因而情与理的关系就成为日后众说纷纭的一大课题。一方面是理与情的矛盾，被严羽说得很绝。另一方面，理与情的统一，又说得很肯定，至于怎么统一，则含含糊糊。严羽说，第一，只要把理穷尽了就行。第二，把理与情融合起来就行。第三，如果不融合，理就成为诗的障碍了。严羽的这个说法中隐含着的方法论很可贵：理的问题不能孤立地研究，只能从情和理的矛盾和统一入手。在这一点上，清诗话应该说有所发展，主要是提出了“无理而妙”的命题。

清方观贞在《辍耕录》中所说的“无理而妙”，本是贺裳在《载酒园诗话》《皱水轩词筌》中提出的。吴乔《围炉诗话》还概述贺的话道：“理岂可废乎？其无理而妙者，如‘早知潮有信，嫁与弄潮儿’，但是于理多一曲折耳。”

然而后世支持严羽的一派，把严羽的思想简单化了。贺裳甚至也极端到把元结的《春陵行》、孟郊的《游子吟》，当作“‘六经’鼓吹”来说明“理原不足以碍诗之妙”，诗与理之间没有障碍。这又把矛盾全部回避了。

早在明代，李梦阳则认为理与情矛盾，问题出在“作理语”，纯粹说理，只是个表达问题。胡应麟等则认为“理”是个内容问题：“程、邵好谈理，而为理缚，理障也。”但是李梦阳毕竟是李梦阳，他漫不经心地点到了体裁：“诗何尝无理，专作理语，何不作文而诗为邪？”诗是不能没有理的，但是，一味说理，还不如作散文来得痛快。

这一点灵气就是反对严羽的诗话家也不缺乏，不仅从情与理的矛盾中着眼，而且从理本身的内涵与体裁的关系来分析。郝敬《艺圃伧谈》力主情理统一，反对“诗有别趣，非关理也”之说：“天下无理外之文字。”但是，他说并不是只有一种“诗家之理”，“谓诗家自有诗家之理则可，谓诗全不关理，则谬矣”。可惜的是，他只承认“诗家之理”，并没有涉及非诗的文体，也没有分析非诗之理。张时为有了一些发展，他把诗人之理与儒者之理对立起来分析：“诗有诗人之诗，有儒者之诗。诗人之诗，主于适情……儒者之诗，主于明理。”又说，“诗人之诗”“取料之法”中有“幻旨”：“本为理所未有，自我约略举似焉，而若或以为然，执而言之，则固有所不通，谭子所谓‘不通得妙’。”这就涉及诗中之理最根本的特点，就是按非诗之观念来看是“不通”的，然而“不通得妙”。不通，是按逻辑来说的，可是按诗来说，则是“适情”的极致。按着适情的思路，就衍生出另一个情感的范畴“痴”。如邓云霄《冷邸小言》中的“诗语有入痴境”，谭元春的“情痴”，“不痴不可为情”；贺裳的“情痴语也。情不痴不深”等等论说。但是，这个“痴”还是很感性的语言，缺乏具体的理性内涵。

问题到了王夫之才有所进展：“非谓无理有诗，正不得以名言之理相求耳。”这可能是在中国诗话史上第一次正面提出，诗中之理，与“名言”之理的矛盾。所谓“名言”之理，今人戴鸿森在《姜斋诗话笺注》中说，就是“道学先生的伦理公式”。这就是严羽所指的“近代诸公”的“议论为诗”，并没有太多新意。但是，王夫之进一步正面提出：“经生之理，不关诗理。”这个“经生之理”之说却是很深刻的，实际上已经接近了实用理性不同于审美抒情的边缘，很可惜这个天才的感悟没有发挥下去。但是，他多少对“理”做了具有基本范畴性质的分析。当然，这仅仅是从反面说“经生之理”不是诗理，诗家之理究竟是什么样子的呢？王夫之并没有意识到要正面确定其内涵。

把这个问题说得比较透彻的是叶燮，他在《原诗》中这样说：

> 然子但知可言可执之理之为理，而抑知名言所绝之理之为至理乎？子但知有是事之为事，而抑知无是事之为凡事之所出乎？可言之理，人人能言之，又安在诗人之言之！可征之事，人人能述之，又安在诗人之述之！必有不可言之理，不可述之事，遇之于默会意象之表，而理与事无不灿然于前者也。

他把理分为“可执之理”也就是“可言之理”，和“名言所绝之理”即“不可言之理”，认定后者才是诗家之理。虽然，从世俗眼光来看，这是“不通”的。他举杜甫的“碧瓦初寒外”“星临万户动，月傍九霄多”“晨钟云外湿”“高城秋自落”为例说：“若以俗儒之眼观之：以言乎理，理于何通？以言乎事，事于何有？”的确，按“世俗之理”这些诗句全部于“理”不通。“星临万户”本为静止景象，何可见“动”？“月傍”处处，均不加多，何独于九霄为多？晨钟不可见，所闻者为声，远在云外，何能变湿？城高与秋色皆不变，秋不可能有下降的意志。然而，这种不合世俗之理，恰恰是“妙于事理”的。这种于世俗看来，无理的、不通的“理”之所以动人，就因为是“情至之语”，因为感情深挚。中国古典诗论在情与理的矛盾上，一直难以突破的问题，在叶燮这里，又一次有了突破的希望。

如果说这一点还不算特别警策的话，真正的突破，乃是下面“情得然后理真，情理交至”这个论断。他和严羽等最大的不同是，在分析情与理的矛盾时，引进了一个新范畴，那就是“真”。这个真，是“理真”，然而这个“理真”却是由“情得”来决定的，因为“情得”，不通之理转化为‘妙”理。从世俗之理看来，不合理，是不真的，但只要感情是真的，就是“妙”的。而那些一看就觉得很通的，用很明白的语言表达的，不难理解的，所谓“实写理事情，可以言言，可以解解”，反倒是“俗儒之作”。如果说，光是讲情“真”为无理转化为“妙”理的条件，还不能算很大的理论突破的话，那么接下来的论述就更不同凡响了。他说诗歌中往往表达某种“不可名言之理，不可施见之事，不可径达之情”，从不可言到可言，从不施见到可见，从不可径达到撼人心魄，条件是什么呢？他的答案是：

幽渺以为理，想象以为事，惝恍以为情，方为理至事至情至之语。

他在诗学上提出三分法，一是理，二是事，三是情。三者是分离的，唯一可以将之统一起来的，是一个新的范畴“想象”。正是这种“想象”的“事”把“幽渺”的变成有“理”，把“惝恍”的、不可感知的“情”变得生动。情与事的矛盾，情与理的矛盾，是要通过想象的途径来解决的，想象能把事情理三者结合起来。

为了充分说明这一点，他还举出李白“蜀道之难，难于上青天”、李益“似将海水添宫漏”、王之涣“春风不度玉门关”、李贺“天若有情天亦老”、王昌龄“玉颜不及寒鸦色”等句为例。的确，于事理而言，四川的道路不管多么艰难，也不可能比凭空上天更难，这不过是李白的对于艰难环境的一种豪迈的情感；宫娥在寂寞中等待，不管多么漫长，也不可能像把大海的水都添到计时的“宫漏”中那样，这不过是强调那种永远没有尽头不可忍受的期待；玉门关外不是绝对没有春天的风，不过是思乡的诗人对于异乡的感知变异。大自然是无情的，不会像人一样逐年老去的，李贺所表现的是人世沧桑变幻，而大自然却永恒不变；宫女之所以有不及寒鸦的感觉，是因为羡慕它身上的朝阳象征着皇帝的宠幸。这些都是不合理的，不真实的，却是合情的。这样的表现之所以是“妙”的，因为是想象的，情感本来是“幽渺”“惝恍”的，不可言表的，但是通过想象却能得到强烈的表现。叶燮不像一般诗话作者那样，拘泥于描述性的事理，举些依附于景物似乎是不真的形象，定性为不合事理。他的魄力表现在举出直接抒情的诗句，其想象境界与现实境界有着比较大的距离。这种距离不是情与事的差异，而是情感与事理在逻辑上的超越。

这就涉及了理的根本内涵。这可是一个世界性的课题。直到20世纪中叶，英美的新批评在这方面提出了若干有学术价值的论断。在美英新批评看来，抒情是危险的。艾略特说得很清楚：“诗不是放纵感情而是逃避感情，不是表现个性而是逃避个性。”①兰色姆则更是直率地宣称：“艺术是一种高度思想性或认知性的活动，说艺术如何有效地表现某种情感，

① 艾略特这个说法是很极端的。其中包含着两层意思，一是反对浪漫主义的滥情主义，二是诗人的个性，其实并不是独异的，而是整个文化传统所塑造的。因而，个性和感情只是作品的形式：“我的意思是诗人没有什么个性可以表现，只有一个特殊的工具，那只是工具，不是个性。”

根本就是张冠李戴。”[①]这种反抒情的主张显然与浪漫主义者华兹华斯力主的“强烈感情的自然流露”背道而驰。新批评把价值的焦点定位在智性上，理查兹还提出了诗歌“逻辑的非关联性”[②]，布鲁克斯提出了“非逻辑性”[③]，只要向前迈出一步就不难发现，情感逻辑与抒情逻辑的不同。但，由于他们对抒情的厌恶，始终不能直面情感逻辑和理性逻辑的矛盾。

理性逻辑，遵守逻辑的同一律，以下定义来保持内涵和外延的稳定。情感逻辑则不遵守形式逻辑同一律（排中律、矛盾律，是为了保证同一律），而是以变异、含混、朦胧为上。苏东坡和章质夫同咏杨花，章质夫把杨花写得曲尽其妙，还不及苏东坡的“似花还是非花”“细看来不是杨花，点点是离人泪”。从形式逻辑来说，这是违反同一律和矛盾律的。闺中仕女在思念丈夫的情感（闺怨）冲击下，对杨花的感知发生了变异。变异是情感的效果，变异造成的错位幅度越大，感情越是强烈。

今人吴世昌不明于此，曰：“静安以为东坡‘杨花词’‘和韵而似元唱，章质夫词元唱而似和韵。才之不可强也如是’，此说甚谬。东坡和作拟人太过分，遂成荒谬。杨花非花，即使是花，何至拟以柔肠娇眼，有梦有思有情，又去寻郎。试问杨花之‘郎’为谁？末句（细看来，不是杨花，点点是，离人泪）最乏味，果如是则桃花可为离人血，梨花可为离人发，黄花可为离人脸，可至无穷。此词开宋乃至后世无数咏物恶例。但历来评者一味吹捧，各本皆选入，人云亦云，不肯独立思考。”（《词林新话》卷三）其实，吴氏似于情感冲击感知使之发生变异未能深思，殊不知情感愈强烈则感知之变异愈甚，变异之程度与情感之强度成正比，故李白可曰“狂风吹我心，西挂咸阳树”，王安石可曰“一水护田将绿绕，两山排闼送青来”也。至于从花到柔肠娇眼、寻郎等，皆为“梦”也。梦，亦为情之变异也，按弗洛伊德之说，梦是情感之“畸变”（distortion）。由杨花而变为离人泪，不但有梦，而且有畸，乃是奇艺。若如吴氏说，由桃花变为离人血，俗不可耐，而王实甫以霜叶变为离人泪，何以却成为千古佳句？

其实，情与感之互动、互变，其间错位幅度越大，则情愈奇，言愈新，韵愈高也。

此等规律中外皆然。雪莱在《为诗辩护》中云“诗使它所触及的一切都变形”，马拉美曰“散文是散步，诗是舞蹈”，皆可称为不约而同之妙悟也。

抒情还超越充足理由律，以“无端”为务。无端就是无理。诗人丁尼生《泪，无端的泪》就是一例。对于诗来说，有理，完全合乎理性逻辑，可就是无情感，很干巴，而无理

---

① 兰色姆《新批评》，王腊宝等译，江苏教育出版社2006年版，第11页。

② 参见兰色姆《新批评》，王腊宝等译，江苏教育出版社2006年版，第8页。

③ 布鲁克斯说：“邓恩在运用‘逻辑’的地方，常常是用来证明其不合逻辑的立场。他运用逻辑的目的是要推翻一种传统的立场，或者‘证实’一种基本上不合逻辑的立场。”布鲁克斯《精致的瓮》，上海人民出版社2008年版，第196页。

（无端）才可能有诗的感染力。在这方面，我国古典诗话有相当深厚的积累。贺裳《载酒园诗话》《皱水轩词筌》提出“无理而妙”的重大理论命题，不但早出艾略特的“扭断逻辑的脖子”好几个世纪，而且不像艾略特那样片面，他把“无理”和“有理”的关系揭示得很辩证。

当然，古人的道理还有发挥余地。

无理就是违反充足理由律。李清照《声声慢》：“寻寻觅觅，冷冷清清，凄凄惨惨戚戚。”首先，寻什么呢？模模糊糊，目标不明确才好。其次，从因果逻辑来说，结果怎样呢？寻到没有呢？也没有下文，可妙处就是没有原因，也不在乎结果，才能表现一种飘飘忽忽、断断续续、若有若无的失落感。

无理，就是可以自相矛盾。布鲁克斯说：“如果诗人忠于他的诗，他必须既非是二，亦非是一：悖论是他唯一的解决方式。”[①]但是，布氏所言悖论，属于修辞范畴，而诗中之自相矛盾，乃为贯穿意象群落中之意脉，也不仅是修辞的特点，而且是情感的特点。陆游的《示儿》：“死去元知万事空，但悲不见九州同。王师北定中原日，家祭无忘靠乃翁。”明知“万事空”，看破一切，还要家祭告捷，在这一点上不空，不能看破。从理性上说，应该是与“万事空”自相矛盾，但全诗的好处就在这个自相矛盾上。

在中国古典诗歌中，直接抒情不乏神品。然神品更多韵味蕴含在矛盾之中。如“蝉噪林愈静，鸟鸣山更幽”，把强烈的矛盾（噪和静，鸣和幽）正面展示，却显示出噪中之静，鸣中之幽。新批评把这一切都归诸修辞，其实，修辞不过是用来表达情感的手段。千百年来，众说纷纭的李商隐的《锦瑟》，在神秘而晦涩的表层，掩藏着情感的痴迷。“此情可待成追忆？只是当时已惘然”，是很矛盾的。“此情可待”，说感情可以等待，未来有希望，只是眼下不行，但是又说“成追忆”，等来的只是对过去的追忆。长期以为可待，可等待越久，希望越空，没有未来。虽然如此，起初还有“当时”幸福的回忆，但是，“只是当时已惘然”，就是“当时”也已明知是“惘然”的。矛盾是双重的，眼下、过去和当时都是绝望，明知不可待而待。自相矛盾的层次越是丰富，越是显得情感的痴迷。

无理不仅是形式逻辑的突破，而且是辩证逻辑的突破。辩证逻辑的要义是全面性，至少是正面反面，矛盾的双方的互相联系，互相制约，最忌片面化、极端化、绝对化，而强烈的诗情逻辑恰恰是以片面性和极端化为上。就以新批评派推崇的玄学派诗人邓恩的《成圣》而言，诗中那种生生死死，为爱而死，为爱而生，为爱死而复生，从生的极端到死的极端，在辩证的理性逻辑来看，恰是大忌，但是这种极端，恰恰是情感强烈的效果，是爱的绝对造成这逻辑的极端。这和白居易《长恨歌》中的“在天愿作比翼鸟，在地愿为连理

---

① 布鲁克斯《精致的瓮》，上海人民出版社 2008 年版，第 21 页。

枝。天长地久有时尽，此恨绵绵无绝期”一样，不管空间如何，不管时间如何，爱情都是绝对的不可改变的，超越了生死不算，还要超越时间和空间。有了逻辑的极端才能充分表现感情的绝对。

中国古典诗歌的成熟期，以情景交融为主，较少采用直接抒情方式，故此等诗句比较罕见。倒是在民歌中直接抒情则相当常见。如汉乐府的《上邪》：“上邪！我欲与君相知，长命无绝衰。山无陵，江水为竭，冬雷震震，夏雨雪，天地合，乃敢与君绝！”这种爱到世界末日的誓言，在世界爱情诗史上并非绝无仅有。苏格兰诗人彭斯的“谁见到她就会爱上她，谁爱上她就会永远爱她”（But to see her was to love her，love but her and love her forever.）可堪与之同调。还有他最著名的《一朵红红的玫瑰》中的诗句和白居易“天长地久有时尽，此恨绵绵无绝期”异曲同工：

直到海水都已枯干，亲爱的，
岩石也因日晒焦烂，
我会永远爱你，亲爱的，
只要生命的沙漏尚在运转。

爱到海枯干，石头熔化。和《上邪》的“山无陵，江水为竭”“天地合”不约而同，都是世界末日挡不住爱情。这种绝对的爱情，和白居易超越空间时间的爱情在绝对性上是一样的，无理，是对理性逻辑而言的，而“妙”则是非理性的、情感逻辑的显现。

陈一琴辑历代诗话

诗有七德：一识理，二高古，三典丽，四风流，五精神，六质干，七体裁。

（唐）释皎然《诗式》卷一

诗人贪求好句而理有不通，亦语病也。

（宋）欧阳修《六一诗话》

吟诗喜作豪句，须不叛于理方善。

（宋）严有翼《艺苑雌黄》

诗有四种高妙：一曰理高妙，二曰意高妙，三曰想高妙，四曰自然高妙。碍而实通，曰理高妙；出事意外，曰意高妙；写出幽微，如清潭见底，曰想高妙；非奇非怪，剥落文采，知其妙而不知其所以妙，曰自然高妙。

（宋）姜夔《白石诗说》

夫诗有别材，非关书也；诗有别趣，非关理也。然非多读书，多穷，则不能极其至。所谓不涉理路，不落言筌者，上也。诗者，吟咏情性也。盛唐诸人惟在兴趣，羚羊挂角，无迹可求。故其妙处透彻玲珑，不可凑泊，如空中之音，相中之色，水中之月，镜中之象，言有尽而意无穷。

（宋）严羽《沧浪诗话·诗辨》

诗有词理意兴。南朝人尚词而病于理；本朝人尚理而病于意兴；唐人尚意兴而理在其中；汉魏之诗，词理意兴，无迹可求。

又《沧浪诗话·诗评》

至理学兴而诗始废，大率皆以模写宛曲为非道。夫明于理者犹足以发先王之底蕴，其不明理则错冗猥俚散焉不能以成章，而诿曰："吾唯理是言。"诗实病焉。今夫途歌巷语，风见之矣。至于二雅，公卿大夫之言，缜而有度，曲而不倨，将尽夫万物之藻丽，以极其形容赞美之盛。若是者，非夸且诬也。

（元）袁桷《乐侍郎诗集序》

诗有别材，非关书也；诗有别趣，非关理也。然非读书之多明理之至者，则不能作。论诗者无以易此矣。彼小夫贱隶妇人女子，真情实意，暗合而偶中，固不待于教。而所谓骚人墨客学士大夫者，疲神思，弊精力，穷壮至老而不能得其妙，正坐是哉。

（明）李东阳《麓堂诗话》

夫诗比兴错杂，假物以神变者也。虽言不测之妙，感触突发，流动情思，故其气柔厚，其声悠扬，其言切而不迫，故歌之心畅，而闻之者动也。宋人主理，作理语，于是薄风云月露，一切铲去不为。又作诗话教人，人不复知诗矣。诗何尝无理，专作理语，何不作文而诗为邪？今人有作性气诗，辄自贤于"穿花蛱蝶，点水蜻蜓"[①]等句，此何异痴人前说梦也！即以理言，则所谓深深款款者何物邪？诗云："鸢飞戾天，鱼跃于渊。"[②]又何说也？

（明）李梦阳《李梦阳诗话》

---

① 即杜甫《曲江二首》（其二）诗句："穿花蛱蝶深深见，点水蜻蜓款款飞。"

② 《诗经·大雅·旱麓》诗句。

唐人诗主情，去《三百篇》近；宋人诗主理，去《三百篇》却远矣。

（明）杨慎《升庵诗话》卷八

诗何病于理学，理学何病于诗，而离之始双美，合之则两伤！固哉今之为诗也。

（明）李维桢《刘宗鲁诗序》

然而诗之所以为诗，情景事理，自古迄今，故无二道。唯才识之士，拟议以成变化，臭腐可为神奇，安能离去古人，别造一坛宇耶？

又《朱修能诗跋》

禅家戒事理二障，余戏谓宋人诗，病正坐此。苏、黄（苏轼、黄庭坚）好用事，而为事使，事障也；程、邵（程颢、程颐、邵雍）好谈理，而为理缚，理障也。

（明）胡应麟《诗薮》内编卷二

严仪卿（严羽字）谓“诗有别趣，非关理也”，天下无理外之文字。谓诗家自有诗家之理则可，谓诗全不关理，则谬矣。诗不关理，则离经叛道，流为淫荡。文字无义理，则无意味、无精彩。《三百篇》纯是义理凝成，所以晶光千古不磨。今之诗，粉饰妆点，趁韵而已。岂唯无理，亦且无稽，浮响虚声，何关性情？何补风教？蛙鸣蝉噪，乌得为诗？

（明）郝敬《艺圃伧谈》卷一

诗有诗人之诗，有儒者之诗。诗人之诗，主于适情，以山水烟月莺花草树为料；儒者之诗，主于明理，以讲习克治天人体用为料。试以诗人之诗言之，彼其取料之法有二：一曰幽事，一曰幻旨。幽事者，皆目前所阅之境，久为人所习而未觉者。自我言之，而后恍然以为诚如是，如“茶烟开瓦雪，鹤迹上潭冰”[①]之类是也。幻旨者，本为理所未有，自我约略举似焉，而若或以为然，执而言之，则固有所不通，谭子所谓“不通得妙”，如“残阳过远水，落叶满疏钟”[②]之类是也。

（明）张时为《张时为诗话》

“诗有别趣，非关理也。”然理原不足以碍诗之妙，如元次山（唐元结字）《春陵行》、

① 郑巢《送琇上人》诗句。

② 张祜《题万道人禅房》诗句。

孟东野《游子吟》、韩退之《拘幽操》、李公垂（唐李绅字）《悯农》诗，真是“六经”鼓吹。乐天（唐白居易字）与微之（唐元稹字）书曰：“文章合为时而著，歌诗合为事而作。”然其生平所负，如《哭孔戡》诸诗，终不谐于众口。此又所谓“言之无文，行之不远”。故必理与辞相辅而行，乃为善耳。非理可尽废也。

……

论诗虽不可以理拘执，然太背理则亦不堪。

（清）贺裳《载酒园诗话·诗不论理》

诗虽不宜苟作，然必字字牵入道理，则诗道之厄也。吾选晦翁（宋朱熹，号晦庵）诗，惟取多兴趣者。

又《载酒园诗话·朱熹》

乔谓唐诗有理，而非宋人诗话所谓理；唐诗有词，而非宋人诗话所谓词。大抵赋须近理，比即不然，兴更不然，“靡有孑遗”①“有北不受”②可见。又如张籍辞李司空辟诗③，考亭（宋朱熹晚年号）嫌其“感君缠绵意，系在红罗襦”。若无此一折，即浅直无情，是为以理碍诗之妙者也。

（清）吴乔《围炉诗话》卷一

沧浪（严羽，自号沧浪逋客）云：“不落言筌，不涉理路。”按此二言似是而非，惑人为最。……至于诗者言也，言之不足故长言之，长言之不足故咏歌之，但其言微不与常言同耳，安得有不落言筌者乎？诗者，讽刺之言也。凭理而发，怨诽者不乱，好色者不淫，故曰“思无邪”。但其理玄，或在文外，与寻常文笔言理者不同，安得不涉理路乎？沧浪论诗，止是浮光掠影，如有所见，其实脚跟未曾点地，故云盛唐之诗，“如空中之色，水中之月，镜中之象”，种种比喻，殊不知刘梦得（唐刘禹锡字）云“兴在象外”，一语妙绝。又孟子言：“说诗者不以文害辞，不以辞害志，以意逆志，是为得之。”更自确然灼然也。呜

① 《诗经·大雅·云汉》诗句：“周余黎民，靡有孑遗。”

② 《诗经·小雅·巷伯》诗句：“豺虎不食，投畀有北；有北不受，投畀有昊。”

③ 张籍《节妇吟寄东平李司空师道》：“君知妾有夫，赠妾双明珠。感君缠绵意，系在红罗襦。妾家高楼连苑起，良人执戟明光里。知君用心如日月，事夫誓拟同生死。还君明珠双泪垂，何不相逢未嫁时。”洪迈《容斋三笔》载：“张籍在他镇幕府，郓帅李师古又以书币辟之，籍却而不纳，而作《节妇吟》一章寄之。”

呼！可以言此者寡矣。

（清）冯班《沧浪诗话纠谬》

夫理学与诗，判而不一也久矣。儒者斥诗为末技，比于雕虫之属，而太白嘲诮鲁儒，备极丑诋。……予谓世俗所谓理学与诗皆非也。……《三百篇》多忠臣孝子之章，至性所激，发而成声，不烦雕绘而恻然动物。是真理学即真诗也。

（清）申涵光《马旻徕诗引》

《三百篇》皆理学也。敷情陈事而理寓焉，理之未达，无为贵诗矣。

又《王清有诗引》

谢灵运一意回旋往复，以尽思理，吟之使人卞躁之意消。《小宛》①抑不仅此，情相若，理尤居胜也。王敬美（明王世懋字。此系误记，应为其兄王世贞，字符美。下同）谓"诗有妙悟，非关理也"。非理抑将何悟？

（清）王夫之《姜斋诗话》卷上

诗入理语，唯西晋人为剧。理亦非能为西晋人累，彼自累耳。诗源情，理源性，斯二者岂分辕反驾者哉？不因自得，则花鸟禽鱼累情尤甚，不徒理也。取之广远，会之清至，出之修洁，理顾不在花鸟禽鱼上耶？

又《古诗评选》卷二

（西晋司马彪《杂诗》②）王敬美谓"诗有妙悟，非关理也"，非谓无理有诗，正不得以名言之理相求耳③。且如飞蓬，何"首"可"搔"？而不妨云"搔首"，以理求之，讵不蹭蹬？

同上卷四

……故经生之理，不关诗理，犹浪子之情，无当诗情。

同上卷五

---

① 《诗经·小雅·小宛》诗。

② 《杂诗》："百草应节生，含气有深浅。秋蓬独何辜，飘飖随风转。长飙一飞薄，吹我之四远。搔首望故株，邈然无由返。"

③ 戴鸿森《姜斋诗话笺注》："旧时代很少人在实际上如此灵活广泛地理解，一说'理'，便意味着道学先生的伦理公式，或者社会上居统治地位的道德教训，便是所谓'名言之理'，船山（王夫之，晚年屏居石船山，人尊称之）认为'正不得'以之'相求'。"

（评明徐渭《严先生祠》诗）诗以道性情，道性之情也。性中尽有天德、王道、事功、节义、礼乐、文章，却分派与《易》《书》《礼》《春秋》去，彼不能代诗而言性之情，诗亦不能代彼也。决破此疆界，自杜甫始。桎梏人情，以掩性之光辉；风雅罪魁，非杜其谁耶？

又《明诗评选》卷五

（严羽“诗有别趣，非关理也”）“理”字原说得轻泛，只当作“实事”二字看。后人误将此字太煞认真，故以《舂陵》《游子》《拘幽》《悯农》诸诗当之。方采山极诋沧浪此说，岂知全失沧浪本意，古人有知，必且遥笑地下矣。

（清）黄生《黄白山先生〈载酒园诗话〉评》卷上

（贺裳评鲁望《自遣》诗①“似骇似戏，语荒唐而意纤巧……”）此沧浪所谓无理而有趣者，“理”字只如此看，非以鼓吹经史，稗补风化为理也。

又黄生评语，转引自贺裳《载酒园诗话·又编·晚唐》

然子但知可言可执之理之为理，而抑知名言所绝之理之为至理乎？子但知有是事之为事，而抑知无是事之为凡事之所出乎？可言之理，人人能言之，又安在诗人之言之！可征之事，人人能述之，又安在诗人之述之！必有不可言之理，不可述之事，遇之于默会意象之表，而理与事无不灿然于前者也。今试举杜甫集中一二名句，为子晰而剖之，以见其概，可乎？

如《玄元皇帝庙作》“碧瓦初寒外”②句……又《宿左省作》“月傍九霄多”③句……又《夔州雨湿不得上岸作》“晨钟云外湿”④句……又《摩诃池泛舟作》“高城秋自落”⑤句……以上偶举杜集四语，若以俗儒之眼观之：以言乎理，理于何通？以言乎事，事于何有？所谓言语道断，思维路绝；然其中之理，至虚而实，至渺而近，灼然心目之间，殆如鸢飞鱼跃之昭著也。理既昭矣，尚得无其事乎？

古人妙于事理之句，如此极多；姑举此四语，以例其余耳。其更有事所必无者，偶举

① 陆龟蒙（字鲁望）《自遣诗三十首》（其十三）：“数尺游丝堕碧空，年年长是惹东风。争知天上无人住，亦有春愁鹤发翁。”

② 杜甫《冬日洛城北谒玄元皇帝庙》诗句：“碧瓦初寒外，金茎一气旁。”

③ 又《春宿左省》诗句：“星临万户动，月傍九霄多。”

④ 又《船下夔州郭宿雨湿不得上岸别王十二判官》诗句：“晨钟云外湿，胜地石堂烟。”

⑤ 又《晚秋陪严郑公摩诃池泛舟》诗句：“高城秋自落，杂树晚相迷。”

唐人一二语，如“蜀道之难，难于上青天”[①]“似将海水添宫漏”[②]“春风不度玉门关”[③]“天若有情天亦老”[④]“玉颜不及寒鸦色”[⑤]等句，如此者何止盈千累万！决不能有其事，实为情至之语。夫情必依乎理，情得然后理真。情理交至，事尚不得耶！要之作诗者，实写理事情，可以言言，可以解解，即为俗儒之作。唯不可名言之理，不可施见之事，不可径达之情，则幽渺以为理，想象以为事，惝恍以为情，方为理至事至情至之语。此岂俗儒耳目心思界分中所有哉！则余之为此三语者，非腐也，非僻也，非锢也。得此意而通之，宁独学诗，无适而不可矣。

（清）叶燮《原诗》内篇下

昔人论诗曰：“不涉理路，不落言诠。”宋人惟程、邵、朱诸子为诗好说理。在诗家谓之旁门。

（清）王士禛《师友诗传续录》

诗家不许于诗中谈理，亦有所见。盖理由我运，则操纵如意，或虚或实，或大或小，随其识力所到，变没隐见于语言外者，皆诗之根也。若以我听理，非十成死语不敢下，非陈陈相因者不敢言，由是板木臃肿，酸腐油腻之病，交萃一时，虽澡洗频加，旧性难改，顺口而成，依然尘土，其于诗也，愈远愈支，不可救药矣。且古人文章各有体裁，若令诗专主于理，不主于比兴风雅，即何不为有韵之“四书”“五经”，而须后人之叨叨置喙耶！况善谈理者，不滞于理，美人香草，江汉云霓，何一不可依托，而直须仁义礼智不离口，太极天命不去手，始谓之谈理乎？愿与主持斯道者共商之。

文章名理，世鲜兼长。诗非不要理，只是人不能于诗中见理耳。理无不包，语无不韵者，《三百篇》之《雅》《颂》是也。不必以理为名，诗妙而理无不通者，《离骚》以讫汉、魏是也。但求词佳不堕理窠者，两晋、六朝以讫三唐是也。只求理胜不暇修词者，程、朱、邵子辈是也。风气日下，得一层必失一层，若天限之，生古人以后者，何处下手？

诗中谈理，肇自三《颂》。宋人则直泄道秘，近于抄疏，将古法婉妙处，尽变平浅，反觉腐而可厌。

（清）张谦宜《茧斋诗谈》卷一

① 李白《蜀道难》诗句。
② 李益《宫怨》诗句：“似将海水添宫漏，共滴长门一夜长。”
③ 王之涣《凉州词二首》（其一）诗句：“羌笛何须怨杨柳，春风不度玉门关。”
④ 李贺《金铜仙人辞汉歌》诗句：“衰兰送客咸阳道，天若有情天亦老。”
⑤ 王昌龄《长信秋词五首》（其三）诗句：“玉颜不及寒鸦色，犹带昭阳日影来。”

诗非谈理。亦乌可悖理也。

（清）沈德潜《古诗源·例言》

诗人之诗，心地空明，有绝人之智慧；意度高远，无物类之牵缠。诗书名物，别有领会；山川花鸟，关我性情。信手拈来，言近旨远，笔短意长，聆之声希，咀之味永。此禅宗之心印，风雅之正传也。

（清）方贞观《方南堂先生辍锻录》

古云："诗有别材，非关书也；诗有别趣，非关理也。"此说诗之妙谛也，而未足以尽诗之境。如杜子美"雨露之所濡，甘苦齐结实"①，白乐天"野火烧不尽，春风吹又生"②，韩退之《拘幽操》，孟东野《游子吟》，是非有得于天地万物之理，古圣贤人之心，乌能至此？可知学问理解，非徒无碍于诗，作诗者无学问理解，终是俗人之谈，不足供士大夫之一笑。然正有无理而妙者，如李君虞"嫁得瞿塘贾，朝朝误妾期。早知潮有信，嫁与弄潮儿"③，刘梦得"东边日出西边雨，道是无晴却有晴"④，李义山"八骏日行三万里，穆王何事不重来"⑤，语圆意足，信手拈来，无非妙趣。可知诗之天地，广大含宏，包罗万有，持一论以说诗，皆井蛙之见也。

同上

诗要有理，不是"万物静观皆自得，四时佳兴与人同"⑥才为理。一事一物皆有理，只看《左传》臧孙达之言"先王昭德塞违者，如昭其文也"之类，皆是说理，可以省悟于诗。杜牧之叙李贺集，种种言其奇妙，而要终之言曰："稍加以理，奴仆命《骚》可也。"可见词虽有余而理或不足是大病。

（清）方世举《兰丛诗话》

汉魏之诗，辞理意兴，无迹可求。唐人尚意兴而理在其中。宋人纯以理用事，故去本

① 杜甫《北征》诗句。

② 白居易《赋得古原草送别》诗句。

③ 李益（字君虞）《江南曲》。

④ 刘禹锡《竹枝词二首》（其一）："杨柳青青江水平，闻郎江上唱歌声。东边日出西边雨，道是无晴却有晴。"

⑤ 李商隐《瑶池》："瑶池阿母绮窗开，黄竹歌声动地哀。八骏日行三万里，穆王何事不重来？"

⑥ 程颢《秋日偶成二首》（其二）诗句。一说为程颐诗，又一说为朱熹诗。

渐远。

（清）薛雪《一瓢诗话》

诗家有不说理而真乃说理者，如唐人咏棋云：“人心无算处，国手有输时。”[①]

（清）袁枚《随园诗话》卷三

（贾岛《偶作》[②]“遥峰”句）碍而通。峰远出平地上，故言“出草”。《文心雕龙》有云：“碍而实通。”故凡诗句中有乍看似无理，细思乃确妙者，皆谓之碍而通。

（清）李怀民《重订中晚唐诗主客图》卷下

诗奇而入理，乃谓之奇。若奇而不入理，非奇也。卢玉川（唐卢仝，自号玉川子）、李昌谷（李贺，曾居福昌县昌谷）之诗，可云奇而不入理者矣。诗之奇而入理者，其唯岑嘉州（唐岑参，官至嘉州刺史）乎！如《游终南山》诗：“雷声傍太白，雨在八九峰。东望紫阁云，西入白阁松。”《全唐诗》题作《因假归白阁西草堂》。白阁、紫阁，皆终南山山峰。所引起四句，“西入”作“半入”。

（清）洪亮吉《北江诗话》卷五

诗道性情，只贵说本分语。如右丞（王维，官至尚书右丞）、东川（唐李颀，东川人）、嘉州、常侍（唐高适，曾官散骑常侍），何必深于义理，动关忠孝；然其言自足有味，说自家话也。

（清）方东树《昭昧詹言》卷十一

诗不可堕理趣，固也。然使非义丰理富，随事得理，灼然见作诗之意，何以合于兴、观、群、怨，足以感人，而使千载下诵者流连讽咏而不置也。此如容光观澜，随处触发，而测之益深，自可窥其蕴蓄。唯多读书有本者如是，非即此诗语句而作讲义也。

同上卷十四

阿谀诽谤，戏谑淫荡，夸诈邪诞之诗作而诗教熄，故理语不必入诗中，诗境不可出理

① 裴说《棋》诗句。

② 贾诗：“野步随吾意，那知是与非。稔年时雨足，闰月暮蝉稀。独树依冈老，遥峰出草微。园林自有主，宿鸟且同归。”

外。谓“诗有别趣，非关理也”，此禅宗之余唾，非风雅之正传。

（清）潘德舆《养一斋诗话》卷一

理有二端。一是道理，即道德之理。此所谓理，即社会间生活行动之准绳。一是哲理，即道理之广义。昔人所谓性理，所谓研几穷理，又多属此。此所谓理，指宇宙间自然之理。沧浪所谓理，只指广义，似与社会人生不生干涉。故偏于禅趣而忽于理趣；即就儒家之理而言，亦偏于性理而忽于义理。所以即如沧浪所谓别趣之说，含有形象思维之义，总与现实主义距离很远。

（现当代）郭绍虞校释《沧浪诗话校释·诗辨》

议论与情韵

中国古典诗歌若与欧美诗歌相比，则明显重抒情，然而又不取欧美诗歌之直接抒情。抒情而直接则易评近于理。故欧美诗歌以情理交融为主。其优长乃在思想容量大，其劣势乃在感性不足。中国古典诗歌重抒情，然情不可直接感知，乃借景，借人，借物，借视觉、听觉、触觉等感官以间接抒发之，故有情景交融之盛，景中含情，主客交融，乃为意象。借感性意象而间接抒情乃中国古典诗歌之优长，因此美国20世纪初乃有师承中国古典诗歌之“意象派”。然而意象丰富的中国古典诗歌，也有不足，那就是思想容量偏小。

故在理论上，中国古典诗话词话家不能不面对情与理之矛盾。睿智者力求矛盾之调和，伪托唐李峤《评诗格·诗有十体》提出“情理”，“谓叙情以入理致”。反其意者并走向极端者为断然废理。最著名当然是严羽“诗有别趣，非关理也”。其本意乃反对宋人以“议论为诗”的倾向，但作为一种理论，又不完全限于宋诗，具有某种普遍意义。这种观念持续到元代黄子肃（按：亦说为明人者）《诗法》力主诗“最忌议论，议论则成文字而非诗”。一有议论就是散文，就不是诗了，这种极端的主张，在中国古典诗论中很有代表性。王夫之在《古诗评选》卷四中，明确宣言“议论入诗，自成背戾”，“议论立而无诗”。王夫之对诗中议论表示极强烈的蔑视：“一说理，眉间早有三斛醋气。”明人谢肇淛《小草斋诗话》卷一把诗与文的对立在程度上说得缓和一点：“诗不可太着议论，议论多则史断也；不可太述时政，时政多则制策也。”他的思维方法是把诗与散文（当时的散文主要是实用文体）的功能加以对比。清人魏际瑞《与甘健斋论诗书》则对这种文体功能论做进一步发挥：“程、朱语录可为圣为贤，而不可以为诗。程、朱之人亦为圣贤，而作诗则非所长也。”但是持相反意见的似乎更为理直气壮。明末赵士喆《石室谈诗》卷上中把《诗经》、《古诗十九首》、陶渊明诗、杜甫诗中的议论抬出来作为论据。钱谦益《牧斋有学集·唐诗英华序》卷十五中也是以《诗经》中的议论来证明议论于诗不可或缺。袁枚《随园诗话》亦反对“诗无理语”之说。他历数《诗经·大雅》乃至文天祥等的作品中的“理语”，反问曰：“何尝非诗家上乘？”但是，不幸的是，他们所举的这些“理语”，大多粗糙、生硬，和那些脍炙人口的情语相比，在艺术上相去太远。这一点钱锺书先生说得最为清楚：“然所举例，既非诗家妙句，且胥言世道人情，并不研几穷理，高者只是劝善之箴铭格言，非道理也，乃道德耳。”

显然问题不在于诗可不可有理，而在于如何才能使理转化为好诗。

这方面，明人陈献章《陈献章诗话》说得比较到位：“须将道理就自己性情上发出，不可作议论说去，离了诗之本体，便是宋头巾也。”话虽说得简单了一些，但是把情与理的矛盾提上日程，而且提出了理转化为诗的条件是情感作为理性的主导：“道理就自己性情上发出。”

但是，究竟如何才能道理和性情统一起来，这成了中国古典诗论的难题。

诗话词话家们缺乏抽象演绎的兴趣，往往求助于感性创作经验。明人陆时雍在《诗镜总论》中提出“不烦而至”，就是说议论要发得自然，看不出作者费力气的痕迹。但是，这仍然是某种感性语言。比较切实的是沈德潜：“议论须带情韵以行，勿近伧父面目耳。”有了“情韵”，议论就不会迂腐了。他和陆时雍同样以戎昱的《和蕃》（又题《咏史》）为例：

汉家青史上，计拙是和亲。

社稷依明主，安危托妇人。

岂能将玉貌，便拟静胡尘！

地下千年骨，谁为辅佐臣？

他特别欣赏其中的“社稷依明主，安危托妇人”，以之为议论入情韵的范例。实事求是地说，就整首而言，戎昱这首并不十分出色，但是整篇都是议论，在唐诗中属于难得一见。作者的情感颇有特点，以“明主”与“妇人”与“社稷”“安危”相提并论，就带着某种含而不露的反讽性质。这比之迂腐的直接议论要高明得多，但是，就艺术水准而言，似乎还未达到沈氏所追慕的“议论”与“情韵”的水乳交融，连沈氏自己也只说是“亦议论之佳者”。这就是说，与议论之上佳者还有距离。

这个距离在哪里呢？诗话词话作者习惯于从具体作品求得答案。清人施补华《岘佣说诗》中极其称赞杜甫的《房兵曹胡马》的议论：

胡马大宛名，锋棱瘦骨成。

竹批双耳峻，风入四蹄轻。

所向无空阔，真堪托死生。

骁腾有如此，万里可横行。

他分析说："前四句写马之形状，是叙事也。"此说显然有些拘泥，"竹批双耳峻，风入四蹄轻"肯定不仅仅是叙述马的形象，当年（714）杜甫在洛阳，正是漫游齐赵、飞鹰走狗、裘马清狂的青春时期，"风入四蹄轻"中渗透着诗人飞扬蹈厉，意气风发的豪情。施氏接着说"所向无空阔，真堪托死生"二句"写出性情，是议论也"。这是有道理的。但是，这议论为什么是"大手笔"呢？他没有分析下去。其实，这里议论不是理性的，而是情感的。"所向无空阔"，就是说，没有任何空间到达不了，这显然是超越了现实的，至于"真堪托死生"，把生命托付给它，则更是情感的激发，完全没有理性的功利考量。

17 世纪，应该是中国古典诗话在理论取得重大进展的时期。在理论上的突破，表现为正视情韵和理性的矛盾，贺贻孙《诗筏》提出"妙在荒唐无理"，贺裳和吴乔提出"无理而妙""入痴而妙"。沈雄《柳塘词话》卷四说：词家所谓无理而入妙，非深于情者不辨。"可以说相当完整地提出了无理向有理转化的条件，乃是"深于情"。这些理念相互生发，相得益彰，比之沈德潜仅仅从感性谈情韵，更有理论深度。从思维方法上看，诸家具有一个共同的特点，那就是把情感与理念放在对立中进行论述。和他们的思维访求有所不同的是叶燮，他的思想方法不是情理二分法，而是情事理的三分法。他在《原诗》中这样说："要之作诗者，实写理、事、情，可以言言，可以解解，即为俗儒之作。唯不可名言之理，不可施见之事，不可径达之情，则幽渺以为理，想象以为事，惝恍以为情，方为理至事至情至之语。"应该说，这个说法相当珍贵，除了突破了情理对立的思维模式之外，还有一点，特别重要，那就是把"事"放在"情""理"之间。这触及了中国古典诗歌的特色。因为中国古典诗歌不是像西方诗歌那样直接抒情的感性，而是通过对事，对景观，对物象进行描绘间接抒情的。抒情不仅难在理念的抽象性，而且难在情的不确定性，如果说，这一切与西方诗歌的抒情基本上相通，那么与西方诗歌不同的是，中国古典诗歌情与事（物）的确定性也有矛盾。叶燮对抒情之"理"做了诗性的描述——"不可名言"；对"情"做了规定——"不可径达"，也就是不可直接抒发。这对于《诗大序》的"在心为志，发言为诗"可以说是一大突破。在心为志，但是，"不可径达"，也就是不能直接抒发。就是借助景观，也有困难"不可施见"，也就是不可直接感知的。这一切与吴乔等的说法是相通的。不过他在理论上提出"想象以为事"。这一点，太深邃了，可惜的是他的"想象"没有引起同代和后代学人的充分重视，未能与吴乔他们的形质俱变统一起来。

活跃在这个时期的还有一个黄生，虽然，他在理论上没有叶燮这样的冲击力，但是，他的艺术感觉，往往在具体分析中见精湛。他在《杜诗说》卷八分析杜甫的《蜀相》时指出，七律咏史怀古之作，一般诗作都是先写景，后议论，往往到了第三四句"便思发议论矣"，而杜甫却在第三、四句从容抒写景观。他认为"映阶碧草自春色，隔叶黄鹂空好音"

的好处是“确见入庙时低回想象之意，此诗中之性情也”。有了这样的铺垫，后面的议论就不干巴了，因为和诗人的“回想之意”构成了一条完整的脉络，意脉节点之间有了关联。

开头“丞相祠堂何处寻？”这个“何处寻”，是情韵的起点。如此大名之祠堂，居然给人以“何处寻”的困惑，可见冷落。颔联的“映阶碧草自春色”的“自”（独自），“隔叶黄鹂空好音”的“空”，提示了“何处寻”的寂寞感。大自然没有感觉，春来草色白白地发绿，黄鹂鸣叫空好，美景无人欣赏，先贤无人拜谒，人情太寂寞。正是因为有了这样的寂寞感情的积累，后来的对之功高议论与之反衬，才自然而深沉。“三顾频烦天下计，两朝开济老臣心”，这当然是理性的高度概括，只用了十四个字，就把诸葛亮出山以后，二十多年的功业总结了出来。从这个意义上来说，这里并没有多少“无理”的成分，但是，“出师未捷身先死，长使英雄泪满襟”，从严格的理性逻辑来说，并不十分全面。诸葛亮的业绩并不完全在军事上，按陈寿的总结，他在行政方面成就堪称卓越：“外连东吴，内平南越。立法施度，整理戎旅。工械技巧，物究其极。科教严明，赏罚必信。无恶不惩，无善不显。至于吏不容奸，人怀自厉，道不拾遗，强不侵弱，风化肃然也。”诸葛亮祠堂要纪念的并不仅是他军事上的失败，还有他行政上的功业，还有人格的光辉。而杜甫的议论，以其情感价值，仅取其一端，把他当成军事上的失败的悲剧英雄。“长使英雄泪满襟”，这眼泪是诸葛亮的吗？把诸葛亮定性为一个长期哭泣的形象，好像与历史并不太合。在这里流泪的与其说是诸葛亮，不如说是杜甫。表面文字上是诸葛亮，情感意脉的起点和终点则是杜甫。从这个意义上说，这并不是完全理性的，而是情感的，甚至可以说是有点无理的，然而因为是超越了理性的，才是情理交融的，也才是无理而妙的。

综上所述，吾人不难发现一奇怪的现象，那就是理论与论证的不平衡。作为“情韵”与“议论”对立统一之例证，不仅在数量上不足，在质量上也偏弱。不要说《诗经·大雅》中的诗句“不闻亦式，不谏亦入”，文天祥的诗句“疏因随事直，忠故有时愚”只是理性的议论而已，就是备受推崇的杜甫的诗句，虽然情韵与议论有相谐之处，但在艺术上很难作为此方面之最高成就。值得注意的是，那些受到称道的诗句往往出自律诗，很少出自古风歌行。古风歌行中，那些脍炙人口的名句，如曹操的“对酒当歌，人生几何”，如李白的“弃我去者，昨日之日不可留；乱我心者，今日之日多烦忧”，如白居易的“在天愿作比翼鸟，在地愿为连理枝。天长地久有时尽，此恨绵绵无绝期”，王维的“孰知不向边庭死，纵死犹闻侠骨香”都在诗话词话家们的视野之外。原因可能是，第一，古风歌行体多为率性之作，其手法多为直接抒情，逞才使气，想落天外，天马行空，一泻无余，以激情为主。而律诗大都以现场即景，将情感韵藏于景观之中，从情感的性质来说，是以温情的深厚为主。第二，由于律诗的严密的规格，其技巧性日趋程式化，而歌行体从韵法、句法到章法均无律诗那样的严密规格，故很难作脱胎换骨的操作。久而久之，阴差阳错地被忽略了。这就造成了中国古典诗话词话即使在理论上有突破的契机，这种突破，也只属于创作论一隅，而非本体论，而中国诗话词话的作者大都本身就是创作的实践者，创作眼界的局限遂变成了理论视野的局限。

陈一琴辑历代诗话

诗有十体：……三曰情理，谓叙情以入理致也。诗曰：“游禽知暮返，行客独未归。”①

（唐）旧题李峤《评诗格》

（按：日僧遍照金刚《文镜秘府论》地卷曾引唐人《十体》之说，与此则亦大同小异：“情理体者，谓抒情以入理者是。诗云：‘游禽暮知返，行人独未归。’又云：‘四邻不相识，自然成掩扉。’此即情理之体也。”）

写意：要意中带景，议论发明。

（元）杨载《诗法家数·作诗准绳》

大概唐人以诗为诗，宋人以文为诗。唐诗主于达性情，故于《三百篇》为近。宋诗主于立议论，故于《三百篇》为远。达性情者，《国风》之余；立议论者，《雅》《颂》之变，故未易以优劣也。

（元）傅若金述范椁诗论《诗法正论》

大凡作诗，先须立意。意者，一身之主也。……然意之所忌者，最忌用俗，最忌议论，议论则成文字而非诗，用俗则浅近而非古。

（元）黄子肃《诗法》，转引自吴景旭《历代诗话》卷六十七

若论道理，随人深浅，但须笔下发得精神，可一唱三叹，闻者便自鼓舞，方是到也。须将道理就自己性情上发出，不可作议论说去，离了诗之本体，便是宋头巾也。

（明）陈献章《陈献章诗话》

---

① 王融《和王友德元古意二首》（其一），原诗为：“游禽暮知返，行人独未归。坐销芳草气，空度明月辉。……待君竟不至，秋雁双双飞。”

诗不可太着议论，议论多则史断也；不可太述时政，时政多则制策也。

（明）谢肇淛《小草斋诗话》卷一

王元美言作诗者勿涉议论。观古大家，其诗未尝无议论也。“岂不尔思，室是远尔”[①]，便是议论之祖。……吾盖尝平心论之，《三百篇》《十九首》，以及陶公，非有意于议论，但其诗灵圆活泼，如珠走盘，故有似于议论耳。老杜乃真议论者，然本其至性之所发，而瑰词灏气，足以佐之，令读者浑然不觉，所以为佳。

（明）赵士喆《石室谈诗》卷上

叙事议论，绝非诗家所需，以叙事则伤体，议论则费词也。然总贵不烦而至，如《棠棣》[②]不废议论，《公刘》[③]不无叙事。如后人以文体行之，则非也。戎昱“社稷依明主，安危托妇人”[④]“过因谗后重，恩合死前酬”[⑤]，此亦议论之佳者矣。

（明）陆时雍《诗镜总论》

严氏（严羽）以禅喻诗，无知妄论，谓汉魏盛唐为第一义，大历为小乘禅，晚唐为声闻辟支果。……彼所取于盛唐者，何也？不落议论，不涉道理，不事发露指陈，所谓玲珑透彻之悟也。《三百篇》，诗之祖也。“知我者，谓我心忧；不知我者，谓我何求。”[⑥]“我不敢效我友自逸。”[⑦]非议论乎？“昊天曰明，及尔出王。”[⑧]“无然畔援，无然歆羡，诞先登于岸。”[⑨]非道理乎？“胡不遄死？”[⑩]“投畀有北。”[⑪]非发露乎？“赫赫宗周，褒姒灭之。”[⑫]非指陈乎？……严氏之论诗，亦其翳热之病耳！

（清）钱谦益《唐诗英华序》

---

① 《诗经·郑风·东门之坛》有“其室则迩，其人甚远”“岂不尔思，子不我即”之句。

② 《诗经·小雅·常棣》。

③ 《诗经·大雅·公刘》。

④ 戎昱《咏史》：“汉家青史上，计拙是和亲。社稷依明主，安危托妇人。岂能将玉貌，便拟静胡尘！地下千年骨，谁为辅佐臣？”

⑤ 又《再赴桂州先寄李大夫》：“玷玉甘长弃，朱门喜再游。过因谗后重，恩合死前酬。养骥须怜瘦，栽松莫厌秋。今朝两行泪，一半血和流。”

⑥ 《诗经·王风·黍离》诗句。

⑦ 《诗经·小雅·十月之交》诗句。

⑧ 《诗经·大雅·板》诗句。

⑨ 《诗经·大雅·皇矣》诗句。

⑩ 《诗经·墉风·相鼠》诗句。

⑪ 《诗经·小雅·巷伯》诗句。

⑫ 《诗经·小雅·正月》诗句。

惟杜牧之作李长吉（李贺字）序……谓“理虽不及，辞或过之，使加以理，奴仆命《骚》可也”数语，吾有疑焉。夫唐诗所以夐绝千古者，以其绝不言理耳。宋之程、朱及故明陈白沙（陈献章别称）诸公，惟其谈理，是以无诗。彼“六经”皆明理之书，独《毛诗三百篇》不言理，惟其不言理，所以无非理也。……《楚骚》虽忠爱恻怛，然其妙在荒唐无理，而长吉诗歌所以得为《骚》苗裔者，正当于无理中求之，奈何反欲加以理耶？理袭辞鄙，而理亦付之陈言矣，岂复有长吉诗歌？又岂复有《骚》哉？

（清）贺贻孙《诗筏》

近有禅师作诗者，余谓此禅也，非诗也。禅家诗家，皆忌说理，以禅作诗，即落道理，不独非诗，并非禅矣。诗中情艳语皆可参禅，独禅语必不可入诗也。

同上

议论入诗，自成背戾。盖诗立风旨，以生议论，故说诗者于兴、观、群、怨而皆可，若先为之论，则言未穷而意已先竭；在我已竭，而欲以生人之心，必不任矣。以鼓击鼓，鼓不鸣；以桴击桴，亦槁木之音而已。唐、宋人诗情浅短，反资标说，其下乃有如胡曾《咏史》一派，直堪为塾师放晚学之资。足知议论立而无诗，允矣。

（清）王夫之《古诗评选》卷四

……说理而无理臼，所以足入风雅。唐、宋人一说理，眉间早有三斛醋气。

同上

（谢灵运《田南树园激流植援》诗[①]）亦理，亦情，亦趣，逶迤而下，多取象外，不失圜中。

同上卷五

诗固不以奇理为高。唐、宋人于理求奇，有议论而无歌咏，则胡不废诗而著论辨也？雅士感人，初不恃此，犹禅家之贱评唱。

同上

---

① 谢诗：“樵隐俱在山，由来事不同。不同非一事，养疴亦园中。中园屏氛杂，清旷招远风。卜室倚北阜，启扉面南江。激涧代汲井，插槿当列墉。群木既罗户，众山亦当窗。靡迤趋下田，迢递瞰高峰。寡欲不期劳，即事罕人功。唯开蒋生径，永怀求羊踪。赏心不可忘，妙善冀能同。”

昔人谓："僧诗无禅气，道诗无丹药气，儒者诗无道学头巾气，乃为杰作。"夫气且不佳，况其字语庸庸而用之既厌者哉！程、朱语录可为圣为贤，而不可以为诗。程、朱之人亦为圣贤，而作诗则非所长也。

（清）魏际瑞《与甘健斋论诗书》

（杜甫《蜀相》诗[①]）因谒祠堂，故必写祠景，后半方入事。唐贤多如此，不特少陵为然。此方是诗中真境。若后人三四便思发议论矣，岂能为诗留余地，为风雅留性情哉！后四句叙公始末，以寓慨叹，笔力简劲，恨宋人专学此种，流为议论一派，未免并为公累耳。曰"自春色"，曰"空好音"，确见入庙时低回想象之意，此诗中之性情也。不得其性清，而得其议论，少陵一宗，安得不灭！

（清）黄生《杜诗说》卷八

从来论诗者，大约伸唐而绌宋。有谓"唐人以诗为诗，主性情，于《三百篇》为近；宋人以文为诗，主议论，于《三百篇》为远。"何言之谬也！唐人诗有议论者，杜甫是也，杜五言古，议论尤多。长篇如《赴奉先县咏怀》[②]《北征》及《八哀》等作，何首无议论！而以议论归宋人，何欤？彼先不知何者是议论，何者为非议论，而妄分时代邪！且《三百篇》中，二《雅》为议论者，正自不少。彼先不知《三百篇》，安能知后人之诗也！如言宋人以文为诗，则李白乐府长短句，何尝非文！杜甫前、后《出塞》及《潼关吏》等篇，其中岂无似文之句！为此言者，不但未见宋诗，并未见唐诗。村学究道听耳食，窃一言以诧新奇，此等之论是也。

（清）叶燮《原诗》外篇下

诗只要情真，有议论何妨？唐人"不知天下士，犹作布衣看"[③]，是否议论，请下一转。

（清）张谦宜《茧斋诗谈》卷一

老杜以宏才卓识，盛气大力胜之。读《秋兴八首》《咏怀古迹五首》《诸将五首》，不废议论，不弃藻缋，笼盖宇宙。铿戛韶钧，而横纵出没中，复含酝藉微远之致。目为"大成"，非虚语也。

（清）沈德潜《说诗晬语》卷上

① 杜诗："丞相祠堂何处寻？锦官城外柏森森。映阶碧草自春色，隔叶黄鹂空好音。三顾频烦天下计，两朝开济老臣心。出师未捷身先死，长使英雄泪满襟。"

② 即《自京赴奉先县咏怀五百字》。

③ 高适《咏史》："尚有绨袍赠，应怜范叔寒。不知天下士，犹作布衣看。"

人谓诗主性情，不主议论，似也，而亦不尽然。试思二《雅》中，何处无议论？杜老古诗中，《奉先咏怀》《北征》《八哀》诸作，近体中《蜀相》《咏怀》《诸葛》诸作，纯于议论。但议论须带情韵以行，勿近伧父面目耳。戎昱《和蕃》[①]云："社稷依明主，安危托妇人。"亦议论之佳者。

同上卷下

（东方虬《昭君怨》诗[②]）大议论出以微婉之词，更妙在怨意已足。

（清）黄叔灿《唐诗笺注》

或云："诗无理语。"予谓不然。《大雅》："于缉熙敬止。"[③]"不闻亦式，不谏亦入。"[④]何尝非理语？何等古妙！《文选》："寡欲罕所缺。""理来情无存。"[⑤]唐人："廉岂沽名具，高宜近物情。"陈后山《训子》云："勉汝言须记，逢人善即师。"文文山（宋文天祥号）《咏怀》云："疏因随事直，忠故有时愚。"又宋人："独有玉堂人不寐，六箴将晓献宸旒。"亦皆理语；何尝非诗家上乘？至乃"月窟""天根"等语，便令人闻而生厌矣。

（清）袁枚《随园诗话》卷三

（李商隐《贾生》[⑥]）纯用议论矣，却以唱叹出之，不见议论之迹。

（清）纪昀《玉溪生诗说》卷上

（《贾生》）纯用议论，然以唱叹出之，故佳。不善效之，便成伧语。

纪昀评语，转引自沈厚塽辑评《李义山诗集》卷中

作诗切忌议论，此最易近腐，近絮，近学究。

（清）方东树《昭昧詹言》卷一

古人之妙，有着议论者，则石破天惊；有不着议论，尽得风流者。然此二派皆有流病，

① 又题作《咏史》。
② 东方诗三首其一："汉道方全盛，朝廷足武臣。何须薄命妾，辛苦事和亲。"
③ 《诗经·大雅·文王》诗句。
④ 《诗经·大雅·思齐》诗句。
⑤ 谢灵运《邻里相送至方山》《石门新营所住四面高山回溪石濑修竹茂林》诗句。缺，原诗作"阙"。
⑥ 《贾生》："宣室求贤访逐臣，贾生才调更无伦。可怜夜半虚前席，不问苍生问鬼神。"

非真有得者，不知其故。

同上

无写但叙议，不成情景，非作家也。然但恃写，犹不入妙；必加倍起棱汁浆，或文外远致，此为造极。

同上卷十一

袁子才（袁枚字）谓诗中理语“如《文选》（以下同前引，略）”，余谓诗中理语，何止此数句，而数句亦自佳，无庸异议。乃谓邵子诗为“可厌”，彼岂能知邵子者哉，又岂能知“天根”“月窟”数句之意者哉！去此数语，不可以诗求之也，明矣。即以诗论，亦谁能如此说者。“干人巽来知月窟”，姤也，一阴生也；“地逢雷处见天根”，复也，一阳生也。姤复消长，阴阳气化，循环不息，生生不穷，所以谓“天根月窟闲来往，三十六宫都是春”也。邵子精于《易》，明于天人之理，所言以诗出之者，乃咏叹不尽之意，非欲求工于诗而自列于诗家者也。

（清）陈伟勋《酌雅诗话续编》

五言律亦可施议论断制，如少陵“胡马大宛名”一首[①]，前四句写马之形状，是叙事也；“所向”二句，写出性情，是议论也；“骁腾”一句勒，“万里”一句断。此真大手笔，虽不易学，然须知有此境界。

（清）施补华《岘佣说诗》

（评袁枚“或云：诗无理语。予谓不然”一则）按此节引诗，主名多误；至以杜荀鹤《送舍弟》诗为陈无己（陈师道字）《训子》诗，又改“闻”为“逢”。姑置不论。子才好与沈归愚（沈德潜号）为难，如《诗话》卷一论王次回《疑雨集》，《文集》卷十七《与沈大宗伯二书》。此则亦似针对归愚而发。然所举例，既非诗家妙句，且胥言世道人情，并不研几穷理，高者只是劝善之箴铭格言，非道理也，乃道德耳。“月窟天根”，见邵尧夫（邵雍字）《击壤集》卷十六《观物吟》：“因探月窟方知物，未蹑天根岂识人。”“乾遇巽时观月窟，地逢雷处看天根。”又卷十七《月窟吟》：“月窟与天根，中间来往频。”固亦不佳，然自是说物理语，与随园所举人伦之规诫不同。

（现当代）钱锺书《谈艺录·随园论诗中理语》

---

① 《房兵曹胡马诗》：“胡马大宛名，锋棱瘦骨成。竹批双耳峻，风入四蹄轻。所向无空阔，真堪托死生。骁腾有如此，万里可横行。”

反常合道为奇趣

明人谢榛提出："诗有四格：曰兴，曰趣，曰意，曰理。"此说表面上似为中国古典诗话词话中难得之系统化。但，兴、趣、意、理四大范畴，并不全面，如缺乏"情"这个重要范畴。且所举例句，与得出之结论，或然性大于必然性。如李白"桃花潭水深千尺，不及汪伦送我情"定性为"兴也"，就很难说不可划入"趣"和"意"的范畴。兴、趣、意、理四者，互相缺乏统一的划分标准，故有交错。如趣与意，兴与理，皆属交叉概念。这样的随意性，表现出中国某些诗话词话带着直觉思维的局限。

把问题提得比较深邃，具有理论价值的是苏轼的"反常合道"命题。这个命题，是从鉴赏柳宗元的《渔翁》中提出来的，似乎就诗句论诗句，但是，引起千年的争讼，涉及诗的情与趣、趣与理之间的关系，很有理论价值。

"渔翁夜傍西岩宿，晓汲清湘然楚竹。"为什么要突出渔翁夜间宿在山岩边上？他的生活所需，取之于山水，暗示的是和大自然融为一体。不过，不是一般的一体，而是诗性的一体。故取水，不叫取，而叫"汲"，不叫汲湘江之水，而叫"汲清湘"。省略一个"水"字，就不是从湘江中分其一勺，而是和湘江整体相连。不说点火为炊，不是燃几根竹，而说"燃楚竹"，与"汲清湘"对仗，更加显示其环境的整体和人的统一依存关系。这是一种靠山吃山、靠水吃水的自然生存状态。接下去：

烟销日出不见人，欸乃一声山水绿。

这一句，很有名，可以说是千古"绝唱"。苏东坡评论说："诗以奇趣为宗，反常合道为趣。"这话很有道理，但是，并未细说究竟如何"反常"，又如何"合道"。

我们先探究如何反常。本来燃楚竹，并不一定是枯竹，竹作为燃料，是不一定要枯的，就是新竹也可以烧。如果是枯竹，烧起来就不会有烟了，新竹不干，才有烟，当然可能还有自然之雾与烟融为一体。"烟销日出不见人"，人就在烟雾之中，看不见是正常的，"烟销”了，本来应该看得出人，又加上“日出”，更应该看得出，然而“不见人”，这就把读者带进一种刹那间三个层次的感觉“反常”转换之中。第一层次的“反常”：点燃楚竹之火，烟雾是人和自然统一，烟雾散去了，人却不见了。第二层次的“反常”：在面对视觉的空白之际，“欸乃一声山水绿”，传来了听觉的“欸乃”，突然从视觉转变成了听觉。这就带来视听转换的微妙感悟，声音是人造成的，应该是有人了吧，但是只有人造成的声音的效果，还是“不见人”，却可以听到人的活动造成的声音。第三层次的“反常”：循着声音看去，却仍然是“不见人”，只有一片“山水绿”的开阔的空镜头。

连续三个层次的“反常”，不是太不合逻辑了吗？然而，所有这一切，却又是“合道”的。“烟销日出不见人”和“欸乃一声山水绿”结合在一起，突出的，首先是渔人的轻捷，悠然而逝，不着痕迹，转瞬之间，就隐没在青山绿水之中。其次，“山水绿”，留下的是一片色彩单纯的美景，同时也暗示是观察者面对空白镜头的遐想。不是没有人，而是人远去了，令人神往。正如“山回路转不见君，雪上空留马行处”“孤帆远影碧空尽，唯见长江天际流”一样，空白越大，画外视觉持续的时间越长。三个层次的“反常”，又是三个层次的“合道”。这个“道”不是一般的道理，而是视听交替和画外视角的效果。这种手法，在唐诗中运用得很普遍而且很熟练，如钱起《省试湘灵鼓瑟》“曲终人不见，江上数峰青”。所以，这个“道”是诗歌感觉在想象中交替之“道”。

这里的“反常”，可以理解为知觉的“反常”，超越常规。俄国形式主义把它叫作“陌生化”，意思是反熟悉化。也就是迫使读者用某种新异的，不熟悉的眼光来看待熟悉的事物，以期强化对常态事物的感知。

从表面上看，这和上述“反常”异曲同工，都是为了给读者感觉以一种冲击。但“陌生化”是片面的。因为并不是一切“陌生化”的感知和词语都是富有诗意的，只有那些“陌生”而又“熟悉”的，才是诗意的。“二月春风似剪刀”，为什么是艺术的？因为前面还有一句“不知细叶谁裁出”。“裁”字为后面的“剪刀”的“剪”字埋下了伏笔，“裁剪”是汉语中天然“熟悉”的联想，也就是“反常”而“合道”的，“陌生”而“熟悉”的。而二月春风似“菜刀”，则是反艺术的，因为只有“陌生”，只有“反常”，没有“熟悉”，没有“合道”。

仅仅从语言的角度来分析这个问题，是不够的。我国古典诗词强调“情趣”，故不可忽略从情感和趣味的方面来探讨。苏轼欣赏陶诗“初看若散缓，熟读有奇趣”。趣味之奇，由于情感之奇。奇在“散缓”，也就是不奇，不显著，情感不强烈，细读慢慢体悟，才觉得奇在不奇之中。苏轼认为这样是“才高意远”。“意远”相对于“意近”。“近”就是一望而知，就是情感比较显露。而“远”则是比较含蓄，比较宁静。常态抒情是情感处于激动状态，情感激动，则与理拉开距离，甚至悖理，故有奇趣，在贺裳那里叫作“无理而妙”。而这种反常态的无理，则并未与理拉开显著的距离，然而也有趣，也是一种难得的“奇趣”。

“暧暧远人村，依依墟里烟。狗吠深巷中，鸡鸣桑树颠。”表面上像是流水账，平静地对待日常化的生活，这就与常态的抒情大不相同。常态抒情，从内容来说，是对社会的不平、抗争，对自我的情感的强化，对自然的精心美化。因而，情感是强烈的，波澜起伏的。情感的强化、起伏，与趣味的生成成正比。在常态的诗中，语言是要锤炼的，加工的。这就是中外古典诗歌中常见的浪漫风格。英国浪漫主义诗人华兹华斯将之总结为“强烈感情的自然流露”。而美国新批评的理论家布鲁克斯引用华兹华斯的话说，他总是把平常的现象，写得不平常，这是诗歌之所以成为诗歌的根本原因。①这当然也构成奇趣，而且产生了大量的浪漫激情风格的杰作。这是已经得到广泛共识的。

但是，这样的总结是片面的。还有一种难得的奇趣，是以冲淡为特点的，正是苏轼称赞的，与前者恰恰相反，不是把平常的事与情写得不平常，而是把平常的事与情写得平平常常。其情感的特点是：第一，不事强化，不强烈的，不激动的；第二，没有波澜起伏；第三，平静的心态的持续性，非转折性。这与读诗的心理预期相反，叫“反常”。然而，这种“反常”有风险，可能使诗失去感染力，变成散文。吴乔谓：“无奇趣何以为诗？反常而不合道，是谓乱谈；不反常而合道，则文章也。”这里的“文章”是指当时的实用文体，包括奏折、公文之类。但“合道”并不是“合理”。黄生说：“出常理之外，此之谓诗趣。……诗趣之灵。”并不是一切超越常理的都有诗意，它和“理”的关系，既不是重合，也不是分裂的关系。谢肇淛说：“太奇者病理……牵理者趣失。”用我的话说，情、趣与理三者乃是“错位”的关系。重合了，就没有趣味，完全脱离，也没有趣味。只有“错位”，部分重合，部分拉开距离，才有趣味，“错位”的幅度大了，就有了“奇趣”。“奇”在哪里？吴乔没有回答，应该是“奇”在深刻，深合于“道”。

在陶渊明的诗中，是一种心灵的超越境界，不但没有外在的社会压力，而且没有内心欲望的压力，甚至没有传统诗的语言压力，完全处于一种“自然”的，也就是无功利的、不操心的心理状态。这种不事渲染，毫无加工痕迹的原生的、自然语言，之所以给诗话家以“造语精到”之感，就是因为它是最为真诚的、本真的，杜绝了一切伪饰的原生语言。这样的语言的趣味，释惠洪说是“天趣”，因为它是最自然的语言。“此中有真意，欲辨已忘言”，这就是情、趣、言三者的本真，这就是陶渊明开拓的常态的非常态，反常态中的

① 华兹华斯的原话是这样的：“在事件和情节上加上想象的光彩，使日常的东西在不平常的状态下呈现在心灵面前。”见华兹华斯《〈抒情歌谣集〉序言》，曹葆华译，《古典文艺理论译丛》（第一册），人民文学出版社1961年版，第3页。

"合道"的境界。

陈一琴辑历代诗话

东坡曰："渊明诗初看若散缓，熟读有奇趣。如曰：'日莫巾柴车，路暗光已夕。归人望烟火，稚子候檐隙。'[①]又曰：'蔼蔼远人村，依依墟里烟。狗吠深巷中，鸡鸣桑树颠。'[②]才高意远，造语精到如此。"

（宋）阮阅《诗话总龟》前集卷九

柳子厚（柳宗元字）诗曰："渔翁夜傍西岩宿，晓汲清湘然楚竹。烟销日出不见人，欸乃一声山水绿。回看天际下中流，岩上无心云相逐。"[③]东坡云："诗以奇趣为宗，反常合道为趣，熟味此诗，有奇趣。然其尾两句虽不必亦可。"

（宋）释惠洪《冷斋夜话》卷五

奇趣、天趣、胜趣。《田家》："高原耕种罢，牵犊负薪归。深夜一炉火，浑家身上衣。"江淹《效渊明体》："日暮巾柴车，路暗光已夕。归人望烟火，稚子候檐隙。"此二诗脱去翰墨痕迹，读之令人想见其处，此谓之奇趣也。

又《石门洪觉范天厨禁脔·诗分三种趣》

《宿西林寺》："听雨寒更尽，开门落叶深。"《登楼晚望》："微阳下乔木，远烧入秋山。"此诗唐僧无可诗也。退之所称岛可，岛谓贾岛也。此句法最有奇趣，然譬之嚼蟹螯，不能多得。一夜萧萧，谓必雨也，及晓乃叶落也，其境绝可知。方远望谓斜阳，自乔木而下，乃是远烧入山，其远可知矣。

同上书《四种琢句法》

诗有四格：曰兴，曰趣，曰意，曰理。太白《赠汪伦》曰："桃花潭水深千尺，不及汪伦送我情。"此兴也。陆龟蒙《咏白莲》曰："无情有恨何人见，月晓风清欲堕时。"此趣也。王建《宫词》曰："自是桃花贪结子，错教人恨五更风。"此意也。李涉《上于襄阳》

① 江淹《杂体诗三十首·陶征君潜田居》诗句，此误记为陶诗。莫，通行本作"暮"。

② 《归园田居五首》（其一）诗句。原诗为："……暧暧远人村，依依墟里烟。狗吠深巷中，鸡鸣桑树颠。……"颠，一作"巅"。

③ 柳宗元《渔翁》诗。

曰："下马独来寻故事，逢人惟说岘山碑。"此理也。悟者得之，庸心以求，或失之矣。

（明）谢榛《四溟诗话》卷二

严氏又曰："兴趣妙处，玲珑透彻，不可凑泊。如空中之音，相中之色，水中之月，镜中之象，言尽而意无穷也。"刘氏（刘勰）云："环譬寄情为'兴'。"苏公云："反常合道为'趣'。"故谓：退之（韩愈字）学力远过浩然，浩然诗作高出韩上者。"诗有别趣，非关理也；诗有别兴，非关书也。"旧说王维句"荆溪白石出"①，天趣也。渊明句"采菊东篱下，悠然见南山"②，奇趣也。钱起句"曲终人不见，江上数峰青"③，异趣也。

（明）谭浚《说诗·总辨·兴趣》卷上

凡为诗者，若系真诗，虽不尽佳，亦必有趣。若出于假，非必不佳，即佳亦自无趣。

（明）江盈科《雪涛小书·诗评》

太奇者病理……牵理者趣失。

（明）谢肇淛《小草斋诗话》卷一

深情浅趣，深则情，浅则趣矣。杜子美云："桃花一簇开无主，不爱深红爱浅红。"④余以为深浅俱佳，惟是天然者可爱。

……

诗贵真，诗之真趣，又在意似之间。认真则又死矣。柳子厚过于真，所以多直而寡委也。《三百篇》赋物陈情，皆其然而不必然之词，所以意广象圆，机灵而感捷也。

（明）陆时雍《诗镜总论》

子瞻云："诗以奇趣为宗，反常合道为趣。"此语最善。无奇趣何以为诗？反常而不合道，是谓乱谈；不反常而合道，则文章也。山谷（黄庭坚，号山谷道人）云："双鬟女娣如桃李，早年归我第二雏。"⑤乱谈也。尧夫《三皇》等吟，文章也。

（清）吴乔《围炉诗话》卷一

---

① 《山中》诗句："荆溪白石出，天寒红叶稀。"

② 《饮酒》（其五）诗句。

③ 《省试湘灵鼓瑟》诗句。

④ 杜甫《江畔独步寻花七绝句》（其五）："黄师塔前江水东，春光懒困倚微风。桃花一簇开无主，可爱深红爱浅红？"

⑤ 《送薛乐道知郧乡》诗句。《全宋诗》作"双鬟女弟如桃李，早许归我舍中雏"。

以无为有，以虚为实，以假为真，灵心妙舌，每出常理之外，此之谓诗趣。……诗趣之灵，如李白：“岁晚或相访，青天骑白龙。”[①]又：“白发三千丈，缘愁似个长。不知明镜里，何处得秋霜。”[②]杜甫：“山鬼迷春竹，湘娥倚暮花。”[③]李洞：“砚磨青露月，茶吸白云钟。”[④]

（清）黄生《一木堂诗麈·诗家浅说》卷一

（唐皇甫曾《送韩司直》诗[⑤]）王孙好游，何与芳草事，而若为怨之之词，特以痴语见趣耳。

又《唐诗摘抄》卷一

唐人以钟声入诗，语辄入妙，如“钟过白云来”[⑥]“钟声和白云”[⑦]“晨钟云外湿”及“落叶满疏钟”，皆以虚境作实境，灵活幽幻，无理而有趣者也。

同上

（唐张说《蜀道后期》诗[⑧]）后期者，不果前所期也。此何干秋风，而怨其不相待。诗有别趣，而不关理，即此之谓。○（第三句）痴语见趣。

同上卷二

（李白《游洞庭》诗[⑨]）意言恐恋君山之好，醉杀于洞庭之上，故欲刬山填水云云。放言无理，在诗家转有奇趣。

同上

---

① 《送杨山人归嵩山》诗句。

② 《秋浦歌十七首》（其十五）诗。

③ 《祠南夕望》诗句。

④ 《宿凤翔天柱寺穷易玄上人房》诗句。砚磨，《全唐诗》作“墨研”。

⑤ 《送韩司直》诗上半首：“游吴还适越，来往任风波。复送王孙去，其如芳草何！”此诗一作郎士元诗，一作刘长卿诗，一作皇甫冉诗。

⑥ 刘长卿《自道林寺西入石路至麓山寺过法崇禅师故居》诗句：“香随青霭散，钟过白云来。”

⑦ 綦毋潜《题灵隐寺山顶禅院》诗句：“塔影挂清汉，钟声和白云。”

⑧ 张诗：“客心争日月，来往预期程。秋风不相待，先至洛阳城。”

⑨ 即《陪侍郎叔游洞庭醉后三首》（其三）：“刬却君山好，平铺湘水流。巴陵无限酒，醉杀洞庭秋。”

（李白“我寄愁心与明月”句[①]）情中见景。痴语见趣。○若单说愁，便直率少致；衬入景语，无其理而有其趣。

同上卷四

［杜甫《江畔独步寻花七绝句》（其五）诗］风曰“倚”，春光曰“懒”，困倚微风，无其理而有其趣。桃花一簇，任人玩赏，可爱其深红乎，可爱其浅红乎？言应接不暇也。

又《杜诗说》卷十

（苏轼《韩干马十四匹》诗[②]）韩子（韩愈）《画记》，只是记体，不可以入诗。杜子《观画马图诗》[③]，只是诗体，不可以当记。杜、韩开其端，苏乃尽其极，叙次历落，妙言奇趣，触绪横生。嘹然一吟，独立千载。

（清）汪师韩《苏诗选评笺释》卷二

诗贵有奇趣，却不是说怪话，正须得至理。理到至处，发以仄径，乃成奇趣。诗贵有闲情，不是懒散，心会不可言传；又意境到那里，不肯使人不知，又不肯使人遽知，故有此闲情。

（清）何绍基《与汪菊士论诗》

（苏轼）他所谓有奇趣，是指那些好像反常，却仍是合于道理的作品。东坡这个观点，我很怀疑。这首诗（《渔翁》）所表现的并没有反常的思想感情，东坡所谓奇趣者，不知从何见得。

（现当代）施蛰存《唐诗百话·柳宗元：五言古诗四首》

---

① 《闻王昌龄左迁龙标遥有此寄》：“杨花落尽子规啼，闻道龙标过五溪。我寄愁心与明月，随风直到夜郎西。”

② 《韩干马十四匹》：“二马并驱攒八蹄，二马宛颈鬃尾齐。一马任前双举后，一马却避长鸣嘶。老髯奚官骑且顾，前身作马通马语。后有八匹饮且行，微流赴吻若有声。前者既济出林鹤，后者欲涉鹤俯啄。最后一匹马中龙，不嘶不动尾摇风。韩生画马真是马，苏子作诗如见画。世无伯乐亦无韩，此诗此画谁当看？”

③ 即杜甫《韦讽录事宅观曹将军画马图》。

理趣辨析

“理趣”范畴，相当独特。一般说，中国传统的诗歌，一直以“缘情”为正宗，大抵以情胜，于情不胜者，乃陷于理。清刘熙载曰：“陶、谢用理语各有胜境。钟嵘《诗品》称‘孙绰、许询、桓、庾诸公诗，皆平典似《道德论》，此由乏理趣耳，夫岂尚理之过哉！”追求理对于诗来说，有点灵魂冒险的性质。

诗话词话中的“理”常相对于“情”，“理趣”则相对于“情趣”。二者取得平衡，得到赞赏者，凤毛麟角。诸家常举的典范为杜甫的“水流心不竞，云在意俱迟”，宋末范晞文就不太认同，以为是“景中之情也”，仍属情与景之对举。元代方回也说，像“水流心不竞，云在意俱迟”“片云天共远，永夜月同孤”“江山如有待，花柳更无私”这样的诗，是“景在情中，情在景中”。清施补华同样认为“水流”二句，系“情景兼到”。然而早于他们的罗大经并不把这种现象仅仅当作情与景的关系，而是换了一个角度来看，说“迟日江山丽，春风花草香”“水流心不竞，云在意俱迟”等，“只把做景物看亦可，把做道理看，其中亦尽有可玩索处”。这里的“道理”，是把“理”与“物”对举，和17世纪贺裳提出的“无理而妙”“痴而入妙”，把情感与理性对立起来观察的理论大有不同。这是中国古典诗评的特殊范畴。从方法论上看，这样的对举，亦不同于贺裳、吴乔等对情理对立的强调，而是强调物与理的统一，景物中就隐含着道理。

很显然，这里的“理”，不是一般理性的“理”，是一种什么“理”呢？明王鏊《震泽长语》有一个解释：这是一种“人与物偕”的理。就是人与环境之间的和谐统一，而不是矛盾对立。从辩证法来说，这是不无道理的。辩证法讲求对立统一，重点在对立，强调一分为二，把矛盾看成事物的本质，看成事物发展的动力。这于批判形而上学的机械论，是深刻的，但是由此也带来了局限，那就是片面强调了矛盾，忽略了统一，因而难免弱化了矛盾的统一。

中国人天生懂得辩证法，不用从《老子》里去找，只要仔细琢磨老百姓的口语用词就行了。我们把一切事物通通叫作“东西”，一个东，一个西，二者相反相成，这就是说，一切事物由相互对立的成分构成统一体。看看英语的 thing 有这么深刻的意蕴吗？他们把生意叫作“business”，给我的感觉是，这个名词是从忙碌（busy）中转化而来的，不过是暗示这玩意实在太忙了。我们把它叫作“买卖”，也就是买进和卖出的对立统一。汉语的构词法，真还和黑格尔哲学异曲同工。这样的例子很多，如天地、矛盾、春秋、夫妻、老小、乾坤、日月等等，给事物命名的时候，内在的矛盾的统一成为重要的关注点。这只是一方面。另一方面，在注意到事物矛盾的时候，又不忘记它在性质上是和谐的统一体。如国家、宇宙、人民、青春、生命、平均、和平、田地等等。这个现象早就引起了方以智的注意，因此于 1652 年撰写一本书叫作《东西均》，提出“合二而一”：“交也者，合二而一也”，“尽天地古今皆二也，两间无不交，则无不二而一也”。把对立之物的主导方面放在统一上，可以说是中国式天人合一的演绎。黑格尔则把统一之物的主导方面放在事物的矛盾上。但是，历史证明，中国人不但强调对立斗争，而且强调和谐统一，这是中国古典文化传承的精华。

从人与物的关系来说，最高境界就是王鏊所说的“与物俱化”——“片云天共远，永夜月同孤”。从人与人之关系来说，就是孔夫子“吾与点也”的高度默契。王鏊把这归结为“趣”，这种趣，是一种哲理的趣，与一般人情的趣有层次的不同。这种理趣，不但要“与物俱化”，天人合一，而且要与人默契。这样的理趣，可能是世界诗歌理论中极其罕见的。

值得研究的是，这并不是个别诗论家的感悟，而是相当普遍的共识。这种境界，是一种形而上学的境界，其特点如李维桢所言“理之融浃也，趣呈其体”。这里的“融浃”，就是人与自然，人与人之间的无差别状态。在我看来，作为诗，“水流心不竞，云在意俱迟”这种平静的、超脱的、顺应自然的心态，和传统诗学所谓言之不足故嗟叹，嗟叹之不足故手舞足蹈的激动状态相去甚远；与汉魏古诗的“人生不满百，常怀千岁忧”的焦虑亦大相径庭；与唐诗的张扬率性也天差地别；就是与山水诗之温情也大异其趣。至于和英国浪漫主义之诗论“一切好诗都是强烈感情的自然流露”，更不啻天壤之别。

中外抒情的主流往往离不开情感的夸耀。而这里的特点，则是情感消融于物，更接近于道家的自然姿态、佛家的寂灭心态。其精神全在融入大自然，融入自我的静谧自如和自洽，再加上语言上又是“无斧凿痕，无妆点迹”，乃构成一种返璞归真的美学境界。进入这样的境界，就能享受天理人趣。这个趣，不是通常所谓相对于情感的理性的趣味，是天理，也是人趣，是天人合一、人心默契的趣味。这是一种形而上学的哲学理性，是一种内在的趣味，与一般理解的形而下的世俗趣味有根本的区别。

极而言之，这种境界是内心的绝对宁静。把“水流心不竞，云在意俱迟”解释为为天人合一，还是浅层次的。更高的层次，则是类似于陶渊明的“无心”（“云无心以出岫”），不怀功利，不但没有外在的物质压力，而且没有内心的功利目的，达到物我两忘的境界。水在流，我心不动，云不动，我心也宁静。把自我的心境看得比天地、云水都要宁静。沈德潜说这两句“不着理语，自足理趣”。关键是这种理趣，是不能用语言明白说出来的。张谦宜论断：“说是理学不得，说是禅学又不得，于两境外别有天然之趣。”点到了禅宗，可能就是严羽《沧浪诗话》所说的“羚羊挂角，无迹可求。故其妙处透彻玲珑，不可凑泊，如空中之音，相中之色，水中之月，镜中之象，言有尽而意无穷”。这个张谦宜，没有什么大名声，但是其直觉感悟，相当到位。

对此，钱锺书先生说得不但精到，而且系统。首先，“赋物以明理，非取譬于近”，寓理于物，不是以物为喻，而是“举例以概”。“例”是特殊的个别，而“概”是普遍的，故个别概括普遍，这普遍就是“理”了。从这一点来说，中国的这种艺术哲学又与西方是相通的。英国诗人威廉·布莱克（William Blake）《天真的预言》("Auguries of Innocence")从一粒沙里看世界，从一朵花看天国，在一时中掌握永恒：

一颗沙里看出一个世界，
一朵野花里一座天堂，
把无限放在你的手掌上，
永恒在一刹那里收藏。

也许，钱锺书先生就是从英国诗歌这种现象中得到启发，对中国诗歌这种“例概”和比喻的区别做了如此深邃的阐释：这不是比喻。如果是比喻，则仍然是个别的性质，就没有“目击道存”，也没有“内外胥融，心物两契；举物即写心，非罕譬而喻，乃妙合而凝”的理了。其次，光有理可能还不是诗，要有诗，还得有个性。钱锺书先生认为妙在“心物两契；举物即写心……乃妙合而凝也”。就这一点而言，中国式的理趣又和英国的不同，不像他们那样把沙子、花朵和诗人的主体看成分离的，而是心物妙合而凝为一，物我无间，乃有超越个体，天地与我共生，万物与我为一，从形而下之我，变为形而上之我，是物理，也是人哲。

陈一琴辑历代诗话

诗有三得：一曰得趣，二曰得理，三曰得势。得趣一，谓理得其趣，咏物如合砌，为之上也。诗曰："五里徘徊鹤，三声断续猿。如何俱失路，相对泣离樽。"① 是也。

（唐）旧题王昌龄《诗中密旨》

常用体十四：……理入景体九。邱希范诗："渔潭雾未开，赤亭风已飏。"② 江文通诗："一闻苦寒奏，再使艳歌伤。"③颜延年诗："凄矣自远风，伤哉千里目。"④景入理体十。鲍明远诗："侵星赴早路，毕景逐前俦。"⑤ 谢玄晖诗："天际识孤舟，云中辨江树。"⑥

又《诗格》

（按：日僧遍照金刚《文镜秘府论》地卷亦引唐人《十七势》第十五云："理入景势者，诗不可一向把理，皆须入景，语始清味；理欲入景势，皆须引理语入一地及居处，所在便论之，其景与理不相惬，理通无味。昌龄诗云：'时与醉林壑，因之堕农桑。槐烟渐含夜，楼月深苍茫。'"又第十六云："景入理势者，诗一向言意，则不清及无味；一向言景，亦无味。事须景与意相兼始好。凡景语入理语，皆须相惬，当收意紧，不可正言。景语势收之便论理语，无相管摄。……昌龄诗云：'桑叶下墟落，鹍鸡鸣渚田。物情每衰极，吾道方渊然。'"）

（《秋野》⑦）"易识浮生理，难教一物违。水深鱼极乐，林茂鸟知归。"夫生理有何难识，观鱼鸟则可知矣。鱼不厌深，鸟不厌高，人岂厌山林乎？故云："吾老甘贫病，荣华有是非。秋风吹几杖，不厌北山薇。"案：此诗刊本"吾老"或作"衰老"，"北山"或作"此山"。此子美悟理之句也。杜子美作诗悟理，韩退之学文知道，精于此故尔。

（宋）张戒《岁寒堂诗话》卷下

古人之作诗，犹天籁之自鸣耳。……而陶靖节为最，不烦雕琢，理趣深长，非余子所及。

（宋）袁燮《题魏丞相》

杜少陵绝句云："迟日江山丽，春风花草香。泥融飞燕子，沙暖睡鸳鸯。"⑧或谓此与儿

---

① 王胄《别周记室》诗。
② 丘迟（字希范）《旦发渔浦潭》诗句。
③ 江淹（字文通）《望荆山》诗句。
④ 颜延之（字延年）《始安郡还都与张湘州登巴陵城楼作》诗句。
⑤ 鲍照（字明远）《上浔阳还都道中作》诗句。
⑥ 谢朓《之宣城郡乐新林浦向板桥》诗句。
⑦ 杜甫《秋野五首》（其二）诗。
⑧ 又《绝句二首》（其一）诗。

童之属对何以异。余曰，不然。上二句见两间莫非生意，下二句见万物莫不适性。于此而涵泳之，体认之，岂不足以感发吾心之真乐乎！大抵古人好诗，在人如何看，在人把做甚么用。如“水流心不竞，云在意俱迟”①“野色更无山隔断，天光直与水相通”②“乐意相关禽对语，生香不断树交花”③等句，只把做景物看亦可，把做道理看，其中亦尽有可玩索处。大抵看诗，要胸次玲珑活络。

（宋）罗大经《鹤林玉露》乙编卷二

古人于诗不苟作，不多作。而或一诗之出，必极天下之至精，状理则理趣浑然，状事则事情昭然，状物则物态宛然，有穷智极力之所不能到者，犹造化自然之声也。

（宋）包恢《答曾子华论诗》

老杜诗……“水流心不竞，云在意俱迟。”景中之情也。

（宋）范晞文《对床夜语》卷二

（评杜《江亭》诗）老杜诗不可以色相声音求。……如老杜“水流心不竞，云在意俱迟”，即如“片云天共远，永夜月同孤”，景在情中，情在景中，未易道也。又如“寂寂春将晚，欣欣物自私”“江山如有待，花柳更无私”④，作一串说，无斧凿痕，无妆点迹，又岂只是说景者之所能乎？

（元）方回《瀛奎律髓》卷二十三

杜诗，前人赞之多矣，予特喜其诸体悉备。……尤可喜者，如“水流心不竞，云在意俱迟”，人与物偕，有“吾与点也”之趣；“片云天共远，永夜月同孤”，又若与物俱化。谓此翁不知道，殆未可也。

（明）王鏊《震泽长语》卷下

夫有别才别趣，则必有正才正趣。理学何所不该，宁分别正！……理之融浃也，趣呈

---

① 杜甫《江亭》诗：“坦腹江亭暖，长吟野望时。水流心不竞，云在意俱迟。寂寂春将晚，欣欣物自私。故林归未得，排闷强裁诗。”

② 郑獬《月波楼》诗句。

③ 石延年《金乡张氏园亭》诗句。

④ 《后游》诗：“寺忆新游处，桥怜再渡时。江山如有待，花柳更无私。野润烟光薄，沙暄日色迟。客愁全为减，舍此复何之？”

其体，学之宏博也，才善其用。才得学而后雄，得理而后全；趣得理而后超，得学而后发。

（明）李维桢《郝公琰诗跋》

先辈谓诗有兴有趣，有意有理。……此分别近似，要之意与理与趣，总成其为兴。诗者，兴而已。无兴不可为诗，无理、无意、无趣不成兴。无兴不能动人。

（明）郝敬《艺圃伧谈》卷三

（《江亭》诗）“水流”“云在”一联，景与心融，神与景会，居然有道之言。盖当闲适时道机自露，非公说不得如此通透，更觉“云淡风轻”，无此深趣。

（明）王嗣奭《杜臆》卷四

（杜《秋野》诗其二）因“荣华有是非”而自甘贫病，亦见道语也。“秋风吹几杖”言其病，“不厌北山薇”言其贫。甘贫病，则自得其得，其乐不减于鱼潜渊、鸟归丛矣。

同上卷九

杜又有一种门面摊子句，往往取惊俗目，如“水流心不竞，云在意俱迟”，装名理为腔壳；如“致君尧舜上，再使风俗淳”①，摆忠孝为局面。皆此老人品心术学问器量大败阙处。或加以不虞之誉，则紫之夺朱，其来久矣。

（清）王夫之《唐诗评选》卷三

《江亭》：“水流心不竞，云在意俱迟。”无心入妙，化工之笔。说是理学不得，说是禅学又不得，于两境外别有天然之趣。

（清）张谦宜《茧斋诗谈》卷四

（《江亭》诗“水流”一联）不着理语，自足理趣。○（《后游》诗）“物自私”，物各遂其性也。“更无私”，物共适其天也。

（清）沈德潜《唐诗别裁集》卷十

杜诗“江山如有待，花柳自无私”“水深鱼极乐，林茂鸟知归”“水流心不竞，云在意俱迟”俱入理趣。邵子则云：“一阳初动处，万物未生时。”以理语成诗矣。

又《说诗晬语》卷下

① 《奉赠韦左丞丈二十二韵》诗句。

诗不能离理，然贵有理趣，不贵下理语。陶渊明“汲汲鲁中叟，弥缝使其淳”[①]，圣人表章“六经”，二语足以尽之。杜少陵“江山如有待，花柳自无私”，天地化育万物，二语足以形之。邵康节（邵雍谥号）诗，直头说尽，有何兴会？至明儒“太极圈儿大，先生帽子高”，真使人笑来也。

又《清诗别裁集·凡例》

（《江亭》诗）三、四本即景好句，宋人以理语诠之，遂生出诗家障碍。○虚谷（方回，号虚谷居士）此解最精。盖此诗转关在五、六句，春已寂寂，则有岁时迟暮之慨；物各欣欣，即有我独失所之悲，所以感念滋深，裁诗排闷耳。若说五、六亦是写景，则失作者之意。

（清）纪昀《瀛奎律髓刊误》卷二十三

（《江亭》诗）野水争流而予心自静，不欲与之俱竞；闲云徐度而予心欲动，不觉与之俱迟。二句意同语异，真为沂水春风气象。○杜公性禀高明，故当闲适时，道机自露，不必专讲道学也。

（清）杨伦《杜诗镜铨》卷八

陶、谢（陶渊明、谢灵运）用理语各有胜境。钟嵘《诗品》称“孙绰、许询、桓（桓温）、庾（庾亮）诸公诗，皆平典似《道德论》。”此由乏理趣耳，夫岂尚理之过哉！

（清）刘熙载《艺概·诗概》卷二

朱子（朱熹）《感兴诗》二十篇，高峻寥旷，不在陈射洪（唐陈子昂，梓州射洪人。作有《感遇诗》三十八首）下。盖惟有理趣而无理障，是以至为难得。

同上

以老、庄、释氏之旨入赋，固非古义，然亦有理趣、理障之不同。如孙兴公（东晋孙绰字）《游天台山赋》云：“骋神变之挥霍，忽出有而入无。”此理趣也。至云：“悟遣有之不尽，觉涉无之有间。泯色空以合迹，忽即有而得玄。释二名之同出，消一无于三幡。”则落理障甚矣。

同上书《赋概》卷三

---

① 《饮酒二十首》（其二十）诗句。

诗有别趣，非关理也。然离理而趣亦不永。善诗者理、趣并宜，无可区分。若只摭实说理，便是先儒语录，于诗道无涉。

（清）马平泉《挑灯诗话》卷二

（方回评《江亭》“寂寂”二句）此评所说一联中情景交融者，可谓独抒已见，得古人秘诀矣。

（清）许印芳《律髓辑要》卷一

情景兼到，如“水流心不竞，云在意俱迟”。

（清）施补华《岘佣说诗》

（杜诗“水流”一联）此与摩诘（王维字）之“行到水穷处，坐看云起时”[①]，相似。王诗得纯任自然之乐，杜诗悟物我两忘之境，皆一片化机。……摩诘诗“但去莫复问，白云无尽期”[②]，李颀诗“万物我何有，白云空自幽”[③]，意皆相似。

（近代）俞陛云《诗境浅说》乙编

昔人每举杜诗“江山如有待，花柳自无私”“水深鱼极乐，林茂鸟知归”“水流心不竞，云在意俱迟”“片云天共远，永夜月同孤”等句，以为入道，又每举王维诗“行到水穷处，坐看云起时”“松风吹解带，山月照弹琴”[④]诸语以为入禅。这些诗句在沧浪看来也正是所谓别趣。从这样讲，所以理语和理趣有别，禅语和禅趣有别。理语禅语讲得死，理趣禅趣就说得活。讲得死成为理障，说得活便是理趣。……实际上理语理趣的分别，禅语禅趣的分别，正是逻辑思维和形象思维的分别。正因诗属形象思维，所以能从形象中说明事理。怎样从形象中说明事理呢？清代尤侗尝集杜甫诗“水流心不竞，云在意俱迟”，及邵雍诗“月到天心处，风来水面时”合为一联云：“水流云在，月到风来。”认为“对此景象，可以目击道存矣”（见《艮斋杂说》卷二）。目击而道存，不是恰好说明了形象化的作用吗？正因目击道存，所以诗无达诂，可作不同的体会。……形象思维的诗可以见仁见知，爱怎样看

① 《终南别业》诗：“中岁颇好道，晚家南山陲。兴来每独往，胜事空自知。行到水穷处，坐看云起时。偶然值林叟，谈笑无还期。”

② 《送别》诗句。期，通行本作“时”。

③ 《题綦毋校书别业》诗句。

④ 《酬张少府》诗：“晚年唯好静，万事不关心。自顾无长策，空知返旧林。松风吹解带，山月照弹琴。君问穷通理，渔歌入浦深。”

就怎样看，爱怎么用就怎么用，这就不是死在句下。这是理语所做不到的。

（现当代）郭绍虞校释《沧浪诗话校释·诗辨·释》

理趣作用，亦不出举一反三。然所举者事物，所反者道理，寓意视言情写景不同。言情写景，欲说不尽者，如可言外隐涵；理趣则说易尽者，不使篇中显见。……乃不泛说理，而状物态以明理；不空言道，而写器用之载道。拈形而下者，以明形而上；使寥廓无象者，托物以起兴，恍惚无朕者，著述而如见。譬之无极太极，结而为两仪四象；鸟语花香，而浩荡之春寓焉；眉梢眼角，而芳悱之情传焉。举万殊之一殊。以见一贯之无不贯，所谓理趣者，此也。……常建之“潭影空人心”①，少陵之“水流心不竞”，太白之“水与心俱闲”②，均现心境于物态之中，即目有契，着语无多，可资“理趣”之例。香山（白居易，晚年号香山居士）《对小潭寄远上人》云：“小潭澄见底，闲客坐开襟。借问不流水，何如无念心。彼惟清且浅，此乃寂而深。是义谁能答，明朝问道林。”意亦相似，而涉唇吻，落思维，只是“理语”耳。……若夫理趣，则理寓物中，物包理内，物秉理成，理因物显。赋物以明理，非取譬于近，乃举例以概也。或则目击道存，惟我有心，物如能印，内外胥融，心物两契；举物即写心，非罕譬而喻，乃妙合而凝也。吾心不竞，故随云水以流迟；而云水流迟，亦得吾心之不竞。此所谓凝合也。鸟语花香即秉天地浩然之气；而天地浩然之气，亦流露于花香鸟语之中。此所谓例概也。

（现当代）钱锺书《谈艺录·随园论诗》

钱先生认为“理趣之旨，极为精微”，对它做了深入的阐发。诗贵有理趣，反对下理语。理语是理学家把说理的话，写成韵语，不是诗。理趣是描写景物，在景物中含有道理。理趣不是借景物作比喻来说理，而是举景物作例来概括所说的理。如杜甫绝句：“迟日江山丽，春风花鸟香。”《鹤林玉露》卷八认为“见两间莫非生意”，在鸟语花香中见出天地的生气，天地的生气即从鸟语花香中透露，这是例概，举例来概括。理趣不是罕譬而喻，是心与物的凝合。如杜诗：“水流心不竞，云在意俱迟。”心不竞和意迟，跟云水的流迟一致，所以心与物相凝合，体会到这种不竞而迟缓的道理。

（现当代）周振甫《〈谈艺录〉补订本的文艺论》

① 常建《题破山寺后禅院》诗句：“山光悦鸟性，潭影空人心。”

② 李白《同族侄评事黯游昌禅师山池二首》（其一）诗句：“花将色不染，水与心俱闲。”

史家论赞与诗家咏史之别

关于史家评断和诗人咏史的问题，宋人费衮《梁溪漫志》卷七提出：诗人“咏史之难”在于“要在作史者不到处别生眼目，正如断案不为胥吏所欺，一两语中须能说出本情，使后人看之，便是一篇史赞”。他说的“难处”，限于史见，只要“别生眼目”“见处高远”就可以“大发议论”。赵与时《宾退录》卷十所论与之相似，他推崇邵雍（即所谓“康节先生”）的《题淮阴侯庙》十篇皆“可以为冠”，如：“一身作乱宜从戮，三族全夷似少恩。汉道是时初杂霸，萧何王佐殆非尊。”“据立大功非不智，复贪王爵似专愚。造成四百年炎汉，才得安宁反受诛。”其实，这是借咏史以说教，全是理性的议论。中国诗话史上的咏史工具论在这里表现得可谓淋漓尽致。明人程敏政在《程敏政诗话》中把这种政治道德教化的功能归纳得比较清晰：“观者讽咏而有得于美刺褒贬之间，感于善，创于恶，其于经学世教岂不小有所益哉！”

明确提出咏史诗与史论的不同的是徐光启。他在《徐光启诗话》中说：“诗人作诗，不比史官作史。”不过他的所谓不同，只限于史家编年的严谨和诗家在时间顺序上比较自由的调遣。比徐光启更明确的是谢肇淛，他在《小草斋诗话》卷二外编中反对以“史断”为诗，甚至对杜甫“以史为诗”都不买账，认为有失“风雅本色”，对当时混淆诗情与史论的流风，则斥之为“野狐恶道”。胡震亨《唐音癸签》卷三涉及了“情感自深”，但仍然纠缠于史家“不增一字”之类的陈说。把诗与史的不同正面提出来的是吴乔《围炉诗话》卷三：

> 古人咏史，但叙事而不出己意，则史也，非诗也；出己意，发议论，而斧凿铮铮，又落宋人之病。

他推崇杜牧的《赤壁》：“折戟沉沙铁未销，自将磨洗认前朝。东风不与周郎便，铜雀春深锁二乔。”说是好在“用意隐然”。也就是既有己意，又不落抽象议论，思想隐藏在诗意之中。

从思想方法来说，吴乔把诗与史的不同放在矛盾的两个极端上展开，并且指出二者转化的条件。咏史而无自己的意思，只是史，而不是诗，有了自己的意思而大发议论，仍不是诗，而是史。议论是可以发的，但不能像宋人那样直接发出（斧凿铮铮），而要“用意隐然”。这就不但要有抽象度更高的分析，所举例证亦应甚得当。胡震亨所说的“情感自深”与“史断”的区分得到比较清晰的阐释。王夫之《古诗评选》卷四，将二者的区别在叙述这一点上大大深入了。他承继了咏史抒情之说，但是并不否定诗人叙事，他的独到之处在于：“诗有叙事叙语者，较史尤不易。史才固以檃括生色，而从实着笔自易；诗则即事生情，即语绘状，一用史法，则相感不在永言和声之中，诗道废矣。”他所说的诗家咏史之难和费衮“咏史之难”不同。他以为难不在于“别生眼目”“见处高远”，而在史家的叙事淹没了诗歌。诗家之难在于在叙述中抒情和对话中描绘（即事生情，即语绘状）。他立论的焦点是诗家咏史叙事，从正面说，“即事生情”，使“听闻者之生其哀乐”，否则，诗就完了（诗道废矣）。从反面说，不能像史家那样直接论赞同：“一加论赞，则不复有诗用，何况其体？”他推崇的是李白的《苏武》：

苏武在匈奴，十年持汉节。
白雁上林飞，空传一书札。
牧羊边地苦，落日归心绝。
渴饮月窟冰，饥餐天上雪。
东还沙塞远，北怆河梁别。
泣把李陵衣，相看泪成血。

几乎都叙事，而且多为概括性的，但是，情感郁积深沉。但这并不是中国古典咏史诗之全部，充其量只是咏史中一个流派，或者是一种风格，在形式上是古体诗。此派始于汉班固，晋左思《咏史》继之。何焯国《义门读书记·文选》卷二认为：“题云咏史，其实乃咏怀也。”这就是说，不仅是叙事，而且有直接抒情。如左思《咏史》（其六）：

荆轲饮燕市，酒酣气益震。
哀歌和渐离，谓若傍无人。
虽无壮士节，与世亦殊伦。
高眄邈四海，豪右何足陈！
贵者虽自贵，视之若尘埃。
贱者虽自贱，重之若千钧。

全诗概括史实，叙事朴素无华，并不排斥直接抒情，诗之后八句全是直接抒情。

与之相对的当是近体，清人宋长白《柳亭诗话》卷二十二指出，咏史一体从杜牧以后，在汪遵、胡曾、孙元晏、元好问等人手中往往“以绝句行之”，也就是不用古诗体裁了，在思想上则“每每翻案见奇”。纳兰性德在《渌水亭杂识》中说，“唐人实胜古人”，就在于“翻案见奇”。他以为“东风不与周郎便，铜雀春深锁二乔”便属此类。而李商隐的“此日六军同驻马，当时七夕笑牵牛”，他认为好在“有意而不落议”。“若落议论，史评也，非诗矣。宋以后多患此病。”他的分析似乎并没有超越过早他四十多年生的吴乔。

李商隐的《马嵬》比之杜牧的翻案诗作，在价值观念上要高明得多。马嵬吊古，在盛唐以后，早已经是一个公共话语平台。稍早于他的陈鸿就写过《长恨歌传》。陈鸿的主题就是“惩尤物”“窒乱阶”，属于政治工具论范畴。在陈鸿看来，杨贵妃之所以要死，就是因为，第一，她是专权的奸臣，坏人的妹妹；第二，她是犯了错误的皇帝的宠妃。而她之所以成为宠妃，就是因为她是个“尤物”，这个罕见的、迷人的、特别漂亮的女人，注定要成为王政混乱国家危亡的原因（“乱阶”），为了王朝的稳定，严厉的惩治绝对必要。这种美女祸水论似乎是许多诗人的共识，在白居易的朋友元稹那里表现得更是直率：“开元之末姚宋死，朝廷渐渐由妃子。禄山宫里养作儿，虢国门前闹如市。弄权宰相不记名，依稀忆得杨与李。”（元稹《连昌宫词》，《全唐诗》卷四百一十九）白居易的另一个朋友刘禹锡，算是并不太保守的人物，他对杨贵妃的态度却更加严厉：“军家诛戚族，天子舍妖姬。群吏伏门屏，贵人牵帝衣。低回转美目，风日为无晖。”（刘禹锡《马嵬行》，《全唐诗》卷三百五十四）。处死杨贵妃，理所当然，将军是在严峻执法，天子也大义舍弃，杨贵妃连“尤物”都不是，而是“妖姬”。马嵬即兴在中唐以降成为热门题材，张祜、李商隐、刘禹锡、李远、郑畋、贾岛、高骈、于濆、罗隐、黄滔、崔道融、苏承、唐求等都有诗作，大抵是政治上的悼古伤今，充其量也只是在感伤中偶尔流露出微妙的同情。只有李商隐《马嵬》是例外：

海外徒闻更九州，他生未卜此生休。
空闻虎旅传宵柝，无复鸡人报晓筹。
此日六军同驻马，当时七夕笑牵牛。
如何四纪为天子，不及卢家有莫愁。

李商隐的卓尔不群就在于，超越了政治性的感伤，以王权的显赫和爱情的悲剧做对比，王权不管多么显赫，并不能保证其幸福超越平民个体。李商隐把人的感情价值提到这样的高度，是相当大胆的，但是，他的表达很委婉，从侧面着笔，而白居易则从正面，以大笔浓墨抒写“花钿委地无人收，翠翘金雀玉搔头。君王掩面救不得，回看血泪相和流”。白居易强调的是：一方面是绝世的美丽，一方面是猝然的死亡；一方面是权力至上的君王，一方面是血泪交流而无可奈何。白居易的同情显然在李杨身上。“尤物”注定“乱阶”的逻辑正是现实正统政治观念的表现，但是，在《长恨歌》中，这种政治逻辑被颠覆了。白居易和李商隐一样感叹美女和君王的不幸。白居易给美女的定性是“天生丽质”，美是天生的，而且她和乱政的苏妲己和褒姒也不一样，她没有残害忠良。她的受宠，她的升腾，她的幸运，她的走向死亡，就是因为她天生丽质而得到宠幸。她是被“选”的，是身不由己的。在白居易的情节逻辑中：美女的情感价值最重要，政治身份可以略而不计，美女就是美女。美女因为人太美而成为牺牲品，这是很不公平的，这是美女的大“恨”。把美女叫作“尤物”，意思是不但是美丽的，而且是稀罕的。在美女稀罕这一点上，白居易和陈鸿是一样的。但是，在白居易看来，正因为稀罕，才更应该珍惜。故在《长恨歌》一开头，就是一曲美女幸运的赞歌。在陈鸿那里，正是因为稀罕，才是具有政治的危险性的，因而遭到杀戮是理所当然的；而在白居易心目中，罕见的美女，正如《琵琶行》中演奏技艺高超的女艺人一样值得赞美。这个罕见个体，虽然造成君王沉迷，导致裙带性质的腐败，甚至与王朝的危局有脱不了的干系，与严重的政治危机有关联，但美女的罕见的美，还是值得珍惜，值得用最美好的语言来歌颂。因为美女是稀罕的，所以美女身不由己卷入政局而死亡，美的毁灭，就是莫大的憾“恨”，这不但是美女的憾“恨”，对于人生来说，也是无限的遗“恨”。白居易把诗题定为“长恨歌”，用意是很深的。关键词是“恨”，这个“恨”贯穿长诗意脉的首尾。“恨”这个词的内涵很丰富，白居易没有取怨恨、仇恨、愤恨之意，而取其不能如愿，后果不能改变而痛苦之意（如憾恨，悔恨，遗恨）。这个“恨”，还不是一般程度的“恨”，而是“长恨”，这个“长”还不是一般的时间长度，而是“抱恨终天”那种，永远不可挽回的，死也不甘心的遗“恨”。这就是《长恨歌》意脉的核心。

在咏史主题中，李杨故事，是如此突出，诗话家们却对之漫不经心，是令人遗憾的。如果把李杨故事也归入“咏史”主题，突破“惩尤物”“窒乱阶”及女人祸水论，把个人幸福、美女命运作为价值核心，那么，最具划时代意义的作品，应该是李商隐的，达到无以超越的顶峰的，则是白居易的。

陈一琴辑历代诗话

杜牧之《题桃花夫人庙》诗云：“细腰宫里露桃新，脉脉无言度几春。毕竟息亡缘底事？可怜金谷坠楼人！”仆谓此诗为二十八字史论。

（宋）许𫖮《许彦周诗话》

白乐天作《长恨歌》，元微之作《连昌宫词》，皆纪明皇时事也。予以谓微之之作过乐天，白之歌止于荒淫之语，终篇无所规正。元之词乃微而显，其荒纵之意皆可考，卒章乃不忘箴讽，为优也。

（宋）张邦基《墨庄漫录》卷六

（按：明胡震亨《唐音癸签》卷十一引此则，文字略异："或问《长恨歌》与《连昌宫词》孰胜？余曰：'元之词微着其荒纵之迹，而卒章乃不忘箴讽。若白作止叙情语颠末，诵之虽柔情欲断，何益劝戒乎？'"）

（又按：白诗："汉皇重色思倾国，御宇多年求不得。杨家有女初长成，养在深闺人未识。天生丽质难自弃，一朝选在君王侧。回眸一笑百媚生，六宫粉黛无颜色。春寒赐浴华清池，温泉水滑洗凝脂。侍儿扶起娇无力，始是新承恩泽时。云鬓花颜金步摇，芙蓉帐暖度春宵。春宵苦短日高起，从此君王不早朝。承欢侍宴无闲暇，春从春游夜专夜。后宫佳丽三千人，三千宠爱在一身。金屋妆成娇侍夜，玉楼宴罢醉和春。姊妹弟兄皆列土，可怜光彩生门户。遂令天下父母心，不重生男重生女。骊宫高处入青云，仙乐风飘处处闻。缓歌慢舞凝丝竹，尽日君王看不足。渔阳鞞鼓动地来，惊破霓裳羽衣曲。九重城阙烟尘生，千乘万骑西南行。翠华摇摇行复止，西出都门百余里。六军不发无奈何，宛转蛾眉马前死。花钿委地无人收，翠翘金雀玉搔头。君王掩面救不得，回看血泪相和流。黄埃散漫风萧索，云栈萦纡登剑阁。峨嵋山下少人行，旌旗无光日色薄。蜀江水碧蜀山青，圣主朝朝暮暮情。行宫见月伤心色，夜雨闻铃肠断声。天旋日转回龙驭，到此踌躇不能去。马嵬坡下泥土中，不见玉颜空死处。君臣相顾尽沾衣，东望都门信马归。归来池苑皆依旧，太液芙蓉未央柳。芙蓉如面柳如眉，对此如何不泪垂。春风桃李花开夜，秋雨梧桐叶落时。西宫南苑多秋草，宫叶满阶红不扫。梨园弟子白发新，椒房阿监青娥老。夕殿萤飞思悄然，孤灯挑尽未成眠。迟迟钟鼓初长夜，耿耿星河欲曙天。鸳鸯瓦冷霜华重，翡翠衾寒谁与共。悠悠生死别经年，魂魄不曾来入梦。临邛道士鸿都客，能以精诚致魂魄。为感君王展转思，遂教方士殷勤觅。排空驭气奔如电，升天入地求之遍。上穷碧落下黄泉，两处茫茫皆不见。忽闻海上有仙山，山在虚无缥缈间。楼阁玲珑五云起，其中绰约多仙子。中有一人字太真，雪肤花貌参差是。金阙西厢叩玉扃，转教小玉报双成。闻道汉家天子使，九华帐里梦魂惊。揽衣推枕起裴回，珠箔银屏迤逦开。云鬓半偏新睡觉，花冠不整下堂来。风吹仙袂飘飖举，犹似霓裳羽衣舞。玉容寂寞泪阑干，梨花一枝春带雨。含情凝睇谢君王，一别音容两渺茫。昭阳殿里恩爱绝，蓬莱宫中日月长。回头下望人寰处，不见长安见尘雾。唯将旧物表深情，钿合金钗寄将去。钗留一股合一扇，钗擘黄金合分钿。但教心似金钿坚，天上人间会相见。临别殷勤重寄词，词中有誓两心知。七月七日长生殿，夜半无人私语时。在天愿作比翼鸟，在地愿为连理枝。

天长地久有时尽，此恨绵绵无绝期。”

元诗：“连昌宫中满宫竹，岁久无人森似束。又有墙头千叶桃，风动落花红蔌蔌。宫边老翁为余泣，小年进食曾因入。上皇正在望仙楼，太真同凭阑干立。楼上楼前尽珠翠，炫转荧煌照天地。归来如梦复如痴，何暇备言宫里事。初过寒食一百六，店舍无烟宫树绿。夜半月高弦索鸣，贺老琵琶定场屋。力士传呼觅念奴，念奴潜伴诸郎宿。须臾觅得又连催，特敕街中许然烛。春娇满眼睡红绡，掠削云鬟旋装束。飞上九天歌一声，二十五郎吹管逐。逡巡大遍凉州彻，色色龟兹轰录续。李谟擪笛傍宫墙，偷得新翻数般曲。平明大驾发行宫，万人歌舞涂路中。百官队仗避岐薛，杨氏诸姨车斗风。明年十月东都破，御路犹存禄山过。驱令供顿不敢藏，万姓无声泪潜堕。两京定后六七年，却寻家舍行宫前。庄园烧尽有枯井，行宫门闭树宛然。尔后相传六皇帝，不到离宫门久闭。往来年少说长安，玄武楼成花萼废。去年敕使因斫竹，偶值门开暂相逐。荆榛栉比塞池塘，狐兔骄痴缘树木。舞榭攲倾基尚在，文窗窈窕纱犹绿。尘埋粉壁旧花钿，乌啄风筝碎珠玉。上皇偏爱临砌花，依然御榻临阶斜。蛇出燕巢盘斗栱，菌生香案正当衙。寝殿相连端正楼，太真梳洗楼上头。晨光未出帘影黑，至今反挂珊瑚钩。指似旁人因恸哭，却出宫门泪相续。自从此后还闭门，夜夜狐狸上门屋。我闻此语心骨悲，太平谁致乱者谁。翁言野父何分别，耳闻眼见为君说。姚崇宋璟作相公，劝谏上皇言语切。燮理阴阳禾黍丰，调和中外无兵戎。长官清平太守好，拣选皆言由相公。开元之末姚宋死，朝廷渐渐由妃子。禄山宫里养作儿，虢国门前闹如市。弄权宰相不记名，依稀忆得杨与李。庙谟颠倒四海摇，五十年来作疮痏。今皇神圣丞相明，诏书才下吴蜀平。官军又取淮西贼，此贼亦除天下宁。年年耕种宫前道，今年不遣子孙耕。老翁此意深望幸，努力庙谋休用兵。”）

杨太真事，唐人吟咏至多，然类皆无礼。太真配至尊，岂可以儿女语黩之耶？惟杜子美则不然，《哀江头》[①]云……其词婉而雅，其意微而有礼，真可谓得诗人之旨者。《长恨歌》在乐天诗中为最下，《连昌宫词》在元微之诗中乃最得意者，二诗工拙虽殊，皆不若子美诗微而婉也。元白数十百言，竭力摹写，不若子美一句，人才高下乃如此。

梅圣俞云：“状难写之景，如在目前。”元微之云：“道得人心中事。”此固白乐天长处，然情意失之太详，景物失于太露，遂成浅近，略无余蕴，此其所短处。如《长恨歌》虽播于乐府，人人称诵，然其实乃乐天少作，虽欲悔而不可追者也。其叙杨妃进见专宠行乐事，

① 《哀江头》：“少陵野老吞声哭，春日潜行曲江曲。江头宫殿锁千门，细柳新蒲为谁绿。忆昔霓旌下南苑，苑中万物生颜色。昭阳殿里第一人，同辇随君侍君侧。辇前才人带弓箭，白马嚼啮黄金勒。翻身向天仰射云，一箭正坠双飞翼。明眸皓齿今何在，血污游魂归不得。清渭东流剑阁深，去住彼此无消息。人生有情泪沾臆，江水江花岂终极。黄昏胡骑尘满城，欲往城南忘南北。”

皆秽亵之语。……如《琵琶行》虽未免于烦悉，然其语意甚当，后来作者，未易超越也。

（宋）张戒《岁寒堂诗话》卷上

诗人咏史最难，须要在作史者不到处别生眼目，正如断案不为胥吏所欺，一两语中须能说出本情，使后人看之，便是一篇史赞，此非具眼者不能。自唐以来，本朝诗人最工为之，如张安道《题歌风台》，荆公（王安石，先封舒国公，旋改封荆）咏《范增》《张良》《扬雄》，东坡《题醉眠亭》《雪溪乘兴》《四明狂客》《荆轲》等诗，皆其见处高远，以大议论发之于诗。汪遵《读秦史》、章碣《题焚书坑》二诗，亦甚佳。至如世所传胡曾《咏史》诗一编，只是史语上转耳，初无见处也。

（宋）费衮《梁溪漫志》卷七

古今咏史诗，求其议论精当，康节先生《题淮阴侯庙》十篇，可以为冠。读者当自知之。“一身作乱宜从戮，三族全夷似少恩。汉道是时初杂霸，萧何王佐殆非尊。”“据立大功非不智，复贪王爵似专愚。造成四百年炎汉，才得安宁反受诛。”……

（宋）赵与时《宾退录》卷十

乐天《长恨歌》凡一百二十句，读者不厌其长；元微之《行宫》[①]诗才四句，读者不觉其短，文章之妙也。

（明）瞿佑《归田诗话》卷上

《诗》美刺与《春秋》褒贬同一扶世立教之意，后世词人遂有以诗咏史者。唐杜少陵之作妙绝古今，号诗史。……观者讽咏而有得于美刺褒贬之间，感于善，创于恶，其于经学世教岂不小有所益哉！

（明）程敏政《程敏政诗话》

诗人作诗，不比史官作史。史家编年叙事，不容错乱。若诗人之旨，一章自为一义。或顺时述事，或错举成文，或预道将来，或追称往昔，或更端别叙，或重言复说，或因枝振叶，或沿波射源，换章则换事，换韵则换义。变化错综如春山夏云，顷刻异态，不可拿捏，初非拘拘以时月为先后也。

（明）徐光启《徐光启诗话》

---

① 《行宫》：“寥落古行宫，宫花寂寞红。白头宫女在，闲坐说玄宗。”一作王建诗。

少陵以史为诗，已非风雅本色，然出于忧时悯俗，牢骚呻吟之声，犹不失《三百篇》遗意焉。至胡曾辈之咏史，直以史断为诗矣。……野狐恶道，莫此为甚。

（明）谢肇淛《小草斋诗话》卷二外编

诗人咏史最难，妙在不增一语，而情感自深。若在作史者不到处别生眼目，固自好，然尚是第二义也。

（明）胡震亨《唐音癸签》卷三

（《长恨歌》）此讥明皇迷于色而不悟也。……吁！以五十年致治之主，而一女子覆其成功，权去势诎以忧死，悲夫！女宠之祸岂浅鲜哉？

（明）唐汝询《唐诗解》卷二十

古人咏史，但叙事而不出己意，则史也，非诗也；出己意，发议论，而斧凿铮铮，又落宋人之病。如牧之息妫诗云："细腰宫里露桃新，脉脉无言度几春。至竟息亡缘底事？可怜金谷坠楼人！"《赤壁》云："折戟沉沙铁未销，自将磨洗认前朝。东风不与周郎便，铜雀春深锁二乔。"用意隐然，最为得体。息妫庙，唐时称为桃花夫人庙，故诗用"露桃"。

（清）吴乔《围炉诗话》卷三

诗有叙事叙语者，较史尤不易。史才固以隳括生色，而从实着笔自易；诗则即事生情，即语绘状，一用史法，则相感不在永言和声之中，诗道废矣。此"上山采蘼芜"[①]一诗所以妙夺天工也。

（清）王夫之《古诗评选》卷四

（李白《苏武》诗[②]）咏史诗以史为咏，正当于唱叹写神理，听闻者之生其哀乐。一加论赞，则不复有诗用，何况其体？

又《唐诗评选》卷二

---

① 汉《古诗》："上山采蘼芜，下山逢故夫。长跪问故夫，新人复何如？新人虽言好，未若故人姝。颜色类相似，手爪不相如。新人从门入，故人从阁去。新人工织缣，故人工织素。织缣日一匹，织素五丈余。将缣来比素，新人不如故。"

② 李诗："苏武在匈奴，十年持汉节。白雁上林飞，空传一书札。牧羊边地苦，落日归心绝。渴饮月窟冰，饥餐天上雪。东还沙塞远，北怆河梁别。泣把李陵衣，相看泪成血。"

咏史始于班孟坚（东汉班固字）。前人多用古体，至杜牧、汪遵、胡曾、孙元晏、元好问、宋无辈以绝句行之，每每翻案见奇，亦一法也。

（清）宋长白《柳亭诗话》卷二十二

古人咏史，叙事无意，史也，非诗矣。唐人实胜古人，如："江流石不转，遗恨失吞吴。"[①]"武帝自知身不死，教修玉殿号长生。"[②]"东风不假周郎便，铜雀春深锁二乔。""此日六军同驻马，当时七夕笑牵牛。"[③]诸有意而不落议论，故佳。若落议论，史评也，非诗矣。宋以后多患此病。

（清）纳兰性德《渌水亭杂识》四

（西晋左思《咏史》诗[④]）题云咏史，其实乃咏怀也。八首一气挥洒，激昂顿挫，真是大手！

（清）何焯《义门读书记·文选·诗》卷四十六

（张协《咏史》诗）咏史者不过美其事而咏叹之。檃括本传，不加藻饰，此正体也。太冲（左思字）多摅胸臆，乃又其变，叙致本事能不冗不晦，以此为难。

同上

（《长恨歌》）此讥明皇之迷于色而不悟也。……诗本陈鸿《长恨传》而作，悠扬旖旎，情至文生，本王、杨、卢、骆而加变化者矣。

（清）沈德潜《唐诗别裁集》卷八

咏史以不着议论为工……

（清）薛雪《一瓢诗话》

作怀古诗，必切时地。杜甫《公安县怀古》中联云："洒落君臣契，飞腾战伐名。"简

---

① 杜甫《八阵图》："功盖三分国，名成八阵图。江流石不转，遗恨失吞吴。"

② 王建《晓望华清宫》："晓来楼阁更鲜明，日出阑干见鹿行。武帝自知身不死，看修玉殿号长生。"

③ 李商隐《马嵬》："海外徒闻更九州，他生未卜此生休。空闻虎旅传宵柝，无复鸡人报晓筹。此日六军同驻马，当时七夕笑牵牛。如何四纪为天子，不及卢家有莫愁。"

④ 如《咏史诗八首》（其六）："荆轲饮燕市，酒酣气益震。哀歌和渐离，谓若傍无人。虽无壮士节，与世亦殊伦。高眄邈四海，豪右何足陈！贵者虽自贵，视之若尘埃。贱者虽自贱，重之若千钧。"

而能该，真史笔也。

（清）冒春荣《葚原诗说》卷一

咏古诗，未经阐发者，宜援据本传，见显微阐幽之意，若前人久经论定，不须人云亦云。王摩诘《西施咏》、李东川《谒夷齐庙》，或别寓兴意，或淡淡写景，以避雷同剿说。此别行一路法也，所谓窄路，实宽路也。

咏史不必专咏一人，专咏一事，己有怀抱，借古人事以抒写之，斯为千秋绝唱。后人粘着一事，明白断案，此史论，非诗格也。至胡曾绝句百篇，尤堕恶道。

同上卷二

咏史诗须别有怀抱。

……

咏史诗当如龙门（西汉司马迁，生于龙门）诸赞，抑扬顿挫，使人一唱三叹。咏古人即采摭古人事迹，定非高手。试看老杜咏昭烈（三国刘备，蜀汉昭烈帝）、武侯（诸葛亮，蜀汉武乡侯）诗极多，何尝实填一事，而俯仰伤怀，将五百余年精神，如相契合，是何等胸次也?

（清）乔亿《剑溪说诗》卷下

（杜甫《武侯庙》诗①）十字中包括武侯一生行迹，不涉议论，弥淡弥高。

（清）爱新觉罗·弘历《唐宋诗醇》卷十七

（《长恨歌》）从古女祸，未有盛于唐者。……《长恨》一传，自是时傅会之说，其事殊无足论者。居易诗词特妙，情文相生，沉郁顿挫，哀艳之中，具有讽刺。……结处点清“长恨”为一诗结穴，戛然而止，全势已足，更不必另作收束。

同上卷二十二

（宋陆游《读〈晋书〉》诗②）不着议论，而指意跃然，咏史上乘。

同上卷四十六

读史诗无新义，便成《廿一史弹词》。虽着议论，无隽永之味，又似史赞一派，俱非

① 杜诗：“遗庙丹青落，空山草木长。犹闻辞后主，不复卧南阳。”
② 陆诗：“诸公日饫万钱厨，人乳蒸豚玉食无。谁信秋风雒城里，有人归棹为莼鲈？”

诗也。

（清）袁枚《随园诗话》卷二

咏古诗有寄托固妙，亦须读者知其所寄托之意，而后觉其诗之佳。

同上卷五

怀古诗、乃一时兴会所触，不比山经地志，以详核为佳。

同上卷六

咏史有三体。一、借古人往事，抒自己之怀抱：左太冲之《咏史》是也。一、为隐括其事，而以咏叹出之：张景阳（张协字）之《咏二疏》，卢子谅（晋卢谌字）之《咏蔺生》是也。一、取对仗之巧：义山之“牵牛”对“驻马”，韦庄之“无忌”对“莫愁”是也。

同上卷十四

太冲《咏史》，初非呆衍史事，特借史事以咏己之怀抱也。或先述己意，而以史事证之。或先述史事，而以己意断之。或止述己意，而史事暗含。或止述史事，而己意默寓。各还悬解，乃能脉络贯通。

（清）张玉谷《古诗赏析》卷十一

（王安石《登大茅山顶》诗[①]）二冯（清冯班，为老二）讥此诗为史论，太刻。必不容着议论，则唐人犯此者多矣。宋人以议论为诗，渐流粗犷，故冯氏有史论之讥。然古人亦不废议论，但不着色相耳。此诗纯以指点出之，尚不至于史论。

（清）纪昀《瀛奎律髓刊误》卷一

咏史诗今人皆杂议论，前人多有案无断之作，其讽刺劝意在言外，读者自得之耳。

（清）方熏《山静居诗话》

咏史诗不着议论，有似弹词；太着议论，又如史断。

（清）舒位《瓶水斋诗话》

① 王诗：“一峰高出众山颠，疑隔尘沙道里千。俯视烟云来不极，仰攀萝茑去无前。人间已换嘉平帝，地下谁通句曲天。陈迹是非今草莽，纷纷流俗尚师仙。”

吊古之诗，须褒贬森严，具有《春秋》之义，使善者足以动后人之景仰，恶者足以垂千秋之炯戒。如左太冲之《咏史》，则曰“何世无奇才，遗之在草泽”，不胜动人以遗贤之忧；李太白之《怀祢衡》，则曰“才高竟何施？寡识冒天刑”，不禁深人以恃才之惕……近体如少陵之“丞相祠堂何处寻？锦官城外柏森森。映阶碧草自春色，隔叶黄鹂空好音。三顾频烦天下计，两朝开济老臣心。出师未捷身先死，长使英雄泪满襟”（《蜀相》），钱员外（按：钱起，曾官祠部员外郎）之“汉家无事乐时雍，羽骑年年出九重。玉帛不朝金阙路，旌旗常绕彩霞峰。且贪原兽轻黄屋，岂畏渔人犯白龙？薄暮方归长乐观，垂杨几处绿烟浓”（《汉武出猎》），李义山之“紫泉宫殿锁烟霞，欲取芜城作帝家。玉玺不缘归日角，锦帆应是到天涯。于今腐草无萤火，终古垂杨有暮鸦。地下若逢陈后主，岂宜重问《后庭花》！”（《隋宫》）……如此诸作，其凄恻既足以动人，其抑扬复足以惩劝，犹有诗人之遗意也。

（清）王寿昌《小清华园诗谈》卷下

咏古最忌入议论，堕学究腐套。若但搜用本题故实，裁对工巧，为编事之诗，尤为下劣。大家只自吐胸臆，或以题为宾，借作指点，则必有实事及己所处，以相感发。

（清）方东树《昭昧詹言》卷二十

咏古诗贵有新义。

（清）康发祥《伯山诗话续集》卷一

说者谓诗咏古迹，仅泥定本事，徒见堆垛。此高着眼孔之说，欲其凌空驾驭也。然脱尽本事，又未免蹈空，恐非笃论。……亦空亦实，不愧作家。

又《三续集》卷二

凡怀古诗，须上下千古，包罗浑含，出新奇以正大之域，融议论于神韵之中，则气韵雄壮，情文相生，有我有人，意不竭而识自见，始非史论一派。唐、宋名篇，选本林立，今略摘近代数首为法。明人高青丘（高启，自号青丘子）《岳王墓》云：“大树无枝向北风，十年遗恨泣英雄。班师诏已来三殿，射虏书犹说两宫。每忆上方谁请剑，空嗟高庙自藏弓。栖霞岭上今回首，不见诸陵白露中。”……

（清）朱庭珍《筱园诗话》卷三

咏古七绝尤难，以词意既须新警，而篇终复须深情远韵，令人玩味不穷，方为上乘。

若言尽意尽，索然无余味可寻，则薄且直矣。……邓孝威（清邓汉仪字）《咏息夫人》[1]云："楚宫慵扫黛眉新，只自无言对暮春。千古艰难惟一死，伤心岂独息夫人！"包罗广远，意在言外。较唐人小杜之"至竟息亡缘底事？可怜金谷坠楼人"，更觉含蓄有味。所谓微词胜于直斥，不着议论，转深于议论也。

同上

先生（龚自珍）谓《长恨歌》"回头一笑百媚生"，乃形容勾栏妓女之词，岂贵妃风度耶？白居易直千古恶诗之祖。

（清）张祖廉《定庵先生年谱外纪》卷上

以《长恨歌》之壮采，而所隶之事，只"小玉、双成"四字，才有余也。梅村（清吴伟业号）歌行，则非隶事不办。白、吴优劣，即于此见。

（近代）王国维《人间词话》

① 原题作《题息夫人庙》。

“诗史”辩

伟大诗人的艺术成就，往往在当代得不到充分认同，相反，他们往往是谤不离身。杜甫自己就有深切的感受：“文章憎命达，魑魅喜人过。”韩愈在《调张籍》中这样写：“李杜文章在，光焰万丈长。不知群儿愚，那用故谤伤。”韩愈的时代离杜甫逝世相去不远，“群儿”的“谤伤”想来亲见其甚嚣尘上。而孟棨比韩愈晚不到一百年［从他是唐僖宗乾符二年（875）进士推算］。在他的《本事诗·高逸第三》中就把杜甫尊为“诗史”。生前穷困潦倒的杜甫，得到历史的承认竟然这么快，还是比较幸运的。

但是，这个论断在理论上把诗与史混为一谈，却播下了后世争议千年的种子。

孟棨的原话说得很死：“杜甫逢禄山之难，流离陇蜀，毕陈于诗，推见至隐，殆无遗事，故当时号为‘诗史’。”把诗的有限表现力与无限丰富的史料之间的矛盾完全抹杀，说诗在杜甫手中，达到史的极致（“毕陈于诗，推见至隐，殆无遗事”），话说得太绝了。但是这个说法，却受到千年以来诗话家的推崇。

就是因为太推崇了，诗话家就分成了两类。

一类对“诗史”进行不无呆气的论证。全盘接受孟氏把“诗史”的“史”定位在政治事件上，宋黄彻《巩溪诗话》卷一为之作论证：“观《北征》诗云：‘皇帝二载秋，闰八月初吉。’《送李校书》云：‘乾元元年春，万姓始安宅。’又《戏友》二诗：‘元年建巳月，郎有焦校书。’‘元年建巳月，官有王司直。’史笔森严，未易及也。”这就无异于把“诗史”定义为编年体历史。这对于诗来说，是太离谱了。从方法上，属于孤证，不足为训。这样幼稚的论证，并非个别，此后还有李光弼代郭子仪为帅的细节为之说明，当然更加软弱无力。

这就迫使另一类诗话家，不再做这种冒傻气的举例，而对“诗史”的内涵做出修正。

宋祁《新唐书·杜甫传赞》说：“甫又善陈时事，律切精深，至千言不少衰，世号‘诗史'。"把编年史的内涵转化为"善陈时事"，实际上是偷换概念，但是，漏洞明显缩小，得到比较广泛的认可。只是，经不起推敲。

毕竟杜甫直接涉及"时事"的诗作并不是多数，就是涉及，也只是背景而已，和史家正面着笔，直书其事，不可同日而语。于是不能不再退一步虚化其内涵，宋王得臣《麈史》云："予以谓世称子美为诗史，盖实录也。"这就是说，并不一定要是政治军事的"时事"，只要是符合史家的"实录"精神就可以叫作"诗史"。但是"实录"是一个有确定所指的历史专业原则，按事实录并不是诗，更不可能是好诗。于是论者再度把这个概念虚化。宋李复《李复诗话》说："杜诗谓之'诗史'，以般般可见当时事，至于诗之叙事，亦若史传矣。"经过虚化，实录的概念被偷换为"叙事"。宋蔡居厚《蔡宽夫诗话》就堂而皇之地宣称："子美诗善叙事，故号'诗史'。"这么一来，诗和史的矛盾表面上是完全淹没了，但是，这种说法与杜甫的艺术的矛盾却更明显地扩大了。杜甫究竟是一个叙事诗人，还是一个抒情诗人呢？如果纯粹讲"叙事"，他的成就可能还赶不上白居易。何况，史的叙事，如一些论者所指出的那样，"有年月地里本末之类"，甚至"都邑所出，土地所生，物之有无贵贱"，而史料的罗列，恰恰是抒情的大敌。

在这一点上，还是王夫之敢于碰硬，在《古诗评选》卷四中说得痛快淋漓："(《古诗》'上山采蘼芜')杜子美仿之作《石壕吏》，亦将酷肖，而每于刻画处，犹以逼写见真，终觉于史有余，于诗不足。论者乃以'诗史'誉杜，见驼则恨马背之不肿，是则名为可怜悯者。"只有王夫之才敢把杜甫在叙事方面的局限说得语带讥刺，又痛快淋漓。无独有偶，向来论诗有点呆气的杨慎在《升庵诗话》卷十一中说："杜诗之含蓄蕴藉者，盖亦多矣，宋人不能学之。至于直陈时事，类于讪讦，乃其下乘末脚，而宋人拾以为己宝，又撰出'诗史'二字以误后人。如诗可兼史，则《尚书》《春秋》可以并省。"不但说得痛快，而且在理论上把诗与史的矛盾、分工正面揭示出来，甚至敢于指出杜甫诗中的"直陈时事，类于讪讦，乃其下乘末脚"，这样辛辣的文风，诗话家个性发挥到如此旁若无人的地步，实在是诗话中的精品，也许只有在李贽那里才可能发出类似的回响。

诗与史二者分属实用理性和审美情感两个范畴，价值的错位不是用"实录""叙事"所能弥补得了的。在这种困境下，冒出来一个诗话家干脆来一次空前大胆的偷换概念："老杜之诗，备于众体，是为'诗史'。"（宋释普闻《诗论》）这就是说，不管军国大事，还是细民小事，不管实录，还是叙事，只要体裁众多，就是诗史。把诗与史混为一谈的论者，于穷途末路之中，敢于如此武断，诗评家而显出诗人式的偏执，从文风来说，尤其显得颟顸可爱。

陈一琴辑历代诗话

杜（甫）逢禄山之难，流离陇蜀，毕陈于诗，推见至隐，殆无遗事，故当时号为“诗史”。

（唐）孟棨《本事诗·高逸第三》

……甫又善陈时事，律切精深，至千言不少衰，世号“诗史”。

（宋）宋祁《新唐书·杜甫传赞》

史笔善记事，长于炫其文；文胜则实丧，徒憎口云云。诗史善记事，长于造其真；真胜则华去，非如目纷纷。……

（宋）邵雍《诗史吟》

予以谓世称子美为“诗史”，盖实录也。

（宋）王得臣《麈史》卷中

子美之诗，周情孔思，千汇万状，茹古涵今，无有涯涘，森严昭焕，若在武库，见戈戟布列，荡人耳目，非特意语天出，尤工于用字，故卓然为一代冠，而历世千百，脍炙人口。……韩退之谓“光焰万丈长”，而世号“诗史”，信哉！

又凤台王彦辅诗话一则，转引自蔡梦弼《杜工部草堂诗话》卷一

（按：王得臣字彦辅，自号凤台子。此则不载《麈史》，《草堂诗笺》作“增注杜工部诗集序”，或作者另有《诗话》一书？）

杜诗谓之“诗史”，以般般可见当时事，至于诗之叙事，亦若史传矣。

（宋）李复《李复诗话》

李光弼代郭子仪入其军，号令不更而旌旗改色。及其亡也，杜甫哀之曰：“三军晦光彩，烈士痛稠叠。”[①] 前人谓杜甫句为“诗史”，盖谓是也。非但叙尘迹摭故实而已。

（宋）魏泰《临汉隐居诗话》

---

① 《八哀诗·故司徒李公光弼》诗句。

子美诗善叙事，故号“诗史”。其律诗多至百韵，本末贯穿如一辞，前此盖未有。

（宋）蔡居厚《蔡宽夫诗话》

李格非善论文章，尝曰：“诸葛孔明《出师表》，刘伶《酒德颂》，陶渊明《归去来辞》，李令伯（晋李密字）《陈情表》，皆沛然从肺腑中流出，殊不见斧凿痕。……吾是知文章以气为主，气以诚为主。”故老杜谓之“诗史”者，其大过人在诚实耳。

（宋）释惠洪《冷斋夜话》卷三

（按：此则文字，又见宋彭乘《墨客挥犀》卷八。）

子美世号“诗史”。观《北征》诗云：“皇帝二载秋，闰八月初吉。”《送李校书》云：“乾元元年春，万姓始安宅。”又《戏友》二诗：“元年建巳月，郎有焦校书。”“元年建巳月，官有王司直。”史笔森严，未易及也。

（宋）黄彻《䂬溪诗话》卷一

《刘贡父诗话》[①]云：“文人用事误错，虽有缺失，然不害其美。杜甫云：‘功曹非复汉萧何。’[②]据光武谓邓禹‘何以不掾功曹’。又曹参尝为功曹，云酂侯，非也。”按萧何为主吏掾，即功曹也。注在《史记·高帝纪》。贡父博洽，何为不知？杜谓之“诗史”，未尝误用事。

（宋）姚宽《西溪丛语》卷上

或谓“诗史”者，有年月地里本末之类，故名“诗史”。盖唐人尝目杜甫为“诗史”，本出孟棨《本事诗》，而《新书》亦云。

同上

老杜之诗，备于众体，是为“诗史”。

（宋）普闻《诗论》

三代而下，诗独称少陵，盖其以史为诗，不以诗为诗也。

（宋）方逢辰《方逢辰诗话》

① 即刘攽（字贡父）《中山诗话》。《历代诗话》本载：“曹参尝为功曹，而杜诗云‘功曹无复汉萧何’，误矣。按光武尝谓邓禹‘何以不掾功曹’。”

② 《奉寄别马巴州》诗句。

杜少陵子美诗，多纪当时事，皆有据依，古号“诗史”。

……

少陵诗非特纪事，至于都邑所出，土地所生，物之有无贵贱，亦时见于吟咏。

（宋）陈岩肖《庚溪诗话》卷上

白乐天仕宦，从壮至老，凡俸禄多寡之数，悉载于诗，虽波及他人亦然。其立身廉清，家无余积，可以概见矣。因读其集，辄叙而列之。其为校书郎，曰：“俸钱万六千，月给亦有余。”为左拾遗，曰：“月惭谏纸二千张，岁愧俸钱三十万。”……其致仕，曰：“全家遁此曾无闷，半俸资身亦有余。”……

（宋）洪迈《容斋五笔》卷八

千载《诗》亡不复删，少陵谈笑即追还。常憎晚辈言“诗史”，《清庙》《生民》[①]伯仲间。

（宋）陆游《读杜诗》

白乐天诗多纪岁时，每岁必纪其气血之如何，与夫一时之事。后人能以其诗次第而考之，则乐天平生大略可睹，亦可谓“诗史”者焉。

（宋）王楙《野客丛书》卷二十七

余坐幽燕狱中，无所为。诵杜诗，稍习诸所感兴。因其五言集为绝句，久之得二百首。凡吾意所欲言者，子美先为代言之，日玩之不置；但觉为吾诗，忘其为子美诗也。乃知子美非能自为诗，诗句自是人情性中语，烦子美道耳。子美于吾隔数百年，而其言语为吾用，非情性同哉？昔人评杜诗为“诗史”，盖其以咏歌之辞，寓纪载之实；而抑扬褒贬之意，灿然于其中，虽谓之史可也。

（宋）文天祥《集杜诗自序》

世称老杜为“诗史”，以其所著备见时事。予谓老杜非直纪事史也，有《春秋》之法也。

（元）杨维桢《杨维桢诗话》

① 《诗经》之《周颂·清庙》《大雅·生民》。

子美之诗，或谓之“诗史”者，盖其可以观时政而论治道也。

（元）戴良《玉笥集序》

宋人以杜子美能以韵语纪时事，谓之“诗史”。鄙哉宋人之见，不足以论诗也。夫“六经”各有体，《易》以道阴阳，《书》以道政事，《诗》以道性情，《春秋》以道名分。后世之所谓史者，左记言，右记事，古之《尚书》《春秋》也。若诗者，其体其旨，与《易》《书》《春秋》判然矣。《三百篇》皆约情合性而归之道德也，然未尝有道德字也，未尝有道德性情句也。二南者，修身齐家其旨也，然其言琴瑟钟鼓，荇菜芣苢，夭桃秾李，雀角鼠牙，何尝有修身齐家字耶？皆意在言外，使人自悟。至于变风变雅，尤其含蓄，言之者无罪，闻之者足以戒。如刺淫乱，则曰“雍雍鸣雁，旭日始旦”①，不必曰“慎莫近前丞相嗔”②也；悯流民，则曰“鸿雁于飞，哀鸣嗷嗷”③，不必曰“千家今有百家存”④也；伤暴敛，则曰“维南有箕，载翕其舌”⑤，不必曰“哀哀寡妇诛求尽”⑥也；叙饥荒，则曰“牂羊羵首，三星在罶”⑦，不必曰“但有牙齿存，可堪皮骨干”⑧也。杜诗之含蓄蕴藉者，盖亦多矣，宋人不能学之。至于直陈时事，类于讪讦，乃其下乘末脚，而宋人拾以为己宝，又撰出“诗史”二字以误后人。如诗可兼史，则《尚书》《春秋》可以并省。

（明）杨慎《升庵诗话》卷十一

用事多则流于议论。子美虽为“诗史”，气格自高。

（明）谢榛《四溟诗话》卷一

杨用修（杨慎字）驳宋人“诗史”之说而讥少陵云：“（引文略，见上《升庵诗话》‘如刺’至‘干也’一段）”其言甚辩而核，然不知向所称皆兴比耳。《诗》固有赋，以述情切事为快，不尽含蓄也。语荒而曰“周余黎民，靡有孑遗”⑨，劝乐而曰“宛其死矣，他人入

① 《诗经·邶风·匏有苦叶》诗句。

② 杜甫《丽人行》诗句：“炙手可热势绝伦，慎莫近前丞相嗔。”

③ 《诗经·小雅·鸿雁》诗句。

④⑥ 杜甫《白帝》诗句：“戎马不如归马逸，千家今有百家存。哀哀寡妇诛求尽，恸哭郊原何处村？”

⑤ 《诗经·小雅·大东》诗句。

⑦ 《诗经·小雅·苕之华》诗句。羵，通行本作“坟”。

⑧ 杜甫《垂老别》诗句。《全唐诗》作“幸有牙齿存，所悲骨髓干”。

⑨ 《诗经·大雅·云汉》诗句。

室"[①]，讥失仪而曰"人而无礼，胡不遄死"[②]，怨谗而曰"豺虎不受，投畀有昊"[③]，若使出少陵口，不知用修何如贬剥也。且"慎莫近前丞相嗔"，乐府雅语，用修乌足知之。

（明）王世贞《艺苑卮言》卷四

盖杜遭乱，以诗遣兴，不专在诗，所以叙事、点景、论心各各皆真，诵之如见当时气象，故称"诗史"。今人专意作诗，则惟求工于言，非真诗也。

（明）王文禄《诗的》

按：以杜为"诗史"，其说出孟棨《本事诗》话，非宋人也。若"诗史"二字所出，又本钟嵘"直举胸臆"，非傍"诗史"之言，盖亦未尝始于宋也。杨（慎）生平不喜宋人，但见诸说所载，则以为始于宋世，漫不更考。恐宋人有知，揶揄地下矣，明人卤莽至此。

（明）胡应麟《少室山房笔丛》卷十九

按：二家（指杨慎、王世贞）之说，各有攸当，含蓄切直，唯其所宜。……夫诗虽有六义，经可离，纬不可离也。赋何尝离比兴？比兴何尝非赋？朱元晦（朱熹字）解诗，离赋比兴，所以谬也。比兴可含蓄，赋独可径直乎？

（明）郝敬《艺圃伧谈》卷三

（杜甫《自京赴奉先县咏怀五百字》诗）天宝八年，帝引百官观左藏，帝以国用丰衍，赏赐贵宠之家无有限极。十载，帝为安禄山起第，但令穷极壮丽，不限财力。既成，具幄帟器皿充牣其中，虽禁中不及。禄山生日，帝及贵妃赐衣服宝器酒馔甚厚。故"彤庭分帛""卫霍金盘""朱门酒食"等语，皆道其实，故称"诗史"。

（明）王嗣奭《杜臆》卷一

（杜甫《八哀诗》）此八公传也，而以韵语纪之，乃老杜创格，盖法《诗》之《颂》；而称为"诗史"，不虚耳！王（思礼）、李（光弼）名将，因盗贼未息，故兴起二公，此为国家哀之者。继以严武、汝阳（汝阳王琎）、李（邕）、苏（源明）、郑（虔）皆素交，则叹旧。九龄（张九龄）名相，则怀贤。

同上卷七

---

① 《诗经·唐风·山有枢》诗句。

② 《诗经·墉风·相鼠》诗句。

③ 《诗经·小雅·巷伯》："彼谮人者，谁适与谋？取彼僭人，投畀豺虎；豺虎不食，投畀有北；有北不受，投畀有昊。"

三代以降，史自史，诗自诗，而诗之义不能不本于史。曹（植）之《赠白马》，阮（籍）之《咏怀》，刘（琨）之《扶风》，张（载）之《七哀》，千古之兴亡升降，感叹悲愤，皆于诗发之。驯至于少陵，而诗中之史大备，天下称之曰“诗史”。

（清）钱谦益《胡致果诗序》

今之称杜诗者，以为“诗史”，亦信然矣。然注杜者但见以史证诗，未尝以诗补史之阙，虽曰“诗史”，史固无藉乎诗也。

（清）黄宗羲《万履安先生诗序》

杜诗是非不谬于圣人，故曰“诗史”，非直指纪事之谓也。纪事如“清渭东流剑阁深”①，与不纪事之“花娇迎杂佩”②，皆“诗史”也。诗可经，何不可史，同其“无邪”而已。用修不喜宋人之说，并“诗史”非之，误也。

（清）吴乔《围炉诗话》卷四

（杜甫《饮中八仙歌》诗）夫《诗》亡，然后《春秋》作，作诗者，不可不知《春秋》。子美此歌，纯用春秋笔法，那得不称为“诗史”也。

（清）徐增《而庵说唐诗》卷四

古未有以诗为史者，有之自杜工部始。史重褒贬，其言真而核；诗兼比兴，其风婉以长。……风骚而降，流为淫丽，诗教渐衰。杜子美转徙乱离之间，凡天下人物事变，无一不见于诗，故宋人目以“诗史”；虽有讥其学究者，要未可概非也。

（清）施闰章《江雁草序》

咏古诗下语善秀，乃可歌可弦，而不犯史垒。足知以“诗史”称杜陵，定罚而非赏。

（清）王夫之《古诗评选》卷一

（《古诗》“上山采蘼芜”）杜子美仿之作《石壕吏》，亦将酷肖，而每于刻画处，犹以逼写见真，终觉于史有余，于诗不足。论者乃以“诗史”誉杜，见驼则恨马背之不肿，是则

---

① 《哀江头》诗句：“清渭东流剑阁深，去住彼此无消息。”

② 《宿昔》诗：“宿昔青门里，蓬莱仗数移。花娇迎杂树，龙喜出平池。落日留王母，微风倚少儿。宫中行乐秘，少有外人知。”

名为可怜悯者。

同上卷四

（李白《登高丘而望远海》诗[①]）后人称杜陵为“诗史”，乃不知此九十一字中有一部开元、天宝本纪在内。俗子非出像则不省，几欲卖陈寿《三国志》以雇说书人打匾鼓，夸赤壁鏖兵。可悲可笑，大都如此。

又《唐诗评选》卷一

（杜甫《江月》诗[②]）盖即男女之情，喻君臣之义，并前半所谓“杀人”“一沾巾”者，皆有着落矣。公之攀屈、宋而亲风雅者，实在于此，岂玉台、香奁辈所能颦效而膏溉者！若宋头巾不知公为风骚继绪之大宗，而徒号曰“诗史”。“诗史”云尔，宜诗统至宋而绝也。

（清）黄生《杜诗说》卷五

（杜甫《紫宸殿退朝口号》诗[③]）《开元礼疏》：“晋褚后临朝不坐，则宫人传百僚拜。周隋相沿，国家因之不改。……”唐时故事，每退朝，则三省群僚送宰相至中书省而后散。此诗首尾并具典故，虽浓丽工整，颇无深意。疑即从二事记讽。缘宫人引驾，虽属旧制，然大廷临御，万国观瞻，岂容此辈接迹！而时主因循不改，其于朝仪为已亵矣。至如宰相虽尊，实与群僚比肩而事主，退朝会送，此何礼乎！此诗所以志讽，然第具文见意，春秋之法在焉。宋人目公为“诗史”，浅之乎窥公矣。

同上卷八

（杜甫《同元使君舂陵行并序》）观此诗序，则知古人之作诗，非以为一时结纳之资，亦非以为一日游戏之具，其辞必本于是非之公，其情必轨于好恶之正，而又关乎国事之治乱，人心之贞邪，使千古而下读之可以为龟鉴。所谓“诗史”是也。

（清）佚名《杜诗言志》卷九

---

① 李诗：“登高丘，望远海。六鳌骨已霜，三山流安在？扶桑半摧折，白日沉光彩。银台金阙如梦中，秦王汉武空相待。精卫费木石，鼋鼍无所凭。君不见！骊山茂陵尽灰灭，牧羊之子来攀登。盗贼劫宝玉，精灵竟何能？穷兵黩武今如此，鼎湖飞龙安可乘？”

② 杜诗：“江月光于水，高楼思杀人。天边长作客，老去一沾巾。玉露团清影，银河没半轮。谁家挑锦字？灭烛翠眉颦。”

③ 杜诗：“户外昭容紫袖垂，双瞻御座引朝仪。香飘合殿春风转，花覆千官淑影移。昼漏稀闻高阁报，天颜有喜近臣知。宫中每出归东省，会送夔龙集凤池。”

（杜甫《洛阳》诗）此叙出狩还宫之事，首尾详明，真可谓“诗史”矣。

（清）仇兆鳌《杜诗详注》卷十七

（杜甫《枯棕》诗“伤时苦军乏，一物官尽取。嗟尔江汉人，生成复何有”四句）赋物必有感触，故是“诗史”。

（杜甫《草堂》诗）以草堂去来为主，而叙西川一时寇乱情形，并带入天下，铺陈终始，畅极淋漓，岂非“诗史”？

（清）杨伦《杜诗镜铨》卷十一

（杨慎）此段议论，最破俗儒之见，可为近代诗人痛下针砭。然诗固贵含蓄，而亦有宜于敷陈切言者，《三百篇》中，如曰“周余黎民，靡有孑遗”“宛其死矣，他人入室”“人而无礼，胡不遄死”“豺虎不食，投畀有昊”“赫赫师尹，不平谓何”，“赭（赫）赫宗周，褒氏（姒）灭之”“伊谁云从，惟暴之云”，皆以痛绝为块，古人不病其尽。

（清）阮葵生《茶余客话》卷十一

何谓真？曰：自来言情之真者，无如靖节；写景之真者，无如康乐、玄晖；纪事之真者，无如潘安仁（西晋潘岳字）、左太冲、颜延年。少陵皆兼而有之……独其《彭衙》《北征》诸作，叙事抒情，曲折如绘，诚有非潘、颜诸子所能者，谓之“诗史”，岂不信然。

（清）王寿昌《小清华园诗谈》卷上

窃有鄙见，以为工部之诗坏于宋人之诗话，因之以误后人。盖宋人尊之过甚，往往附会穿凿，引某字曰“此渊源于某书也”，引某句曰“此一代之史笔也”。工部诗诚高矣，而何至字字皆书，句句皆史？且工部当日下笔时，又何必字字皆书，句句皆史！如此其不惮烦，遂至后人不体此意，不学其沉雄阔大而学其字字皆书，不学其忠厚缠绵而学其句句皆史，几至堆砌直率而不自知。

（清）严廷中《药栏诗话》乙集

杨升庵力诋宋人以少陵为“诗史”之说。谓诗以道性情，《三百篇》皆意在言外，使人自悟。至于变风、变雅，尤其含蓄。……余谓杨升庵特举《诗》之含蓄者以相形耳。《三百篇》中，词之直而僿、激而尽者多矣。……由此推之，讦直愤厉者，指不胜屈，所谓言各有当也。

（清）李慈铭《越缦堂日记说诗全编·内编·评论门·评驳类三》

“六经”与史相表里。《诗》以韵语纪事，或美或刺，义主劝善惩恶，与《春秋》之褒贬予夺同一指归。“诗史”之称，其义盖出于此。杨升庵舍文义而言文体，谓经史分体，无容混淆；《尚书》《春秋》，即史即经，《诗》则判不相入，未可称之为史。其说偏僻，已非通论，至引《毛诗》比兴语以讥杜诗之赋语，尤乖舛矣。宜乎元美驳之也。

（清）许印芳《诗法萃编·附录明人诗话》卷九上

宋人谓杜少陵为“诗史”，以其多用韵语纪时事也。杨升庵驳之曰：“（引文略，参见以上所录）”升庵此言甚辨，其识亦卓，然未免一偏之见也。诗道大而体裁各别，古人谓诗有六义，比兴与赋，各自一体。升庵所引《毛诗》，皆微婉含蕴，义近于风，诗中之比兴体也。所引杜句，则直陈其事之赋体也。体格不同，言各有当，岂得以彼例此，以古非今，意为轩轾哉！宋人诗多为赋体，绝少比兴，古意浸失，升庵以此论议宋人则可。老杜无所不有，众体兼备，使仅摘此数语，轻议其后，则不可。……夫言岂一端而已，何升庵所见之不广也！学者放开眼孔，上下千古，折衷于六义之旨，兼收其长，勿执一格，勿囿一偏，以期造广大精深之域。何必是丹非素，执方废圆，为通人所不取乎！

（清）朱庭珍《筱园诗话》卷三

杜甫之诗，世称“诗史”，以史义存焉。读杜诗而不读唐史，不足以知杜者也。

（近代）黄节《诗学·唐至五代诗学》

愚意史之意义，要不当专指讽刺褒贬，凡足以备一代故实，抉择严谨者，皆史也。《说文》曰：“史，记事也。”若仅就一句二句、一首二首以为言，则《垂老》《无家》《石壕》《潼关》《兵车》《哀江头》等作，将无皆徒摭尘实之词哉？大抵少陵生平，系心家国，遇世沧桑，所发多感时纪事之言，用有一代诗史之目，亦如和曼（今译荷马，古希腊诗人）氏之称“诗史”耳。儒生穿凿，亦何足据。

（近代）蒋抱玄《民权素诗话·南村〈摅怀斋诗话〉》

世称杜甫为“诗史”，然杜诗感慨多而纪事少，“三吏”为记事，“三别”则为概括。不如韩愈多记异事，如《初南食》《华山女》之类，于当时风俗、人情、社会活动多所描述。

（现当代）吴世昌《词林新话·诗话》

逼真与含糊

“状难写之景，如在目前；含不尽之意，见于言外。”梅尧臣，此等名言，其实就是“蓝田日暖，良玉生烟”的翻版。此言来自司空图《与极浦书》：“戴容州云：‘诗家之景，如蓝田日暖，良玉生烟。可望而不可置于眉睫之前也。’”这样的论述有其深邃之处，道出了中国古典诗歌写景的典型经验：可以直觉，而难以细写。从这样的理念出发，进行具体作品的分析，古典诗话词话家表现出西方文论中罕见的精致。欧阳修《六一诗话》说：“严维‘柳塘春水漫，花坞夕阳迟’，则天容时态，融和骀荡，岂不如在目前乎？又若温庭筠‘鸡声茅店月，人迹板桥霜’，贾岛‘怪禽啼旷野，落日恐行人’，则道路辛苦，羁旅愁思，岂不见于言外乎？”中国诗话对于诗的直觉感悟并未流于肤浅，这得力于诗话简短，不同作者之间，有对话性质，容易激发出正反两面提出问题。生活于北宋、南宋之间的张戒的《岁寒堂诗话》唱反调：就是把难写之景写得很真切，也不一定就是好诗。白居易的诗虽有好处，但“情意失于太详，景物失于太露，遂成浅近，略无余蕴。”诗家强调语意含蓄，几成共识。把这追求发展到极端的是谢榛《四溟诗话》的“妙在含糊，方见作手”。还有元范梈《木天禁语·五言短古篇法》：“辞简意味长，言语不可明白说尽，含糊则有余味。”“含糊”被强调得如此绝对，显然有失偏颇。但是，千百年来，并无多少异议。从汉魏古诗的直接抒情转化为近体诗以山水风物的描绘间接抒情，往往借助环境的写实，过分拘泥于实写，弊端很难避免，其极端为咏物诗之拘于物象，因而被王夫之贬为“卑格”。理论上不清醒的诗话家往往流露出趣味低下。如明顾元庆《夷白斋诗话》：“唐人秦韬玉有诗云：‘地衣镇角香狮子，帘额侵钩绣辟邪。’后山有：‘坏墙得雨蜗成字，古屋无人燕作家。’韬玉可谓状富贵之象于目前，后山可谓含寂寞之景于言外也。”其实，二者完全是被动描述，景语胜于情语，显得很是局促。一味耽溺于把景物写得如在目前，很可能陷入秦韬玉和陈师道这样的窘迫境地。

追求含蓄在理论上没有分歧，但如何达到含蓄的境界，成了不能回避的难题。许多诗话家都忘记了司空图的“离形得似”，倒是名不见经传的明人邵经邦在《艺苑玄机》中说：“诗之景，在于不可名状，所谓似有而无，似真而假。”后来，顾炎武在《日知录·诗体代降》中，把这个命题放在为似与不似、我与非我的矛盾中：“不似则失其所以为诗，似则失其所以为我。李、杜之诗所以独高于唐人者，以其未尝不似、而未尝似也。知此者可与言诗也已矣。”可贵的是提出了不似胜于似。这就超越了“状难写之景如在目前”，而是以“不似超越写实”为务。可惜的是，这个观念也没有得到充分的发挥。清人冒春荣《葚原诗说》卷一中说：“以无为有，以虚为实，以假为真，灵心妙舌，每出人意想之外，此之谓灵趣。”提出有无相生、真假互补、实虚相应，此乃全抄黄生之说。从理论上来说，是很有突破性。可惜诗话词话以吉光片羽为满足，没有转化为系统的理论演绎。

由于没有上升到普遍的理论层次，诗话家们在具体分析时，往往显得犹豫不定：在似与不似，实与虚，真和假之间的矛盾中，是以虚、不似、假为主，以超脱为务，还是力求平衡、统一？对陈陶《陇西行四首》（其二）“誓扫匈奴不顾身，五千貂锦丧胡尘。可怜无定河边骨，犹是春闺梦里人”，王世贞《艺苑卮言》批评后二句“用意工妙至此，可谓绝唱矣。惜为前二句所累，筋骨毕露，令人厌憎”。这可能是以虚拟为主导的代表。清李重华《贞一斋诗说》：“如果一味模糊，有何妙境？抑亦何取于诗？”贺贻孙《诗筏》：“写生家每从闲冷处传神，所谓‘颊上加三毛’也。然须从面目颧颊上先着精彩，然后三毛可加。近见诗家正意寥寥，专事闲语，譬如人无面目颧颊，但见三毛，不知果为何物！”这就是说，还是要以写实为基础，才能有超越现实的艺术。

后来者对此争讼意义似乎并不十分理解，往往表面化地理解为写景之难。其实，梅尧臣所说“诗家虽率意而造语亦难”，重点在诗家“率意”与“造语”的矛盾，而且提出了“率意”的难度，可以说是对传统“在心为志，发言为诗”的一种反拨。并不是有了意就有相应的“造语”的，就是有了语言也不一定会成为诗的。陆机《文赋》早已把“意不称物，文不逮意”的矛盾揭示出来了。司空图在《二十四诗品·形容》中则提出“离形得似”，也就是说，不一定要“称物”，相反要超越客体才能回归客体。

中国古典诗话词话是以创作论为主导的，戴叔伦的“可望而不可置于眉睫之前”并非偶然地把创作的难度感性化。梅尧臣的可贵是把它推向了理论的边缘，显然并不自觉，接着就退回到写景的感性中去。这恰恰也表现了满足于创作论的某种局限。

最为偏颇的是，把诗对客观世界的感受仅仅归结为视觉（写景），忽略了诗词并不限于视觉，至少还有听觉（如“锦瑟无端五十弦，一弦一柱思华年”，如“月出惊山鸟，时鸣春涧中”）、嗅觉（如“纵死犹闻侠骨香”“暗香浮动月黄昏”），还有味觉（如“谁谓荼苦，其甘如荠！”），甚至触觉（如“天阶夜色凉如水”），等等。除此之外，还有统觉（如“寻寻觅觅，冷冷清清，凄凄惨惨戚戚”）这一点，清人孙联奎似乎意识到了。他在《诗品臆说·形容》中说：“《卫风》之咏硕人也，曰‘手如柔荑’云云，犹是以物比物，未见其神。至曰‘巧笑倩兮，美目盼兮’，则传神写照，正在阿堵……此可谓‘离形得似’者矣。似，神似，非形似也。”这就提供了一个新范畴：“神似”和“形似”。这个范畴来自绘画。可惜的是，思路仍然没有超越视觉。

把写景的重要性提高到纲领的地位，其实并不全面，艺术之妙处，并不在实写到如在目前的逼真，司空图强调的是“不着一字，尽得风流”，比莱辛的“逼真的幻觉”早出了九百年。

到了近代，王国维在《人间词话》中从如在目前的逼真中解脱了出来，提出了另一对范畴：“隔”与“不隔”。认为不隔的是陶谢之诗、东坡之诗，隔的诗人是黄庭坚、姜白石。

王国维的这个说法，后来影响甚大，但是，由于是词话体制，并未系统阐释。对于什么叫作隔，什么叫作不隔，也没有定义。以致后世争论不休。其实，清人杨廷芝《二十四诗品浅解·形容》中，说形容有“虚、实、死、活不同”。“形容只在有意无意间，不即不离，可以无心得，而不可以有意求。”话说得比较玄虚，但是，提出了形容有死有活，关键在于有意与无意之间。精神状态自然，自由，自如，就活，就有诗意，就是不隔。而隔就是给人以被动描绘，显出费力、刻意雕琢、不自然之感，就是“二十四桥仍在，波心荡、冷月无声”“数峰清苦，商略黄昏雨”“高树晚蝉，说西风消息”这样苦心经营的名句，如王国维所说，“虽格韵高绝，然如雾里看花，终隔一层”。这种毛病，就连王国维推崇的谢灵运《登池上楼》——纵然传说“池塘生春草”是做梦所得——就整篇来看，也未能免俗。

潜虬媚幽姿，飞鸿响远音。
薄霄愧云浮，栖川怍渊沉。
进德智所拙，退耕力不任。
徇禄反穷海，卧痾对空林。
衾枕昧节候，褰开暂窥临。
倾耳聆波澜，举目眺岖嵚。
初景革绪风，新阳改故阴。
池塘生春草，园柳变鸣禽。
祁祁伤豳歌，萋萋感楚吟。
索居易永久，离群难处心。
持操岂独古，无闷征在今。

其实，整首诗除了“池塘生春草”以外，就连“园柳变鸣禽”都有拘于对仗，不自然的痕迹，其余的更基本上是堆砌辞藻，很不自然。应该是隔得很的。朱光潜《艺文杂谈·诗的隐与显》中说：“隔与不隔的分别就从情趣和意象的关系中见出。诗和一切其他艺术一样，须寓新颖的情趣于具体的意象。情趣与意象恰相熨帖，使人见到意象便感到情趣，便是不隔。意象含糊或空洞，情趣浅薄，不能在读者心中产生明了深刻的印象便是隔。”根本的标准是情趣意象的关系‘恰相熨帖”，也就是说，和谐统一了，就是不隔，相反则是隔。朱光潜还批评王国维：

> 王先生论隔与不隔的分别，说隔“如雾里看花”，不隔为“语语都在目前”，也嫌不很妥当，因为诗原来有“显”与“隐”的分别，王先生太偏重“显”了。“显”与“隐”的功用不同，我们不能要一切诗都“显”。说概括一点，写景的诗要“显”，言情的诗却要“隐”。梅圣俞说诗“状难写之景如在目前，含不尽之意见于言外”，就是看到写景宜显、写情宜隐的道理。……深情都必缠绵委婉，显易流于露，露则浅而易尽。

王国维说隔就是“如雾里看花”，不隔就是“语语都在目前”，其实是有点费解的。文学形象本来就是“逼真的幻觉”，是形神、真假、虚实的统一。“雾里看花”，才有审美想象所必需的距离感，日中看花看得太清楚，主体的想象就难以发挥。“语语都在目前”，不但不讨好，而且是不可能的，语言符号并不能表现客体的全部属性，文学形象也只能提示客体的某个主要特征，其功能是唤醒读者的经验与之会合。诗的意象则更是这样。“采菊东篱下，悠然见南山”“寒波淡淡起，白鸟悠悠下”“江流天地外，山色有无中”的精彩，并不是历历如在目前（生理的视觉的精确），而是经验的隐隐的唤醒（心理的想象的朦胧）。“雾里看花”比阳光下看花更有诗意，月下对影独酌、起舞弄影，有想象的超越性，怡然自得，阳光下对影独饮、起舞则类似发神经。杜甫《春夜喜雨》之妙，就在“随风潜入”之无形，润物细密之“无声”。“语语都在目前”的清晰，还不如语语都带余韵的朦胧。王国维一味强调显，忽略了隐的功能。这一点朱光潜先生批评得很对。

但朱光潜先生的说法，也有不够严密之处。把诗绝对分为写景的和言情，似不妥，未能理会王国维“一切景语皆情语’的深意。根本不存在纯粹的写景诗。纯粹写景写物，“极镂绘之工”，已经是属于王夫之所说的“卑格”了，还要再“显”那就不知卑俗到什么程度了。朱先生强调中国的古典抒情要隐（含蓄）：意象是有限的，意味是无限的，不尽之意在意象之间，在语言之外，是不能“显”的。此说点中中国古典诗歌的穴位。

中国古典诗歌虽然是抒情的，但是并不像西方诗歌那样采取直接抒情的方法把情感抒发出来，而是通过意象之间有机结构暗示出来。这属于间接抒情，当然就以“隐”为主。但这些并不是中国诗的全部，而是一部分。这部分就是近体诗。近体诗是以描绘为基础的，故造成诗话和词话集中在写景的含蓄上。

与这一部分艺术风格和方法不尽相同的是古体诗，这就是被严羽当成比唐诗还要高一筹的汉魏古诗。这类诗不是以描绘式的间接抒情为主，而是以直接抒情为主的。突出的代表当为《古诗十九首》，例如："生年不满百，常怀千岁忧。昼短苦夜长，何不秉烛游！为乐当及时，何能待来兹？"曹操那首很有名的《短歌行》"对酒当歌，人生几何？譬如朝露，去日苦多"，不但没有写景的地位，连意境也谈不上，完全以直接抒情取胜。间接抒情，过度依赖描绘，造成了齐梁宫体诗的腐烂。陈子昂《登幽州台歌》的价值就在于恢复了直接抒情的地位。"前不见古人，后不见来者。念天地之悠悠，独怆然而涕下！"意味深长的是，这里动人的恰恰是什么景物都看不见。这种直接抒情的歌行体，在唐诗中，同样产生了不朽的艺术经典。李白的"弃我去者昨日之日不可留，乱我心者今日之日多烦忧。抽刀断水水更流，举杯消愁愁更愁"，杜甫的"安得广厦千万间，大庇天下寒士俱欢颜，风雨不动安如山。呜呼！何时眼前突兀见此屋，吾庐独破受冻死亦足"，白居易的"在天愿作比翼鸟，在地愿为连理枝。天长地久有时尽，此恨绵绵无绝期"，都是不以情感微妙的"隐"（含蓄）为务，而是以情感极端率意的"显"为特点的。在这个意义上，梅圣俞说"诗家虽率意而造语亦难"，但是，他把"率意"和写景的"含不尽之意，见于言外"联系在一起，是自相矛盾的。"率意"就是强烈的感情，在逻辑上不是以"羚羊挂角，无迹可求"的朦胧为优长。严羽所赞赏的"空中之音、相中之色、水中之月、镜中之象"只是唐诗的间接抒情的近体诗的特点。歌行体的直接抒情，不是以描绘客体来寄托主体的情志的，正是因为这样，谈不上什么"状难写之景，如在目前"，其不尽之意，也不用放在言外，而是直接倾泻出来。因而，在许多时候，是不讲意境的。这种直接抒情的艺术，不但为严羽忽略了，而且在很长一个时期里为诗话词话家所遗忘，直到 17 世纪贺裳和吴乔才对这种诗艺传统做出"无理而妙""入痴而妙"的理论总结。这不但是中国诗学的，而且是世界诗学的一大突破，遗憾的是，却一直没有受到重视，甚至王国维这样的智者在营造他的"境界说"时都忽略了，把意境当作中国古典诗艺的全部。朱光潜尽管对王氏的说法提出质疑，却被王国维的狭隘命题所拘束，把古典歌行体古诗的直接抒发"无理而妙""入痴而妙"置之视野之外。当然，这也与他们所说的"无理"往往偏重物理，对强烈感情的极端逻辑缺乏分析有关。

陈一琴辑历代诗话

戴容州（唐戴叔伦，曾任容州刺史）云："诗家之景，如蓝田日暖，良玉生烟，可望而不可置于眉睫之前也。"象外之象，景外之景，岂容易可谈哉？然题纪之作，目击可图，体势自别，不可废也。

（唐）司空图《与极浦书》

绝伫灵素，少回清真。如觅水影，如写阳春。风云变态，花草精神。海之波澜，山之嶙峋。俱似大道，妙契同尘。离形得似，庶几斯人。

又《二十四诗品·形容》

圣俞尝语予曰："诗家虽率意而造语亦难。若意新语工，得前人所未道者，斯为善也。必能状难写之景，如在目前；含不尽之意，见于言外，然后为至矣。……"余曰："语之工者固如是。状难写之景，含不尽之意，何诗为然？"圣俞曰："作者得于心，览者会以意，殆难指陈以言也。虽然亦可略道其仿佛。若严维'柳塘春水漫，花坞夕阳迟'①，则天容时态，融和骀荡，岂不如在目前乎？又若温庭筠'鸡声茅店月，人迹板桥霜'②，贾岛'怪禽啼旷野，落日恐行人'③，则道路辛苦，羁旅愁思，岂不见于言外乎？"

（宋）欧阳修《六一诗话》

韩退之《赠张籍》云："君诗多态度，蔼蔼春空云。"司空图记戴叔伦语云："诗人之词，如蓝田日暖，良玉生烟。"亦是形似之微妙者，但学者不能味其言耳。

（宋）叶梦得《石林诗话》卷下

梅圣俞云："状难写之景，如在目前。"元微之云："道得人心中事。"此固白乐天长处。然情意失于太详，景物失于太露，遂成浅近，略无余蕴，此其所短处。

（宋）张戒《岁寒堂诗话》卷上

辞简意味长，言语不可明白说尽，含糊则有余味，如："步出城东门，怅望江南路。前

① 严维《酬刘员外见寄》诗句。
② 温庭筠《商山早行》诗句。
③ 贾岛《暮过山村》诗句。

日风雪中，故人从此去。”[①]“床前明月光，疑是地上霜。举头望明月，低头思故乡。”[②]“开帘见新月，便即下阶拜。细语人不闻，北风吹裙带。”[③]

（元）范梈《木天禁语·五言短古篇法》

凡作诗不宜逼真，如朝行远望，青山佳色，隐然可爱，其烟霞变幻，难于名状。及登临非复奇观，惟片石数树而已。远近所见不同，妙在含糊，方见作手。

（明）谢榛《四溟诗话》卷三

唐人秦韬玉有诗云：“地衣镇角香狮子，帘额侵钩绣辟邪。”[④]后山有：“坏墙得雨蜗成字，古屋无人燕作家。”[⑤]韬玉可谓状富贵之象于目前，后山可谓含寂寞之景于言外也。

（明）顾元庆《夷白斋诗话》

诗之景，在于不可名状，所谓似有而无，似真而假。

（明）邵经邦《艺苑玄机》

“可怜无定河边骨，犹是深闺梦里人。”[⑥]用意工妙至此，可谓绝唱矣。惜为前二句所累，筋骨毕露，令人厌憎。“葡萄美酒”[⑦]一绝，便是无瑕之璧。盛唐地位不凡乃尔。

（明）王世贞《艺苑卮言》卷四

善言情者，吞吐深浅，欲露还藏，便觉此衷无限。善道景者，绝去形容，略加点缀，即真相显然，生韵亦流动矣。此事经不得着做，做则外相胜而天真隐矣，直是不落思议法门。

（明）陆时雍《诗镜总论》

---

① 汉《古诗》：“步出城东门，遥望江南路。前日风雪中，故人从此去。我欲渡河水，河水深无梁。愿为双黄鹄，高飞还故乡。”

② 李白《静夜思》诗。

③ 李端《拜新月》诗。

④ 《豪家》诗：“石甃通渠引御波，绿槐阴里五侯家。地衣镇角香狮子，帘额侵钩绣辟邪。按彻清歌天未晓，饮回深院漏犹赊。四邻池馆吞将尽，尚自堆金为买花。”

⑤ 陈师道《春怀示邻里》诗：“断墙着雨蜗成字，老屋无僧燕作家。剩欲出门追语笑，却嫌归鬓着尘沙。风翻蛛网开三面，雷动蜂窠趁两衙。屡失南邻春事约，只今容有未开花。”见《全宋诗》卷一一二〇，文字与顾引略异。又卷一九二三重录此诗，作者为詹慥。

⑥ 陈陶《陇西行四首》（其二）：“誓扫匈奴不顾身，五千貂锦丧胡尘。可怜无定河边骨，犹是春闺梦里人。”见《全唐诗》卷七百四十六，文字与王引略异。

⑦ 王翰《凉州词二首》（其一）：“葡萄美酒夜光杯，欲饮琵琶马上催。醉卧沙场君莫笑，古来征战几人回？”

写生家每从闲冷处传神，所谓“颊上加三毛”也。然须从面目颧颊上先着精彩，然后三毛可加。近见诗家正意寥寥，专事闲语，譬如人无面目颧颊，但见三毛，不知果为何物！

（清）贺贻孙《诗筏》

诗家化境，如风雨驰骤，鬼神出没，满眼空幻，满耳飘忽，突然而来，倏然而去，不得以字句诠，不可以迹相求。如岑参《归白阁草堂》起句云：“雷声傍太白，雨在八九峰。东望白阁云，半入紫阁松。”又《登慈恩寺》诗中间云：“秋色从西来，苍然满关中。五陵北原上，万古青蒙蒙。”不惟作者至此，奇气一往，即讽者亦把捉不住，安得刻舟求剑，认影作真乎？近见注者，将“雨在八九”“云入紫阁”“秋从西来”“五陵”“万古”语，强为分解，何异痴人说梦。

同上

诗以写景逼真、不同凑泊为佳。

（清）计发《鱼计轩诗话》

不似则失其所以为诗，似则失其所以为我。李、杜之诗所以独高于唐人者，以其未尝不似，而未尝似也。知此者可与言诗也已矣。

（清）顾炎武《日知录·诗体代降》

高手下语，唯恐意露；卑手下语，唯恐意不露。高手遣调，唯恐过于甘口，卑手反之。此古近高下之由判也。

（清）毛先舒《诗辩坻》卷一

夫诗言情不言理者，情惬则理在其中，乃正藏体于用耳。故诗至入妙，有言下未尝毕露，其情则已跃然者。……如果一味模糊，有何妙境？抑亦何取于诗？

（清）李重华《贞一斋诗说》

形容，虚、实、死、活不同。〇水影，不着迹象，形容只在有意无意间，不即不离，可以无心得，而不可以有意求。故曰“如觅水影”。阳春，万物发育之初，春意盎然，必有造化从心手段，乃以形容得出。故曰“如写阳春”。

（清）杨廷芝《二十四诗品浅解·形容》

形容处断不可使类土木形骸。《卫风》之咏硕人也①，曰“手如柔荑”云云，犹是以物比物，未见其神。至曰“巧笑倩兮，美目盼兮”，则传神写照，正在阿堵，直把个绝世美人，活活的请出来在书本上涀漾。千载而下，犹如亲其笑貌。此可谓“离形得似”者矣。似，神似，非形似也。

（清）孙联奎《诗品臆说·形容》

迷离惝恍，若近若远，若隐若见，此善言情者也。若忒煞头头尾尾说来，不为合作。

（清）钱裴仲《雨华庵词话》

古人作诗，以真切为贵。初学之士，宜先讲明此理，从真切处用功；门路不差，自有升堂入室之日，慎勿视为老生常谈也。

（清）许印芳《诗法萃编·附录表圣杂文》卷六下

写景须曲肖此景。“渡头余落日，墟里上孤烟”②，确是晚村光景。“两边山木合，终日子规啼”③，确是深山光景。“黄云断春色，画角起边愁”④，确是穷边光景。“山光悦鸟性，潭影空人心”⑤，确是古寺光景。“野径云俱黑，江船火独明”⑥，确是暮江光景。可以类推。

（清）施补华《岘佣说诗》

白石写景之作，如：“二十四桥仍在，波心荡、冷月无声。”⑦“数峰清苦，商略黄昏雨。”“高树晚蝉，说西风消息。”⑧虽格韵高绝，然如雾里看花，终隔一层。

（近代）王国维《人间词话》

问“隔”与“不隔”之别，曰：“陶谢之诗不隔，延年（石延年）则稍隔矣。东坡之诗不隔，山谷则稍隔矣。‘池塘生春草’‘空梁落燕泥’⑨等二句，妙处唯在不隔。词亦如是。

---

① 《诗经·卫风·硕人》诗句：“手如柔荑，肤如凝脂，领如蝤蛴，齿如瓠犀，螓首蛾眉。巧笑倩兮，美目盼兮。”

② 王维《辋川闲居赠裴秀才迪》诗句。

③ 杜甫《子规》诗句。

④ 王维《送平淡然判官》诗句。

⑤ 常建《题破山寺后禅院》诗句。

⑥ 杜甫《春夜喜雨》诗句。

⑦ 姜夔《扬州慢》词句。

⑧ 又《惜红衣》词句：“墙头唤酒，谁问讯城南诗客？岑寂。高柳晚蝉，说西风消息。”

⑨ 薛道衡《昔昔盐》诗句：“暗牖悬蛛网，空梁落燕泥。”

即以一人一词论。如欧阳修《少年游》咏春草上半阕云：‘阑干十二独凭春，晴碧远连云。千里万里，二月三月，此两句原倒置。行色苦愁人。’语语都在目前，便是不隔。至云‘谢家池上，江淹浦畔’①，则隔矣。”

同上

王静安（王国维字）先生谓诗词之境界在乎不隔。诗之神秘，则须有朦胧性者，隔也，不隔则无朦胧性矣。文学之妙在乎隔与不隔之间，尽不隔则味薄，然显豁；尽隔则味浓，然晦涩，贵乎参差运用也。“隔不隔之间”，五字是文字秘诀。

（近代）赵元礼《藏斋诗话》卷上

文学以文字为媒介，文字表示意义，意义构成想象；想象里有人物、花鸟、草虫及其他，也有山水——有实物，也有境界。但是这种实物只是想象中的实物……这是诉诸想象中的视觉的。宋朝梅尧臣说过“状难写之景，如在目前”，“如”字很确；这种“逼真”只是使人如见。

（现当代）朱自清《朱自清古典文学论文集·论逼真与如画》

（陈陶《陇西行》）王世贞《艺苑卮言》虽赏此诗工妙，却谓“惜为前二句所累，筋骨毕露，令人厌憎”。其立论殊怪诞。不知无前二句则不见后二句之妙。且貂锦五千乃精练之军，一旦丧于胡尘，尤为可惜，故作者于前二句着重描绘，何以反病其“筋骨毕露”，至“令人厌憎”邪？

（现当代）刘永济《唐人绝句精华》

依我看来，隔与不隔的分别就从情趣和意象的关系中见出。诗和一切其他艺术一样，须寓新颖的情趣于具体的意象。情趣与意象恰相熨帖，使人见到意象便感到情趣，便是不隔。意象含糊或空洞，情趣浅薄，不能在读者心中产生明了深刻的印象便是隔。比如“谢家池上”是用“池塘生春草”的典，“江淹浦畔”是用《别赋》“春草碧色，春水绿波，送君南浦，伤如之何？”的典。谢诗、江赋原来都不隔，何以入欧词便隔呢？……欧词因春草的联想而把它们拉来硬凑成典故，“谢家池上，江淹浦畔”意象既不明了，情趣又不真切，所以“隔”。

---

① 《少年游》词下阕：“谢家池上，江淹浦畔，吟魂与离魂。那堪疏雨滴黄昏，更特地、忆王孙。”

王先生论隔与不隔的分别，说隔“如雾里看花”，不隔为“语语都在目前”，也嫌不很妥当，因为诗原来有“显”与“隐”的分别，王先生的话太偏重“显”了。“显”与“隐”的功用不同，我们不能要一切诗都“显”。说概括一点，写景的诗要“显”，言情的诗却要“隐”。梅圣俞说诗“状难写之景如在目前，含不尽之意见于言外”，就是看到写景宜显、写情宜隐的道理。……深情都必缠绵委婉，显易流于露，露则浅而易尽。

（现当代）朱光潜《艺文杂谈·诗的隐与显》

王氏既倡境界之说，而对于描写景物，又有隔与不隔之说，此亦非公论。推王氏之意，在专尚赋体，而以白描为主，故举“池塘生春草”“采菊东篱下”为不隔之例。夫诗原有赋、比、兴三体，赋体白描，固是一法；然不能谓除此一法外，即无他法。比、兴从来亦是一法，用来言近旨远，有含蓄，有寄托，香草美人，寄慨遥深，固不能谓之隔也。……若尽以浅露直率为不隔，则亦何贵有此不隔？……白石天籁人力，两臻高绝，所写景物，往往体会入微，而王氏以隔少之，殊为皮相。“二十四桥仍在，波心荡、冷月无声”极写扬州乱后荒凉景象，令人哀伤，何尝有隔？“数峰清苦，商略黄昏雨”则写云山幽寂境界，“清苦”“商略”皆从山容、云意体会出来，极细切，极生动，岂能谓之为隔？“高树晚蝉，说西风消息”以一“说”字拟人，何等灵活，而王氏概以“隔”字少之，是深刻精练之描写皆为隔矣。

（现当代）唐圭璋《词学论丛·评〈人间词话〉》

此（指姜夔词句）非隔也，拟人格用得太多，遂觉不甚真切耳。

（现当代）吴世昌《词林新话·词论》

按此（指欧阳修词下阕）所谓不隔，亦指直说，不扭扭捏捏或用典搪塞。

同上

婉曲含蓄与直致浅露

中国古典诗话词话，往往把含蓄当作最重要的规律，司空图《二十四诗品》有一品，就是“含蓄”，其内涵最根本的一条就是“不着一字，尽得风流”。姜夔《白石诗说》：“语贵含蓄。东坡云：‘言有尽而意无穷者，天下之至言也。’”后世对含蓄的论述甚为纷纭，大体归结起来不外两点。一是内容上，尤其是涉及政治讽喻的，那是放在首要地位的。旧题白居易的《金针诗格》认为：“诗有内外意：一曰内意，欲尽其理，理，谓义理之理，美、刺、箴、诲之类是也；二曰外意，欲尽其象，象，谓物象之象。”司马光在《温公续诗话》中说：“古人为诗，贵于意在言外，使人思而得之，故言之者无罪，闻之者足以戒也。”从政治功能出发，是一脉相承。直至元朝杨载《诗法家数》一仍其旧，连词语都没有多大变化：“诗有内外意，内意欲尽其理，外意欲尽其象，内外意含蓄，方妙。”关键是内外都要“含蓄”。

把它用到政治上，含蓄的分寸就很重要了。

施补华《岘佣说诗》把“含蓄”的分寸当成了成败的关键。“诗品人品”就在婉曲和分寸上分出高下。他以为，杜甫的“落日留王母，微风倚少儿”，李白的“汉宫谁第一？飞燕在昭阳”“只愁歌舞散，化作彩云飞”都讽喻明皇、杨妃事，因为含蓄、婉曲，恰到好处，就是好诗。而白居易的《长恨歌》、元稹的《连昌宫词》，因为不够婉曲，就被他指斥为“讪谤君父”。至于李商隐的“如何四纪为天子，不及卢家有莫愁”这样带着几分直率的话语，在他看来则是“轻薄坏心术”。事实上，这样的论断已经超出了含蓄婉曲的问题。施氏生活在19世纪末，居然无视《长恨歌》的伟大艺术成就，堪为诗话中王权政治标准第一的极致。当然这种极端，在诗话中，只是个别的案例，并不妨碍诗话历史对于婉曲含蓄的共识。贯彻婉曲这个原则，在阅读中达到的精致的程度，可能是举世无双的。郎瑛《七修类稿》卷三十二比较了三首宫怨诗。第一首是崔道融《班婕好》：

宠极辞同辇，恩深弃后宫。

自题秋扇后，不敢怨秋风。

第二首是曹邺题《庭草》：

庭草根自浅，造化无遗功。

低回一寸心，不敢怨春风。

第三首是宋元间陈杰的《春风》：

着柳成新绿，吹桃作故红。

衰颜与华发，不敢怨春风。

他认为三诗立意相似，因为婉曲程度不同，而水平相去甚远。第一诗“婉转含蓄”，明明有怨，偏偏说不怨（不敢怨秋风），明明被弃，却说恩深，明明不能同辇，却说宠极。第二首“婉转亦工”，也是有怨而说不敢怨，但是，不够含蓄，说自己本来就根底浅，老天不会忽略，因而不敢怨春风不到。但，这就把话说得差不多了，“似无蕴藉矣”。第三诗则是：“直致，全无唐人气味。”在我看来，最后一句“不敢怨”，是抄来的，但是，抄得糊涂。人家说不敢怨，题目是“庭草”，是草不敢怨，而此首题目就是“春风”，开头两句也落实在春风上（着柳成绿，吹桃故红），不敢怨春风，就变成了春风不敢怨春风。第三句“衰颜与华发”是人的属性，与春风、庭草、桃红，皆无相近相似联想渠道，太生硬，就谈不上婉曲，也就谈不上精致了。

婉曲的诗学价值，不但体现在对上的政治讽喻方面，在其艺术方面也很有必要。

光有婉曲讽喻的意向，还不是诗，《金针诗格》认为，光有“内意”，“欲尽其理”还不够，还得有外意的“物象之象”，如“日月山河虫鱼草木之意”。“内外意皆有含蓄”才有可能成就好诗。虽然。“物象”的“象”这个范畴，早在《易传·系辞上》就有了：“子曰‘书不尽言，言不尽意’，然则是圣人之意其不可见乎？子曰：‘圣人立象以尽意。”（高亨《周易大传今注》）但，把“立象以尽意”用到诗歌中来，还是有相当重要的理论意义，以“日月山河虫鱼草木”之象，以尽诗人之意，作为一种艺术方法，在唐代，是和汉魏以前的诗歌是不太相同的。借助“日月山河虫鱼草木”，立象以尽意（以抒情），也就是不把情感直接表达出来，而是将其隐藏在意象之中，大概可以说是道破了近体诗的艺术上的主导倾向。唐人所谓“言有尽而意无穷”，所谓“可望而不置于眉睫之前”，以及宋人所谓“羚羊挂角，无迹可求”，说的都是把不可直接感知的内意渗透、蕴含在外部五官可感意象之中。

讽喻要深，婉曲要曲，在讽喻和婉曲两个方面取得平衡，就受到诗话家们推崇。吴乔《围炉诗话》卷一称赞李商隐“夜半宴归宫漏永，薛王沉醉寿王醒”（《龙池》）是“刺杨妃事”，但是，只有描述，不着痕迹。相反，杨万里《题武惠妃传》“寿王不忍金宫冷，独献君王一玉环"，虽然"玉环"一词在字面上，是酒器，但实际上是杨贵妃的名字，这就不够委婉（"意未婉"）。不及李商隐的"其词微而意显"——这就叫作"得风人之体"。这个"风人之体"的准则，得到称赞的还有韩翃《寒食》诗云："春城无处不飞花，寒食东风御柳斜。日暮汉宫传蜡烛，轻烟散入五侯家。"并没有直接说破，"唐之亡国由于宦官握兵，实代宗授之以柄"。诗写在稍后的德宗时代，只用了"五侯"两个字，就点出了宦官受宠。吴乔认为这就是唐诗中的春秋笔法，诗中叫作"风人之旨"，这是一种很高的思想，也是一种很高的艺术档次，甚至可以说是理想的层次。

从古典诗歌阅读学来说，婉曲是一个重要范畴，但在古典诗话中，也产生过过分穿凿的问题。如梅尧臣《续金针诗格》把杜甫朝拜皇帝的颂诗"旌旗日暖龙蛇动"解读为"旌旗，喻号令也；日暖，喻明时也；龙蛇，喻君臣也"。"宫殿风微燕雀高"解读为"宫殿，喻朝廷也；风，喻政教也；燕雀，喻小人也"。每一个字都有微言大义，则未免坐实，尤其是"燕雀，喻小人也"和把韦应物的"上有黄鹂深树鸣"解为"喻小在上"犯了同样的穿凿的毛病。拘泥于这种穿凿，解读就变成无谓的猜谜，而不是享受诗的审美境界了。

婉曲诗艺具有政治性这是无疑的，但其诗学价值远远超越了政治价值。《诗格》所列举的诗学意象限于自然环境，其实，婉曲意象遍及诗人身心：宫廷、兵革、社会、人生、爱情，都属意象之源。意象对于中国诗歌来说，并不仅仅是一种政治策略，从根本上来说，它是中国诗艺含蓄婉曲的一个重要手段，至20世纪，还被美国诗人拿去作仿效的对象。

叶燮《原诗》内篇下，对中国诗歌的含蓄婉曲做出了总结："诗之至处，妙在含蓄无垠，思致微渺，其寄托在可言不可言之间，其指归在可解不可解之会，言在此而意在彼，泯端倪而离形象，绝议论而穷思维，引人于冥漠恍惚之境，所以为至也。"

诗话家们对于含蓄婉曲，很少做纯理论的分析，他们关注的焦点，似乎在理论性与操作性的统一上。王夫之《姜斋诗话》卷下提出"以转折为含蓄"，黄生《杜诗说》亦说："诗道喜曲而恶直，直则句率，曲则味永耳。"只是他发挥得更具操作性："意本如此，而语反如彼，或从其前后左右曲折以取之"。他举岑参"勤王敢道远，私向梦中归"为例，说明"本怨赴边庭归期难必"，却说勤王大事，不怕道路遥远，只是偷偷做梦回家。又举杜甫"渐喜交游绝，幽居不用名"说："本怨交游绝迹，反以喜言也。"如此等等，对具体作品的分析精彩纷呈。在这方面司马光对杜甫《春望》的分析尤为精细："'国破山河在，城春草木深。感时花溅泪，恨别鸟惊心。'山河在，明无余物矣；草木深，明无人矣；花鸟，平时可娱之物，见之而泣，闻之而悲，则时可知矣。他皆类此，不可遍举。"（《温公续诗话》）所有这一切，都不是直接抒发感情，而是着重于某种效果。山河在，是无余物的效果，草木深，是无人的效果，花溅泪，鸟惊心，是内心悲之效果。是不是可以这样说，所谓婉曲，所谓含蓄，往往就是这种抒情的间接性？间接效果比较强烈，才有足够的能量刺激读者的想象，追随到文字以外的原因上去。效果是单纯的几句话，而原因却是国运人命，比之有限的文字，国运人命则是无限的，故称“言有尽而意无穷”也。

古典诗话在这方面的精彩的发明并没有阻碍他们把目光转向婉曲含蓄相反的方面。谢榛《四溟诗话》卷一就举李白的“刬却君山好，平铺湘水流。巴陵无限酒，醉杀洞庭秋”为例，说，这样的诗，你还说它“含蓄”，“则凿矣”，太教条了。这显然不属于婉曲含蓄的范畴，其情感不是间接微妙的，而是直接夸张的。这应该是古典诗歌的另外一类的诗艺。对于这一点，诗话家们并无盲点。明清之际贺贻孙在《诗筏》中提出“直而妙”“露而妙”说：“《十九首》之妙，多是宛转含蓄。然亦有直而妙、露而妙者：‘昔为倡家女，今为荡子妇。荡子行不归，空床难独守’。”这个问题提得太到位了，太深刻了，可谓一语道破。中国古典诗歌中直接抒情的杰作比比皆是，不但是诗中，而且是词中。间接和直接并不是绝对割裂的，而是互补、共生的。

贺裳《皱水轩词筌》说，甚至连通常以为是“以含蓄为佳的”的小词，“亦有作决绝语而妙者。如韦庄‘谁家年少，足风流。妾拟将身嫁与，一生休。纵被无情弃，不能羞’之类是也”。还有柳永的“衣带渐宽终不悔，为伊消得人憔悴”。但是，陈廷焯《白雨斋词话》卷六却有异议。他提出，《诗经·小雅·巷伯》“投畀豺虎”“投畀有北”当然是“痛快语也”，但是，如果以为《诗经》的好处就在这种直接抒情，就大错特错了（“则谬不可言矣”）。

其实，他的感性，已经到达了理论突破的边缘，但是，他的理念把他的感性束缚住了。固然，这两句作为诗，不见得是好诗，但是《诗经》中的痛快语，精彩的直接抒情语，不止于此：“一日不见，如三秋兮。”“仲子可怀，人之多言，亦可畏也！”至今还活在人们的口头。“彼君子兮，不素餐兮！”“逝将去汝，适彼乐土。乐土乐土，爰得吾所。”诸如此类，不是很痛快，又很精彩吗？甚至“称彼兕觥，万寿无疆！”也是很痛快的祝贺语呀。在楚辞《离骚》里不是还有“路漫漫其修远兮，吾将上下而求索”吗？基于此等语言的普遍存在，施闰章《蠖斋诗话》提出“有一口直述，绝无含蓄转折，自然入妙”者。这就揭示了中国古典诗歌研究中一个很深邃的矛盾：“含蓄”“婉曲”和“直露而妙”“自然入妙”的矛盾。这就对“诗道喜曲而恶直，直则句率，曲则味永”的权威说法提出严峻的挑战。但是，这个矛盾，在诗话家中似乎一直没有引起全面的综合的兴趣，直至梁启超才正面冲破了婉曲的片面性，给予比较系统的阐释。他在《中国韵文里头所表现的情感》中说，诗中除了婉曲的情感，还有“一类的情感，是要忽然奔迸一泻无余的。我们可以给这类文学起一个名，叫作‘奔迸的表情法’。……例如《诗经》：‘蓼蓼者莪，匪莪伊蒿。哀哀父母，生我劬劳！’（《蓼莪》）……这些都是用极简单的语句，把极真的情感尽量表出；真所谓‘一声《河满子》，双泪落君前’。你若要多著些话，或是说得委婉些，那么真面目完全丧掉了。”对此等现象，他还做出历史的分析说：这种方法在正式的五七言，也就是在近体绝句和律诗中是很少的，在词中也是很少的。他指出：“这一类都是情感突变，一烧烧到‘白热度’，便一毫不隐瞒，一毫不修饰，照那情感的原样子，迸裂到字句上。”这显然是和传统诗教的“怨而不怒”相悖的，而和西方谚语“愤怒出诗人”是息息相通的。在西方文论中，这就是激情（passion）。从表现手段来说，“一泻无余的”“奔迸的表情法”这些都是直接抒情。含蓄、婉曲的寄情于物这一方法的特点是情景交融，与之相比，直接抒情的特点是情理交融。而这一路功夫，在梁启超这里，还未曾形成充分的理论形态。要获得理论的普遍性，中国诗歌还要等待几十年，直至郭沫若引进英国浪漫主义者华兹华斯在《抒情歌谣集（1880）》的序言中提出的“强烈的感情的自然流露”，激情作为一个诗学范畴才有了稳定的合法地位。当然，这样一来，又注定走向另一个极端：像西方浪漫主义一样，把诗歌作为感情的喷射器，概念化的图解。幸而，很快中国新诗又从西方象征派那里找到了它的对立面，那就是“客观对应物”（objective correlative）。当然，这是后话，它已经属于中国诗歌艺术另外一个历史时代的逻辑发展了。

陈一琴辑历代诗话

但见情性，不睹文字，盖诣道之极也。

（唐）释皎然《诗式》卷一

诗有内外意：一曰内意，欲尽其理，理，谓义理之理，美、刺、箴、诲之类是也；二曰外意，欲尽其象，象，谓物象之象，日月、山河、虫鱼、草木之意也。内外意皆有含蓄，方入诗格。

（唐）旧题白居易《金针诗格》

登彼太行，翠绕羊肠。杳霭流玉，悠悠花香。力之于时，声之于羌。似往已回，如幽匪藏。水理漩洑，鹏风翱翔。道不自器，与之圆方。

（唐）司空图《二十四诗品·委曲》

不着一字，尽得风流。语不涉己，若不堪忧。是有真宰，与之沉浮。如渌满酒，花时返秋。悠悠空尘，忽忽海沤。浅深聚散，万取一收。

又《二十四诗品·含蓄》

唯性所宅，真取弗羁。控物自富，与率为期。筑室松下，脱帽看诗。但知旦暮，不辨何时。倘然适意，岂必有为。若其天放，如是得之。

又《二十四诗品·疏野》

诗有内外意。诗曰："旌旗日暖龙蛇动。"[①]旌旗，喻号令也；日暖，喻明时也；龙蛇，喻君臣也。"宫殿风微燕雀高。"宫殿，喻朝廷也；风，喻政教也；燕雀，喻小人也。

（宋）梅尧臣《续金针诗格》

圣俞尝云："诗句义理虽通，语涉浅俗而可笑者，亦其病也。如有《赠渔父》一联云：'眼前不见市朝事，耳畔惟闻风水声。'说者云：'患肝肾风。'又有咏诗者云：'尽日觅不得，有时还自来。'[②]本谓诗之好句难得耳，而说者云：'此是人家失却猫儿诗。'人皆以为笑也。"

（宋）欧阳修《六一诗话》

古人为诗，贵于意在言外，使人思而得之，故言之者无罪，闻之者足以戒也。近世诗人，惟杜子美最得诗人之体，如"国破山河在，城春草木深。感时花溅泪，恨别鸟惊心"。山河在，明无余物矣；草木深，明无人矣；花鸟，平时可娱之物，见之而泣，闻之而悲，则时可知矣。他皆类此，不可遍举。

（宋）司马光《温公续诗话》

诗有句含蓄者，如老杜曰"勋业频看镜，行藏独倚楼"[③]，郑云叟曰"相看临远水，独自上孤舟"[④]是也。有意含蓄者，如《宫词》曰"银烛秋光冷画屏，轻罗小扇扑流萤。天街夜色凉如水，卧看牵牛织女星"[⑤]，又《嘲人》诗曰"怪来妆阁闭，朝下不相迎。总向春园里，

---

① 杜甫《奉和贾至舍人早朝大明宫》诗："五夜漏声催晓箭，九重春色醉仙桃。旌旗日暖龙蛇动，宫殿风微燕雀高。朝罢香烟携满袖，诗成珠玉在挥毫。欲知世掌丝纶美，池上于今有凤毛。"

② 释贯休《诗》："经天纬地物，动必计仙才。几处觅不得，有时还自来。真风含素发，秋色入灵台。吟向霜蟾下，终须神鬼哀。"见《全唐诗》卷八百三十三，文字与欧引略异。

③ 杜甫《江上》诗句。

④ 郑云叟，唐诗人。所引应为唐郑谷《别同志》诗句。

⑤ 杜牧《秋夕》诗句。天街，多作"天阶"。

花间笑语声”[①]是也。有句意俱含蓄者，如《九日》诗曰“明年此会知谁健，醉把茱萸仔细看”[②]，《宫怨》诗曰“玉容不及寒鸦色，犹带朝阳日影来”[③]是也。

（宋）释惠洪《冷斋夜话》卷四

《登岷山》[④]：“荒山秋日午，独上意悠悠。如何望乡处，西北是融州。”《渡桑乾》：“客舍并州已十霜，归心日夜忆咸阳。无端更渡桑乾水，却望并州是故乡。”《山驿有作》[⑤]：“策杖驰山驿，逢人问梓州。长江那可到，行客替生愁。”此三诗，前一柳子作，后二贾岛作。子厚客洛阳，融州盖岭外也。幽燕并关河东望咸阳为西南，长江在梓州之西。前辈多诵此诗。少游（秦观字）尝自题桑乾诗于扇上。此所谓含蓄法。

又《石门洪觉范天厨禁脔》

语贵含蓄。东坡云：“言有尽而意无穷者，天下之至言也。”山谷尤谨于此。清庙之瑟，一唱三叹[⑥]，远矣哉！后之学诗者，可不务乎？若句中无余字，篇中无长语，非善之善者也；句中有余味，篇中有余意，善之善者也。

（宋）姜夔《白石诗说》

布置者，谓诗之全篇用意曲折也。……含蓄者，言不尽意也。

（宋）佚名《诗宪》

语贵含蓄。言有尽而意无穷者，天下之至言也。……诗有内外意，内意欲尽其理，外意欲尽其象，内外意含蓄，方妙。

（元）杨载《诗法家数总论》

唐崔道融题《班婕妤》曰：‘宠极辞同辇，恩深弃后宫。自题秋扇后，不敢怨秋风。”曹邺题《庭草》曰：“庭草根自浅，造化无遗功。低回一寸心，不敢怨春风。”元陈自堂（宋元间陈杰号）题《春风》曰：“着柳成新绿，吹桃作故红。衰颜与华发，不敢怨春风。”

---

① 应为王维《班婕妤三首》（其三），见清赵殿成笺注《王右丞集笺注》卷十三。

② 杜甫《九日蓝田崔氏庄》诗：“老去悲秋强自宽，兴来今日尽君欢。羞将短发还吹帽，笑倩旁人为正冠。蓝水远从千涧落，玉山高并两峰寒。明年此会知谁健？醉把茱萸仔细看。”

③ 王昌龄《长信秋词五首》（其三）诗句。玉容，多作“玉颜”；朝阳，多作“昭阳”。

④ 题误，应作《登峨山》；峨山，位柳州境。见宋刻影印本《柳河东集》卷四十二。

⑤ 《全唐诗》题作《寄令狐相公》，一作《赴长江道中》。

⑥ 《礼记·乐记》：“清庙之瑟，朱弦而疏越，一唱而三叹，有遗音者矣。”

三诗句意相似，而工拙自异：首诗婉转含蓄，着题说到不怨处；第二诗婉转亦工，似无蕴藉矣；第三诗直致，全无唐人气味。

（明）郎瑛《七修类稿》卷三十二

《金针诗格》曰："内意欲尽其理，外意欲尽其象。内外涵蓄，方入诗格。若子美'旌旗日暖龙蛇动，宫殿风微燕雀高'是也。"此固上乘之论，殆非盛唐之法。且如贾至、王维、岑参诸联[①]，皆非内意，谓之不入诗格，可乎？然格高气畅，自是盛唐家数。太白曰："刬却君山好，平铺湘水流。巴陵无限酒，醉杀洞庭秋。"迄今脍炙人口，谓有含蓄，则凿矣。

（明）谢榛《四溟诗话》卷一

《十九首》之妙，多是宛转含蓄。然亦有直而妙、露而妙者："昔为娼家女，今为荡子妇。荡子行不归，空床难独守"[②]是也。

（清）贺贻孙《诗筏》

小词以含蓄为佳，亦有作决绝语而妙者。如韦庄"谁家年少，足风流。妾拟将身嫁与，一生休。纵被无情弃，不能羞"[③]之类是也。牛峤"须作一生拚，尽君今日欢"[④]，抑亦其次。柳耆卿"衣带渐宽终不悔，为伊消得人憔悴"[⑤]，亦即韦意，而气加婉矣。

（清）贺裳《皱水轩词筌》

诗贵有含蓄不尽之意，尤以不着意见、声色、故事、议论者为最上。义山刺杨妃事之"夜半宴归宫漏永，薛王沉醉寿王醒"[⑥]是也。……宋杨诚斋《题武惠妃传》之"寿王不忍金宫冷，独献君王一玉环"[⑦]，词虽工，意未婉。唯义山之"薛王沉醉寿王醒"，其词微而意显，

---

① 见贾至《早朝大明宫呈两省僚友》、王维《和贾舍人早朝大明宫之作》、岑参《奉和中书舍人贾至早朝大明宫》诸诗。

② 汉《古诗十九首》（其二）："青青河畔草，郁郁园中柳。盈盈楼上女，皎皎当窗牖。娥娥红粉妆，纤纤出素手。昔为倡家女，今为荡子妇。荡子行不归，空床难独守。"

③ 韦庄《思帝乡》词句。

④ 牛峤《菩萨蛮》词句。

⑤ 柳永（字耆卿）《凤栖梧》词下阕："拟把疏狂图一醉。对酒当歌，强乐还无味。衣带渐宽终不悔，为伊消得人憔悴。"

⑥ 李商隐《龙池》诗："龙池赐酒敞云屏，羯鼓声高众乐停。夜半宴归宫漏永，薛王沉醉寿王醒。"

⑦ 杨万里（号诚斋）《题武惠妃传》："桂折秋风露折兰，千花无朵可天颜。寿王不忍金宫冷，独献君王一玉环。"

得风人之体。

（清）吴乔《围炉诗话》卷一

唐人于诗中用意，有在一二字中，不说破不觉，说破则其意焕然者。如崔国辅《魏宫词》云："朝日点红妆，拟上铜雀台。画眉犹未了，魏帝使人催。"称"帝"者，曹丕也。下一"帝"字，而其母"狗彘不食其余"之语自见，严于铁钺矣！《诗归》评"媚甚"。呵呵！

韩翃《寒食》诗云："春城无处不飞花，寒食东风御柳斜。日暮汉宫传蜡烛，轻烟散入五侯家。"唐之亡国由于宦官握兵，实代宗授之以柄。此诗在德宗建中初，只"五侯"二字见意，唐诗之通于《春秋》者也。

同上

有一口直述，绝无含蓄转折，自然入妙，如："昔年今日此门中，人面桃花相映红。人面不知何处去？桃花依旧笑春风。"[①]"清江一曲柳千条，二十年前旧板桥。曾与美人桥上别，恨无消息到今朝。"[②]"画松一似真松树，待我寻思记得无？曾在天台山上见，石桥南畔第三株。"[③]此等着不得气力学问，所谓诗家三昧，直让唐人独步；宋贤要入议论，着见解，力可拔山，去之弥远。

（清）施闰章《蠖斋诗话》

（按：《升庵诗话》卷七称："《丽情集》载湖州妓周德华者，刘采春女也，唱刘禹锡《柳枝词》云：'春江一曲……'此诗甚佳，而刘集不载，然此诗隐括白香山古诗为一绝，而其妙如此。"明王世贞《艺苑卮言》卷四、《全唐诗说》泛称："白居易'曾与情人桥上别'一首，乃六句诗也，亦删作绝，俱妙。"小说或传为刘采春所作，胡应麟《诗薮》内编卷六辨云："刘采春所歌'清江一曲柳千条'，是禹锡诗，杨用修以置神品。……今系采春，非也。"周子文《艺薮谈宗》卷二亦沿杨说。今人刘永济《唐人绝句精华·附录》则认为："此白居易作，题曰《板桥》，诗共六句曰：'梁苑城西三十里，一渠春水柳千条。若为此路今重过，二十年前旧板桥。曾与美人桥上别，更无消息到今朝。'乐工采以入乐，止存四句，非刘作。"）

① 崔护《题都城南庄》诗。昔年、何处去，《全唐诗》作"去年""何处在"。

② 刘禹锡《杨柳枝》诗。清江，《全唐诗》作"春江"；胡应麟《诗薮》、黄生《唐诗摘抄》亦作"清江"；杨慎《升庵诗话》《绝句衍义》，李慈铭《越缦堂日记》，则时作"春江"时作"清江"。

③ 景云《画松》诗。待我，《全唐诗》作"且待"。

情语能以转折为含蓄者，唯杜陵居胜，“清渭无情极，愁时独向东”[①]“柔橹轻鸥外，含凄觉汝贤”[②]之类是也。

（清）王夫之《姜斋诗话》卷下

意本如此，而语反如彼，或从其前后左右曲折以取之，此之谓诗肠。……诗肠之曲，如岑参：“勤王敢道远，私向梦中归。”[③]本怨赴边庭归期难必，语故如此。杜甫：“渐喜交游绝，幽居不用名。”[④]本怨交游绝迹，反以喜言也。又：“万方频送喜，无乃圣躬劳。”[⑤]非恐圣躬劳于应接，正恐圣心狃目前收京之喜，不为剪灭朝食之计耳。所以知诗中有此意者，因上文有“杂虏横戈数，功臣甲第高”二语，故结句云云，可谓妙于立言矣。

（清）黄生《一木堂诗麈·诗家浅说》卷一

（杜甫《晚晴》[⑥]）“谁能帙”，懒之故也。“自可添”，却又不懒。要知不懒正是懒。宽心应是酒，正公无聊中活计。又，“读书难字过，贳酒满壶频”[⑦]，皆此意也。《吾宗》诗“耕凿安时论”，谓时议不复齿录，故以耕凿自安。此捋“时论”二字运开，谓已宜仕而隐，当为时论所怪，今闻幸不我怪，亦知其懒慢无堪，宜以潜夫终老而已。本怨为时论所外，反若幸之之辞，诗旨甚愤，诗肠则甚曲。为诗而不具诗肠者，皆非真诗人也。

又《杜诗说》卷四

（杜甫《腊日》诗）诗道喜曲而恶直，直则句率，曲则味永耳。唯子美为之。

同上卷八

凡诗，意必须宛曲，曲则入情。

（清）陈祚明《采菽堂古诗选》卷三

言情能尽者，非尽言之之为尽也，尽言之则一览无遗。唯含蓄不尽，故反言之，乃使人足思。盖人情本曲，思心至不能自已之处，徘徊度量，常作万万不然之想。今若决绝，

---

① 杜甫《秦州杂诗二十首》（其二）诗句。

② 又《船下夔州郭宿雨湿不得上岸别王十二判官》诗句。

③ 岑参《发临洮将赴北庭留别》诗句。

④ 杜甫《遣意二首》（其一）诗句。

⑤ 又《收京三首》（其三）诗句。

⑥ 又《晚晴》：“村晚惊风度，庭幽过雨沾。夕阳熏细草，江色映疏帘。书乱谁能帙？杯干自可添。时闻有余论，未怪老夫潜。”

⑦ 又《漫成二首》（其二）诗句。贳酒，仇兆鳌《杜诗详注》作“对酒”。

一言则已矣，不必再思矣！……

《十九首》善言情，唯是不使情为径直之物，而必取其宛曲者以写之。故言不尽，而情则无不尽。

同上

或曰："……诗之至处，妙在含蓄无垠，思致微渺，其寄托在可言不可言之间，其指归在可解不可解之会，言在此而意在彼，泯端倪而离形象，绝议论而穷思维，引人于冥漠恍惚之境，所以为至也。……"

予曰："子之言诚是也。子所以称诗者，深有得乎诗之旨者也。"

（清）叶燮《原诗》内篇下

含蓄二字，诗文第一妙处。如少陵前后《出塞》、"三吏"、"三别"，不直刺主者，便是含蓄。机到神流，乃造斯境。

（清）张谦宜《茧斋诗谈》卷一

诗意之明显者，无可着论，惟意之隐僻者，词必纡回婉转，必须发明。温飞卿（唐温庭筠字）《过陈琳墓》[①]诗，意有望于君相也。飞卿于邂逅无聊中，语言开罪于宣宗，又为令狐绹所嫉，遂被远贬。陈琳为袁绍作檄，辱及曹操之祖先，可谓刻毒矣，操能赦而用之，视宣宗何如哉？又不可将曹操比宣宗，故托之陈琳以便于措词，亦未必真过其墓也。……

唐人诗妙处，在于不着议论，而含蓄无穷，近日惟常熟冯定远（冯班字）诗有之。

（清）王应奎《柳南随笔》卷六

老学究论诗，必有一副门面语：作文章必曰有关系，论诗学必曰须含蓄。此店铺招牌，无关货之美恶。《三百篇》中有关系者，"迩之事父，远之事君"是也。有无关系者，"多识于鸟兽草木之名"是也。有含蓄者，"棘心夭夭，母氏劬劳"[②]是也。有说尽者，"投畀豺虎""投畀有昊"是也。

（清）袁枚《随园诗话》卷七

---

① 《过陈琳墓》："曾于青史见遗文，今日飘蓬过古坟。词客有灵应识我，霸才无主始怜君。石麟埋没藏春草，铜雀荒凉对暮云。莫怪临风倍惆怅，欲将书剑学从军。"

② 《诗经·邶风·凯风》诗句。

（唐苏颋《汾上惊秋》诗[①]）绝句诗贵有含蓄，所谓弦外之音、味外之味。……前三句无一字说到“惊”，却无一字不为“惊”字追神取魄，所以末句上点出“秋”字，而意已无不曲包。弦外之音，实有音在；味外之味，实有味在。所谓含蓄者，固贵其不露，尤贵其能包括也。学者从此悟入，不独绝句为然，即洒洒数千言长篇巨制，酣畅淋漓，要必有不尽之意。蕴蓄于字句之外者，方见格力高深。彼但以弦外音、味外味为仅可施之绝句者，未能尽知音与味者也。

（清）李锳《诗法易简录》卷十三

含，衔也。蓄，积也。含虚而蓄实。○不着一字，其意已含，犹扫一切也。尽得风流，则蓄之者深，犹包一切也。语不涉己，言其语意不露迹象，有与己不相涉者。

（清）杨廷芝《二十四诗品浅解·含蓄》

脱略谓之疏，真率谓之野。疏以内言，野以外言。

又《二十四诗品浅解·疏野》

委曲之致，余尝听水声蝉声而得之。为诗作文一味平直，岂复有意味乎。○文不委曲，意不能幽，理不能透，局不能紧，机不能圆。无论篇幅短长，俱要委曲。……读古人诗，无论古风、律、绝，皆当求其顿折委婉处。

（清）孙联奎《诗品臆说·委曲》

含蓄大约用比体。……唐人宫词、宫怨诸篇，本是自己失宠而怨，偏就旁人得幸而欢者说，含蓄之法殆如是乎？亦有不用比体者，如“薛王沉醉寿王醒”，及“不待金舆惟寿王”[②]，直就本事含蓄，亦殊绵邈。

又《诗品臆说·含蓄》

恐其平直，以曲折出之，谓之婉。如清真（宋周邦彦，自号清真居士）“低声问”[③]数句，深得婉字之妙。

（清）孙麟趾《词径》

---

① 《汾上惊秋》：“北风吹白云，万里渡河汾。心绪逢摇落，秋声不可闻。”

② 李商隐《骊山有感》：“骊岫飞泉泛暖香，九龙呵护玉莲房。平明每幸长生殿，不从金舆唯寿王。”见《万首唐人绝句》卷四十一，文字与孙引略异。

③ 《少年游》词：“并刀如水，吴盐胜雪，纤手破新橙。锦幄初温，兽烟不断，相对坐调笙。　低声问、向谁行宿，城上已三更。马滑霜浓，不如休去，直是少人行。”

唐人诗，若义山之“薛王沉醉寿王醒”等语，皆小子无礼之甚者，不特触迕纰缪，而纤佻刻薄，亦全不识文章体裁。

（清）李慈铭《越缦堂日记说诗全编·内编·评论门·考史类二》

讥刺语须含蓄，如少陵“落日留王母，微风倚少儿”[①]，太白“汉宫谁第一？飞燕在昭阳”[②]“只愁歌舞散，化作彩云飞”[③]，皆刺明皇、杨妃事，何等婉曲！若香山《长恨歌》、微之《连昌宫词》，直是讪谤君父矣。诗品人品，均分高下。义山“如何四纪为天子，不及卢家有莫愁”，尤为轻薄坏心术。

（清）施补华《岘佣说诗》

（周邦彦《少年游》词）曰“向谁行宿”，曰城上三更，曰“马滑霜浓”，曰“不如休去”，曰“少人行”，颠倒重复，层折入妙。

（清）陈廷焯《词则·闲情集》卷一眉批

（《诗经·小雅·巷伯》）“投畀豺虎”“投畀有北”，《三百篇》之痛快语也。然谓《三百篇》之佳者在此，则谬不可言矣。

又《白雨斋词话》卷六

含蓄无穷，词之要诀。含蓄者意不浅露，语不穷尽，句中有余味，篇中有余意，其妙不外寄言而已。

（清）沈祥龙《论词随笔》

（五代后唐孙光宪《河传》词[④]）“身已归，心不归。”情至语不嫌其直率。

（清）李冰若《花间集评注·栩庄漫记》

向来写情感的，多半是以含蓄蕴藉为原则。像那弹琴的弦外之音，像吃橄榄的那点回

---

① 杜甫《宿昔》诗句。

② 李白《宫中行乐词八首》（其二）诗句。

③ 又《宫中行乐词八首》（其一）：“小小生金屋，盈盈在紫微。山花插宝髻，石竹绣罗衣。每出深宫里，常随步辇归。只愁歌舞散，化作彩云飞。”

④ 《河传》词下阕：“大堤狂杀襄阳客，烟波隔，渺渺湖光白。身已归，心不归。斜晖，远汀鸂鶒飞。”

甘味儿，是我们中国文学家所最乐道。但是有一类的情感，是要忽然奔迸一泻无余的。我们可以给这类文学起一个名，叫作“奔迸的表情法”。……例如《诗经》：“蓼蓼者莪，匪莪伊蒿。哀哀父母，生我劬劳！”（《蓼莪》）……这些都是用极简单的语句，把极真的情感尽量表出；真所谓“一声《河满子》，双泪落君前”。你若要多著些话，或是说得委婉些，那么真面目完全丧掉了。……正式的五七言诗，用这类表情法的很少，因为多少总受些格律的束缚，不能自由了。……词里头这种表情法也很少，因为词家最讲究缠绵悱恻，也不是写这种情感的好工具。……凡这一类，都是情感突变，一烧烧到“白热度”，便一毫不隐瞒，一毫不修饰，照那情感的原样子，迸裂到字句上。我们既承认情感越发真越发神圣，讲真，没有真得过这一类了。这类文学，真是和那作者的生命分劈不开。

（近代）梁启超《中国韵文里头所表现的情感》

含蓄蕴藉的表情法。这种表情法，向来批评家认为文学正宗；或者可以说是中华民族特性的最真表现。……这种表情法也可以分四类：

第一类是，情感正在很强的时候，他却用很有节制的样子去表现他；不是用电气来震，却是用温泉来浸。令人在极平淡之中，慢慢地领略出极渊永的情趣。这类作品，自然以《三百篇》为绝唱。……又如《古诗十九首》里头的：“迢迢牵牛星，皎皎河汉女。纤纤擢素手，札札弄机杼。终日不成章，泣涕零如雨。河汉清且浅，相去复几许。盈盈一水间，脉脉不得语。”……盛唐以后，这一派自然也不断，好的作品自然也不少；但古体里头，已经不很通用，因为五古很难出汉魏范围，七古很难出初唐范围。倒是近体很从这方面开拓境界，因为近体篇幅短，非用含蓄之笔，取弦外之音，便站不住。内中五律七绝为尤甚。……

第二类的蕴藉表情法，不直写自己的情感，乃用环境或别人的情感烘托出来。用别人情感烘托的，例如《诗经》：“陟彼冈兮，瞻望兄兮。兄曰：‘嗟！予弟行役，夙夜必偕；上慎旃哉，犹来无死！’……”（《陟岵》）这篇诗三章，第一章父，第二章母，第三章兄。不说他怎样地想念爷妈哥哥，却说爷妈哥哥怎样地想念他。写相互间的情感，自然加一层浓厚。……

第三类蕴藉表情法，索性把情感完全藏起不露，专写眼前实景或是虚构之景，把情感从实景上浮现出来。……杜工部用这种表情法也用得最好。试举他两首：“竹凉侵卧内，野月满庭隅。重露成涓滴，稀星乍有无。暗飞萤自照，水宿鸟相呼。万事干戈里，空悲清夜徂。”（《倦夜》）……写的全是自然界很微细的现象，却是通宵睡不着很疲倦的人才能看出。那“倦”的情绪，自在言外，末两句一点便够。……

第四类的蕴藉表情法，虽然把情感本身照原样写出，却把所感的对象隐藏过去，另外拿一种事物来做象征。……平心而论，这派固然不能算诗的正宗，但就“唯美的”眼光看来，自有他的价值。如义山集中近体的《锦瑟》《碧城》《圣女祠》等篇，古体的《燕台》《河内》等篇，我敢说他能和中国文字同其运命。

同上

（按：以上二则，引文较长，多有删节，因此自然段落辑者相应予以合并，但文字均未改动。）

短令宜蕴藉含蓄，令人得言外之意，方为合格。如李后主词“别有一般滋味在心头”[①]，不说出苦字；温飞卿词“杨柳又如丝，驿桥春雨时”[②]，不说出别字，皆是小令作法。

（近代）吴梅《词学通论·作法》第五章

盖诗词之作，曲折似难而不难，唯直为难。直者何？奔放之谓也。直不难，奔放亦不难，难在于无尽。“恰似一江春水向东流”[③]，无尽之奔放，可谓难矣。倾一杯水，杯倾水涸，有尽也，逝着如斯，不舍昼夜，无尽也。意竭于言则有尽，情深于词则无尽。

（现当代）俞平伯《论诗词曲杂著·读词偶得》

① 李煜《乌夜啼》词下阕：“剪不断，理还乱，是离愁，别是一般滋味在心头。”见《花菴词选》，与吴引略异。

② 温庭筠《菩萨蛮》词句。

③ 李煜《虞美人》词：“春花秋月何时了，往事知多少。小楼昨夜又东风，故国不堪回首月明中。 雕阑玉砌应犹在，只是朱颜改。问君能有几多愁，恰似一江春水向东流。”

咏物、寄托、猜谜

中国古典诗歌有大量咏物诗，往往带政治道德影射性质，不是偶然的，这与中国从《诗经》《楚辞》开始的美刺讽喻的强大传统有直接关系。屈原《离骚》香草喻美德的象征系统，为中国咏物诗学奠定了思想和艺术基础，拓开了咏物诗数千年的历史。然而，咏物和寄托作为统一体的平衡是相对的，矛盾消长，失去平衡，寄托超越了咏物，理念压倒感性，实属难免。特别是进入阅读过程，由于读者多元，寄托被无限穿凿，变成捕风捉影的猜谜，造成政治诗案，在中国古典诗歌史上绵延不绝。

早期咏物诗案，可以刘禹锡《元和十年自朗州召至京戏赠看花诸君子》为代表。晚唐孟棨《本事诗·事感第二》中记载，刘氏自屯田员外左迁朗州（今常德）司马，十年始得召回京师。感慨之余，作诗赠友人曰："紫陌红尘拂面来，无人不道看花回。玄都观里桃千树，尽是刘郎去后栽。"没有过几天就因之重遭贬斥至广东连州。其实，刘氏咏桃，可以说是纪实，全是大白话。离京十年，故地桃树成林，人是物非（而不是通常的物是人非），不胜感慨系之而已。但是此仅一解，不同主体联想取向不同，则连类无穷。如，桃树均为后栽，桃花之艳，或可影射新进皆后人。此等联想，其实皆为或然，而非必然，于多种可能中取其合乎己意者，此等主观移情，为构陷者之不二法门。

此类诗案在中国古典诗歌中持续千年屡见不鲜。李繁咏东门柳，因杨国忠谓其讥己而得祸。苏轼因乌台诗案几废命后被贬黄州。刘克庄《咏落梅》，谗者笺其诗以示柄臣，由是闲废十载。诸如此类的诗案至清朝，演变为文字狱，更加严酷。沈德潜因《咏黑牡丹》"夺朱非正色，异种也称王"，遭鞭尸灭族。

当然，诗与政治纠葛，世不乏人，西方亦有诗人触犯政治而遭难者，如普希金也曾因诗歌遭到宪兵头子贝肯道夫的监视、告密。但是，普希金诗是正面直接抒情，甚至有"相信吧，同志！……在俄罗斯专制的废墟上，将写上我们的名字"，如中国古典诗歌咏物诗之捕风捉影者，甚为稀罕也。

政治上的美刺，在中国诗史上有很高的价值，但是，多为借咏物以寓意，直陈其事，直抒其情者绝无仅有。《离骚》实为政治抒情长诗，只取间接之象征方法。就是最勇敢的诗人如李白，于《蜀道难》中亦只能“锦城虽云乐，不如早还家”，欲言辄止，留下千古谜团。这与中国的封建专制历史特别长，正统诗论的“怨而不怒”“婉而多讽”的传统有关。但是，政治体制可能还不是最深层的原因。比政治更深层的原因在于文化价值，而文化则植根于语言。中国古典诗歌盛行“咏物”，它不仅仅是题材，而且堪称体裁，与汉语的特殊性有关。

咏物的特点乃是以物为题，表面上咏具体之物，实质上概括普遍之人间情志。从具体特殊到普遍概括，全用暗示，乃循汉语之特殊规律。汉语名词，称其名物者，非特指个别，实泛指其类。而欧美语言则不然，其名词前常有定冠词、不定冠词，以示其特殊所指，而非泛指其类。汉语咏物诗，咏一物则咏一类，而非个体也。如贺知章《咏柳》，是一类之柳。无数量之限定，亦无地点、时间之限定。而西欧美诗人倘或咏物，往往咏某一特殊之物，英语，德语，俄语，以一物为题者，则冠词不可或缺。如雪莱《云雀颂》，非咏其类，而咏其一也。诗题英文原文为“Ode to a Skylark”。其中“a”不可或缺，特指为云雀之一也。又如《西风颂》诗题亦为特指，即“Ode to the West Wind”，加定冠词 the，以示确定，非泛指。

西方古典诗亦不乏寄托，其所托皆公然直接抒发，而不取汉语古典诗歌之情景交融，罕见致力于“蓝田日暖，良玉生烟。可望而不可置于眉睫之前”的“景”，也很少把“含不尽之意，见于言外”当作最高的追求。中国古典诗歌之所以将情感渗透于景物描绘中，盖因语词泛指，联想空间多元，易于将自我寄托隐藏于景观之中；而欧美诗人，语词特指，名物联想空间较小，故其自我往往取超越名物，直接抒发。如《西风颂》并不拘于正面描绘其形态属性，并不隐藏自我，而从西风属性之一端生发，直取西风与自我之同，自我逐步出场，把自我变成西风的竖琴（Make me the lyre.），从西风驱动的云片，推想到西风吹落的秋林叶片，联系到自我狂乱的思绪传遍宇宙，有了这样的过渡，就进而直截了当地宣言，“通过自我的嘴唇唤醒沉睡的地球”（Be through my lips to unawaken'd earth）。最后则是诗人把西风当成自我的号角，宣示预言（The trumpet of a prophecy! O Wind.）：“假如冬天来了，春天还会远吗？”（If Winter comes，can Spring be far behind?）这里动人的是，明明白白的、自豪的宣告，完全不用通过物或者景来隐藏、暗示。

寄托在中国古典诗歌中的地位如此之高，甚至比杜甫追求的“佳句”（“为人性僻耽佳句”）还高。吴乔《围炉诗话》卷五中批评唯求佳句而忽略寄托的倾向：“作诗者意有寄托则少，惟求好句则多。谢无逸作蝴蝶三百首，那得有尔许寄托乎？好句亦多，只是蝴蝶上死句耳。林和靖梅花之‘疏影横斜水清浅，暗香浮动月黄昏’，与高季迪之‘雪满山中高士卧，月明林下美人来’，皆是无寄托之好句。”

在中国诗歌理论史上，吴乔的许多思想和艺术感受都不同凡响，但是对于寄托，却未能免俗，远远落后于朱庭珍。关键在于，所谓寄托，应该是自我的寄托。朱庭珍在《筱园诗话》卷一中提出“诗中有我”，说得相当透彻，相当勇敢：“夫所谓诗中有我者，不依傍前人门户，不摹仿前人形似，抒写性情，绝无成见，称心而言，自鸣其天。勿论大篇短章，皆乘兴而作，意尽则止。我有我之精神结构，我有我之意境寄托，我有我之气体面目，我有我之材力准绳，决不拾人牙慧，落寻常窠臼蹊径之中。……今人误会诗中有我之意，乃欲以诗占身分，于是或诡激以鸣清高，或大言以夸识力，或旷论以矜风骨，或愤语以泄不平。不唯数见不鲜，呶呶可厌，而任意肆志，亦乖温厚含蓄之旨，品斯下矣。”他的思想实在有点个性解放的色彩，特别是“我有我之精神结构，我有我之意境寄托，我有我之气体面目，我有我之材力准绳，决不拾人牙慧，落寻常窠臼蹊径之中”充满晚清思想大变动之风貌。正是因为这样，对于把自我隐藏在事物之中的咏物风气，他的批判实在痛快淋漓：“甚至一花一木，一禽一鸟之微，咏物诗中，亦必夹写自家身分境遇，以为寄托。”他的批判还深入到艺术上去，反对不是主客不谐就是手法陷于“双关”之套路：“巧者不过双关绾合，喧客夺主，嫌其卖弄，终不融浃耳。”他的批判对于末流的咏物可以说是粉碎性的：“牵连含混，宾主不分，咏物却带咏人，说人又兼说物。抑或以物当人，以人当物，分寸意境，夹杂莫辨，作一篇似可解而实不可解之语，尤为可笑。”

在诗话中，这样深邃的思想，这样尖锐泼辣的文风堪称凤毛麟角；但是，在中国古典诗歌史上，托物言志的理论和趣味长期是主流。只有理解了这一点，才会理解为什么会有谢无逸这样的人，以蝴蝶为题作诗三百首，无非是为了寄托。如果让一个西方诗人来看中国的咏物诗及其理论，他肯定是大惑不解的。诗完全可以为自己的思想而自豪，为什么一定要藏起来，才叫有寄托，才是高层次呢？在同一个对象上重复三百次，去“体物之精”，这简直是发了疯。哪里可能像黄生《杜诗说》卷五所说的“无所不到”“无所不尽”。西方古典浪漫主义诗视物理、物性为自我想象之束缚，以激情冲击感知，以想象的自由变异为务。张扬自我，以超越物理、物性，冲破物象属性为起点。

显然，从咏物诗即可看出汉语诗歌与欧美之诗歌实属不同流派。欧美古典诗歌（象征派以前）直接抒情，想象自由，思想容量大，叙事功能强，故有史诗。然不可否认，有感性不足，难免流于概念之局限。汉语诗歌优长在感性充沛，意境蕴藉，言有尽而意无穷，然叙事功能弱，思想容量小，故史诗独缺。像《木兰词》《孔雀东南飞》那样的叙事诗凤毛麟角，《长恨歌》名为叙事，其实化为抒情。东西诗歌各自独立发展，直至20世纪，苦于感情直接喷射之美国诗人乃向中国古典诗求出路，遂意象派。后数年，中国“五四”文学革命发生，新诗乃师西方浪漫派之强烈感情之自然流露。双水分流千年，一旦风云际会，遂生陌路相逢之遇合，演变出一代新诗的大悲大喜。

陈一琴辑历代诗话

诗有三宗旨：一曰立意，二曰有以，三曰兴寄。……兴寄三：王仲宣诗“猿猴临岸吟”①，此一句讥小人用事也。

（唐）王昌龄《诗格》

张九龄在相位，有謇谔匪躬之诚，玄宗既在位年深，稍怠庶政，每见帝，无不极言得失。李林甫时方同列，闻帝意，阴欲中之。时欲加朔方节度使牛仙客实封，九龄因称其不可，甚不叶帝旨。他日，林甫请见，屡陈九龄颇怀诽谤。于时方秋，帝命高力士持白羽扇以赐，将寄意焉。九龄惶恐，因作赋以献。又为《归燕》诗以贻林甫，其诗曰：“海燕何微渺，乘春亦暂来。岂知泥滓贱，只见玉堂开。绣户时双入，华轩日几回。无心与物竞，鹰隼莫相猜！”林甫览之，知其必退，恚怒稍解。

（唐）郑处诲《明皇杂录》卷下

（按：司马光《资治通鉴》卷二一四，据张九龄《白羽扇赋序》考辨云：“上以盛夏遍赐宰臣扇，非以秋日独赐九龄，但九龄因此献赋，自寄意耳。”）

刘尚书自屯田员外左迁朗州司马，凡十年始征还。方春，作赠看花诸君子诗曰：“紫陌红尘拂面来，无人不道看花回。玄都观里桃千树，尽是刘郎去后栽。”②其诗一出，传于都下。有素嫉其名者，白于执政，又诬其有怨愤。他日见时宰，与坐，慰问甚厚，既辞，即曰：“近者新诗，未免为累，奈何？”不数日，出为连州刺史。

（唐）孟棨《本事诗·事感第二》

元丰间，苏子瞻系大理狱。神宗本无意深罪子瞻，时相（王珪）进呈，忽言苏轼于陛下有不臣意。神宗改容曰：“轼固有罪，然于朕不应至是，卿何以知之？”时相因举轼《桧

① 王粲（字仲宣）《七哀诗》诗句：“流波激清响，猴猿临岸吟。”

② 刘禹锡（字梦得）《元和十年自朗州召至京戏赠看花诸君子》诗。十年，《全唐诗》作“十一年”，系传写之误。

诗》[①]"根到九泉无曲处，世间惟有蛰龙知"之句，对曰："陛下飞龙在天，轼以为不知己，而求之地下之蛰龙，非不臣而何？"神宗曰："诗人之词，安可如此论，被自咏桧，何预朕事！"时相语塞。章子厚（章惇）亦从旁解之，遂薄其罪。

（宋）叶梦得《石林诗话》卷上

（按：此则所载，即史上有名的乌台诗案，除苏轼奉旨多次赴御史台根勘并系狱外，尚牵连欧阳修、文同、司马光、曾巩、刘攽、黄庭坚等数十名人。详见宋王巩《闻见近录》，周紫芝《诗谳》，胡仔《苕溪渔隐丛话》前集卷四十六、后集卷三十，朋九万《东坡乌台诗案》，李贽《藏书》卷三十九，清赵翼《瓯北诗话》卷五诸籍史料和评论。）

杜子美《病柏》《病橘》《枯棕》《枯楠》四诗，皆兴当时事。《病柏》当为明皇作，与《杜鹃行》同意。《枯棕》比民之残困，则其篇中自言矣。《枯楠》云："犹含栋梁具，无复霄汉志。"当为房次律（房管字）之徒作。惟《病橘》始言"惜哉结实小，酸涩如棠梨"，末以比荔枝劳民，疑若指近幸之不得志者。自汉魏以来，诗人用意深远，不失古风，惟此公为然，不但语言之工也。

同上

建安陶（陶潜）、阮（阮籍）以前诗，专以言志；潘（潘岳）、陆（陆机）以后诗，专以咏物。兼而有之者，李、杜也。言志乃诗人之本意，咏物特诗人之余事。古诗苏（苏武）、李（李陵）、曹（曹植）、刘（刘桢）、陶、阮本不期于咏物，而咏物之工，卓然天成，不可复及。其情真，其味长，其气胜，视《三百篇》几于无愧，凡以得诗人之本意也。潘陆以后，专意咏物，雕镌刻镂之工日以增，而诗人之本旨扫地尽矣。……大抵句中若无意味，譬之山无烟云，春无草树，岂复可观。

（宋）张戒《岁寒堂诗话》卷上

自《离骚》以草为讽喻，诗人多效之者。退之《秋怀》云："白露下百草，萧兰共憔悴。青青四墙下，已复生满地。"[②]乐天《咸阳原上草》云："野火烧不尽，春风吹又生。"[③]

① 《王复秀才所居双桧二首》（其二）："凛然相对敢相欺，直干凌空未要奇。根到九泉无曲处，世间惟有蛰龙知。"

② 韩愈《秋怀诗十一首》（其二）诗句。

③ 白居易《赋得古原草送别》诗："离离原上草，一岁一枯荣。野火烧不尽，春风吹又生。远芳侵古道，晴翠接荒城。又送王孙去，萋萋满别情。"

僧赞宁诗："要路花争发，闲门草易荒。"[①]后山诗集："墙头霜下草，又作一番新。"[②]后徐师川诗："遍地闲花草，乘春傍路生。"[③]意皆有所讥也。

（宋）吴子良《吴氏诗话》卷上

咏物词，最忌说出题字。如清真梨花及柳，何曾说出一个梨、柳字？梅川不免犯此戒，如《月上海棠》《咏月出》[④]，两个"月"字，便觉浅露。

（宋）沈义父《乐府指迷·咏物忌犯题字》

咏物之诗，要托物以伸意。

（元）杨载《诗法家数·咏物》

唐人咏物诸诗，于景意事情外，别有一种思致，不可言传，必心领神会始得。此后人所以不及唐也。

（明）刘绩《霏雪录》

刘梦得咏玄都桃花而被谪。李繁（当为唐李泌之误）咏东门柳，杨国忠谓其讥己而得祸。刘后村（宋刘克庄，号后村居士）《咏落梅》诗，有"东君谬掌花权柄，却忌孤高不主张"，谗者笺其诗以示柄臣，由是闲废十载。后村有《病后访梅》十绝句，其一云："梦得因桃却左迁，长源（李泌字）为柳忤当权[⑤]。幸然不识桃并李，也被梅花累十年。"人谓简斋（宋陈与义号）《题墨梅》而致魁台，后村《咏落梅》而罹废黜。噫！诗之幸与不幸，有如此夫。

（明）俞弁《逸老堂诗话》卷上

李泌诗："青青东门柳，岁晏复憔悴。"国忠以为讥己。明皇曰："赋柳为讥卿，则赋李为讥朕，可乎？"使宋主知此，子瞻可以无贬矣。

（明）皇甫汸《解颐新语》卷七

---

① 释赞宁佚诗断句，失题。

② 陈师道佚诗断句，失题。又《宿深明阁二首》（其二）末二句："墙根霜下草，又作一番新。"但写景抒情，并无讥意。

③ 徐俯（字师川）佚诗断句，失题。

④ 施岳（号梅川）佚词。

⑤ 李泌佚诗断句："青青东门柳，岁晏复憔悴。"载其子李繁所撰《邺侯家传》。

（李商隐《萤》诗）“水殿风清玉户开，飞光千点去还来。无风无月长门夜，偏到阶前点绿苔。”似是萤谜，不书题可知也。

（明）杨慎《升庵诗话》卷五

罗隐咏《红梅》诗云：“天赐燕脂一抹腮，盘中风味笛中哀。虽然未得和羹用，曾与将军止渴来。”[①] 此却似军官宿娼谜也。

同上卷十四

杜牧之咏《鹭丝》诗：“霜衣雪发青玉嘴，群捕鱼儿溪影中。惊飞远映碧山去，一树梨花落晚风。”[②] 分明鹭丝谜也。

同上

托物寓意，贵乎浑成，犯题亦可，不犯亦可。

（明）谢榛《四溟诗话》卷一

班姬（班婕妤）托扇以写怨[③]，应玚托雁以言怀[④]，皆非徒作。沈约《咏月》曰：“方晖竟户入，圆影隙中来。”[⑤] 刻意形容，殊无远韵。

同上

咏物诗不可粘皮带骨，必比兴高远，如水月镜花，方称妙手。如雍陶《咏白鹭》诗云：“立当青草人先见，行近白莲鱼不知。”非不甚切，愈觉鄙俗。

（明）邓云霄《冷邸小言》

咏物，诗之一体也，比象易工，意兴难具。苟能为物传神，则鹧鸪、白燕足以脍炙千古；如其不然，虽多何益?

（明）谢肇淛《小草斋诗话》卷二外编

---

① 风味、用，《全唐诗》作“磊落”“使”。

② 霜，《全唐诗》作“雪”。

③ 《怨歌行》：“新裂齐纨素，鲜洁如霜雪。裁为合欢扇，团团似明月。出入君怀袖，动摇微风发。常恐秋节至，凉飙夺炎热。弃捐箧笥中，恩情中道绝。”又题作《团扇歌》《怨诗》《咏扇诗》等，后人多疑为伪托。

④ 《侍五官中郎将建章台集诗》。

⑤ 《应王中丞思远咏月》诗句。

作诗者意有寄托则少，惟求好句则多。谢无逸作蝴蝶三百首[①]，那得有尔许寄托乎？好句亦多，只是蝴蝶上死句耳。林和靖梅花之“疏影横斜水清浅，暗香浮动月黄昏”[②]，与高季迪之“雪满山中高士卧，月明林下美人来”[③]，皆是无寄托之好句。后世人诗不过如此，求曹唐《病马》[④]，尚不可得，惟是李、杜、高（高适）、岑（岑参），多于竹麻稻苇。

（清）吴乔《围炉诗话》卷五

明初咏白燕者，纷然推袁凯第一，称为袁白燕。[⑤]……诗须有为而作，非自托则寄慨寄规。正德间有妓女咏骰子者云：“一片寒微骨，翻成面面心。自从遭点污，抛掷到如今。”字字切题，而又字字寄慨，有此妓在诗中，岂如袁凯诗止有二句画白燕乎？

同上卷六

又曰：“下手处如何？”答曰：“姑言其浅处。如少陵《黑鹰》[⑥]、曹唐《病马》，其中有人；袁凯《白燕》诗，脍炙人口，其中无人，谁不可作？画也，非诗也。空同（明李梦阳，号空同子）云：‘此诗最着最下。’盖嫌其唯有丰致，全无气骨耳。安知诗中无人，则气骨丰致，同是皮毛耶？”又问：“唐人诗，尽如《黑鹰》《病马》否？”答曰：“不能。崔鸳鸯[⑦]、郑鹧鸪[⑧]，皆以一诗得名，诗中绝无二人，有志者取法乎上耳。”

又《答万季野诗问》

---

① 谢逸，字无逸。李颀《古今诗话》：“谢学士吟《蝴蝶诗》三百首，人呼为谢蝴蝶，其间绝有佳句，如‘狂随柳絮有时见，舞入梨花何处寻’。又曰‘江天春晚暖风细，相逐卖花人过桥’。”

② 林逋（死后赐谥和靖先生）《山园小梅》诗句。

③ 高启（字季迪）《梅花九首》（其一）诗句。

④ 曹唐《病马五首呈郑校书章三吴十五先辈》（其二）：“陇上沙葱叶正齐，腾黄犹自局羸蹄。尾蟠夜雨红丝脆，头捽秋风白练低。力惫未思金络脑，影寒空望锦障泥。阶前莫怪垂双泪，不遇孙阳不敢嘶。”

⑤ 钱谦益《列朝诗集小传》甲集：“凯幼孤力学，少以‘白燕诗’得名，人呼为‘袁白燕’。”《白燕》：“故园飘零事已非，旧时王谢见应稀。月明湘水初无影，雪满梁园尚未归。柳絮池塘香入梦，梨花庭院冷侵衣。赵家姊妹多相妒，莫向昭阳殿里飞。”

⑥ 杜甫《见王监兵马使说，近山有白黑二鹰，罗者久取，竟未能得。王以为毛骨有异他鹰，恐腊后春生，骞飞避暖，劲翮思秋之甚，眇不可见，请余赋诗二首》（其二）：“黑鹰不省人间有，度海疑从北极来。正翮抟风超紫塞，玄冬几夜宿阳台。虞罗自各虚施巧，春雁同归必见猜。万里寒空只一日，金眸玉爪不凡材。”

⑦ 即崔珏。《唐诗鼓吹笺注》：“时崔公以《鸳鸯》诗得名，号‘崔鸳鸯’。”崔珏《和友人鸳鸯之什》三首，其一：“翠鬣红衣舞夕晖，水禽情似此禽稀。暂分烟岛犹回首，只渡寒塘亦共飞。映雾乍迷珠殿瓦，逐梭齐上玉人机。采莲无限兰桡女，笑指中流羡尔归。”

⑧ 即郑谷。元辛文房《唐才子传》卷九：“乾宁四年，为都官郎中，诗家称‘郑都官’。又尝赋鹧鸪警绝，复称‘郑鹧鸪’云。”郑谷《鹧鸪》：“暖戏烟芜锦翼齐，品流应得近山鸡。雨昏青草湖边过，花落黄陵庙里啼。游子乍闻征袖湿，佳人才唱翠眉低。相呼相应湘江阔，苦竹丛深春日西。”

《小雅·鹤鸣》之诗，全用比体，不道破一句，《三百篇》中创调也。要以俯仰物理而咏叹之，用见理随物显，唯人所感，皆可类通；初非有所指斥，一人一事，不敢明言，而姑为隐语也。

（清）王夫之《姜斋诗话》卷下

古之咏物者，固以情也，非情则谜而不诗。

又《古诗评选》卷四

汪几希曰："前后咏物诸诗，宜合作一处读，始见杜公本领之大、体物之精、命意之远。"说物理物情，即从人事世法勘入。学到、笔到、心到、眼到。唯其无所不到，所以无所不尽也。

（清）黄生《杜诗说》卷五

咏物必推子美，乃为当家，以其取义在不即不离之间，而寄托深远也。此是子美胜于古人处。

（清）庞垲《诗义固说》下

诗家赋物，毋论大小妍丑，必有比况寄托。即以拟人，亦未为失伦。如良马以比君子，青蝇以喻谗人，如此者不一而足。必欲取一事一人以实之，隘矣。

（清）查慎行评杜甫《萤火》诗，转引自李庆甲《瀛奎律髓汇评》卷二十七

唐人诗意不在题中，亦有不在诗中者，故高远有味。虽作咏物诗，亦必意有寄托，不作死句。老杜黑白鹰、曹唐病马、韩偓落花可证。今人论诗，唯恐一字走却题目，时文也，非诗也。

（清）纳兰性德《渌水亭杂识》四

（杜甫）《促织》[①] 咏物诸诗，妙在俱以人理待之，或爱惜，或怜之劝之，或戒之壮之。全付造化，一片婆心，绝作绝作！〇咏物诸作，皆以自己意思，体贴出物理情态，故题小而神全，局大而味长，此之谓作手。〇"久客得无泪"，初闻之下泪可知，此一面两照之

① 《促织》："促织甚微细，哀音何动人？草根吟不稳，床下夜相亲。久客得无泪，故妻难及晨。悲丝与急管，感激异天真。"

法。“故妻难及晨”，自己之不睡可知。……○写得虫声哀怨，不可使愁人暂听，妙绝文心。

（清）张谦宜《茧斋诗谈》卷四

咏物，小小体也。而老杜咏《房兵曹胡马》，则云：“所向无空阔，真堪托死生。”德性之调良，俱为传出。郑都官《咏鹧鸪》，则云：“雨昏青草湖边过，花落黄陵庙里啼。”此又以神韵胜也。彼胸无寄托，笔无远情，如谢宗可、瞿佑之流，直猜谜语耳。

（清）沈德潜《说诗晬语》卷下

咏物诗有两法：一是将自身放顿在里面，一是将自身站立在旁边。咏物一体，就题言之，则赋也；就所以作诗言之，即兴也比也。

（清）李重华《贞一斋诗说》

咏物诗要不即不离，工细中须具缥缈之致。若今人所谓必不可不寓意者，无论其为老生常谈，试问古人以咏物见称者，如郑鹧鸪、谢蝴蝶、高梅花（高启）、袁白燕诸人，彼其诗中寓意何处，君辈能一一言之否？夫诗岂不贵寓意乎？但以为偶然寄托则可，如必以此意强入诗中，诗岂肯为俗子所驱遣哉？总之：诗须论其工拙，若寓意与否，不必屑屑计较也。大块中景物何限，会心之际，偶尔触目成吟，自有灵机异趣。倘必拘以寓意之说，是锢人聪明矣。此其说在今一唱百和，遂奉为科律。吾谓巧者用之，则有益无害；拙者守之，愈甚其拙而已。

（清）吴雷发《说诗管蒯》

（李贺）《马诗》二十三首，俱是借题抒意。或美，或讥，或悲，或惜，大抵于当时所闻见之中各有所比。言马也，而意初不在马矣！

（清）王琦《李长吉歌诗汇解》卷二

咏物诗无寄托，便是儿童猜谜。

（清）袁枚《随园诗话》卷二

王若虚《滹南诗话》言之极当，咏物诗须诗中有人，尤须诗中有我，或将我跳出题之旁，或将我并入题之内。咏物之妙，只此二种。

（清）阮葵生《茶余客话》卷十一

凡咏物必有其地、其时、其人。试读坡公此数诗，每即一物，而出处、怀抱、寄托咸寓其中。此咏物之神理，此咏物之性情也。学者即此知咏物虽一端，而可于斯得性情之正矣！岂徒就一物刻画雕琢，而可谓之咏物者哉？

（清）翁方纲《咏物七言律诗偶记》

（虞世南《咏蝉》①）咏物诗固须确切此物，尤贵遗貌得神。然必有命意寄托之处，方得诗人风旨。……此诗三、四句品地甚高，隐然自写怀抱。

（清）李锳《诗法易简录》卷十三

杜七古如《骢马行》《古柏行》《石笋行》之属，皆有寄托。然因咏物而后寓怀，与先感慨而借咏物者，情词不侔。

（清）陈沆《诗比兴笺》卷三

词原于诗，即小小咏物，亦贵得风人比兴之旨。唐、五代、北宋人词，不甚咏物，南渡诸公有之，皆有寄托。白石（姜夔，自号白石道人）、石湖（范成大，号石湖居士）咏梅，暗指南北议和事。及碧山（王沂孙号）、草窗（周密号）、玉潜（唐珏字）、仁近（仇远字）诸遗民，《乐府补遗》中龙涎香、白莲、莼、蟹、蝉诸咏，皆寓其家国无穷之感，非区区赋物而已。……即间有咏物，未有无寄托而可成名作者。

（清）蒋敦复《芬陀利室词话》卷三

昔人词咏古咏物，隐然只是咏怀，盖其中有我在也。然人亦孰不有我，唯“耿吾得此中正”者尚耳。

（清）刘熙载《艺概·词曲概》卷四

咏物诗必须有寄托，无寄托而咏物，试帖体也。少陵《促织》诸篇，可以为法。

（清）施补华《岘佣说诗》

咏物体，须不即不离，有议论，有兴会，有寄托，能组织生新，自佳。

（清）李佳《左庵词话》卷上

咏物最争托意隶事处，以意贯串，浑化无痕。碧山集中，以此擅场。读之自见家国身

① 《蝉》：“垂緌饮清露，流响出疏桐。居高声自远，非是藉秋风。”

世之感，每流露于言外。

同上

夫所谓诗中有我者，不依傍前人门户，不摹仿前人形似，抒写性情，绝无成见，称心而言，自鸣其天。勿论大篇短章，皆乘兴而作，意尽则止。我有我之精神结构，我有我之意境寄托，我有我之气体面目，我有我之材力准绳，决不拾人牙慧，落寻常窠臼蹊径之中。……今人误会诗中有我之意，乃欲以诗占身分，于是或诡激以鸣清高，或大言以夸识力，或旷论以矜风骨，或愤语以泄不平。不唯数见不鲜，呶呶可厌，而任意肆志，亦乖温厚含蓄之旨，品斯下矣。……甚至一花一木，一禽一鸟之微，咏物诗中，亦必夹写自家身分境遇，以为寄托。巧者不过双关绾合，喧客夺主，嫌其卖弄，终不融浃耳。否则牵连含混，宾主不分，咏物却带咏人，说人又兼说物。抑或以物当人，以人当物，分寸意境，夹杂莫辨，作一篇似可解而实不可解之语，尤为可笑。

（清）朱庭珍《筱园诗话》卷一

咏物之作，在借物以寓性情。凡身世之感，君国之忧，隐然蕴于其内，斯寄托遥深，非沾沾焉咏一物矣。如王碧山咏新月之《眉妩》，咏梅之《高阳台》，咏榴之《庆清朝》，皆别有所指，故其词郁伊善感。

（清）沈祥龙《论词随笔》

词贵有寄托。所贵者流露于不自知，触发于弗克自已。身世之感，通于性灵。即性灵，即寄托，非二物相比附也。横亘一寄托于搦管之先，此物此志，千首一律，则是门面语耳，略无变化之陈言耳。于无变化中求变化，而其所谓寄托，乃益非真。

（清）况周颐《蕙风词话》卷五

问："咏物如何始佳？"答："未易言佳，先勿涉呆。一呆典故，二呆寄托，三呆刻画，呆衬托。去斯三者，能成词不易，矧复能佳，是真佳矣。题中之精蕴佳，题外之远致尤佳。自性灵中出佳，从追琢中来亦佳。"

同上

咏物诗须有寄托，而以书卷敷佐之，二者殆缺一不可。盖寄托所在，恒有千言万语，不得一当者，只须援一故实，为之宛转譬喻，则辞意俱达，省却无数笔墨，岂非快事？若全赖故实而绌于寄托，则如贫儿暴富，现面盎背，无非金银之气，有不为两脚书厨者几希。

（清）李伯元《南亭四话·庄谐诗话》卷一

美人香草，寄托遥深，古今诗家一普通结习也。

（近代）梁启超《饮冰室诗话》

（韩愈《枯树》诗[①]）凡此种题，谓之咏物。要在寄托遥远，寓意高深，若但求刻画一物，极态极妍，亦非诗家所取也。

（近代）朱宝莹《诗式》卷一

咏物之作，最要在寄托。所谓寄托者，盖借物言志，以抒其忠爱绸缪之旨。《三百篇》之比兴，《离骚》之香草美人，皆此意也。……唯有寄托，则辞无泛设，而作者之意，自见诸言外。朝市身世之荣枯，且于是乎觇之焉。

（近代）吴梅《词学通论·绪论》

咏物词，贵有寓意，方合比兴之义。寄托最宜含蓄，运典尤忌呆诠，须具手挥五弦目送飞鸿之妙，方合。如东坡《水龙吟》，咏杨花而写离情。梦窗（吴文英号）《琐窗寒》，咏玉兰而怀去姬。白石咏梅，《暗香》感旧，《疏影》吊北狩扈从诸妃嫔。大都双管齐下，手写此而目注彼，信为当行名作。

（近代）蔡嵩云《柯亭词论》

咏物诗贵有寄托，否则精心刻划，细腻熨帖，只须不着迹相，亦自可观。

（近代）蒋抱玄《民权素诗话·秋梦〈绮霞轩诗话〉》

自毗陵张皋文（清张惠言字）氏以意内言外释词，选词二卷，以指发古人言外之幽旨，学者宗之，知词亦与古诗同义，其功甚伟。然张氏但知词以有所寄托为高，而未及无所寄托而自抒性灵者亦高，故介存斋（清周济《介存斋论词杂着》）有空、实之辨也。至介存（周济字）所谓“指事类情，仁者见仁，智者见智”与况君（况周颐）所谓“即性灵，即寄托”，语异旨同。填词必如此而后灵妙，是又无寄托而有寄托也。……至作者当性灵流露之时，初亦未暇措意其词果将寄托何事，特其身世之感，深入性灵，虽自写性灵，无所寄托，而平日身世之感即存于性灵之中，同时流露于不自觉，故曰“即性灵，即寄托”也。学者

① 韩诗：“老树无枝叶，风霜不复侵。腹穿人可过，皮剥蚁还寻。寄托惟朝菌，依投绝暮禽。犹堪持改火，未肯但空心。”

必深明此理，而后作者之词虽流于跌宕怪神，怨怼激发，而自能由其性灵兼得其寄托，而此所寄托，即其言外之幽旨也。特非发于有意耳。

（近代）刘永济《词论·作法》卷下

叶嘉莹论诗词寄托，谓我国自古将文艺依附于道德之上，“是以不写成为有寄托之作，则不足以自尊；不解成为有寄托之作，则不足以尊人”。按后世文字狱亦因之而起。……寄托说之为害，可胜道哉！按最早之寄托说，当为杨恽之“种豆”诗。

（现当代）吴世昌《词林新话·词论》

止庵（周济晚号）曰：“初学词求空。”此论不然。初学词求实忌空，必须言之有物。……又曰：“初学词求有寄托。”亦不然。初学词不必求寄托。寄托者言近旨远，老手偶能得之。寄托之与虚妄亦相去不远。教人初学求寄托，是教人言不由衷也。

同上

附：

“不即不离”说

古代评论咏物诗词，对于“不即不离”说，几乎没有争议，众口一词。这种一致性是很罕见的。但从学术上说，没有争议恰恰可能隐藏着危机。

明瞿佑提出：“拘于题，则固执不通，有粘皮带骨之陋；远于题，则空疏不切。”胡应麟主张“不切而切，切而不觉其切”。这都是经验之谈。清王士禛则从禅宗取得思想资源，谓：“不即不离，乃为上乘。”这背后，很显然有朴素的辩证法在起作用，概而言之，形象是在切与不切、即与离的矛盾中，保持着必要的张力。

但，也有从画论中取“形神”之说者。邹祗谟提出“取形不如取神”，在理论上片面地强调了诗与画的共同性，不得要领。形神之说充其量只限于视觉，而视觉之于诗，不过是一隅而已。形神论之局限，乃在遮蔽诗与画想象之差异。林昌彝主张“咏物诗妙在离貌取神”，并举萨檀河《春燕》诗为例，断言“此诗不即不离，可称超脱矣”。其实，从严格意义上说，此诗仍然过分拘泥于物，所有关于春燕的想象均不离俗套，语言也几乎全是典故的堆砌组装，如草长莺啼、门巷斜阳、社鼓、杏花等等，实在很难算得上“超脱”。

比较而言，还是刘熙载说得到位：“东坡《水龙吟》起云：‘似花还似非花。’此句可作全词评语，盖不离不即也。”用“似花还似非花”来解释“不即不离”，是很聪明的，但也不无勉强。因为，不即不离，强调的是不能太贴近，也不太脱离；而似花还似非花，则强调既要似花，又要突出非花。然而似花是“即”，非花却超出了“离”：“离”仅是远近的问题，“非花”则是真实与假定的问题。我国诗话词话往往流露出某种拘于真实的倾向，在突出“不即”之时，又赶紧以“不离”来牵制。其实，诗词之失往往不在“不即”，而在于“不离”。所谓“离”，就是想象的自由，就是假定的出格；“不离”，即离得不够，也就是想象的拘泥、放不开。像前述萨檀河《春燕》诗那样，只满足于前人话语的组装。

不妨具体分析一下苏东坡的《水龙吟》词，就不难看出“不即不离”说的局限。苏词是和他的朋友章质夫《水龙吟·柳花》而作的，我们先看看章词：

> 燕忙莺懒芳残，正堤上、柳花飘坠。轻飞乱舞，点画青林，全无才思。闲趁游丝，静临深院，日长门闭。傍珠帘散漫，垂垂欲下，依前被、风扶起。　兰帐玉人睡觉，怪春衣、雪沾琼缀。绣床渐满，香球无数，才圆却碎。时见蜂儿，仰粘轻粉，鱼吞池水。望章台路杳，金鞍游荡，有盈盈泪。

如果以“不即不离”论来评析这首词，则全篇既扣紧杨花的特征（轻飞乱舞、垂垂欲下、依前被、风扶起、香球无数、才圆却碎），又离开了杨花的特性，使其运动形态带上“玉人”的慵懒的情感特征，甚至最后直写到玉人“有盈盈泪”。这个“盈盈泪”，是人的情感表现，也是杨花飘飘忽忽运动的特征。整首完全是“不即不离”说的体现，应该说在艺术上达到了相当的水准。

苏轼的和作则如下：

> 似花还似非花，也无人惜从教坠。抛家傍路，思量却是，无情有思。萦损柔肠，困酣娇眼，欲开还闭。梦随风万里，寻郎去处，又还被、莺呼起。　不恨此花飞尽，恨西园、落红难缀。晓来雨过，遗踪何在？一池萍碎。春色三分，二分尘土，一分流水。细看来、不是杨花，点点是、离人泪。

两首词，都表现了一位贵族妇女思念远离家乡的丈夫的伤感情绪，感叹青春像杨花一样地消逝。章词对杨花形态的描摹可谓不即不离，其中还有些前人所未曾达到的那种精致。但是，在他笔下，杨花始终是杨花，他不敢离开杨花的运动形态，只是在杨花和玉人统一的形质范围内施展他的华彩的语言功夫。而在苏轼笔下，杨花带上了更加强烈的、想象的、假定的色彩，离开了现实中杨花本来的样子。苏词一开头就是：“似花还似非花。”又是杨花，又不是杨花。到最后，则干脆宣称：“细看来、不是杨花，点点是离人泪。”词里杨花“离”了自然界的杨花，才能变成了人的眼泪，客观的对象在性质上发生了变化，成了主观的感情的表征。也即是说，一种物（杨花）已经变异成了另一种物（眼泪），而这种变异，正因为是把杨花变成不是杨花，才显得异常精彩。

苏轼作为一个大诗人，大就大在想象大大超过了章质夫。他这种勇敢地离开了、突破了事物原始形态的想象，正是构成诗人才华的一个重要因素。从这个意义上说，“不即不离”说，既不如叶燮《原诗》“幽渺以为理，想象以为事，惝恍以为情”的想象论，又不如吴乔所概括的“诗酒文饭”、诗歌形象“形质俱变”的变质论。后二者不但在理论上要深邃得多，而且在操作上也会有效得多。

当然，咏物作为诗词的一体，是中国古代诗歌所特有的，因而“不即不离”之说作为咏物诗艺的一种总结，无疑仍是中国古典诗词的重要特色之一。

但是，如果单就诗歌以物象为对象而言，咏物在世界诗歌史上也是普遍存在的。如普希金的《致大海》、雪莱的《云雀颂》、华兹华斯的《水仙咏》、济慈的《希腊古瓮颂》等等。其根本的区别在于：作为艺术方法，西方诗人与其说是不即不离，不如说是“小即大离”。如，《希腊古瓮颂》并没有在形态上对古瓮本身加以描绘，而是诗人作为抒情主体，直接向古瓮上绘画的那些少男少女发出疑问。在《致大海》《云雀颂》中，同样也是诗人主体向客体诉说，直接抒情。西方以物为对象的诗歌的共同特点，就是诗人公然站在最前列，驰骋自己的想象，抒发自己的激情。华兹华斯的《水仙咏》，在英国广播公司以“我最喜爱的古典诗歌”为题的民意测验中，曾名列第五。但谓之“咏”，其主题却不是描摹水仙的形神之美，诗人也不把感情藏在水仙的形态之中，而是直接诉说自己像一片孤独的云在漫游时，为水仙的美所震撼，因而改变了自己的精神状态。我们来看最后一节：

后来多少次我郁郁独卧，
感到百无聊赖心灵空漠，
这景象便在脑海中闪现，
多少次安慰过我的寂寞；
我的心又随水仙跳起舞来，
我的心又重新充满了欢乐。

水仙的灿烂之美，最后是在它的功能上，使作者怅惘若失的孤独变成了享受天赐的福，内心洋溢着欢乐，以至心和水仙一齐舞蹈起来。如果按我们传统的不即不离说，这就离得太远太远了。但是，人家的诗歌就是按着这样的想象模式发展起来的。两相比较，比我们要开放得多。由此可见，古典诗词咏物的不即不离说，从理论到实践，在“五四”文学革命后被新诗所扬弃，也就并非偶然的了。

陈一琴辑历代诗话

咏物着题，亦自无嫌于切。第单欲其切，易易耳。不切而切，切而不觉其切，此一关前人不轻拈破也。

（明）胡应麟《诗薮》内编卷五

昔人论体物诗，全在一“离”字传神。至落花、落叶诸题，尤要翻脱前人窠臼。譬之画山水，其烘托多以云气为有无，所谓意在似意在不似也。

（清）计发《鱼计轩诗话》

（杜甫《月三首》诗）第一首[①]，不粘不脱，笔力殊健。

（清）何焯《义门读书记·杜工部集》卷五十五

咏物固不可不似，尤忌刻意太似。取形不如取神，用事不若用意。宋词至白石、梅溪（史达祖号），始得个中妙谛。

（清）邹祇谟《远志斋词衷》

咏物之作，须如禅家所谓不黏不脱，不即不离，乃为上乘。古今咏梅花者多矣，林和靖“暗香、疏影”之句，独有千古，山谷谓不如“雪后园林才半树，水边篱落忽横枝”[②]；而坡公“竹外一枝斜更好”[③]，识者以为文外独绝，此其故可为解人道耳。

（清）王士禛《带经堂诗话》卷十二

诗人写物，在不即不离之间，“昔我往矣，杨柳依依”[④]，只“依依”两字，曲尽态度。

（清）马位《秋窗随笔》

---

① 杜诗：“断续巫山雨，天河此夜新。若无青嶂月，愁杀白头人。魍魉移深树，虾蟆动半轮。故园当北斗，直指照西秦。”

② 林逋《梅花》诗句。

③ 苏轼《和秦太虚梅花》诗句：“江头千树春欲暗，竹外一枝斜更好。”

④ 《诗经·小雅·采薇》诗句。

咏物诗有澹永之味，不即不离，所以为佳。

（清）张廷玉《澄怀园语》卷三

青门（清邵长蘅，号青门山人）又云：“《画鹰》一首，句句是画鹰，杜之佳处不在此，所谓诗不必太贴切也。”余于此下一转语：“当在切与不切之间。”

（清）宋荦评语，转引自查为仁《莲坡诗话》卷下

咏物诗最难工，太切题则黏皮带骨，不切题则捕风捉影，须在不即不离之间。

（清）钱泳《履园丛话·谭诗》卷八

咏物虽小题，然极难作，贵有不粘不脱之妙，此体南宋诸老尤擅长。

（清）吴衡照《莲子居词话》卷一

咏物诗妙在离貌取神，真取弗夺。闽县萨檀河先生《春燕》诗云：“草长莺啼客路遥，故乡何处独飘萧。江村细雨吟三楚，门巷斜阳话六朝。桑柘人家迎社鼓，杏花时节卖饧箫。天涯牢落谁知己？形影相依总寂寥。”此诗不即不离，可称超脱矣。

（清）林昌彝《射鹰楼诗话》卷七

东坡《水龙吟》起云：“似花还似非花。”此句可作全词评语，盖不离不即也。时有举史梅溪《双双燕·咏燕》、姜白石《齐天乐·赋蟋蟀》令作评语者，亦曰“似花还似非花”。

（清）刘熙载《艺概·词曲概》卷四

（宋曾几《岭梅》诗[①]）按：凡咏物诗，太切则粘滞，不切则浮泛，传神写照，在离合间方是高手。此诗虽未造极，已得不切而切之妙矣。

（清）许印芳《律髓辑要》卷三

咏物妙在不即不离，自无呆相。

（清）李佳《左庵词话》卷上

① 曾诗：“蛮烟无处洗，梅蕊不胜清。顾我已头白，见渠犹眼明。折来知韵胜，落去得愁生。坐久江南梦，园林雪正晴。”

咏物诗以不粘不脱、不即不离，刻画工而不落色相，寄意远而不失物情为贵。

（近代）蒋抱玄《民权素诗话·南村〈摅怀斋诗话〉》

静安以为东坡“杨花词”“和韵而似原唱，章质夫词原唱而似和韵。才之不可强也如是！”，此说甚谬。东坡和作拟人太过分，遂成荒谬。杨花非花，即使是花，何至拟以柔肠娇眼，有梦有思有情，又去寻郎。试问杨花之“郎”为谁？末句最乏味，果如是则桃花可为离人血，梨花可为离人发，黄花可为离人脸，可至无穷。此词开宋乃至后世无数咏物恶例。但历来评者一味吹捧，各本皆选入，人云亦云，不肯独立思考。

（现当代）吴世昌《词林新话·两宋（上）》

诗可解、不可解、不必解之说

解读文本是困难的，诗歌则特别困难，中国古典散文，尤其是历史散文，也产生过解读的困难，主要是其表面上是客观的、不带倾向的叙述，其实是有倾向的，只是没有直接说出来，“寓褒贬”于历史的陈述之中，这是孔夫子删订《春秋》以后就确立的原则，褒与贬，美与刺，往往就在一词一字的选择，一句话的次序安排之中，“微言”中隐含着“大义”，这就叫作“春秋笔法”，故孔夫子订春秋而“乱贼臣子惧”。对于后世阅读者来说，揭示历史散文中“美刺”的密码，是一项艰巨任务，产生歧义是常见的。把这种方法用到解读《红楼梦》中去也同样是众说纷纭。所谓“经学家看到易，道学家看到淫，才子看到缠绵，革命家看到排满，流言家看到宫闱秘事”等等，不一而足。可是不管阅读多么艰巨，一代又一代的学者乐此不疲，并未产生放弃的理论，而解读诗歌却产生了“不可解”“不用解”论。当然，解读诗歌就纷纭和混乱程度而言，要严重得多，明显离谱的“穿凿”屡见不鲜，层出不穷，穿凿的注释，有时还成为官方考试的标准答案。

《蒹葭》明明是一首杰出的爱情诗，而千年来权威学者们的解读，却大抵从王权意识形态出发，将其主题进行政治性的歪曲。《毛诗序》云：“蒹葭，刺襄公也。未能用周礼，将无以固其国焉。”把“所谓伊人”变成了周王朝礼制的喻体。这显然荒谬，因为“伊人”明明是人称代词，周礼则非人称。说法如此不通，并不妨碍其成为经典性的解读。苏辙在《诗集传》中把这首诗的主题虚化为求贤：“有贤者于是不远也，在水之一方耳，胡不求与为治哉。”姚际恒《诗经通论》则认断：“此自是贤人隐居水滨，而人慕而思见之诗。‘在水之湄’，此一句已了，重加‘溯徊’‘溯游’两番摹拟，所以写其深企愿见之状。”说法虽然不同，但是价值准则是一致的。

所有这类离谱的解读都以政治和道德的实用理性遮蔽抒情为特点。这是因为人类面临的生存压力，造成了实用理性价值占着自发的优势，而情感是非理性的，审美是不实用的，故自发地处于劣势地位。再加上教育和主流意识形态、社会文化的熏陶，自发的倾向就变成了自觉的理论，只有具备特殊艺术修养、自觉审美超越预期者，才能把情感价值放在实用理性之上。正是因为这样，对经典的离谱解读，其绵延的时间才长达数千年而不绝。这并不是因为学者愚蠢，而是因为艺术理解的难度很大，欣赏和创作同样需要以非功利的情感超越实用功利，而这应该有自觉的理论，但是，自觉的理论却往往并非如此。

正是因为这样，反艺术的“穿凿”才层出不穷。

这种现象，用当代西方文论来衡量，就很有趣。一方面，从接受美学，或者读者中心论来说，一千个读者就有一千个哈姆雷特，什么样的解读都有存在的权利；另一方面，从另外一种西方文论来看，这是对文本的“过度阐释”，其原因恰恰又是放任读者中心。放任的结果必然是脱离了文本。而要克服这种偏颇，就不得不把读者中心论加以某种程度的颠覆。

值得思考的问题还有，这样的理论和实践的困惑为什么盛行于诗歌中，而在散文，特别是直接陈述历史的散文中却极为罕见呢？

这是由诗歌文体特征决定的。

诗歌与历史散文的不同，早在亚里士多德的《诗学》中就指出：“诗比历史更富哲理也更为深刻，因为它所呈现的是普遍的事物，而历史所呈现的则是个别的事物。”这一点用来说明中国古典诗歌也十分合适。诗中的意象，往往不像散文那样有具体的时间、地点、条件的严格限定，它往往带着很强的概括性，并不像散文那样具体指称某一特殊事物，而是指称某一类事物。例如《蒹葭》，并没有地点、时间、人物的特指性。正是因为这样，意象、意境的好处就在其不确定性，意在言外，境在象间，可望而不可即，迫使读者想象来参与。司空图在《与极浦书》中这样说：“戴容州云：‘诗家之景，如蓝田日暖，良玉生烟，可望而不可置于眉睫之前也。’”意象群落之中有意，意象群落之外有境，读者想象必须活跃到一定程度，才能在意象的断裂和空白中看出联系，进入言有尽而意无穷的境界。“意无穷”就是意不单一，就是想象的空间弹性，在这个空间里，主观意向起着决定作用。在那王权天授的时代，想象别无选择，首先往政治上去预期最高价值。其次往主流意识形态的道德方面去发挥，所谓“美教化，厚风俗，示劝戒，然后足以为诗”（蒋冕《琼台诗话》卷下）这就造成了阅读主体预期价值观念的单一化、固定化，甚至僵化到不惜对文本硬性同化和歪曲。中国古典诗话中“穿凿”的顽症就是这样产生的。

顽症之顽，就在不是按照文本提供的信息调节、变更主体的预期，而是相反，以主体预期迫使文本的信息就范。首先，读者不对文本做全面认同，而是片面抽取与预期相同的信息；其次，对与预期观念不符的信息，弃之不顾；最后，对所取片面信息按预期做质的同化。黄庭坚在《诗话》中，指责糟蹋杜甫诗的“穿凿者”说：“弃其大旨，取其发兴，于所遇林泉、人物、草木、鱼虫，以为物物皆有所托，如世间商度隐语者。”指责他们把读诗变成了猜谜。对于梅圣俞的《金针诗格》，张无尽的《律诗格》，洪觉范的《天厨禁脔》的这种倾向，贺贻孙《诗筏》一概斥之为“穿凿扭捏”“痴人说梦”“不独可笑，抑复可恨”。

痴人说梦的极端，发展到一定程度，就产生另外一种以谢榛为代表的极端，干脆宣布：“诗有可解、不可解、不必解，若水月镜花，勿泥其迹可也。”这个说法影响很大，得到后世许多诗话家的响应。这种说法显然在实践上表现出知难而退，在理论上则是对难度缺乏分析。但是，这并不能阻止献身艺术的论者对于诗歌深层奥秘的执着追求。朱鹤龄《杜诗辑注序》就对“可解”与“不可解”进行了分析：“可解者”如“指事陈情”，就应该解，不好好解，就可能“前后贸时，浅深乖分，欣忭之语，反作诮讥，忠剀之词，几邻怼怨”，也就是说，违反了文本的精义。他所谓“不可解”、不用解的部分是“托物设象，兴会适然”，但是，“托物设象，兴会适然”是诗家常用手法，放弃解读，就等于只解读文本一望而知的表层，放弃深度探索。

穿凿之所以会产生，就是因为直接分析文本有难度。经典文本是天衣无缝的，水乳交融的，分析无从下手就无从深入。回避难度，最方便的出路就是向文本以外下功夫。第一，就是把作者生平的考证当作一切，费锡璜在《汉诗总说》中说：“执词指事，多流穿凿。又好举一诗，以为此为君臣而作，此为朋友而作，此被谗而作，此去位而作，亦多拟度。”他认为这种“拟度”的最大毛病就是“失本诗面目”，也就是扼杀了诗意。与吴乔差不多同时的吴雷发在《说诗菅蒯》中，说得更为彻底：“论古人诗，往往考其为何年而作，居何地而作，遂搜索其年、其地之事，穿凿附会，谓某句指某人，某句指某事。是束缚古人，苟非为其人、其事而作，便不得成一句矣。且在是年只许说是年语，居此地只许说此地话；亦幸而为古人，世远事湮，但能以意度之耳。”

这种拘泥于作者生平的倾向在西方同样存在，大致相当于“作家中心论”的流派，在浪漫主义时代，以作者生平考证代替文学研究的方法曾经风靡一时。与之相反的就是当代西方文论宣称“作者死了”的“读者中心论”。从德里达以来这种主张成为西方文论的主潮。这种倾向在我国古典诗话词话中，虽然也有过某种表现，但是，并未形成自觉的理论体系。在古典诗话词话中占据主流的，是反穿凿。最著名的笺注，特别是享有权威的集注，大体是以文本为对象的。可能相当于西方文论中的“文本中心论”。为什么仅仅说是“可能相当”？因为，我国那些注本，往往把文本话语的来源放在最重要的地位上。权威的注家，多引古籍，以“无一字无来历”著称。这种注释把解读纯粹当作学问，一味以其用字于古籍有据为务，其结果是注释越多，去诗歌审美甚远。以王琦注李白《宿五松山下荀媪家》

中“跪进雕胡饭”之“雕胡”为例：

杨恽《报孙会宗书》：“田家作苦。”宋玉《讽赋》：“为臣炊雕胡之饭，烹露葵之羹。”《本草》：“陶弘景曰：‘菰米，一名雕胡，可作饼食。’苏颂曰：‘菰生水中，叶如蒲苇，其苗……以为美馔，今饥岁，人犹采以当粮。’葛洪《西京杂记》云：‘菰之有米者，长安人谓为雕胡。’李时珍曰：‘雕胡，九月抽茎，开花如苇艻，结实长寸许，霜后采之，大如茅针。皮黑褐色。其米甚白而滑腻，作饭香脆。杜甫诗“波漂菰米沉云黑”，即此。《周礼》，供六谷九谷之数。《管子》书谓之雁膳。’”

这样的解读，完全是知识性的，把与诗中语言有关的知识，当成解读的一切，就彻底淹没了诗的韵味。从理论上来看，把诗当作知识，属于理性价值唯一论的表现。对这种“执典实训诂而失意象”的倾向，陈仅在《竹林答问》中为之定性曰：“谓之泥。”

所有这些解诗的偏向，在理论上都犯了根本性错误，就是把诗不当成诗，反而把诗以外的理性的成分当成一切，而对于诗以内的奥秘，缺乏真正深入的探究。而要解决这样的问题，当以回到文本、文本中心为唯一的出路。

徐增《而庵诗话》反对“可解不可解”的说法，认为“此二语误人不浅”。他主张：“吾观古诗无一字无着落，须细心探讨，方不堕入云雾中。”“看诗者，须细细循作者思路，方有所得，若泛然论去，不必求甚解，于诗究为门外汉而已。”瞄准文本的每一个字，“细细循作者思路”，以深入到诗歌内部结构为务。今人蒋寅认为他这种观念是受了金圣叹的影响：“古典诗学发展到明清之际，在八股文章法结构理论的影响下，开始注重对诗歌作品内部结构的探讨。其中，金圣叹提出的七律分解说是一个很有代表性的学说。”对金圣叹的七律起承转合说，徐增加以发挥。如对王维的《山居秋暝》，他这样说：

要看题中“暝”字。右丞山居，时方薄暮，值新雨之后，天气清凉，方觉是秋。又明月之光，淡淡照于松间；清泉之音，泠泠流于石上。人皆知此一联之佳，而不知此承起二句来。盖雨后则有泉，秋来则有月、松，石是在空山上见。此四句为一解。“竹喧归浣女，莲动下渔舟”，人都作景会，大谬，其意注合二句上。后有竹，近水有莲；有女可织，有僮可渔。山居秋暝，有如是之乐，便觉长安卿相，不能及此。[①]

从总体上看，他所看到的是诗歌各句之间的承上启下的关系。例如，“空山新雨后”句是从题目“山居秋暝”的“暝”写来，因为是薄暮，新雨，天气清凉，才感到是秋。而“明月松间照，清泉石上流”句是承接开头的“空山新雨后”而来。因为雨后，才有泉，因为是秋天，才有月和松。这样的梳理不乏某些精细的因果逻辑。但是，也有牵强的、过度

① 蒋寅《徐增对金圣叹诗学的继承和修正》，北京师范大学学报（社会科学版），2006年第4期。樊维纲校注《说唐诗》，中州古籍出版社1990年版。

阐释的地方。如，因为是雨后，才有泉，又如，因为是秋，才有月和松，这种因果关系，就难以成立。至于对后四句的解读，因果关系就更玄了，竹喧浣女、莲动渔舟的好处是“有女可织”“有僮可渔”，则明显离开了现场的感受，原作中并无浣女为织女，渔舟必有渔僮的暗示，更无“长安卿相不能及此”的对比。如此等等，皆是“穿凿”。此等解读，就其最佳处而言，是用散文语言把诗歌省略了的成分补充出来，基本上是技巧性的；究其局限而言，乃是对于王维此诗的真正艺术优长的遮蔽。

其实，王维此诗的好处，不在语言起承转合，而在物境与心境的丰富、和谐和统一。要说其诗眼，可能并不在“暝”字上，因为“暝”字引起的联想是昏暗，而且第二句又点明是“晚来”，如果全诗意境全集中在“暝”上，就太单调了。王维的拿手好戏就是从单纯语境中显出丰富。这种丰富至少可以从三个方面来看。第一，表面上“暝”、“晚”、昏暗，实质上却是明净。“新雨”之后的秋色，有一种清新的联想，再加上“明月松间照，清泉石上流”，明净的景观，透露出明净的心境。空山因明月之照，清泉因流于石上（而不是溪底）而更加明净，景之明净和内心的清净相应。第二，“空山新雨”表面上强调的是山之“空”，实际上突出其并不是“空”，而是“空”的反面。有浣女惊响竹喧，有渔舟推动莲叶。这种不空，不仅是外部的，而且是内心的空灵，听到竹喧，知是有浣女归来，看到莲叶浮动，知道是渔舟下水。空山明月是宁静的，渔舟浣女是喧闹的，二者相反，但是，诗人的心境却是不变的，自足的，自洽的，不为其宁静，也不因其声响而变化。第三，这种境界，在最后一联以“随意春芳歇”来做注解。题目明明是“秋暝”，却变成了“春芳”。哪怕就是“春芳”消逝也不在意，不像有些诗人那样惜春，不为之激动、感叹。这就是王维特有的“随意”，它和陶渊明那种“云无心以出岫”，柳宗元那种“崖上无心云相逐”的“无心”是同一境界。戴望舒在《论诗零札》中说：“新诗最重要的是诗情上的nuance，而不是字句上的nuance。”nuance在英语和法语中，是精微玄妙、细微差别的意思，说的是新诗，而用来说明古典诗歌，特别是王维的诗，完全适用。王维的拿手好戏就是在极其单纯的情景中显示极其微妙精致的nuance。他的《鸟鸣涧》也是这样：“人闲桂花落，夜静春山空。月出惊山鸟，时鸣春涧中。”全诗写春山之空、夜之静。在一般诗人那里，就是静了，而在王维的诗里，静分化了：一方面是无声，相对于有声；一方面是静止，相对于动。王维就从这两个方面写静。一是以月出之动，惊醒静眠之山鸟，二是鸟鸣之声反衬春山之宁静。如此这般，一方面系春山之空，另一方面则系人心境之“闲”。离开了高度统一而丰富的境界，要进入这样的诗的境界，仅依八股文的起承转合，单纯梳理文字技巧上的“关锁”（连贯），既忽略了审美情感与理性的矛盾，又无视了诗歌与散文的矛盾，只能是缘木求鱼。

也许这样的批评是对古人的苛求，但是即使从当时的条件出发，也至少不应该忽略贺裳、吴乔等的“无理而妙”“入痴而妙”“诗酒文饭”，还有沈雄所说的“无理而入妙”的原因乃是“深于情者”等的学术资源，可惜的是，当年各自孤立探索，珍贵的学术资源未能得以普遍重视和运用，因而未能将解读从纯形式的迷雾中解放出来。

历史的发展说明，解读文本有三种可能的选择，也有三种不可避免的难度。首先，读者中心论容易陷入混乱，最为新潮，一时尚未入侵古典诗歌领域。其次，作家中心论难以避免穿凿。其弊千年不绝，原因在于其易为学术外衣。再次，文本中心论本来是题中之义，却长期遭到轻视，原因盖在其难。其难之一，在于阅读心理预期的实用理性的自发优势，其二，在于诗歌文本的奥秘，其感知世界的 nuance，其精微玄妙和细微差别，均处于潜在深层。对此二者缺乏理论自觉，乃造成在黑暗中摸索千年，执迷于僵硬的表层感觉而不知返这一后果。

陈一琴辑历代诗话

子美诗妙处乃在无意于文，夫无意而意已至。非广之以《国风》《雅》《颂》，深之以《离骚》《九歌》，安能咀嚼其意味，闯然入其门邪？……彼喜穿凿者，弃其大旨，取其发兴，于所遇林泉、人物、草木、鱼虫，以为物物皆有所托，如世间商度隐语者，则子美之诗委地矣！

（宋）黄庭坚《黄庭坚诗话》

今人解杜诗，但寻出处，不知少陵之意，初不如是。……纵使字字寻得出处，去少陵之意益远矣。盖后人元不知杜诗所以妙绝古今者在何处，但以一字亦有出处为工。

（宋）陆游《老学庵笔记》卷七

先贤平易以观诗，不晓尖新与崛奇。若似后儒穿凿说，古人字字总堪疑。

（宋）刘克庄《答惠州曾使君韵》

诗有可解、不可解、不必解，若水月镜花，勿泥其迹可也。

（明）谢榛《四溟诗话》卷一

黄山谷曰：“彼喜穿凿者，弃其大旨，取其发兴于所遇林泉、人物、草木、鱼虫，以为物物皆有所托，如世间商度隐语，则诗委地矣。”予所谓“可解、不可解、不必解”，与此意同。

同上

近代评诗者谓诗至于不可解，然后为妙。夫诗美教化，厚风俗，示劝戒，然后足以为诗，诗而至于不可解，是何说耶？且《三百篇》何尝有不可解者哉？

（明）蒋冕《琼台诗话》卷下

唐人诗主情，去《三百篇》近；宋人诗主理，去《三百篇》却远矣。匪惟作诗也，其解诗亦然。

（明）杨慎《升庵诗话》卷八

（唐王昌龄《出塞二首》诗其一①）若以有意无意可解不可解间求之，不免此诗第一耳。（指为唐人绝句第一）

（明）王世贞《艺苑卮言》卷四

凡诗，欲畅于众耳众目，若费解费想，便是哑谜，非诗矣。

（明）江盈科《雪涛小书·诗评》

可解，非以训诂通其意也。不可解，非以声牙隐僻乱其法也。不必解，非不求要领，仿佛规模也。可以神会，不可以言传。此先辈可解、不可解、不必解之旨耳。

（明）费经虞《雅伦》卷二十二

（王昌《出塞》诗）以月属秦，以关属汉者，非月始于秦，关起于汉也。意谓月之临关，秦汉一辙，征人之出，俱无还期，故交互其文，而为可解不可解之语。读者以意逆志，自当了然，非唐诗终无解也。

（明）唐汝询《唐诗解》卷二十六

梅圣俞有《金针诗格》，张无尽有《律诗格》，洪觉范（释惠洪自称）有《天厨禁脔》，皆论诗也。及观三人所论，皆取古人之诗穿凿扭捏，大伤古作者之意。三书流传，魔魅后人，不独可笑，抑复可恨。不知诗人托寄之语，十之二三耳，既云托寄，岂使人知？若字

① 王诗：“秦时明月汉时关，万里长征人未还。但使龙城飞将在，不教胡马度阴山。”题一作《从军行》。

字穿凿，篇篇扭捏，则是诗谜，非诗也。《三百篇》中有比、有兴、有赋，尽如圣俞、无尽、觉范所言，则《三百篇》字字皆比，更无赋、兴，千古而下，只作隐语相猜，安能畅我性情，使人兴观群怨哉！惟子美咏物诸五言，则实有寄托，然亦不必牵强索解，如与痴人说梦也。

（清）贺贻孙《诗筏》

学者诚能澄心祓虑，正己之性情，以求遇子美之性情，则崆峒仙仗之思，茂陵玉碗之感，与夫杖藜丹壑、倚棹荒江之态，犹可俨然晤其生面而揖之同堂，不必以一二隐语僻事、耳目所不接者为疑也。夫诗有可解者，有不可解者：指事陈情，意含风谕，此可解者也；托物设象，兴会适然，此不可解者也。不可解而强解之，日星动成比拟，草木亦涉瑕疵，譬诸图罔象而刻空虚也。可解而不善解之，前后贸时，浅深乖分，欣忭之语，反作诮讥，忠剀之词，几邻怼怨，譬诸玉题珉而乌转舄也。二者之失，注家多有，兼之伪撰假托，贻误后人，譬说支离，袭沿日久，万丈光焰，化作百重云雾矣。

（清）朱鹤龄《杜诗辑注序》，转引自仇兆鳌《杜诗详注·诸家论杜》

唐人诗被宋人说坏，被明人学坏，不知比兴而说诗，开口便错。义山《骄儿》诗，令其莫学父，而于西北立功封侯，托兴以言己之有才而不遇也。葛常之（宋葛立方字）谓“其时兵连祸结，以日为岁，而望三四岁儿，立功于二十年后，为俟河之清”。误以为赋，故作寐语。

（清）吴乔《围炉诗话》卷五

今人论诗辄云：“有意无意、可解不可解。”此二语误人不浅。吾观古诗无一字无着落，须细心探讨，方不堕入云雾中，则将来诗道有兴矣。

（清）徐增《而庵诗话》

看诗者，须细细循作者思路，方有所得，若泛然论去，所谓有意无意之间，不必求甚解，于诗究为门外汉而已。

又《而庵说唐诗》卷十三

（杜甫《晓望》诗[①]）叠岭宿昔为云所霾，惟峰之高者始见日耳。地坼，谓岸高，因岸高

---

① 杜诗：“白帝更声尽，阳台曙色分。高峰寒上日，叠岭宿霾云。地坼江帆隐，天清木叶闻。荆扉对麋鹿，应共尔为群。”

故江帆隐。天清，谓境静，因境静故木叶闻。中二联写景并精妙。《论语》："鸟兽不可与同群，吾非斯人之徒与而谁与？"七八暗反其意。而《遣闷》作"斯人难并居"，竟明言之矣。有彼作之明言，益见此结含蕴之妙。天清则无风埃，木叶有时自落，一闻其响；若风起，则但闻风声不闻叶声矣。此虽精意，语本不晦，须溪（宋刘辰翁号）乃谓使人不可解，方是妙处。以此语为不可解，又以不可解为妙。吾今而知竟陵诗派，其源出于须溪也。

（清）黄生《杜诗说》卷七

诗忌费解，然太便口则少沉着之味；诗忌牵合，然太鹘突则少超越之趣。此中浅深，不可以言喻，解人自会。

（清）叶矫然《龙性堂诗话》初集

世之说汉诗者，好取其诗，牵合本传，曲勘隐微。虽古人托辞写怀，固当以意逆志；然执词指事，多流穿凿。又好举一诗，以为此为君臣而作，此为朋友而作，此被谗而作，此去位而作，亦多拟度，失本诗面目。

余说汉诗先去此二病。

（清）费锡璜《汉诗总说》

注解古人诗文者，每牵合附会以示淹博，是一大病。古人用事用意，有可以窥测者，有不可窥测者，若必欲强勉着笔，恐差之毫厘，失之千里，不可不慎也。

（清）张廷玉《澄怀园语》卷二

有以可解不可解为诗中妙境者，此皆影响惑人之谈。……诗至入妙，有言下未尝毕露，其情则已跃然者。使善说者代为指点，无不亹亹动人，即匡鼎解颐是已。

（清）李重华《贞一斋诗说》

有强解诗中字句者。或述前人可解不可解不必解之说晓之，终未之信。余曰："古来名句如'枫落吴江冷'①，就子言之，必曰枫自然落，吴江自然冷；枫落则随处皆冷，何必独曰吴江？况吴江冷亦是常事，有何吃紧处？即'空梁落燕泥'②，必曰梁必有燕，燕泥落下，亦何足取？不几使千秋佳句，兴趣索然哉？且唐人诗中，钟声曰'湿'，柳花曰'香'，必来

① 崔信明佚诗断句，失题。岳珂《题王湛潜泉蛙吹》诗云："枫落吴江冷，曾闻五字传。"

② 薛道衡《昔昔盐》诗句："暗牖悬蛛网，空梁落燕泥。"

君辈指摘。不知此等皆宜细参，不得强解。甚矣，可为知者道也！”

（清）吴雷发《说诗菅蒯》

诗贵寓意之说，人多不得其解。其为庸钝人无论已；即名士论古人诗，往往考其为何年而作，居何地而作，遂搜索其年、其地之事，穿凿附会，谓某句指某人，某句指某事。是束缚古人，苟非为其人、其事而作，便不得成一句矣。且在是年只许说是年语，居此地只许说此地话；亦幸而为古人，世远事湮，但能以意度之耳。若今人所处之时与地，昭然在目，必欲执其诗而一一皆合，其尚可逃耶？难乎免矣！

同上

（王士禛《雪后怀家兄西樵》诗[①]）禅宗以可说为粗，以不可说为妙，是不可说亦不可说为妙中之妙。如此诗之竹林斜照，陋巷幽寂，空庭暮雪，此其可说者也。千里相思，此其不可说者也。徒然相思，千里终不可至，不可至而神魂悠忽，若或往往来来于千里之间，日云暮矣，积雪空庭，身如枯木，心同死灰，此其独对时之意象，所谓不可说亦不可说者也。于此参之，诗中三昧，思过半矣！

（清）伊应新《〈渔洋山人精华录〉会心偶笔》卷五

俗人耳食，动谓诗以不可解为妙，不知妙诗无不可解，渠自不解耳。

（清）边连宝《杜律启蒙·凡例》

解诗不可泥，观孔子所称可与言《诗》，及孟子所引可见矣，而断无不可解之理。谢茂秦（谢榛字）创为可解、不可解、不必解之说，贻误无穷。

（清）何文焕《历代诗话考索》

戴喻让有句云：“夜气压山低一尺。”周蓉衣有句云：“山影压船春梦重。”皆妙在可解不可解之间。

（清）袁枚《随园诗话》卷十二

何以不取《拟沈下贤》[②]也？曰：“一字不解。”然不解处即是不佳处，未有大家名篇而

① 王诗：“竹林上斜照，陋巷无车辙。千里暮相思，独对空庭雪。”

② 李商隐诗：“千二百轻鸾，春衫瘦著宽。倚风行稍急，含雪语应寒。带火遗金斗，兼珠碎玉盘。河阳看花过，曾不问潘安。”

僻涩其字句者也。

（清）纪昀《玉溪生诗说·抄诗或问》卷下

说诗当去三弊：曰泥，曰凿，曰碎。执典实训诂而失意象，拘格式比兴而遗性情，谓之泥。厌旧说而求新，强古人以就我，谓之凿。释乎所不足释，疑乎所不必疑，谓之碎。

（清）陈仅《竹林答问》

《四溟山人诗话》创为“可解、不可解、不必解”之说，为世诟病。要是高明之过，文字到得意时，初无急索解人之见，善观诗者，亦自不求甚解。如《木兰诗》末段，“雄兔”“雌兔”二语，不过引出“安能辨我是雄雌”语耳，必分木兰伙伴谁为“扑朔”，谁为“迷离”，则不必解耳。

（清）马星翼《东泉诗话》卷二

杜诗有不可解及看不出好处之句。“文章千古事，得失寸心知。”少陵尝自言之。作者本不求知，读者非身当其境，亦何容强臆耶！

（清）刘熙载《艺概·诗概》卷二

诗到极胜，非第不求人解，亦并不求己解。岂己真不解耶？非解所能解耳。

（清）厉志《白华山人诗说》卷一

古人作诗，因题得意，因意得象，本是虚悬无着，偶有与时事相隐合者，遂牵强附会，徒失真旨。不知古人之诗，如仁寿殿之镜，向着者自然了了写出，于镜无与也。孙幼连云：“吾侪作诗，非有心去凑合人事，是人事偶然来撞着我，即以我为人事而发亦可。”亦即此意也。

同上卷二

诗以超妙为贵，最忌拘滞呆板。故东坡云：“赋诗必此诗，定非知诗人。”谓诗之妙谛，在不即不离，若远若近，似乎可解不可解之间。即严沧浪所谓“镜中之花，水中之月，但可神会，难以迹求”。司空表圣（司空图字）所谓“超以象外，得其环中”是也。

（清）朱庭珍《筱园诗话》卷一

吾词中之意，惟恐人不知。于是乎勾勒。夫其人必待吾勾勒而后能知吾词之意，即亦何妨任其不知矣。曩余词成，于每句下注所用典。半塘（王鹏运，自号半塘老人）辄曰："无庸。"余曰："奈人不知何？"半塘曰："倘注矣，而人仍不知，又将奈何？矧填词固以可解不可解，所谓烟水迷离之致，为无上乘耶。"

（清）况周颐《蕙风词话》卷一

钟伯敬（明钟惺字）、谭友夏（明谭元春字）共选《古诗归》《唐诗归》，风行一时，几于家弦户诵。……唯钟、谭于诗学，虽不甚浅，他学问实未有得，故说诗既不能触处洞然，自不能抛砖落地，往往有"说不得""不可解"等评语，内实模糊影响，外则以艰深文固陋也。张九龄《湖口望庐山瀑布泉》云："天清风雨闻。"谭云："瀑布诗此是绝唱矣。进此一想，则有可知不可言之妙。"夫天清本不应有风雨，而闻风雨，自是瀑布，有何不可言之妙？

（近代）陈衍《石遗室诗话》卷二十三

（李白《山中问答》[①]）此诗无可解，亦不须解。会当熟读千过，觉其高旷野逸之趣，迥非俗人所能领略。山居之乐，知者自知，难为不知者道，此李白所以笑而不答也。余于读此诗亦云然。

（近代）王文濡《唐诗评注读本》卷四

（李商隐《锦瑟》诗）不要做繁琐的钻牛角尖的研究，只要感觉文采非常美，徜徉迷离，给你一种美的享受就行了。这首诗为什么流传得这么久，自有它迷人的魅力。不要整天说它是悼亡还是托言，怎么说都可以，总之是寄托了作者的一种惆怅。

（现当代）毛泽东语录，转引自刘汉民编著《毛泽东诗话词话书话集观》

《蕙风》录半塘语："填词固以可解不可解，所谓烟水迷离之致，为无上乘耶。"以可解不可解为无上乘，谬矣。词必须作得读者能解，若不可解，即文字有病或未达意。

（现当代）吴世昌《词林新话·词论》

① 《山中问答》："问余何事栖碧山，笑而不答心自闲。桃花流水窅然去，别有天地非人间。"事，一作"意"。

附：

“诗无达诂”解

董仲舒《春秋繁露》卷三：“《诗》无达诂，《易》无达占，《春秋》无达辞。”首先提出了诗歌解读的多元问题。但是，这仅是个现象，并未从理论上做出阐释。

沈德潜在《唐诗别裁集·凡例》中解释说：“古人之言，包含无尽，后人读之，随其性情浅深高下，各有会心。”经典是无限丰富的，后世读者“性情浅深高下”不同，才“各有会心”。从根本上说，性情不同的读者只是从文本中获取了与自己相同的东西。这就是说，文本是无限的，读者是有限的。从阅读学来说，还是以文本为出发点，与当代西方文论所主张的读者中心说，在根本上是有差异的。

“《诗》无达诂”（后引申为“诗无达诂”）的前提有二。第一，“古人之言，包含无尽”。经典作品的内涵太丰富了，后人不能穷尽。第二，后世读者“各有会心”是因为其“性情”有“深浅”和“高下”，只能如沈德潜评论“评点笺释”所说的那样“皆后人方隅之见”，最多只是文本的一个侧面而已。那就是说，经典的内涵是具有确定性的，不因为笺注的深浅和高下而改变。但是，他认为对于经典的确定性，不能太死板，笺注之学要防止的是“凿”（“阮籍《咏怀》，后人每章注释，失之于凿”），为追求唯一的解释，过了头，就造成了穿凿附会。

当代西方文论中的读者中心说的要义是，作品写出来，只是提供了一个召唤读者经验的框架结构，实际上还是半成品，读者阅读，并不是被动地接受信息，而是主动地参与，把自己的经验唤醒，投入文本之中。由于读者的经验、文化、个性、价值观念不同，故阅读的感知各不相同，乃有“一千个读者有一千个哈姆雷特”之说。这种学说相当极端，甚至像德里达那样，宣布“作者死了”。似乎一切由读者决定，既无真假，亦无高下，更无深浅之分。这种说法的哲学基础是绝对的相对主义。事实上，读者主体性不可能是绝对的，不可能不受到文本主体的制约。故作为补救，西方文论又提出不同读者有“共同视域”。就读者主体而言，其心理图式也有开放性和封闭性的矛盾。故西方文论，又提出“理想读者”。可是对于“理想读者”，又有学者归结为不受任何理论污染的读者。显然，这是空想。又有学者提出“专业读者”。这就否定了不受任何理论污染的“理想读者”。这样的问题之所以产生，可能就是西方文论把读者主体绝对化的结果。针对当代文论的这样的困惑，福建师范大学文学院赖瑞云教授在他的《混沌阅读》中提出，不可否认的是，读者主体是相对的，“一千个哈姆雷特，还是哈姆雷特，不可能是李尔王或者贾宝玉”。

中国古典诗论，从根本性质上来说，是文本中心论，当代西方前卫文论的基础则是读者中心论。“文本”（text）的提出，就因为不承认独立于读者之外的作品，根本不承认统一评价。当然，在中国传统诗论中，也不是没有读者中心的苗头，“诗无达诂”的说法颇得广泛认同就是一种表现。袁枚《随园诗话》卷三：“诗如天生花卉，春兰秋菊，各有一时之秀，不容人为轩轾。音律风趣，能动人心目者，即为佳诗。……若必专举一人，以覆盖一朝，则牡丹为花王，兰亦为王者之香：人于草木，不能评谁为第一，而况诗乎？”吴乔《围炉诗话》卷六更主张诗之“压卷”不但因人而异，而且因人一时之心情而异，所谓压卷，不过是“对景当情”而已：“凡诗对境当情，即堪压卷。余于长途驴背困顿无聊中，偶吟韩琮诗云：‘秦川如画渭如丝，去国还乡一望时。公子王孙莫来好，岭花多是断肠枝。’（按：此为唐韩琮《骆谷晚望》。）对境当情，真足压卷。癸卯再入京师，旧馆翁以事谪辽左，余过其故第，偶吟王涣诗云：‘陈宫兴废事难期，三阁空余绿草基。狎客沦亡丽华死，他年江令独来时。’［按：此为唐王涣《惆怅诗十二首》（其九）。］道尽宾主情境，泣下沾巾，真足压卷。又于闽南道上，吟唐人诗曰：‘北畔是山南畔海，只堪图画不堪行。’（按：此唐杜荀鹤《闽中秋思》中二句。）又足压卷。……余所谓压卷者如是。”从理论上来说，这是读者中心论的极致。袁枚和吴乔此论，都只是一时的感兴，并不能代表他的整体诗歌理论。吴乔的“无理而妙”，讲的就是诗的普遍规律，抒情的质量，并不因为读者一时心情而异。这与西方文论的“共同视域”和“理想读者”乃至“专业读者”，似乎是有息息相通之处。

陈一琴辑历代诗话

《诗》无达诂，《易》无达占，《春秋》无达辞。

（汉）董仲舒《春秋繁露》卷三

董子曰：“《诗》无达诂。”孟子之“不以文害辞，不以辞害志”也。

（宋）王应麟《困学纪闻》卷六

古人之言，包含无尽，后人读之，随其性情浅深高下，各有会心，如好《晨风》[1]而慈父感悟，讲《鹿鸣》[2]而兄弟同食，斯为得之。董子云：“《诗》无达诂。”此物此志也，评

① 即《诗经·秦风·晨风》。
② 即《诗经·小雅·鹿鸣》。

点笺释，皆后人方隅之见。

（清）沈德潜《唐诗别裁集·凡例》

阮籍《咏怀》，后人每章注释，失之于凿，读者随所感触可也。子昂《感遇》，亦不当以凿求之。

又《唐诗别裁集》卷一

作诗者以诗传，说诗者以说传。传者，传其说之是，而不必其尽合于作者也。

（清）袁枚《程绵庄诗说序》

（隋无名氏《送别诗》①）此诗崔琼《东虚记》以为大业末年，刺炀帝巡游无度而作。余谓只作寻常送别诗解亦可。上二，是送别时景。下二，是计日而望其归，只就杨柳上着笔。

（清）张玉谷《古诗赏析》卷二十二

又其为体，固不必与庄语也，而后侧出其言，旁通其情，触类以感，充类以尽，甚且作者之用心未必然，而读者之用心何必不然。

（清）谭献《复堂词录叙》

皋文《词选》，以《考槃》为比，其言非河汉也。此亦鄙人所谓“作者未必然，读者何必不然”。

又《谭评词辨》

有人说“诗无达诂”，这是不对的。诗有达诂，达即是通达，诂即是确凿。

（现当代）毛泽东语录，转引自刘汉民编著《毛泽东诗话词话书话集观》

我认为对诗词的理解和解释，不必要求统一，事实上也不可能求得统一。在对某一首诗或词的理解和解释的问题上往往会出现理解和解释人的水平超出原作者的情况，这是不足为奇的。

同上

正因目击道存，所以诗无达诂，可作不同的体会。……形象思维的诗可以见仁见知，

① 《送别诗》：“杨柳青青着地垂，杨花漫漫搅天飞。柳条折尽花飞尽，借问行人归不归？”

爱怎样看就怎样看，爱怎么用就怎么用，这就不是死在句下。

（现当代）郭绍虞校释《沧浪诗话校释·诗辨》

清末谭献的《复堂词录叙》说："作者之用心未必然，而读者之用心何必不然。"如果因此认为"诗无达诂"，读者可以凭自己的主观臆想任意解释，那当然不行；然而不同时代、不同阶级、不同生活经历的读者，对文艺作品是可以有不同的选择，不同的理解、评价和爱好的。……我们既有可能从历史本来的面貌理解前人的用意，同时还可以从作品本身所展示的普遍意义出发，联翩浮想，触类多通，引申出前人所未必能有的新义。

（现当代）王季思《词的欣赏》

复堂（谭献号）之"作者之用心未必然，而读者之用心何必不然"，乃随心所欲教人造谣，欺人太甚。实乃对真理的嘲弄，良知的奸污。只要良知未泯，常识尚存，无不可见其妄。

（现当代）吴世昌《词林新话·词论》

愚以为文词之通者必有达诂。晦而难通，失在作之者；诂而不达，失在述之者。未闻不通之诗文转可以传于后世者也，更未闻不通之诗文可使人手之舞之、足之蹈之者也。

（现当代）傅庚生《中国文学欣赏举隅·精研与达诂》一

《春秋繁露·竹林》曰"诗无达诂"，《说苑·奉使》引《传》曰"诗无通故"；实兼涵两意，畅通一也，变通二也。诗之"义"不显露，故非到眼即晓、出指能拈；顾诗之义亦不游移，故非随人异解、逐事更端。诗"故"非一见便能豁露畅"通"，必索乎隐；复非各说均可迁就变"通"，必主于一。既通正解，余解杜绝。……盖谓"义"不显露而亦可游移，"诂"不"通""达"而亦无定准，如舍利珠之随人见色，如庐山之"横看成岭侧成峰"。皋文缵汉代"香草美人"之绪，而宋（宋翔凤）、周（周济）、谭（谭献）三氏实衍先秦"赋诗断章"之法。

（现当代）钱锺书《谈艺录·补订》

中编

孟杜等咏洞庭比较

杜甫与孟浩然两个大诗人面对洞庭湖，奉献出了杰作。先来看杜甫《登岳阳楼》：

昔闻洞庭水，今上岳阳楼。

吴楚东南坼，乾坤日夜浮。

亲朋无一字，老病有孤舟。

戎马关山北，凭轩涕泗流。

再来看孟浩然的《临洞庭湖赠张丞相》：

八月湖水平，涵虚混太清。

气蒸云梦泽，波撼岳阳城。

欲济无舟楫，端居耻圣明。

坐观垂钓者，徒有羡鱼情。

两首诗哪一首更好一点呢？这样的问题，按西方绝对的读者中心论来说，可能是个伪问题，但是，绝对的读者中心是空想的，读者不能不受到文本的制约，毕竟读者是可以分析的，如西方文论所说，有自发读者和自觉读者，有理想读者和非理想读者，有专业读者和非专业读者。对于文学教师来说，毋庸置疑的使命是，以毕生的精力争取从自发读者上升为自觉读者，从非专业读者转化为专业读者，从非理想读者变为理想读者。一句话，就是从外行读者提升为内行读者。要完成这样的转变，光凭强烈的愿望是不够的，一个切实可行的方法，就是批判地吸收古典诗话的成果，在历史积累的平台上，将解读提升到新的历史高度。

对于这两首诗，历代的诗话家们，从宋朝争论到今天长达近千年，似乎至今还没有达成共识。

争论集中在两点上。第一，二者孰为更优。要弄清楚这个问题，牵扯出第二个问题：

二诗之名句与全篇的关系。对于杜诗优于孟诗这一观点，争议比较少，最权威的说法出于胡应麟《诗薮》内编卷四："'气蒸云梦泽，波撼岳阳城'，浩然壮语也，杜'吴楚东南坼，乾坤日夜浮'气象过之。"这个论断得到广泛的认同，但是，对于杜诗为何优于孟诗，却众说纷纭。宋人吴沆《环溪诗话》卷上："常人作诗，但说得眼前，远不过数十里内；杜诗一句能说数百里，能说两军州，能说满天下。此其所为妙……'吴楚东南坼'，是一句说半天下。至如'乾坤日夜浮'，即是一句说满天下。"这样的理由是经不起推敲的，从数十里到数百里，从半天下到全天下的想象，并不是杜甫特有的胸襟。早在《文心雕龙·神思》中就有"视通万里"之说，说的还不是诗人，而是一般文章作者。笼统以视野空间之大来阐释"吴楚东南坼，乾坤日夜浮"的好处，显然不够到位。明陆时雍《唐诗镜》卷二十五就提出质疑："'吴楚东南坼，乾坤日夜浮。'自宋人推尊，至今六七百年矣，余直不解其趣。'吴楚东南坼'，此句原不得景，但虚形之耳。安见得洞庭在彼东南，吴、楚遂坼为两耶？且将何以咏江也？至'乾坤日夜浮'，更悬虚之极，以之咏海庶可耳。其意欲驾孟浩然而过之，譬之于射，仰天弯弓，高则高矣，而矢过的矣。"明叶秉敬《敬君诗话》提出："咏洞庭诗以老杜为最。然细玩浩然诗'气蒸云梦泽，波动岳阳城'，虽不如'吴楚东南坼，乾坤日夜浮'之大，而要之实得洞庭真景。若老杜诗无'吴楚东南坼'一句，则'乾坤日夜浮'疑于咏海矣！"这两个人的质疑看起来有点拘泥，诗中之语乃情语，语义与日常语、书面语不同，本非写实性质。冒春荣《葚原诗说》卷一中对于诗的想象说得很到位："以无为有，以虚为实，以假为真，灵心妙舌，每出人意想之外，此之谓灵趣。""吴楚东南坼"并不是说东南望去土地裂为二，而是可见二地之分界之远，提示视点之高，胸怀之广。至于说孟浩然的"气蒸"二句比之杜甫"吴楚"二句，好处在于"实得洞庭真景"，这个"真景"，就站不住脚，洞庭湖的波浪真的把岳阳城"撼"动起来，可能是一场灾难，根本就谈不上有什么诗意。说它把湖写得像海，境界太大了，这个议论有点呆气，在诗歌里，不是把湖写得有海的气象，就是把山写得像海（"苍山如海"），甚至把山写得飞起来（"两山排闼送青来"）都是好处，而不是坏处。其实，杜诗"乾坤日夜浮"的好处，并不在空间，而在时间，这一点沈德潜《唐诗别裁集》卷十说到了点子上："三四雄跨今古，五六写情黯淡，着此一联，方不板滞。○孟襄阳三四语实写洞庭，此只用空写，却移他处不得，本领更大。"关键在于，杜甫不仅仅是"目及"波撼岳阳，而是"神遇"，想象天地日日夜夜沉浮于洞庭湖波浪之中。在空间的阔大中融入了时间的流逝，这本是杜甫的拿手好戏。

无边落木萧萧下，不尽长江滚滚来。

无边落木是空间无限，不尽长江是时间无限。

锦江春色来天地，玉垒浮云变古今。

春色“来天地”，是空间的透视，“变古今”是时间无限。相比起来，孟浩然的“气蒸云梦”“波撼岳阳”只有空间的雄浑，无时间的无限，在这一点上，孟浩然的气魄就给比了下去。除了这两句的比较以外，诗话家们还将两首诗整体做了细致的比较。一般说，对于孟诗的不满集中在后面四句：

欲济无舟楫，端居耻圣明。

坐观垂钓者，徒有羡鱼情。

明许学夷《诗源辩体》卷十六：“浩然‘八月湖水平’一篇，前四句甚雄壮，后稍不称，且‘舟楫’‘圣明’以赋对比，亦不工。”

这后面四句，“不称”“不工”在什么地方呢？一般诗话家往往只下结论，不作说明。王夫之《姜斋诗话》卷上，则有比较细致的展开，王氏以之与杜甫的构思相比，曰：“‘亲朋无一字，老病有孤舟。’……尝试设身作杜陵，凭轩远望观，则心目中二语居然出现，此亦情中景也。孟浩然以‘舟楫’‘垂钓’钩锁合题，却自全无干涉。”意思是，杜甫从望湖的视野，突然转入自己命运的困顿，这一大转折有潜在联想的意脉相连续。而孟浩然的则前面雄浑的景观和后面四句毫不相干。清毛先舒《诗辩坻》卷三：“‘欲济无舟楫’二语，感怀已尽，更增结语，居然蛇足，无复深味。又上截过壮，下截不称。”持批判态度还有清查慎行《初白庵诗评》卷下：“孟作前半首由远说到近，后半首全无魄力，第六句尤不着题。”

二者的批评都是从结构着眼的。这实际上是意脉的中断，为什么会出现这样明显的缺陷呢？

诗话家们指出了两个方面的原因。诗体的情绪结构以统一和谐为务，同时追求丰富的变化。至大的境界，无以为继，必然继之以至微至小作对比，清魏际瑞《伯子论文》：“孟浩然‘气蒸云梦泽，波撼岳阳城’，杜工部‘吴楚东南坼，乾坤日夜浮’，力量气魄已无可加。而孟则继之曰‘欲济无舟楫，端居耻圣明’，杜则继之曰‘亲朋无一字，老病有孤舟’者，皆以索寞幽眇之情摄归至小。两公所作不谋而合，可见文章有法。”第二种说法，从诗体的功能来分析。清黄生《唐诗摘抄》卷一：“（孟诗）前叙望洞庭，后半赠张，名‘前后两截格’。……望人援手，不直露本意，但微以比兴出之，幽婉可法。”清纪晓岚《瀛奎律髓刊误》卷一：“前半望洞庭湖，后半赠张相公，只以望洞庭托意，不露干乞之痕。”这本来就是一首干谒的诗。前面的景观不管多么宏大，都要归结到委婉表述的目的上去。实用的目的性不管表述得多么委婉，总是要透露出来的，这样渺小的目的就注定了要与“波撼岳阳城”的审美超越发生矛盾。从功利价值为之辩护，是无力的，因为，这里比较的是诗的审美价值艺术水准。

当然，杜诗之胜于孟诗，不仅仅在于纯粹抒情，更在于其结构。表面上看，从宏大的景观到个体的悲叹，在结构上与孟诗极其相似。明谢肇淛《小草斋诗话》卷三外编：“襄阳接语‘欲济无舟楫，端居耻圣明’，已觉索寞不称；少陵接语‘亲朋无一字，老病有孤舟’，愈见衰飒。信哉，全璧之难也！”这是只看到杜甫与孟诗在结构上前后同样有反差，至于孟诗意脉断裂，而杜诗意脉密合，这一点要害却被忽略了。

浦起龙《读杜心解》卷三引黄生的话说：“写景如此阔大，自叙如此落寞，诗境阔狭顿异。”这本来可能引起结构不和谐，但是浦氏以为不但不矛盾，相反是相得益彰，水乳交融：“不阔则狭处不苦，能狭则阔境愈空。”但是，这种对立而统一的理由，也可以用到孟浩然诗中去。回过头来看黄生《杜诗说》卷五的原话，矛盾的转化，并不是无条件的，而是有条件的：“前半写景如此阔大，转落五六，身事如此落寞，诗境阔狭顿异。结语凑泊极难”，前半和后半部分愈是对立，统一的难度愈大。使得这个对立得以不着痕迹地转化为统一的是：“不图转出‘戎马关山北’五字，胸襟气象，一等相称，宜使后人搁笔也。”和杜甫相比，孟转入个人愿望之后，前四句开拓的宏伟境界就丢在一边了。而杜甫乾坤日夜之胸怀，又与戎马关山之远大，笔断脉连。有了这个密合的联想，意境就和谐了，表面上看，杜甫比之孟浩然的情绪更加个人化，反差更加强烈，感伤到流泪的程度，但意脉连续性则有更加丰富的层次，更加有序。仇兆鳌《杜诗详注》卷二十二：“（杜诗）上四写景，下四言情。‘昔闻’‘今上’，喜初登也。包吴楚而浸乾坤，此状楼前水势。下则只身漂泊之感，万里乡关之思，皆动于此矣。”这就理清了杜诗的情感脉络：从“昔闻”到“今上”之喜，再到景观宏大之壮，再到戎马关山之痛，引出亲朋无信之悲，情感层层推进，摇曳多姿。清佚名《杜诗言志》卷十二说得明白：“盖昔闻此水时，只在天末，未必今生果能目睹。乃不料乱离漂泊，一程一程，竟流落到此。是今日之上，又迥出于昔闻之意外也。以此身世俱远，不独亲朋不见，并一字俱无。而老病随身，别无长物，只此孤舟一具。是昔闻此景，今上而见此景；而昔闻之情，则不料有今日之上之情也。是此四字，写一时情景俱到。”这个说法把杜诗的意脉贯通说得比较精致。清延君寿《老生常谈》说得更为严密：“工部之《岳阳楼》第五句‘亲朋无一字’，与上文全不相连。然人于异乡登临，每有此种情怀。下接‘老病有孤舟’，倘无‘舟’字，则去题远矣。‘戎马关山北’，所以‘亲朋无一字’也。以此句醒隔句‘凭轩涕泗流’。亲朋音乖，戎马阻绝，所以‘涕泗流’。‘凭轩’者，楼之轩也。以工部之才为律诗，其细针密线有如此，他可类推。”意脉之统一，层次之丰富，用字之严密，孟浩然实在不可望其项背。

当然，孟浩然的诗也不能说没有意脉的暗连，如从湖水联系到舟楫，再到垂钓，但是，这只是字面上、形式上的联想过渡，而在内涵上，湖水的“含虚混太清，波撼岳阳城”，则与后面的干谒根本脱节。毕竟形式联想上的机制不能挽救内涵的裂痕。

陈一琴辑历代诗话

洞庭天下壮观，自昔骚人墨客斗丽搜奇者尤众，如“水涵天影阔，山拔地形高”[①]“四顾疑无地，中流忽有山。鸟飞应畏堕，帆远却如闲”[②]，皆见称于世；然未若孟浩然“气蒸云梦泽，波动岳阳城”[③]，则洞庭空旷无际、气象雄张如在目前。至读子美诗则又不然：“吴楚东南坼，乾坤日夜浮。”[④]不知少陵胸中吞几云梦也。

（宋）蔡绦《西清诗话》卷中

老杜诗凡一篇皆工拙相半，古人文章类如此。皆拙固无取，使其皆工，则峭急而无古气，如李贺之流是也。然后世学者，当先学其工者，精神气骨，皆在于此。如《望岳》诗云：“齐鲁青未了。”《洞庭》诗云：“吴楚东南坼，乾坤日夜浮。”语既高妙有力，而言东岳与洞庭之大，无过于此。后来文士极力道之，终有限量，益知其不可及。……《洞庭》诗先如此，故后云：“亲朋无一字，老病有孤舟。”使《洞庭》诗无前两句，而皆如后两句，语虽健，终不工。

（宋）范温《潜溪诗眼》

过岳阳楼观杜子美诗，不过四十字尔，气象闳放，涵蓄深远，殆与洞庭争雄，所谓富哉言乎者。太白、退之辈率为大篇，极其笔力，终不逮也。杜诗虽小而大，余诗虽大而小。

（宋）唐庚《唐子西文录》

老杜有《岳阳楼》诗，孟浩然亦有。浩然虽不及老杜，然“气蒸云梦泽，波撼岳阳城”亦自雄壮。

（宋）曾季狸《艇斋诗话》

（张）右丞云：“曾知杜诗妙处否？”环溪（吴沆）云：“杜诗千有四百余篇，某极力精选，得五百有十八首，是杜诗妙处。”右丞云：“不是如此，杜诗妙处人罕能知。……常人作诗，但说得眼前，远不过数十里内；杜诗一句能说数百里，能说两军州，能说满天

---

① 释可朋《赋洞庭》诗句。

② 许棠《过洞庭湖》诗颔颈二联。飞、应、堕，《全唐诗》作“高”“恒”“坠”。

③《望洞庭湖赠张丞相》诗：“八月湖水平，涵虚混太清。气蒸云梦泽，波撼岳阳城。欲济无舟楫，端居耻圣明。坐观垂钓者，徒有羡鱼情。”撼，一作“动”。

④《登岳阳楼》诗：“昔闻洞庭水，今上岳阳楼。吴楚东南坼，乾坤日夜浮。亲朋无一字，老病有孤舟。戎马关山北，凭轩涕泗流。”

下。此其所为妙。……”环溪又问：“如何是说眼前事，以至满天下事？”右丞云：“……如‘吴楚东南坼’，是一句说半天下。至如‘乾坤日夜浮’，即是一句说满天下。”

（宋）吴沆《环溪诗话》卷上

杜五言感时伤事，如“亲朋无一字，老病有孤舟”……八句之中，着此一联，安得不独步千古！若全集千四百篇，无此等句语为骨气，篇篇都做“圆荷浮小叶，细麦落轻花”[①]道了，则似近人诗矣！

（宋）刘克庄《后村诗话》前集卷一

（杜）《岳阳楼》云：“（引见上，略）”岳阳楼赋咏多矣，须推此篇独步，非孟浩然辈所及。

（宋）刘克庄《后村诗话》新集卷一

（孟诗）“蒸”“撼”偶然，不是下字而气概横绝，朴不可易。

（宋）刘辰翁《刘辰翁诗话》

（杜诗）气压百代，为五言雄浑之绝。

又刘辰翁评语，转引自高棅《唐诗品汇》卷六十二

予登岳阳楼，此诗（指孟诗）大书左序球门壁间，右书杜诗，后人自不敢复题也。刘长卿有句云：“叠浪浮元气，中流没太阳。”[②]世不甚传，他可知也。

（元）方回《瀛奎律髓》卷一

岳阳楼天下壮观，孟、杜二诗尽之矣。中两联，前言景，后言情，乃诗之一体也。

同上

（杜）公此诗，同时唯孟浩然临洞庭所赋，足以相敌。

（元）赵汸评语，转引自仇兆鳌《杜诗详注》卷二十二

浩然《洞庭诗》“气蒸云梦泽，波撼岳阳楼”，与工部“吴楚东南坼，乾坤日夜浮”气

---

① 杜甫《为农》诗句。

② 刘长卿《岳阳馆中望洞庭湖》诗：“万古巴丘戍，平湖此望长。问人何淼淼，愁暮更苍苍。叠浪浮元气，中流没太阳。孤舟有归客，早晚达潇湘。”

象各不同，而意各臻妙也。

（明）陈沂《陈沂诗话》

（五言律）盛唐，“昔闻洞庭水”第一。

（明）胡应麟《诗薮》内编卷四

“气蒸云梦泽，波撼岳阳城”，浩然壮语也，杜“吴楚东南坼，乾坤日夜浮”气象过之。

同上

老杜字法之化者，如“吴楚东南坼，乾坤日夜浮”“碧知湖外草，红见海东云”[①]，坼、浮、知、见四字，皆盛唐所无也。然读者但见其闳大而不觉其新奇。

同上卷五

孟之“八月湖水平，涵虚混太清”，高华奇峭。而接以“气蒸云梦泽，波撼岳阳城”，亦大自瑰玮，与题相称。五六则词意稍竭，收入己身：“欲济无舟楫”，承上说来；“端居耻圣明”，顺流递下。而接以“坐观垂钓者，徒有羡鱼情”，其细已甚。……杜之“昔闻洞庭水，今上岳阳楼”，流水对起，是敷衍法。三四“吴楚东南坼，乾坤日夜浮”，大哉言乎！可谓造物在手。“亲朋无一字，老病有孤舟”，亦收入己身，与襄阳五六同格。“戎马关山北，凭轩涕泗流”，强作壮语，只取一“北”字“轩”字，与题相关耳。向非轩，则安在其为楼；非关山北，则又安在其为登岳阳楼也。

（明）冒愈昌《诗学杂言》卷上

浩然“八月湖水平”一篇，前四句甚雄壮，后稍不称，且“舟楫”“圣明”以赋对比，亦不工。或以此为孟诗压卷，故表明之。

（明）许学夷《诗源辩体》卷十六

（杜）只“吴”“楚”二句，已尽大观，后来诗人，何处措手！后面四句只写情，才是自家诗，所谓诗本性情者也。

（明）王嗣奭《杜臆》卷十

杜甫《岳阳楼》诗，大都与浩然伯仲。杜起首句“昔闻洞庭水，今上岳阳楼”，孟云

---

① 杜甫《晴》诗句。

“八月湖水平，涵虚混太清”；杜首联（按：此处指颔联）“吴楚东南坼，乾坤日夜浮”，孟云“气蒸云梦泽，波撼岳阳城”，皆浑雄警策。至于杜次联（按：此处指颈联）“亲朋无一字”，孟云“端居耻圣明”，觉无谓，而结句各不称矣。

（明）徐𤊹《徐氏笔精》卷三

孟襄阳“气蒸云梦泽，波撼岳阳楼”，杜少陵“吴楚东南坼，乾坤日夜浮”，浑雄峻拔，足压千古矣！然襄阳接语“欲济无舟楫，端居耻圣明”，已觉索寞不称；少陵接语“亲朋无一字，老病有孤舟”，愈见衰飒。

信哉，全璧之难也！

（明）谢肇淛《小草斋诗话》卷三外编

（孟诗）此诗，人知其雄大，不知其温厚。

（明）钟惺、谭元春《唐诗归》卷十钟批语

（杜诗）寻不出佳处，只是一气。○（“亲朋”一联）洞庭诗，人只写其景之奇耳，不知登临时少此情思不得。

同上卷三十钟批语

“吴楚东南坼，乾坤日夜浮。”自宋人推尊，至今六七百年矣，余直不解其趣。“吴楚东南坼”，此句原不得景，但虚形之耳。安见得洞庭在彼东南，吴、楚遂坼为两耶？且将何以咏江也？至“乾坤日夜浮”，更悬虚之极，以之咏海庶可耳。其意欲驾孟浩然而过之，譬之于射，仰天弯弓，高则高矣，而矢过的矣。

（明）陆时雍《唐诗镜》卷二十五

（杜诗）此登楼览景伤沦落也。言洞庭之水昔尝闻之矣，今登岳阳之楼，始见其广。彼东南乃吴楚之分境，日夜之间视天地若浮，极天下之形胜也。今我临此，而亲朋无一字相问，老病唯孤舟为家，又况吐蕃内侵，戎马在北，故凭轩之际，伤已哀时，不觉涕泗之下也。

（明）唐汝询《唐诗解》卷三十四

咏洞庭诗以老杜为最。然细玩浩然诗“气蒸云梦泽，波动岳阳城”，虽不如“吴楚东南坼，乾坤日夜浮”之大，而要之实得洞庭真景。若老杜诗无“吴楚东南坼”一句，则“乾坤日夜浮”疑于咏海矣！

（明）叶秉敬《敬君诗话》

“今上岳阳楼”，而今乃得见此洞庭水矣，果属巨观。楚在南，吴在东，于此分坼，见水之广阔无际。乾坤，是天地。日夜，是无休歇。天地似都在水面上，故曰浮；见水之深大莫测也。以洞庭为前解。既登此楼，触着心事，为后解。亲朋间阻，无一字寄到，我又老又病，只有孤舟托迹，此皆为戎马所致。关山之北，金鼓震天，我之一身，拼得飘泊，独君国之事，为之奈何？我凭楼上之轩，不觉涕泗之横集耳。昔闻颇乐，今见何悲；昔正治平，今有戎马；昔尚少年，今成老病。治平可待，老病无及矣。悲夫！

（清）徐增《而庵说唐诗》卷十四

（孟诗）通篇出“临”字，无起炉造灶之烦，但见雄浑而兼潇洒。后四句似但言情，却是实做“临”字，此诗家之浅深虚实法。

（清）冯舒评语，转引自纪昀《瀛奎律髓刊误》卷一

（杜诗）因登楼而望洞庭，乃云“昔闻洞庭水，今上岳阳楼”，是倒入法。三、四“吴楚”“乾坤”，则目之所见，心之所思，已不在岳阳矣，故直接“亲朋”“老病”云云。落句五字总收上七句，笔力千钧。

同上

“吴楚东南坼，乾坤日夜浮。”乍读之若雄豪，然而适与“亲朋无一字，老病有孤舟”相为融浃。

（清）王夫之《姜斋诗话》卷上

“亲朋无一字，老病有孤舟。”自然是登岳阳楼诗。尝试设身作杜陵，凭轩远望观，则心目中二语居然出现，此亦情中景也。孟浩然以“舟楫”“垂钓”钩锁合题，却自全无干涉。

近体中二联，一情一景，一法也。……夫景以情合，情以景生，初不相离，唯意所适。截分两橛，则情不足兴，而景非其景。……陋人标陋格，乃谓“吴楚东南坼”四句，上景下情，为律诗宪典，不顾杜陵九原大笑。愚不可瘳，亦孰与疗之？

同上卷下

（孟诗）颔联较工部“吴楚东南”一联为近情理。凡咏高山大川，只可如此，若一往作汗漫崚嶒语，则为境所凌夺，目眩生花矣。……襄阳律，其可取者在一致，而气局拘迫，十九沦于酸馅，又往往于情景分界处为格法所束，安排无生趣……此作力自振拔，乃貌为高而格亦未免卑下。

又《唐诗评选》卷三

（杜诗）起二句得未曾有，虽近情而不俗；“亲朋”一联情中有景；“戎马关山北”五字卓炼。此诗之佳亦止此。必推高之以为大家，为元气，为雄浑壮健，皆不知诗者以耳食不以舌食之论。

同上

孟浩然“气蒸云梦泽，波撼岳阳城”，杜工部“吴楚东南坼，乾坤日夜浮”，力量气魄已无可加。而孟则继之曰“欲济无舟楫，端居耻圣明”，杜则继之曰“亲朋无一字，老病有孤舟”者，皆以索寞幽眇之情摄归至小。两公所作不谋而合，可见文章有法。若更求博大高深者以称之，必无可称，而力竭反蹶，无完诗矣。咏物专事刻画，即事极力铺叙，是皆不可以语诗也！

（清）魏际瑞《伯子论文》

（按：此则文字，又见清梁章钜《浪迹丛谈》卷十引徐时作语。但魏际瑞本明诸生，入清后客浙抚幕，徐则清雍正进士，后知县、州，二人生活时代相距颇远。）

襄阳《洞庭》之篇，皆称绝唱，至欲取压唐律卷。余谓起句平平，三、四雄，而“蒸”“撼”语势太矜，句无余力；“欲济无舟楫”二语，感怀已尽，更增结语，居然蛇足，无复深味。又上截过壮，下截不称。世目同赏，予不敢谓之然也。

（清）毛先舒《诗辩坻》卷三

（孟诗）前叙望洞庭，后半赠张，名“前后两截格”。……望人援手，不直露本意，但微以比兴出之，幽婉可法。

（清）黄生《唐诗摘抄》卷一

（杜诗）前后两截。前写登楼之景，后述登楼之怀。……题是《登岳阳楼》，诗中便要见出登楼之人是何身分，对此景、作此诗是何胸次，如此诗，方与洞庭、岳阳气势相敌。

后人不达此旨，游历所至，胡题乱写，真苍蝇之声耳。

同上

（杜诗）吴在东，楚在南，而洞庭坼其间，觉乾坤日夜浮于水上，其为宇内大观，信不虚矣。……前半写景如此阔大，转落五六，身事如此落寞，诗境阔狭顿异。结语凑泊极难，不图转出“戎马关山北”五字，胸襟气象，一等相称，宜使后人搁笔也。写大景妙在移不动，然徒能写景，而不能见作者身分，譬如一幅大山水，不画人物，终难入格。

又《杜诗说》卷五

（杜诗）言吴楚跨荆扬二州，属东南半壁，其方数千余里。今当此湖望之，直似分坼此湖之半。乾坤本载此湖，而今逼近此湖，但见此湖，不见乾坤，反似乾坤转浮于此湖之上！如此写洞庭，空灵浩渺，不可名状。不比他家，如孟浩然但解作“气蒸”“波撼”，为描头画角生活也。然“昔闻”“今上”四字，固善写景，又有深情。盖昔闻此水时，只在天末，未必今生果能目睹。乃不料乱离漂泊，一程一程，竟流落到此。是今日之上，又迥出于昔闻之意外也。以此身世俱远，不独亲朋不见，并一字俱无。而老病随身，别无长物，只此孤舟一具。是昔闻此景，今上而见此景；而昔闻之情，则不料有今日之上之情也。是此四字，写一时情景俱到。

（清）佚名《杜诗言志》卷十二

（杜诗）上四写景，下四言情。“昔闻”“今上”，喜初登也。包吴楚而浸乾坤，此状楼前水势。下则只身漂泊之感，万里乡关之思，皆动于此矣。

（清）仇兆鳌《杜诗详注》卷二十二

（杜诗）元气浑沦，不可凑泊，高立云霄，纵怀身世。写洞庭只两句，雄跨今古。下只写情，方不似后人泛咏洞庭诗也。

（清）王士禛评语，转引自杨伦《杜诗镜铨》卷十九

孟作前半首由远说到近，后半首全无魄力，第六句尤不着题。（方回记二诗书门壁间云云）二篇并列，优劣已见，无论后人矣。

（清）查慎行《初白庵诗评》卷下

杜作前半首由近说到远，阔大沉雄，千古绝唱，孟作亦在下风。

同上

《登岳阳楼》："吴楚东南坼，乾坤日夜浮。"十字写尽湖势，气象甚大。一转入自己心事，力与之敌。

（清）张谦宜《茧斋诗谈》卷四

戴戟夏先生尝使予辨少陵、襄阳二诗高下，猝不能对。先生曰："只念着便知，孟自是分两轻。"退而思之，杜诗用力匀，故通身重；孟力尽于前四句，后面趁不起，故一边轻耳。○即当句论，"吴楚东南坼，乾坤日夜浮"，包罗亦大。

同上卷五

（杜诗）定远（清冯班字）云，破题笔力千钧。岳阳楼因洞庭湖而有，先点洞庭，后破"登"字，迎刃之势，自公安至湖南诗此为至矣。洞庭天下壮观，此楼诚不可负，故有前四句；然我何缘至此哉？故后四句又不禁仲宣（汉末王粲字）之感也。诗至此，乃面面到矣。上下各四句，直似不相照顾，仍复浑成一气，非公笔力天纵，鲜不顾此失彼。第五含下"北"字，第六顾上"东南"。

（清）何焯《义门读书记·杜工部集》卷五十六

（杜诗）三四雄跨今古，五六写情黯淡，着此一联，方不板滞。○孟襄阳三四语实写洞庭，此只用空写，却移他处不得，本领更大。

（清）沈德潜《唐诗别裁集》卷十

（按：沈德潜《杜诗偶评》卷三总评，与此则上半相同。又云："比襄阳诗更高一筹。"）

黄生云："写景如此阔大，自叙如此落寞，诗境阔狭顿异。……"愚按：不阔则狭处不苦，能狭则阔境愈空。然玩三、四，亦已暗逗辽远漂流之象。○赵汸曰："公此诗，同时唯孟浩然足以相敌。……"愚按：孟诗结语似逊。

（清）浦起龙《读杜心解》卷三

昔人评子美《岳阳楼诗》，谓若无"吴楚东南坼"句，则"乾坤日夜浮"几疑咏海矣，不若襄阳"气蒸云梦泽，波撼岳阳城"为切当不泛。然子美直是气象大、力量雄，非孟诗可及也。

（清）郭兆麒《梅崖诗话》

（杜诗）起联逊孟，而结为胜，中则两家工力悉敌，难分瑜、亮，宜其并霸千秋也。

（清）边连宝《杜律启蒙》五言卷九

此襄阳求荐之作。原题下有“献张相公”四字，后四句方有着落，去之非是。作《岳阳楼》，更非是。○前半望洞庭湖，后半赠张相公，只以望洞庭托意，不露干乞之痕。○“叠浪”二句似海诗，不似洞庭。工部“乾坤日夜浮”句亦似海诗，赖“吴楚”句清出洞庭耳，此工部律细于随州（刘长卿，官终随州刺史）处。

（清）纪昀《瀛奎律髓刊误》卷一

（冯舒）所论似是而非。首四句若不临湖，如何看出？何待另出“临”字？后四句求荐，正是言情，如何云实做“临”字？

同上

（杜诗）次联是登楼所见，写得开阔；颈联是登楼所感，写得黯淡。正于开阔处见得俯仰一身，凄然欲绝。

（清）俞犀月评语，转引自《杜诗镜铨》卷十九

《岳阳楼》之“吴楚东南坼，乾坤日夜浮”，古今无不推为绝唱。然春秋时洞庭左右皆楚地，无吴地也；若以孙吴与蜀分湘水为界，则当云“吴蜀东南坼”；且以天下地势而论，洞庭尚在西南，亦难指为东南。少陵从蜀东下，但觉其在东南故耳。

（清）赵翼《瓯北诗话》卷二

岳阳楼望洞庭湖诗，少陵一篇尚矣。次则刘长卿“叠浪浮元气，中流没太阳”。余以为在孟襄阳“气蒸云梦泽，波撼岳阳城”二语之上。通首亦较孟诗遒劲。

（清）洪亮吉《北江诗话》卷五

少陵《登岳阳楼》三、四句云：“吴楚东南坼，乾坤日夜浮。”写景阔大，雄跨古今。五、六句，若再求阔大者以称之，必不可得，遂摄归切近易景言情云：“亲朋无一字，老病有孤舟。”笔端变化，转见格力之老，又是一法。孟襄阳《临洞庭》三、四句云“气蒸云梦

泽，波撼岳阳城”，五、六句接以“欲济无舟楫，端居耻圣明”，亦是此法。

（清）李锳《诗法易简录》卷九

工部之《岳阳楼》第五句“亲朋无一字”，与上文全不相连。然人于异乡登临，每有此种情怀。下接“老病有孤舟”，倘无“舟”字，则去题远矣。“戎马关山北”，所以“亲朋无一字”也。以此句醒隔句“凭轩涕泗流”。亲朋音乖，戎马阻绝，所以“涕泗流”。“凭轩”者，楼之轩也。以工部之才为律诗，其细针密线有如此，他可类推。

（清）延君寿《老生常谈》

诗有万口传诵，自今观之不满人意者。如襄阳之“气蒸云梦泽，波撼岳阳城”，后人以配子美。然实意尽句中，境象亦复狭小。

（清）陈世镕《求志居唐诗选·琐说》卷首

情当然比学重要得多。说一个人的诗缺少情的深度和厚度，等于说他的诗的质不够高。孟浩然诗中质高的有些，数量总是太少。“气蒸云梦泽，波撼岳阳楼”式的和“微云淡河汉，疏雨滴梧桐”式的句子，在集中几乎都找不出第二个例子。论前者，质和量当然都不如杜甫，论后者，至少在量上不如王维。甚至“不才明主弃，多病故人疏”，质量都不如刘长卿和十才子。

（现当代）闻一多《唐诗杂论·孟浩然》

上下联各有侧重的，像杜甫《登岳阳楼》，上联指出洞庭湖的浩渺无边，好像吴楚的东南部裂开了，天地在其中浮着，是写景。下联说亲朋没有一个字的来信，自己老病只在孤舟中漂泊，是抒情。蘅塘退士（孙洙）在《唐诗三百首》里批道：“亲朋句承吴楚句，老病句承乾坤句。”当时杜甫从四川东下，在岳阳楼上想念吴楚的亲友，所以吴楚跟亲友就这样连接起来了。他坐船东下，在水上漂泊，所以看到“乾坤日夜浮”，就同自己的老病孤舟联系起来了。景同情还是结合的。诗里所抒写的情虽是孤苦，但描写的景物是壮阔的，从壮阔的景物中见得杜甫处境虽孤苦，但意气并不消沉。

（现当代）周振甫《诗词例话·情景相生》

见青山白水有何“闷”

杜甫《闷》：

瘴疠浮三蜀，风云暗百蛮。

卷帘唯白水，隐几亦青山。

猿捷长难见，鸥轻故不还。

无钱从滞客，有镜巧催颜。

蔡绦（蔡京之子）《西清诗话》对杜甫的“卷帘唯白水，隐几亦青山”觉得难解：“若使余居此……则以乐死，岂复更有闷耶？”诗中意象是主客观的化合，没有完全客观的山水，一切景观的性质均由主体情感为之定性。这方面的论述在中国古典诗话词话中有相当深厚的积累。先是吴乔等提出“诗酒文饭”之说，生活变成诗，就像米酿成了酒，形质俱变。后来王国维总结了17世纪中国诗话词的诸多成就，得出“一切景语皆情语”。

其实，早在北宋，这一点本来是为诗之常识，蔡绦居然不理解。可能与他的地位有关。他是蔡京的儿子，在北宋宣和六年（1124）前后，蔡京独揽朝政，年高不胜于事，奏判悉委之。不久就被勒令停止。他的议论可能就发在他这个最得意的时期。张邦基《墨庄漫录》卷二说：“人方忧愁无聊，虽清歌妙舞满前，无适而非闷。”联系到杜甫的生平，就更好理解了。“子美居西川，一饭未尝忘君，其忧在王室。而又生理不具，与死为邻，其闷甚矣。故对青山青山闷，对白水白水闷，平时可爱乐之物，皆寓之为闷也。”张氏认为蔡绦“处富贵”不能理解杜甫，等到日后“窜斥，经历崎岖险阻，必悟此诗之为工也”。

这个问题从公元12世纪到18世纪，几乎没有什么争议。只是后来者对杜甫此诗有比较细致的分析。六百年间，分析得最为到位的是黄生《杜诗说》卷十二，引吴东岩之说：通章之主题乃“滞客感慨”。“次联‘白水’‘青山’，本可遣闷，而在‘瘴疠’‘风云’之地，山水亦殊可憎，此隐承一二也。‘卷帘’‘隐几’，滞客无聊之事，则已暗伏七八矣。五六故作开笔，曰‘捷’曰“轻”，反形‘滞’字，是欲遣闷而闷无可遣。七八紧接‘滞客'字，通章之意俱醒。"黄生的高明处乃在于不仅把古典诗话的微观分析的工夫用在词句上，而且用在词句之间的结构上，或者用我的话来说就是诗歌的"意脉"上。他着眼的是几个关联节点，特别强调其间的隐性的、潜在的关联，"白水""青山""隐承"首联客居百蛮瘴疠，而"卷帘""隐几"又"暗伏"了最后一联的"有镜巧催颜"的郁闷。这种结构关联的分析，在古典诗话词话中比之字句的推敲，更值得重视。因为字句推敲，包括贾岛"推敲"典故本身，从方法论上来说，其弊端在于孤立字眼，对整体缺乏起码的分析，可谓只见树木不见森林。

陈一琴辑历代诗话

人之好恶，固有不同。子美在蜀，作《闷》诗云："卷帘唯白水，隐几亦青山。"[①]若使余居此，应从王逸少（晋王羲之字）语："吾当则以乐死，岂复更有闷耶？"

（宋）蔡絛《西清诗话》卷上

蔡絛约之《西清诗话》云："（引文同上，略）"予以谓此时约之（蔡絛字）未契此语耳。人方忧愁无聊，虽清歌妙舞满前，无适而非闷。子美居西川，一饭未尝忘君，其忧在王室。而又生理不具，与死为邻，其闷甚矣。故对青山青山闷，对白水白水闷，平时可爱乐之物，皆寓之为闷也。约之处富贵，所欠二物耳。其后窜斥，经历崎岖险阻，必悟此诗之为工也。

（宋）张邦基《墨庄漫录》卷二

天下无定境，亦无定见。喜怒哀乐，爱恶取舍，山河大地，皆从此心生。……天下事如是多矣。杜子美曰："感时花溅泪，恨别鸟惊心。"至于《闷》诗则曰："出门唯白水，隐几亦青山。"山水花鸟，此平时可喜之物，而子美于怅闷中，唯恐见之。盖此心未净，则平时可喜者，适足与诗人才子作愁具尔！是则果有定见乎？

（宋）陈善《扪虱新话》上集

杜少陵作《闷》诗云："卷帘唯白水，隐几亦青山。"或曰："（引蔡语，大同小异，略）"予以为不然。人心忧郁，则所触而皆闷，其心和平，则何适而非快。青山白水，本是乐处；苟其中不快，则惨澹苍莽，适足以增闷耳！少陵又有诗云："感时花溅泪，恨别鸟惊

① 杜诗："瘴疠浮三蜀，风云暗百蛮。卷帘唯白水，隐几亦青山。猿捷长难见，鸥轻故不还。无钱从滞客，有镜巧催颜。"唯，一作"惟"。

心。”花、鸟本是平时可喜之物，而抑郁如此者，亦以触目有感，所遇之时异耳。

（宋）费衮《梁溪漫志》卷七

《西清诗话》曰：“（引文同上，略）”仆谓《西清诗话》此言，是未识老杜之趣耳。平时见青山白水，固自可乐，然当愁闷无聊之时，青山白水但见其愁，不见其乐，岂可以常理观哉！老杜在蜀，栖栖依人，无聊之甚，安得不以青山白水为闷邪？曾子固谓以余之穷，足以知人之穷。仆因知子美之言，为不妄也。

（宋）王楙《野客丛书》卷九

黄太史云：“杜少陵《闷诗》‘卷帘唯白水，隐几亦青山’，使余得此，当如王逸少语‘正须卒以乐死。宁更闷耶？’”余谓：“少陵少壮时‘浮云连海岱，平野入青徐’[①]，则踌躇临眺；‘碧山晴又湿，白水雨偏多’[②]，则歌醉欢娱。大历间，往来东屯、白帝，贫病甚矣，所谓‘为客无时了，悲秋向夕终’[③]，‘瘴疠浮三蜀，风云暗百蛮’，见青山白水，安得而不闷也？读太史立朝时纪咏景物，与黔戎间诗意不同，亦各状其时耳。东坡早年经过欢喜铺，至老不忘，迁谪中遇皇恐滩，其辞可见。孟子言‘鼓乐田猎，或欣然有喜，或疾首蹙额’，正是如此。”

（宋）曹彦约《曹彦约诗话》

白水青山，人情所适，然日日在前，反厌之矣。猿之捷，鸥之轻，便有何趣？而滞客羡之，偏难见而不还，总是闷怀所使。然客既无钱，不得不从其滞；乃镜中之颜，日老一日，何其巧于催人也。总为无钱而闷，而形容闷怀，沉着有致。

（明）王嗣奭《杜臆》卷八

蔡绦看出忧中有乐，张邦基说得乐中有忧，总之作诗者与看诗者，随其兴会，即各具一造物，不妨异辙而同途也。张云经历崎岖，必悟其工，此非善于论蔡，乃善于论杜。按李伯纯之序亦云，盖其开元、天宝太平全盛之时，迄于至德、大历干戈乱离之际，凡四千四百余篇，其忠义、气节、羁旅、艰难、悲愤、无聊，一寓于诗。平时读之，未见其工，迨亲更兵火丧乱之后，诵其诗如出乎其时，犁然有当于人心，然后知其语之妙也。按唐僧栖白诗：“卷帘当白昼，移坐向青山。”[④]元范德机（范梈字）诗：“青山入坐席，白水抱

① 杜甫《登兖州城楼》诗句。

② 又《白水明府舅宅喜雨》诗句。

③ 又《大历二年九月三十日》诗句。

④ 佚诗《闲诗》断句，载姚宽《西溪丛语》。《全唐诗》载释修睦《秋日闲居》诗，亦有“卷帘当白昼，移榻对青山”之句。

门流。”[1] 其语意皆出于杜，却皆说向乐边。

（清）吴景旭《历代诗话》卷三十八

子美《闷》诗曰：“卷帘唯白水，隐几亦青山。”联中无闷，闷在篇中。读其通篇，觉此二句亦闷。宋、明则通篇说闷矣。

（清）吴乔《围炉诗话》卷四

吴东岩曰：“通章为滞客感慨而作。首联闷在‘风’上，而以‘三蜀’‘百蛮’纪地，便为‘滞客’二字安脚。次联‘白水’‘青山’，本可遣闷，而在‘瘴疠’‘风云’之地，山水亦殊可憎，此隐承一二也。‘卷帘’‘隐几’，滞客无聊之事，则已暗伏七八矣。五六故作开笔，曰‘捷’曰‘轻’，反形‘滞’字，是欲遣闷而闷无可遣。七八紧接‘滞客’字，通章之意俱醒。”

（清）黄生《杜诗说》卷十二

此诗为滞客无聊而作。白水青山，本堪适兴，因处蛮瘴之地，故对此只足增闷耳。山猿水鸥，何以成闷，见其轻捷自如，遂伤客身之留滞也。三四承上，五六起下，末方结出致闷之由。无钱叹贫，催颜嗟老。

（清）仇兆鳌《杜诗详注》卷二十

亦为淹久于夔而闷也。先着“瘴”“蛮”两句，则“白水”“青山”亦是限隔行人之穽矣。是以见“猿”“鸥”之“轻”“捷”，而伤己之“滞”且老也。下语偏潇洒。

（清）浦起龙《读杜心解》卷三之六

白水青山，可以释闷者。然因久客之故，反觉其可闷耳。“惟”“亦”字，皆厌词。猿之捷，可以释闷也，然又以捷而难见；鸥之轻，可以释闷也，然又以轻而不还。首联，是可闷而闷。次联，是可以释闷者而亦闷也。次联，是可以释闷者，因见惯而生闷。三联，则可以释闷者，又以不见而生闷也。总之无往非闷而已。“无钱从滞客”，贫而作客也。“有镜巧催颜”，老也。两句三事，此则所以致闷之由也。

（清）边连宝《杜律启蒙》五言卷六

① 未详。

咏雪：形神与情怀

中国古典诗论作为诗学理论，最大的特点，就是其创作论指向。它不满足于一般的阐释和评价，很看重操作，往往很着意于字句、语句的“推敲”。“推敲”作为方法的特点，就是比较，不是笼统的比较，而是便于操作的同类相比。同类相比的优越性就在于具有现成的可比性（异类相比虽然更自由，但是，没有直接的可比性，需要更高的抽象能力）。

“推敲”典故的起源就是同一诗句、语境中的比较。古典诗话中关于咏雪的比较相当集中，这样的资源有利于理论上的深化。得到广泛称道的是陶渊明的“倾耳无希声，在目皓已洁”，谢灵运的“明月照积雪”。历千年而异口同赞的还有杜甫的“乱云低薄暮，急雪舞回风”。而韩愈的咏雪诗“随车翻缟带，逐马散银杯”争议就比较大。

古典诗话的往往只有结论而无系统的分析和论证，就是同样得到赞赏的诗，往往只以感性语言下结论，很少做具体分析。罗大经《鹤林玉露》丙编卷五把陶渊明这两句推崇到极端：“只十字，而雪之轻虚洁白，尽在是矣，后来者莫能加也。”陈祚明《采菽堂古诗选》卷十三也说陶渊明的诗“写风雪得神，而高旷之怀，超脱如睹”。二者同样是称赞的，但是，出发点并不相同。后者说好在表现了作者的“高旷之怀”，而前者则是强调描述了“雪之轻虚洁白”：一个突出的是主体情怀，一个强调的是客体的特征。无争议的尚且如此，有争论的则更是各讲各的，有时还用感情色彩很重的语言来骂人。这种“不讲理”的倾向，比比皆是。释皎然《中序》说“明月照积雪”好在“旨置句中”，而胡应麟《诗薮》外编卷二却说它“风神颇乏，音调未谐”。韩愈的“随车翻缟带，逐马散银杯”评价几乎两个极端。金末元初王若虚《滹南诗话》卷上说“世皆以为工”。欧阳修认为“不工”。叶梦得《石林诗话》卷下则说，韩愈力求“陈言之务去”，“冥搜奇谲”，刻意出新，但是“缟带”“银杯”之句仍然失败。清王士禛《渔洋诗话》甚至认为“银杯、缟带”这样的诗句，几乎是“笑柄”。

王士禛还称赞王维的“隔牖风惊竹，开门雪满山”，韦应物“怪来诗思清入骨，门对寒流雪满山”。但是批评若柳宗元的杰作“千山飞鸟绝”“不免俗”。叶梦得《石林诗话》卷下批评郑谷“乱飘僧舍茶烟湿，密洒歌楼酒力微”“气格如此其卑”，但是，又表扬苏东坡的“冻合玉楼寒起粟，光摇银海眩生花”为“超然飞动”。

对咏雪诗句，评价如此之纷纭，有个标准问题，弄清隐含在其中的标准，对于古典诗歌的阅读有重大的理论意义。

为什么韩愈的“随车翻缟带，逐马散银杯”、郑谷的“乱飘僧舍茶烟湿，密洒歌楼酒力微”遭到这么多的非议呢？

按叶梦得《石林诗话》卷下的说法是拘泥于“体物”，一味追求对雪的描述，或者说追求形似。这是有道理的。韩愈这首赠张藉的咏雪诗，长达八十句，几乎全是对雪的外在形态的描绘。把才智全放在语言的出新上，体物象形，搜奇觅怪，丽采竞繁，曲尽其妙，比喻和细节多达百余，但是，几乎是平面的展开，却无意脉相贯通，没有纵深层次，没有情感的起伏和深化，细节和比喻越多，读者想象的负担越是沉重。叶梦得举欧阳修与客赋雪，禁止体物，“皆阁笔不能下”。也就是说，离开了体物的套路，诗人们就像西方文论所说的“失语”（aphasia）了。在王夫之那里，一味追求形似咏物，“极缕绘之工”，是属于“卑格”。

从理论上来说，诗歌中的细节，其性质不仅仅是客体的反映，而且是主体的表现。诗中的物象、景语，皆是情语，是主体与客体的统一，因而，严格说来，不叫作细节，而叫作“意象”，意象和细节不同在于，意象是主体情感的某一特征对客体某一特征的选择和同化，主体与客观的矛盾并不是绝对平衡的，而是主体情感特征占主导的。韩愈之失就是几乎所有的细节中，主体情感均为缺席。不必说“随车翻缟带，逐马散银杯”仅仅描述了雪花随车逐马的外在形态，就是受到一些诗话家肯定的“坳中初盖底，垤处遂成堆”也只是说明雪在坳处，覆盖其底，隆起处造成雪堆。如此等等的反复堆砌，情怀遭到窒息是必然的。[①]

在客体特征中表现主体情感，这是意象构成中的普遍规律。但在不同诗体、不同诗风中又有不同表现。王维的“隔牖风惊竹，开门雪满山”之所以得到称赞，原因就在于，不仅描绘了雪的外部形态，而且隐含着诗人的心情。清初张谦宜《茧斋诗谈》卷五说：“‘隔牖风惊竹，开门雪满山’得蓦见之神。”“蓦见之神”很深刻。这不是一般的雪，而是一种突然发现的雪，这不是一般的心情，而是一开门意外发现雪已经满山了的惊异。这种瞬时

① 这也可以说明，诗歌不仅仅是语言的问题，还涉及主体情怀和客体的关系，以及涉及文学形式，如诗歌的特殊想象问题。当代西方文论所谓“语言学转化”，把语言当作唯一的要素，把文学创作改称为文学书写，至少是经不起中国文学史的检验的。

的触动，刹那的动情，稍纵即逝的情绪，显然是近体唐诗的风格。和王维自己的“竹喧归浣女，莲动下渔舟”，是同样的发现式感受。这在唐诗绝句是特别常见的。如：“葡萄美酒夜光杯，欲饮琵琶马上催。醉卧沙场君莫笑，古来征战几人回？”其妙处就在欲饮未饮之际的刹那间的情绪转换，从紧迫的催逼到瞬时的放松，从严肃的军令到浪漫的违背，从现实的理性到对死亡的无畏，多重的情绪转换集中在一念之间。这在汉魏古诗中是很罕见的。此类情怀的特点是表现诗人的激情，内心的活跃、敏感、微妙。

当然并不是所有唐代诗人都执着于同样的表现。

杜甫的“乱云低薄暮，急雪舞回风”属于另外一种风格。这种风格的特点，是诗人情感的持续性和积累性。方回《瀛奎律髓》卷二十一评杜甫《对雪》说：“他人对雪，必豪饮低唱，极其乐。唯老杜不然，每极天下之忧。”王嗣奭《杜臆》卷二说他“写雪景甚肖，而自愁肠出之，便觉凄然”。这种“愁”就不是瞬时的发现的，而是长期的郁积。前面有“战哭多新鬼，愁吟独老翁”，后面有“数州消息断，愁坐正书空”。心情是沉郁的又是无奈的，所以才选择了“薄暮”的云，并且赋予其“乱”和“低”的性质。“急雪舞回风”，既是雪在急风中飞旋，也是杜甫心情的纷扰，无可解脱。这种感怀和王维的突然发现显然是不一样的。从风格上来说，因为薄暮之暗，云层之低，因而是沉郁的；由于飞雪之乱，回风之扰，因而是不可逃避的。意象的阴沉和纷乱，都以情感的持续和沉郁为特点。而这一切又是“数州消息断”，不是一时能够改变的严峻形势造成的结果。

杜甫的诗句好就好在情感与景观水乳般的深层交融，不着痕迹，合二而一，不可分解。

当然，也有与之不同的，不是水乳交融，合二而一，而是一分为二的。如尤袤《雪》：“睡觉不知雪，但惊窗户明。飞花厚一尺，和月照三更。草木浅深白，邱塍高下平。饥民莫咨怨，第一念边兵。”方回对之给予很高的评价：“见雪而念民之饥，常事也。今不止民饥，又有边兵可念。……然则凡赋咏者，又岂但描写物色而已乎？”尤袤之作虽然不是仅仅“描写物色而已”，但是没有把景观和情怀结合起来，使之水乳交融，而是将之一分为二，直至最后两句，才把情感直接道白。从艺术上来说，把体物与抒怀一分为二，与其说是以诗情取胜，不如说是以最后的思想的警策取胜。很显然，前面对雪的描述“睡觉不知雪，但惊窗户明”写白雪的反光效果；“飞花厚一尺”，这与其说是诗的意象，不如说是散文的“白描”；“和月照三更”，重复了雪花的光照的效果……所有细节，都沦落为散文式的“白描”，并没有带上阴沉之感，其最后的“意”（念饥民、边兵之苦）的性质和此前的“象”（光亮、洁白）是不统一的。要达到诗歌的意和象的和谐，起码要达到二者的统一。这比之郑谷被批为“气格如此其卑”的“乱飘僧舍茶烟湿，密洒歌楼酒力微”，不知要“卑”到什么程度。这种以意和象分离以“卒章显其志”为特点，是白居易总结出来的，在《新乐府》

和《秦中吟》中正是因为用得太多，大大影响了其艺术质量。

相比起来，水乳交融的意象往往就深厚得多。谢灵运的“明月照积雪”，毫无争议地受到历代诗话家的推崇。从表面上看来，这几乎是大白话的散文，连细节都没有。但是，其中却蕴含着深厚的感怀。“明月照白雪”是高度提纯化了的。欣赏这样的诗句不能光看写了什么，而且要看它省略了什么。正如欣赏酒的酿造，要看其排除了什么样的糟粕。明月所照本可普及于屋宇、田野、山川、草木。然而，第一，这一切都为诗人所省略，代之以白雪；第二，将其所见皆毫无例外地覆盖以白雪。明月透明之光与雪之色白，遂为一体。如仅仅写到这里，只是纯净的宇宙而已。接下去的“朔风劲且哀”，则将这个纯净的宇宙定性为“哀”，而且有朔风劲吹其间，长驱直入，是充满整个宇宙的悲凉。前面有“殷忧不能寐，苦此夜难颓”。说明，诗人的悲凉和失眠联系在一起，长夜漫漫，盼不来天明。深感时间过得太慢，悲凉和夜色一样难以消失。最后两句“运往无淹物，年逝觉易催”又反过来，时间不断流逝，不会停留，年华消逝，又觉得岁月催人。这就是说，又嫌时间过得太快。不管太慢还是太快，都是沉郁的。这种情绪不是一时的，而是长时间积累的。诗人并不是在激动时瞬间顿悟的，而是在平静中默默体悟的。这种体悟的微妙程度、接近于零的速度、因景而增的强度都没有说出来，全渗透在明月白雪、朔风劲吹的景观之中。

这种情怀与景观达到高度的和谐统一，就是中国诗歌的最高境界：意境。

罗大经《鹤林玉露》丙编卷五赞美陶渊明《癸卯岁十二月中作与从弟敬远》中的诗句“倾耳无希声，在目皓已洁”：“只十字，而雪之轻虚洁白，尽在是矣，后来者莫能加也。”虽然给了最高的评价，但是并不到位。“倾耳无希声，”其好处固然在写出了雪落时的特征，下了一天的雪（“翳翳经日雪”），而且是在冬暮，刮着凄凄的风，从景观来看，色调应该是很暗淡的，但是这种暗淡不仅仅是景观的，而且是心情的。意境的特征，也就是感受这种特征的心境，那就是无声的。冬暮的风是无声的，雪落也是无声的，诗人的心情也是无声的，哪怕“倾耳”，辨听也是无声的。这无声却不是一般的没有声音，而是“无希声”，这是老子所说的那个“大音希声”吗？应该是的。这种无声正是“大音”，正如老子所说的“大美无言”。除了陶渊明，谁会有这样的无声之美的情怀。这种情怀和王维那种情绪的瞬间转换，虽然都是意境，却有性质上的区别。这是一种宁静致远的意境。在这种孤寂的、与世隔绝的、没有知己的（“寝迹衡门下，邈与世相绝。顾盼莫谁知，荆扉昼常闭”）境界中没有欢乐（“了无一可悦”），但是，倾听那无声的雪，感受那凄凄的风，甚至雪落到睫毛上，也白得很清洁，也感到很平静。

这种宁静致远的境界，是一种概括性的情怀，以情感的从容和语言的朴质为特点，是汉魏古诗所常见的，而在唐诗中，则以情绪激化，瞬间转换和起伏，语言的华彩为多。这种宁静的境界，往往只存在于古风和部分五言古诗中。这本是中国古典诗歌传统的两种不同的表现形式，往往却遭遇偏颇。严羽把汉魏古风置于唐诗之上。这也许是因为，近体唐诗激情强化，文采风流，可学，而古诗宁静朴质，不可学。王世禛则与严羽相反，认为柳宗元《江雪》“千山鸟飞绝，万径人踪灭。孤舟蓑笠翁，独钓寒江雪。”“不免俗”，流露出对于古风式的宁静致远的意境的理解不足。但是，沈德潜在《古诗源》卷八中又把汉人《古诗》中之“前日风雪中，故人从此去”和“明月照积雪”一起列入“千古咏雪之式”。艺术欣赏太微妙了，即使品位甚高之人，也往往难免千虑一失。

陈一琴辑历代诗话

客有问予，谢公此二句优劣奚若？……“池塘生春草”，情在言外；“明月照积雪”①，旨置句中。风力虽齐，取兴各别。

（唐）释皎然《诗式》卷二

欧阳永叔、江邻几论韩《雪诗》②，以“随车翻缟带，逐马散银杯”为不工，谓“坳中初盖底，凸处遂成堆”为胜，未知真得韩意否也？

（宋）刘攽《中山诗话》

诗禁体物语，此学诗者类能言之也。欧阳文忠公（欧阳修，谥文忠）守汝阴，尝与客赋雪于聚星堂，举此令，往往皆阁笔不能下。然此亦定法，若能者，则出入纵横，何可拘碍？郑谷“乱飘僧舍茶烟湿，密洒歌楼酒力微”③，非不去体物语，而气格如此其卑。苏子瞻

① 谢灵运《岁暮》诗：“殷忧不能寐，苦此夜难颓。明月照积雪，朔风劲且哀。运往无淹物，年逝觉易催。”

② 即韩愈《咏雪赠张籍》：“只见纵横落，宁知远近来。飘飖还自弄，历乱竟谁催？座暖销那怪，池清失可猜。坳中初盖底，垤处遂成堆。慢有先居后，轻多去却回。度前铺瓦陇，奔发积墙隈。穿细时双透，乘危忽半摧。舞深逢坎井，集早值层台。砧练终宜捣，阶纨未暇裁。城寒装睥睨，树冻裹莓苔。片片匀如翦，纷纷碎若挼。定非燖鹄鹭，真是屑琼瑰。纬繣观朝萼，冥茫瞩晚埃。当窗恒凛凛，出户即皑皑。润野荣芝菌，倾都委货财。娥嬉华荡滟，胥怒浪崔嵬。碛迥疑浮地，云平想辗雷。随车翻缟带，逐马散银杯。万屋漫汗合，千株照曜开。松篁遭挫抑，粪壤获饶培。隔绝门庭遽，挤排陛级才。岂堪裨岳镇，强欲效盐梅。隐匿瑕疵尽，包罗委琐该。误鸡宵呃喔，惊雀暗徘徊。浩浩过三暮，悠悠匝九垓。鲸鲵陆死骨，玉石火炎灰。厚虑填溟壑，高愁擞斗魁。日轮埋欲侧，坤轴压将颓。岸类长蛇搅，陵犹巨象豗。水官夸杰黠，木气怯胚胎。着地无由卷，连天不易推。龙鱼冷蛰苦，虎豹饿号哀。巧借奢豪便，专绳困约灾。威贪陵布被，光肯离金罍。赏玩损他事，歌谣放我才。狂教诗硉矶，兴与酒陪鳃。惟子能谙耳，诸人得语哉？助留风作党，劝坐火为媒。雕刻文刀利，搜求智网恢。莫烦相属和，传示及提孩。”

③《雪中偶题》：“乱飘僧舍茶烟湿，密洒歌楼酒力微。江上晚来堪画处，渔人披得一蓑归。”

"冻合玉楼寒起粟，光摇银海眩生花"①，超然飞动，何害其言"玉楼""银海"？韩退之两篇，力欲去此弊，虽冥搜奇谲，亦不免有"缟带""银杯"之句。

（宋）叶梦得《石林诗话》卷下

渊明《雪》②诗云："倾耳无希声，在目皓已洁。"只十字，而雪之轻虚洁白，尽在是矣，后来者莫能加也。

（宋）罗大经《鹤林玉露》丙编卷五

退之《雪诗》有云："随车翻缟带，逐马散银杯。"世皆以为工。予谓雪者其先所有，缟带、银杯，因车马而见耳，"随""逐"二字甚不安。欧阳永叔、江邻几以"坳中初盖底，垤处遂成堆"之句，当胜此联。而或者曰："未知退之真得意否？"以予观之：二公之评论实当，不必问退之之意也。

（金）王若虚《滹南诗话》卷上

《文选》以二谢（谢惠连、谢庄）《雪赋》《月赋》入物色类，雪于诸物色中最难赋。

（元）方回《瀛奎律髓》卷二十一

（杜甫《对雪》诗③）他人对雪，必豪饮低唱，极其乐。唯老杜不然，每极天下之忧。

同上

（宋尤袤《雪》诗④）见雪而念民之饥，常事也。今不止民饥，又有边兵可念。……然则凡赋咏者，又岂但描写物色而已乎？

同上

韩退之《雪》诗，冠绝今古。其取譬曰："随风翻缟带，逐马散银杯。"未为奇特。其

① 《雪后书北台壁二首》（其二）："城头初日始翻鸦，陌上晴泥已没车。冻合玉楼寒起粟，光摇银海眩生花。遗蝗入地应千尺，宿麦连云有几家。老病自嗟诗力退，空吟《冰柱》忆刘叉。"

② 即《癸卯岁十二月中作与从弟敬远》："寝迹衡门下，邈与世相绝。顾盼莫谁知，荆扉昼常闭。凄凄岁暮风，翳翳经日雪。倾耳无希声，在目皓已洁。劲气侵襟袖，箪瓢谢屡设。萧索空宇中，了无一可悦。历览千载书，时时见遗烈。高操非所攀，谬得固穷节。平津苟不由，栖迟讵为拙？寄意一言外，兹契谁能别！"

③ 《对雪》："战哭多新鬼，愁吟独老翁。乱云低薄暮，急雪舞回风。瓢弃尊无绿，炉存火似红。数州消息断，愁坐正书空。"

④ 《雪》："睡觉不知雪，但惊窗户明。飞花厚一尺，和月照三更。草木浅深白，邱塍高下平。饥民莫咨怨，第一念边兵。"

模写曰："穿细时双透，乘危忽半摧。"则意象超脱，直到人不能道处耳。

（明）李东阳《麓堂诗话》

"明月照积雪"，是佳境，非佳语。"池塘生春草"，是佳语，非佳境。此语不必过求，亦不必深赏。

（明）王世贞《艺苑卮言》卷三

灵运诸佳句，多出深思苦索……至"明月照积雪"，风神颇乏，音调未谐。

（明）胡应麟《诗薮》外编卷二

"明月照积雪"……俱千古奇语，不宜有所附丽。文章妙境，即此瞭然，齐隋以还，神气都尽矣！

（明）陈继儒《佘山诗话》卷下

谢灵运"明月照积雪"，可谓无色为至色，无味为至味，从此悟入，何忧不佳？

（明）邓云霄《冷邸小言》

（杜甫《对雪》诗）"乱云"一联，写雪景甚肖，而自愁肠出之，便觉凄然。……此闻房管、陈陶之败而作。

（明）王嗣奭《杜臆》卷二

（陶渊明《癸卯岁十二月中作与从弟敬远》诗）"倾耳"二句，写风雪得神，而高旷之怀，超脱如睹。

（清）陈祚明《采菽堂古诗选》卷十三

（唐杜荀鹤《雪》诗[①]）结到"拥袍""跣足"，讽公子乎？恤樵夫乎？仁人之言，吾但觉其蔼如尔。

（清）赵臣瑗《山满楼笺注唐诗七言律》

---

① 杜诗："风搅长空寒骨生，光于晓色报窗明。江湖不见飞禽影，岩谷时闻折竹声。巢穴几多相似处，路岐兼得一般平。拥袍公子休言冷，中有樵夫跣足行。"

（杜荀鹤《雪》诗）前六句写雪，后二句志感。

（清）朱三锡《东岩草堂评订唐诗鼓吹》

……“明月照积雪”，皆心中目中与相融浃，一出语时，即得珠圆玉润；要亦各视其所怀来，而与景相迎者也。

（清）王夫之《姜斋诗话》卷下

余论古今雪诗，惟羊孚一赞[①]，及陶渊明“倾耳无希声，在目皓已洁”，及祖咏“终南阴岭秀”[②]一篇，右丞“洒空深巷静，积素广庭闲”[③]、韦左司“门对寒流雪满山”[④]句最佳。若柳子厚“千山飞鸟绝”[⑤]已不免俗。降而郑谷之“乱飘僧舍，密洒歌楼”益俗下欲呕。韩退之“银杯、缟带”亦成笑柄。世人怵于盛名，不敢议耳。

（清）王士禛《渔洋诗话》

或问余古人雪诗何句最佳，余曰：“莫逾羊孚赞云：‘资清以化，乘气以霏；值象能鲜，即洁成辉。’陶渊明诗云：‘倾耳无希声，在目皓已洁。’王摩诘云：‘隔牖风惊竹，开门雪满山。’祖咏云：‘林表明霁色，城中增暮寒。’韦苏州云：‘怪来诗思清入骨，门对寒流雪满山。’此为上乘。若温庭筠‘白马夜频惊，三更灞陵雪’[⑥]，亦奇作也。……至韩退之之‘银杯、缟带’，苏子瞻之‘玉楼、银海’，已伧父矣。下至苏子美‘既以粉泽涂我面，又以珠玉缀我腮’[⑦]则下劣诗魔，适足喷饭耳。”

又《带经堂诗话》卷十二

雪诗最难着笔。昌黎《赠张籍》诗：“随车翻缟带，逐马散银杯。”刻画太深，未见陈言之务去也。至“助留风作党，劝坐火为媒”，有其意而无其词，殊觉经营惨淡之劳矣！

（清）宋长白《柳亭诗话》卷二十九

---

① 即晋羊孚《雪赞》诗。

② 祖咏《终南望余雪》诗：“终南阴岭秀，积雪浮云端。林表明霁色，城中增暮寒。”

③ 王维《冬晚对雪忆胡居士家》诗：“寒更传晓箭，清镜览衰颜。隔牖风惊竹，开门雪满山。洒空深巷静，积素广庭闲。借问袁安舍，翛然尚闭关。”

④ 韦应物（曾官左司郎中、苏州刺史，世或称韦左司、韦苏州）《休暇日访王侍御不遇》诗：“九月驱驰一日闲，寻君不遇又空还。怪来诗思清入骨，门对寒流雪满山。”

⑤ 《江雪》诗：“千山鸟飞绝，万径人踪灭。孤舟蓑笠翁，独钓寒江雪。”

⑥ 《侠客行》诗：“欲出鸿都门，阴云蔽城阙。宝剑黯如水，微红湿余血。白马夜频惊，三更灞陵雪。”

⑦ 苏舜钦（字子美）《城南归值大风雪》诗句。上句《全宋诗》作“既以脂粉傅我面”。

读“倾耳”二句，真觉《雪赋》[①]一篇徒为辞费。

（清）查慎行《初白庵诗评》卷上

“隔牖风惊竹，开门雪满山”得蓦见之神，却又不费造作。

（清）张谦宜《茧斋诗谈》卷五

渊明咏雪，未尝不刻划，却不似后人粘滞。〇愚于汉人得两语曰：“前日风雪中，故人从此去。”于晋人得两语曰：“倾耳无希声，在目皓已洁。”于宋人得一语曰：“明月照积雪。”为千古咏雪之式。

（清）沈德潜《古诗源》卷八

古人咏雪，多偶然及之，汉人“前日风雪中，故人从此去”，谢康乐（谢灵运，晋时袭封康乐公）“明月照积雪”，王龙标“空山多雨雪，独立君始悟”[②]，何天真绝俗也。郑都官“乱飘僧舍茶烟湿，密洒歌楼酒力微”，已落坑堑矣。昌黎之“凹中初盖底，凸处尽成堆”，张承吉之“战退玉龙三百万，败鳞残甲满天飞”[③]，是成底语？〇东坡尖叉韵诗[④]，偶然游戏，学之恐入于魔。

又《说诗晬语》卷下

（陶诗）“倾耳”十字中，又不如上五字之浑化无迹。陶诗之高，所以卓越千古。

（清）温汝能纂集《陶诗汇评》卷三

自谢惠连作《雪赋》，后来咏雪者多骋妍词，独韩文公不然，其集中《辛卯年雪》一诗，有云：“翕翕陵厚载，哗哗弄阴机。生平未曾见，何暇议是非？”《咏雪赠张籍》一章，有云：“松篁遭挫抑，粪壤获饶培。隔绝门庭遽，挤排陛级才。岂堪裨岳镇，强欲效盐

---

① 即谢惠连《雪赋》。

② 王昌龄（晚年贬龙标尉）《听弹风入松阕赠杨补阙》诗：“商风入我弦，夜竹深有露。弦悲与林寂，清景不可度。寥落幽居心，飕飗青松树。松风吹草白，溪水寒日暮。声意去复还，九变待一顾。空山多雨雪，独立君始悟。”

③ 《全宋诗》载张元《雪》诗：“五丁仗剑决云霓，直取银河下帝畿。战死玉龙三十万，败鳞风卷满天飞。”后二句，宋蔡絛《西清诗话》作“战退玉龙三百万，败鳞残甲满空（一作‘天’）飞。”

④ 指《雪后书北台壁二首》，其一押“尖”字韵，其二押“叉”字韵。

梅。”“日轮埋欲侧，坤轴压将颓。”“鱼龙冷蛰苦，虎豹饿号哀。”所以讥贬者甚至。

（清）汪师韩《诗学纂闻》

（陶诗）“凄凄”四句，切十二月写寒景，以风陪雪，就雪申写二句，声销质洁，隐以自况，不徒咏物之工。

（清）张玉谷《古诗赏析》卷十三

（尤袤《雪》诗）起得超脱，有为而作，便觉深厚。〇此论（指方回批语）正大，能见诗之本原。〇描写物色，便是晚唐小家；处处着议，又落宋人习径。宛转相关，寄托无迹，故应别有道理在。

（清）纪昀《瀛奎律髓刊误》卷二十一

（王维《冬晚对雪忆胡居士家》诗）雪诗如此，甚大雅，恰好。〇开后人咏物之门。

（清）黄培芳评点《唐贤三昧集笺注》

王摩诘“隔牖风惊竹，开门雪满山”，咏雪之妙，全在上句“隔牖”五字，不言雪而全是雪声之神，不至“开门”句矣。

（清）潘德舆《养一斋诗话》卷二

“池塘”句天然流出，与“明月照积雪”“天高秋月明”[①]，同一妙境，皆灵运所仅。

同上卷四

陶诗通脱，亦有质白少味者……咏雪句“倾耳无希声，在目皓已洁”亦似拙滞，未如摩诘“隔牖风惊竹，开门雪满山”之工。渠自陶句脱化，乃益工妙。

（清）马星翼《东泉诗话》卷一

（韦应物《休暇日访王侍御不遇》）凡作访友不遇诗，每言相思不见、相望如何之意。此诗首句自述，第二句言不遇空还，意已说尽。后二句，写景而不言情，但言其友所居之地。水抱山环，已称胜境，况水则清流溅玉，山则万树飞琼。曰“寒流”，曰“雪满”，皆加倍写法，宜清味之沁入诗骨矣。作诗者既清超如是，则长住此间之友，非俗子可知。

（近代）俞陛云《诗境浅说续编》

① 谢灵运《初去郡诗》句：“野旷沙岸净，天高秋月明。”

纯景语难作，普通所写多景中有人，景中有情。曹子建（三国魏曹植字）有句“明月照高楼”（《七哀》），大谢（南朝宋谢灵运）有句“明月照积雪”（《岁暮》）。大谢句之好恐仍在下句之“朔风劲且哀”；犹小谢（南朝齐谢朓）之“大江流日夜”（《暂使下都夜发新林至京邑赠西府同僚》），纯景语而好，盖仍好在下句之“客心悲未央”，以“大江流日夜”写“客心悲未央”。《诗经》“杨柳依依”（《小雅·采薇》）好，还在上句“昔我往矣”。

（现当代）顾随《驼庵诗话》

附会即景之作举要

中国古典诗话词话中，存在大量穿凿附会的个案。对于韦应物的《滁州西涧》“独怜幽草涧边生，上有黄鹂深树鸣。春潮带雨晚来急，野渡无人舟自横”，《欧阳修诗话》提出：“今州城之西乃是丰山，无所谓西涧者。独城之北有一涧，水极浅，遇夏潦涨溢，但为州人之患，其水亦不胜舟，又江潮不至。此岂诗家务作佳句，而实无此耶？”欧阳修质疑的出发点是该诗所写不真实。到了宋末王相注《七言千家诗注解》卷上，就由此而生发到政治上去：“草生涧边，喻君子生不遇时。鹂鸣深树，讥小人谗佞而在位。春水本急，遇雨而涨，又当晚潮之时，其急更甚，喻时之将乱也。野渡有舟，而无人运济，喻君子隐居山林，无人举而用之也。”此论显然离谱。若依读者中心论，一千个读者有一千个哈姆雷特，或按接受美学，只要能够自圆其说，就有独立的价值，与文本无涉，吾人应不在乎其论之真假。但是，中国诗论有强大的文本中心传统，故此论是否符合文本，引起持久的纷争。

有趣的是，持异议者不止一人，而其根据却各不相同。唐汝询《唐诗解》卷二十八：“余谓涧本无潮，因雨为潮，雨之所积，顷刻成川，乌睹其不胜舟也？谢又因欧之说，附会于国步之危，疵谬甚矣。千载之后，陵谷迁移，安可据目而证古人之妄也？”就是说，虽然欧阳修所见滁州西涧不可能成潮，但是，这并不能排除因雨而成潮，甚至胜舟。而且前朝地理，经数百年“陵谷迁移”，沧海桑田，目睹乃一时之现象。唐汝询旨在批驳“附会于国步之危”，但是，理论依据与论敌却是相同的，那就是表现景观是真实的。相比起来，胡应麟《诗薮》内编卷四的持论就要高明得多：“诗人遇兴遣词，大则须弥，小则芥子，宁此拘拘？痴人前正自难说梦也。”“大则须弥，小则芥子”，说的是诗人想象的自由，不拘于现实景观，叫它大可以大到如须弥山，叫它小可以小到如芥子。说得更为彻底的是在郝敬《艺圃伧谈》卷一中：“古诗有是情者，或不必即为是辞；有是辞者，或不必定有是事。……后世诗有是辞，全无是事。”应该说，这种有是辞，不一定有是事，皆出于有是情的说法，更加接近于诗的境界的假定性，在理论上高于其他诗话作者。

与韦应物《滁州西涧》遭遇相似的是王维的《终南山》。

李颀《古今诗话》认为全诗“皆讥时宰”。“太乙近天都，连山接海隅”，“言势位盘踞朝野也”。“白云回望合，青霭入看无”，“言徒有表而无内也”。“分野中峰变，晴阴众壑殊”，“言恩泽偏也”。“欲投何处宿，隔水问樵夫”，“言畏祸深也”，这样的解读，就牵强附会到极端了。全部是直接论断，而无论证。“太乙近天都，连山接海隅”，明明写的是山势的连绵不绝，如果一定要看成权势“盘踞朝野”的暗示，那么杜甫的“岱宗夫如何？齐鲁青未了”该作何解？“白云回望合，青霭入看无”，写的是云气滮漫的奇特，远观则显，近视则虚，这是自然气象，也是诗人的胸襟，如果一定要与国势空虚“徒有表而无内”联系起来，那么韩愈的“草色遥看近却无”又该作何解？“分野中峰变，晴阴众壑殊”，是换一个角度，主要是画家的视角，明暗对比表现群山之无垠，与最高权力之“恩泽”根本就扯不上边。至于说“欲投何处宿，隔水问樵夫”“言畏祸深也”，住宿、樵夫和政治上的祸福，二者之间，更是连起码的因果关系都没有。

值得深思的是，牵强附会到这样捕风捉影的程度，在古典诗话中，并非特殊个案，而是相当普遍。这种不讲逻辑的解读反复出现，并非偶然，在阅读学上，具有一定的规律性。读者的脑海并不是一张白纸，也不是被动的照相机，对一切外来信息并非一视同仁地做出相应的反应。皮亚杰发生认识论认为：“一个刺激要引起某一特定反应，主体及其机体就必须有反应刺激的能力。”人的大脑中有某种认识客体的格局（scheme），当外界刺激能够纳入人的已有的“格局”中，就是刺激能被固有的“格局”“同化”（assimilation）时，它才能做出反应，否则就视而不见，听而不闻，感而不觉。

正是因为这样，就产生了一种矛盾。一方面对外部新异的信息比较敏感，一方面对新异信息，也就是主体格局中不包含的，又相当封闭。仁者见仁，智者见智，说的就是这个道理。故李光地说：“仁者见仁，智者见智，所秉之偏也。”“偏”在哪里呢？仁者不能见智，智者不能见仁。仁者、智者不能见勇，而勇者又不能见仁、见智。这在阅读学上就造成了特殊的偏颇。鲁迅说：“一部《红楼梦》，经学家看见‘易’，道学家看见淫，才子看见缠绵，革命家看见排满，流言家看见宫闱秘事。”这就是说，“同化”并非仅仅是主体接受外部信息，主体已知格局也发出信息将外来信息“同化”，如羊吃草，最终使草成为羊之肌体。人的阅读心理格局同化，不仅具有封闭性，而且具有歪曲性，这正是人性的某种局限性。正是因为这样，人从作品看到的往往并不完全是作品本身的，而更可能是经过主体已知格局同化了的，歪曲了的。

从这个意义来说，从幽草看到君子，从黄鹂看到小人，从终南山的连绵看到权贵专擅，从住宿樵夫看到忧馋畏讥，亦如朱熹从《关雎》看到“后妃之德”一样，所看到的并不是文本，而是主体心理占据优势的核心价值观念。由此可知，西方阅读学把读者主体绝对化之失，正是因为忽略读者主体的这种局限性。

陈一琴辑历代诗话

（韦应物《滁州西涧》诗[①]）今州城之西乃是丰山，无所谓西涧者。独城之北有一涧，水极浅，遇夏潦涨溢，但为州人之患，其水亦不胜舟，又江潮不至。此岂诗家务作佳句，而实无此耶?

（宋）欧阳修《欧阳修诗话》

说者谓王右丞《终南诗》[②]皆讥时宰。诗云“太乙近天都，连山接海隅”，言势位盘踞朝野也。“白云回望合，青霭入看无”，言徒有表而无内也。“分野中峰变，睛阴众壑殊”，言恩泽偏也。“欲投何处宿，隔水问樵夫”，言畏祸深也。

（宋）李颀《古今诗话》

（按：宋尤袤《全唐诗话》卷一亦录此说。）

（韦诗）幽草而生于涧边，君子在野，考槃之在涧也。黄鹂而鸣于深树，小人在位，巧言之如流也。潮水本急，春潮带雨其急可知，国家患难多也。晚来急，危国乱朝、季世末俗，如日色已晚不复光明也。野渡无人舟自横，宽闲之野、寂寞之滨，必有济世之才，如孤舟之横野渡者，特君相不能用耳。

（宋）赵藩、韩淲选、谢枋得注解《注解漳泉涧泉二先生选唐诗》卷一

（杜甫《野望》诗[③]）结末四句，有叹时感事、勖贤恶不肖之意焉。

（元）方回《瀛奎律髓》卷十五

韦苏州《滁州西涧》诗，其地甚荒陋，想亦是偶然而作，未必如注者之说。岂因寇莱

---

① 韦诗：“独怜幽草涧边生，上有黄鹂深树鸣。春潮带雨晚来急，野渡无人舟自横。”

② 即王维《终南山》诗。

③ 杜诗：“清秋望不极，迢递起层阴。远水兼天净，孤城隐雾深。叶稀风更落，山迥日初沉。独鹤归何晚？昏鸦已满林。”

公有“野水无人渡，孤舟尽日横”[①]之句，遂迁就于此，而反求之太过欤？

（明）李诩《戒庵老人漫笔》卷五

韦苏州《滁州西涧》诗，有手书刻在太清楼帖中，本作“独怜幽草涧边行，尚有黄鹂深树鸣。春潮带雨晚来急，野渡无人舟自横”。盖怜幽草而行于涧边，当春深之时黄鹂尚鸣，始于情性有关。今集本与选诗中“行”作“生”，“尚”作“上”，则于我了无与矣，其为传刻之讹无疑。

（明）何良俊《四友斋丛说》卷三十六

韦苏州：“春潮带雨晚来急，野渡无人舟自横。”宋人谓滁州西涧，春潮绝不能至，不知诗人遇兴遣词，大则须弥，小则芥子，宁此拘拘？痴人前正自难说梦也。

（明）胡应麟《诗薮》内编卷四

古诗有是情者，或不必即为是辞；有是辞者，或不必定有是事。……

后世诗有是辞，全无是事。咏是诗，初无是心。如韦应物“春潮带雨晚来急”，颍川何尝通潮？

（明）郝敬《艺圃伧谈》卷一

刻集者讹“行”作“生”，讹“尚”作“上”，宋人遂附会其说，谓牧之（李日华谓此诗为杜牧所作）有意托兴，以幽草比君子而沦落幽隐，以黄鹂比小人而得意高显，致唐祚垂末而无干济之才。不知“行”与“尚”，本是随时直赋所见，无关比兴者。有甲秀堂刻牧之行草真迹可据。

（明）李日华《恬致堂诗话》卷四

（《野望》诗）此诗结语见意。“独鹤”自比，“归何晚”见心未尝忘朝廷，而“昏鸦满林”，归亦无容足之地矣，因知其望中寓意不浅。

（明）王嗣奭《杜臆》卷三

（韦诗）此模写西涧之幽。言因草之可怜而散步于此，时春虽暮，而黄鹂尚鸣。又多雨之后，涧水泛滥，惟见无人之舟自横耳。按：此即景成篇，无他托意。谢注谓：“四语皆

---

① 寇准（封莱国公）《春日登楼怀归》诗句。

比。”穿凿殆甚。又按：庐陵（欧阳修，庐陵人）云：“滁无西涧，北有一涧，极浅，不胜舟。又江潮不到，岂诗人务在佳句，实无是景耶？”余谓涧本无潮，因雨为潮，雨之所积，顷刻成川，乌睹其不胜舟也？谢又因欧之说，附会于国步之危，疵谬甚矣。千载之后，陵谷迁移，安可据目而证古人之妄也？

（明）唐汝询《唐诗解》卷二十八

（杜诗）此赋野望之景以成篇，无他托意而兴味自佳。

同上卷三十四

《古今诗话》云：“王右丞《终南》诗，讥刺时宰，其曰‘太乙近天都，连山接海隅’，言势位蟠据朝野也。‘白云回望合，青霭入看无’，言有表无里也。‘分野中峰变，阴晴众壑殊’，言恩泽偏及也。‘欲投何处宿，隔水问樵夫’，言托足无地也。”余谓看唐诗常须作此想，方有入处。而山谷又曰：“喜穿凿者弃其大旨，而于所遇林泉人物，以为皆有所托，如世间商度隐语，则诗委地矣。”山谷此论，又不可不知也。

（清）吴乔《围炉诗话》卷三

（《野望》）诗有必有影射而作者，如供奉（李白，曾供奉翰林）《远别离》，使无所为，则成呓语。其源自左徒（战国屈原，曾官左徒）《天问》、平子（汉张衡字）《四愁》来。亦有无为而作者，如右丞《终南山》作，非有所为，岂可不以此咏终南也？宋人不知比赋，句句为之牵合，乃章惇一派舞文陷人机智，谢客（谢灵运，幼名客儿）“池塘生春草”是何等语，亦坐以讥刺，瞎尽古今人眼孔。除真有眼人，迎眸不乱耳。如此作自是野望绝佳写景诗，只咏得现量分明，则以之怡神，以之寄怨，无所不可。方是摄兴观群怨于一炉锤，为风雅之合调。俗目不知，见其有“叶落”“日沉”“独鹤”“昏鸦”之语，辄妄臆其有国削君危，贤人隐、奸邪盛之意；审尔，则何处更有杜陵邪？六义中唯比体不可妄，自非古体长篇及七言绝句而滥用之，则必凑泊迂窒。

（清）王夫之《唐诗评选》卷三

（杜诗）以“望”字领起全篇，结处即景寓意。……鸦喻朝党附成群，鹤喻己孤立无偶。

（清）黄生《唐诗摘抄》卷一

（韦诗）全首比兴。首喻君子在野，次喻小人在位；三、四盖言宦途利于奔竞，而己则如虚舟不动而已。

同上卷四

（杜甫《白帝》诗[①]）三喻干戈相寻，四喻朝廷昏乱，此苍生所以不得苏息也，故接后半云云。何处村间，寡妇恸哭秋原？必因诛求已尽之故，岂不重可哀乎！此亦漫兴成诗，摘首二字为题者。三四写景既奇，比兴复远，人谓杜诗不宜首首以时事影附，然如此类即景寓意者，其神脉自相灌注，岂可不为标出？第俗解强生枝叶，则失之耳。

又《杜诗说》卷九

元赵章泉（赵蕃号）、涧泉（韩淲号）选唐绝句，其评注多迂腐穿凿。如韦苏州《滁州西涧》一首："独怜幽草涧边生，上有黄鹂深树鸣。"以为君子在下小人在上之象。以此论诗，岂复有风雅耶？

（清）王士禛《带经堂诗话》卷四

昔人或谓西涧潮所不至，指为今六合县之芳草涧，谓此涧亦以韦公诗而名，滁人争之。余谓诗人但论兴象，岂必以潮之至与不至为据，真痴人前不得说梦耳。

同上卷十三

（《滁州西涧》诗）下半即景好句，元人谓刺君子在下，小人在上，此辈难与言诗。

（清）沈德潜《唐诗别裁集》卷二十

一二钩奇喜新之士，意主穿凿，辞务支离，即寻常景物，亦必牵涉讽刺，附会忠孝，而诗人之天趣亡焉。

又《杜诗偶评序》

（《野望》诗）结亦"望"中事，然带比意。凡鸟有巢，而鹤独迟归，以况己之无家也。

（清）浦起龙《读杜心解》卷三

（《终南山》诗）王友琢崖（清王琦字）尝辟之曰："诗有二义，或寄怀于景物，或寓情于讽谕，各有指归。乃好事之徒，每以附会为能，无论其诗之为兴、为赋、为比，而必曲

① 杜诗："白帝城中云出门，白帝城下雨翻盆。高江急峡雷霆斗，翠木苍藤日月昏。戎马不如归马逸，千家今有百家存。哀哀寡妇诛求尽，恸哭秋原何处村？"

为之说，曰此有为而言也，无乃矫诬实甚欤。试思此诗，右丞自咏终南，于人何预？而或者云云若是！”

（清）赵殿成《王右丞集笺注》卷七

（《野望》诗）旧说以鹤喻君子，鸦喻小人，仇（兆鳌）、顾（宸）皆非之。然似不无此意。

（清）边连宝《杜律启蒙》五言卷三

（《野望》诗）述丧乱则明言，刺宵小则托喻，诗人立言之法。

（清）纪昀《瀛奎律髓刊误》卷十五

青莲工于乐府。盖其才思横溢，无所发抒，辄借此以逞笔力，故集中多至一百十五首。有借旧题以写己怀、述时事者。……乃说诗者必曲为附会，谓某诗以某事而作，某诗以某人而作。诗人遇题触景，即有吟咏，岂必皆有所为耶？无所为，则竟不作一字耶？

（清）赵翼《瓯北诗话》卷一

尤延之（尤袤字）解王摩诘“太乙近天都”诗，以为讥刺时事，盖本于《汉书·杨恽传》注“田彼南山”之说。余谓诗咏南山多矣……至后人解诗，无须深文。

（清）马星翼《东泉诗话》卷一

感时之作，必借景以形之。如稼轩云：“算只有殷勤，画檐蛛网，尽日惹飞絮。”①同甫云：“恨芳菲世界，游人未赏，都付与莺和燕。”②不言正意，而言外有无穷感慨。

（清）沈祥龙《论词随笔》

（《终南山》诗）整首诗里没有透露出一点寄托来，就不必从中去找寄托。有人硬要去找寄托，那一定会弄得穿凿附会，前后矛盾。像说头两句指势焰盘踞朝野，那当然是指李林甫、杨国忠那样的人了，那又怎么会“青霭入看无”——“有表而无其内”呢？倘虚有其表而没有实际，那就说不上势焰盘踞朝野，也不必要去避祸了。

（现当代）周振甫《诗词例话·忌穿凿》

---

① 辛弃疾《摸鱼儿》（更能消几番风雨）词句。

② 陈亮（字同甫）《水龙吟·春恨》词句。

（《滁州西涧》诗）这首诗给我们展开一幅画面，可以说是诗中有画。从诗里看不出有什么寓意来。把它说成君子在下小人在上，那不但下两句不容易解释，也跟传统的说法不合。黄鹂即黄莺，在树上叫有莺迁的说法，本于《诗经·伐木》的“出自幽谷，迁于乔木”。并不把它比小人。这样讲，不光穿凿，也把诗中有画的美的意境破坏了，所以说“岂复有风雅耶”，不再有诗意了。

同上

牵合咏物之作示例

杜甫《初月》：

光细弦欲上，影斜轮未安。
微升古塞外，已隐暮云端。
河汉不改色，关山空自寒。
庭前有白露，暗满菊花团。

这首诗明明是写“初月”上升之自然景观的，却长期被一些诗话家说成是影射政治形势的，而且每一句都有所指。杜甫诗写成五百年后方回《瀛奎律髓》卷二十二说：“此诗喻肃宗初立”。又过了差不多三百年，王嗣奭《杜臆》卷二说得更加有鼻子有眼的：第三句“微升古塞外”是比喻“肃宗即位于灵武”，第四句“已隐暮云端”，“比为张皇后、李辅国所蔽”。如果每句都有所指，最后的“庭前有白露，暗满菊花团”，又是影射什么呢？他的解释是：“露乃天泽，当无所不沾被，乃止在庭前；润及菊花，而加一‘暗’字，谓人主私恩，止被近幸而已。”这里明显有许多牵强附会。后来，唐汝询《唐诗解》卷三十四，说得更周详一些：“玄宗以禄山之乱命太子讨贼，肃宗即位未几，则为张良娣、李辅国所蔽，此以初月为比。‘光细’者，势单弱也；‘轮未安’者，位未定也。才起于凤翔，即蔽于张、李，所谓升塞外而隐云端矣。才弱不足以反正，犹初月光微，不足以改河汉之色。惑于邪而使宇内失望，犹斜影之月徒起关山之寒耳。我因哀时不觉涕泗之下，亦犹月下之露暗满庭花也。”

按照姚斯的接受美学，或者西方文论的读者中心论，任何读者都有权对经典作品拥有自己的解释，只要自圆其说，顺理成章，就应该成立。但是，绝对的自圆其说、顺理成章是不可能的。最明显的是最后一联“庭前有白露，暗满菊花团”，被解释成“我因哀时不觉涕泗之下，亦犹月下之露暗满庭花也”。何以见得菊花上的露水就是自己的涕泪呢？这里根本没有可靠的联系。难以自圆其说的原因在于，把主观的意念强加于经典文本。这种强加可以说贯穿首尾。第一联“光细弦欲上，影斜轮未安”，解读为“‘光细’者，势单弱也；‘轮未安’者，位未定也”，并不是合理的。首先，把皇帝比喻为月亮，这本身就缺乏必然性，至于初月的“光细”，是否一定就是政治势力“单弱”呢？至于“轮未安”，也很难确定就是指皇位未定。其实，“肃宗即位灵武”，永王璘很快就被剿灭了。皇位已经稳定了，不存在任何挑战者。“升塞外”灵武即位，这是事实，但“隐云端”的“隐”，并没有“蔽”的意味。原文的“微升古塞外，已隐暮云端”，是说才从古塞外升起，又隐入暮云中。如果这就是被蒙蔽，那么关键是如何解读“河汉不改色，关山空自寒”呢？按字面讲，就是关山有寒意，但是“河汉不改色”，应该是月光普照下的天空大地颜色都不会变，就是有点寒意也是“空”的。这个“空”就否定了和蒙蔽相联系的寒意。

由此可知，解读任何经典作品，读者都不可能是绝对自由的，解读必然要受到文本的制约。和接受美学所强调的绝对自由相反，对这首诗持续上千年的阐释，众说纷纭，并不是没有错误的，并不都是完全可以接受的。这里有个原则问题，那就是读者一代又一代变化（消亡），文本作品却是稳定的，甚至从某种意义上说，是永恒的、不变的。任何阐释，都只能是对文本的阐释，就是相当前卫的美国耶鲁大学理论家也不能不提出这样的命题：“这里的标准是：隐含的意义是否和文本的一致性有关，而这正是我们作为文学批评家，要通过文本实现的？（So the criterion is: is it relevant to the unified form that we as critics are trying to realize in the text?）历代读者的解读，充其量不过是德里达所说的，对于文本的“延异”（diffirance）。从某种意义上说，不管阐释多么纷纭，文本都是“延异”的唯一基础。因而，只有那些比较接近这个基础的解读，也就是主观强加成分比较少的，才可能有比较长远的生命。对于这样政治化的“微言大义”——显然是主观的解读，后世很多批评保持着可贵的清醒态度，清纪昀在《瀛奎律髓刊误》卷二十二中说得很直率：“原评未免穿凿。立乎百世以下，而执史籍之一字一句，以当时之诗比附之，最为拘滞。注少陵及义山者同犯此病。”纪昀所说的“穿凿”，针对的是将主观的意念强加于文本、歪曲文本的倾向。这种倾向，在中国古典文学批评中可谓源远流长。《诗经·关雎》明明基本上是民歌，却被朱熹解读成“后妃之德”。

这里有个最基本的方法问题，不管你持什么观念或者方法，最根本的出发点应该是对作品本身的尊重。应该说，严肃的诗话家们的成功往往在于对文本的具体分析。仇兆鳌《杜诗详注》卷七这样说：“（《初月》）此在秦而咏初月也。光细影斜，初月之状。乍升旋隐，初月之时。下四，皆承月隐说。河汉关山，言远景。庭露菊花，言近景。总是夜色朦胧之象。”本来，阅读文本首要任务就是从文本中获取文本的信息，而有的评论家作为读者主体却把自己的政治观念强加于文本。这样的现象并非个别，这是因为，阅读并不仅仅是被动地接受信息，而是主体预期和客体信息的对接。因为人的大脑并不是一张白纸，阅读前或多或少都怀着某种心理预设，或者叫作心理图式，或者叫作理论前提。没有任何预期，阅读几乎难以进行。客体信息只有被主体心理预期同化，阅读感知才能发生。因而，阅读过程中，读者预期往往倾向于以主体现成的信息去同化，乃至歪曲文本信息，这就是或多或少都普遍存在着的阅读心理的封闭性。接受美学，读者中心论之失，就在于把这种封闭性当成一切，这就等于说，满足于感知到自己心理预期的东西。这就是屡见不鲜的阅读效果趋近于零的现象。为了防止这种封闭性，主体的自觉开放和自我调节就十分必要，而在这样的过程中，主客体信息的搏斗就是必然的。在搏斗过程中，不能迫使封闭性开放的人，也就是顽固拘执于主体固有预期者，往往连文本中最为突出的信息都视而不见，感而不知。其所感知的往往不是文本，而是自我内心固有的信息。

诗话家们意识深处，或者潜意识中，主流意识形态是强大的，在涉及主流意识形态时，心理预期因其神圣化而特别固执，往往以盲目性为特点，以致不怀任何成见的读者一望而知的东西，一代又一代学富五车的宿儒却越是皓首穷经、殚精竭虑，越是陷入五里雾中。

陈一琴辑历代诗话

（杜甫《初月》诗[①]）王原叔说："此诗为肃宗而作。"

（宋）黄庭坚《山谷诗话》，转引自仇兆鳌《杜诗详注》卷七

（《初月》诗）诗话谓此诗喻肃宗初立，亦是。

（元）方回《瀛奎律髓》卷二十二

（杜甫《萤火》诗[②]）老杜诗集大成，于着题诗无不警策。说者谓此诗"腐草""太阳"之句以讥李辅国，凡评诗正不当如此刻切拘泥。言之者无罪，闻之者足以戒。大丈夫耿耿者，不当为萤爝微光，于此自无相关；世之仅明忽晦不常者，又岂一辅国？则见此诗而自愧矣！学者观大指可也。

同上卷二十七

① 杜诗："光细弦欲上，影斜轮未安。微升古塞外，已隐暮云端。河汉不改色，关山空自寒。庭前有白露，暗满菊花团。"

② 杜诗："幸因腐草出，敢近太阳飞？未足临书卷，时能点客衣。随风隔幔小，带雨傍林微。十月清霜重，飘零何处归！"

（《初月》诗）公凡单赋一物，必有所指，乃诗之比也。旧注云："此为肃宗而发。"良是。三比肃宗即位于灵武，四比为张皇后、李辅国所蔽。刘云："句句欲比，却如何处此结句？"余谓露乃天泽，当无所不沾被，乃止在庭前；润及菊花，而加一"暗"字，谓人主私恩，止被近幸而已。

（明）王嗣奭《杜臆》卷二

（《萤火》诗）公因不得于君，借萤为喻。出自腐草，幸有微光，宁敢飞近太阳；只知自反，不敢怨君，何等忠厚。然而流离奔走，飘零无归，固太阳所不及照也，良可悲矣。起语忠厚固已，下面字字有意。盖聚萤方可照读，"未足临书"，伤孤立也。然其人实非乖戾忤俗，故云"时点客衣"，见易亲也。幔则所障以读书者，萤有微光，使收之幔内，处之囊中，未必无一照之能。乃隔于幔外，风复飘之，光愈小矣，又复为雨所濡，欲飞不得，至依傍林莽，其光转微矣。此二句比君不见信而谗妬及之也。至于十月纯阴用事，清霜严重，虽太阳之辉，不能胜冱寒之气。而萤之飘零将安归乎？细写苦情，一字一泪，此诗可与咏《麂》参看。

同上卷三

（《初月》诗）玄宗以禄山之乱命太子讨贼，肃宗即位未几，则为张良娣、李辅国所蔽，此以初月为比。"光细"者，势单弱也；"轮未安"者，位未定也。才起于凤翔，即蔽于张、李，所谓升塞外而隐云端矣。才弱不足以反正，犹初月光微，不足以改河汉之色。惑于邪而使宇内失望，犹斜影之月徒起关山之寒耳。我因哀时不觉涕泗之下，亦犹月下之露暗满庭花也。

（明）唐汝询《唐诗解》卷三十四

（《初月》诗）肃宗即位灵武，旋为张后、李辅国所蔽，故旧注以"古塞"二句为托喻。后人将下四句俱牵合作比，如何可通？

（清）朱鹤龄评语，转引自杨伦《杜诗镜铨》卷六

（《初月》诗）此肃宗乾元初，子美在秦州避乱作。描写新月，笔有化工。……通首都从境物上写初月，而前后二解，字字有分寸。

（清）徐增《而庵说唐诗》卷十四

（《初月》诗）此公托初月以自喻，言官之卑不能自安于朝廷，道之晦不能施见于天下，由人主暗蔽，荣枯雨露偏，则君子之失位宜矣。

（清）黄生《杜诗说》卷四

（《萤火》诗）汪几希曰："此亦所见止一萤偶然止于衣上，故三四云云……前半代物语，后半怜之之辞。"

同上卷六

（《初月》诗）此在秦而咏初月也。光细影斜，初月之状。乍升旋隐，初月之时。下四，皆承月隐说。河汉关山，言远景。庭露菊花，言近景。总是夜色朦胧之象。

（清）仇兆鳌《杜诗详注》卷七

（《萤火》诗）萤火，刺阉人也。首言种之贱，次言性之阴。三四近看，见其多暗而少明。五六远看，见其潜形而匿迹。末言时过将销，此辈直置身无地矣。鹤（黄鹤）注谓指李辅国辈，以宦者近君而挠政也。今按"腐草"喻腐刑之人，太阳乃人君之象，比义显然。

同上

（《萤火》诗）诗家赋物，毋论大小妍丑，必有比况寄托。即以拟人，亦未为失伦。如良马以比君子，青蝇以喻谗人，如此者不一而足。必欲取一事一人以实之，隘矣。

（清）查慎行《初白庵诗评》卷下

朱子云："《楚词》（按：即《楚辞》）不皆是怨君，被后人多说成怨君。"此言最中病痛。如唐人中少陵固多忠爱之词，义山间作风刺之语，然必动辄牵入，即小小赋物，对境咏怀，亦必云某诗指其事，某诗刺某人，水月镜花，多成粘皮带骨，亦何取耶？

（清）沈德潜《唐诗别裁集·凡例》

（《初月》诗）上四，确是秦州之初月。其窍在三、四。盖秦州近塞，而塞正在其西，初月必在西而易没也。五、六，不即不离更妙，而客中尤切。七、八，又妙在"暗满"字，而时序又清。王原叔谓为肃宗新自外入受蔽妇寺而作，存其说于言外可尔。

（清）浦起龙《读杜心解》卷三之二

（《初月》诗）亦只咏初月耳。旧说谓讥切肃宗者，大谬。

（清）边连宝《杜律启蒙》五言卷三

（《萤火》诗）一、二，言以熏腐之身、阴慝之性，而居然近至尊也。三句，言其略无学术也。四句，言能玷污正人也。五、六，言踪迹诡秘，暧昧不明也。七、八，言终当祸败，窜逐飘零也。此则为李辅国、鱼朝恩辈发，决然无疑。非如他诗之必待勉强牵合，而仍不可以通者比。诗固不可一概论也。

同上

（《初月》方回原评）原评未免穿凿。立乎百世以下，而执史籍之一字一句，以当时之诗比附之，最为拘滞。注少陵及义山者同犯此病。

（清）纪昀《瀛奎律髓刊误》卷二十二

（《萤火》诗）末句似自寓飘零之感。○（方回评语）此真通人之论。此数句语意皆不了了，删去直接“学者”句，则善矣！

同上卷二十七

注杜者全以唐史附会分笺，甚属可笑。如少陵《初月》诗云：“（诗文见上，略）”此不过咏初月耳，而蔡梦弼谓“微升古塞外”，喻肃宗即位于灵武也；“已隐暮云端”，喻肃宗为张皇后、李辅国所蔽也。句句附会实事，殊失诗人温厚之旨，窃恐老杜不若是也。

（清）李调元《雨村诗话》卷下

（《萤火》诗）按：大家之诗，必非无为而作，小小咏物，亦有寓意。详味此诗语意，确系讥刺小人，但不可指实其人耳。若一指实，必有穿凿附会之病。且一直道破，味同嚼蜡。虚谷“但观大指”之说最当。末二语指小人积恶灭身言，措词和婉，有哀怜意，有警醒意，是真诗人之笔。晓岚（纪昀字）解为“自寓飘零之感”，与全诗语意不合，未可从也。

（清）许印芳《律髓辑要》卷一

如何索解兴到之作托意

千年来对于苏轼《卜算子》的解读，旨趣甚为悬殊。有说其为东坡与某女性之凄美单恋故事而作者，有说其为影射政治遭遇者，有说其为作品本身者。

众说纷纭，然而，从理论上来看，大致不出三派。以东坡与女郎凄美故事为解者，为作者中心论。其主旨全在作家之身世。然身世经历，互相矛盾，未可全信，即使为真，亦无益于作品之深层之揭秘。即非“小说家言”，姑妄信之与姑妄弃之，皆于大雅无伤。至于对政治影射之解读，主观穿凿过甚。然而，按接受美学读者中心论，则不论其说多么主观，亦不当一概否决。盖阅读本无绝对客观唯一之解读也。清人谢章铤《赌棋山庄词话续编》对东坡《卜算子》这样评断：“时东坡在黄州，固不无沦落天涯之感。”“虽作者未必无此意，而作者亦未必定有此意。可神会而不可言传，断章取义，则是刻舟求剑，则大非矣。”所论甚为纷纭，然而其标准则一致，即政治价值至上，而其缺失亦同：附会穿凿，或然性猜度多于理性之逻辑。与文本相验，往往相不着边际。

东坡《卜算子·黄州定惠院寓居作》原作如下：

> 缺月挂疏桐，漏断人初静。时见幽人独往来，缥缈孤鸿影。　　惊起却回头，有恨无人省。拣尽寒枝不肯栖，枫落吴江冷。

缺月疏桐之下，有孤独之“幽人”为主体意象，“缥缈孤鸿影”，似为“幽人”之所见，当为宾。然而下半阕“孤鸿影”“拣尽寒枝不肯栖”，为其“有恨无人省”，则转化宾入主。孤鸿与幽人主宾合二而一。故“惊起却回头”，可为幽人，亦可为孤鸿。其孤独，不仅仅是形体，而在内心：“有恨无人省。”意象似从曹操《短歌行》来：“月明星稀，乌鹊南飞。绕树三匝，何枝可依？”然曹氏强调“何枝”（一作“无枝”），而这里是有枝，不但是有枝，而且是多枝可择，只是不合，乃“不肯栖”，外部的栖息之地，是有的，有选择余地的，但是，内心的“恨”却无人省识。这种幽人的“幽”、孤鸿的“孤”，在性质上，乃是不被理解，无可沟通。故可概括为“孤幽”。

这还不是“孤幽”特点的全部，而只是其一部分。“孤幽”的另一特点是无声的，宁静的，不强烈的，和孤鸿一样是“缥缈”的，完全处于某种寂静之中的，哪怕是幽人缥缈，也会有“惊起却回头”的强烈心理效果。

“孤幽”的第三个特点是，惊起的动作并未改变持续的选择，仍然不肯迁就，宁可让主体的孤幽保持在寒江枫落的静止之中。

从孤鸿与幽人的属性看，当然有某种崇拜东坡的女子不肯随意许人的意味，但是，并不尽然。因为孤幽与孤鸿均缺乏女性形象的暗示。这里当然也可能有东坡政治上的讽喻。但是，不至于坐实到南宋鲖阳居士所说的那样：“缺月，刺明微也。漏断，暗时也。幽人，不得志也。独往来，无助也。惊鸿，贤人不安也。回头，爱君不忘也。无人省，君不察也。拣尽寒枝不肯栖，不偷安于高位也。寂寞吴江冷，非所安也。”除了“幽人，不得志也。独往来，无助也”尚有某种可能以外，其余如“惊鸿，贤人不安也。回头，爱君不忘也。无人省，君不察也。拣尽寒枝不肯栖，不偷安于高位也”，这种系统化的穿凿，不但是政治上忠君观念的强加，造成对文本显而易见的歪曲，而且是以抽象概念的穿凿附会破坏了艺术意境。

陈一琴辑历代诗话

（苏轼《卜算子》词[①]）东坡道人在黄州时作。语意高妙，似非吃烟火食人语，非胸中有万卷书，笔下无一点尘俗气，孰能至此？

（宋）黄庭坚《黄庭坚诗话》

愚幼年尝见先人与王子家同直阁论文，王子家言及苏公少年时常夜读书，邻家豪右之女尝窃听之。一夕来奔，苏公不纳，而约以登第后聘以为室。暨公既第，已别娶仕宦。岁久，访问其所适何人，以守前言不嫁而死。其词“时有幽人独往来，缥缈孤鸿影”之句，正谓斯人也。“拣尽寒枝不肯栖，枫落吴江冷”之句，谓此人不嫁而云亡也。其情意如此缱绻，使他人为之，岂能脱去脂粉，轻新如此？山谷之云，不轻发也。而俗人乃以词中有“鸿影”二字，便认鸿雁，改后一句作“寂寞沙洲冷”，意谓沙洲鸿雁之所栖宿者也。……

① 《卜算子·黄州定惠院寓居作》词：“缺月挂疏桐，漏断人初静。时见幽人独往来，缥缈孤鸿影。　惊起却回头，有恨无人省。拣尽寒枝不肯栖，枫落吴江冷。”末句，一作“寂寞沙洲冷”。沙洲，又作“沙汀”。

王子家讳俊明……苏子由（苏轼之弟苏辙字）之婿也。

（宋）李如篪《东园丛说》卷下

苏东坡谪黄州，邻家一女子甚贤，每夕只在窗下听东坡读书，后其家欲议亲，女子云："须得读书如东坡者乃可。"竟无所谐而死。故东坡作《卜算子》以纪之。

（宋）袁文《瓮牖闲评》卷五

东坡先生谪居黄州，作《卜算子》云："（除末句外，同上注引，略）寂寞沙洲冷。"其属意盖为王氏女子也，读者不能解。张右史文潜继贬黄州，访潘邠老（宋潘大临字），尝得其详。题诗以志之："空江月明鱼龙眠，月中孤鸿影翩翩。有人清吟立江边，葛巾藜杖眼窥天。夜冷月堕幽虫泣，鸿影翘沙衣露湿。仙人采诗作步虚，玉皇饮之碧琳腴。"①

（宋）吴曾《能改斋漫录》卷十六

仆谓二说如此，无可疑者。然尝见临江人王说梦得，谓此词东坡在惠州白鹤观所作，非黄州也。惠有温都监女，颇有色，年十六，不肯嫁人。闻东坡至，喜谓人曰："此吾婿也。"每夜闻坡讽咏，则徘徊窗外，坡觉而推窗，则女逾墙而去。坡从而物色之，温具言其然。坡曰："吾当呼王郎与子为姻。"未几，坡过海，此议不谐，其女遂卒，葬于沙滩之侧。坡回惠日，女已死矣，怅然为赋此词。坡盖借鸿为喻，非真言鸿也。"拣尽寒枝不肯栖"者，谓少择偶不嫁。"寂寞沙洲冷"者，指其葬所也。说之言如此。其说得之广人蒲仲通，未知是否，姑志于此，以俟询访。

（宋）王楙《野客丛书》卷二十四

（按：此则传说，明郎瑛即信以为真，并因王之《丛书》尚无刻板，先在所著《七修类稿》卷三十二中详加引录。）

（苏轼《卜算子》词）缺月，刺明微也。漏断，暗时也。幽人，不得志也。独往来，无助也。惊鸿，贤人不安也。回头，爱君不忘也。无人省，君不察也。拣尽寒枝不肯栖，不偷安于高位也。寂寞吴江冷，非所安也。此词与《考槃》②诗极相似。（《类编草堂诗余》一引鲖阳居士云）

（宋）鲖阳居士《复雅歌词》

① 张耒（字文潜）《题东坡〈卜算子〉后》诗。

② 即《诗经·卫风·考槃》。

杜工部流离兵革中，更尝患苦，诗益凄怆……东坡《卜算子》词亦然。文豹尝妄为之释："缺月挂疏桐"，明小不见察也；"漏断人初静"，群谤稍息也；"时见幽人独往来"，进退无处也；"缥缈孤鸿影"，悄然孤立也；"惊起却回头"，犹恐谗慝也；"有恨无人省"，谁其知我也；"拣尽寒枝不肯栖"，不苟依附也；"寂寞沙洲冷"，宁甘冷淡也。

（宋）俞文豹《吹剑录》

《梅墩词话》曰："惠州温氏女超超，年及笄，不肯字人。东坡至，喜曰：'吾婿也。'日徘徊窗外，听公吟咏，觉则亟去。东坡曰：'吾呼王郎与子为姻。'未几，坡公度海归。超超已卒，葬于沙际。因作《卜算子》。乃有鲖阳居士错为之解曰："东坡殊多寓意（以下引文与上雷同，略）"坡公岂为是哉。超超既钟情于公，公哀其能具只眼，知公之为举世无双，知公之堪为吾婿，是以不得亲近，宁死不愿居人间世也。即呼王郎为姻，彼且必死，彼知有坡公也。"

（清）沈雄《古今词话·词话上卷》

（按：同书《词辨》上卷释《卜算子》词牌，又载为超超赋词之事，但出处改作龙辅《女红余志》。清沈辰垣等编《历代诗余》引此则后，尚有数语云："按词为咏雁，当别有寄托，何得以俗情傅会也？"然后才标明引自《古今词话》。不知后数语是沈雄佚文，抑或是编者所按？）

坡孤鸿词，山谷以为不吃烟火食人语，良然。鲖阳居士云："缺月，刺明微也。漏断，暗时也。幽人，不得志也。独往来，无助也。惊鸿，贤人不安也。此与《考槃》诗相似云云。"村夫子强作解事，令人欲呕。……仆尝戏谓坡公命宫磨蝎，湖州诗案，生前为王珪、舒亶辈所苦，身后又硬受此差排耶。

（清）王士禛《花草蒙拾》

（《野客丛书》载苏轼于惠州赋《卜算子》传说）梨庄（宋周在浚自署）曰："此言亦非，似亦忌公者以此谤之，如'皆下簸钱'之类耳。小说纰缪，不足凭也。"

（清）徐轨《词苑丛谈》卷十

诗有无心讥刺，而拈来恰合者。余中年常出门，每于四五月夜，独宿舟中，听蛙声喧杂，终夜不寝，偶书绝句云："信宿扁舟夜未央，蛙声阁阁最凄凉。荒江月落天将晓，不辨官私闹一场。"一日在长安，有某冢宰见之，笑曰："此诗当为江南吏治而作也。"余大惊，遂谓草茅下贱，何敢妄议时事，偶然得句，实出无心。此所谓仁者见之谓之仁，智者见之谓之智也。

（清）钱泳《履园丛话·谭诗》卷八

（温庭筠《菩萨蛮》词①）此感士不遇也。篇法仿佛《长门赋》，而用节节逆叙。此章从梦晓后，领起“懒起”二字，含后文情事；“照花”四句，《离骚》“初服”之意。

（清）张惠言《词选》卷一

（欧阳修《蝶恋花》词②）“庭院深深”，闺中既以邃远也；“楼高不见”，哲王又不悟也。“章台”“游冶”，小人之径。“雨横风狂”，政令暴急也。“乱红飞去”，斥逐者非一人而已，殆为韩（宋韩琦）、范（宋范仲淹）作乎？

同上

（苏轼《卜算子》词）此东坡在黄州作。鲖阳居士云：“（引文同上，略）”

同上

（苏《卜算子》）此词乃东坡自写在黄州之寂寞耳。初从人说起，言如“孤鸿”之冷落，第二阕专就鸿说，语语双关。格奇而语隽，斯为超诣神品。

（清）黄蓼园《蓼园词评》

（欧《蝶恋花》词）首阕因杨柳烟多，若帘幕之重重者，庭院之深以此，即下句章台不见亦以此。总以见柳絮之迷人。加之雨横风狂，即拟闭门，而春已去矣。不见乱红之尽飞乎，语意如此。通首诋斥，看来必有所指。第词旨浓丽，即不明所指，自是一首好词。

同上

黄鲁直（黄庭坚字）评东坡“缺月挂疏桐”词云：“语意高妙，似非吃烟火食人语，非胸中有万卷书，笔下无点尘俗气，孰能至此？”诒案：此非抬高词人身分，实古人狮子搏

① 温词：“小山重叠金明灭，鬓云欲度香腮雪。懒起画蛾眉，弄妆梳洗迟。　照花前后镜，花面交相映。新帖绣罗襦，双双金鹧鸪。”

② 欧词：“庭院深深深几许？杨柳堆烟，帘幕无重数。玉勒雕鞍游冶处，楼高不见章台路。　雨横风狂三月暮，门掩黄昏，无计留春住。泪眼问花花不语，乱红飞过秋千去。”一说为冯延巳所作《鹊踏枝》词。

免，亦用全力。非同后人浮光掠影也。

（清）江顺诒《词学集成》卷七

东坡《卜算子》云："（同上，引文略）"时东坡在黄州，固不无沦落天涯之感。而鲖阳居士释之云："（引文同上，略）"字笺句解，果谁语而谁知之。虽作者未必无此意，而作者亦未必定有此意。可神会而不可言传，断章取义，则是刻舟求剑，则大非矣。

（清）谢章铤《赌棋山庄词话续编》卷一

（苏《卜算子》起句）皋文《词选》，以《考槃》为比，其言非河汉也。此亦鄙人所谓作者未必然，读者何必不然。

（清）谭献《复堂词话》

或以此词为温都监女作，陋甚。从《词综》与《词选》，庶见坡公面目。

（清）陈廷焯编选《词则大雅集》卷二眉批

词有与风诗意义相近者，自唐迄宋，前人巨制，多寓微旨。……温飞卿"小山重叠"，《柏舟》[①]寄意也。……冯正中（冯延巳字）"庭院深深"，《苌楚》[②]之悯乱也。

（清）张德瀛《词征》卷一

曾丰谓苏子瞻长短句，犹有与道德合者，"缺月疏桐"一章，触兴于惊鸿，发乎情性也，收思于冷洲，归乎礼义也。

同上卷五

（苏《卜算子》词）此亦有所感触，不必附会温都监女故事，自成馨逸。

（近代）郑文焯《大鹤山人词话·东坡乐府》

固哉，皋文之为词也！飞卿《菩萨蛮》、永叔《蝶恋花》、子瞻《卜算子》，皆兴到之作，有何命意？皆被皋文深文罗织。阮亭（王士禛号）《花草蒙拾》谓："坡公命宫磨蝎，生前为王珪、舒亶辈所苦，身后又硬受此差排。"由今观之，受差排者，独一公已耶？

（近代）王国维《人间词话删稿》

---

① 《诗经·邶风·柏舟》。
② 《诗经·桧风·隰有苌楚》。

（欧《蝶恋花》词）此词帘深楼迥及“乱红飞过”等句，殆有寄托，不仅送春也。

（近代）俞陛云《唐五代两宋词选释》

咏物词须别有寄托，不可直赋。自诉飘零，如东坡之咏雁；独写哀怨，如白石之咏蟋蟀，斯最善矣！

（近代）吴梅《词学通论》第五章

（温庭筠）今所传《菩萨蛮》诸作，固非一时一境所为，而自抒性灵，旨归忠爱，则无弗同焉。张皋文谓皆感士不遇之作，盖就其寄托深远者言之。

同上第六章

（温《菩萨蛮》词）此词表面观之，固一幅深闺美人图耳。张惠言、谭献辈将此词与以下十四章一并串讲，谓系“感士不遇”之作。此说虽曾盛行一时，而今人多持反对之论。窃以为单就此一首而言，张、谭之说尚可从。“懒起画蛾眉”句暗示蛾眉谣诼之意。“弄妆”“照花”各句，从容自在，颇有“人不知而不愠”之慨。

（近代）丁寿田等《唐五代四大名家词》甲篇

（苏《卜算子》词）此常州派“比兴说”，亦从东坡《西江月》“把盏凄然北望”及《水调歌头》“玉宇”“琼楼”之句联想而及者。若就词论词，则黄山谷谓“语意高妙，似非吃烟火人语”者，最为得之。首句写景，已一片幽静气象。次句写时，更觉万籁无声，纤尘不到。“幽人”身分境地，烘托已尽。然后说出“独往来”之“幽人”。“见”上着一“谁”字，更为上两句及下“孤”字出力。至“孤鸿”之“影”，则为见“幽人”者，或即“幽人”自身，均不可定。然而此中“有恨”焉，不知谁实“惊”之，为谁“回头”？而却系如此，乃知实有恨事，“无人”为“省”。“拣尽寒枝”两句，“孤鸿”心事，即“幽人”心事。因含此“恨”，寂寞自甘，但见徘徊“沙洲”，自寄其“不肯栖”之意。而其所以“恨”者，依然“无人”知之，固亦有吞吐含蓄之妙也。而通首空中传恨，一气呵成，亦具有“缥缈孤鸿”之象。

（近代）陈匪石《宋词举》卷下

（温《菩萨蛮》词）此调本二十首，今存十四首，此则十四首之一。二十首之主题皆以闺人因思别久之人而成梦，因而将梦前、梦后、梦中之情事组合而成。此首则写梦醒时之情思也。

（现当代）刘永济《唐五代两宋词简析》

（温《菩萨蛮》）这首词写一个女子孤独的哀愁。全词用美丽的字句，写她的晓妆……最后七八两句表面还是写装扮，她在试衣时忽然看见衣上的“双双金鹧鸪”，于是怅触自己的孤独的生活。全词寓意，于是最后豁出。

（现当代）夏承焘《唐宋词欣赏》

（温）全词描写女性，这里面也可能暗寓这位没落文人自己的身世之感。至若清代常州派词家拿屈原来比他，说“照花前后镜”四句即《离骚》“初服”之意（见张惠言《词选》），那无疑是附会太过了。

同上

（欧《蝶恋花》）这首词描写一个贵族少妇深闺独守的苦闷心情。……这首词虽然表面是写一个女子的苦闷，但它的寓意不限于此。

从屈原《离骚》以来，就以美人香草寄托君臣，后代士大夫以男女寄托君臣的诗歌，指不胜屈。欧阳修这首词也是属于这一类。

同上

研究词，有一总原则，即：读词必须研究词本身，万不可信索隐派微言大义、寄托深远等妄言。此风起于张惠言《词选》序文，将温庭筠之美人起居词曲解为“感士不遇也”，其后常州派风行一时，周济、陈廷焯均此遗流。近世论词者亦不免，或明知其非而不得不作敷衍门面语。

（现当代）吴世昌《词林新话·词论》

（苏《卜算子》）此词历来解说纷纭，皆不可信。作者自注此调作于黄州，何得牵涉惠州女子？词话全是胡说！鲖阳居士所言，王渔洋评之曰：“村夫子强作解事，令人作呕。”的评。而皋文云：“此词与《考槃》诗极相似。”胡诌！余谓此词乃坡翁秋夜江边独步，“幽人”即自指。因独步，故其影似孤鸿影也。“鸿”字从“翩若惊鸿”悟出。下片借鸿以自写郁陶，故曰“有恨无人省”，末句写尽当时心境。寂寞沙上幽人独步，“谁见”者，无人见也。下片确有孤鸿在空中盘旋巡夜，但非为拣枝而栖。

又《词林新话·两宋（上）》

（苏词为惠女而赋故事）这是牵强附会之说，歪曲了原词的题意。作者是以孤鸿为喻，表示孤高自赏、不愿与世俗同流的生活态度，实际上是反映在政治上失意的孤独和寂寞。

（现当代）胡云翼《宋词选》

（张惠言评欧《蝶恋花》）把“庭院深深”说成是屈原《离骚》中讲的“闺中既以邃远兮，哲王又不悟”，宫中变得非常深远，楚怀王又不觉悟，屈原被放逐，感叹见不到怀王。这样解释，显然和词意不合。词里讲那个女子被关在深深庭院里，要是把女子比作不得志的士人，比作屈原一类人，那又怎么牵扯到楚怀王在深宫里不容易见到呢？这个开头就讲不通。这个女子被关在深深庭院里，无可告诉，所以泪眼问花，花也在飘零，不能回答她，是借花来衬托自己的痛苦，怎么又牵扯到宋朝韩琦、范仲淹的被排挤呢？用不相干的作品来比附，这显然也是讲不通的。

（现当代）周振甫《诗词例话·忌穿凿》

（苏词）说孤鸿有恨，实际是诗人自己有恨的反映，说孤鸿不肯在树枝栖宿，含有自己不肯随便投靠人，宁愿在贬谪中过寂寞的生活。这是触景生情，诗人借孤鸿来表达自己的感情。像这样的寓意，在词中是看得出来的。

鲖阳居士不是这样解释，他说“缺月”讽刺政治不清明，“漏断”讽刺时局黑暗，这在词里看不出来，就牵强了。张惠言说它同《考槃》相似，《考槃》讲贤人乐于隐居山间，而这首词说明有恨，情绪并不一样。

这里又接触到另一个问题，就是对作品的解释是一事，从作品中引起触发是另一事。由于作品通过形象来表现，读者读作品时接触到作品中的形象，读者可以用自己的生活经验和感受赋予形象以各种新的意义，这可以说是读者的再创造。这种再创造所赋予的含义，不一定是原作所有。……因此，在解释原作时要严格按照原作的意思，不该断章取义，离开原作而凭自己的感受来说。在这个意义上，我们说张惠言的评语是穿凿附会。

同上

无理而妙者：“嫁东风”之类

“无理而妙”之“理”，是与人情相对立的理，即所谓“实用理性”“名言之理”；与前《名言之理与诗家之理》所说的形而上的天人合一的物理、事理之“理”，有根本的不同。

宋陈辅《诗话》曾载同时人王安石特别赞赏王建的《宫词》“自是桃花贪结子，错教人恨五更风”等诗句，并“谓其意味深婉而悠长”。这个例说，或许可以视为“无理之妙”核心理念的萌现，但毕竟太过感性、模糊，于理论几乎不着边际。过了五百多年，明钟惺、谭元春在《唐诗归》中评说李益《江南曲》是“荒唐之想，写怨情却真切”，王建“自是桃花”二句“翻得奇，又是至理”，算是隐约提出了理论上的“情”与“理”的关系：于情“真切”，乃为“至理”，但又是“荒唐”之想，似乎无理。

差不多再过百把年，清初贺裳便明确提出了诗词中的一种法则：“无理而妙。”这类诗词，自是“妙语”，却不能以通常的“理”去衡量，是“无理之理”，“是于理多一曲折”，“更进一层”。在思想方法上，由此也总结出一条，那就是“诗不可执一而论”。什么叫作“不可执一而论”？从字面上推敲，就是不能老在“理”这个字上拘泥，不要以为道理只有一种。许多诗词，从一方面看，似乎是“荒唐”的，是“无理”的，而从另一方面来看，又是有理的，不但有理而且是“妙理”，很生动的。

为什么是生动之“妙理”呢？贺裳的好友吴乔在概述其论说后曾一语点破：“无理之理”是唐诗的“理”，和宋人诗话所谓的“理”不是一回事。这就是说，那宋人的理，是所谓“名言之理”，即抽象教条的理；而这里的“理”则是合乎人情之理，是诗家之理，是一种间接的理，和一般的实用理性不同。直接就是从理到理，而间接又是通过什么达到的呢？同时代的徐增，尝试以李益诗为例作出回答：“此诗只作得一个‘信’字。……要知此不是悔嫁瞿唐贾，也不是悔不嫁弄潮儿，是恨‘朝朝误妾期’耳。”意谓女子不是真正要嫁给弄潮儿，而只是要表达一个“恨”字。恨什么呢？恨商人无“信”，没有准确的归期，一天又一天，误了她的青春。这里解读的就不完全是“理”，而是一种“情”。从“情”来说，这个“恨”，是长久期待“信”的反面，这个期待其实是爱造成的，从这个意义上说，也有道理，不过不是通常的理，其中包含着矛盾，因为太期待，太爱，反而变成了“恨”，这是爱的理，和平常之理相比，是逻辑的悖逆，可以叫作“情理”。

通常的理，简而言之，只是一种逻辑上的因果关系。因为嫁给商人，商人行踪不定，所以常常误了她的期待。因为船夫归期有信，所以还不如嫁给他。这仅仅是表面的原因，即通常之理。在这原因背后，还有原因的原因。为什么发出这样极端的幽怨呢？因为期盼之切。而这种期盼之切、之深，则是一种激愤。从字面上讲，不如嫁给船夫，是直接的实用因果关系，而期盼之深的原因，其性质则是情感，是隐含在这个直接原因深处的。这就造成了因果层次的转折，也就是所谓“于理多一曲折耳”。

贺裳还举张先“沉恨细思，不如桃杏，犹解嫁春风”词句印证“无理而妙”说。稍后，沈雄又由此有所发挥。他认为清彭孙遹词句“落花一夜嫁东风，无情蜂蝶轻相许”，也即如张先的词句，强调“贺公谓其无理而入妙”，彭词“绰然有生趣，而又耐人长想”，可谓是“愈无理则愈入妙”，并明确指出：“词家所谓无理而入妙，非深于情者不辨。”沈雄比徐增杰出之处在于，当时一般诗话词话家都把“理”与“意”结合起来考虑，意决定理，而他却非常明确地提出了“深情”导致“无理”的命题。很可惜的是，对这样一个重要的命题，不但论者评家没有给予应有的重视，连他自己也没有十分在意。许多论者还热衷于在字句上钻牛角尖，如李渔把“云破月来花弄影”的“弄”字，说是“词极尖新，而实为理之所有”。

其实，所谓“理之所有”，正是情之所在。无理而有情的理论，产生在 17 世纪的我国，在当时世界上，比之英国浪漫主义理论家赫斯立特的诗的想象理论，要早出一个多世纪。令人不解的是，这个宝贵的理论遗产，就是今天也没有得到应有的重视。倒是《红楼梦》中香菱学诗时所说的“有似乎无理的，想去竟是有理有情的”的话，因为作者是曹雪芹，就为大家所津津乐道，反复援引。其实，香菱所谓的无理的好处，只是“合上书一想，倒像是见了这景的”。从理论上来说，还是拘于“逼真”，无理之所以有理，就因为是“真的”。然而，诗与真的关系并不是这样简单。比之散文，诗中的真实和想象、实感和虚拟是结合在一起的，是矛盾的统一体。香菱学诗，只是某种粗浅的体悟，并不代表曹雪芹的诗学观念，这一点，似乎被许多论者忽略了。

陈一琴辑历代诗话

王建《宫词》，荆公独爱其“树头树底觅残红，一片西飞一片东。自是桃花贪结子，错教人恨五更风”[①]，谓其意味深婉而悠长也。

（宋）陈辅《陈辅之诗话》

张先子野郎中（字子野，以尚书都官郎中致仕）《一丛花》词云：“怀高望远几时穷。无物似情浓。离魂正引千丝乱，更南陌、香絮蒙蒙。嘶骑渐遥，征尘不断，何处认郎踪。　双鸳池沼水溶溶。南北小桡通。梯横画阁黄昏后，又还是、斜月朦胧。沉恨细思，不如桃杏，犹解嫁东风。”一时盛传。欧阳永叔尤爱之，恨未识其人。子野家南地，以故至都，谒永叔，阍者以通。永叔倒屣迎之，曰：“此乃‘桃杏嫁东风’郎中。”

（宋）范公偁《过庭录》

予绝喜李颀诗云：“远客坐长夜，雨声孤寺秋。请量东海水，看取浅深愁。”[②]且作客涉远，适当穷秋，暮投孤村古寺中，夜不能寐，起坐凄恻，而闻檐外雨声，其为一时襟抱，不言可知，而此两句十字中，尽其意态，海水喻愁，非过语也。

（宋）洪迈《容斋随笔》卷四

（按：此则记载，又见宋张端义《贵耳集》卷上。）

韦文庄《明春（小重山）》云：“柳暗花明春事深。小阑红芍药，已抽簪。雨余风软碎鸣禽。迟迟日，犹带一分阴。”[③]语意甚婉约。但鸣禽曰“碎”，于理不通，殊为语病。唐人句云：“风暖鸟声碎。”[④]然则何不曰“暖风娇鸟碎鸣音”也？

（明）陈霆《渚山堂词话》卷二

王建《宫词》曰：“自是桃花贪结子，错教人恨五更风。”此意也。……悟者得之，庸心以求，或失之矣。

（明）谢榛《四溟诗话》卷二

（李益《江南曲》[⑤]）荒唐之想，写怨情却真切。

（明）钟惺、谭元春《唐诗归》卷二十七钟批语

---

① 王建《宫词一百首》（其九十）。

② 《全唐诗》卷五百六十八作李群玉《雨夜呈长官》诗句。

③ 据《全宋词》卷二百八十载，此词系章良能《小重山》上阕。

④ 杜荀鹤《春宫怨》诗句：“风暖鸟声碎，日高花影重。”

⑤ 李诗：“嫁得瞿塘贾，朝朝误妾期。早知潮有信，嫁与弄潮儿。”

（王建《宫词》后二句）翻得奇，又是至理。

同上钟批语

琢句炼字，虽贵新奇，亦须新而妥，奇而确。妥与确，总不越一理字，欲望句之惊人，先求理之服众。时贤勿论，吾论古人。古人多任务于此技，有最服予心者，“云破月来花弄影”[①]郎中是也。……“云破月来”句，词极尖新，而实为理之所有。

（清）李渔《窥词管见》第七则

诗又有以无理而妙者，如李益“早知潮有信，嫁与弄潮儿”，此可以理求乎？然自是妙语。至如义山“八骏日行三万里，穆王何事不重来”，则又无理之理，更进一层。总之诗不可执一而论。

（清）贺裳《载酒园诗话》卷一

唐李益词曰：“（即《江南曲》，同上引，略）”子野《一丛花》末句云：“沉恨细思，不如桃杏，犹解嫁春风。”此皆无理而妙，吾亦不敢定为所见略同，然较之“寒鸦数点”[②]，则略无痕迹矣。

又《皱水轩词筌》

余友贺黄公（贺裳字）曰：“严沧浪谓‘诗有别趣，非关理也’，而理实未尝碍诗之妙。如元次山《舂陵行》、孟东野《游子吟》等，直是“六经”鼓吹，理岂可废乎？其无理而妙者，如‘早知潮有信，嫁与弄潮儿’，但是于理多一曲折耳。”乔谓唐诗有理，而非宋人诗话所谓理；唐诗有词，而非宋人诗话所谓词。

（清）吴乔《围炉诗话》卷一

（按：此则标点似欠妥。查《载酒园诗话》，吴乔系概述贺裳论说，并非直引原文。“于理多一曲折”一语，当是吴对贺“更进一层”说之阐发。清李锳《诗法易简录》卷十三评李益《江南曲》亦云：“极言夫婿之无信也。借潮信作翻波，便有无限曲折。”）

---

① 张先《天仙子·时为嘉禾小倅，以病眠不赴府会》词：“水调数声持酒听。午醉醒来愁未醒。送春春去几时回，临晚镜。伤流景。往事后期空记省。　沙上并禽池上暝。云破月来花弄影。重重帘幕密遮灯，风不定。人初静。明日落红应满径。”胡仔《苕溪渔隐丛话》前集卷三十七引陈正敏《遁斋闲览》云：“张子野郎中，以乐章擅名一时。宋子京尚书奇其才，先往见之，遣将命者，谓曰：‘尚书欲见“云破月来花弄影”郎中乎？’”

② 秦观《满庭芳》词句：“斜阳外，寒鸦万点，流水绕孤村。”万，一作“数”。

（李益《江南曲》）此诗只作得一个“信”字。……要知此不是悔嫁瞿唐贾，也不是悔不嫁弄潮儿，是恨个“朝朝误妾期”耳。眼光切莫错射。

（清）徐增《而庵说唐诗》卷九

（李颀诗[①]）前十字意态既尽，无复赘言，只以取喻掉合，此盖赋而比也。其浅深不从海水量出，而在前十字中看出，其意自婉。皇甫百泉尝言：“刘禹锡‘欲问江深浅，应知远别情’[②]，李太白‘请君试问东流水，别意与之谁短长’[③]，江淹《拟休上人怨别》‘桂水日千里，因之平生怀’，何必长短深浅邪？”盖禹锡、太白未免直致，而颀正以婉胜也。

（清）吴景旭《历代诗话》卷四十七

[杜甫《喜观即到复题短篇二首》（其二）[④]]前半喜其至，而又怨其不即至，皆引领延伫时无可奈何之语。嗔乌鹊之不灵已妙矣，“抛书示鹡鸰”，尤觉怪得无理。“数驿亭”，计水程也。“嫌津柳”，碍望眼也。景事意俱妙。

（清）黄生《杜诗说》卷七

（杜甫《雨不绝》诗[⑤]）五六写题意甚妙。“莫”者，疑辞。雨久则石燕亦应乳子，行云莫自湿衣，此严氏所谓趣不关理者也。

同上卷十三

（按：清仇兆鳌《杜诗祥注》卷十五，引朱瀚谓：“舞石加乳子，未免冗赘。神女自湿衣，何须过虑。”）

王阮亭曰：“彭羡门善于言情，《春暮》之什，亦自矜胜。词云：‘莺掷金梭，柳抛翠缕。盈盈娇眼慵难举。落花一夜嫁东风，无情蜂蝶轻相许。　尺五楼台，秋千笑语。青鞋湿透胭脂雨。流波千里送春归，棠梨开尽愁无主。’[⑥]此即张子野‘不如桃杏，犹解嫁春风’也。贺黄公谓其无理而入妙，羡门‘落花一夜嫁东风，无情蜂蝶轻相许’句，愈无理

---

① 同洪迈《容斋随笔》或误，即李群玉诗。

② 《鄂渚留别李表臣》诗句。

③ 《金陵酒肆留别》诗句。

④ 杜诗：“待汝嗔乌鹊，抛书示鹡鸰。枝间喜不去，原上急曾经。江阁嫌津柳，风帆数驿亭。应论十年事，愁绝始惺惺。”

⑤ 杜诗：“鸣雨既过渐细微，映空摇飏如丝飞。阶前短草泥不乱，院里长条风乍稀。舞石旋应将乳子，行云莫自湿仙衣。眼边江舸何匆促，未待安流逆浪归。”

⑥ 彭孙遹（号羡门）《踏莎行·春暮》词。轻，一作“空”。

则愈入妙，便与解人参之，亦不易易。”

（清）沈雄《古今词话·词辨上卷》

（按：沈雄《柳塘词话》卷四亦载：“《延露词》绰然有生趣，而又耐人长想。如‘旧社酒徒零乱。添得红襟燕。落花一夜嫁东风，无情蜂蝶轻相许’，词家所谓无理而入妙，非深于情者不辨。”）

（万楚《河上逢落花》诗①）嘱花致语，无理得妙。

（清）范大士《历代诗发》

（元好问《北邙》诗）“焉知原上冢，不有当年吾”：奇想中有妙理。

（清）查慎行《初白庵诗评》卷中

正有无理而妙者，如李君虞“(《江南曲》同上，略)”，刘梦得“东边日出西边雨，道是无晴却有晴”，李义山“八骏日行三万里，穆王何事不重来”。语圆意足，信手拈来，无非妙趣。

（清）方贞观《方南堂先生辍锻录》

若诗，如老杜“九重春色醉仙桃”，略迹而会神，又追琢，又混成。“醉仙桃”不可解，亦正不必求解。晋人谓王导能作无理事，此亦无理诗也。

（清）方世举《兰丛诗话》

［苏轼《东坡八首》(其三)②］“泫然”二句，无理有情。沧浪所谓“诗有别趣”，盖指此种，惟标为宗旨则隘矣。

（清）纪昀《纪文达公评苏文忠公诗》卷二十一

（按：原诗有叙云：“余至黄州二年，日以困匮。故人马正卿哀余乏食，为于郡中请故营地数十亩，使得躬耕其中。地既久荒为茨棘瓦砾之场，而岁又大旱，垦辟之劳，筋力殆尽。释耒而叹，乃作是诗，自愍其勤，庶几来岁之入以忘其劳焉。”）

---

① 万诗：“河上浮落花，花流东不息。应见浣纱人，为道长相忆。”

② 苏诗：“自昔有微泉，来从远岭背。穿城过聚落，流恶壮蓬艾。去为柯氏陂，十亩鱼虾会。岁旱泉亦竭，枯萍黏破块。昨夜南山云，雨到一犁外。泫然寻故渎，知我理荒荟。泥芹有宿根，一寸嗟独在。雪芽何时动，春鸠行可脍。”

张子野“不如桃杏，犹解嫁东风”，《词筌》谓其无理而妙。羡门“落花一夜嫁东风，无情蜂蝶轻相许”，愈无理而愈妙，试与解人参之。

（清）冯金伯《词苑萃编》卷二

香菱笑道：“据我看来，诗的好处，有口里说不出来的意思，想去却是逼真的；有似乎无理的，想去竟是有理有情的。”……“我看他《塞上》① 一首，那一联云：‘大漠孤烟直，长河落日圆。’想来烟如何直？日自然是圆的。这‘直’字似无理，‘圆’字似太俗。合上书一想，倒像是见了这景的。若说再找两个字换这两个，竟再找不出两个字来。再还有：‘日落江湖白，潮来天地青。’②这‘白’‘青’两个字，也似无理。想来，必得这两个字才形容得尽，念在嘴里，倒像有几千斤重的一个橄榄。……”

（清）曹雪芹《红楼梦》四十八回

萧吟《浪淘沙·中秋雨》云：“贫得今年无月看，留滞江城。”“贫”字入词伙矣，未有更新于此者。无月非贫者所独，即亦何加于贫？所谓愈无理愈佳。词中固有此一境。唯此等句以肆口而成为佳。若有意为之，则纤矣。

（近代）况周颐《蕙风词话》卷三

（戴叔伦《湘南即事》诗③）此怀归不得而怨沅湘，语虽无理，情实有之，读来使人为之黯然。

（现当代）刘永济《唐人绝句精华》

陈以庄《菩萨蛮》云：“举头忽见衡阳雁，千声万字情何限。叵耐薄情夫，一行书也无。　泣归香阁恨，和泪淹红粉。待雁却回时，也无书寄伊。”与“早知潮有信，嫁与弄潮儿”，同为不可以常理论，而实人间之真情。盖所谓流为“怨怼激发”，而不可为训者也。虽为理之所无，不可谓非情不所有也。

又《词论·作法》卷下

---

① 王维《使至塞上》：“单车欲问边，属国过居延。征蓬出汉塞，归雁入胡天。大漠孤烟直，长河落日圆。萧关逢候骑，都护在燕然。”

② 又《送邢桂州》：“铙吹喧京口，风波下洞庭。赭圻将赤岸，击汰复扬舲。日落江湖白，潮来天地青。明珠归合浦，应逐使臣星。”

③ 戴诗：“卢橘花开枫叶衰，出门何处望京师。沅湘日夜东流去，不为愁人住少时。”

竹香、雪香……梦魂香

竹香、柳香、雪香、云香、雨香、樱桃香、鱼香……在古典诗作中频频出现，引起了长期争议。批评者认为，竹、柳、雪、云、雨之类作为自然现象，在人的生理嗅觉中，根本不存在香的可能，因此失实而无理，显然是“语病”。但许多著名的诗论家、诗评家则以各种理由为之辩解，认为并未失真，或是评者自己错会了其意。

其中争论得最为激烈的是鲈鱼香。张耒批评说：“鱼未为羹，虽嘉鱼直腥耳，安得香哉？”《松江诗话》则解释曰：“鱼虽不香，作羹芼以姜橙，而往往馨香远闻。”王楙又以为“此‘鲈鱼香’云者，谓当八、九月鲈鱼肥美之时节气味耳，非必指鱼之馨香也”。辩者意思是说，鱼香虽然不是真的，但是姜橙佐香或气味似香等等却是真的。至于竹香、柳香、雪香、雨香之类，辩护者大抵也以种种借口极言其为自然之真实。杨慎说：“竹亦有香，细嗅之乃知。”王琦说：“雨自花间而坠者，故有香。”边连宝更称：“大要草木之有气味者，皆可言香，不必椒桂蕙兰也。”

说得最为牵强附会的是何良俊。他用佛学道理强辩道：“鼻是六根之一，香是六尘之一，故鼻之所触即谓之香。暑天大雨，必先有一阵气味，此非雨香而何？”更无稽的是，什么“员峤山石，烧之成香云，遍润成香雨”；外国有以柳花为原料酿酒，“风吹柳花满店香”“亦以酒言”。弄到这样掉书袋，钻牛角尖，只能说明机械真实论已走到穷途了。

中国古典诗评在理论上往往流露出最显著的局限，就是以绝对的真实感（所谓“物理”）为预设的大前提，完全无视生理真实与心理真实，营造诗歌意境的矛盾。批评者如此，辩解者亦如是，出发点都是机械真实论。其极端者，连王夫之也未能免俗，他就强调一切描写必以亲眼所见为“铁门槛”。当然，这并不是古典诗话的全部，另外一方面，许多诗话又在中国古典哲学基础上建构了有无、虚实、宾主等范畴。谢榛提出与写实相对的“写虚”：“写景述事，宜实而不泥乎实。”黄生提出写“无景之景”难于写“有景之景”。乔亿针对王夫之的“目接”，提出相反的范畴“神遇”。如此等等，都隐含着后来叶燮所说的诗歌艺术“想象”。

优秀的诗评家即使在理论上受制于机械真实论时，往往也能从实践上加以补正。如胡震亨直接指出：“诗人写物，正不必问其有出处与否。若以员峤有香云香雨方敢用之，则诗亦大拙钝矣。”这是说如果拘泥于生理的真和实，诗就太笨拙了。在这方面，诗话不乏独到的直觉性的猜测。田同之说：“诗人肺腑，自别具一种慧灵，故能超出象外，不必处处有来历，而实处处非穿凿者。”这里的“超出象外”，其实是从司空图“超以象外，得其环中”之说演化而来的。“诗人肺腑”的特点，是一种“慧灵”。诗境之所以能够超出象外，即超越自然现象，凭借的就是诗人的“慧灵”，用今天的话说，也就是诗人的想象。这种艺术想象可以超越诗人的生理感知的局限。

论说最为到位的乃是清人吴景旭：“妙在不香说香，使本色之外，笔补造化。”这是说，对于诗来说，大自然的现象有所不足之处，就要诗人通过想象之笔来补足、创造它，这正是不香说香的妙境。可见诗人有权利使得自然现象“形质俱变”。区区嗅觉，发生变异，本是题中之义。由此，也就不难解释“梦魂香”为何在宋人诗作中反复运用，王维“孰知不向边庭苦，纵死犹闻侠骨香”何以成为千古名句。

周振甫先生以“通感”来解释竹香、雪香之类，实际上有点混淆。“通感”乃在两种，甚至两种以上的感觉之间的“契合”。波德莱尔在他的纲领性诗作《契合》中明确指出，是“颜色，芳香与声音相呼应”，“有些芳香如新鲜的孩肌，宛转如清笛，青绿如草地”。这里的通感是指芳香作为嗅觉，和清笛作为听觉、青绿草地作为视觉之间的转移和契合。

而香雨、香雪、香云之类，则是一种感觉（嗅觉）从无感到有感的生成，其实与通感无关。

陈一琴辑历代诗话

黄季涔言一士人诗云：“啼月杜鹃喉舌冷，宿花蝴蝶梦魂香。”[①]

盖自唐赵嘏发之，赵云：“松岛鹤归书信绝，橘州风起梦魂香。”[②]

（宋）吴幵《优古堂诗话》

① 宋代佚名诗断句，失题。宋人颇喜袭用“梦魂香”词语入诗。如：白玉蟾《赠蓬壶丁高士琴》“竹里鹃啼喉舌冷，花间莺宿梦魂香”，陈造《次韵赵帅四首》“醉倒不堪酬礼教，归来赢得梦魂香”，葛绍体《题四清枕屏》“月上小窗人欲静，睡来清入梦魂香”，郭俨《晓睡》“草生诗意足，花落梦魂香”，释文珦《咏梅》“独余冰玉质，熏得梦魂香”，赵必象《避地惠阳鼓峰》“收拾当年破敕黄，山中蕙帐梦魂香”，毛珝《浣溪沙·桂》词“绿玉枝头一粟黄，碧纱帐里梦魂香”。

② 赵嘏佚诗断句，失题。

太白《宫词》云："梨花白雪香。"[①]子美《咏竹》[②]云："风吹细细香。"二物初无香，二公皆以香言之，何也？

（宋）胡仔《苕溪渔隐丛话》后集卷四

唐自四月一日，寝庙荐樱桃后，颁赐百官，各有差。摩诘诗："归鞍竞带青丝笼，中使频倾赤玉盘。"[③]退之诗："香随翠笼擎初重，色映银盘泻未停。"[④]二诗语意相似。摩诘诗浑成，胜退之诗。樱桃初无香，退之言香，亦是语病。

同上卷九

竹未尝香也，而杜子美诗云："雨洗娟娟静，风吹细细香。"雪未尝香也，而李太白诗云："瑶台雪花数千点，片片吹落春风香。"[⑤]

（宋）葛立方《韵语阳秋》卷四

张文潜云："陈文惠公题《松江》诗[⑥]，落句云：'西风斜日鲈鱼香。'言松江有鲈鱼耳，当用此'乡'字，而数本现皆作'香'字。鱼未为羹，虽嘉鱼直腥耳，安得香哉？"《松江诗话》曰："鱼虽不香，作羹芼以姜橙，而往往馨香远闻，故东坡诗曰：'小船烧薤捣香齑。'[⑦]李巽伯（宋李处权字）诗曰：'香齑何处煮鲈鱼。'鱼作'香'字，未为非也。"仆谓作者正不必如是之泥。刘梦得诗曰："湖鱼香胜肉。"[⑧]孰谓鱼不当言香邪？但此"鲈鱼香"云者，谓当八、九月鲈鱼肥美之时节气味耳，非必指鱼之馨香也。张右史之说既已失之，而周知和乃复强牵引苏黄二诗以证"鲈鱼香"之说，且谓芼以姜橙，往往馨香远闻，其见谬甚，所谓道在迩而求诸远。鲈鱼"香"字比鲈鱼"乡"甚觉气味长，更与识者参之。

（宋）王楙《野客丛书》卷七

（按：此则亦见《永乐大典》本宋周必大《二老堂诗话》，《历代诗话》本《二老堂诗话》则未载。）

---

① 即《宫中行乐词八首》（其二）诗句："柳色黄金嫩，梨花白雪香。"

② 即《严郑公宅同咏竹》（得香字）："绿竹半含箨，新梢才出墙。色侵书帙晚，阴过酒樽凉。雨洗娟娟净，风吹细细香。但令无剪伐，会见拂云长。"娟娟，一作"涓涓"。净，一作"静"。

③ 《敕赐百官樱桃》诗句。

④ 《和水部张员外宣政衙赐百官樱桃诗》句。重、泻，一作"到""写"。

⑤ 《酬殷明佐见赠五云裘歌》诗句。

⑥ 陈尧佐（卒谥文惠）诗："平波渺渺烟苍苍，菰蒲才熟杨柳黄。扁舟系岸不忍去，西风斜日鲈鱼香。"香，《历代吟谱》作"乡"。

⑦ 《金橙径》诗："金橙纵复里人知，不见鲈鱼价自低。须是松江烟雨里，小船烧薤捣香齑。"

⑧ 《历阳书事七十韵》诗句："湖鱼香胜肉，官酒重于饧。"

渔隐曰："退之《樱桃》诗曰：'香随翠笼擎初重，色映银盘泻未停。'樱桃无香，退之言香，亦是语病。"仆谓凡丽于土而被雨露之发育者，皆有香，香者气也。谓草无香，则曰："风吹花草香。"[①]谓竹无香，则曰："风吹细细香。"岂可谓樱桃无香哉！渔隐不参物理，但谓芬馥者为香，而不知物之触于鼻观者，非香而何？

同上卷十四

花竹亦有无香者，世所共知。樱桃初无香，退之云"香随翠笼擎初重"，则以香言之；竹与枇杷本无香，子美云"风吹细细香""枇杷树树香"[②]，则皆以香称之；至于太白，又以柳为有香，其曰"风吹柳花满店香"[③]是也。

（宋）孙奕《履斋示儿编·诗说》卷十

杜子美《竹》诗："雨洗娟娟净，风吹细细香。"李长吉《新笋》诗："斫取青光写楚词，腻香春粉黑离离。"[④]又《昌谷诗》："竹香满凄寂，粉节涂生翠。"[⑤]竹亦有香，细嗅之乃知。

（明）杨慎《升庵诗话》卷三

雨未尝有香也，而李贺诗"衣（依）微香雨青氛氲"[⑥]，元微之诗"雨香云淡觉微和"[⑦]。云未尝有香，而卢象诗云"云气香流水"[⑧]。

同上卷七

李太白诗："风吹柳花满店香。"温庭筠《咏柳》诗："香随静婉歌尘起，影伴娇娆舞袖

① 杜甫《绝句二首》（其一）诗句："迟日江山丽，春风花草香。"又宋葛立方《大人筑室将毕道祖亦作宅基治园作四诗示道祖》诗句："菱罢水天接，风来花草香。"

② 《田舍》诗："田舍清江曲，柴门古道旁。草深迷市井，地僻懒衣裳。杨柳枝枝弱，枇杷对对香。鸬鹚西日照，晒翅满渔梁。"对对，亦作"树树"。

③ 《金陵酒肆留别》诗："风吹柳花满店香，吴姬压酒唤客尝。金陵子弟来相送，欲行不行各尽觞。请君试问东流水，别意与之谁短长？"

④ 即李贺《昌谷北园新笋四首》（其二）："斫取青光写楚辞，腻香春粉黑离离。无情有恨何人见，露压烟啼千万枝。"辞，杨慎误引作"词"。

⑤ 又《昌谷诗》句："竹香满凄寂，粉节涂生翠。草发垂恨鬓，光露泣幽泪。"

⑥ 《河南府试十二月乐词·四月》诗："晓凉暮凉树如盖，千山浓绿生云外。依微香雨青氛氲，腻叶蟠花照曲门。金塘闲水摇碧漪，老景沉重无惊飞，堕红残萼暗参差。"

⑦ 元稹《和乐天早春见寄》诗句："雨香云淡觉微和，谁送春声入棹歌。"

⑧ 卢象《家叔征君东溪草堂二首》（其一）诗句："雷声转幽壑，云气杳流水。"杳，杨慎误引作"香"。胡震亨、吴景旭等亦有误引，不另标。

垂。”[①] 传奇诗：“莫唱踏春阳，令人离肠结。郎行久不归，柳自飘香雪。”其实柳花亦有微香，诗人之言非诬也。李又有“瑶台雪花数千点，片片吹落春风香”之句。

同上

老杜《竹》诗云：“雨洗涓涓净，风吹细细香。”太白《雪》诗云：“瑶台雪花数千点，片片吹落春风香。”李贺《四月词》云：“依微香雨青氛氲。”元微之诗云：“雨香云淡觉微和。”以世眼论之，则曰竹、雪、雨何尝有香也？

（明）俞弁《逸老堂诗话》卷上

《传》称臭味，盖言气味也。气可以言臭，独不可以言香乎？故《心经》云：“眼耳鼻舌身，意色声香味触法。”鼻是六根之一，香是六尘之一，故鼻之所触即谓之香。暑天大雨，必先有一阵气味，此非雨香而何？升庵善吟，独不求作者之意耶？

（明）何良俊《四友斋丛说》卷三十六

题竹：“雨洗娟娟净，风吹细细香。”说者谓竹无香，诚无香也，如风调之美何！

（明）胡应麟《诗薮》内编卷五

诗人多目梅为香雪。然唐商七七者，有异术，呼屏间画妇人，使之歌，妇女应声歌曰：“愁见唱阳春，令人离肠结。郎去未归来，柳自飞香雪。”则柳花也。或疑柳絮无香，而太白诗亦云“风吹柳花满店香”，何耶？

（明）李日华《恬致堂诗话》卷三

李白诗“风吹杨柳满店香”，温庭筠《咏柳》诗“香随静婉欲（歌）尘起，影伴娇娆舞袖垂”……其实柳花亦有微香，诗人之言非诬也。

（明）王昌会《诗话类编·题咏上》卷十六

雨未尝有香也，而李贺诗：“依微香雨青氛氲。”元微之诗：“雨香云淡觉微和。”云未尝有香，而卢象诗云：“云气香流水。”此杨用修语也。陈晦伯驳之，谓云雨未尝无香，引《拾遗记》，员峤山石，烧之成香云，遍润成香雨为证。诗人写物，正不必问其有出处与否。

---

① 即《题柳》：“杨柳千条拂面丝，绿烟金穗不胜吹。香随静婉歌尘起，影伴娇娆舞袖垂。羌管一声何处曲，流莺百啭最高枝。千门九陌花如雪，飞过宫墙两自知。”

若以员峤有香云香雨方敢用之，则诗亦大拙钝矣，晦伯何足以难用修乎？

（明）胡震亨《唐音癸签》卷十六

杜《咏竹》云“风吹细细香”，或谓竹无香，不知竹有一种清芬气韵，嗅之扑鼻者，即香也。

（明）冯复京《说诗补遗》卷六

（张九龄《苏侍郎紫薇庭各赋一物得芍药》诗[①]）芍药无香，即言香无害。诗以风味为佳，不以事实为贵。

（明）陆时雍《唐诗镜》卷八

余尝见一人诗云：“风吹满店柳花香。”此直谓柳花乃香耳。因谓友人陈文叔云：“李太白谓‘风吹柳花满店香’，此第谓春气袭人，风来香满，此香不必自杨柳来也。张九龄咏芍药谓‘香闻郑国诗’，《诗》、芍药无香，《郑诗》亦未尝言芍药香。诗家之意况风味，难以迹泥如此。”

同上卷十九

竹初无香，杜甫有“雨洗涓涓净，风吹细细香”之句；雪初无香，李白有“瑶台雪花数千点，片片吹落春风香”之句；雨初无香，李贺有“依微香雨青氛氲”之句；云初无香，卢象有“云气香流水”之句。妙在不香说香，使本色之外，笔补造化，而渔隐乃病之，我恐此老膏肓正甚。

（清）吴景旭《历代诗话》卷四十九

唐人诗中，钟声曰“湿”，柳花曰“香”，必来君辈指摘。不知此等皆宜细参，不得强解。

（清）吴雷发《说诗菅蒯》

（李贺《河南府试十二月乐词·四月》诗）香雨，雨自花间而坠者，故有香。

（清）王琦《李长吉歌诗汇解》卷一

（杜甫“雨洗”一联）竹亦有香。李贺亦云：“竹香满幽寂。”大要草木之有气味者，皆

① 张诗诗句：“名见桐君箓，香闻郑国诗。”

可言香，不必椒桂蕙兰也。

（清）边连宝《杜律启蒙》五言卷五

太白诗：“风吹柳花满店香。”解者谓柳花不可言香。按《唐书·南蛮传》：“诃陵国以柳花、椰子为酒，饮之辄醉。”太白“风吹柳花满店香”，亦以酒言。如《七命》“豫北竹叶”，竹叶亦酒名也。

（清）徐文靖《管城硕记》卷二十五

山川草木，花鸟禽鱼，不遇诗人，则其情形不出，声臭不闻。诗人之笔，盖有甚于画工者。即如雪之艳，非左司不能道；柳花之香，非太白不能道；竹之香，非少陵不能道。诗人肺腑，自别具一种慧灵，故能超出象外，不必处处有来历，而实处处非穿凿者。固由笔妙，亦由悟高，彼钝根人，乌足以知此！

（清）田同之《西圃诗说》

《苕溪渔隐》以退之《樱桃诗》用“香”是语病，诚有之。王楙言：“香者气也，引前人诗，草与竹俱称香，岂可谓樱桃无香。”余谓草香、竹香、笋香、荷叶香之类，俱可称香；樱桃云香，实是不真。楙又谓：“物之触于鼻观者，非香而何？”此语尤卤莽。张文潜谓陈文惠《松江》诗“西风斜日鲈鱼香”，“香”当作“乡”。其说是也。楙必谓是“香”字，亦非。

（近代）钱振锽《谪星说诗》卷一

为什么说樱桃、竹、雪、雨、云是香的呢？不好理解。吴景旭认为这是诗人笔补造化，天生这些东西都是不香的，诗人补天生之不足，给它们加上香。这样说还不能使人信服。诗人的创造只该反映生活真实，不香的东西说香，不是违反真实吗？这可能也是通感。鲜红的樱桃在诗人眼里好像花一样美，把樱桃看成是红花，于是就唤起一种花香的感觉，视觉通于嗅觉，只有用“香”字才能写出这种通感来，才能写出诗人把樱桃看得像花一样美的喜爱感情来。……

（现当代）周振甫《诗词例话·通感》

千里黄河何得为景

杨慎对王之涣《凉州词》(其一)解读说:“此诗言恩泽不及于边塞，所谓君门远于万里也。”杨慎此论是古典诗话诗评中政治价值挂帅的表现，论点本身不值一驳。如就阅读心理而言，也是“仁者见仁，智者见智”普遍规律的表现。李光地有言:“智者见智，仁者见仁，所秉之偏也。”[①]其实早在明代张献翼说得更为彻底:“惟其所秉之各异，是以所见之各偏。仁者见仁而不见智……智者见智而不见仁。”[②]这是人性本身的局限，不足为怪。但不加警惕，则会自我蒙蔽。对于艺术欣赏而言，这一点特别重要，阅读者对于艺术必须有一定的修养，马克思在《经济学——哲学手稿》一书中曾经指出:“正如音乐才能唤醒能欣赏音乐的感官，对于不懂音乐的耳朵，最美的音乐也没有意义，就不是它的对象。因为我的对象只能是我的某一种本质力量的证实。”

至于“黄河远上”“黄沙直上”之争，光凭直觉也可能感到:“黄河远上”为佳。但是，感觉到了的，不一定能理解，理解了的，才能更好地感觉。其最为关键的是，对诗有修养，才能把诗当成诗。力主“黄沙直上”为佳者，其失在于没有把诗当成诗。其具体理由，一是以地理科学为据，认为黄河离凉州很远，凉州离玉门也很远;二是以生理目光为据，认为视力绝不可及。这与杨慎质疑“千里莺啼绿映红”，目力不可及，迂腐如出一辙。总之，这二者都是出于实用理性的写实观念。

若无艺术想象、虚拟，则无以构成意境，审美情感也不可能充分地表达出来。这首诗，正是缘于诗人情感冲击感知，孤城周围之山可以变得高达万仞，远在千里云间的黄河也发生变异，拉近距离成为可见之景，由此便构成了既虚幻又真实的险峻荒僻景观，为“春风不度”边塞做铺垫，隐然寄寓了对戍守士兵的无限同情。

① 李光地《榕村四书说》,《四库全书》，上海人民出版社。

② 张献翼《读易纪闻》卷五,《四库全书》，上海人民出版社。

陈一琴辑历代诗话

（王之涣）《出塞》诗云："黄沙直上白云间，一片孤城万仞山。羌笛何须怨杨柳，春风不度玉门关。"

（宋）计有功《唐诗纪事》卷二十六

"黄河远上白云间，一片孤城万仞山。羌笛何须怨杨柳，春风不度玉门关。"此诗言恩泽不及于边塞，所谓君门远于万里也。

（明）杨慎《升庵诗话》卷二

（"黄河"二句）此状凉州之险恶也。河出昆仑，东流渐下，今西向视之，则远上云间矣。城在万山之中，犹为险僻，是真春光不到之地也。

（明）唐汝询《唐诗解》卷二十七

"黄河远上白云间，一片孤城万仞山"，"远"字飘忽灵迴，情景俱出。俗本改为"源上"，风味索然。

（清）徐世溥《榆溪诗话》

"黄河远上白云间"，从河近处而直见其源，挂于白云之间；是言边地之广阔荒凉也。……此诗只要说玉门关外之苦，而苦见矣。风致绝人，真好诗。

（清）徐增《而庵说唐诗》卷十一

《唐诗纪事》王之涣《凉州词》是"黄沙直上白云间"，坊本作"黄河远上白云间"。黄河去凉州千里，何得为景？且河岂可言"直上白云"耶？此类殊不少，何从取证而尽改之。

（清）吴乔《围炉诗话》卷三

王之涣《凉州词》"黄河远上白云间"，计敏夫（计有功字）《唐诗纪事》作"黄沙直上白云间"，此别本偶异耳。而吴修龄据以为证，谓作"黄河远上"者为误，云："黄河去凉州千里，何得为景？且河岂可云'直上白云'耶？"然黄河自昔云与天通，如太白"黄河之水天上来”[①]，尉迟匡“明月飞出海，黄河流上天”[②]，则“远上白云”亦何不可？正以其去凉州甚远，征人欲渡不得，故曰“远上白云间”，愈见其造语之妙。若作“黄沙直上白云间”，真小儿语矣。

（清）吴骞《拜经楼诗话》卷四

［按：此则据《拜经楼丛书》本（即《愚谷丛书》本）《拜经楼诗话》引录，上海博古斋 1922 年版。《丛书集成初编》本、《清诗话》本均未载。］

（“黄河远上白云间”）黄河源出昆仑，东流边外之地，从西望之，极其高远，如挂白云间者。

（清）章燮《唐诗三百首注疏》卷六

（《凉州词》）此诗各本皆作“黄河远上”，惟计有功《唐诗纪事》作“黄沙直上”。按玉门关在敦煌，离黄河流域甚远，作河非也。且首句写关外之景，但见天际黄沙直与白云相连，已令人生荒远之感。再加第二句写其空旷寥廓，愈觉难堪。乃于此等境界之中忽闻羌笛吹《折杨柳》曲，不能不有“春风不度玉门关”之怨词。非实指边塞杨柳而怨春风也。《升庵诗话》谓：“此诗言恩泽不及于边塞，所谓君门远于万里也。”唐代常有吐蕃之乱，西边大部地区每被吐蕃侵占，长年戍守之苦，朝廷所不知也。此诗人所以作为诗歌代其吟叹，冀在上者或闻之也。

（近代）刘永济《唐人绝句精华》

也有原来并不错的诗句，被后人改错的。如王之涣《凉州词》：“黄沙直上白云间，一片孤城万仞山。羌笛何须怨杨柳，春风不度玉门关。”这是很合乎凉州以西玉门关一带春天情况的。和王之涣同时而齐名的诗人王昌龄，有一首《从军行》诗：“青海长云暗雪山，孤城遥望玉门关。黄沙百战穿金甲，不破楼兰终不还。”也是把玉门关和黄沙联系起来。同时代的王维《送刘司直赴安西》五言诗：“绝域阳关道，胡沙与塞尘。三春时有雁，万里少行人……”在唐朝开元时代的诗人，对于安西玉门关一带情形比较熟悉，他们知道玉门关一带到春天几乎每天到日中要刮风起黄沙，直冲云霄的。但后来不知何时，王之涣《凉州词》第一句便被改成“黄河远上白云间”。到如今，书店流行的唐诗选本，就沿用改过的句子。

---

① 《将进酒》诗句：“君不见黄河之水天上来，奔流到海不复回。”俞琰《月下偶谈》：“黄河出于地上昆仑山，东流至于碛石，故夏禹导河自碛石而始。天河自在天上，随天运转，昼夜不定，岂得与黄河相接？李太白乃云‘黄河之水天上来’，太白盖以昆仑山为天上也。”

② 《暮行潼关》诗断句。

实际黄河和凉州及玉门关谈不上有什么关系，这样一改，便使这句诗与河西走廊的地理和物候两不对头。

（现当代）竺可桢、宛敏渭《物候学·唐宋大诗人诗中的物候》

有人也许怀疑这首诗第一句的“上”字有些费解，因为河水只应该向下流，不应向上去，这当然符合于物理学的原理，可是诗人也许只是从远处眺望这条大河，未必就注意到水流的情形，何况“横笛能令孤客愁，绿波淡淡如不流”①呢？这时就主要不是物理学的问题而是绘图学的问题，我们画一幅山水画，远处的水总要画得高些，何况黄河的斜度本来较大，说“黄河之水天上来”或“黄河远上白云间”，不过一个是从远说到近，一个是从近说到远，但却有着动静的不同，“黄河之水天上来”是结合着水势说的，是动态，“黄河远上白云间”是作为一个画面来写的，是静态，“黄河之水天上来”因此带有强烈的奔流的感情，而“黄河远上白云间”却近于一个明净的写生。也许就是由于引起了怀疑的缘故，这第一句又作“黄沙直上白云间”……只是看起来，赞成“黄河”的还是比赞成“黄沙”的多些，读者是有眼力的，大多数选择了“黄河远上白云间”，这究竟是什么缘故呢？从形象上说，“黄沙直上白云间”确是不太理想，因为“黄沙”如果到了“直上白云间”的程度，白云势必就早变成了黄云，所谓“黄云断春色，画角起边愁”②，乃是边塞的典型景色，而这里也还没有到黄沙蔽天的程度，若真是“大漠风尘日色昏”③了，怎么还能有白云的联想呢？“黄沙”“白云”在形象上是不统一的不完整的。

（现当代）林庚《唐诗综论·王之涣的〈凉州词〉》

凉州古来原是一个广泛的地区，并不是单指凉州城说的（当然凉州城也无妨称凉州），而且最早的凉州城也不在武威。……凉州一般说来即河西一带，而《凉州词》也就是泛写这一带边塞生活的歌词，它并不是专写凉州城的，唐人的许多《凉州词》都可以说明这个……王之涣的诗大约是写在初入凉州境时，不禁会想象着整个凉州，因而提到了玉门关，这仍是一个凉州的泛写。从诗中“一片孤城”的形容看来，城大约也不甚大，历史上不一定留下了记载，本身也不容易保存。

又《唐诗综论·说凉州》

这首诗是写出塞远征的士兵们的思想感情的。他们从原驻地出发，渡过黄河，到了凉

① 刘长卿《听笛歌》诗句。
② 王维《送平淡然判官》诗句。
③ 王昌龄《从军行》诗句。

州，再出玉门关（在今甘肃敦煌西南）去保卫边境或攻击敌人。愈向西走，就距离渡过的黄河愈远，回头望去，如在天际，所以说“远上白云间”，这也就是李白《将进酒》中“黄河之水天上来”的意思。

……

这首诗的开头四字，或作“黄沙直上”。这异文出现较早，今天很难据底本以断其是非，而只能据义理以判其优劣。认为应作“黄沙直上”的人，理由是黄河离凉州很远，凉州离玉门也很远，不应写入一幅图景之中；而且“黄沙”一词，更能实写边塞荒寒之景。认为应作“黄河远上”的人，则认为此四字更能表现当地山川壮阔雄伟的气象，而且古人写诗，但求情景融合，构成诗情画意的境界，至于地理方面的方位或距离等问题，有时并不顾及实际情形，因此，不必“刻舟求剑”。照我们看来，后一说是可取的，“黄河远上”是较富于美感的。古人诗中，像这种事例并不少。如王士禛《带经堂诗话》云：“香炉峰在东林寺东南，下即白乐天草堂故址，峰不甚高，而江文通《从冠军建平王登香炉峰》诗云：‘日落长沙渚，层阴万里生。’长沙去庐山二千余里，香炉何缘见之？孟浩然《下赣石》诗：‘暝帆何处泊，遥指落星湾。’落星在南康府，去赣亦千余里，顺流乘风，即非一日可达。古人诗只取兴会超妙，不似后人章句，但作记里鼓也。……”

（现当代）沈祖棻《唐人七绝诗浅释》

照我们看来，诗中黄河的河字并非误文，孤城即指玉门关。至于凉州具体指的什么地方，系州治所在抑系全部辖区，或仅西凉一带？如系州治，是陇城抑系武威？那就很难说。……不论怎样，这首诗中的地名，彼此的距离的确是非常辽远的，而当时祖国西北边塞荒寒之景，征戍战士怀乡之情，却正是由于这种壮阔无垠的艺术部署，才充分地被揭示出来。

（现当代）程千帆《古诗考索·论唐人边塞诗中地名的方位、距离及其类似问题》

“玉颜”何涉“寒鸦色”

我国古典诗话家中，贺裳的名声不算太大，但是，他和吴乔一起提出的“无理而妙”“诗酒文饭”之说，其理论的原创性堪称世界一流。难得的是，他在具体作品的艺术感受力方面，也往往有精辟见识。如，对于王昌龄的“玉颜不及寒鸦色，犹带昭阳日影来”，许多诗话家，常常局限于孤立的直觉，而贺裳却能独辟蹊径，以同类比较之法，突破时代水准。他指出，后世诗话家将此诗列入唐诗绝句压卷之作，对于后两句，人们“尝因其造语之秀，殊忘其着想之奇”。一般诗话家立论往往满足于感兴，而贺裳则有难得的理性。他说：“叹咏‘长信’事者多矣，读此，而崔湜之‘不忿君恩断，新妆视镜中’，已嫌气盛；王谭‘生君弃妾意，增妾怨君情’，一何伧父！”（贺裳《载酒园诗话·又编》）贺裳称赞王昌龄的诗，不在造语之秀，而在“着想之奇”。也就是想象构思的独特，意脉婉曲深沉。反过来说，他所批评的这两首诗的缺点是“气盛”，也就是感情太强烈，太直露。虽然二者写宫怨，情绪各有特点，并不太俗套，不无特点，但是，完全是直接抒发，一览无余，缺乏想象之奇。而王昌龄的这首，却不但含蓄，而且深沉。黄生在《唐诗摘抄》卷四中指出，好在“‘玉颜’与‘寒鸦’比拟不伦”，说到了点子上，这个比拟，是个特殊的反比。清朱之荆补评：“寒鸦犹带日影，玉颜反不得君恩，所以‘不及’也。”明明乌鸦之色不及玉颜，却硬说自己“是‘色’不及”。这就是说，想象的奇特在于连锁性的反比。一是玉颜和寒鸦的反比，二是寒鸦由于有日影之光而使得玉颜之“色”不及。要读懂这首诗的好处，还有一点不可忽略，那就是题目《长信秋词》，这是以一个被贬入长信宫的宫人的第一人称自述。其次是“昭阳”，是汉成帝宠赵飞燕的典故。

清朱庭珍《筱园诗话》卷三对这一点分析得更为明白：“夫王诗所以妙者，在‘玉颜’‘寒鸦’，一人一物，初无交涉，乃借鸦之得入昭阳，虽寒犹带日光而飞，以反形人，则色未衰，已禁长信深宫，不复得见昭阳天日之苦。日者君象，‘日影’比天颜，宫人不得见君，故自伤不如寒鸦，犹得望君颜色也。用意全在言外，对面寓人不如物之感，而措词微婉，浑然不露。”沈祖棻的阐释，大抵都师承其说，不过说得更为细腻：“她怨恨的是，自己不但不如同类的人，而且不如异类的物——小小的、丑陋的乌鸦。按照一般情况，‘拟人必于其伦’，也就是以美的比美的，丑的比丑的，可是玉颜之白与鸦羽之黑，极不相类，不但不类，而且相反，拿来作比，就使读者增强了感受。因为如果都是玉颜，则虽略有高下，未必相差很远，那么，她的怨苦，她的不甘心，就不会如此深刻了，而上用‘不及’，下用‘犹带’，以委婉含蓄的方式表达了其实是非常深沉的怨愤。凡此种种，都使得这首诗成为宫怨诗的典型作品。”

陈一琴辑历代诗话

有句意俱含蓄者，如……《宫怨》诗曰“玉容不及寒鸦色，犹带朝阳日影来”[①]是也。

（宋）释惠洪《冷斋夜话》卷四

（《长信秋词》）三、四与“帘外春寒”[②]“朦胧树色”[③]同一法，皆不说自家身上。然“帘外春寒”句气象宽缓，此句与“朦胧树色”情事幽细。“寒鸦”“日影”，尤觉悲怨之甚。

（明）钟惺、谭元春《唐诗归》卷十一钟批语

即论宫词，如“玉颜不及寒鸦色，犹带昭阳日影来”，尝因其造语之秀，殊忘其着想之奇。因叹咏“长信”事者多矣，读此，而崔湜之“不忿君恩断，新妆视镜中”[④]，已嫌气盛；王諲“生君弃妾意，增妾怨君情”[⑤]，一何伧父！

（清）贺裳《载酒园诗话·又编》

“玉颜”与“寒鸦”比拟不伦，总之触绪生悲，寄情无奈。

（清）黄生《唐诗摘抄》卷四

---

① 王昌龄《长信秋词五首》（其三）：“奉帚平明金殿开，且将团扇暂徘徊。玉颜不及寒鸦色，犹带昭阳日影来。”与此处所引文字略异。

② 又《春宫曲》：“昨夜风开露井桃，未央前殿月轮高。平阳歌舞新承宠，帘外春寒赐锦袍。”

③ 又《西宫春怨》：“西宫夜静百花香，欲卷珠帘春恨长。斜抱云和深见月，朦胧树色隐昭阳。”

④ 《婕妤怨》：“不忿君恩断，新妆视镜中。容华尚春日，娇爱已秋风。枕席临窗晓，帏屏向月空。年年后庭树，荣落在深宫。”

⑤ 《长信怨》：“飞燕倚身轻，争人巧笑名。生君弃妾意，增妾怨君情。日落昭阳殿，秋来长信城。寥寥金殿里，歌吹夜无声。”

（按：清朱之荆补评：“寒鸦犹带日影，玉颜反不得君恩，所以“不及”也，却硬说是“色”不及，更妙！”）

其更有事所必无者，偶举唐人一二语：如……“玉颜不及寒鸦色”等句，如此者何止盈千累万！决不能有其事，实为情至之语。……要之作诗者，实写理事情，可以言言，可以解解，即为俗儒之作。唯不可名言之理，不可施见之事，不可径达之情，则幽渺以为理，想象以为事，惝恍以为情，方为理至事至情至之语。

（清）叶燮《原诗》内篇下

昭阳宫赵昭仪所居，宫在东方，寒鸦带东方日影而来，见己之不如鸦也。优柔婉丽，含蕴无穷，使人一唱而三叹。

（清）沈德潜《唐诗别裁集》卷十九

少陵短于绝句，王昌龄诸家乃称滥觞。然诗亦戒太用意，太用意则伤巧。如“玉颜不及寒鸦色，犹带昭阳日影来”，何尝不佳，顾少陵不为耳。

（清）郭兆麒《梅崖诗话》

（李白《玉阶怨》[①]）妙写幽情，于无字处得之。“玉颜不及寒鸦色，犹带昭阳日影来”，不免露却色相。

（清）爱新觉罗·弘历《唐宋诗醇》卷四

不得承恩意，直说便无味，借“寒鸦”“日影”为喻，命意既新，措词更曲。

（清）李锳《诗法易简录》卷十四

龙标“玉颜不及寒鸦色，犹带昭阳日影来”，与晚唐人“自恨身轻不如燕，春来犹（还）绕御帘飞”[②]，似一副言语，然厚薄远近，大有殊观。

（清）潘德舆《养一斋诗话》卷二

“玉颜不及寒鸦色，犹带昭阳日影来”，怨而不怒，诗人忠厚之旨也。○羡寒鸦羡得

① 《玉阶怨》：“玉阶生白露，夜久侵罗袜。却下水晶帘，玲珑望秋月。”

② 孟迟《长信宫》：“君恩已尽欲何归？犹有残香在舞衣。自恨身轻不如燕，春来还绕御帘飞。”还，一作“长”。

妙。……可悟含蓄之法。

（清）施补华《岘佣说诗》

夫王诗所以妙者，在“玉颜”“寒鸦”，一人一物，初无交涉，乃借鸦之得入昭阳，虽寒犹带日光而飞，以反形人，则色未衰，已禁长信深宫，不复得见昭阳天日之苦。日者君象，“日影”比天颜，宫人不得见君，故自伤不如寒鸦，犹得望君颜色也。用意全在言外，对面寓人不如物之感，而措词微婉，浑然不露，又出以摇曳之笔，神味不随词意俱尽，十四字中兼有赋比兴三义，所以入妙，非但以风调见长也。

（清）朱庭珍《筱园诗话》卷三

“玉颜不及寒鸦色，犹带昭阳日影来。”玉颜如何比到寒鸦，已是绝奇语，至更“不及”，益奇矣。看下句则真“不及”也，奇之又奇。而字字是女人眼底口头语，不烦钩索而出，怨而不怒，所以为绝调也。

（清）焦袁熹《此木轩论诗汇编》

后二句言，空负倾城玉貌。正如古诗所谓：“时薄朱颜，谁发皓齿？”① 尚不及日暮飞鸦，犹得带昭阳日影，借余暖以辉其羽毛。……以多情之人，而不及无情之物，设想愈痴，其心愈悲矣。

（近代）俞云陛《诗境浅说·续编》

王昌龄的《长信怨》精彩全在后两句，这后两句就是用创造的想象做成的。个个人都见过“寒鸦”和“日影”，从来却没有人想到班婕妤的“怨”可以见于带昭阳日影的寒鸦。但是这话一经王昌龄说出，我们就觉得它实在是至情至理。……“玉”和“颜”本来是风马牛不相及，只因为在色泽肤理上相类似，就嵌合在一起了。……鸦是否能寒，我们不能直接感觉到，我们觉得它寒，便是设身处地地想。不但如此，寒鸦在这里是班婕妤所羡慕而又妒忌的受恩承宠者，它也许是隐喻赵飞燕。一切移情作用都起类似联想，都是“拟人”的实例。

（现当代）朱光潜《谈美》十

首句如工笔画，金碧辉煌，极为秾丽。次句用班婕妤故事，“团扇”二字括尽一首《怨

① 曹植《杂诗六首》（其四）诗句：“时俗薄朱颜，谁为发皓齿？”

歌行》意境，全首诗眼也就在“团扇”二字，整首诗因之而活。三句中“玉颜”“寒鸦”对举，黑白分明，白不如黑，幽怨自知。四句中“日影”形象有暖意，更反映出冷宫的寂寞凄清。……此处“不及寒鸦色”虽是点的写法，尚有线索可寻，至李长吉贺则变得全无线索，那是另一新的境界。

（现当代）闻一多《唐诗杂论·闻一多先生说唐诗·附录二》

后两句进一步用一个巧妙的比喻来发挥这位宫女的怨情，仍承用班婕好故事。……她怨恨的是，自己不但不如同类的人，而且不如异类的物——小小的、丑陋的乌鸦。按照一般情况，“拟人必于其伦”，也就是以美的比美的，丑的比丑的，可是玉颜之白与鸦羽之黑，极不相类，不但不类，而且相反，拿来作比，就使读者增强了感受。因为如果都是玉颜，则虽略有高下，未必相差很远，那么，她的怨苦，她的不甘心，就不会如此深刻了，而上用“不及”，下用“犹带”，以委婉含蓄的方式表达了其实是非常深沉的怨愤。凡此种种，都使得这首诗成为宫怨诗的典型作品。

孟迟的《长信宫》和这首诗极其相似……两诗都用深入一层的写法，不说己不如人，而叹人不如物，这是相同的。但燕子轻盈美丽，与美人相近，而寒鸦则丑陋粗俗，与玉颜相反，因而王诗的比喻，显得更为深刻和富于创造性，这是一。其次，明说自恨不如燕子之能飞绕御帘，含意一览无余；而写寒鸦犹带日影，既是实写景色，又以日影暗喻君恩，多一层曲折，含意就更为丰富。前者是比喻本身的因袭和创造的问题，后者是比喻的含意深浅或厚薄的问题。

（现当代）沈祖棻《唐人七绝诗浅释》

“雪花大如席”“白发三千丈”之理

李白的“白发三千丈”“燕山雪花大如席”，凭直觉，读者就能受到感染，但是，一到诗话家笔下，问题就有点复杂。主要原因是与生活的现实经验相去太远。若从科学的眼光看，不真实，太离谱。唐鲁峰等在《诗词中的科学·白发三千丈》中说：“头发变白不仅是‘老’的信息，‘愁’的结果，而且是由于生理上、病理上、心理上种种因素导致的。但老白头是情理之常，只是这‘三千丈’写得太夸张了。不过也有人做这样的解释：一个人的头发约有十万根（也有说有二十万根），若是古人披头散发，每根头发按一尺长计算，十万根是一万丈，远远超过了三千丈。”虽然是以如此“科学”的数据来论证白发三千丈之“真”，但是，如此读诗，也就是太煞风景了。然而，在诗话中，从“真”的角度研究此等诗句的不乏其人。宋严有翼《艺苑雌黄》“吟诗喜作豪句，须不叛于理方善。……李太白《北风行》云：‘燕山雪花大如席。’《秋浦歌》云：‘白发三千丈。’其句可谓豪矣，奈无此理何！”严有翼说的是客观的物理，而李白所写的并不是物理，而是人情。追求物理，是科学的“真”，而抒发人情则是情感的美。这是两种价值范畴。清吴瑞荣《唐诗笺要续编》说：“雪花如席，自属豪句，看下句接轩辕台，另绘一种舆图，另成一种义理。”这个“另成一种义理”，很有一点价值，就是说，情感的“理”和客观的物理，是要讲究真的，而情感的理则相反。厨川白村《出了象牙之塔·艺术的表现》中说：“‘白发三千丈’式的真呢，我说，称它为艺术上的真。”这种艺术上的真的特点是什么呢？厨川氏没有说，倒是清冒春荣《葚原诗说》卷一中说得更为到位一点：“以无为有，以虚为实，以假为真，灵心妙舌，每出人意想之外，此之谓灵趣。”（按：冒氏此说系全抄一百年前之黄生之说[①]。）诗中的真，是情感的真，这种真不是单纯的，而是隐含着矛盾的：“以无为有，以虚为实，以

① 参见黄生《诗麈》，诸伟奇主编《黄生全集》（第四册），李媛校点，安徽大学出版社2009年版，第326页。

假为真。”真和假，实和虚，有和无是结合在一起的。二者既是对立的，又是统一的，又是可以转化的。当物理的真，窒息了情感的假定，就拘泥了，没有“灵趣”，可是当情感的假定，绝对地脱离了客观的物理，也可能造成另一个极端，那就是虚假。鲁迅在《且介亭杂文二集·漫谈“漫画”》中说：“‘燕山雪花大如席’，是夸张，但燕山究竟有雪花，就含着一点诚实在里面，使我们立刻知道燕山原来有这么冷。如果说‘广州雪花大如席’，那可就变成笑话了。”这是从物理的方面说，夸张、假定，也不能绝对化，也多少要有现实的依据。正是因为这样，乾隆皇帝以为王安石模仿李白的诗句“缲成白发三千”有斧凿痕。（爱新觉罗·弘历《唐宋诗醇》卷五）认为这样就不自然了。但是，现实方面因素也不能绝对化，像韩国李瀷《星湖僿说》，一定要从秋浦的环境中，引申出瀑布、结冰、倒影，才能构成白发的联想，就未免太不懂得诗的想象的自由了。

除此以外，还有一点似乎被忽略了，那就是，这样的诗句，不能光从客观物象来考查，还要从诗人李白的主观气质、艺术风格来考察。“白发”之所以“三千丈”，有个原因“缘愁似个长”，因为忧愁有这么长。这个忧愁是李白的。通常忧愁一般是隐约的，如梧桐细雨一般，如在李清照那里是纤巧的，也可能是流动如一江春水的，如在李后主那里是忧郁的，而在李白这里则是豪放的。好像不是忧愁，而是欢乐，不是一般欢乐，而是大欢乐似的。从理论上来说，诗的意象是主体情感与客体特征的猝然遇合。光从客体特征阐释雪花之大如席，无论如何，都是片面的。

陈一琴辑历代诗话

诗家有换骨法，谓用古人意而点化之，使加工也。李白诗云：“白发三千丈，缘愁似个长。”① 荆公点化之，则云：“缲成白发三千丈。”②

（宋）葛立方《韵语阳秋》卷二

吟诗喜作豪句，须不叛于理方善。……李太白《北风行》云：“燕山雪花大如席。”③《秋

---

① 《秋浦歌十七首》（其十五）：“白发三千丈，缘愁似个长。不知明镜里，何处得秋霜。”

② 《示俞秀老》（其二）：“不见故人天际舟，小亭残日更回头。缲成白发三千丈，细草孤云一片愁。”如是“点化”，著名诗人、词人之作亦时有所见。如陈与义《伤春》：“孤臣白发三千丈，每岁烟花一万重。”（杜甫《伤春》：“关塞三千里，烟花一万重。”）又辛弃疾《贺新郎》词：“白发空垂三千丈，一笑人间万事。”又元好问《寄杨飞卿》：“西风白发三千丈，故国青山一万重。”

③ 李诗：“烛龙栖寒门，光耀犹旦开。日月照之何不及此？唯有北风号怒天上来。燕山雪花大如席，片片吹落轩辕台。幽州思妇十二月，停歌罢笑双蛾摧。倚门望行人，念君长城苦寒良可哀。别时捉剑救边去，遗此虎文金鞞靫。中有一双白羽箭，蜘蛛结网生尘埃。箭空在，人今战死不复回。不忍见此物，焚之已成灰。黄河捧土尚可塞，北风雨雪恨难裁！”

浦歌》云："白发三千丈。"其句可谓豪矣，奈无此理何！

（宋）严有翼《艺苑雌黄》

（"燕山雪花大如席"）不知者以为夸辞，知者以为实语。

（宋）严羽《评点李太白诗集》卷二

（《秋浦歌》）一诘一解，又一诘不可解。是言愁，亦是解愁。

同上

此诗滞形泥迹之人多致疑"三千丈"之语，盖诗人遣兴之辞极其形容耳，观者当不以文害辞、不以辞害意可也。第二句云"缘愁似个长"，意亦可见。后联云："不知明镜里，何处得秋霜。"活活脱脱，真作家手段也。

（元）萧士赟《分类补注李太白诗》卷八

贯休曰："庭花蒙蒙水泠泠，小儿啼索树上莺。"[①] 景实而无趣。

太白曰："燕山雪花大如席，片片吹落轩辕台。"景虚而有味。

（明）谢榛《四溟诗话》卷一

余观太白《北风行》云"燕山雪花大如席"，《秋浦歌》云"白发三千丈"，其句可谓豪且工者也。

（明）王昌会《诗话类编·品评下》卷二十二

发因愁而白，愁既长则发亦长矣。故下句解之曰"缘愁似个长"，言愁如许，而发亦似之也。我想平时初未尝有是，不知镜中从何得此秋霜乎？托兴深微，辞难实解，读者当求之意象之外。

（明）唐汝询《唐诗解》卷二十一

发不可数，"三千丈"言其长也。愁多故易白，"秋霜"形其白也。倏然对镜，睹此皤然，感兹暮年，愁怀莫诉，偶于秋浦自叹之乎！

（清）吴烶《唐诗选胜直解》

---

① 《春晚书山家屋壁二首》（其一）："柴门寂寂黍饭馨，山家烟火春雨晴。庭花蒙蒙水泠泠，小儿啼索树上莺。"

太白“白发三千丈”下即接云“缘愁似个长”，并非实咏。严有翼云：“其句可谓豪矣，奈无此理。”诗正不得如此讲也。

（清）马位《秋窗随笔》

（《秋浦歌》）起句奇甚，得下文一解，字字皆成妙义。洵非仙才，那能作此？

（清）王琦注《李太白文集》卷八

雪花如席，自属豪句，看下句接轩辕台，另绘一种舆图，另成一种义理。严冲甫（严有翼？）訾为无此理致，是胶柱鼓瑟之见。太白诗如“白发三千丈”“愁来饮酒二千石”[①]，俱不当执文义观。

（清）吴瑞荣《唐诗笺要续编》

太白诗“白发三千丈”“燕山雪花大如席”，语涉粗豪，然非尔便不佳。……如少陵言愁，断无“白发三千丈”之语，只是低头苦煞耳。故学杜易，学李难。

（清）郭兆麒《梅崖诗话》

因照镜而见白发，忽然生感，倒装说入，便如此突兀，所谓逆则成丹也。唐人五绝用此法多，太白落笔便超。

（清）黄叔灿《唐诗笺注》，转引自詹锳主编《李白全集校注汇释集评》卷七

以无为有，以虚为实，以假为真，灵心妙舌，每出人意想之外，此之谓灵趣。……诗趣之灵，如李白“岁晚或相访，青天骑白龙”[②]。又“白发三千丈，缘愁似个长。不知明镜里，何处得秋霜”。

（清）冒春荣《葚原诗说》卷一

（《秋浦歌》）突然而起，四句三折，格力极健，要是倒装法耳。陈师道云：“白发缘愁百尺长。”[③]语亦自然。王安石云：“缲成白发三千丈。”有斧凿痕矣。

（清）爱新觉罗·弘历《唐宋诗醇》卷五

---

① 《江夏赠韦南陵冰》诗句：“愁来饮酒二千石，寒灰重暖生阳春。”

② 《送杨山人归嵩山》诗句。

③ 《和江秀才献花三首》（其二）：“疏花得雨数枝黄，白发缘愁百尺长。要与老生同一醉，故留秋意作重阳。”

李太白云："白发三千丈，缘愁似个长。"王介甫袭之云："缫成白发三千丈。"大谬。

（清）何文焕《历代诗话考索》

愁既长，则发亦似之，正不知镜中从何得此也。突起、婉接又翻开，奇甚。盖托兴深微，辞难实解，读者当求意象之表。

（近代）丁福保《诗钥》第二章

唐人之诗有所谓"白发三千丈"者，有所谓"白头搔更短"者，此出语之无稽者也，而后世不闻议其短。

（近代）刘师培《左庵外集》卷十三

"燕山雪花大如席"是夸张，但燕山究竟有雪花，就含着一点诚实在里面，使我们立刻知道燕山原来有这么冷。如果说"广州雪花大如席"，那可就变成笑话了。

（现当代）鲁迅《且介亭杂文二集·漫谈"漫画"》

〔附录〕

太白诗"燕山雪片大如席"，又曰"白发三千丈"……是不可以辞害意，但当意会尔。

［朝鲜］徐居正《东人诗话》

李太白《秋浦歌》十七首，其"白发三千丈"一绝，人皆疑之，而未得其实。萧士赟谓极其形容，非滞形泥迹者所可解。然人老而发短，寻丈亦过矣，何至以三千为喻耶？是必不尔矣。其第一首云："秋浦长似秋，萧条使人愁。"据此必有秋浦之所以得名者也。第二首云："秋浦猿夜愁，黄山堪白头。"山未有头白之理，而谓之白头，则亦必有所指者矣。第八首云："秋浦千重岭，水车岭最奇。天倾欲坠石，水拂寄生枝。"据此则所谓水车岭者，必临水欲坠映在波间者也。宋郭祥正诗云："万丈水车岭，还如九叠屏。北风来不断，六月亦生冰。"然则所谓水车者危峻如此，而又必泉瀑交泻，风冽气冷，冰雪不解，常若白头者也。如是而映在水中如发照镜里，故曰彼发之白，亦若缘愁而得者，即"黄山堪白头"之意也。又有《游秋浦白笴陂》诗云："山光摇积雪，猿影挂寒枝。"此亦可以旁证。古今人不晓此义，谓真有发长如此，强作模写之，极令人齿冷。

［朝鲜］李瀷《星湖僿说》

全篇倒置，与韦《闻雁》诗同。三四谓惊叹，一二述可然之愁。言今朝照镜始见白发，不知自何地得此秋霜，若缘愁而双鬓变，则必作白发，作白发而尚不足当，必及三千丈之长也。上言三千丈，承之言“似个”，不言愁不尽，言三千，青莲之妙处不易窥也。生秋霜犹为少，惊愕中又添一段讶叹，益见愁多矣。

［日］户崎允明《笺注唐诗选》，转引自詹锳主编《李白全集校注汇释集评》卷七

“白发三千丈”式的真呢，我说，称它为艺术上的真。

［日］厨川白村《出了象牙之塔·艺术的表现》

头发变白不仅是“老”的信息，“愁”的结果，而且是由于生理上、病理上、心理上种种因素导致的。但老白头是情理之常，只是这“三千丈”写得太夸张了。不过也有人做这样的解释：一个人的头发约有十万根（也有说有二十万根），若是古人披头散发，每根头发按一尺长计算，十万根是一万丈，远远超过了三千丈。若是不讲诗意，这笔账还可算下去，一根头发究竟能长得多长呢？据观察，头发长得很慢，每星期长 3 ~ 5 毫米，平均寿命是二至六年，就要脱落。若按每星期长 3 毫米，六年可长达 936 毫米。

（现当代）唐鲁峰等《诗词中的科学·白发三千丈》

杜诗古柏可否丈量

科学的价值是客观的理性的真，艺术的价值是主体的情感的美。沈括是科学家，当然有科学的眼光，有精密计算的习惯。但是，以科学理性的准则来衡量形象等于是扼杀了情感的自由，从根本上否定了艺术。

对于杜甫的"霜皮溜雨四十围，黛色参天二千尺"，沈括以数学眼光来看"四十围"，乃是："径七尺，无乃太细长乎？"从读者欣赏角度而言，虽然不合科学，但是，不能说是"文章之病"，相反应该说是诗歌之美。如果把老树的精密尺寸写到诗歌里去，可能是大煞风景的。因为，诗歌，尤其是古典诗歌，本来就是抒情的，并不以理性见长，而是以超越理性显示其优越的。一些为杜甫辩护的诗话家，一味从科学理性的角度，进行纠缠。王得臣《麈史》卷二提出"围"有两种说法：一种是大"围"，"合抱"，等于五尺；还有一种，就小得多，"围"则尺也，"霜皮溜雨四十围"大约是四丈。他奇怪沈括这个精于算术的人物，不知怎么算的，竟然算出来"四十围"的直径七尺（按：就是按当时的"周三径一"，应该是一丈三尺左右，也可能他算的是半径，那就差不多是七尺。）如果直径七尺，"围"（圆周）应该是二丈一尺。但是，又说，周尺相当于当时七寸五分，照理应该是一尺六不到，不知道他怎么又算出个"三尺七寸有奇耳"。反正不知为何，诗评家们的算术如此一塌糊涂。

其实质不在数学，而在文学。

北宋黄朝英在《缃素杂记》中算得十分精细，但结论却是"武侯庙柏，当从古制为定，则径四十尺，其长二千尺宜矣，岂得以太细长讥之乎？老杜号为诗史，何肯妄为云云也"。也就是杜甫的诗句很科学。以这思路去阐释诗歌，仍然是缘木求鱼。明冯复京可能看出了其中的纰漏，在《说诗补遗》卷六中换了一个角度，不在树的直径和周长上做文章，而是说"黛色参天二千尺"，并不是指树的高度，而是"参天者其色耳。人眼光可望天际，何谓无二千尺邪"，意思是，二千尺不是实际的长度，而是人的视觉。这似乎有些从客观的长度转移到人的主体感觉上来的意味。但是，并不自觉。比较自觉的是北宋范温《潜溪诗眼》，他把形象分为“形似之语”和“激昂之语”：“形似之语，盖出于诗人之赋，‘萧萧马鸣，悠悠旆旌’是也；激昂之语，盖出于诗人之兴，‘周余黎民，靡有孑遗’是也……‘霜皮溜雨四十围，黛色参天二千尺’……此激昂之语，不如此则不见柏之大也。”这个说法，接触到了审美情感冲击感知发生变异的规律。激昂之情与科学数理，是一对矛盾，二者互相对立，不可混同，不能以理性的语言来否定激昂情感导致的感知变异。感知变异超越理性是诗学的基础。类似“形似之语”和“激昂之语”这样的说法，在我国古典诗话和词话中并不少见，可以称为天才的感悟，但可惜的是，这些感悟并没有提升到理论的、系统的、形而上学的高度，因而在具体分析上，乃至在一些基本观念上产生了一些低级的混乱。这种混乱直至今天，在文学研究和教学中仍然比比皆是。原因即是在把科学的和实用的理性看成了唯一的价值。

朱光潜先生在《我们对于一棵古松的三种态度——实用的、科学的、美感的》中这样说过：

> 假如你是木材商，我是一位植物学家，另外一位朋友是画家，三人同时来看这棵古松。我们三人可以说同时都“知觉”到这一棵树，可是三人所“知觉”到的却是三种不同的东西，你脱离不了你木材商的心习，你所知觉到的只是一棵做某事用值几多钱的木料。我也脱离不了我的植物学家的心习，我所知觉到的只是一棵叶为针状、果为球状、四季常青的显花植物。我的朋友—— 一位画家——什么事物都不管，只管审美，他所知觉到的只是一棵苍翠劲拔的古树。我们三人的反应也不一致。你心里盘算它是宜于架屋或者制器，思量怎么去买它，砍它，运它。我把它归到某类某科里去，注意它和其他松树的异点，思量何以活得这样老。我们的朋友却不这样东想西想，他只在聚精会神地观赏它的苍翠的颜色，它的盘屈如龙蛇的线纹以及它的昂然高举、不爱屈挠的气概。

我国古典诗话和词话家们，虽然有时也强调虚实相生，却往往摆脱不了一个潜在的真与实的统一，非真即假、非实即虚的偏执，在具体分析中，常常是以实蔽虚。就是对诗很有悟性的范温，在提出“激昂之语”的时候，也小心翼翼地以“形似之语”来平衡。其实他对形似之语的解释“如镜取形，灯取影也。故老杜所题诗，往往亲到其处，益知其工”，仍然不脱机械的镜子论的窠臼。古典诗话词话家的科学思维的抽象力有限，不可能达到朱光潜先生的这三种知觉的错位（实际是康德的真善美的三种价值）的美学高度，也就难免在机械的真假之分上纠缠。实际上是以木材商和植物学家的眼光代替诗人的眼光。而此二者的眼光在根本上是理性的、实用的，而诗人的情感价值的生命恰恰在于超越实用理性。周振甫在《诗词例话·夸张》中对此加以回护，说：“对于描绘形象，用镜子取形、灯取影来作比，这个‘取’字含有客观形象与主观领会相结合意。细写如镜取形，毫发毕露，略写如灯取影，轮廓逼真，好像画有工笔与写意的不同。”把“取”解作主客结合之意。但是，又称其可写到“毫发毕露”“轮廓逼真”的程度。然而，果真这样，也只配列入王夫之所藐视的咏物诗“极缕绘之工”的“卑格”。

陈一琴辑历代诗话

武侯庙柏，其色若牙然，白而光泽，不复生枝叶矣。杜工部甫云“黛色参天二千尺”[①]，其言盖过，今才十丈。古之诗人好大其事，率如此也。

（宋）范镇《东斋记事》卷四

杜甫《武侯庙柏》诗云：“霜皮溜雨四十围，黛色参天二千尺。”四十围乃是径七尺，无乃太细长乎？……此亦文章之病也。

（宋）沈括《梦溪笔谈》卷二十三

凡言木之巨细者，始曰“拱把”，大曰“围”，引而增之曰“合抱”。盖拱、把之间才数寸耳，围则尺也，合抱则五尺也。……今人以两手指合而环之，适周一尺。杜子美《武侯庙柏》诗云：“霜皮溜雨四十围，黛色参天二千尺。”是大四丈。沈存中内翰（沈括字存中，曾任翰林学士）云：“四十围乃是径七尺，无乃太细长也。”然沈精于算数者，不知何法以准之。若径七尺，则围当二丈一尺。《传》曰：“孔子身大十围。”夫以其大也，故记之。如沈之言，才今之三尺七寸有奇耳，何足以为异耶？周之尺当今之七寸五分。

（宋）王得臣《麈史》卷中

范蜀公（范镇，累封蜀郡公）云：“武侯庙柏今十丈，而杜工部云‘黛色参天二千尺’，古之诗人好大其事，大率如此。”而沈存中又云：“‘霜皮溜雨四十围’，乃是七尺，而长二千尺，无乃大细长乎？”余以为论诗正不当尔，二公之言皆非也。

（宋）王直方《王直方诗话》

① 杜甫《古柏行》：“孔明庙前有老柏，柯如青铜根如石。霜皮溜雨四十围，黛色参天二千尺。君臣已与时际会.树木犹为人爱惜。云来气接巫峡长，月出寒通雪山白。忆昨路绕锦亭东，先主武侯同閟宫。崔嵬枝干郊原古，窈窕丹青户牖空。落落盘踞虽得地，冥冥孤高多烈风。扶持自是神明力，正直原因造化功。大厦如倾要梁栋，万牛回首丘山重。不露文章世已惊，未辞剪伐谁能送？苦心岂免容蝼蚁。香叶终经宿鸾凤。志士幽人莫怨嗟，古来材大难为用！”

形似之语，盖出于诗人之赋，“萧萧马鸣，悠悠旆旌”[①]是也；激昂之语，盖出于诗人之兴，“周余黎民，靡有孑遗”是也。古人形似之语，如镜取形，灯取影也。故老杜所题诗，往往亲到其处，益知其工。激昂之言，孟子所谓“不以文害辞，不以辞害志”，初不可形迹考，然如此乃见一诗之意。余游武侯庙，然后知《古柏》诗所谓“柯如青铜根如石”，信然，决不可改。此乃形似之语。“霜皮溜雨四十围，黛色参天二千尺”“云来气接巫峡长，月出寒通雪山白”，此激昂之语，不如此则不见柏之大也。文章固多端，警策往往在此两体耳。

（宋）范温《潜溪诗眼》

沈内翰讥“黛色参天二千尺”之句，以谓“四十围”配“二千尺”为太细长。不知子美之意但言其色而已，犹言其翠色苍然，仰视高远，有至于二千尺而几于参天也。若如此求疵，则二千尺固未足以参天，而诗人谓“峻极于天”[②]者，更为妄语。……善论诗者，正不应尔。

（宋）陈正敏《遁斋闲览》，转引自胡仔《苕溪渔隐丛话》前集卷八

沈存中《笔谈》云：“《武侯庙柏》诗：‘霜皮溜雨四十围，黛色参天二千尺。’四十围乃是径七尺，无乃太细长乎？”余谓存中性机警，善《九章算术》，独于此为误，何也？古制以围三径一，四十围即百二十尺，围有百二十尺，即径四十尺矣，安得云七尺也？若以人两手大指相合为一围，则是一小尺即径一丈三尺三寸，又安得云七尺也？武侯庙柏，当从古制为定，则径四十尺，其长二千尺宜矣，岂得以太细长讥之乎？老杜号为诗史，何肯妄为云云也。

（宋）黄朝英《缃素杂记》

予每见人爱诵“影摇千丈龙蛇动，声撼半天风雨寒”[③]之句，以为工。此如见富家子弟，非无福相，但未免俗耳。若比之“霜皮溜雨四十围，黛色参天二千尺”，便觉气韵不侔也。达此理者，始可论文。

（宋）陈善《扪虱新话》上集

① 《诗经·小雅·车攻》诗句。
② 《诗经·大雅·崧高》诗句：“崧高维岳，峻极于天。”
③ 石延年《古松》诗句。

诗人之语，要是妙思逸兴所寓，固非绳墨度数所能束缚，盖自古如此。予观郑康成注《毛诗》，乃一一要合《周礼》。……近世沈存中论诗，亦有此癖，遂谓老杜“霜皮溜雨四十围，黛色参天二千尺”，为太细长，而说者辨之，曰：“只如杜诗有云：‘大城铁不如，小城万丈余。’世间岂有万丈城哉？亦言其势如此尔。”予谓周诗云：“崧高维岳，峻极于天。”岳之峻亦岂能极天，所谓不以辞害意者也。文与可（文同字）尝有诗与东坡曰：“拟将一段鹅溪绢，扫取寒梢万丈长。”坡戏谓与可曰：“竹长万丈，当用绢一百五十匹。知公倦于笔砚，愿得此绢而已。”与可无以答，则曰：“吾言妄矣，世间岂有万丈竹哉？”坡从而实之，遂答其诗曰：“世间亦有千寻竹，月落庭空影许长。”与可因以所画《筼筜谷偃竹》遗坡曰：“此竹数尺尔，而有万丈之势。”[①] 观二公谈笑之语如此，可见诗人之意。

同上下集

杜子美《古柏行》云：“霜皮溜雨四十围，黛色参天二千尺。”沈存中《笔谈》云：“无乃太细长乎？”余谓诗意止言高大，不必以尺寸计也。

（宋）葛立方《韵语阳秋》卷十六

杜子美《古柏行》曰：“霜皮溜雨四十围，黛色参天二千尺。”存中《笔谈》曰：“无乃太细长乎？”观国按：子美《潼关吏》诗曰：“大城铁不如，小城万丈余。”世岂有万丈余城耶？姑言其高耳。四十围二千尺者，姑言其高且大也，诗人之言当如此，而存中乃拘拘然以尺寸校之，则过矣。

（宋）王观国《学林》卷八

文士言数目处，不必深泥。此如九方皋相马，指其大略，岂可拘以尺寸。如杜陵《新松》诗：“何当一百丈，欹盖拥高檐。”纵有百丈松，岂有百丈之檐？汉通天台可也。又如《古柏行》：“黛色参天二千尺。”二千尺，二百丈也，所在亦罕有二百丈之柏。此如晋人“峨峨如千丈松”之意，言其极高耳，若断断拘以尺寸，则岂复有千丈松之理？仆观诸杂记深泥此等语，至有以九章算法算之，可笑其愚也。

（宋）王楙《野客丛书》卷二十五

少陵《古柏行》：“霜皮溜雨四十围，黛色参天二千尺。”沈括讥其太细长。太白“错落

① 此段转述苏轼《筼筜谷偃竹记》，文字略异。

万丈松"[①]，不较少陵多八千尺乎？此皆诗人放言，乌可拘也。

（明）陈懋仁《藕居士诗话》卷上

杜题柏："霜皮溜雨四十围，黛色参天二千尺。"说者谓太细长，诚细长也，如句格之壮何！……诗固有以切工者，不伤格，不贬调，乃可。

（明）胡应麟《诗薮》内编卷五

成都、夔府各有孔明祠，祠前各有古柏。此因夔祠之柏而并及成都，然非咏柏也。公平生极赞孔明，盖有窃比之思。孔明材大而不尽其用，公尝自比稷、契，材似孔明而人莫用之；故篇终而结以"材大难为用"，此作诗本意，而发兴于柏耳。不然，庙前之柏，岂梁栋之需哉？

（明）王嗣奭《杜臆》卷七

《咏柏》云："霜皮溜雨四十围，黛色参天二千尺。"或谓太细长，不知参天者其色耳。人眼光可望天际，何谓无二千尺邪？

（明）冯复京《说诗补遗》卷六

沈存中一经丈量，便来两家之驳。盖运思所及，脱腕抽毫，握之不盈掬，放之弥乎六合，何处着一算博士，挈短衡长，积铢黍于其间哉！徐兴公引段文昌作武侯庙古柏文云："'合抱在于旁枝，骈梢叶之青青；百寻及于半身，蓄风雷之冥冥。'观旁枝、合抱，则见干之四十围；百寻、半身，则见高之二千尺，二公诗文暗合。"余谓必举段文以实之，犹拘虚之见也。王勉夫（王楙字）谓："杜《新松》诗：'何当一百丈，敧盖拥高檐。'纵有百丈松，岂有百丈之檐？此如晋人'峨峨如千丈松'之意。"余意亦如东坡与文同论竹云"叶落空庭影许长"，方是解人。

（清）吴景旭《历代诗话》卷三十八

少陵于武侯最为向往。一则为其赍志而殁，同病悲惋；一则为其君臣道合，无嫌无疑，实堪羡慕也。此于庙柏而致其称诩之意。夫一柏耳，岂真能同于金石之质，而曰"柯如青铜根如石"，且至于二千尺之高哉？毋亦奉扬溢美之辞。然不如是夸大，则无以致尊崇之思。盖物以人重故也。下接云，良由先主与武侯志同道合，君明臣良，一时相得益彰，是

① 不详所引何诗。刘希夷《初度岭过韶州灵鹫广果二寺其寺院相接故同诗一首》亦有"寒水千寻壑，禅林万丈松"之句，曾惇《题谢景思少卿药寮》亦有"南山千岁苓，托根万丈松"之句。

以一树之存，犹为人之所爱惜，勿翦勿拜，以至于如此其高大也。……此诗前半阕，则赞武侯先主之神明正直，后半阕，则借庙柏以况材大者之难为世用，而宽在己之本怀也。诗情之移步换形，不可方物者如此。

（清）佚名《杜诗言志》卷十

首咏夔州柏，而以君臣际会结之。铜比干之青，石比根之坚。霜皮溜雨，色苍白而润泽也。四十围，二千尺，形容柏之高大也。气接巫峡，寒通雪山，正从高大处想见其耸峙阴森气象耳。

（清）仇兆鳌《杜诗详注》卷十五

四十围、二千尺，皆假象为词，非有故实。《梦溪笔谈》讥其太细长，《缃素杂记》以古制围三径一驳之，次公注又引南乡故城社柏大四十围，皆为鄙说。……今按：古柏虽极高大，亦不能至二百丈，只是极形容之辞，如《秦州》诗“高柳半天青”，柳岂能高至半天乎？

同上引朱注

首段，用直起法，是夔柏正文。……朱言：“成都庙柏，在郊原平地，故可久存。若此之盘踞高山，而烈风莫撼者，诚得于神明造化之功耳。”愚按：须如此说，下文才好接连。末段，因咏古柏，显出自负气概，暗与“君臣际会”反对。……结语一吐本旨，而“材大”两字，仍与“古柏”双关。

（清）浦起龙《读杜心解》卷二之二

（“霜皮”二句）此特形容柏之高大，不必泥。

（清）杨伦《杜诗镜铨》卷十二

《古柏行》云：“霜皮溜雨四十围，黛色参天二千尺。”注引朱说：“四十围、二千尺，皆假象为词。”……今按此说是也，柏至四十围、二千尺，惟高崖穹谷，及幽僻处或有之，武侯庙在近城平地，断无能如诗所云者；此犹“关塞三千里，烟花一万重”[①]，皆虚设之词，认真辨之，则公当日岂经丈量耶？

（清）施鸿保《读杜诗说》卷十五

① 杜甫《伤春五首》（其一）诗句。

或问少陵咏老柏"黛色参天二千尺"不太夸乎？曰："相如（西汉司马相如）《上林赋》'欃檀木兰，豫章女贞，长千仞，大连抱'，千仞，七百丈也。少陵老柏尚少五百丈，何夸之有？"

（近代）钱振锽《谪星说诗》卷二

（范温指出）诗人的描写有两种；一种是形似之意，就是照形象描写；一种是激昂之语，就是夸张。比方《诗经·车攻》描写马叫，说"萧萧"，描写旗子静静地悬挂着，说"悠悠"，杜甫描写古柏的形状，说"柯如青铜根如石"，这些就是照形象描绘。再像《诗经·云汉》说，西周的百姓没有留下一个，这就是夸张的说法。对于夸张的说法，我们读起来不可拘泥字面，认为西周百姓都死光了，实际上诗人是说西周百姓死得很多，我们要通过夸张懂得他的用意。说古柏大四十围，高二千尺，也是一种夸张，好比下文说古柏上面的云气连接巫峡，通连雪山，都是夸张。

这里给我们指出诗人的两种描写手法，一种描绘形象，一种是夸张。对于夸张的话，不可拘泥字面来理解。对于描绘形象，用镜子取形、灯取影来作比，这个"取"字含有客观形象与主观领会相结合意。细写如镜取形，毫发毕露，略写如灯取影，轮廓逼真，好像画有工笔与写意的不同。

（现当代）周振甫《诗词例话·夸张》

〔附录〕

杜甫此诗，是用夸张辞，沈存中却拿算盘来计算，以为四十围乃是径七尺，而高却二千尺："无乃太细长乎？"《缃素杂记》作者黄朝英却认为武侯庙柏当从古制，四十围实百二十尺，则径当为四十尺，其实二千尺并不算太细长哩。其实沈、黄两人的计数比赛，都是无谓的。至于沈括的评语，载《梦溪笔谈》卷二十三"讥谑"门，既云讥谑，本带有滑稽和开玩笑之意，未必不知道杜甫诗句是用夸张的修辞法。黄朝英也拿起算盘，硬指杜诗所云尺寸应是以古制计算，认真的要和沈氏作计算比赛，更觉可笑。

［新加坡］郑子瑜《中国修辞学史稿》第六篇

“晨钟云外湿”碍理

杜甫的“晨钟云外湿”，是标准的通感。钟声本为听觉，湿则系视觉和触觉，二者转换，其联想转换是隐性的。

然而，周振甫先生在《诗词例话·体察》中不用通感，而从写实的角度去解释：“‘晨钟云外湿’，那时船泊夔州城外，因天雨不能上岸，所以只能在船里听到晨钟。夔州地势高，寺又在山上，所以说钟声从云外传来。从云外传来的钟声要通过云和雨才传到船里，所以说钟声要被沾湿。说钟声被沾湿这是一般人所想象不到的，这样写，正显出诗人感到雨的又多又密。”这就是说，钟声之所以“湿”是因为从云外传来，“要通过云和雨”，“钟声要被沾湿”。这样解释，还是局限于显性的“写实”，殊不知早在几百年前谢榛就提出了“写虚”，乔亿力主除了“目及”以外，诗人还有“神遇”的想象。

他在《中国修辞学史》中，又说：“称‘湿’指钟声从雨中传来，想象为雨沾湿，这是修辞的‘通感’。声是耳闻的，湿是肤触或眼见的，闻和触、见相通，故称钟声为湿。”周先生把写虚弄成了显性的写实。其实通感的好处是两感（或者三感）在潜意识中自然贯通。但是，多感要相通并不是无条件能够达到诗的贯通的，关键是联想转换要自然。如“红杏枝头春意闹”，从红联想到火，从火到热，从热到闹，有汉语的千百年来形成的、现成的、自动的联想作基础。而钟声和湿，则并不存在这种现成的自动化的联想基础。但是，由于和此句中的云，上文中的雨结合在一起，湿的感知就不难自然产生了。“把钟声说成‘湿’是词的引申用法。从山顶寺院中发出的钟声，传到身在江舟的诗人耳里时，仿佛已被云雾润湿了。”这种说法应该是理解了其中的奥秘的，但是，在观念上，有些混淆，“仿佛”接近于比喻，而不是通感。一方面说是“钟声，传到身在江舟的诗人耳里时，仿佛已被云雾润湿了”，其中显性层次很清晰，具有很强的散文性。另一方面，又说这是“通感”，而诗的通感是依仗隐性的联想，是不需要显在的层次过渡的，过分明晰的过渡层次，有害于诗意的蕴藉。

陈一琴辑历代诗话

（杜甫“晨钟云外湿”句[①]）“钟湿”字新。

（明）王嗣奭《杜臆》卷七

言“湿”，又言“云外”，作何解？

（明）钟惺、谭元春《唐诗归》卷二十一钟批语

前半追写昨夜之景，所谓“补题格”也。宿船见月，忽风起而雨，明晨虽霁，地尚未干，写“宿雨湿”三字，次第分明如此。听晨钟，虚愁云外湿；望胜地，远见石堂烟。故人在焉，咫尺千里，柔橹不觉已在轻鸥之外。回首含凄，觉汝俦侣长能相聚，其贤于人远矣。后半始叙全题首尾。……写景精切，寓意隽永，五律至此，即赞叹亦无所加。第留语后人，慎勿如前代腐儒止参死句，不参活句也。

（清）黄生《杜诗说》卷五

诗人兴象所至，不可执着；必欲执着，则“晨钟云外湿”“钟声和白云”“落叶满疏钟”，皆不可通矣。

又《唐诗摘抄》卷四

《夔州雨湿不得上岸作》“晨钟云外湿”句：以“晨钟”为物而“湿”乎？“云外”之物，何啻以万万计！且钟必于寺观，即寺观中，钟之外，物亦无算，何独湿钟乎？然为此语者，因闻钟声有触而云然也。声无形，安能湿？钟声入耳而有闻，闻在耳，止能辨其声，安能辨其湿？曰“云外”，是又以目始见云，不见钟，故云“云外”。然此诗为雨湿而作，有云然后有雨，钟为雨湿，则钟在云内，不应云“外”也。斯语也，吾不知其为耳闻耶？为目见耶？为意揣耶？俗儒于此，必曰：“晨钟云外度。”又必曰：“晨钟云外发。”决无下“湿”字者。不知其于隔云见钟，声中闻湿，妙悟天开，从至理实事中领悟，乃得此

---

① 《船下夔州郭宿雨湿不得上岸别王十二判官》：“依沙宿舸船，石濑月娟娟。风起春灯乱，江鸣夜雨悬。晨钟云外湿，胜地石堂烟。柔橹轻鸥外，含凄觉汝贤。”

境界也。

（清）叶燮《原诗》内篇下

“外”一作“岸”，与“堂”字对似胜，然读本句“晨钟”字，觉“外”字饶有意味。……两“外”字虽复，然盛唐本不拘。

（清）吴修坞《唐诗续评》卷一

有强解诗中字句者。或述前人可解不可解不必解之说晓之，终未之信。……唐人诗中，钟声曰“湿”，柳花曰“香”，必来君辈指摘。不知此等皆宜细参，不得强解。

（清）吴雷发《说诗菅蒯》

始而月，继而风，终之以雨。此一夜景也，贴题中“郭宿”。晨钟则遥听其湿，石堂则遥恨其偏。皆有可望不可即之意，贴雨湿不得上岸。末则别王判官。……“岸”，一作“外”。“外”字好，然“岸”与“堂”对。

（清）边连宝《杜律启蒙》五言卷六

“钟（惺）言湿又言云外，作何解？”案：此首明明白白，只须顺序说下。……须知首二句是说船下夔州郭，天晚停宿，并未雨。石濑上月尚娟娟，须臾而风起春灯乱矣，须臾而雨急江鸣矣。蜀江岸峻，雨下如绠縻，篷底听之，知江之鸣，由雨之悬也。明晨雨止，寺钟鸣，以关心天气人闻之，觉钟声不如寻常响亮，似从云外来，被湿云裹住，则知天未大晴。推篷起视，雨湿不得上岸矣。末三句说不上岸别王判官。……有“晨钟”一句点明时候，知此诗作于晨。雨乃昨夜之雨，非昨日之雨；月乃雨前之月，非雨后之月矣。

（近代）陈衍《石遗室诗话》卷二十三

这里讲体察是要写诗人独特的感受。一般的景物，人们都看得到想得到的，可以不用去描绘。那些诗人具有独特感受的景物，通过描写写出诗人的感受来，那样描写景物才具有特色。……又“晨钟云外湿”，那时船泊夔州城外，因天雨不能上岸，所以只能在船里听到晨钟。夔州地势高，寺又在山上，所以说钟声从云外传来。从云外传来的钟声要通过云和雨才传到船里，所以说钟声要被沾湿。说钟声被沾湿这是一般人所想象不到的，这样写，正显出诗人感到雨的又多又密，所以上句说“江鸣夜雨悬”。

（现当代）周振甫《诗词例话·体察》

杜甫在夔州，因雨湿不得上岸，当在船上，想望上岸，听见高处传来钟声。称“云外”，指钟声在云外传来，即在高处传来。称“湿”指钟声从雨中传来，想象为雨沾湿，这是修辞的通感。声是耳闻的，湿是肤触或眼见的，闻和触、见相通，故称钟声为湿。

又《中国修辞学史》

〔**附录**〕

时间词和地点词强调的是观察事件的角度，因而它是暂时性的。……在“晨钟云外湿”中，几个特征结合表现了特殊性：地点词“云外”划定了地方，“晨”界定了时间，把钟声说成“湿”是词的引申用法。从山顶寺院中发出的钟声，传到身在江舟的诗人耳里时，仿佛已被云雾润湿了。另一个产生通感的例子是“碧瓦初寒外”，其中“初寒”是时间词与地点词的交点。

［美］高友工、梅祖麟《唐诗的魅力》

杜诗酒价真实否

诗是情感的，数学是理性的，审美价值不同于科学价值，故诗中的数字往往并不科学。如“三万里河东入海”（黄河的长度其实只有五千六百公里），又如“千里莺啼绿映红”“一片孤城万仞山”“千里黄云白日曛”，大抵是极言之，并不以准确取胜，相反以不准确而有诗意。但是，又不可一概而论。有时，数字在诗中又十分准确，如“人生七十古来稀”“四月南风大麦黄”“三春三月忆三巴”“七月七日长生殿，夜半无人私语时”“忆昔开元全盛日，小邑犹藏万家室”“皇帝二载秋，闰八月初吉”，其中数字是经得起考证的。从这个意义上说，考究杜甫诗句中的酒价就比较复杂。大致可以这样说，诗中的数字，若上万，上千，则往往为夸饰之词，若在百十乃至以下，则可能接近现实。当然，这只能是大致如此，很难排除例外，如李白“十步杀一人，千里不留行”，不管是“十步”，还是“千里”，都是不可能的。故对于杜甫诗中酒价，只能具体分析。

宋真宗宴上，大臣丁渭以杜甫“速宜相就饮一斗，恰有三百青铜钱”，推断三百一斗，则升酒三十钱。这可能是有些史料价值的。但是，联系到李白的诗句“金樽清酒斗十千”，则升酒百钱。二人生活时代相去不远，何其酒价如此悬殊？考诸唐诗，“斗十千”之说普遍存在。白居易有“共把十千沽一斗”，王维有“新丰美酒斗十千”，崔辅国有“与沽一斗酒。恰用十千钱”，许浑有“十千沽酒留君醉”，权德舆有“十千斗酒不知贵”，陆龟蒙有“若得奉君欢，十千沽一斗”。诸多诗人时间、地点相去甚远，为何酒价不变？诗话以为此乃诗家的“用事”，或者“寓言”，也就是典故、套语而已。应该说，这是有道理的。需要补充的是，这与诗人的情感有关。若夸耀则美酒斗十千，这个典故从曹植的“归来宴平乐，美酒斗十千”中来，并不是实际的酒价。若言愁苦，则酒价至贱，亦觉其昂贵，这却没有典故，故可能接近现实。

其实，酒价很难一概而论。战乱时期，米价贵则酒价昂，不同地点，不同质量，均可能导致酒价悬殊。“《唐书·食货志》曰：‘乾元初，京师酒贵。’盖肃宗复两京之后，不得不贵也。建中三年，禁民酤酒，官置肆酿酒，斛收直三千。贞元二年，天下置肆以酤者，斗酒钱百五十。”贞元二年的酒价更便宜，斗酒一百五十钱，一升才十五钱，只有杜甫时值之半。从这里可以看出，杜甫所说三百钱一斗，可能是比较实际的。不过也有人以为杜甫也不可靠。因为杨松玠《谈薮》中有：“北齐卢思道尝云：‘长安酒贱，斗价三百’。”但是，卢思道名声非曹植可比，其文之影响亦非曹植有经典性，并不像斗酒十千那样被广泛引用，故不成为典故。王观国《学林》卷八：“诗人之言，或夸大，或鄙小，本无定论。”认为此诗“不过袭用成语”，可能并不恰当。钱文忠《百家讲坛》上讲李白的财源时说，开元年间，一斗米二十钱到三十钱（二十个铜钱到三十个铜钱），则一升酒，十五个铜钱，到杜甫的诗中，因为战乱，涨了一倍，是比较实在的。在酒比较便宜时，李白斗酒诗百篇，才有喝得起的可能。

陈一琴辑历代诗话

真宗尝曲宴群臣于太清楼，君臣欢浃，谈笑无间，忽问：“廛沽尤佳者何处？”中贵人奏有南仁和者，亟令进之，遍赐宴席。上亦颇爱，问其价，中贵人以实对。上遽问近臣曰：“唐酒价几何？”无能对者，唯于晋公（宋丁谓，曾封为晋国公）奏曰：“唐酒每升三十。”上曰：“安知？”丁曰：“臣尝读杜甫诗曰：‘早来就饮一斗酒，恰有三百青铜钱。’[①]是知一升三十钱。”上大喜曰：“甫之诗自可为一时之史。”

（宋）文莹《玉壶清话》卷一

（按：此则故事，同时人刘攽《中山诗话》记载类似，但文字较简略。）

有问唐酒价者，对以三百，引杜诗“速来相就饮一斗，恰有三百青铜钱”。唐酒价见于《唐会要》，贞元二年，京城榷酒斗百五十，比子美时已减其半。汉昭时卖酒升四钱，又何贱也，岂古之升斗小耶？

（宋）朱翌《猗觉寮杂记》卷一

少陵诗非特纪事，至于都邑所出，土地所生，物之有无贵贱，亦时见于吟咏。如云：

① 《偪侧行赠毕四曜》诗句：“街头酒价常苦贵，方外酒徒稀醉眠。速宜相就饮一斗，恰有三百青铜钱。”仇兆鳌注：速宜，一作“径须”。

“急须相就饮一斗，恰有青铜三百钱。”丁晋公谓以是知唐之酒价也。

（宋）陈岩肖《庚溪诗话》卷上

说者谓祖宗朝尝问大臣当时酒价，大臣对以一斗三百。引杜子美诗“速宜相就饮一斗，恰有三百青铜钱”为据。观国窃谓古今酒价，视时而贵贱。方兵兴多事及饥馑艰食，则酒价必贵，及时平则贱，此乃常理，固不可以一概论也。《唐书·食货志》曰：“乾元初，京师酒贵。”盖肃宗复两京之后，不得不贵也。建中三年，禁民酤酒，官置肆酿酒，斛收直三千。贞元二年，天下置肆以酤者，斗酒钱百五十。盖德宗时天下复富庶，故酒价不得不贱也。然则唐之酒价贵贱，岂有常耶？诗人之言，或夸大，或鄙小，本无定论。曹植《名都篇》曰：“归来燕平乐，美酒斗十千。”此夸大之言也。设有问魏之酒价者，则以十千一斗对之耶？……杜子美《盐井》诗曰：“自公斗三百，转致斛六千。”夫物价低昂在反手之间，岂有定也。

（宋）王观国《学林》卷八

昔人应急，谓唐之酒价，每斗三百，引杜诗“速宜相就饮一斗，恰有三百青铜钱”为证。然白乐天为河南尹《自劝》绝句云：“忆昔羁贫应举年，脱衣典酒曲江边。十千一斗犹赊饮，何况官供不着钱。”又古诗亦有：“金尊美酒斗十千。”大抵诗人一时用事，未必实价也。

（宋）周必大《二老堂诗话》

丁晋公对真庙，唐酒价以三百，亦出于一时耳。若李白“金樽清酒斗十千”[①]，白乐天“共把十千沽一斗”[②]，又“软美仇家酒，十千方得斗”[③]，又“十千一斗犹赊饮，何况官供不着钱”，崔国辅“与沽一斗酒，恰用十千钱”[④]，曹子建《乐府》“归来宴平乐，美酒斗十千”。恐未必酒价，言酒美而价贵耳。

（宋）龚颐正《芥隐笔记》

历阳郭次象多闻，尝与仆论唐酒价。郭谓前辈引老杜诗：“速令相就饮一斗，恰有三百

① 《行路难三首》（其一）诗句：“金樽清酒斗十千，玉盘珍羞直万钱。”

② 《与梦得沽酒闲饮，且约后期》诗句。

③ 又白居易《东南行一百韵寄通州元九侍御、澧州李十一舍人、果州崔二十二使君、开州韦大员外、庚二十二补阙、杜十四拾遗、李二十助教员外、窦七校书》诗句：“软美仇家酒，幽闲葛氏姝。十千方得斗，二八正当垆。”

④ 《杂诗》诗句。

青铜钱。”以此知当时酒价。然白乐天《与刘梦得沽酒闲饮》诗曰：“共把十千沽一斗，相看七十欠三年。”当刘白之时，酒价何太不廉哉？仆谓不然，十千一斗，乃诗人寓言，此曹子建乐府中语耳。唐人引此甚多，如李白诗曰：“金樽沽酒斗十千。”王维诗曰：“新丰美酒斗十千。”[①]崔辅国诗曰：“与沽一斗酒，恰用十千钱。”许浑诗曰：“十千沽酒留君醉。”[②]权德舆诗曰：“十千斗酒不知贵。”[③]陆龟蒙诗曰：“若得奉君欢，十千沽一斗。”[④]唐人言十千一斗类然。一斗三百钱，独见子美所云，故引以定当时之价。然诗人所言，出于一时，又未知果否一斗三百，别无可据。唐《食货志》云：“德宗建中三年，禁民酤，以佐军费。置肆酿酒，斛收直三千。”此可验乎？又观杨松玠《谈薮》：“北齐卢思道尝云：‘长安酒贱，斗价三百。’”杜诗引此，亦未可知。

（宋）王楙《野客丛书》卷三

《玉壶清话》云：“真宗问近臣：‘唐酒价几何？’丁晋公奏曰：‘每升三十。杜甫诗曰：速须相就饮一斗，恰有三百青铜钱。’”与时尝因是戏考前代酒价，多无传焉。……曹子建《乐府》：“归来宴平乐，美酒斗十千。”此三国之时也。然唐诗人率用此语，如李白“金樽清酒斗十千”，王维“新丰美酒斗十千”，白乐天“共把十千沽一斗”……皆不与杜诗合。或谓诗人之言，不皆如诗史之可信。然乐天诗最号纪实者，岂酒有美恶，价不同欤？抑何其辽绝邪！

（宋）赵与时《宾退录》卷三

后余因看李白诗有“金樽美酒斗十千”之句，以为李杜同时，何故诗句所言酒价顿异？客有戏噱者曰：“太白谓美酒耳。恐杜老不择饮而醉村店压茅柴耳。”坐皆大笑，然亦近理也。

（宋）史绳祖《学斋占毕》卷二

白乐天《与刘梦得闲饮》诗曰：“共把十千沽一斗，相看七十欠三年。”……抑何酒价之不廉如此。先儒或谓：“此乃诗人寓言，不过取曹子建《乐府》中语。”予以诸贤诗考之，似皆摭当时之实，非寓言比。然杜少陵诗：“街头酒价常苦贵，坊外酒徒稀醉眠。速宜相就饮一斗，恰有三百青铜钱。”三百一斗，少陵犹以为贵，而诸贤皆以一斗十千为咏，又何贵

① 《少年行四首》（其一）诗句：“新丰美酒斗十千，咸阳游侠多少年。”
② 《酬河中杜侍御重寄》诗句：“十千沽酒留君醉，莫道归心似转蓬。”
③ 《放歌行》诗句：“十千斗酒不知贵，半醉留客邀尽欢。”
④ 《奉和袭美酒中十咏·酒垆》诗句：“若得奉君欢，十千求一斗。”

贱悬绝如此？

（宋）俞德邻《佩韦斋辑闻》卷一

北齐卢思道尝云："长安酒贱，斗价三百。"此诗"速宜相就饮一斗"云云，正用其语。虽上云"街头酒价常苦贵"，而此云酒贱，诗家不拘也。注不引卢，而引丁谓对真宗语，误矣。丁不过取办口给，以当戏噱，岂实价乎？乃又有引李白"金陵美酒斗十千"之句，疑李、杜同时，酒价顿异。不知李亦用曹植"君王宴平乐，美酒斗十千"之语，乃相援以评酒价，所谓痴人前不得说梦也。且酒有美恶，价亦随之；而钱亦随时贵贱，岂有定准乎？

（明）王嗣奭《杜臆》卷二

（按：清仇兆鳌《杜诗详注》卷六引《杜臆》云："北齐卢思道尝云：'长安酒钱，斗价三百。'此诗酒价苦贵，乃实语。三百青钱，不过袭用成语耳。旧注不引卢说而引丁说，何也？又有引李白'金陵美酒斗十千'之句，疑李、杜同时，酒价顿异，岂知李亦袭用曹子建成语也。酒有美恶，钱有贵贱，岂可为准。"此则文字与上录略异，意思似更明白。）

必求出处，宋人之陋也。其尤酸迂不通者，既于诗求出处，抑以诗为出处，考证事理。杜诗："我欲相就沽斗酒，恰有三百青铜钱。"遂据以为唐时酒价。崔国辅诗："与沽一斗酒，恰用十千钱。"就杜陵沽处贩酒向崔国辅卖，岂不三十倍获息钱耶？求出处者，其可笑类如此。

（清）王夫之《姜斋诗话》卷下

唐人自乐天诗："共把十千沽斗酒。"李白诗："金樽斗酒沽十千。"王维诗："新丰美酒斗十千。"许浑诗："十千沽酒留君醉。"一斗酒十千钱，价乃昂贵若是。惟少陵诗："速令相就饮一斗，恰有三百青铜钱。"此则近理。

（清）梁绍壬《两般秋雨庵随笔》卷七

仰蜂、行蚁及其他

杜甫《独酌》：

步屧深林晚，开樽独酌迟。
仰蜂粘落絮，行蚁上枯梨。
薄劣惭真隐，幽偏得自怡。
本无轩冕意，不是傲当时。

《徐步》：

整履步青芜，荒庭日欲晡。
芹泥随燕嘴，蕊粉上蜂须。
把酒从衣湿，吟诗信杖扶。
敢论才见忌，实有醉如愚。

不少诗话家对这两首诗都表示称赞，一致的看法是写得细致，但是，对于其好处，评论的准则却并不相同。一派的说法是“写物之工”，“皆出于目见”，亲眼所见，观察得细。此论以南宋曾季貍为代表。“如：……‘芹泥随燕嘴，花粉上蜂须。’‘仰蜂黏落絮，行蚁上枯梨。’‘柱穿蜂溜蜜，栈缺燕添巢。’‘风轻粉蝶喜，花暖蜜蜂喧。’非目见安能造此等语？”（《艇斋诗话》）与这一致的是黄生《杜诗说》卷六：“燕衔泥、蜂采花，最是眼前景。”仇兆鳌《杜诗详注》卷十说得更是明确：“燕衔泥而至，蜂采蕊而回，皆在日晡以后。”总之这一派的理论是，好在反映了客观真实。

但是，另一派的阐释却相反，认为眼前景是由徐步之人观察、体悟出来的。

马永卿《懒真子》卷一说：“独酌则无献酬也。徐步则非奔走也，以故蜂蚁之类微细之物皆能见之。若夫与客对谈，急趋而过，则何暇视详至于如是哉？”这就是说，诗的好处不在写出了客观的景物，而是主观的情致抓住了客观景物的特点。方回意识到诗的好处在于“以《独酌》为题”，其实“幽栖自怡之事。仰蜂、行蚁，盖独酌时所见如此”。就是说这样精致的景观，是由精细的情致（幽栖自怡）决定的。在这一点上，金圣叹说得更精彩，他抓住了关键词（诗眼）“徐”字：“题曰《徐步》，‘徐’字妙。篇中并无一‘徐’字，而实句句皆‘徐’也。”这个“徐”字，就是点出了有闲心去观察入微。燕与蜂那么忙乱，为了“泥随嘴”“蕊上须”，而那么“汲汲然”。而这个徐步者没有一点功利心（何所得沾耶？），就“目睹而心动”了，看得有趣了。这个阐释，容或有可以讨论的余地，但是，其理论核心却是景观不仅仅是景观，而是由心态决定的。有了这样徐步的姿态，有了“幽偏得自怡”，解脱了“轩冕意”，才有这样从容的观察，才有如此微妙的体悟，连蜂粘落絮、蚁上枯梨、燕嘴芹泥、蜂须蕊粉都看得那样津津有味。仇兆鳌毕竟是仇兆鳌，还是他看出了因为“独酌从容”，“故得详玩物情”。

一些诗话家把这样的诗，往归隐上联系，则显然穿凿。杜甫本没有做什么大官，仕途上，一直很不得意。这是已经在野的自怡，而不是在位的自诩。

在这里，特别应该重视的是金圣叹的“目睹而心动”。对景之赏析，不可泥于“睹”，泥于“目见”。光有“目见”，甚至亲见，还不是诗，只有“心动”而“目见”才可能有诗意。正如韩愈“草色遥看近却无”的精彩，不仅仅是早春北方景色特殊性的发现，而且是对自我微妙的心动的发现。王国维说“一切景语皆情语”，此语并不太深刻，其实一切景语皆心动语。

陈一琴辑历代诗话

古人吟诗绝不草草，至于命题，各有深意。老杜《独酌》诗云：“步屟深林晚，开樽独酌迟。仰蜂粘落絮，行蚁上枯梨。”①《徐步》诗云：“整履步青芜，荒庭日欲晡。芹泥随燕嘴，花蕊上蜂须。”②且独酌则无献酬也，徐步则非奔走也，以故蜂蚁之类微细之物皆能见之。若夫与客对谈，急趋而过，则何暇视详至于如是哉？

（宋）马永卿《懒真子》卷一

陈无己先生语予曰：“今人爱杜甫诗，一句之内，至窃取数字以仿像之，非善学者。学诗之要，在乎立格、命意、用字而已。”余曰：“如何等是？”曰：“……《徐步》诗云‘蕊

① 杜诗：“步屟深林晚，开樽独酌迟。仰蜂粘落絮，行蚁上枯梨。薄劣惭真隐，幽偏得自怡。本无轩冕意，不是傲当时。”粘，一作“黏”。

② 又诗：“整履步青芜，荒庭日欲晡。芹泥随燕嘴，蕊粉上蜂须。把酒从衣湿，吟诗信杖扶。敢论才见忌，实有醉如愚。”蕊粉，一作“花蕊”。

粉上蜂须'，功在一上字，兹非用字之精乎？"

（宋）张表臣《珊瑚钩诗话》卷二

老杜写物之工，皆出于目见。如："花妥莺捎蝶，溪喧獭趁鱼。"①"芹泥随燕嘴，花粉上蜂须。""仰蜂黏落絮，行蚁上枯梨。""柱穿蜂溜蜜，栈缺燕添巢。"②"风轻粉蝶喜，花暖蜜蜂喧。"③非目见安能造此等语？

（宋）曾季狸《艇斋诗话》

（《独酌》）此以《独酌》为题，其实皆幽栖自怡之事。仰蜂、行蚁，盖独酌时所见如此。凡为诗，只两句模景精工，为一篇之眼，馀放淡净为佳。

（元）方回《瀛奎律髓》卷十九

（《徐步》诗）读之极似即事诗，而题曰《徐步》，"徐"字妙。篇中并无一"徐"字，而实句句皆"徐"也。○燕与蜂，汲汲然如将不及，即其"泥随嘴""蕊上须"。彼徐步者，何所得沾耶？徒目睹而心动耳。首句"整履"二字，写尽生平。天下卤莽人，往往得应时及令，安见整履者必能有及耶？荒庭日晡，何可胜慨！

（清）金圣叹《唱经堂杜诗解》卷一

（《独酌》诗）三四步屧之景。后半独酌之怀。蜂触物坠，故见其仰而在地。枯梨穴蚁，故见其上而成行。蜂蚁微物，而能各适其适。以微物自比，故曰"薄劣"；亦如其各适，故曰"自怡"。二语人知其精于赋物，而不知其深于比兴也。

（清）黄生《杜诗说》卷六

（《徐步》诗）前半徐步之景，后半徐步之怀。……燕衔泥、蜂采花，最是眼前景、口头语，只在字法句法上讨好。

同上

（《独酌》诗）此自明退隐之意，乃因乎其时，非有意于行遁以博名高也。……仰蜂行

---

① 杜甫《重过何氏五首》（其一）诗句。

② 又《陪诸公上白帝城头宴越公堂之作》诗句。

③ 又《敝庐遣兴奉寄严公》诗句。

蚁，正以喻所以退隐之故，非泛泛写景也。解人自识之。

（清）佚名《杜诗言志》卷六

《独酌》，不用怒张，风骨自劲，力大笔圆，故尔尔。学者师之。三四俱从无事人眼中看出。《徐步》："芹泥随燕嘴，花蕊上蜂须。"一"随"字、一"上"字，能使无情者化为有情。结句虽温雅，而自命崭然处自在言外。

（清）张谦宜《茧斋诗谈》卷四

（《独酌》诗）步林向晚，独酌从容，故得详玩物情。此时逸兴自娱，可以忘情荣禄矣。

（清）仇兆鳌《杜诗详注》卷十

（《徐步》诗）此庭内徐步也。燕衔泥而至，蜂采蕊而回，皆在日晡以后。

同上

（《独酌》诗）一种幽微之景，悉领之于恬退之时，律体正宗。

（清）浦起龙《读杜心解》卷三

（《徐步》诗）蹊径与《独酌》诗相类。

同上

（《徐步》诗）燕嘴之啄芹泥，甚轻若随者。然蜂须之带花蕊，无意偶上之耳。世人遇此等字，便谓以不可解为妙。此种说话，误人不浅。

（清）边连宝《杜律启蒙》五言卷三

《珊瑚钩诗话》：杜甫《徐步》诗云"花蕊上蜂须"，功在一"上"字。按：《埤雅》："蜂蝶皆以须嗅。"须，盖其鼻也。解此可知"上"字之有味，人不能到。

（清）陈锡路《黄奶余话》卷六

众说纷纭“夜半钟”

张继的《枫桥夜泊》一诗，不但在我国脍炙人口，而且据说在日本也“妇孺皆知”。但为了结句“夜半钟声”四个字，竟从宋朝争论到清朝，持续了一千多年。这不是中国人对诗特别执着，特别呆气，而是其中涉及了诗歌意象的“虚”和“实”，“兴”和“象”，还有“情”与“境”等等根本的理论观念。

论争长期聚焦在“夜半钟声”是不是存在的问题上。欧阳修带头说没有。坚持说有的，分别引用白居易、温庭筠、皇甫冉诸诗所写“半夜钟”为证，还有人直接调查有“分夜钟”之事的，更有引《南史》“齐武帝景阳楼有三更五更钟”为佐证的。双方看似相持不下，其理论的出发点却是一样的：夜半钟声存在与否，关系到此诗的真实性，如果不是确确实实的，此诗的艺术价值至少要大打折扣。所以从理论上看，这样的论争是比较肤浅的。

对于诗歌来说，其区别于散文的特点，至少是在其想象境界中虚实相生，拘于写实则无诗。闻一多说过“绝对的写实主义是艺术的破产”。

从阅读效果来看，“夜半钟声”为实为虚，并不影响其感染力。明人谢肇淛即曾指出：即使钟敲得太早，也“于佳句毫无损也！诗家三昧，正在此中见解。”清马位说得更干脆：“即不打钟，不害诗之佳也。”可惜，这都是艺术直觉。由于理论上的不自觉，从欧阳修到陆游，都有点过分咬文嚼字。唯独明胡应麟，才说到了要害上：

> 诗流借景立言，惟在声律之调，兴象之合，区区事实，彼岂暇计？无论夜半是非，即钟声闻否，未可知也。

他认为：是否夜半听到钟声，都是弄不清楚也不需要弄清楚的，究竟是实在还是虚拟，根本不用费功夫去斤斤计较。为什么呢？因为这是“兴象之合”。只要诗的主体感兴与客观物象契合，是否事实都不过是区区小事。诚如许学夷赞赏道：“此足以破语皆实际之惑。”胡氏的观点打破了许多评家不正视想象、虚拟的机械真实论。聚讼纷纭，无不为机械真实论所困，他的确表现了难得的理论魄力。

“兴象之合”，感兴与景观的和谐，这是中国古典诗学特有的境界。关键就在于这个“合”字。千年以来，评家论者对此却关注得不够。元朝的和尚释圆至似乎对这有所意识，他不从客观存在与否来研究“夜半钟声”，而是从诗人主观感悟上去解读，指出钟声的功能只是突出了愁怨之情：“霜夜客中愁寂，故怨钟声之太早也。夜半者，状其太早而甚怨之之辞。”这个“愁怨”的说法，赞成者不乏其人。

从理论上深入分析，此诗“兴象之合”的最重要特点，当然就是感兴与景观的高度统一，二者浑然一体。抒情主体之“愁”，不是一般的愁，而是“客中愁寂”。而且，诗人又是处于睡眠状态，这“愁”是一种压抑的心态。所以主观的“愁怨”和客观的“寂寞”结合在一起，就显得无声无息，非常和谐。

第二个特点是这种愁怨与孤寂是持续的。统一和谐并不是绝对的，而是相对的。这个处于睡眠状态的人，真的睡着了吗？没有。对着“江枫渔火”，说明他的眼睛是睁着的。也就是说，这是一个失眠的人。在一片岑寂的夜半，他愁而不眠的眼睛，望着夜色反衬着的渔火，心态是静而不宁的。孤寂是持续的，愁怨也是持续的，宁静的表层下正掩盖着诗人心底的不宁静。

有关资料还告诉我们，诗人因为科举落第，只好在此孤独地面对异乡的静寂，在失眠中体验着失落，这种失落是默默的。散文家张晓风以此为题材，写过一篇《不朽的失眠》。在持续的、无声无息的境界中，忽然听到寒山寺的钟声悠悠地传来，这不又打破了静寂的意境了吗？是的，但不过是心头微微触动了一下，打破了持续的愁，而并不是某种冲击。毕竟它来自寺庙，来自佛家出世的梵音，这声响反衬岑寂。对于因入世遭到挫折而失眠的他，对于其默默体悟着受伤的心灵，更多的是一种抚慰。在无声的静寂中有着钟声的微妙抚慰，又使得整个境界变得更加丰富，这是其“兴象之合”的第三个特点。

特点之四，是佛门的钟声，或许还提示着香客半夜过后即将赶来，这就营造了一种出世的氛围。并不是所有的“夜半钟声”都会和张继心灵相“合”，如世俗的、入世的“夜半钟”，彭乘所说的“无常钟”，白居易、温庭筠诗中的“半夜钟”……如果是这样的钟声，对这个因入世而受伤的心，可能是个刺激，主客观的和谐也可能被打破，兴象之间就可能不“合”。网上有人考证说，寺院撞钟的传统源自立志修行的梁武帝。有高僧告诉他：“人的苦痛不能一时消失，但是如果听到钟声敲响，苦痛就会暂时停歇。”于是梁武帝便下诏寺院撞钟，而寒山寺也是梁武帝敕命赐建的。如果张继诗中所写的是听到这种钟声，也许就能营造出一种超越尘世的氛围，这对于落第的他来说，应该就会隐含有某种从痛苦中超脱的韵味。

此外，在赏析此诗“兴象之合”精妙时，还有一些环节是不能忽略的。如钟声的韵味和“寒山寺”的关系。王士禛《诗话》引友人陈伯玑所言，称这诗之好，还在于逼真地表现了苏州的地域特点。“若云‘南城门外报恩寺’，岂不可笑耶？”王士禛用反证法答说，如果将“流将春梦过杭州”改成“流将春梦过幽州”，将“白日澹幽州”改成“白日澹苏州”，虽同样“诗地相肖”，却是会令人“不堪绝倒”的。他很机智地反驳了友人所谓地域风物逼真之说，但没有正面回答为什么“寒山寺”之名比“报恩寺”更经得起玩味。这个问题，黄生则正面做了回答：“无他，只‘寒山’二字雅于‘报恩’二字也。”这话说到了点子上。寒山寺建于六朝，原名“妙利普明塔院”。唐代贞观年间，传说名僧寒山和拾得曾来此住持，遂改名寒山寺。“寒山”作为梁武帝建寺的典故，加上历代诗、文、画中积淀着文人超越世俗的高雅趣味，再加上寒山这个名僧的名字，自然有着很高的审美价值，而“报恩”二字，却充满了实用功利，缺乏审美的超越性。

一些评家如释圆至、唐汝询、徐增、朱之荆等人，把诗开头的景象解读为“欲曙之时”“从晓景写起”，结句“夜半钟”则是“已晓追写昨夜之况”。由此，就得硬说诗是倒叙的写法，这未免就有点穿凿曲解了。其实，月落不一定要等到四更以后，要看月初还是月末，月亮在夜半落下也是常见的事。况且“乌啼”和“月落”，都在“对愁眠”之前，对一个落第者来说，“乌啼”仿佛是命运的不祥之兆，也提示了其“对愁”而失眠的一个原因。

陈一琴辑历代诗话

诗人贪求好句而理有不通，亦语病也。……唐人有云：“姑苏台下寒山寺，半夜钟声到客船。”[①]说者亦云句则佳矣，其如三更不是打钟时！

（宋）欧阳修《六一诗话》

欧公《诗话》有讥唐人“半夜钟声到客船”之句，云：“半夜非钟鸣时。”或以谓人之始死者，则必鸣钟，多至数百千下，不复有昼夜之拘，俗号“无常钟”，意疑诗人偶闻此耳。余后过姑苏，宿一院，夜半偶闻钟声，因问寺僧，皆曰：“固有分夜钟，曷足怪乎？”寻闻他寺皆然，始知半夜钟，唯姑苏有之，诗人信不谬也。

（宋）彭乘《彭乘诗话》

欧公言唐人有“姑苏城下寒山寺，半夜钟声到客船”之句，说者云，句则佳也，其如

① 张继《枫桥夜泊》：“月落乌啼霜满天，江枫渔火对愁眠。姑苏城外寒山寺，夜半钟声到客船。”

三更不是撞钟时。余观于鹄《送宫人入道》诗云："定知别后宫中伴，遥听缑山半夜钟。"而白乐天亦云："新秋松影下，半夜钟声后。"[①]岂唐人多用此语也？傥非递相沿袭，恐必有说耳。温庭筠诗亦云："悠然逆旅频回首，无复松窗半夜钟。"[②]

（宋）王直方《王直方诗话》

欧公以"夜半钟声到客船"为语病。《南史》载"齐武帝景阳楼有三更五更钟"，丘仲孚读书以中宵钟为限。阮景仲为吴兴守，禁半夜钟。至唐诗人如于鹄、白乐天、温庭筠尤多言之。今佛宫一夜鸣铃，俗谓之定夜钟。不知唐人所谓半夜钟者，景阳三更钟邪？今之定夜钟邪？然于义皆无害，文忠偶不考耳。

（宋）范温《潜溪诗眼》

予以谓不然，非用景阳故事也，此盖吴郡之实耳。今平江城中从旧承天寺鸣钟，乃半夜后也。余寺闻承天钟罢，乃相继而鸣，迨今如是。以此知自唐而然。枫桥去城数里，距诸山皆不远，书其实也。承天今更名能仁云。

（宋）张邦基《墨庄漫录》卷九

"姑苏城外寒山寺，夜半钟声到客船。"此唐张继题城西枫桥寺诗也。欧阳文忠公尝病其夜半非打钟时。盖公未尝至吴中，今吴中山寺，实以夜半打钟。

（宋）叶梦得《石林诗话》卷中

昔人谓钟声无半夜者，诗话尝辨之云："姑苏寺钟，多鸣于半夜。"予以其说为未尽。姑苏钟唯承天寺至夜半则鸣，其它皆五更钟也。

（宋）龚明之《中吴纪闻》卷一

予览《南史》载："齐宗室读书，常以中宵钟鸣为限。"前代自有半夜钟，岂永叔偶忘之也。江浙间至今有之。

（宋）朱弁《风月堂诗话》卷下

《枫桥夜泊》云："（诗文同二，略）"此地有夜半钟，谓之无常钟，继志其异耳。欧阳

---

① 白居易《宿蓝溪对月》诗句。

② 不详。温有《盘石寺留别成公》诗句："悠然旅榜频回首，无复松窗半偈同。""半夜钟"系误记，或另有佚诗断句？

以为语病，非也。

（宋）计有功《唐诗纪事》卷二十五

姑苏枫桥寺，唐张继留诗曰："（略）"六一居士《诗话》谓："句则佳矣，奈半夜非鸣钟时。"然余昔官姑苏，每三鼓尽四鼓初，即诸寺钟皆鸣，想自唐时已然也。后观于鹄诗云："定知别后宫中伴，遥听缑山半夜钟。"白乐天云："新秋松影下，半夜钟声后。"温庭筠云："悠然逆旅频回首，无复松窗半夜钟。"则前人言之，不独张继也。又皇甫冉《秋夜宿严维宅》云："昔闻开元寺，门向会稽峰。君住东湖下，清风继旧踪。秋深临水月，夜半隔山钟。"陈羽《梓州与温商夜别》亦曰："隔水悠悠午夜钟。"然则岂诗人承袭用此语耶？抑他处亦如姑苏半夜鸣钟耶？

（宋）陈岩肖《庚溪诗话》卷上

陈正敏《遁斋闲览》，记欧阳文忠诗话，讥唐人"夜半钟声到客船"之句云："半夜非钟鸣时，疑诗人偶闻此耳。"且云："渠尝过姑苏，宿一寺，夜半闻钟。因问寺僧，皆曰：'分夜钟，曷足怪乎？'寻闻他寺皆然，始知半夜钟惟姑苏有之。"以上皆《闲览》所载。予考唐诗，知欧公所讥，乃唐张继《枫桥夜泊》诗。全篇云："（略）"此欧阳公所讥也。然唐时诗人皇甫冉有《秋夜宿严维宅》诗云："昔闻玄度宅，门向会稽峰。君住东湖下，清风继旧踪。秋深临水月，夜半隔山钟。世故多离别，良宵讵可逢。"且维所居正在会稽，而会稽钟声亦鸣于半夜，乃知张继诗不为误，欧公不察。而半夜钟亦不止于姑苏，如陈正敏说也。

（宋）吴曾《能改斋漫录》卷三

世疑夜半非钟声时。观国按：《南史·文学传》："丘仲孚，吴兴乌程人，少好学，读书常以中宵钟鸣为限。"然则夜半钟固有之矣。丘仲孚吴兴人，而庭筠诗"姑苏城外寺"，则夜半钟乃吴中旧事也。

（宋）王观国《学林》卷八

张继《枫桥夜泊》诗云："姑苏城外寒山寺，夜半钟声到客船。"欧阳公嘲之云："句则佳矣，其如夜半不是打钟时。"后人又谓惟苏州有半夜钟，皆非也。按于邺《褒中即事》诗云："远钟来半夜，明月入千家。"皇甫冉《秋夜宿会稽严维宅》诗云："秋深临水月，夜半隔山钟。"此岂亦苏州诗耶？恐唐时僧寺，自有夜半钟也。京都街鼓今尚废，后生读唐诗文及街鼓者，往往茫然不能知，况僧寺夜半钟乎？

（宋）陆游《老学庵笔记》卷十

七年不到枫桥寺，客枕依然半夜钟。风月未须轻感慨，巴山此去尚千重。

又《宿枫桥》诗

《王直方诗话》引于鹄、白乐天、温庭筠半夜钟句，以谓唐人多用此语。《诗眼》又引……仆观唐诗言半夜钟甚多，不但此也。如司空文明诗曰："杳杳疏钟发，中宵独听时。"① 王建《宫词》曰："未卧尝闻半夜钟。"

陈羽诗曰："隔水悠扬半夜钟。"许浑诗曰："月照千山半夜钟。"②按：许浑居朱方，而诗为华严寺作，正在吴中，益可验吴中半夜钟为信然。又观《江南野录》载李昇受禅之初，忽夜半一僧撞钟，满州皆惊，召将斩之，曰"偶得月诗"云云，遂释之。或者谓如《野录》所载，则吴中以半夜钟为异。仆谓非也，所谓半夜钟，盖有处有之，有处无之，非谓吴中皆如此也。

今之苏州能仁寺钟亦鸣半夜，不特枫桥尔。

（宋）王楙《野客丛书》卷二十六

霜夜客中愁寂，故怨钟声之太早也。夜半者，状其太早而甚怨之之辞。说者不解诗人活语，乃以为实半夜，故多曲说，而不知首句"月落乌啼霜满"，乃欲曙之候矣，岂真半夜乎？孟子曰："'周余黎民，靡有孑遗。'信斯言也，是周无遗民也。"故说诗者不以文害辞，不以辞害意，斯亦然矣！

（元）释圆至《笺注唐贤绝句三体诗法》卷一

张继《枫桥夜泊》诗，世多传诵。近读孙仲益《过枫桥寺》诗云："白首重来一梦中，青山不改旧时容。乌啼月落桥边寺，欹枕犹闻半夜钟。"亦可谓鼓动前人之意矣。

（明）朱承爵《存余堂诗话》

张继"夜半钟声到客船"，谈者纷纷，皆为昔人愚弄。诗流借景立言，惟在声律之调，兴象之合，区区事实，彼岂暇计？无论夜半是非，即钟声闻否，未可知也。

（明）胡应麟《诗薮》外编卷四

① 司空曙（字文明）《远寺钟》："杳杳疏钟发，因风清复引。中宵独听之，似与东林近。"

② 《寄题华严韦秀才院》诗句："今来故国遥相忆，月照千山半夜钟。"

唐张继诗“夜半钟声到客船”，宋人以夜半无钟声，纷纷聚讼。胡元瑞（胡应麟字）云：“无论夜半是非，即钟声闻否，未可知也。”此足以破语皆实际之惑，不惟悟诗，且悟禅矣。

（明）许学夷《诗源辩体》卷一

“夜半钟声到客船”，钟似太早矣。……然于佳句毫无损也！诗家三昧，正在此中见解。

（明）谢肇淛《小草斋诗话》卷一内编

愚谓继诗特言其早，见行役劳耳。胡元端云：“（引文同上，略）”尤为得解。

（明）胡震亨《唐音癸签》卷十九

月落，乌啼矣，而枫间渔火依然对我之愁眠，目未交睫也，何钟声之遽至乎？夜半，恨其早也。宋人谓寒山实半夜鸣钟，胶柱可笑。乌啼霜满，果半夜耶？

（明）唐汝询《唐诗解》卷二十八

南邨曰：“此诗苍凉欲绝，或多辨夜半钟声有无，亦太拘矣。且释家名幽宾钟者，尝彻夜鸣之。如于鹄‘遥听缑山半夜钟’，温庭筠‘无复松窗半夜钟’之类，不止此也。”

（清）张揔《唐诗怀》

……又必唱“寒山寺”三字，何也？为要用“钟声”二字也。夜长懵懂，若无钟声，安知时分，有此钟声，则“霜满天”为四更尽时方益显。必要用钟声，不得不先将寒山寺为根也。早已“月落乌啼霜满天”，明明是四更后，而下却云“夜半”，是从五更逆追到夜半也。心绪不好，既睡不着，又神情困倦，于时月落，则天反黑，乌啼过，却又寂然。而钟声忽然响起，张继在恍惚中听着，乃沉吟曰：“此时我尚未睡去，只好是夜半光景，遂闻此钟声。”岂他寺钟声在五更，而寒山寺钟声却独在夜半耶？在寒山寺，实是早起钟声，张继愁眠听去，疑其是夜半也。于是客船即到矣。钟声，或可疑其为夜半，而客船从无夜半行者，亦可疑其为夜半耶？客船到，在钟声之后，则为晓起时矣。看“到客船”三字，有不然意。张继方欲要睡去，以五更为夜半，闻客船到，则天将晓，榜人又要解维行舟，不能合眼矣。此一首诗，妙在“夜半”二字上，“夜半”二字必要用，“钟声”二字又必要用，止有“夜半”二字下，可装“钟声”二字。夜半是夜半，与钟声无干，钟声是钟声，与到客船无干，此之谓“断”，乃唐人装句妙法。

（清）徐增《而庵说唐诗》卷十一

夜半本无钟声，而张诗云云，总属兴到不妨。雪里芭蕉，既不受弹，亦无须曲解耳。

（清）毛先舒《诗辩坻》卷三

三句承上起下，浑而有力，故《三体》取以为式。从夜半无眠至晓，故怨钟声太早，搅人魂梦耳。语脉浑浑，只“对愁眠”三字略露意。“夜半钟声”或谓其误，或谓此地故有半夜钟，俱非解人，要之，诗人兴象所至，不可执着；必欲执着，则“晨钟云外湿”“钟声和白云”“落叶满疏钟”，皆不可通矣。近评诗者论此诗云：“‘姑苏城外寒山寺，夜半钟声到客船’便可听，若云‘南京城外报恩寺’云云，岂不令人喷饭！”[①]此言亦甚有见，但其所以工拙处，尚未道破。客请语其故，予曰：“无他，只‘寒山’二字雅于‘报恩’二字也。”客欣然有省。

（清）黄生《唐诗摘抄》卷四

“夜半钟”，唐诗中广有，此亦常用字也，不必泥。此已晓追写昨夜之况也，故首句从晓景写起。次句即打转昨夜，先是枫火静中打搅，再是寺钟闹得打搅，一夜打搅，天将明矣，起视之，月落乌啼霜满天矣。不识章法之倒叙，此诗终是混沌。

同上，朱之荆补评

陈伯玑常语余：“‘姑苏城外寒山寺，夜半钟声到客船’，妙矣。然亦诗与地肖故尔。若云‘南城门外报恩寺’，岂不可笑耶？”余曰：“固然。即如‘满天梅雨是苏州’‘流将春梦过杭州’‘白日澹幽州’‘风声壮岳州’‘黄云画角见并州’‘淡烟乔木隔绵州’，皆诗地相肖。使云‘白日澹苏州’‘流将春梦过幽洲’，不堪绝倒耶？”

（清）王士禛《渔洋诗话》卷中

康熙辛丑春，雨中泊舟枫桥，寄先兄西樵二绝句云：“日暮东塘正落潮，孤篷泊处雨潇潇。疏钟夜火寒山寺，又过吴枫第几桥。”“枫叶萧条水驿空，离居千里怅难同。十年旧约江南梦，独听寒山半夜钟。”

又《分甘余话》卷二，或《带经堂诗话》卷八

① 引自陈伯玑《诗慰》。

张继宿枫桥诗："姑苏城外寒山寺，夜半钟声到客船。"欧阳公谓："钟声无半夜者。"然皇甫冉有……是半夜钟声随处有之。至孙仲益："乌啼月落桥边寺，敧枕犹闻夜半钟。"陈白沙："寒山钟近不成眠，人在姑苏半夜船。"则又皆枫桥实事矣。

（清）宋长白《柳亭诗话》卷二十二

《石林诗话》："姑苏城外寒山寺，夜半钟声到客船。"欧阳公尝病其夜半非打钟时，盖公未尝至吴中，今吴中山寺，实以夜半打钟。然亦何必深辩，即不打钟，不害诗之佳也。

（清）马位《秋窗随笔》

六一居士谓诗人贪求好句，理或不通，亦一病也。如"袖中谏草朝天去，头上宫花侍宴归"，奈进谏无直用草稿之理。"姑苏台下寒山寺，夜半钟声到客船"，奈夜半非打钟时云云。按"谏草"句不无语病，其余何必拘？况不以文害辞，不以辞害志，孟子早有明训，何容词费！

（清）何文焕《历代诗话考索》

西崖先生云："诗话作而诗亡。"余尝不解其说，后读《渔隐丛话》，而叹宋人之诗可存，宋人之话可废也。……唐人："姑苏城外寒山寺，夜半钟声到客船。"诗佳矣。欧公讥其夜半无钟声。作诗话者，又历举其夜半之钟，以证实之。如此论诗，使人夭阏性灵，塞断机括；岂非"诗话作而诗亡"哉？

（清）袁枚《随园诗话》卷八

（按：此则引录西崖之论，不知所出，论者姓氏亦未详，不知西崖即西涯否？明李东阳，号西涯，其著《麓堂诗话》有云："唐人不言诗法，诗法多出宋，而宋人于诗无所得。"）

六一谓："诗人贪求好句而理有不通，亦病也。"论甚是而所引二诗不合。……余闻金陵诸寺半夜打钟，至今犹然，诗当合上句论之。

（清）马星翼《东泉诗话》卷一

言一日夜无人肯到船。

（近代）王闿运《湘绮楼说诗》卷一

天下有其名甚大而其实平平无奇者。苏州寒山寺以张继一诗脍炙人口，至日本人尤妇孺皆知。余前后曾得两绝句，一云："只应张继寒山句，占断枫桥几树枫。"实则并无一枫也。一云："算与寒山寺有缘，钟楼来上夕阳边。"实则并无钟也。桐城方贲初守彝有绝句云："曾读《枫桥夜泊》诗，钟声入梦少年时。老来远访寒山寺，零落孤僧指断碑。"殆亦与余同其感想矣。

（近代）陈衍《石遗室诗话》卷三十

此诗所写枫桥泊舟一夜之景，诗中除所见、所闻外，只一愁字透露心情。半夜钟声，非有旅愁者未必便能听到。后人纷纷辨半夜有无钟声，殊觉可笑。

（现当代）刘永济《唐人绝句精华》

〔附录〕

枫桥之诗，自欧公一发是论，诸家聚讼殊甚，要之欧说为误。

［日］近藤元粹《六一居士诗话》(《萤雪轩丛书》本）眉批

幼时尝闻村塾学究语，以为"夜半钟声到客船"之句，自有来历。有人曾救乌鹊被蛇害，其后泊舟枫桥，蛇龙欲覆舟，乌啄寺钟，声动半夜，其人闻钟，知寺近，因下船避难；此是报恩乌所为也云云。幼时亦以此说为诞妄穿凿，于今不容不辨矣。

［朝鲜］佚名《东诗丛话》

张继《枫桥夜泊》诗："（略）"脍炙人口久矣。日本人亦颇爱其诗，东来者必以一至其地为快意事，至窃其钟以去。今之存于寺者，为程雪楼向日本索得之日本范铸物矣。烟桥殿中唐时之钟，已尽人知其为日本人窃去。我人读康南海（康有为，广东南海人，人称南海先生）诗，至"钟声已渡海云东，冷尽寒山古寺枫"之句，以视张继诗所谓"夜半钟声到客船"者，其为感慨又何如耶！

（近代）彭思贤《诗话补遗》

夕阳何关花柳

梅圣俞极爱严维“柳塘春水漫，花坞夕阳迟”一联，认为好在“天容时态，融怡骀荡”，“如在目前”。意思是写景含不尽之意如在目前。问题在于，这个不尽之意是什么，评者并未集中讨论，而是纠缠在两个字眼上。

刘攽以为“夕阳迟”系花，还有点意味，什么意味，他没有说；而“春水漫”和“柳”联系在一起，就没有多少意味。胡仔说“夕阳迟”并没有直接和“花”联系在一起，而是和“坞”相联系的，仍然没有回答为什么“春水漫”要和“柳”联系在一起。

在我看来，这个争论的水平很低，显现出了我国古代诗评常见的某种弱点，就是孤立地纠缠于字眼，而不从整首诗，甚至不从整句出发。“柳塘春水漫”，春水之所以要和“柳”相连，其原因自然是在诗人眼中二者的关系很密切。首先，春天带来的突出变化是，春雨绵绵，池水上涨；其次，柳树也比其他树木更早发生变化，新枝修长茂密。虽然，这时不单是柳树发生变化，野草也会有变化，如“池塘生春草”，即写春草之生机。柳树要是在远处地上，就与池水无涉，没有什么稀奇，谈不上诗意。现在，它却是在池塘边突然冒出了茂密的枝条，参差下垂于春池之上，长势比春水上涨还快，这就不是一般的生机，而是很特殊的了。

显然，诗句所写的佳景，是诗人一种猝然的发现，也是一种突然的自我体验。因此称之“柳塘”，把柳树、池塘、春水都连在一起了。在这里，诗人没有写春草，不仅仅是为了避俗，可能是因为情感状态不同，所见春草不是突然的发现，不如垂柳轻拂满塘春水那样新鲜而生动。这里一个“漫”字，特别传神，给人一种漫溢的联想。池水涨满起来，不像大江大河那样汹涌，而是缓慢的。这种缓慢，是池塘春水的特征，也是诗人情感的特点。慢慢地、不知不觉地涨起来的是水，悠闲的、默默的心动则是情。这种情感的温和特点，在下句“花坞夕阳迟”的“迟”字得到了更为充分的表现。花是美好的，夕阳也是美好的，看着它缓慢地消失，心情是恬淡的。两句诗表面上写景物，实质上是写宁静的体验。这就是所谓状难写之景如在目前，含不尽之意尽在言外。言外之意，就是恬淡。

从全诗来看，前面有“药补清羸疾，窗吟绝妙词”二句，后面还有“欲识怀君意，明朝访楫师”为结联。由此统观，可知诗人清羸之疾以药补之，并不期待速效，尽管身体健康不佳，仍然有兴致“吟”诗。这里“吟”字和“迟”字，还有那个“漫”字，外在的速度都是缓慢的，内在心情也是从容的。就是想念朋友，想去拜访，也不着急，要等待明天再找船夫。外在的速度在字面上是可感的，而内在的从容却在字面之外。显在与潜在的统一，在性质上、在程度上，都是高度和谐的。这就是古典诗学中的所谓意境。

相比起来，开头两句（“苏耽佐郡时，近出白云司”）几乎完全是叙述，便显得比较直白，比较平淡。当然，这与作者所采用的律诗体式也有关系。五律首联，一般都比较朴实。如杜甫之“好雨知时节，当春乃发生”“岱宗夫如何，齐鲁青未了”，又如王维之“单车欲问边，属国过居延”。但是，杜甫、王维的开头溶入全诗意境中，就显得水乳交融，而此诗开头却给人以游离之感。

陈一琴辑历代诗话

（诗家）必能状难写之景，如在目前；含不尽之意，见于言外，然后为至矣。……若严维“柳塘春水漫，花坞夕阳迟”[①]，则天容时态，融和骀荡，岂不如在目前乎？

（宋）梅尧臣语，转引自欧阳修《六一诗话》

梅圣俞爱严维诗曰：“柳塘春水漫，花坞夕阳迟。”固善矣，细较之，夕阳迟则系花，春水漫何须柳也。

（宋）刘攽《中山诗话》

奇警之句，往往有之。……若曰：“柳塘春水慢，花坞夕阳迟。”则春物融冶，人心和畅，有言不能尽之意，亦未可以为小道无取也。

（宋）张耒《张耒诗话》

“春水慢”不须“柳”，此真确论；但“夕阳迟”则系“花”，此论殊非是。盖“夕阳

① 《酬刘员外见寄》：“苏耽佐郡时，近出白云司。药补清羸疾，窗吟绝妙词。柳塘春水漫，花坞夕阳迟。欲识怀君意，明朝访楫师。”漫，一作“慢”。

迟”乃系于“坞”，初不系“花”，以此言之，则“春水慢”不必“柳塘”，“夕阳迟”岂独“花坞”哉？

（宋）胡仔《苕溪渔隐丛话》前集卷二十

梅圣俞爱严维“柳塘春水漫，花坞夕阳迟”之句，以为天容时态，融和骀荡，如在目前。或者病之曰：“‘夕阳迟’系“花”，而‘春水漫’不系‘柳’。”苕溪又曰：“不系花而系坞。”予谓不然。“夕阳迟”固不在“花”，然亦何关乎“坞”哉！《诗》言“春日迟迟”[1]者，舒长之貌耳。老杜云：“迟日江山丽。”此复何所系耶！彼自咏自然之景，如“梨花院落溶溶月，柳絮池塘淡淡风”[2]，初无他意，而论者妄为云云何也？

（金）王若虚《滹南诗话》卷上

（严诗）五、六全于“漫”字上、“迟”字上用工。

（元）方回《瀛奎律髓》卷十

刘贡父（刘攽字）评严维曰：“‘柳塘春水慢，花坞夕阳迟。’夕阳迟则系花，春水慢何须柳也。”此联妙于状景，华而不靡，精而不刻，贡父之说凿矣。

（明）谢榛《四溟诗话》卷二

严维“柳塘春水慢，花坞夕阳迟”，字与意俱合掌，宋人击节佳句，何也？

（明）胡应麟《诗薮》内编卷四

宋人作诗极多蠢拙，至论诗则过于苛细，然正供识者一噱耳。如严维“柳塘春水漫，花坞夕阳迟”，此偶写目前之景，如风人榛苓、桃棘之义，实则山不止于榛隰，不止于苓园，亦不止于桃棘也。[3]刘贡父曰：“‘夕阳迟’则系‘花’，‘春水漫’不须‘柳’。”渔隐又曰：“此论非是。‘夕阳迟’乃系于‘坞’，初不系‘花’。以此言之，则‘春水漫’不必‘柳塘’，‘夕阳迟’岂独‘花坞’哉！”不知此酬刘长卿之作，偶尔寄兴于夕阳春水，非咏夕阳春水也。夕阳春水，虽则无限，花柳映之，岂不更为增妍！倘云野塘山坞，有何

---

① 《诗经·豳风·七月》诗句：“春日迟迟，采蘩祁祁。”

② 晏殊《寄远》诗句。

③ 《诗经·邶风·简兮》诗句：“山有榛，隰有苓。云谁之思，西方美人。”又《诗经·魏风·园有桃》诗句：“园有桃，其实之殽。心之忧矣，我歌且谣。……园有棘，其实之食。心之忧矣，聊以行国。”

味耶？

（清）贺裳《载酒园诗话》卷一

中唐数十年间，亦自风气不同。其初，类于平淡中时露一入情切景之语……如严维“柳塘春水漫，花坞夕阳迟”，诚为佳句，但上云“窗吟绝妙辞”，却鄙。

又《载酒园诗话·又编》

唐诗能融景入情，寄情于景。如……严维之“柳塘春水漫，花坞夕阳迟”……景中哀乐之情宛然，唐人胜场也。

（清）吴乔《围炉诗话》卷一

余谓此炼第五字法也。以“慢”字状春水，“迟”字状夕阳，满前化工矣，却从柳花带出，见全是三春景象。则摹神在“慢”与“迟”，设色在“柳”与“花”，字字雅贴，无可复议。（刘攽、胡仔云云）……余以论诗拘泥至此，直令千古奇致一齐抹煞，恶极恶极！

（清）吴景旭《历代诗话》卷四十九

（严诗）三、四不但写其才调，并文房（刘长卿字）丰神都为绘出。五、六作二景语，见己之对景相怀也。……漫，水广貌，坊本作“慢”，则与“迟”字合掌矣。“朝朝”一作“明朝”，亦非。欧阳极赏五、六二语。

严又有“柳塘熏昼日，花水溢春渠”二句[①]，亦同前意，而句法费力，逊此远矣。

（清）黄生《唐诗摘抄》卷一

或又评此联以为“迟”“漫”意合掌者，不知“漫”本水泛滥之貌，若与“迟”意合掌，乃是“慢”字。字义不辨，轻评古诗，孟浪可笑。

又《黄白山先生〈载酒园诗话〉评》卷一

刘贡父云：“梅尧臣爱严维‘柳塘春水漫，花坞夕阳迟’，固善矣。细较之，‘夕阳迟’则系‘花’，‘春水漫’何须“柳”也？似未尽善。”余阅之，不觉失笑。“夕阳迟”，春日迟迟也，何为系花？“春水漫”，水流漫也，何关于柳？宋人之着相强解事，类如此。

（清）叶矫然《龙性堂诗话续集》

① 《酬王侍御西陵渡见寄》诗句。

（“柳塘”二句）测水痕，候日影，五、六正含落句，不徒为体日景物语，故韵味深。

（清）何焯评语，转引自李庆甲《瀛奎律髓汇评》卷十

刘贡父曰：“夕阳迟，则系花；春水漫，何须柳？”此是俗子见解，不道贡父亦有此语。

（清）薛雪《一瓢诗话》

《中山诗话》谓：“严维‘柳塘春水漫，花坞夕阳迟’为未善。夕阳迟系花，春水漫不须柳也。”夫柳塘之下，自春漫，何可瑕疵？

（清）何文焕《历代诗话考索》

宋人论诗多不可解……严维：“柳塘春水慢，花坞夕阳迟。”的是静境，无人道破。而刘贡父以为“春水慢”不须“柳坞”。

（清）袁枚《随园诗话》卷五

“漫”乃春融而水涨之貌。俗本讹为“慢”字，非唯合掌，亦令全句少味。然宋人诗话已作“慢”字，则其讹久矣。

（清）纪昀《瀛奎律髓刊误》卷十

梅圣俞爱严维“柳塘春水漫，花坞夕阳迟”十字，谓“天容时态，融怡骀荡，如在目前”。而刘贡父以为“夕阳迟”则系花，“春水漫”不关柳。如此论诗，已为可哂。而苕溪渔隐并谓“夕阳迟”乃系于坞，初不系花。以此言，则“春水漫”不必柳塘，“夕阳迟”岂独花坞？此全不知诗之说矣！盖此联之得力固在花、柳二字，从柳想到春水，从花想到夕阳，则春水、夕阳正从花柳处生情，因情生景，佳句随之，而“漫”字、“迟”字乃诗眼也。若云两岸无柳，春水未尝不漫；一坞无花，夕阳未尝不迟，则彼自漫耳、迟耳！何地无水？何日无夕阳？只须作“塘中春水漫，坞内夕阳迟”足矣，试问尚堪传诵耶？贡父本不知诗，渔隐亦鲜传作，刻舟胶柱，不值唐人一笑。

（清）舒位《瓶水斋诗话》

景中有情，如“柳塘春水漫，花坞夕阳迟”。

（清）施补华《岘佣说诗》

琴声之喻，体会何异

关于韩愈《听颖师弹琴》的评价，涉及艺术形式之间的矛盾。故不能就事论事，当从诗与其他艺术形式，首先是诗与画之矛盾说起。

中国古典诗歌重意象，立象以尽意，圣人的说法，很权威，而“象”乃视觉可见，故造成某种视觉意象为主流的传统，在理论上则产生了对苏轼“诗中有画，画中有诗”说的盲从。难能可贵的是五百多年后，张岱提出质疑：“若以有诗句之画作画，画不能佳；以有画意之诗为诗，诗必不妙。如李青莲《静夜思》‘举头望明月，低头思故乡’，有何可画？王摩诘《山路》诗‘蓝田白石出，玉川红叶稀’，尚可入画；‘山路原无雨，空翠湿人衣’，则如何入画？”张岱的质疑很机智，但是，说不上雄辩，其实只要举苏轼自己的“春江水暖鸭先知”就足以说明，画中之诗非诗中之画。盖画与诗之不同，第一，乃在画为视觉直接感知，而诗则为全感官，甚至超越直接情感之艺术。第二，画为瞬间静止之图景，而诗之抒情之生命乃在动，所谓动情、动心、感动、触动等。故诗中之画，必然超越画之静止状态，可定义为“动画”，如“两山排闼送青来”之类。

张岱之论接触到了艺术形式之间的矛盾，却没充分引起后人乃至今人的注意。

不同艺术形式间规范不同在西方也长期受到漠视，莱辛认为有必要写一本专门的理论著作《拉奥孔》，来阐明诗与画的界限。莱辛发现同样以拉奥孔父子为毒蟒缠死为题材，古希腊雕像与古罗马维吉尔的史诗所表现的有很大不同。在维吉尔的史诗中，拉奥孔发出“可怕的哀号”，“像一头公牛受了伤”，“放声狂叫”，而在雕像中身体的痛苦冲淡了，“哀号化为轻微的叹息”，这是“因为哀号会使面孔扭曲，令人恶心”，而且远看如一个黑洞。“激烈的形体扭曲与高度的美是不相容的”，而在史诗中，“维吉尔写拉奥孔放声号哭，读者谁会想到号哭会张开大口，而张开大口就会显得丑呢？”“写拉奥孔放声号哭那行诗只要听起来好听就够了，看起来是否好看，就不用管。”[①] 应该说，生于18世纪的莱辛比生于16世纪的张岱更进了一步，即使肉眼可以感知的形体（而不是画中不能表现的视觉以外的东西）在诗中和在画中也有不同的艺术标准。

对于艺术形式之间矛盾的忽视，在诗与画方面表现已经很突出，在诗与乐方面则更是触目。把问题提出来，引起争讼的主角居然还是苏轼。他在《东坡题跋》中说：“‘昵昵儿女语，恩怨相尔汝。划然变轩昂，勇士赴敌场。’此退之听颖师琴也。”欧阳修尝问他：“琴诗何者最佳？”他以此答之。其实，苏轼显然回答得很草率，但是在他的笔记中出现了两次，可能是欣赏其中的象声成分很重的，带着双声叠韵意味的“昵昵”“尔汝”之类。但是，语音之美和音乐之美的矛盾，比之诗与画之矛盾更加尖锐。音乐曲调是抽象的，并不具备语言符号的具体语义，语言符号不能记录音乐曲调，才有了工尺谱、五线谱和简谱。因而欧阳修不满意韩愈的这首诗，认为它有点像琵琶，并不能表现琴声的特点。这个要求是太高了，就是五线谱、工尺谱也不能表现出不同乐器的不同的美。苏轼才高气盛，不明语言的局限，自己后来写《听杭僧唯贤琴》，正面强攻琴音之美，是艺术上注定要失败的悲剧：“大弦春温和且平，小弦廉折亮以清。平生未识宫与角，但闻牛鸣盎中雉登木。门前剥啄谁扣门，山僧未闲君勿嗔。”“春温和且平”“廉折亮以清”用了《史记》上的典故：“邹忌闻齐威王鼓琴，为说曰：‘大弦浊以春温者，君也；小弦廉折以清者，相也。’”“牛鸣盎中雉登木”又用了《管子》的典故：“凡听宫如牛鸣窖中，听角如雉登木以鸣，音疾以清。”但是可以为诗歌增色的典故，却没有产生多少音乐之美。宋蔡绦《西清诗话》说韩愈的“‘浮云柳絮无根蒂，天地阔远随飞扬’，纵横变态，浩乎不失自然也”，其实，一来不脱赋体之堆砌，二来这些堆砌大抵是绘画空间并列，与音乐之时间推移、音乐之美的过程性，根本矛盾。一些诗话家，盲目称颂韩愈的诗为“绝唱”，“足以惊天”，实在也是理论上的不清醒，导致评价上的盲目。只要对唐诗有更细致的巡视，就不难发现，不管是韩愈的还是苏轼的，比之唐诗中那些表现音乐之美的杰作实在是相去不可以道里计。起码和李白的《听蜀僧濬弹琴》相比，肯定是相形见绌：

蜀僧抱绿绮，西下峨眉峰。
为我一挥手，如听万壑松。
客心洗流水，余响入霜钟。
不觉碧山暮，秋云暗几重。

李白没有像苏轼那样悲壮地正面写音乐，也没有像许多诗话家所推崇的韩愈的诗那样以绘画的视觉之美代替音乐的听觉之美。他不是正面写音乐之美，而是写音乐之美的效果，

① 莱辛《拉奥孔》，朱光潜译，人民文学出版社1979年版，第16、22页。

不是写外部可视的动作效果，而是内心不可视的效果，听了乐曲，就升华到许由那样的高贵的情怀，好像一听尧帝要召他为官，就害怕弄脏了耳朵，去洗耳朵，其着迷的程度，连时间的流逝都忘记了（“不觉碧山暮，秋云暗几重”）。

历代诗评家们被欧阳修和苏轼的权威话语牵着鼻子走，弄得对唐诗中写音乐最高成就的《琵琶行》都没有感觉，却一味在乐器和演奏技术上做文章，实在是缘木求鱼。殊不知，在解决声音艺术与语言艺术的矛盾方面，白居易《琵琶行》在世界诗歌史上，如果不能说是绝后，至少可以说是空前的。韩愈和苏轼的诗都力图以图画可视的形象间接表现音乐的听觉之美，但白居易的杰出在于，他不是用图画，而是直接用声音来表现乐曲：

大弦嘈嘈如急雨，小弦切切如私语。

嘈嘈切切错杂弹，大珠小珠落玉盘。

间关莺语花底滑，幽咽泉流冰下难。

冰泉冷涩弦凝绝，凝绝不通声暂歇。

别有幽愁暗恨生，此时无声胜有声。

可能是由于人的感官百分之八十来自视觉，因而视觉意象在诗歌占有极大的优势，而听觉意象则处于弱势。这里，集中了这么繁复的听觉意象，表现的是听觉的应接不暇之感。从意象上说，前四句，大珠小珠玉盘以物质的贵重，引发声音美妙的联想。当然，这只是诗的想象的美好，实际上珠落玉盘，并不一定产生乐音。嘈嘈、切切，声母的闭塞摩擦音性质，本身并不能产生美好的感觉，但是和“急雨”和“私语”联系在一起，就有情感的含量。“私语”，有人的心情在内，“急雨”和“私语”富于对比的性质不难逗起对应的情致联想。

接下去的“间关莺语花底滑，幽咽泉流冰下难。冰泉冷涩弦凝绝，凝绝不通声暂歇”，错综不仅仅是在句法形式上而且是在声画交替上。这就是，前四句是听觉的美为主，后四句是视觉图画（花底流莺，冰下流泉）和听觉声音（莺语、幽咽）交织的美。唐弢先生曾经在20世纪80年代初期，撰文称这四句美在双声和叠韵（间关、幽咽）。但是，此说似乎太拘泥。诗歌艺术的美，和音乐的美不同，只是一种想象、联想的美的情致，不能坐实为实际上声音之美。如果真的把珍珠倒入玉盘，把流莺之声和水流之声用录音机录下来，可能并不能成为乐音。这里意象的综合效果是，珠玉之声、莺鸟之语、花底冰泉，种种意象叠加起来，引起美好的联想，这里蕴含着的并不是自然的声音，而是中国传统文化潜在意识的积淀。

白居易的惊人笔力，不但在于用意象叠加写出了乐曲之美的印象，而且从实践上解决了绘画的静止性与音乐的过程性之间的矛盾。过程性，是音乐性与绘画性的重大区别，以画之美表现音乐之美，在时间的连贯性上，毕竟是有局限的。《琵琶行》的伟大就在于，把过程性做了正面的强调。更精彩的是，不但表现了乐曲的连贯性之美，而且表现了乐曲的停顿之美，一种既无声音，又无图画，恰恰又超越了旋律的抑扬顿挫的连贯性的美。令人惊叹的是这样的句子：

冰泉冷涩弦凝绝，凝绝不通声暂歇。

别有幽愁暗恨生，此时无声胜有声。

白居易的突破在于，第一，从“冷涩”这样看来不美的声音中发现了诗意，当然又是为主人公和诗人的感情特点找到了共同载体；第二，从“凝绝不通”的旋律中断中发现了音乐美，这是声音渐渐停息的境界。从音乐来说是停顿，音符的空白，但，并不是情绪的空档，相反却是感情的高度凝聚，是外部世界的声音的渐细渐微，同时又是主体心理的凝神专注。外部的凝神成为内在情绪精微的导引，外部声音的细微，化为内部自我体验的精致。白居易发现：内心深处的情致是以“幽”（愁）和“暗”（恨）为特点的。“幽”就是听不见，“暗”就是看不见。二者结合，就是捉摸不定的、难以言传的，在通常情况下，是被忽略的，沉入潜意识的。而在这种渐渐停息的微妙的聆听中，却被白居易发现了，构成了一种从外部聆听，转入内心凝神的体悟：声音的停息，不是情感的静止，而是相反，是“幽暗”愁恨的发现和享受。正是因为这样，“此时无声胜有声”才成为千古佳句。

在中国古典诗史，苏轼理所当然是放射着多彩光华的巨星，但是，此巨星即像月亮一样，也难免有阴影。可以确定的是，第一，“诗中有画，画中有诗”说的片面性；第二，更为严重的是把诗与音乐混为一谈。在对韩愈诗的评价上已相当偏颇，在对李商隐的《锦瑟》的见解上，就更加离谱到直接把李诗当成了音乐。据宋人记载，黄庭坚曾问他李诗意旨，他答道：“此出《古今乐志》，云：‘锦瑟之为器也，其弦五十，其柱如之，其声也，适、怨、清、和。’”黄朝英对此又附会阐释说：“案：李诗‘庄生晓梦迷蝴蝶’，适也；‘望帝春心托杜鹃’，怨也；‘沧海月明珠有泪’，清也；‘蓝田日暖玉生烟’，和也。一篇之中，曲尽其意，史称其瑰迈奇古，信然。”[①]正是理论上这样的混淆，才使他们把韩愈那首平庸的诗当作最佳的杰作。其诗画合一论幸而有张岱的反驳，而后来则无人质疑，不但当时误导了苏轼自己，而且误导了后世追随他的诗评家，音乐之美与诗歌的矛盾，始终没有提上诗话的议程。诸多诗话家在千年黑暗中，耗费才智，上演了瞎子摸象的连续悲剧。纵观中国古典诗论，成就辉煌，诗酒文饭之文体说，无理而妙之审美逻辑说，甚至诗画矛盾说，均为独创，领先西人数百年，特于诗与音乐之矛盾，长期缺乏感知，不可否认，此乃中国古典诗

① 黄朝英《缃素杂记》，转引自胡仔《苕溪渔隐丛话》前集卷二十二，人民文学出版社 1962 年版，第 147 页。

论之最薄弱环节。

陈一琴辑历代诗话

欧阳文忠公尝问余："琴诗何者最善？"答以退之听颖师琴诗[①]最善。公曰："此诗最奇丽，然非听琴，乃听琵琶也。"余深然之。建安章质夫家善琵琶者，乞为歌词。余久不作，特取退之词，稍加檃括，使就声律，以遗之云[②]。

（宋）苏轼《水调歌头》旧序

"昵昵儿女语，恩怨相尔汝。划然变轩昂，勇士赴敌场。"此退之听颖师琴也。欧阳文忠公尝问仆："琴诗何者最佳？"余以此答之。公言："此诗固奇丽，然自是听琵琶诗。"余退而作《听杭僧唯贤琴》诗云："大弦春温和且平，小弦廉折亮以清。平生未识宫与角，但闻牛鸣盎中雉登木。门前剥啄谁扣门，山僧未闲君勿嗔。归家且觅千斛水，冲浣从前筝笛耳。"[③]诗成，欲寄公而公薨，至今为恨。

又《东坡题跋》卷六

三吴僧义海，朱文济孙，以琴世其业，声满天下。欧阳文忠公尝问东坡："琴诗孰优？"东坡答以退之《听颖师琴》。曰："此只是听琵琶耳。"或以问海，曰："欧阳公一代英伟，何斯人而斯误也。'昵昵儿女语，恩怨相尔汝'，言轻柔细屑，真情出见也；'划然变轩昂，勇士赴敌场'，精神余溢，竦观听也；'浮云柳絮无根蒂，天地阔远随飞扬'，纵横变态，浩乎不失自然也；'喧啾百鸟群，忽见孤凤凰'，又见颖孤绝，不同流俗下俚声也；'跻攀分寸不可上，失势一落千丈强'，起伏抑扬，不主故常也。皆指下丝声妙处，唯琴为然。琵琶格上声，乌能尔耶？退之深得其趣，未易讥评也。"东坡后有《听唯贤琴》诗："（同上引，略）"诗成，欲寄欧公而公亡，每以为恨。客复以问海，海曰："东坡词气，倒山倾海，然亦未知琴。'春温和且平''廉折亮而清'，丝声皆然，何独琴也；又特言大小琴声，不及指下之韵。'牛鸣盎中雉登木'，概言宫角耳，八音宫角皆然，何独丝也。"闻者以海为

---

① 韩愈《听颖师弹琴》诗："昵昵儿女语，恩怨相尔汝。划然变轩昂，勇士赴敌场。浮云柳絮无根蒂，天地阔远随飞扬。喧啾百鸟群，忽见孤凤凰。跻攀分寸不可上，失势一落千丈强。嗟余有两耳，未省听丝篁。自闻颖师弹，起坐在一旁。推手遽止之，湿衣泪滂滂。颖乎尔诚能，无以冰炭置我肠！"

② 苏轼《水调歌头》："昵昵儿女语，灯火夜微明。恩冤尔汝来去，弹指泪和声。忽变轩昂勇士，一鼓填然作气，千里不留行。回首暮云远，飞絮搅青冥。　众禽里，真彩凤，独不鸣。跻攀寸步千险，一落百寻轻。烦子指间风雨，置我肠中冰炭，起坐不能平。推手从归去，无泪与君倾。"

③ 即《听贤师琴》诗。

知言。

（宋）蔡绦《西清诗话》卷上

韩退之《听颖师弹琴》诗云：“浮云柳絮无根蒂，天地阔远随飞扬。”此泛声也，谓轻非丝重非木也。“喧啾百鸟群，忽见孤凤凰”，泛声中寄指声也。“跻攀分寸不可上”，吟绎声也。“失势一落千丈强”，顺下声也。仆不晓琴，闻之善琴者云，此数声最难工。自文忠公与东坡论此诗，作听琵琶诗之后，后生随例云云。柳下惠则可，我则不可，故特论之，少为退之雪冤。

（宋）许顗《许彦周诗话》

古今听琴阮琵琶筝瑟诸诗，皆欲写其音声节奏，类以景物故实状之，大率一律，初无中的句互可移用，是岂真知音者。但其造语藻丽，为可喜耳。……永叔、子瞻谓退之听琴诗，乃是听琵琶诗。僧义海谓子瞻听琴诗，丝声八音宫角皆然，何独琴也。互相讥评，终无确论。如玉溪生（李商隐号）《锦瑟》诗云：“庄生晓梦迷蝴蝶，望帝春心托杜鹃。沧海月明珠有泪，蓝田日暖玉生烟。”此亦是以景物故实状之，若移作听琴阮等诗，谁谓不可乎？

（宋）胡仔《苕溪渔隐丛话》前集卷十六

今《西清诗话》所载义海辨证此诗，复曲折能道其趣，为是真听琴诗。世有深于琴者，必能辨之矣。

同上

余谓义海以数声非琵琶所及，是矣。而谓真知琴趣，则非也。昔晁无咎（宋晁补之字）谓尝见善琴者云：“‘浮云柳絮无根蒂，天地阔远随飞扬’，为泛声。轻非丝、重非木也。‘喧啾百鸟群，忽见孤凤凰’，为泛声中寄指声也。‘跻攀分寸不可上’，为吟绎声也。‘失势一落千丈强’，为历声也。数声琴中最难工。”洪庆善亦尝引用，而未知出于晁。是岂义海所知，况西清邪。

（宋）吴曾《能改斋漫录》卷五

韩文公《听颖师弹琴》诗，几为古今绝唱。前十句形容曲尽，是必为《广陵散》而作，他曲不足以当。欧公以为琵琶诗，而苏公遂檃括为琵琶词。二公皆天人，何敢轻议，然俱非深于琴者也。

（宋）楼钥《楼钥诗话》

韩退之《听颖师琴》诗，极摹写形容之妙，疑专于誉颖者。然篇末曰："推手遽止之，湿衣泪滂滂。颖乎尔诚能，无以冰炭置我肠！"其不足于颖，多矣。……抑其知琴者本以陶写性情，而冰炭我肠，使泪滂而衣湿，殆非琴之正也。

（宋）俞德邻《佩韦斋辑闻》卷二

昌黎听琴诗，高视百世，无庸论矣。东坡亦尝作听琴诗，欲以拟之。……按《史记》邹忌闻齐威五鼓琴，为说曰："大弦浊以春温者，君也；小弦廉折以清者，相也。"又《管子》云："凡听宫如牛鸣窖中，听角如雉登木以鸣，音疾以清。"又《晋书》云："牛鸣盎，中宫；雉登木，中角。"乃知东坡俱有所本。海（义海）不但不知琴，亦寡陋不知诗矣。

（明）孙绪《孙绪诗话》

琴声之妙，此诗可谓形容殆尽矣。何欧阳文忠乃以为琵琶耶？

（清）黄周星辑评《唐诗快》

檃括体不可作也，不独醉翁如嚼蜡，即子瞻改琴诗，琵琶字不见，毕竟是全首说梦。

（清）刘体仁《七颂堂词绎》

写琴声之妙入髓，又一一皆实境。繁休伯称车子，柳子厚志筝师，皆不能及，可谓古今绝唱。六一善琴，乃指为琵琶，窃所未解。纯是佳唐诗，亦何让杜？

（清）朱彝尊批语，《批韩诗》引，转引自钱仲联《韩昌黎诗系年集释》卷九

一连十句，每两句各自一意，是赞弹琴手，不是赞琴。琴之妙固不待赞也，所以下文直接云"自闻颖师弹"。

（清）查慎行《初白庵诗评》卷上

按：义海之云固为肤受。洪氏所载，则此数声者凡琴工皆能，昌黎何至闻所不闻哉？"失势一落千丈强"，与琴声尤不肖，真妄论也。

（清）何焯《义门读书记·昌黎集》卷三十

白香山“江上琵琶”，韩退之“颖师琴”，李长吉“李凭箜篌”，皆摹写声音至文。韩足以惊天，李足以泣鬼，白足以移人。

（清）方世举《李长吉诗集批注》卷一

嵇康《琴赋》中已具此数声……公非袭《琴赋》，而会心于琴理则有合也。《国史补》云：“于司空尝令客弹琴，其嫂知音，听于帘下曰：‘三分中一分筝声，二分琵琶声，绝无琴韵。’”则琴声诚或有似琵琶者，但不可以论此诗。

又《昌黎诗集编年笺注》，转引自《韩昌黎诗系年集释》卷九

《颖师弹琴》，是一曲泛音起者，昌黎摹写入神；乃以“昵昵”二语，为似琵琶声，则“攀跻分寸不可上，失势一落千丈强”，除却吟猱绰注，更无可以形容，琵琶中亦有此耶？

（清）薛雪《一瓢诗话》

永叔诋为琵琶，许彦周所辨，概属浮响，义海尤为悠谬，此琴工之言，不足折永叔也。韩诗“昵昵儿女”四句，皆琴之变声，犹荆（轲）、高（渐离）变征为羽，既而极羽之致则怒，使韩听《关雎》《伐檀》之诗，即无此等语矣。……琵琶倚于怀抱，用左执以按字，逐字各因界以成声，既非徽之可过，而欲攀跻分寸，失势一落，皆非其所能为。……永叔不知乐有正变，亦不察琵琶所以为用，忽于游心金石之时，过为訾韩之论，学勤而不繇统，岂俗习之移人哉？

（清）王文诰《苏文忠诗编注集成》，转引自《韩昌黎诗系年集释》卷九

永叔所谓似琵琶者，亦只起四句近之耳，余自迥绝也。坡尝追忆欧公语，更作《听贤师琴》诗，恨欧公不及见之，所谓“大弦春温和且平，牛鸣盎中雉登木”是也。予谓此诚不疑于琵琶矣，然亦了无琴味，试再读退之诗如何？彦周所称，即今世之琴耳，不知唐时所用，即同此否？若是师襄夫子所鼓，必不涉恩怨儿女也，此又不可不知。

（近代）程学恂《韩诗臆说》

白傅夜会琵琶女惹是非

白居易自谓被贬九江期间偶遇琵琶女邀其奏曲一事，引起了宋人洪迈的反复质疑：“妇对客奏曲，乐天移船，夜登其舟与饮，了无所忌，岂非以其长安故倡女不以为嫌邪？”后来陈寅恪在《元白诗笺证稿》第二章中指出，“移船相近邀相见”之“船”，乃白居易的“船”，非琵琶女之“船”，是白居易邀请人家从所乘之船出来，进入自己的船中，这样才有可能“添酒重宴”。“否则江口茶商外妇之空船中，恐无如此预设之盛筵也。”诗和序都写得很清楚，因而陈氏颇觉洪迈如此粗心大意，“未免可惊可笑”。洪迈又在《容斋五笔》卷七中联系到当时白居易的政治处境：“唐世法纲虽于此为宽，然乐天尝居禁密，且谪官未久，必不肯乘夜入独处妇人船中，相从饮酒，至于极弹丝之乐，中夕方去，岂不虞商人者他日议其后乎！”对于这一点陈寅恪又指出：“唐代当时士大夫风习，极轻贱社会阶级低下之女子，视其去留离合，所关至小之证。是知乐天之于此故倡，茶商之于此外妇，皆当日社会舆论所视为无足重轻，不必顾忌者也。……二即唐代自高宗武则天以后，由文词科举进身之新兴阶级，大抵放荡而不拘守礼法，与山乐旧日士族甚异……乐天亦此新兴阶级之一人。其所为如此，固不足怪也。”像洪迈此类的质疑，在中国古典诗话中比比皆是。后人往往不能摆脱这样钻牛角尖作风反复辩驳。这对理解诗歌艺术，其实是一种干扰，在我国诗话重文本的传统中应该是某种消极性很大的支流。其实，就是洪迈自己也在同一篇文章中感到“乐天之意，直欲摅写天涯沦落之恨尔”。这种说法，只是擦了一点边，白居易的主题明明在诗歌中以论《新乐府》所言“卒章显其志”的手法表明：“同是天涯沦落人，相逢何必曾相识？”洪迈质疑的前提是：第一，男女有别，特别是夜间；第二，官员与倡优身份不相当；第三，白居易获罪受贬的境况，恐遭物议。陈寅恪的辩护，很有力。第一，白居易没有上人家的船，而是请人家过来，这是公开的；第二，当时文词科举出身的“新兴阶级大抵放荡不羁而不拘礼法”，和一个歌女交往是无所谓的事；第三，特别是“乐天之于此故倡，茶商之于此外妇，皆当日社会舆论所视为无足重轻，不必顾忌者也”，这种女人，属于茶商的外室，地位低下，不应该有什么顾忌。这些都是确论。但是，没有说到关键上。白居易的《琵琶行》思想最大的亮点乃是，明知她原本是歌妓，明知她是茶商的外室，明知她社会地位低下，不但不歧视，反而把她当作和自己是同样的人。这种觉悟不是从来就有的，而是被这个女人唤醒的，有白居易自己的序为证：听其“自叙少小时欢乐事，今漂沦憔悴，转徙于江湖间。予出官二年，恬然自安，感斯人言，是夕始觉有迁谪意”。这里说得很明白，白居易被贬的“迁谪意”，沦落之感，本来是压抑在潜意识里的，因为听了她的身世，才被触发起来的。这种触发来自“少小时欢乐”“今漂沦憔悴”之间的反差。正是这种反差让白居易缩短了和她的距离。这种距离的性质是身份上的悬殊。不管她少小欢乐、老大飘零的反差多么强烈，和白居易从中央下放到偏远的小地方，还是不可同日而语，但是，白居易还是产生高度的认同感。“同是天涯沦落人，相逢何必曾相识”的可贵就在：第一，在天涯沦落这一点上，自己和歌妓是没有区别的；第二，不但没有区别，而且是同病相怜，情感息息相通，一见如故；第三，不但一见如故，而且为之“泪湿青衫，公然发露”。（王文治《江州怀白乐天先生序》）

白居易之被感动，对于官员来说，无异于失态，光是身世遭际之认同是不至于到如此程度的，这里还有一点，是白居易特别强调的，恰恰又是后世诗话家所忽略的，那就是这个歌妓不是一般的歌妓，而是一个有特殊才艺的歌妓。正是她在音乐上的才华，她在艺术上的境界，是不同凡响的，白居易才用最大的热情，大笔浓墨地赞美。这种赞美，是把歌妓当作一个人来赞美的，当作一个艺术家来赞美的。

转轴拨弦三两声，未成曲调先有情。

什么情？是弹奏者的情感。

弦弦掩抑声声思，似诉平生不得志。

低眉信手续续弹，说尽心中无限事。

诗人从曲调中领悟到的演奏者情感，是一种悲抑的情感，这种情感，不仅是演奏者的，而且有诗人的，是被诗人自己的“不得志”所同化了的。在唐诗中，白居易的惊人笔力不但在于用意象叠加写出了乐曲之美的印象，而且还对过程性做了充分的强调。过程性，是音乐性与绘画性的重大区别，在这一点上的成功，是“诗中有画，画中有诗”的简单理论所难以解释的。最为突出的是，乐曲的停顿，既无声音，又无图画，恰恰又能反衬出旋律的抑扬顿挫的趣味。令人惊叹的是这样的句子：

冰泉冷涩弦凝绝，凝绝不通声渐歇。

别有幽愁暗恨生，此时无声胜有声。

前面白居易写音乐，用美好的声音来形容，珠玉之声、莺鸟之语、花底之泉之类，均为美好之声音引发美好的诗意，这是唐诗共同的追求。而白居易的突破在于，第一，从“冷涩”这样看来不美的声音中发现了诗意，这当然是为主人公和诗人的感情特点找到了恰当的交接点。第二，从“凝绝不通”的旋律空白中发现了音乐美。这是声音渐渐停息的境界。从音乐来说是停顿，是音符的空白，但，并不是情绪的空档，相反却是感情的高度凝聚，是声音的渐细渐微，同时又是凝神倾听。外部的凝神必然导致对内在情绪细微的导引，外部乐音的细微，化为听者自我体验的精致。白居易发现：内心深处的情致是以“幽”（愁）和“暗”（恨）为特点的。也就是捉摸不定的、难以言传的，在通常情况下，是被忽略的，自发地沉入潜意识的，而在这种渐渐停息的微妙的聆听中，却构成了一种从外部聆听，转入内心凝神的体悟：声音的停息，不是情感的静止，而是相反，是“幽暗”也就是潜意识的愁恨的发现，这点明了白居易在序中所说的“谪迁意”。“此时无声胜有声”成了千古佳句。但是，有声的音乐如何唤醒白居易原本压抑在潜意识中的“生平不得志”却被千年的读者忽略了。而忽略了这一点，就忽略了艺术的伟大，伟大到这个官员不但为歌妓流下眼泪，而且坦然宣言，自己和歌妓同是沦落天涯之人，即使不相识，心灵也是息息相通。

《长恨歌》的不朽，在于白居易超越了陈鸿把美女当作“尤物”当作祸水加以“惩”戒的老套，把它写成了美女因为美造成的悲剧。白居易和他的朋友和同代书写马嵬坡题材的诗人不同，他不是把女人当作政治动乱的缘由，而是把她当作一个人，因为美而下场悲惨。而在《琵琶行》中，他同样把歌妓当作一个人，而且是一个有高度艺术才华的人，和自己在某种意义上相同的人来歌颂的。在这个意义上，说“作者与琵琶演奏者有平等心情。白诗高处在此”，仅仅把琵琶女当作人，而不是当作人中难得的艺术家，似乎还不够充分到位。

陈一琴辑历代诗话

元和十年，予左迁九江郡司马。明年秋，送客湓浦口，闻舟中夜弹琵琶者，听其音，铮铮然有京都声。问其人，本长安倡女，尝学琵琶于穆、曹二善才；年长色衰，委身为贾人妇。遂命酒使快弹数曲，曲罢悯默。自叙少小时欢乐事，今漂沦憔悴，转徙于江湖间。予出官二年，恬然自安，感斯人言，是夕始觉有迁谪意。因为长句，歌以赠之，凡六百一十二言，命曰《琵琶行》。

（唐）白居易《琵琶引序》

东坡《志林》云："白乐天尝为王涯所谗，贬江州司马。甘露之祸，乐天有诗云：'当君白首同归日，是我青山独往时。'不知者以乐天为幸之。乐天岂幸人之祸者哉！盖悲之也。"

（宋）洪迈《容斋随笔》卷一

（按：苏轼此说，中华书局王松龄点校本《东坡志林》不载。）

白乐天《琵琶行》，盖在浔阳江上为商人妇所作。而商乃买茶于浮梁，妇对客奏曲，乐天移船，夜登其舟与饮，了无所忌，岂非以其长安故倡女不以为嫌邪？集中又有一篇题云《夜闻歌者》，时自京城谪浔阳，宿于鄂州，又在《琵琶》之前。其词曰："夜泊鹦鹉洲，秋江月澄澈。邻船有歌者，发调堪愁绝。歌罢继以泣，泣声通复咽。寻声见其人，有妇颜如雪。独倚帆樯立，娉婷十七八。夜泪似真珠，双双堕明月。借问谁家妇？歌泣何凄切。一问一沾襟，低眉终不说。"陈鸿《长恨传序》云："乐天深于诗多于情也，故所遇必寄之吟咏，非有意于渔色。"然鄂州所见，亦一女子独处，夫不在焉，瓜田李下之疑，唐人不议也。

又《容斋三笔》卷六

白乐天《琵琶行》一篇，读者但羡其风致，敬其词章，至形于乐府，咏歌之不足，遂以谓真为长安故倡所作。予窃疑之。唐世法纲虽于此为宽，然乐天尝居禁密，且谪官未久，必不肯乘夜入独处妇人船中，相从饮酒，至于极弹丝之乐，中夕方去，岂不虞商人者他日议其后乎！乐天之意，直欲摅写天涯沦落之恨尔。

又《容斋五笔》卷七

此宦游不遂，因琵琶以托兴也。言当清秋明月之夜，闻琵琶哀怨之音，听商妇自叙之苦，以动我逐臣久客之怀，宜其泣下沾襟也。

（明）唐汝询《唐诗解》卷二十

出"船"字，船是听琵琶之所，最要紧之字。……"移船相近"，此船移去。"邀相见"，请他相见，不敢造次。"添酒回灯重开宴"，适已开宴将别，酒虽未撤，灯已移开，今遇此奏琵琶者，重为开宴，非为妇人也。不写抱琵琶过船，须知此妇人原在自已船中。司马有体，妇人亦有体。作文作诗，当此等处，切不可轻下一字也。"千呼万唤始出来"，妇人出来，与客见面，犹如是不肯轻易，真是不曾过船者。商人妇自别于娼女如此。"犹抱琵琶半遮面”，尚不肯露全面，写妇人有体，总见江州司马之存大体也。

（清）徐增《而庵说唐诗》卷六

写同病相怜之意，恻恻动人。

（清）沈德潜《唐诗别裁集》卷八

满腔迁谪之感，借商妇以发之，有同病相怜之意焉。比兴相纬，寄托遥深，其意微以显，其音哀以思，其辞丽以则。

（清）爱新觉罗·弘历《唐宋诗醇》卷二十二

《琵琶行》亦是绝作。然身为本郡上佐，送客到船，闻邻船有琵琶女，不问良贱，即呼使奏技，此岂居官者所为？岂唐时法令疏阔若此耶？盖特香山借以为题，发抒其才思耳。

（清）赵翼《瓯北诗话》卷四

白香山谪居江州，礼宜避嫌勤职，以图开复，乃敢夤夜送客，要茶商之妻弹琵琶，侑觞谈情，相对流涕。庸人曰：“挟妓饮酒，律有明条，知法玩法，白某之杖罪，的决不贷。”乃香山悍然不顾，复敢作为《琵琶辞》，越礼惊众，有玷官箴。今时士大夫绝不为也，即使偶一为之，亦必深讳，盖曾未宣之于口，又何敢笔之于书。人之庸者，则且义形于色，诟詈香山，犯教而败俗。其琵琶之辞，必当毁板，琵琶之亭，及庐山草堂胥拆毁而灭其迹，庶几乎风流种绝，比户可庸矣。……彼其中庸之貌，木讷之形，虽孔子割鸡之戏言，孟子齐人之讽谕，皆犹似有伤盛德，不形诸口，若第以粗迹观之，即古圣先贤犹恐不逮。……不诛心而泛论其迹，虽振古豪杰命世之才，不足以刮庸人如豆之目，而动其六窍之心，由来久矣，故子曰：“予欲无言。”

（清）舒梦兰《游山日记·天香随笔》

归舟过琵琶亭时，戏语敬修：“有一州司马，江头送客，闻茶商之妾，夜弹琵琶，乃竟登其舟，再三求见，求其弹，并对之作诗流涕，久坐谈情。其夫还舟，见之，怒否？”敬修曰：“何处有此缪官耶？”余笑指曰：“即此是！”

又《古南余话》卷四

乐天赋《琵琶行》事，昔人或谓当为秀铁面所诃。似不尽然。乐天贬官经年，殊未介意，此因地之超也。及闻商妇琵琶，始知迁谪之感。此根本无明于兹引动也。泪湿青衫，公然发露，岂世谛中覆藏种性所可同日语哉。……至于呼使开筵，乃唐人风气，乐天既非戒僧，何必如此责之。抑乐天方遭贬斥，此诗出，竟无有媒孽其短者，则唐时风气犹然近古也。

（清）王文治《江州怀白乐天先生序》

洪氏谓“乐天夜登其舟与饮，了无顾忌”及“乘夜入独处妇人船中，相从饮酒，至于极丝弹之乐，中夕方去”。然诗云：“移船相近邀相见，添酒回灯重开宴。千呼万唤始出来，犹抱琵琶半遮面。”则“移船相近邀相见”之“船”，乃“主人下马客在船”之“船”，非“去来江口守空船”之“船”，盖江州司马移其客之船以就浮梁茶商外妇之船，而邀此长安故倡从所乘之船出来，进入江州司马所送客之船中，故能添酒重宴。否则江口茶商外妇之空船中，恐无如此预设之盛筵也。且乐天诗中亦未言及何时从商妇船中出去，洪氏何故臆加“中夕方去”之语？盖其意以为乐天贤者，既夜入商妇船中，若不中夕出去，岂非此夕迳留止于其中耶？读此诗而作此解，未免可惊可笑。

（现当代）陈寅恪《元白诗笺证稿》

考吾国社会风习，如关于男女礼法等问题，唐宋两代实有不同……

关于乐天此诗者有二事可以注意：一即此茶商之娶此长安故倡，特不过一寻常之外妇，其关系本在可离可合之间，以今日通行语言之，直“同居”而已。……此即唐代当时士大夫风习，极轻贱社会阶级低下之女子，视其去留离合，所关至小之证。是知乐天之于此故倡，茶商之于此外妇，皆当日社会舆论所视为无足重轻，不必顾忌者也。……二即唐代自高宗武则天以后，由文词科举进身之新兴阶级，大抵放荡而不拘守礼法，与山东旧日士族甚异……乐天亦此新兴阶级之一人。其所为如此，固不足怪也。

同上

江州司马，青衫泪湿，同在天涯。作者与琵琶演奏者有平等心情。白诗高处在此，不在他处。其然岂其然乎？

（现当代）毛泽东批语，《毛泽东评点唐诗三百首》卷二

爸爸（毛泽东）评论白居易的《琵琶行》不但文采好，描写得逼真细腻，难得的是作家对琵琶演奏者的态度是平等的，白诗的高明处在于此而不在他。

（现当代）毛岸青、邵华《回忆爸爸勤奋读书和练习书法》

《长恨歌》考辨一二

我国古典诗话，对于诗与政治、诗与历史、诗与现实之间的关系，可能是最为尊重艺术的本身的规律的，但是，这只是一般而言，在特殊情况下，特别是诗与历史的方面，有时，则往往把诗与史混为一谈。传统文论而言，史是列入经的范畴的，其地位高到要以"六经"皆史来强调，但是，我国又是把诗列入最高经典的国家，"六经"皆文，甚至"六经"皆诗的主张，代不乏人。但是，在诗话中纠缠于历史事实与诗的矛盾的并不多见，原因可能与我国抒情诗占绝大多数，缺乏叙事诗，尤其是史诗传统有关。而《长恨歌》是我国文学史上罕见的叙事诗篇，故诗话家们难免忘记诗的虚构，在一些历史事实上纠缠不休。其实，这首诗一开头就宣告了它的虚拟性："汉皇重色思倾国，御宇多年求不得。杨家有女初长成，养在深闺人未识。"明明是唐朝的事，却说是汉朝的，明明是把自己儿子的妃子占为已有，却说是黄花闺女。其创作初衷就是诗化的历史，历史的诗化。

在白居易笔下，《长恨歌》完全不同于陈鸿以"'惩尤物，窒乱阶'为主题的《长恨歌传》"，它写的不是客观的历史事实，而是一出带有传奇色彩的爱情悲剧。诗人赞美李杨的爱情，感叹美女和君王的不幸。他不管笔下人物与历史人物有多大的区别，就是用诗笔把杨贵妃写成永恒爱情的美的象征。吾人当从主旨和艺术特点上去分析那些细枝末节的质疑，而不必为烦琐的考证辩解。

在《长恨歌》所构想的情节中，诗人对初期李隆基重色、杨贵妃受宠的描写，正面铺张，大笔浓墨，强调的是二人莫大的欢乐。然而皇帝的绝对权力带来的幸运，却不是绝对的，与之相随的是灾难，国家的动乱使受宠者付出了生命的代价。从"一朝选在君王侧"到"宛转蛾眉马前死"，宠妃身不由己卷入政局而成了政治的牺牲品。从文本潜在的意脉来说，贵妃死后情节又开始了新的阶段，赞美对象从美女的美转向帝王的感情。"重色"的君王，已经无色可重，"重色"变成了"重情"。"长恨"不仅仅是在时间上的朝朝暮暮，而且是在刻骨铭心的状态上，这是一种无可奈何的、无限缠绵的、不可磨灭的情感，因而也是一种不可挽回的遗恨。这种遗恨是无限、无所不在的，它冲击着渐行渐远的环境景物，令一切生命感觉都发生了“变异”。阳光变得淡白，旗帜失去颜色，皎洁的月光令人伤心，雨中的铃声则更是令人肠断。在逃亡途中，是一切景观皆因贵妃未能共享而悲凉，归来以后，则是物是人非的反差，环境越是美好，越是引发悲痛。

这种遗恨最集中的特点是孤独，孤独就是无伴，无伴的痛苦，不可替代感使抒情达到了高潮：

夕殿萤飞思悄然，孤灯挑尽未成眠。

迟迟钟鼓初长夜，耿耿星河欲曙天。

鸳鸯瓦冷霜华重，翡翠衾寒谁与共。

这是以夜晚的失眠表现“长恨”的心理效果。不再单纯运用变异的意象，而是以极其精致的细节构成有机的、无声的图景，暗示时间的默默推移，把失眠的痛苦从视觉的“夕殿萤飞”，到听觉的“迟迟钟鼓”，再到触觉的“翡翠衾寒”，统一起来做多元感知的呈现。这里宫殿环境固然是帝王独有的，但是，失眠的心理又超越了帝王，“孤灯挑尽未成眠”，似乎带上了平民的色彩。很难设想，太上皇的南内宫殿的灯会是“孤灯”，更难设想太上皇要亲自去挑它的灯芯。白居易在这里有意无意地把失眠的情景融入了平民生活，对忠贞不贰的爱情来说，身份似乎并不重要，超越身份才更有绝对性。一些评者拘泥之说，即是未能理解诗人的用心所在。

《长恨歌》之所以经受了千年时间的考验，根本原因就在于它不是一般的诗，而是杰出的叙事诗。在叙事的过程中又和谐地抒情，把叙事与抒情结合起来，或不时以抒情的脉络，化解叙事，这正是它的特点。如李隆基仓皇逃往四川，其间曲折变动，在历史家笔下是很复杂的，他则写道：

黄埃散漫风萧索，云栈萦纡登剑阁。

峨嵋山下少人行，旌旗无光日色薄。

蜀江水碧蜀山青，圣主朝朝暮暮情。

行宫见月伤心色，夜雨闻铃肠断声。

几乎都以主人公的感官为中心，来写一路上的所见所闻，全部意象的组合，是以情感的秩序来安排的。但装点于意象群落中的“登剑阁”“峨嵋山”“行宫见月”，则隐含了由陕入川、从逃亡到安定的过程，时间的推移就这样沉浮于意象群落之中。为了意象的任情跳跃和自由组合，在这种“意象群落”中，过程的连续性被最大限度地隐藏，过程成为若断若续的脉络。一些评者质疑“峨嵋”失实，就是没有注意到诗中这种若断若续的叙事特点，不管“剑阁”是真“峨嵋”是假，其实都不过是提示入川几个跳跃的虚拟性意象而已。

陈一琴辑历代诗话

金沙洞口长生殿，玉蕊峰头王母祠。……有长生殿，乃斋殿也，有事于朝元阁，即御长生殿以沐浴也。……飞霜殿前月悄悄，迎春亭下风飕飕。飞霜殿即寝殿，而白傅《长恨歌》以长生殿为寝殿，即殊误矣。上皇至明年，复旧臣以幸华清宫，信宿乃回。自此遂移处西内中矣。

（唐）郑嵎《津阳门诗并序》，转引自计有功《唐诗纪事》卷六十二，又彭定求等《全唐诗》卷五百六十七

白乐天《长恨歌》云：“峨嵋山下少人行，旌旗无光日色薄。”峨嵋在嘉州，与幸蜀路全无交涉。……此亦文章之病也。

（宋）沈括《梦溪笔谈》卷二十三

白乐天《长恨歌》，工矣，而用事犹误。“峨眉山下少人行”，明皇幸蜀，不行峨眉山也。当改云剑门山。“七月七日长生殿，夜半无人私语时”，长生殿乃斋戒之所，非私语地也。华清宫自有飞霜殿，乃寝殿也。当改长生为飞霜，则尽矣。

（宋）范温《潜溪诗眼》

“夕殿萤飞思悄然，孤灯挑尽未成眠”，此尤可笑，南内虽凄凉，何至挑孤灯耶？

（宋）张戒《岁寒堂诗话》卷上

白乐天《长恨歌》有“夕殿萤飞思悄然，孤灯挑尽未成眠”之句，宁有兴庆宫中，夜不烧蜡油，明皇帝自挑尽者乎？书生之见可笑耳。

（宋）邵博《邵氏闻见后录》卷十九

乐天《长恨歌》曰：“七月七日长生殿，夜半无人私语时。”按华清宫有长生殿，盖祀神祈年之所。又玄宗常以十月幸华清，是七月七日亦不尝在华清也。前辈因此疑乐天讹误，此不然也。长安大明宫有长生殿，武后疾病居之。张柬之等诛二张，入至长生殿见太后。则不在华清也。肃宗崩于长生殿。

（宋）程大昌《续考古编》卷六

诗人讽咏，自有主意，观者不可泥其区区之词。《闻见录》曰："乐天《长恨歌》：'夕殿萤飞思悄然，孤灯挑尽未成眠。'岂有兴庆宫中夜不点烛、明皇自挑灯之理？"《步里客谈》曰："陈无己《古墨行》，谓'睿思殿里春将半，灯火阑残歌舞散。自书小字答边臣，万国风烟入长算'。灯火阑残歌舞散，乃村镇夜深景致，睿思殿不应如是。"二说甚相类。仆谓二词正所以状宫中向夜萧索之意，非以形容盛丽之为，固虽天上非人间比。使言高烧画烛，贵则贵矣，岂复有长恨等意邪？观者味其情旨斯可矣！

（宋）王楙《野客丛书》卷五

范元实（范温字）《诗话》："（引文同上，略）"按郑嵎《津阳门》诗："金沙洞口长生殿，玉蕊峰头王母祠。"则长生殿乃在骊山之上，夜半亦非上山时也。又云："飞霜殿前月悄悄，迎风亭下风飔飔。"据此，元实之所评信矣。

（明）杨慎《升庵诗话》卷七

沈存中论白乐天《长恨歌》"峨眉山下少人行"，谓峨眉在嘉州，非幸蜀路。文人之病，盖有同者。

（清）顾炎武《日知录》卷二十一

按：白诗："七月七日长生殿，夜半无人私语时。"范元实谓长生殿乃斋戒之所，非私语地，若改作飞霜殿，则吻合矣。盖《长安志》："天宝六载，改温泉为华清宫，殿曰九龙，以待上浴；曰飞霜，以奉御寝；曰长生，以备斋祀。"杨升庵又引《津阳门诗》："金沙洞口长生殿，玉蕊峰头王母祠。"以实其驳正。余谓胡三省《通鉴》卷二百七长生院注云："院即长生殿，明年五王诛，二张进至太后所寝长生殿，同此处也。"盖唐寝殿皆谓之长生殿，此武后寝疾之长生殿，洛阳宫寝殿也。肃宗大渐，越王系授甲长生殿，长安大明宫之寝殿也。白居易《长恨歌》所谓长生殿，则华清宫之寝殿也。此殿本名飞霜，盖同一长生殿也。学者读顾况《宿昭应》诗："武帝祈灵太乙坛，新丰树色绕千官。那知今夜长生殿，独闭空山月影寒。"当知为斋宿之殿。李义山《骊山有感》诗："骊岫飞泉泛暖香，九龙呵护玉连房。平明每幸长生殿，不从金舆唯寿王。"当知为寝宿之所。

（清）阎若璩《潜邱札记》卷三

《三余编》言："诗家使事，不可太泥。"白傅《长恨歌》："峨嵋山下少人行。"明皇幸蜀，不过峨嵋。谢宣城（谢朓，曾任宣城太守）诗："澄江净如练。"宣城去江百余里，县治左右无江。

（清）袁枚《随园诗话》卷一

考据家不可与论诗。或訾余《马嵬》诗曰："'石壕村里夫妻别，泪比长生殿上多。'当日，贵妃不死于长生殿。"余笑曰："白香山《长恨歌》：'峨嵋山下少人行。'明皇幸蜀，何曾路过峨嵋耶？"其人语塞。然太不知考据者，亦不可与论诗。

同上卷十三

香山《长恨歌》今古传诵，然语多失体。……"孤灯挑尽未成眠"，又似寒士光景；南内凄凉，亦不至此。

（清）施补华《岘佣说诗》

歌云："峨嵋山下少人行，旌旗无光日色薄。"《梦溪笔谈》二十三《讥谑》附《谬误类》云："（引文同上，略）"寅恪按：元氏《长庆集》十七东川诗《好时节》绝句云："身骑骢马峨嵋下，面带霜威卓氏前。虚度东川好时节，酒楼元被蜀儿眠。"按微之以元和四年三月以监察御史使东川按故东川节度使严砺罪状……微之固无缘骑马经过峨嵋山下也。夫微之亲到东川，尚复如此，何况乐天之泛用典故乎？故此亦不足为乐天深病。

（现当代）陈寅恪《元白诗笺证稿》

夫富贵人烧蜡烛而不点油灯，自昔已然，北宋时又有寇平仲（寇准字）一段故事，宜乎邵氏以此笑乐天也。考乐天之作《长恨歌》在其任翰林学士以前，宫禁夜间情状，自有所未悉，固不必为之讳辨。唯白氏《长庆集》十四《禁中夜作书与元九》云："心绪万端书两纸，欲封重读意迟迟。五声钟漏初鸣后，一点窗灯欲灭时。"此诗实作于元和五年乐天适任翰林学士之时，而禁中乃点油灯，殆文学侍从之臣止宿之室，亦稍从朴俭耶？至上皇夜起，独自挑灯，则玄宗虽幽禁极凄凉之景境，谅或不至于是。文人描写，每易过情，斯固无足怪也。

同上

诗中写唐玄宗作为一个失势的太上皇，在西宫、南内如何靠悔恨、忧伤、寂寞、凄凉来打发那些难以消磨的日子时，用了下列的句子："夕殿萤飞思悄然，孤灯挑尽未成眠。"

为了给这位老皇帝的感情上涂抹一层浓重的暗灰色，诗人挑选萤飞的夕殿这个时间和地点，而以未成眠来证实思悄然，又以孤灯挑尽来见出他内心痛苦之深，以至终夜不能入睡。由“迟迟钟鼓初长夜”到“耿耿星河欲曙天”。我们知道，唐代宫中是用烛而不是用灯来照明的。即使用灯，何至于在太上皇的寝宫中只有一盏孤灯，又何至于竟无内侍、宫女侍奉，而使他终夜挑灯，终于挑尽。这里显然都不符事实。但是，我们设想，如果作者如实地反映了当太上皇不眠之夜，生活在一个红烛高烧，珠围翠绕的环境里，还能够像《长恨歌》这里所描写的那样成功地展示他的精神状态吗？文学欣赏不能排斥考据，不能脱离事实，可也不能刻舟求剑，以表面的形似去顶替内在的神似。

（现当代）程千帆《古诗考索·读诗举例》

白居易在《长恨歌》中，有“七月七日长生殿，夜半无人私语时”之句，长生殿即在华清宫中。天气还很热的七夕，玄宗、贵妃也不会住在那里。《歌》中还有“峨嵋山下少人行，旌旗无光日色薄”之句。玄宗一行从陕西进入四川，到了成都，就停止南进，而峨嵋在成都之南又几百里，玄宗等根本没有走过此山。像这些地方，或是由于诗人创作时不曾细考，随情涉笔，以致出现错误，然而它们并无损于整个作品的思想性和艺术性，所以说，这是可以原谅的。

（现当代）沈祖棻《唐人七绝诗浅释》

批评“峨眉山下少人行”，却不恰当。因为峨眉山是代四川，只是说在四川的山路上本是少行人罢了。“蒋介石躲在峨眉山上”，这个峨眉山，就是四川的代称，所以完全可以的，倘说“太行山下少人行”就不行，因为太行山不代表四川。

（现当代）周振甫《诗词例话·忌执着》

〔**附录**〕

尝过洞庭。李太白《洞庭西望》一绝：“日落长沙秋色远。”长沙在洞庭东南五百余里，甚相违背。江文通《登香炉峰诗》：“日落长沙渚，层阴万里生。”长沙在庐山南二千余里，语亦未合。李诗本之古人，兴会所至，往往率易如此。

（清）黄与坚《论学三说》

香炉峰在东林寺东南，下即白乐天草堂故址。峰不甚高，而江文通《从冠军建平王登香炉峰》诗云：“日落长沙渚，层阴万里生。”长沙去庐山二千余里，香炉何缘见之？孟浩然《下赣石》诗：“暝帆何处泊？遥指落星湾。”落星在南康府，去赣亦千余里。顺流乘风，即非一日可达。古人诗只取兴会超妙，不似后人章句，但作记里鼓也。

（清）王士禛《渔洋诗话》卷上

世谓王右丞画雪中芭蕉，其诗亦然。如：“九江枫树几回青，一片扬州五湖白。”[①]下连用兰陵镇、富春郭、石头城诸地名，皆寥远不相属。大抵古人诗画，只取兴会神到，若刻舟缘木求之，失其指矣。

又《池北偶谈》卷十八

（按：此则又编入清张宗柟纂集《带经堂诗话》卷三，宗柟按语云：“诗家唯论兴会，道里远近不必尽合，此神到之作，古人有之，后人正借口不得。”）

（李贺《摩多楼子》诗[②]）玉门关与休屠右地，相去未必有二万四千里。而辽水远在东北，与西域了不相干，乃长吉连类举之若在一方者。盖兴会所至，初不计其道路之远近而后修词，学者玩其大意可也。

（清）王琦《李长吉歌诗汇解》卷四

① 《同崔傅答贤弟》诗句。

② 李诗：“玉塞去金人，二万四千里。风吹沙作云，一时渡辽水。天白水如练，甲丝双串断。行行莫苦辛，城月犹残半。晓气朔烟上，趢趗胡马蹄。行人临水别，陇水长东西。”

浪溅寺院、佛身理背

我国古典诗话有强调诗的传统，但又常有拘泥事实的议论，把诗混同于散文，甚至历史散文也不少见。王得臣《麈史》卷二批评白居易“白花浪溅头陀寺，红叶林笼鹦鹉洲”之句，以为“头陀寺在郡城之东绝顶处，西去大江最远，风涛虽恶，何由及之？”虽然他自己也觉得这是诗人“甚之之辞，如‘峻极于天’之谓”，但是，还是认为，应该如杜甫那样达到“诗史”的“实录”的境界。且不说这就混淆了诗与史的根本区别，何况就算杜甫是样板，也不应千人一面，应该允许风格的不同。更何况杜甫也并不以“实录”的原则来写诗。如“五更鼓解声悲壮，三峡星河影动摇”。以三峡江流之急，何尝可映星河之影？又如“感时花溅泪，恨别鸟惊心”，则明明不是实录，而是诗人的虚拟和想象。

计有功《唐诗纪事》卷七十一，挑剔孙鲂写镇江江心金山寺诗“过橹妨僧定，惊涛溅佛身”，谓为如此则金山甚低小。胡仔《苕溪渔隐丛话》后集卷十八，方回《瀛奎律髓》卷一，也对“惊涛溅佛身”有几乎同样的指责。甚至到了明朝单宇《菊庄丛话》卷三，又重复了类似的议论。这种片面的指责到了清朝也没有停止，吴景旭的《历代诗话》还是认同“盖诗人形似太过，率多此疵”。

当然也不能说几百年间诗歌赏析就没有进步，谢肇淛《小草斋诗话》卷一就曾直率地反对，说好就好在这里：“然于佳句，毫无损也。诗家三昧，正在此中见解。”徐𤊹《徐氏笔精》，也说诗的“奇妙处正在此”。难能可贵的是，他还提高到理论上指出这种议论的错误在于“以理论诗，失之远矣”。可惜的是，受诗话的体制的限制，他的议论没有深入，并未论证为什么以理论诗就大大失误。

总的来说，在这个基本问题上，古典诗话徘徊不前，制约了诗话的质量。议论原本起于孙鲂与张祜金山寺诗的比较。低水平的写实吹求却转移了目标。这一点直至七百年后梁章钜《浪迹丛谈》卷一才意识到了。他超越对孙鲂的“过橹妨僧定，惊涛溅佛身”的吹毛求疵，承认他有夸张的权利（“可谓夸矣”），但是“实不及张之自然”。这才回到诗话本该研究的课题上。张祜《题润州金山寺》如下：

一宿金山寺，微茫水国分。
僧归夜船月，龙出晓堂云。
树影中流见，钟声两岸闻。
因悲在朝市，终日醉醺醺。

应该说，就章句而言，孙诗夸张的想象符合佛寺的超凡境界。且从整体上看，孙诗：

万古波心寺，金山名目新。
天多剩得月，地少不生尘。
过橹妨僧定，惊涛溅佛身。
谁言张处士，题后更无人？

“天多剩得月，地少不生尘”也是写出佛门清净的氛围的。但是，这首诗的开头一联“万古波心寺，金山名目新”完全是浪费，既没有环境的特点，也缺乏心境的特征。而最后一联“谁言张处士，题后更无人”有打油的性质，与全诗境界格格不入。而张祜诗除了“龙出晓堂云”与全诗朴素的语境不甚和谐以外，整体相当自然。特别是最后一联“因悲在朝市，终日醉醺醺”，全系大白话，不但和前面三联典雅语言形成反差，而且以“醉醺醺”的姿态使佛门清净境界发生对转，自我的精神风貌突然一变，前面的境界也“因悲在朝市”，得到了深化。相比起来，孙作意境不够统一的缺陷就很突出了。

虚实相生，才有诗的形象，片面写实的绝对追求，实在无视为文之起码规律，早在《文心雕龙·神思》就有“思接千载，视通万里”之说，黄生《一木堂诗麈》卷一说得更为精辟：“狂欲上天，怨思填海，极世间痴绝之事，不妨形之于言，此之谓诗思。以无为有，以虚为实，以假为真，灵心妙舌，每出人常理之外，此之谓诗趣。……唐人唯具此三者之妙，故风神洒落，兴象玲珑。”何况，诗歌的主观抒情性质，决定其不超越客观写实，就不能进入想象性、虚拟境界，从而也就不能获得情感的自由。这种基本出发点上的混乱历数百年而不得澄清，实在是咄咄怪事。

陈一琴辑历代诗话

白傅自九江赴忠州，过江夏，有《与卢侍御于黄鹤楼宴罢同望》诗曰：“白花浪溅头陀寺，红叶林笼鹦鹉洲。”[①]句则美矣，然头陀寺在郡城之东绝顶处，西去大江最远，风涛虽恶，何由及之？或曰：“甚之之辞，如‘峻极于天’之谓也。”予以谓世称子美为诗史，盖实录也。

（宋）王得臣《麈史》卷中

润州金山寺，张祜、孙鲂留诗，为第一篇。山居大江中，迥然孤秀，诗意难尽。罗隐云：“老僧斋罢关门睡，不管波涛四面生。”[②]孙生句云：“结宇孤峰上，安禅巨浪间。”[③]又曰：“万古波心寺，金山名目新。天多剩得月，地少不生尘。过橹妨僧定，惊涛溅佛身。谁言张处士，题后更无人？”[④]

（宋）计有功《唐诗纪事》卷七十一

（按：此则又见宋尤袤《全唐诗话》卷六。）

金山寺号为胜景，张祜吟诗有“僧归夜船月，龙出晓堂云”之句[⑤]，自后诗人阁笔。孙鲂复吟一诗云：“山载江心寺，鱼龙是四邻。天多剩得月，地少不生尘。过橹妨僧定，惊涛溅佛身。谁言张处士，诗后更无人！”时号绝唱。

（宋）陆游《南唐书·孙鲂传》

祜诗全篇皆好，鲂诗不及之，有疵病，如“惊涛溅佛身”之句，则金山寺何其低而且小哉？“谁言张处士，诗后更无人”，仍自矜炫如此，尤可嗤也。

（宋）胡仔《苕溪渔隐丛话》后集卷十八

《遁斋闲览》谓金山寺佳句绝少，张祜“树影中流见，钟声两岸闻”，孙鲂“天多剩得月，地少不生尘”，亦未为工。熙宁中，荆公有“北固”“西兴”之句[⑥]，始为中的。余谓鲂诗“过橹妨僧定，归涛溅佛身”下一句，金山何其卑也，前辈已能议之，今不以入选。张

---

① 白居易《卢侍御与崔评事为予于黄鹤楼置宴，宴罢同望》：“江边黄鹤古时楼，劳置华筵待我游。楚思淼茫云水冷，商声清脆管弦秋。白花浪溅头陀寺，红叶林笼鹦鹉洲。总是平生未行处，醉来堪赏醒堪愁！”

② 罗隐《金山僧院》佚诗断句。

③ 孙鲂《金山寺》佚诗断句。

④ 又《题金山寺》诗。诗句另有异文，见下引。

⑤ 张祜《题润州金山寺》诗：“一宿金山寺，微茫水国分。僧归夜船月，龙出晓堂云。树影中流见，钟声两岸闻。因悲在朝市，终日醉醺醺。”

⑥ 王安石《次韵平甫金山会宿寄亲友》诗：“天末海门横北固，烟中沙岸似西兴。已无船舫犹闻笛，远有楼台只见灯。山月入松金破碎，江风吹水雪崩腾。飘然欲作乘桴计，一到扶桑恨未能。”

祜诗无可议矣，荆公此诗恐亦未能压倒张处士也。

（元）方回《瀛奎律髓》卷一

孙诗似夸，则不当也。若以“涛惊溅佛身”言，山不应如此之低，此痴人前又不可说梦。第同时李翱亦有诗，而后四句全同孙句，不知当时何意向之若是。李云：“山载江心寺，鱼龙是四邻。楼台悬倒影，钟声隔嚣尘。过橹妨僧梦，惊湍溅佛身。谁言题韵处，流响更无人。”此则可笑，而人反不知而未讥也。

（明）郎瑛《七修类稿》卷三十七

金山寺题者甚多，唯张祜诗云：“（同上引，略）”此诗可谓金山绝唱。后孙鲂题云：“（同上陆游所引，略）”其言矜夸自大，然溅佛之句，评者谓金山岂如此其低耶？

（明）单宇《菊庄丛话》卷三

金山寺题咏最多，佳句绝少。唯张祜诗云：“（同上引略）”识者称其可为金山绝唱。后孙鲂题云：“（同上陆游所引，略）”说者谓天多地少，可用于落星，金山不应如此狭，而涛溅佛身，金山又不应如此其低。且其言夸大，无足取者。祜之末句，亦不甚亲切。

（明）蒋冕《琼台诗话》卷上

李益云“马汗冻成霜”[①]，孙鲂云“惊涛溅佛身”，人谓冬月岂有汗马，惊涛不入佛寺。然奇妙处正在此，以理论诗，失之远矣。

（明）徐𤊹《徐氏笔精》卷三

“惊涛溅佛身”，寺似太低矣……“马汗冻成霜”，寒燠似相背矣。然于佳句，毫无损也。诗家三昧，正在此中见解。

（明）谢肇淛《小草斋诗话》卷一

（白居易“白花浪溅”二句）《麈史》云：“头陀寺在郡城之东绝顶处，西去大江最远，风涛虽恶，何由及之？”如孙鲂《金山寺》诗：“惊涛溅佛身。”《渔隐丛话》云：“金山寺何其低而小哉？盖诗人形似太过，率多此疵。”……亦同坐此。

（清）吴景旭《历代诗话》卷五十

① 《从军有苦乐行》诗句：“剑文夜如水，马汗冻成霜。”

（孙鲂）“惊涛”句措词太粗狠，未免近俗则有之。若论作诗法，则形容模写处，往往有过其实者，执此论天下无诗境矣。

（清）查慎行《初白庵诗评》卷下

婉蕙喜谈诗，席间问余曰：“金山寺诗，自以唐张佑（按：原文如此）一首为绝唱，此外，果无人不阁笔乎？”余曰：“记得孙鲂亦有诗云：‘（同上计有功引，略）’可谓夸矣，而实不及张之自然。乃李翱亦有诗云：‘（同上引，略）’后四句全袭孙意，不知何故，三人皆唐人也。”

（清）梁章钜《浪迹丛谈》卷一

“割愁肠”及“割愁”

诗话中有时耽于技巧，有时从技巧到技巧，提出的问题并不深刻，此可为一例。柳子厚流放海畔，愁思郁积，见山峰尖利，乃有“割愁肠”之感。李瀷《星湖僿说》说：“尖山，奇峰也；愁者见之，便成割肠之铓。”这种想象的生命，全在其间联想之渠道自然顺畅。山峰之尖利转化为刀刃之尖利，这在意象的构成上，属于功能变异。陆游《老学庵笔记》，引晋张望诗曰：“愁来不可割。”旨在指出“割愁”二字之出处。诗话中未免有钻牛角尖者，便有愁肠可割而愁不可割之议。其实，凭直觉可知，割愁之妙在其功能，使不可触摸之愁因其可割，而转化为可触摸。正如，愁不可载，而李清照“只恐双溪舴艋舟，载不动，许多愁”，愁因而可感其重。愁肠本可触摸，其可割，功能未变，其惯常想象则未见突破也。故后世“割愁肠”“割愁”入诗、入词、入曲者非个别，但割愁胜于割愁肠显而易见，惜诗话家未察。试比较：

无人为我磨心剑，割断愁肠一寸苗。（韦庄《冬夜》）

一条灞水清如剑，不为离人割断愁。（沈彬《都门送别》）

韦庄本来以心剑割愁肠，很有想象力，但是，美中不足的是，从“愁肠”中生发出“一寸苗”，从肠到苗，联想格格不入。沈彬的“灞水清如剑”，却不为离人割愁，愁乃因割有体积，其联想不但自然顺畅得多，而且由于新异，富有想象的冲击力。

再看：

但淬割愁剑，何须挥日戈。（范成大《春日览镜有感》）

割愁何处有并刀，倾座谁能夺锦袍。（陆游《赠邢刍甫》）

以上二则，均为割愁之例，以下五则，均为割愁肠之例：

玉佩泉鸣清醉耳，剑铓山峭割愁肠。[王炎《和游尧臣出郊二首》（其一）]

云遮望眼，山割愁肠。（辛弃疾《一剪梅》）

金刚刀怎割愁肠，甘露水难消心火。（汤舜民《赠王善才》）

天外群峰处处、割愁肠。（方大猷《南歌子·秋思》）

江外峰青似剑，难割愁肠去。（孟称舜《卜算子》）

不无巧合的是，两则割愁之例，均以巧思取胜，从山之尖利化出淬剑，并刀，而且疑问语气，也有利于意脉起伏。而“割愁肠”者五例，重复山峰之喻者竟达四例，唯一不重复的“金刚刀怎割愁肠，甘露水难消心火”亦未见巧思。

陈一琴辑历代诗话

仆自东武适文登，并海行数日，道旁诸峰，真若剑铓。诵柳子厚诗，知海山多尔耶。子厚云：“海畔尖山似剑铓，秋来处处割愁肠。若为化得身千亿，散上峰头望故乡。”[①]

（宋）苏轼《东坡题跋》卷二

韩退之诗云：“水作青罗带，山为碧玉篸。”[②]柳子厚诗云：“海上群山若剑铓，秋来处处割愁肠。”陆道士云：“二公当时不相计，会好做成一属对。”东坡为之对云：“系闷岂无罗带水，割愁还有剑铓山。”此可编入诗话也。

同上

柳子厚《与浩初上人看山诗》云：“（同上引，略）”议者谓子厚南迁，不得为无罪，盖未死而身已在刀山矣。

（宋）周紫芝《竹坡诗话》

柳子厚诗云：“海上尖山似剑铓，秋来处处割愁肠。”东坡用之云：“割愁还有剑铓山。”[③]或谓可言“割愁肠”，不可但言“割愁”。亡兄仲高云：“晋张望诗曰：‘愁来不可

① 柳宗元《与浩初上人同看山寄京华亲故》诗。

② 韩愈《送桂州严大夫》诗句。水、为，一作“江”“如”。

③ 苏轼《白鹤峰新居欲成，夜过西邻翟秀才，二首》（其一）：“林行婆家初闭户，翟夫子舍尚留关。连娟缺月黄昏后，缥缈新居紫翠间。系闷岂无罗带水，割愁还有剑铓山。中原北望无归日，邻火村春自往还。”

割。'[①] 此'割愁'二字出处也。"

（宋）陆游《老学庵笔记》卷二

柳子厚诗："（同上，略）"或谓子厚南迁，不得为无罪，盖虽未死而已上刀山矣。此语虽过，然造作险诨，读之令人惨然不乐。

（明）瞿佑《归田诗话》卷上

留滞他山，愁肠如割，到处无可慰之也。因同上人欲假释家化身神通，少舒乡国之想。固迁客无聊之思，发为无聊之语耳。

（明）周珽《删补唐诗选脉笺释会通评林》卷五十六

词非诗比，诗忌尖刻，词则不然。魏承班《诉衷情》云："皓月泻寒光，割人肠。"[②]尖刻而不伤巧。词至唐末初盛，已有此体。如东坡"割愁还有剑铓山"，巧矣，以之入诗，终嫌尖削。

（清）李调元《雨村词话》卷一

〔**附录**〕

"割愁肠""割愁"词语入诗、入词、入曲示例：五代韦庄《冬夜》："无人为我磨心剑，割断愁肠一寸苗。"沈彬《都门送别》："一条灞水清如剑，不为离人割断愁。"宋范成大《春日览镜有感》："但淬割愁剑，何须挥日戈。"陆游《赠邢刍甫》："割愁何处有并刀，倾座谁能夺锦袍。"王炎《和游尧臣出郊二首》（其一）："玉佩泉鸣清醉耳，剑铓山峭割愁肠。"洪皓《渔家傲》词："但对割愁山似剑，聊自劝，东坡海岛犹三见。"辛弃疾《一剪梅》词："云遮望眼，山割愁肠。"

元汤舜民《赠王善才》散曲："金刚刀怎割愁肠，甘露水难消心火。"明方大猷《南歌子·秋思》词："天外群峰处处，割愁肠。"孟称舜《卜算子》词："江外峰青似剑，难割愁肠去。"

摘引自《全唐诗》《全宋诗》《全宋词》等

陆放翁《老学庵笔记》云："（引文同上，略）"余谓"愁来不可割"，言愁之难制也。

① 《贫士诗》："荒墟人迹稀，隐僻闾邻阔。苇篱自朽损，毁屋正寥豁。炎夏无完絺，玄冬无暖褐。四体困寒暑，六时疲饥渴。营生生愈瘁，愁来不可割。"

② 魏承班《诉衷情》词："银汉云晴玉漏长，蛩声悄画堂。筠簟冷，碧窗凉，红蜡泪飘香。　皓月泻寒光，割人肠。那堪独自步池塘，对鸳鸯。"

“割愁肠”，言愁极而断肠也。二意正相反。今东坡诗实本于子厚，则不当用张诗为证，岂坡公实取张意而用子厚语为翻案耶？不然，则“割愁”之为未妥，诚如或者之疑也。

［朝鲜］金昌协《农岩杂识》

柳子厚诗：“（同上引，略）”此一字一泪也，来虽有身在刀山之讥，读之哀怨，殆与《答萧翰林》《许京兆书》相表里矣。尖山，奇峰也；愁者见之，便成割肠之铓。而乱峰攒秀，望之不知何处，果可以得见故乡也？勿论罪恶之轻重，令人颦蹙矣。

［朝鲜］李瀷《星湖僿说》

梦中安能见“树烟”

柳宗元《别舍弟宗一》诗云：

零落残红倍黯然，双垂别泪越江边。

一身去国六千里，万死投荒十二年。

桂岭瘴来云似墨，洞庭春尽水如天。

欲知此后相思梦，长在荆门郢树烟。

周紫芝《竹坡诗话》评曰：“此诗可谓妙绝一世，但梦中安能见郢树烟？‘烟’字只当用‘边’字，盖前有‘江边’故耳。不然，当改云‘欲知此后相思处，望断荆门郢树烟’，如此却似稳当。”

这个评论家，显然并不是诗的绝对外行，但，他的修改意见证明他只懂得一点诗的技术，其心灵，其想象，实在去诗太远。

柳诗本写梦，日有所思，夜有所梦，何尝受制于空间时间？何况为诗比散文更有想象的自由。此等议论迂阔之至，怪不得沦为笑柄。明代何孟春《余冬诗话》卷上，批驳得很到位：“宋人诗话有极可笑者。”“此真痴人说梦耳。梦非实事，烟正其梦境模糊，欲见不可，以寓其相思之恨，岂问是耶？固哉！”古典诗话中，居然有这样连诗歌的起码常识都缺乏的议论，真是咄咄怪事。

陈一琴辑历代诗话

柳子厚《别舍弟宗一》诗云：“零落残红倍黯然，双垂别泪越江边。一身去国六千里，万死投荒十二年。桂岭瘴来云似墨，洞庭春尽水如天。欲知此后相思梦，长在荆门郢树烟。”此诗可谓妙绝一世，但梦中安能见郢树烟？“烟”字只当用“边”字，盖前有“江边”故耳。不然，当改云“欲知此后相思处，望断荆门郢树烟”，如此却似稳当。

（宋）周紫芝《竹坡诗话》

此乃到柳州后，其弟归汉、郢间，作此为别。“投荒十二年”，其句哀矣，然自取之也。为太守尚怨如此，非大富贵不满愿，亦躁矣哉！

（元）方回《瀛奎律髓》卷四十三

宋人诗话有极可笑者，引柳子厚《别弟宗一》诗：“欲知此后相思梦，长在荆门郢树烟。”谓梦中安得见郢树烟？此真痴人说梦耳。梦非实事，烟正其梦境模糊，欲见不可，以寓其相思之恨，岂问是耶？固哉！高叟之为诗也。

（明）何孟春《余冬诗话》卷上

（柳诗）此言既遭迁谪，残魂黯然，又遇兄弟暌离，故临流而挥泪也。去国极远，投荒极久，幸一聚会，未几又别，而瘴气之来，云黑如墨，春光之尽，水溢如天，气候若此，能不益增其离恨乎？自此别后，怀弟之梦，长在于荆门、郢树之间而已。若后会期，岂可得而定哉！

（明）廖文炳《唐诗鼓吹注》卷一

《墅谈》称：“此诗无一字不佳。”竹坡老人（周紫芝，自号竹坡居士）乃谓：“梦中焉能见郢树烟？”欲易“烟”以“边”，又以犯第二句“江边”，而改云：“欲知此后相思处，望断荆门郢树烟。”此真痴人前说不得梦也。不知天下梦境极灵极幻，疑假疑真，着一“烟”字缀之，使模糊离迷于其间，以梦为体，以烟为用，说出一种相思况味，诗人神行处也。如太白诗：“相思若烟草，历乱无冬春。”① 盖善说相思，无如烟树、烟草矣。

（清）吴景旭《历代诗话》卷四十九

“欲知此后相思梦”二句。《韩非子》：“张敏与高惠二人为友，每相思，不得相见。敏便于梦中往寻，但行至半路即迷。”落句正用其意，承五六来，言柳州梦亦不能到也。注指荆郢为宗一将游之处，非。

（清）何焯《义门读书记·河东集》卷三十七

---

① 《送郑准、裴政、孔巢父还山》诗句。

（周紫芝之说）予谓非是。既云梦中，则梦境迷离，何所不可到，甚言相思之情耳。一改“边”字，肤浅无味；若易以“处”字、“望断”字，又太直，不成诗矣。诗以言情，岂得沾沾以字句求之？宋人论诗，吾所不取。唯严仪卿《诗话》是正派。

（清）马位《秋窗随笔》

讲解切不可穿凿附会，议论切不可欹刻好奇。未能灼见，不妨阙疑。如竹坡老人驳柳子厚《别弟宗一》诗末句云“欲知此后相思梦，长在荆门郢树烟”，谓：“梦中安能见郢树烟？只当用‘边’字。盖前有‘江边’故耳。”此语已属梦中说梦。后又改云：“欲知此后相思处，望断荆门郢树烟。”是魇不醒矣。殊不知别手足诗，辞直而意哀，最为可法。观此一首，无出其右。

（清）薛雪《一瓢诗话》

（柳诗）语意浑成而真切，至今传颂口熟，仍不觉其滥。“烟”字趁韵。

（清）纪昀《瀛奎律髓刊误》卷四十三

结句自应用“边”字，避上面用“烟”字，不免凑韵。

（清）姚鼐《五七言今体诗钞》卷四

柳子厚《别弟宗一》诗结句云：“欲知此后想思梦，长在荆门郢树烟。”妙处全在“烟”字，宋人俞紫芝（按：应为周紫芝）《竹坡诗话》乃谓当作“边”字，又为之改曰：“欲知此后相思处，望断荆门郢树边。”所谓痴人前不得说梦。

（清）沈涛《匏庐诗话》卷中

予谓：“梦中心存目想，又何物不可见？柳诗用‘烟’字写出梦中所见者，郢树含烟犹尚模糊，况兄弟哉！此正其化工也。若竹坡所云，则落言诠入理路，更有何味。”

（近代）丁仪《诗学渊源》卷七

“郢树边”太平凡，即不与上复，恐非子厚所用，转不如“烟”字神远。

（近代）高步瀛《唐宋诗举要》卷五

柳诗《渔翁》可否删削

柳宗元《渔翁》：

渔翁夜傍西岩宿，晓汲清湘燃楚竹。

烟销日出不见人，欸乃一声山水绿。

回看天际下中流，岩上无心云相逐。

释惠洪《冷斋夜话》卷五说，苏东坡认为："熟味此诗，有奇趣。然其尾两句虽不必亦可。"由于苏东坡的权威，一言既出，就引发了近千年的争论。南宋严羽，明胡应麟，清王士禛、沈德潜同意东坡，认为此二句删节为上。而南宋刘辰翁，明李东阳、王世贞则认为不删节更好。

其实，这最后两句"回看天际下中流，岩上无心云相逐"是不可少的。很明显，这是从渔翁的角度，写渔舟之轻捷。"天际"，写的是江流之远而快，也显示了舟行之飘逸。"下中流"，"下"字，更点出了，江流来处之高，自天而降，舟行轻捷而不险，越发显得渔翁悠然自在。如果这一句还不够明显，下面的就点得很明确了："回看天际下中流。"回头看从天而降的江流，有没有感到惊心动魄呢？没有。"岩上无心云相逐。"感到的只是高高的山崖上，云的飘飞。这种"相逐"的动态是不是有某种乱云飞渡的感觉呢？没有。虽然"相逐"，可能是运动速度很快，但是，却是"无心"，也就是无目的的，无功利的。因而也就是不紧张的。

可以说，这两句中，"无心"是全诗思想的焦点。但是，苏东坡却说："其尾两句虽不必亦可。"李东阳说："若止用前四句，则与晚唐何异？"(《麓堂诗话》)。刘辰翁也认为，如果删节了，就有点像晚唐的诗了。晚唐诗有什么不好？一种解释就是一味追求趣味之"奇"，而忽略了心灵的深度内涵。而苏东坡认为删节了最后两句，就有奇趣，加上这两句，就没有了奇趣。但，这种把晚唐仅仅归结为奇趣的说法显然比较偏颇。今人周啸天说：

晚唐诗固然有猎奇太过不如初盛者，亦有出奇制胜而有初盛所未发者。岂能一概抹杀？如此诗之奇趣，有助于表现诗情，正是优点，虽落“晚唐”何妨？“诗必盛唐”，不是明朝诗衰弱的病根之一么？[①]

这显然是很有见地的，但是，只说出了人家的偏颇，并未说明留下这两句有什么好处。在我看来，最后一联的关键词，也就是诗眼，就是这个“无心”。这个“无心”，是全诗意境的精神所在，“烟销日出不见人，欸乃一声山水绿”，心情之美，意境之美，就美在“无心”。自然，自由，自在，自如。在“无心”之中有一种悠然、飘然。这个“无心”，典出处陶渊明的《归去来兮辞》“云无心以出岫，鸟倦飞而知返”。这种“无心”的，也就是无目的的、不紧张的心态，最明显的表现是“悠然见南山”中的“悠然”。“悠然”，就是“无心”，也就是超越“心为形役”的世俗功利目的。而这里的“无心”的云，就是由“无心”的人眼睛中看出来的。如果有心，看出来的云就不是“无心”的了。这种“无心”的云，表现了陶渊明的轻松、自若和飘逸。此后，就成了一种传统的意象。李白在《送韩准、裴政、孔巢父还山》中说：“时时或乘兴，往往云无心。”李商隐《七绝》：“孤鹤不睡云无心，衲衣筇杖来西林。”辛弃疾《贺新郎·题传岩叟悠然阁》写到陶渊明的时候，也是“鸟倦飞还平林去，云肯无心出岫”。这是诗的意脉的点睛之处，如果把它删节了，当然不无趣味，有一种余味不穷的感觉，却失去了什么。让我们再来体会一下：

渔翁夜傍西岩宿，晓汲清湘燃楚竹。

烟销日出不见人，欸乃一声山水绿。

感觉的多层次转换运动之后，突然变成一片开阔而宁静的山水。动静之间，山水绿作为结果，的确有触发回想的意象交叠，于结束处，留下不结束的持续回味的感觉。但是这种回味，只是回到声音与光景的转换的趣味，趣味的背后还有什么东西呢？就只能通过“无心”去体悟了。这个“无心”，是意境的灵魂，把意境大大深化了，对于理解这首诗的灵境，是至关重要的。

陈一琴辑历代诗话

柳子厚诗曰：“渔翁夜傍西岩宿，晓汲清湘燃楚竹。烟销日出不见人，欸乃一声山水绿。回看天际下中流，岩上无心云相逐。”[②]东坡云：“……熟味此诗，有奇趣。然其尾两句

① 《唐诗鉴赏词典》，上海辞书出版社2003年版，第934页。

② 即《渔翁》诗。

虽不必亦可。”

（宋）释惠洪《冷斋夜话》卷五

柳子厚诗云：“（同上引，略）”此赋中之兴也。

（宋）吴沆《环溪诗话》卷下

柳子厚“渔翁夜傍西岩宿”之诗，东坡删去后二句，使子厚复生，亦必心服。

（宋）严羽《沧浪诗话·考证》

或谓苏评为当，非知言者。此诗气浑，不类晚唐，正在后两句，非蛇安足者。

（宋）刘辰翁评语，转引自高棅《唐诗品汇》卷三十六

柳子厚“回看天际下中流，岩上无心云相逐”，坡翁欲削此二句，论诗者类不免矮人看场之病。予谓若止用前四句，则与晚唐何异？

（明）李东阳《麓堂诗话》

独苏氏欲去柳宗元“遥看天际”……吾所未解耳。

（明）王世贞《全唐诗说》

柳柳州（柳宗元，曾迁柳州刺史，亦卒此地）《渔翁诗》曰：“（略）”气清而飘逸，殆商调欤！

（明）王文禄《诗的》

子厚“渔翁夜傍西岩宿”，除去末二句自佳。刘以为不类晚唐，正赖有此。然加此二句为七言古，亦何讵胜晚唐，故不如作绝也。

（明）胡应麟《诗薮》内编卷六

高正在结。欲删二语者，难与言诗矣。

（明）邢昉《唐风定》

“……熟味此诗，有奇趣，然尾二句不必亦可。”盖以前四语已尽幽奇，结反着相也。

（明）周珽《删补唐诗选脉笺释会通评林》卷二十四

“欸乃一声山水绿”，此是浅句。“岩上无心云相逐”，此是浅意。

（明）陆时雍《唐诗镜》卷三十七

余尝谓柳子厚“渔翁夜傍西岩宿”一首，末二句蛇足，删作绝句乃佳。东坡论此诗亦云：“末二句可不必。”

（清）王士禛《分甘余话》卷一

柳子厚“渔翁夜傍西岩宿”，只以“欸乃一声山水绿”作结，当为绝唱，添二句反蛇足。而聋者顾深赞之，可一笑也。（《居易录》）

又《带经堂诗话》卷一

又尝言：“柳子厚‘渔翁夜傍西岩宿’一首，如作绝句，以‘欸乃一声山水绿’结之，便成高作。下二句真蛇足耳；而盲者顾称之，何耶？”

又《渔洋诗话》卷上

唐六如（明唐寅，自号六如居士）《题钓翁诗》：“直插鱼竿斜系艇，夜深月上当竿顶。老渔烂醉唤不醒，满船霜印蓑衣影。”此首天趣悠然，觉柳州《西岩诗》后二句，真可删却。

（清）宋长白《柳亭诗话》卷三

东坡谓删去末二语，余情不尽。信然。

（清）沈德潜《唐诗别裁集》卷八

杜荀鹤“承恩不在貌，教妾若为容”[①]一律，王元美以为去后四句作绝句乃妙，其言当矣。至谓柳宗元《渔翁》一首，东坡不合欲去末二句，愚窃惑之。此首至“欸乃一声山水绿”一句，恰好调歇，删去末二句，言尽意不尽，何等悠妙？何等含蓄？岂元美于斯未尝三复耶！

（清）田同之《西圃诗说》

① 即《春宫怨》诗：“早被婵娟误，欲妆临镜慵。承恩不在貌，教妾若为容？风暖鸟声碎，日高花影重。年年越溪女，相忆采芙蓉。”

诗有长言之味短，短言之味长。作者任意所至，不复自止，一经明眼人删削，遂大开生面者。然明眼人往往不能补短，但能截长。如柳子厚“（诗文同上，略）”坡删其后二句，严羽卿云：“使子厚复生，亦必心服。”

（清）吴大受《诗筏》

“岩上无心云相逐”，本是哑句，本是凑韵。东坡谓当删去，有识。哑句凑韵，子厚甚多。

（近代）钱振锽《谪星说诗》卷二

在这首诗里写的渔翁，是写实呢，还是借渔翁来自喻？看来是自喻。因为“回看天际下中流，岩上无心云相逐”，这个回看不是渔翁的回看，是作者的回看。作者回头看看，看到“岩上无心云相逐”，即陶渊明《归去来兮辞》里的“云无心兮出岫，鸟倦飞而知还”。他因为被贬到永州，回不了故乡，不能像鸟倦飞知还，只有想到云无心出岫。他的出来参加永贞革新运动，并不是为了要追求功名富贵，所以是无心相逐的。

（现当代）周振甫《周振甫讲古代诗词·柳宗元》

“石破天惊”何意

李贺《李凭箜篌引》一诗，所歌颂的李凭属梨园子弟，箜篌弹得很出名，“天子一日一回见，王侯将相立马迎”，在那时是个当红的明星。所以，诗人以极其惊人的奇幻的想象力，描写了他的精湛弹技，以至“石破天惊逗秋雨”之句，引起了评注者的诸多歧解。那么“石破天惊”究竟何意呢？我以为，如若放在整篇的意境中去体会，或许反而并不复杂、费解。

诗一开头，诗人就把箜篌和天空，而且是秋高气爽的天空联系起来，构成一种异常空旷的背景。在这天宇之下，似乎什么也没有，只有箜篌之乐音。山都是“空山”，高空中唯一存在的云，也被箜篌之声影响到不敢飘动的程度。这样，箜篌的形象和意蕴一下子就变得宏大了。看来，在李贺的构思中，就是要尽可能让空间宏伟到天宇上去，要让箜篌之声占领全部的空间，不受任何的影响。

但是如果光是这样，在空间宏大上做文章，还只是一般的豪迈而已。而李贺之所以为李贺，就是他有不同于他人的想象。三句，他紧接着又把箜篌的音响效果，向神话历史的境界延伸：“江娥啼竹素女愁。”诗人借一个悲剧性的神话典故，进一步把李凭弹奏箜篌时激起的情感，首先定性在超越时间、空间的忧“愁”上。

然而，李贺笔下创造的箜篌的乐感，充满着诡谲、多彩的想象。就是这种忧愁的音乐，也不仅仅是忧愁，其中还渗透着其他的成分：“昆山玉碎凤凰叫，芙蓉泣露香兰笑。”这五、六两句，加倍写出了箜篌音响强烈而复杂的效果：昆山之玉可以碎，凤凰可以叫，芙蓉可以泣，香兰可以笑。四者贵重之物，都是优雅的，而引发之声，却不以典雅为务。碎、叫、哭、笑，和昆玉、芙蓉、凤凰、香兰形成反差，就超越了传统的套路，写出了高超奏技所制造的悲欢、邪正、雅俗种种变化莫测的乐感。

诗人为了追求奇幻的效果，在接下来的四句中，又将现实和神话大胆地交织起来，构成一组错综的、复合的意象群体：

十二门前融冷光，二十三丝动紫皇。

女娲炼石补天处，石破天惊逗秋雨。

十二门，是皇家宫阙的景观；而紫皇，则是道家的神仙之宗；女娲又是神话人物。三者杂处，形成一幅光怪陆离、恍惚迷蒙的景观，生动衬托出了箜篌乐音微妙绝伦、动人心魄的感染力。有人阐释后二句说："乐声传到天上，正在补天的女娲听得入了迷，竟然忘记了自己的职守，结果石破天惊，秋雨倾泻。"[①] 这可能犹如前人一样，想得太具体、说得太落实了。这里，跳跃的想象，多元的意象，"似景似情，似虚似实"，实难过于拘执。或许，就让读者自己从意境中去领悟其大旨，还更有意味些。

诗的最后四句，就在以上所描绘的景观中，现实退隐了，甚至连李凭，连箜篌都消失了，留下的只有为音乐所激动的神话人物和动物。末了两句本当为结束语，也无明显的结束感可言，而是一个与以上景观比较，相对静止的画面。但在这种相对静止的画面中，动荡的意象还是组合构成了一种张力，留给读者以意味深长的沉吟。

清人方世举说："白香山'江上琵琶'，韩退之'颖师琴'，李长吉'李凭箜篌'，皆摹写声音至文。韩足以惊天，李足以泣鬼，白足以移人。"[②]除了对韩愈的诗显然溢美以外，皆为至论。

陈一琴辑历代诗话

诗有惊人句。……李贺云："女娲炼石补天处，石破天惊逗秋雨。"[③]

（宋）杨万里《诚斋诗话》

状景如画，自其所长。箜篌声碎，有之"昆山玉"，颇无谓。下七字妙语，非玉箫不足以当。"石破天惊"，过于绕梁、遏云之上。至"教神妪"，忽入鬼语。吴质懒态，月露无情。

（宋）刘辰翁评语，转引自高棅《唐诗品汇》卷三十五

① 《唐诗鉴赏辞典》，上海辞书出版社 2003 年版，第 992 页。

② 方世举《李长吉诗集批注》卷一，见《李贺诗歌集注》，上海古籍出版社 1978 年版，第 496 页。

③ 《李凭箜篌引》："吴丝蜀桐张高秋，空山凝云颓不流。江娥啼竹素女愁，李凭中国弹箜篌。昆山玉碎凤凰叫，芙蓉泣露香兰笑。十二门前融冷光，二十三丝动紫皇。女娲炼石补天处，石破天惊逗秋雨。梦入神山教神妪，老鱼跳波瘦蛟舞。吴质不眠倚桂树，露脚斜飞湿寒兔。"

下言李凭之弹箜篌何如：其声如玉碎而清，如凤叫而和。不特有情者为之动，即芙蓉之含露也若泣，而香兰之开也若笑。冷光，秋光；融，和也；十二门，则无地不和矣。又言箜篌止二十三丝耳，而直足以动天听。秋雨至骤，石破天惊，音将绝而急奏也。弹箜篌之技已尽，故后申言其所从来。

（明）曾益注《昌谷集》卷一

说得古古怪怪。分明说李凭是月宫霓裳之乐，却说得奇怪。

（明）董懋策评注《唐李长吉诗集》卷一

本咏箜篌耳，忽然说到女娲、神妪，惊天入月，变眩百怪，不可方物，真是鬼神于文。

（清）黄周星《唐诗快》卷一

须溪称："樊川（杜牧，别墅在樊川）反复称道，形容非不极至，独惜理不及《骚》。[①]不知贺之所长，正在理外。"予谓此欲为长吉开生面，而反滋惑者也。天下岂有长于理之外者？如此诗，如此解，又何尝异人意。

（清）姚佺等《昌谷集句解定本》卷一萧管评语

长吉（李贺字）耽奇凿空，真有"石破天惊"之妙，阿母所谓是儿不呕出心不已也。然其极作意费解处，人不能学，亦不必学。

（清）叶矫然《龙性堂诗话初集》

天宝末，上好新声，外国进奉诸乐大盛。今李凭犹弹中国之声，岂非绝调？……天地神人，山川灵物，无不感动鼓舞。……贺盖借此自伤不遇。

（清）姚文燮《昌谷集注》卷一

女娲炼石补天处，石破天惊逗秋雨。此二句叹异其非人间有。

（清）方世举《李长吉诗集批注》卷一

吴正子注：言箜篌之声，忽如石破而秋雨逗下，犹白乐天《琵琶行》"银瓶乍破水浆迸"之意。琦玩诗意：当是初弹之时，凝云满空；继之而秋雨骤作；洎乎曲终声歇，则露气已下，朗月在天。皆一时实景也。而自诗人言之，则以为凝云满空者，乃箜篌之声遏之

① 《樊川文集·李贺集序》卷十："盖《骚》之苗裔，理虽不及，辞或过之。杜牧……世皆曰：'使贺且未死，少加以理，奴仆命骚可也。'"

而不流；秋雨骤至者，乃箜篌之声感之而旋应。似景似情，似虚似实。读者徒赏其琢句之奇，解着又昧其用意之巧。显然明白之辞，而反以为在可解不可解之间，误矣！

（清）王琦《李长吉歌诗汇解》卷一

诗家好作奇句警语，必千锤百炼而后能成。如李长吉“石破天惊逗秋雨”，虽险而无意义，只觉无理取闹。

（清）赵翼《瓯北诗话》卷一

从诗句的传诵来说，赵翼贬低的、认为“无理取闹”的“石破天惊逗秋雨”最为传诵，“石破天惊”已经成为成语，说明它的形象能动人心魄。……李贺描写音乐，“二十三弦动紫皇”，写一种高音震动天上的紫皇。“女娲炼石补天处，石破天惊逗秋雨”，这种高音使天震动，女娲补天的地方给震动得裂开了，秋雨从裂缝中漏下来。李贺的想象力确实奇幻，这个想象是他的创造。

（现当代）周振甫《诗词例话·雄奇》

“黑云”“甲光”阴阳相悖

“黑云压城城欲摧，甲光向日金鳞开。”李贺写成这两句诗，过了两百多年，王安石居然提出质疑：“是儿言不相副也。方黑云如此，安得向日之甲光乎？”王安石的理论预设是不真实，反对王安石的评论甚为纷纭。笔墨官司打到四百多年后，明朝，叶盛《诗林广记参评》说：“夫云斯须变化之物，固有咫尺不能无异者。……安知城内外甲光无日可向耶？”意思是，城内城外空间有很大距离，因而黑云与金日，分别存在，并非不真实。又过了约一百年，杨慎在《升庵诗话》卷十中说：“宋老头巾不知诗，凡兵围城，必有怪云变气，昔人赋鸿门有‘东龙白日西龙雨’之句，解此意矣。予在滇，值安凤之变，居围城中，见日晕两重，黑云如蛟在其侧，始信贺之诗善状物也。”杨慎以亲身经历说明，就是在同一空间，也有金日之光与黑云同在之景，观点与王安石相背，但理念却一致：此诗好处乃在“状物”非虚。清沈德潜《唐诗别裁集》卷八曰：“（‘黑云’二句）阴云蔽天，忽露赤日，实有此景。”说的是同一空间中不同时间，金日与黑云之倏忽变幻。专门研究李贺的王琦在《李长吉歌诗汇解》卷一中也说：“秋天风景倏阴倏晴，瞬息而变。方见愁云凝密有似霖雨欲来，俄而裂开数尺，日光透漏矣。此象何岁无之？何处无之？”立论的焦点仍然在时间，黑云与金日瞬息万变。数百年间，争论尽管有空间、时间之不同，但是，立论的前提是一致的，那就是李贺所写真实无虚，故为好诗。为此辩护得最为认真的是清人姚文燮在《昌谷集注》卷一中说：“元和九年冬，振武军乱。诏以张煦为节度使，将夏州兵二千趣镇讨之。振武即雁门郡。贺当拟此以送之，言宜兼程而进，故诗皆言师旅晓征也。宿云崩颓，旭日初上。甲光赫耀，角声肃杀。遥望塞外，犹然夜气未开。红旗半卷，疾驰夺水上军。”但是，这就有点离题了。本来争论的是，黑云和金光不可同在，即使云气变幻，也在瞬息之间，而姚氏却说“宿云崩颓，旭日初上”，黑云变成了昨夜的，而旭日成了今日的，二者在时间上的距离就太大了，这就等于把理论的焦点转移了。如果时间有间隔，则黑云与金日相对，则属常规诗家法度。老杜诗：“天高云去尽，江迥月来迟。”时间的持续，导致景观的改变，从云的消失，到月光的显现，并无矛盾。如果空间上有距离，则有“渭北春天树，江东日暮云”。从渭北直达江东，这是想象的起码自由，从未令人觉得怪异。问题出在如果李贺不是写异时、异地，而是写同时、同地，而且杨慎的所述并非李贺所写之现场，那么此诗是不是有某种缺陷呢？这应该是关键：诗家的想象、虚拟，与诗的真实之间是不是绝不相容的？

答案是否定的。经典之作的杰出想象普遍如此，不过大多比较含蓄。杜甫的名句：

无边落木萧萧下，不尽长江滚滚来。

如果按同时同地来推敲，很有质疑的余地。既然是无边落木，那就是铺天盖地，满眼都是落叶，怎么可能看到远方没有尽头的长江滚滚而来呢？同样是杜甫的诗：

吴楚东南坼，乾坤日夜浮。

登岳阳楼望远，吴楚东南分野无边无际，显然是白天，可是“乾坤日夜浮”，则明明又有黑夜。同地见不同时之景观，可谓不真不实，如果一味拘于这种真实观，则应该改为“吴楚东南坼，乾坤白日浮”，那不是诗的雄浑之气尽失了吗？

从欣赏的直觉来说，这不成问题。

为什么这么多的学者陷入了千年的争讼呢？

这里有个非常关键的理论焦点，那就是“真实”论。诗歌所写必须是真而实的，不真不实，就不是好诗。类似的争论很多，如杨慎质疑杜牧“千里莺啼绿映红”，何人能有此等目光，建议改成十里；后来何文焕则反驳，就是改成十里也还非常人目光所及。这仅仅是诗人的一种感兴，无非是说江南无处不是莺啼花红。诗人所写的是自己的情感冲击下的感受，并非实感。正是因为抒情，故诗家笔下之景，即使表面是实景，实际也是为情感所同化，实中有虚，虚实相生，有无相融，才能使景中寓情。故《文心雕龙·神思》有“思接千载，视通万里”之说。诗话有黄生“以假为真，以虚为实”之说。

在中国古典诗话中，真实论往往占有优势，常常沦为机械的模仿论，而想象的性质是假定的，与机械的真实相对时，常常有理不直、气不壮的倾向。类似的争论之所以持续千载不得结果，原因在于尊重艺术的诗话家往往气馁，忘记了中国诗论中特有的虚实相生的道理。在这方面，朱庭珍《筱园诗话》卷一说得最为深刻：“情即是景，景即是情，如镜花水月，空明掩映，活泼玲珑。其兴象精微之妙，在人神契，何可执形迹分乎？至虚实尤无一定。……总之诗家妙悟，不应着迹，别有最上乘功用，使情景虚实各得其真可也，使各逞其变可也，使互相为用可也，使失其本意而反从吾意所用，亦可也……别有妙法活法，在吾方寸，不可方物。六祖（唐释慧能，被尊为禅宗第六祖）语曰：‘人转《法华》，勿为

《法华》所转。’此中消息，亦如是矣。”这里的“使失其本意而反从吾意所用”，最为到位，诗人的情感就是可以不遵守自然的秩序，可以按自己情感使得景观形质俱变的。“别有妙法活法，在吾方寸，不可方物”说的就是情可以违反景观的客观性。景是物，情是人，“人转《法华》，勿为《法华》所转”就是说，一切经典话语，包括所谓真而实的理念，都是要为诗人所用的，应该是被动的，而诗人的情语才是主导的，理念应该服从抒情。如果为了某种教条的真实性，废除了假定性，把真和假绝对地对立起来，以僵化的真实，压抑灵活的假定，真和实，脱离了假和虚，那就是想象的死亡，也就扼杀了感情。

诗和散文不同，就在于，它更虚，虚到超越生理感官的局限。这不但是诗人的自由，而且是读者的自由，在李贺的这首诗中，好就好在它的虚实相生，真假互补。你可以说，现场就是金光和黑云同在，你可以说黑云和金光分在，可以说，二者相继，你也可以说，这在自然界根本不可能，但是，诗歌中，诗人的想象可以进行超越自然景观的创造。这本是中外诗歌的共同规律，而在中国古典诗歌中，由于对仗的句式的功能，同时而不同性质景观的对比性结构，比西方诗歌更为普遍而且精致。这里黑云的自然景观，隐含着敌阵的来势汹汹，而甲光向日提示着我军的意气昂扬，这就不但提高了时间空间的概括，而且强化了精神的昂扬。从这个意义上说，作为诗评者的王安石提出的问题是有点幼稚的，杨慎骂他为“宋老头巾”，虽然粗野了一点，但是，不是没有道理。联系到王士禛《池北偶谈》卷十八：“世谓王右丞画雪中芭蕉，其诗亦然。如：‘九江枫树几回青，一片扬州五湖白。’下连用兰陵镇、富春郭、石头城诸地名，皆寥远不相属。大抵古人诗画，只取兴会神到，若刻舟缘木求之，失其指矣。”明于此，王安石之挨骂，就不值得大惊小怪了。

陈一琴辑历代诗话

李贺以歌诗谒韩吏部（韩愈，官至吏部侍郎），吏部时为国子博士分司，送客归极困，门人呈卷，解带旋读之。首篇《雁门太守行》曰：“黑云压城城欲摧，甲光向日金鳞开。”[①]即援带命邀之。

（唐）张固《幽闲鼓吹》

庆历间，宋景文（宋祁，谥景文）诸公在馆尝评唐人之诗云：“太白仙才，长吉鬼才。”其余不尽记也。然长吉才力奔放，不惊众绝俗不下笔。有《雁门太守》诗曰：“黑云压城

① 《雁门太守行》诗：“黑云压城城欲摧，甲光向日金鳞开。角声满天秋色里，塞上燕脂凝夜紫。半卷红旗临易水，霜重鼓寒声不起。报君黄金台上意，提携玉龙为君死。”

城欲摧，甲光射日金鳞开。”王安石曰：“是儿言不相副也。方黑云如此，安得向日之甲光乎？”

（宋）王得臣《麈史》卷中

（《雁门太守行》）起语奇。

（宋）刘辰翁评语，转引自高棅《唐诗品汇》卷三十五

王荆公不满李长吉《雁门太守》诗是已。夫云斯须变化之物，固有咫尺不能无异者。当黑云压城之时，安知城内外甲光无日可向耶？荆公才高千古，未必有此议论。

（明）叶盛《诗林广记参评》

或问：“此诗韩、王二公去取不同，谁为是？”予曰：“宋老头巾不知诗，凡兵围城，必有怪云变气，昔人赋鸿门有‘东龙白日西龙雨’之句，解此意矣。予在滇，值安凤之变，居围城中，见日晕两重，黑云如蛟在其侧，始信贺之诗善状物也。”

（明）杨慎《升庵诗话》卷十

长吉“黑云压城城欲摧，甲光耀日金鳞开”，盖言甲光之金鳞辉映，如曜日而鲜明也。王安石不解此意，言：“方黑云，安得曜日？”近有俗本，妄改“耀日”，尤可笑也。《占书》：“猛将气紫，黑如城楼。”或状闪黑旗。又曰：“军胜之气，如火光夜照人。”又“岱山气正黑”，故云“雁门”也。

（明）田艺蘅《诗谈初编》

“黑云压城城欲摧，甲光向日金鳞开”，阴晴似太速矣。……然于佳句，毫无损也。诗家三昧，正在此中见解。

（明）谢肇淛《小草斋诗话》卷一内编

（李诗）此言城将陷敌，士怀敢死之志。以望气则云黑，而城将摧矣，然甲光向日，犹守而未下也。

（明）曾益注《昌谷集》卷一

元和九年冬，振武军乱。诏以张煦为节度使，将夏州兵二千趣镇讨之。振武即雁门郡。贺当拟此以送之，言宜兼程而进，故诗皆言师旅晓征也。宿云崩颓，旭日初上。甲光赫耀，角声肃杀。遥望塞外，犹然夜气未开。红旗半卷，疾驰夺水上军。勿谓鼓声不扬，乃晨起

霜重耳。所以激厉将士之意。当感金台隆遇，此宜以骏骨报君恩矣。……诸说皆自有所见。然以晓征揆之，觉与诗情尤相近耳。诸本皆无据，故注俱多讹舛。

（清）姚文燮《昌谷集注》卷一

（“黑云”二句）阴云蔽天，忽露赤日，实有此景。

（清）沈德潜《唐诗别裁集》卷八

李奉礼（李贺，曾官奉礼郎）：“黑云压城城欲摧，甲光向日金鳞开。”是阵前实事，千古妙语。王荆公訾之，岂疑其“黑云”“甲光”不相属耶？儒者不知兵，乃一大患。

（清）薛雪《一瓢诗话》

此篇盖咏中夜出兵，乘间捣敌之事。“黑云压城城欲摧”，甚言寒云浓密，至云开处逗露月光与甲光相射，有似金鳞。[①] 此言初出兵之时，语气甚雄壮。……旧解以“黑云压城”为孤城将破之兆，“鼓声不起”为士气衰败之征。吴正子谓其颇似败后之作，皆非也。至王安石讥其言不相副，方黑云之盛如此，安得有向日之甲光？尤非是。秋天风景倏阴倏晴，瞬息而变。方见愁云凝密有似霖雨欲来，俄而裂开数尺，日光透漏矣。此象何岁无之？何处无之？

（清）王琦《李长吉歌诗汇解》卷一

他（指王琦）这样痛斥王安石，以为既有黑云，又有日光照耀金甲，是随时随处可有的自然现象。然而他又不用“向日”，而采用“向月”，并肯定这是诗人描写中夜出兵的诗。一个人的体会，如此矛盾，实不可解。其实，甲光如果向月，绝不会见到点点金鳞。诗人既用金鳞来比喻甲光，可知必是在黑云中透出来的日光中。

（现当代）施蛰存《唐诗百话·李贺：诗三首》

① 王琦《汇解》本次句作“甲光向月金鳞开”。

杨妃骊山食荔时令失实

杜牧《过华清宫绝句三首》（其一）："长安回望绣成堆，山顶千门次第开。一骑红尘妃子笑，无人知道荔枝来。"（道，一作"是"）甚得后世读者称道。然而，有史家据《唐纪》指出明皇以十月幸骊山，至春即还宫，六月根本不在骊山，且荔枝盛暑方熟，杨贵妃喜海南荔枝，此物经宿而腐，于史不实。但是，也有人据史料提出，明皇十月到春天在骊山，乃一般情况，特殊情况则不然。程大昌《考古编》卷八曰："咸通中有袁郊者，作《甘泽谣》，……笛曲曰：'天宝十四年六月□日，贵妃诞辰，驾幸骊山，命小部音声奏乐，长生殿进新曲，未有名，会南海献荔枝，因名《荔枝香》。'"又引《开元遗事》："帝与妃每至七月七日夜，在华清宫游宴。"则知《唐史》所载，也不尽可信。

双方观点迥异，而出发点却同为史料之求真，对史学而言，史料之真假乃生命线，不可不辨也。然则于此观诗则无足轻重。

文学与史学价值准则不尽同。文学之核心价值乃是审美，即情感之自由表达，不得借助想象、假定与虚拟。若泥于史料，则不可能有《三国演义》《水浒传》，更不可能有《长恨歌》。盖文学创作，超越史实，进入假定想象为第一法门。拘泥史实者，如吴乔所说"村夫子"也。"诗乃一念所得"，吴乔此说，甚为精辟。为学当深思熟虑，一念于史学为轻浮，然而于文学，一念虽与史料之真有错位之虞，于人却可能透露其隐藏于潜意识中之奥秘也。杜牧所作为绝句，其形式特别善于表现心灵瞬间转换，此种转换，既无实用价值，又无科学价值，于诗却具有生命价值。妃子一笑，其因无人得知，唯诗人知之，而诗人之知，亦无史料为据，其动人心弦，读者心领神会，审美价值即得以实现，于史料无涉也。

然而，虽与史料不尽合，而妃子之宠，明皇之昏，则于史有据。故从表层言，妃子之笑，可为假，而于深层言，则朝政之腐，则为真。故艺术之美与史学之真，其间有层次错位。诗若绝对真，则为无情感之概念，若绝对假，则为谣言。妙在如莱辛所言"逼真的幻觉”，又如歌德所言“以假定达到更高的真实”。

陈一琴辑历代诗话

杨贵妃生于蜀，好食荔枝。南海所生，尤胜蜀者，故每岁飞驰以进。然方暑而熟，经宿则败，后人皆不知之。

（唐）李肇《唐国史补》卷上

帝与贵妃每至七月七日夜，在华清宫游宴。时宫女辈陈瓜花酒馔列于庭中，求恩于牵牛、织女星也。

（五代）王仁裕《开元天宝遗事》卷下

杜牧《华清宫》诗云：“长安回望绣成堆，山顶千门次第开。一骑红尘妃子笑，无人知道荔枝来。”[①]尤脍炙人口。据《唐纪》，明皇以十月幸骊山，至春即还宫，是未尝六月在骊山也。然荔枝盛暑方熟，词意虽美，而失事实矣！

（宋）彭乘《墨客挥犀》卷四

（按：此则又见宋陈正敏《遁斋闲览》，载《说郛》卷三十二，宋阮阅《诗话总龟》前集卷五十、胡仔《苕溪渔隐丛话》前集卷二十三、魏庆之《诗人玉屑》卷七、蔡正孙《诗林广记》卷六诸书亦予引录。）

杜牧之《华清宫》诗曰：“一骑红尘妃子笑，无人知道荔枝来。”按唐明皇每岁十月幸华清宫，至明年三月，始还京师。荔枝以夏秋之间熟，及其驿至，则妃子不在华清宫矣。牧之此诗，颇为当时所称赏，而题为《华清宫》诗，则意不合也。

（宋）王观国《学林》卷八

（杜牧诗）说者非之，谓明皇帝以十月幸华清宫，涉春辄回，是荔枝熟时，未尝在骊山。然咸通中有袁郊者，作《甘泽谣》，载许云封所得《荔枝香》笛曲曰：“天宝十四年六月□日，贵妃诞辰，驾幸骊山，命小部音声奏乐，长生殿进新曲，未有名，会南海献荔枝，因名《荔枝香》。”《开元遗事》：“帝与妃每至七月七日夜，在华清宫游宴。”而白乐天《长恨歌》亦言：“七月七日长生殿，夜半无人私语时。”则知杜牧之诗乃当时传信语也。世人

① 即《过华清宫绝句三首》（其一）。道，冯集梧《樊川诗集注》本作“是”。

但见《唐史》所载，遽以传闻而疑传信，最不可也。

（宋）程大昌《考古编》卷八

（按：宋乐史《杨太真外传》亦载："十四载六月一日，上幸华清宫，乃是贵妃生日。上命小部音声，于长生殿奏新曲，未为名，会南海进荔枝，因以曲名《荔子香》。"）

明皇天宝间，涪州贡荔枝到长安，色香不变，贵妃乃喜。州县以邮传疾走称上意，人马僵毙，相望于道。"一骑红尘妃子笑，无人知是荔枝来"，形容走传之神速如飞，人不见其为何物也。又见明皇致远物以悦妇人，穷人之力，绝人之命，有所不顾，如之何不亡！

（宋）谢枋得《注解章泉涧泉二先生选唐诗》卷三

（按：宋蔡正孙《诗林广记》卷六引《叠山诗话》云："明皇致远物以悦妇人，穷人力，绝人命，有所不顾，如之何不亡！"）

鲍防《杂感》诗曰："五月荔枝初破颜，朝离象郡夕函关。"此作托讽不露。杜牧之《华清宫》诗曰："一骑红尘妃子笑，无人知是荔枝来。"二绝皆指一事，浅深自见。

（明）谢榛《四溟诗话》卷二

长生殿在骊山顶，则暑月未尝不至华清，牧语未为无据也。然细推诗意，亦止形容杨氏之专宠，固不沾沾求核。

（清）贺裳《载酒园诗话》卷一

诗乃一念所得，于一念中，唐、宋体有相参处，何况初、盛、中、晚而能必无相似耶？如杜牧之《华清宫》诗："《霓裳》一曲千峰上，舞破中原始下来。"语无含蓄，即同宋诗。又："一骑红尘妃子笑，无人知是荔枝来。"语有含蓄，却是唐诗。宋人乃曰："明皇常以十月幸骊山，至春还宫，未曾过夏。"此与讥薛王、寿王同席者[①]，一等村夫子。

（清）吴乔《围炉诗话》卷三

《东城老父传》云："玄宗元会与清明节，率皆在骊山。每至是日，万乐具举，六宫毕从。"则其幸骊山不止十月也。《长恨传》云："天宝十年，避暑骊山宫。"《太真外传》云："妃子生于蜀，嗜荔支。南海荔支胜于蜀者，每岁驰驿以进。然方暑热而熟，经宿则无味，后人不能知也。"又云："天宝十四载六月一日，上幸华清宫，乃贵妃生日，于长生殿奏新曲，未有名，会南海进荔支，因以曲名《荔枝香》。"则其幸骊山正在荔支熟时也。牧之诗

① 李商隐《龙池》诗句："夜半宴归宫漏永，薛王沉醉寿王醒。"朱鹤龄笺注："《容斋续笔》：'唐岐、薛诸王俱薨于开元中，而太真以天宝三载方入宫，此篇与元稹《连昌宫词》"百官队仗避岐薛"，俱失之。'愚按……此诗与微之词岂俱指嗣王欤？要之作者微文刺讥，不必一一核实。"

正合此事实，《遁斋》（指《遁斋闲览》）未及考耳。

（清）吴景旭《历代诗话》卷五十二

余谓长至元旦，诸大朝会俱在正衙，必无行宫度岁之理。况有春寒赐浴华清池之事，安知六月不复游骊山乎？程大昌《雍录》云："十月往岁尽还宫。"此亦一证。

（清）宋长白《柳亭诗话》卷二十六

杨瑀《山居新话》尝辨其（指元萨都剌）《宫词》中"紫衣小队"诸语及《京城春日》诗中"饮马御沟"之句为不谙国制，其说良允。然《骊山》诗内误咏荔枝，亦何伤杜牧之诗格乎！

（清）纪昀、陆锡熊、孙士毅总纂《四库全书总目·集部二十·别集类二十》卷一六七评萨都剌《雁门集》

元人萨天锡（萨都剌字）《宫词》云："清夜宫车出上央，紫衣小队两三行。石阑干外银灯过，照见芙蓉叶上霜。"……萨诗源于唐人之"玉颜不及寒鸦色，犹带昭阳日影来"，而特为幽折。……至元人杨瑀《山居新语》（按：即《山居新话》），讥萨诗未谙当时体制，谓宫车无夜出之理；擎执宫人紫衣，大朝贺则于侍仪司法物库关用，平日则无有；宫中无石阑，北地无芙蓉。论虽少苛，诗人之言不得字字绳以典制，《四库提要》亦援杜牧《骊山诗》用荔支事为之解，然作诗者亦不可不知此等典要。

（清）李慈铭《越缦堂日记说诗全编·内编·评论门·考史类二》

后二句言，回想当年，滚尘一骑西来，但见贵妃欢笑相迎，初不料为驰送荔支，历数千里险道蚕丛，供美人之一粲也。唐人之过华清宫者，辄生感喟，不过写盛衰之意。此诗以华清为题，而有褒姬烽火一笑倾周之慨，可谓君房妙语矣。

（近代）俞陛云《诗境浅说续编》

这篇名作中也存在一个在艺术创作中可以原谅，甚至可以容许的错误，应当指出。原来，华清宫是位于今陕西省临潼县南骊山上的一座离宫，山有温泉，气候和暖，因而每年十月，以玄宗为首的大贵族们才迁到那里避寒，春暖之时，再回长安。但荔枝成熟是在夏天。所以在华清宫看到进贡荔枝，是不可能的。……像这些地方，或是由于诗人创作时不曾细考，随情涉笔，以致出现错误，然而它们并无损于整个作品的思想性和艺术性，所以说，这是可以原谅的。另外，这也有可能是作者想将作品的人物和环境典型化，使作品中呈现的艺术真实更高于生活真实，因而把某些最有代表性的事物集中起来，写在一起，以加强艺术的感染力，而不管其在实际上是否可能出现。如玄宗、贵妃冬天要洗温泉，夏天要吃荔枝，诗人将场面写为在华清宫收到荔枝，便将他们无论冬夏都要享受，集中体现出来了，这就更加突出了其生活的腐朽性，从而加强了作品的思想性与艺术性。所以说，这是可以容许的。

（现当代）沈祖棻《唐人七绝诗浅释》

千里间岂可闻莺见花

杜牧《江南春绝句》诗有句“千里莺啼绿映红”，引起了杨慎的非议，他质问道：“‘千里莺啼’，谁人听得？‘千里绿映红’，谁人见得？”他认为若改成“十里”，就比较真实了。杨慎本人是诗人，但对诗歌通过想象构成形象的普遍规律，理性认识还是比较朦胧。何文焕反驳说：“余谓即作十里，亦未必尽听得着，看得见。题云《江南春》，江南方广千里，千里之中，莺啼而绿映焉。水村山郭，无处无酒旗，四百八十寺，楼台多在烟雨中也。此诗之意既广，不得专指一处，故总而命曰《江南春》。诗家善立题者也。”

何氏反驳得很机智，但也不彻底，最后还是认为诗中所写都是“千里之中”客观存在的真景实物。其实，诗人主旨并非纪实，而在抒情，因情难以直抒，便移情于客观的景物，在想象中使景物发生符合主观情感的变异，借此间接渠道抒发了自己的感情。

诗歌意象的变异，使它内外关系发生了深刻的变化。例如在空间和时间关系上，就不再是牛顿古典力学那种关系了，也不是爱因斯坦相对论所描述的那种关系了，而是一种带着很大主观色彩的感情心理关系。时间变成了心理时间，空间变成了心理空间。通常在时空关系中那种不可逾越的界限，变得富有奇异的弹性了。虽然，诗人的五官和常人的五官是相同的，但其想象却能超越常人五官的最大有效范围。人们常引用《文心雕龙》“寂然凝虑，思接千载；悄焉动容，视通万里”几句来说明诗的想象。其实，刘勰讲的不光是诗的想象，而是说在一切诗文的构思过程中，都要通过想象，调动直接和间接经验的库存。我们所说的诗的想象，则不仅在构思过程中存在，而且是诗歌意象本身的特点。

在诗的变异想象中，不但空间是可以压缩的，时间也是可以压缩的。杜甫诗写道：“昆明池水汉时功，武帝旌旗在眼中。”他一下子就把唐朝、汉朝间几百年的时间距离，压缩到目力所及的范围里。这就是艾青所说的“把互不相关的事物通过想象，像一根线串联起来，形成一个统一体”[①]。想象的视力，并不完全等同于肉眼的视力，无怪乎德国的布莱丁格在《批判的诗学》中把想象称为“灵魂的眼睛”。

正是因为这样，千载以来没有读者对李白“西岳峥嵘何壮哉，黄河如丝天际来”诗句提出杨慎式的质疑。至于李白“黄河落天走东海，万里写入胸怀间”，更不是生理目力的问题，而是诗人与读者的默契。苏东坡的“大江东去，浪淘尽、千古风流人物”之所以动人，同样是因为它超越了生理目力，达到了审美的、诗的想象的境界。在诗词中，诗人的想象是起点，读者的想象是终点，把所有意象都看作客观实在的景物，留给读者想象的空间就被填满了，也就把读者排斥在想象的创造之外了。而在想象中读者的参与，恰恰是艺术感染力的构成的媒介。

陈一琴辑历代诗话

杜牧诗云：“南朝四百八十寺，多少楼台烟雨中。”[②]帝王所都，而四百八十寺，当时已为多，而诗人侈其楼阁台殿焉。近世二浙、福建诸州，寺院至千区，福州千八百区。粳稻桑麻，连亘阡陌，而游惰之民，窜籍其间者十九。非为落发修行也，避差役为私计耳。以故居积货财，贪毒酒色，斗殴争讼，公然为之，而其弊未有过而问者。有识之士，每叹息于此。

（宋）张表臣《珊瑚钩诗话》卷二

建州山水奇秀，创寺落落相望。伪唐建安寺三百五十一，建阳二百五十二，浦城一百七十八，崇安八十五，松溪四十一，关隶五十二，仅千区。杜牧《江南》绝句云“南朝四百八十寺”，谓是也。

（宋）阮阅《诗话总龟》前集卷十七

（《江南春》）余观本集，此诗盖牧之赴宣州时，纪道中所见耳。

（元）释圆至《笺注唐贤绝句三体诗法》卷一

唐诗绝句，今本多误字，试举一二。如杜牧之《江南春》云“十里莺啼绿映红”，今本误作“千里”。若依俗本，“千里莺啼”，谁人听得？“千里绿映红”，谁人见得？若作十里，

① 艾青《诗论》，人民文学出版社1980年版，第31页。

② 《江南春绝句》诗：“千里莺啼绿映红，水村山郭酒旗风。南朝四百八十寺，多少楼台烟雨中。”

则莺啼绿红之景，村郭楼台，僧寺酒旗，皆在其中矣。

（明）杨慎《升庵诗话》卷八

此诗乃牧之赴宣州时，总纪道中随所耳目之景以成咏也。杨用修欲改“千”字为“十”字，谓千里之远莺啼谁听得？绿映红谁见得？珽玩下联，十里之内，又焉能容得四百八十寺？不过广言江南之春，地有千里，寺有多少楼台，则“十”字之改，用修未咀玩下文耳。且从牧之途入江南，岂止得十里之景乎？骤读之可发一笑，即用修亦云戏谓也。依原本“千里”为是。

（明）周珽《删补唐诗选脉笺释会通评林》卷五十八

杨用修欲改“千里”为“十里”。诗在意象耳，“千里”毕竟胜“十里”也。

（明）胡震亨《唐音统签·戊签》卷五百六十一

曰“烟雨中”，则非真有楼台矣。感六朝遗迹之湮灭，而语特不直说。……不曰楼台已毁，而曰“多少楼台烟雨中”，皆见立言之妙。

（清）黄生《唐诗摘抄》卷四

升庵谓：“‘千’应作‘十’。盖千里已听不着看不见矣，何所云‘莺啼绿映红’邪？”余谓即作十里，亦未必尽听得着，看得见。题云《江南春》，江南方广千里，千里之中，莺啼而绿映焉。水村山郭，无处无酒旗，四百八十寺，楼台多在烟雨中也。此诗之意既广，不得专指一处，故总而命曰《江南春》。诗家善立题者也。

（清）何文焕《历代诗话考索》

按杨慎之说，拘泥可笑。何文焕驳之是也。但谓为诗家善立题，则亦浅之夫视诗人矣。盖古诗人非如后世作者先立一题，然后就题成诗，多是诗成而后立题。此诗乃杜牧游江南时，感于景物之繁丽，追想南朝盛日，遂有此作。千里之词，亦概括言之耳，必欲以听得着、看得见求之，岂不可笑。

（现当代）刘永济《唐人绝句精华》

杜牧“只恐捉了二乔”乎

对于杜牧诗中“东风不与周郎便，铜雀春深锁二乔”的争论，从理论上说，问题就提得比较肤浅，这种现象在中国古典诗话词话中可谓不胜枚举，也许，诗话词话这种形式，除了其微观见长以外，也有拘于微观的局限。往往从一个孤立现象出发，钻牛角尖，为一个小细节，不惜纠缠上百年；往往又不讲究宏观理论的基础。因而，智慧闪光在表态式的论断中，每每既达不到充足理由的自圆其说，又说不上对论敌的雄辩的反驳。西方修辞学强调不同观念的论争，要从共同的前提出发，甚至以对方的话语来证明自己的正确（justfy my position in your terms）这其实就是韩非子的以子之矛攻子之盾的论辩术。但诗话词话却很少尊重对方的前提，结果就造成看似热闹的论争，事实上类似聋人的对话。

从上面的材料中，至少可以看出几种潜在的前提的混乱：首先是，诗与史的关系，把诗的抒情完全当成了历史，许觊《许彦周诗话》（又称《彦周诗话》）批评说，如此说来，“孙氏霸业，系此一战，社稷存亡，生灵涂炭都不问，只恐捉了二乔，可见措大不识好恶”。这就完全以对史的要求来评价诗。对于史家来说，“社稷存亡，生灵涂炭”全面考虑是其长处，而这样的长处，到诗家手中，就肯定成为短处。试想四句七言，把那么复杂的内容硬塞进去，只能导致诗的崩溃。

许多争论都是由于诗与史的关系没有正面明确的辨析，而不断重复。在诗与史的矛盾这一关键上不清醒，还使得一些本来不乏艺术感觉力的人士，不是把杜牧这样的句子当作诗人的感兴，而是当作军事政治历史的判断。赵翼《瓯北诗话》卷十一：“杜牧之作诗，恐流于平弱，故措词必拗峭，立意必奇辟，多作翻案语，无一平正者。……此皆不度时势，徒作异论，以炫人耳，其实非确论也。”赵翼以历史学见长，说起诗来，往往外行。

在诗与史的区别方面，我国的诗论与西方不同，西方从亚里士多德开始，强调诗与史的区别：诗是概括的，接近哲学，而史则是具体的、个别的。而我国则长期有文史不分家的传统，因而具有诗与史的区别意识者难能可贵。吴乔《围炉诗话》卷三说："古人咏史，但叙事而不出己意，则史也，非诗也；出己意，发议论，而斧凿铮铮，又落宋人之病。如牧之……《赤壁》云：'折戟……二乔。'用意隐然，最为得体。……《赤壁》，天意三分也。许彦周乃曰：'此战做社稷存亡，只恐捉了二乔，措大不识好恶。'宋人之不足与言诗如此。"这是很有中国特色的说法，因为中国史家以实录为上，讲究春秋笔法，寓褒贬、倾向性隐藏在叙述之中，是不能发议论的。但是，诗是要有议论的，完全没有议论，"则史也，非诗也"。但议论不得体，又成了"宋人之病"。故吴乔强调就是议论光"出己意"还不够，还要"用意隐然"才能"得体"。

史与诗区别在议论上这一点，说得清醒的还有纳兰性德，他在《渌水亭杂识》中说："古人咏史，叙事无意，史也，非诗矣。……'东风不假周郎便，铜雀春深锁二乔。'……诸有意而不落议论，故佳。若落议论，史评也，非诗矣！"他提出的标准，又给"隐然"换了一种说法，就是"有意而不落议论"。这里已经接触到议论和抒情的区别，但是，到了这个程度，却未能进一步理论化，形成诗史二者对立的范畴。这里可能有中国古典诗论的思维局限，但这种局限迫使中国诗论向另一个方面突进，那就是创作论方向，不但为不同于理性议论的抒情辩护，而且提出了中国式的创作论范畴"翻案法"（吴景旭《历代诗话》卷五十二），或者用禅宗的话说叫"活杀机"。在这方面说得比较精到的是胡仔《苕溪渔隐丛话》后集卷十五："牧之于题咏，好异于人，如《赤壁》云：'东风不与周郎便，铜雀春深锁二乔。'《题商山四皓庙》云：'南军不袒左边袖，四皓安刘是灭刘。'皆反说其事。至《题乌江亭》，则好异而叛于理。诗云：'胜负兵家不可期，包羞忍耻是男儿。江东子弟多才俊，卷土重来未可知。'项氏以八千人渡江，败亡之余，无一还者，其失人心为甚，谁肯复附之，其不能卷土重来决矣。"

他提出的理论是"反说其事"，怎么个反法呢？就是要"叛于理"，也就是反于理。这其实，也就是吴乔和贺裳所说的"无理而妙"。不过在操作上具体化为反理、叛理和无理。正因为无理，从道德伦理角度观之，则为"近轻薄少年语"（沈德潜《唐诗别裁集》卷二十）；而从抒情的角度观之，"正是诗人调笑妙语"（薛雪《一瓢诗话》）。沈祖棻《唐人七绝诗浅释》说得很雄辩："如果按照许颉那种意见，我们也可以将'铜雀春深锁二乔'改写成'国破人亡在此朝'，平仄、韵脚虽然无一不合，但一点诗味也没有了。"从正统的理路上说，改后是很合理的，但是于抒情却是很滑稽的。

为什么这样的一改就一点诗味都没有了？并不仅仅因为这样的词句太粗俗，还由于对绝句结构内在的转折的破坏。

本题所评，与之前《史家论赞与诗家咏史之别》《"诗史"辩》《杨妃骊山食荔时令失实》诸题之评，在诗学理论上基本是一个问题，但评说各有侧重，读者可以参阅。

陈一琴辑历代诗话

杜牧之作《赤壁》诗云："折戟沉沙铁未销，自将磨洗认前朝。东风不与周郎便，铜雀春深锁二乔。"意谓赤壁不能纵火，为曹公夺二乔置之铜雀台上也。孙氏霸业，系此一战，社稷存亡，生灵涂炭都不问，只恐捉了二乔，可见措大不识好恶。

（宋）许颉《许彦周诗话》

此诗佳甚，但颇费解。

（宋）旧题王暐《道山清话》

（按：此则明高棅《唐诗品汇》卷五十三、清徐增《而庵说唐诗》卷十二所引皆作："此诗正佳，但颇费解说。"清纪昀等总纂《四库全书总目》卷一百四十一称此书："不著撰人名氏。《说郛》摘其数条刻之，题曰宋王暐。"并据书末建炎四年暐跋语，认为此书撰者是暐之祖父。）

杜牧之《赤壁》诗云："（同上引，略）"今人多不晓卒章，其意谓若是东风不与便，即周郎不能破曹公，二乔归魏铜雀台也。

（宋）韩驹《陵阳先生室中语》

牧之于题咏，好异于人，如《赤壁》云："东风不与周郎便，铜雀春深锁二乔。"《题商山四皓庙》云："南军不袒左边袖，四皓（按：通行本作'老'）安刘是灭刘。"皆反说其事。至《题乌江亭》，则好异而叛于理。诗云："胜负兵家不可期，包羞忍耻是男儿。江东子弟多才俊，卷土重来未可知。"项氏以八千人渡江，败亡之余，无一还者，其失人心为甚，谁肯复附之，其不能卷土重来决矣。

（宋）胡仔《苕溪渔隐丛话》后集卷十五

周瑜赤壁、谢安淝水、寇莱公澶渊、陈鲁公采石，四胜大略相似。杜牧云："东风不与周郎便，铜雀春深锁二乔。"意亦着矣。……要之吴、晋乃天幸，宋朝真天助也。

（宋）罗大经《鹤林玉露》甲编卷一

牧之《赤壁》诗："（同上引，略）"许彦周不谕此老以滑稽弄翰，每每反用其锋，辄雌黄之，谓孙氏霸业系此一战，宗庙丘墟皆置不问，乃独含情妓女，岂非与痴人言，不应及于梦也。……本朝诸公喜为论议，往往不深谕唐人主于性情，使隽永有味，然后为胜。牧之处唐人中，本是好为论议，大概出奇立异。如《四皓庙》："南军不袒左边袖，四老安刘是灭刘。"如《乌江亭》："（同上引，略）"要之，"东风"、借"便"与"春深"数个字，含蓄深窈，则与后二诗辽绝矣。

（宋）方岳《深雪偶谈》

此诗磨洗折戟，非妄言也。后二句绝妙，众人咏赤壁只善当时之胜，杜牧之诗《赤壁》独忧当时之败。其意曰：东风若不助周郎，黄盖必不以火攻胜曹操，使曹操顺流东下，吴必亡，孙仲谋必虏，大、小乔必为俘获，曹操得二乔必以为妾，置之铜雀台矣。此是无中生有，死中求活，非浅识所到。

（宋）谢枋得《注解章泉涧泉二先生选唐诗》卷三

徐柏山云："二乔事，自见于战皖城之日，非赤壁时事也。牧之用事，多不审，观者考之。"

（宋）蔡正孙《诗林广记》前集卷六

（《赤壁》诗）诗意谓非东风助顺，则瑜不能胜，家必为虏矣。

（元）释圆至《笺注唐贤绝句三体诗法》卷三

杜牧之《赤壁》诗云："东风不与周郎便，铜雀春深锁二乔。"诗意正谓瑜尽力一战，止以得二乔为功，而忘远大之业，盖讥之也。许彦周谓措大不识好恶，正痴人前不可说梦耳。

（明）刘绩《霏雪录》卷上

杜牧之《赤壁》诗云："（同上引，略）"意谓孙氏霸业系此一举。使非因风纵火，当时孙公兵气已馁，即周郎必不能破操，而二乔为操有矣。吴之子女为操所有，吴之社稷可复保乎？此正诗中深意。

（明）周叙《诗学梯航·述作上·总论诸体》

杜牧之《赤壁》诗："东风不与周郎便，铜雀春深锁二乔。"说天幸不可恃。《乌江》诗："江东子弟多豪俊，卷土重来未可知。"说人事犹可为。同意思，都是要于昔人成败已定事上翻说为奇耳。《赤壁》诗，或笑之曰："孙氏霸业系此一战，今社稷生灵都不问，只恐捉了二乔，可见措大不识好恶。”春谓：“为此说者痴人也。到捉了二乔时，江东社稷尚可问哉？”

（明）何孟春《余冬诗话》卷上

杜牧之《咏赤壁》诗云：“（同上引，略）”盖言孙氏于赤壁之战，若非乘风力纵火取捷，则国破家亡，将为曹公夺二乔而置之于铜雀台矣，谓其君臣虽妻子不能保也。《许彦周诗话》谓作诗者于其社稷存亡、生灵涂炭乃都不问，只恐捉了二乔，以为措大不知好恶者。非也。刘孟熙（刘绩字）《霏雪录》又谓诗意乃言瑜尽力一战，止以得二乔为功，而忘远大之业者。亦非也。僻哉！二公之言诗也。

（明）游潜《梦蕉诗话》卷上

《赤壁》诗有锁二乔之说，注者取其意新耳。赤壁一战，关系不轻，唯以二女子为念，结裹甚小，议论卑矣。

（明）李诩《戒庵老人漫笔》卷五

此诗评者纷纷。如许彦周曰：“（同上引，略）”似是道学正论。然作诗有翻案法，在擘空架出新意，不涉头巾气为妙。所谓“锁二乔”，非专惜二乔也。意此战不胜，吴之君臣受虏，即室家妻孥俱不能保，不必论到社稷生灵。末句甚言所关非小可也，正通人所不道，乃妙思入微处。

（明）周珽《删补唐诗选脉笺释会通评林》卷五十八

胡云轩云：“赤壁火攻之策虽善，倘非借势于风，胜负未可必人谋，亦天意也。古今咏赤壁之捷，罕有及此是矣。至落句，或谓其有微疵，或评其不典重，尽属拘腐学究识论。……益不知诗家播弄圆融之妙矣。盖‘东风不与’‘春深’数字，含蓄深窈，人不识牧之以滑稽弄辞，每每雌黄之。”

同上

彦周此语，足供挥麈一噱，但于作诗之旨，尚未梦见。牧之此诗，盖嘲赤壁之功，出于侥幸，若非天与东风之便，则周郎不能纵火，城亡家破，二乔且将为俘，安能据有江东哉？牧之诗意，即彦周伯业不成意，却隐然不露，令彦周辈一班浅人读之，只从怕捉二乔上猜去，所以为妙。诗家最忌直叙，若竟将彦周所谓社稷存亡，生灵涂炭，孙氏霸业不成等意，在诗中道破，抑何浅而无味也！唯借“铜雀春深锁二乔”说来，便觉风华蕴藉，增人百感，此正是风人巧于立言处。彦周盖知其一，不知其二者也。

（清）贺贻孙《诗筏》

小杜《赤壁》诗，古今脍炙，渔隐独称其好异。至许彦周则痛诋之……余意诗人之言，何可拘泥至此……详味诗旨，牧之实有不满公瑾之意。牧尝自负知兵，好作大言，每借题自写胸怀。尺量寸度，岂所以阅神骏于牝牡骊黄之外！○“公道世间惟白发，贵人头上不曾饶”[①]“年年检点人间事，惟有春风不世情”[②]，此最粗直之句，而宋人称之。《华清宫》二篇及《赤壁》诗，最有意味，则又敲扑不已，可谓薰莸不辨。

（清）贺裳《载酒园诗话》卷一

古人咏史，但叙事而不出己意，则史也，非诗也；出己意，发议论，而斧凿铮铮，又落宋人之病。……《赤壁》云：“（同上引，略）”用意隐然，最为得体。……《赤壁》，天意三分也。许彦周乃曰：“此战系社稷存亡，只恐捉了二乔，措大不识好恶。”宋人之不足与言诗如此。

（清）吴乔《围炉诗话》卷三

《道山清话》云：“此诗正佳，但颇费解说。”此诗有何难解？既解不出，又在何处见其佳？正是说梦。“折戟沉沙”，言魏、吴昔日相战于此。“铁未消”，是去唐不远。何必要认，乃自将折戟磨洗乎？牧之春秋，在此七个字内。意中谓：“魏武精于用兵，何至大败？周郎才算，未是魏武敌手，又何获比大胜？”一似不肯信者，所以要认。仔细看来，果是周郎得胜。虽然是胜魏武，不过一时侥幸耳。下二句，言周郎当时，亏煞了东风，所以得施其火攻之策，若无东风，则是不与便，见不唯不能胜魏，江东必为魏所破，连妻子俱是魏家的，大乔、小乔贮在铜雀台上矣。牧之盖精于兵法者。

（清）徐增《而庵说唐诗》卷十二

余以牧之数诗，俱用翻案法，跌入一层，正意益醒，谢叠山（谢枋得号）所谓死中求活也。《渔隐丛话》云：“牧之题咏好异于人，如《赤壁》《四皓》，皆反说其事。至《题乌

① 杜牧《送隐者一绝》诗：“无媒径路草萧萧，自古云林远市朝。公道世间唯白发，贵人头上不曾饶。”

② 罗邺《赏春》诗：“芳草和烟暖更青，闲门要路一时生。年年点检人间事，唯有春风不世情。”

江》，则好异而叛于理……”呜呼，此岂深于诗者哉？

（清）吴景旭《历代诗话》卷五十二

杜牧之咏《赤壁》诗云：“东风不与周郎便，铜雀春深锁二乔。”今古传诵。容少时，大人尝指示曰：“此牧之设词也，死案活翻。”及容稍知作诗，复指示曰：“如此诗必不可学，恐入轻薄耳。何苦以先贤闺阁，簸弄笔墨！”

（清）周容《春酒堂诗话》

唐人妙处，正在随拈一事而诸事俱包括其中。若如许意，必要将“社稷存亡”等字面真真写出，然后赞其议论之纯正。具此诗解，无怪宋诗远隔唐人一尘耳！

（清）黄生《黄白山先生〈载酒园诗话〉评》卷上

诗中有翻案法。如……杜紫薇（杜牧，官终中书舍人，唐宋别称）《赤壁》诗：“东风不与周郎便，铜雀春深锁二乔。”……禅宗所谓“杀活自由”，兵法所谓“致人而不致于人”也。

（清）宋长白《柳亭诗话》卷十七

古人咏史，叙事无意，史也，非诗矣。唐人实胜古人，如……“东风不假（按：通行本作‘与’）周郎便，铜雀春深锁二乔。”……诸有意而不落议论，故佳。若落议论，史评也，非诗矣！

（清）纳兰性德《渌水亭杂识》四

认前朝，以刺今日不如当年，能尽时人之用也。第三句只言独赖此一战耳，看作东风之助，即说梦矣。上二句极郑重，第四彻头痛说，关系妙在第三句，转身却用轻笔点化。

（清）何焯评《唐三体诗》卷二

牧之绝句，远韵远神。然如《赤壁》诗“东风不与周郎便，铜雀春深锁二乔”，近轻薄少年语，而诗家盛称之，何也？

（清）沈德潜《唐诗别裁集》卷二十

樊川“东风不与周郎便，铜雀春深锁二乔”，妙绝千古。言公瑾军功止藉东风之力，苟非乘风力之便以破曹兵，则二乔亦将被虏，贮之铜雀台上。“春深”二字，下得无赖，正是诗人调笑妙语。许彦周……此老专一说梦，不禁齿冷。

（清）薛雪《一瓢诗话》

夫诗人之词微以婉，不同论言直遂也。牧之之意，正谓幸而成功，几乎家国不保。彦周未免错会。

（清）何文焕《历代诗话考索》

（许顗《许彦周诗话》）唯讥杜牧《赤壁》诗为不说社稷存亡，唯说二乔；不知大乔孙策妇，小乔周瑜妇，二人入魏，即吴亡可知；此诗人不欲质言，变其词耳，顗遽诋为秀才不识好恶，殊失牧意。

（清）纪昀、陆锡熊、孙士毅总纂《四库全书总目·集部·诗文评类一》卷一九五评许顗《许彦周诗话》

（游潜《梦蕉诗话》）惟驳《许彦周诗话》论杜牧诗一条，特有深解，非他家之所及耳。

同上

温柔敦厚，诗教也。……杜牧之“东风不假周郎便，铜雀春深锁二乔”，亦如吴门市上恶少年语，此等诗不作可也。

（清）秦朝釪《消寒诗话》

杜牧之作诗，恐流于平弱，故措词必拗峭，立意必奇辟，多作翻案语，无一平正者。方岳《深雪偶谈》所谓“好为议论，大概出奇立异，以自见其长”也。如《赤壁》云：“东风不与周郎便，铜雀春深锁二乔。”……此皆不度时势，徒作异论，以炫人耳，其实非确论也。

（清）赵翼《瓯北诗话》卷十一

（《许彦周诗话》云云）按：诗不当如此论，此直村学究读史见识，岂足与语诗人言近指远之故乎？

（清）冯集梧《樊川诗集注》卷四

（《许彦周诗话》）其谓周郎赤壁之战，所关甚大，此诗意不应切切于二乔，故讥之如此。然牧之此句，盖有见于曹瞒当日，唯是为不能忘情，观其屠邺疾召甄，有今年破贼正为奴之叹，则如二乔皆国色，岂不欲置之铜雀台上乎？如此立意下语，是抉出老奸心事来。璐所窥牧之诗意如此。……牧之诗况为顾曲周郎设想，那不用是为切切！若持此意读此诗，觉愈有味。

（清）陈锡路《黄奶余话》卷四

按诸家皆不以许说为然，是也。《深雪偶谈》谓为滑稽弄辞，《苕溪丛话》谓为好异，景旭吴氏又以为翻案，则亦不尽然。大抵诗人每喜以一琐细事来指点大事。即如此诗二乔不曾被捉去，固是一小事，然而孙氏霸权，决于此战，正与此小事有关。家国不保，二乔又何能安然无恙。二乔未被捉去，则家国巩固可知。写二乔正是写家国大事。且以二乔立意，可以增加诗之情趣，其非翻案、好异，以及滑稽弄辞，断然可知。至叠山所谓死中求活，盖论《乌江》诗则合，《乌江》诗谓项羽尚可回江东以图再起，乃于万无可为之中犹谓有可为，故曰“死中求活”，但不可以论此诗。

（现当代）刘永济《唐人绝句精华》

诗的创作必须用形象思维，而形象性的语言则是形象思维的直接现实。如果按照许顗那种意见，我们也可以将“铜雀春深锁二乔”改写成“国破人亡在此朝”，平仄、韵脚虽然无一不合，但一点诗味也没有了。……杜牧在此诗里，通过“铜雀春深”这一富于形象性的诗句，即小见大，这正是他在艺术处理上独特的成功之处。

另外，有的诗论家也注意到了此诗过分强调东风的作用，又不从正面歌颂周瑜的胜利，却从反面假想其失败……杜牧有经邦济世之才，通晓政治军事，对当时中央与藩镇、汉族与吐蕃的斗争形势，有相当清楚的理解，并曾经向朝廷提出过一些有益的建议。如果说，孟轲在战国时代就已经知道“天时不如地利，地利不如人和”的原则，而杜牧却还把周瑜在赤壁战役中的巨大胜利，完全归于偶然的东风，这是很难想象的。他之所以这样地写，恐怕用意还在于自负知兵，借史事以吐其胸中抑郁不平之气。其中也暗含有阮籍登广武战场时所发出的“时无英雄，使竖子成名”那种慨叹在内，不过出语非常隐约，不容易看出来罢了。

（现当代）沈祖棻《唐人七绝诗浅释》

〔附录〕

古人多有咏史之作，若易晓而易厌，则直述其事而无新意者也。常爱杜牧《赤壁》云：“（同上引，略）”……禅家所谓活弄语也。

［朝鲜］李齐贤《栎翁稗说》

陆诗“白莲”可否

陆龟蒙《白莲》诗：“素花多蒙别艳欺，此花端合在瑶池。无情有恨何人觉，月晓风清欲堕时。”苏轼《东坡题跋·评诗人写物》卷三中说：“‘无情有恨何人见，月晓风清欲坠时。’决非红莲诗，此乃写物之功。若石曼卿《红梅》诗云：‘认桃无绿叶，辨杏有青枝。’此至陋语，盖村学中体也。”苏轼强调的是诗人“写物之功”，也就是客体对象的准确把握。月晓风清、无情有恨，完全是白莲的特征。同样是莲花，如果是红莲，用这两句就不合适了。这不难理解，“月晓风清”与红莲的色调不相融洽。这就引起了争议。胡仔在《苕溪渔隐丛话》前集卷三十二中表示不同意：“‘无情有恨何人见，月冷风清欲堕时。’若移作咏白牡丹诗，有何不可，弥更亲切耳。”王士禛《池北偶谈》卷十四：“语自传神，不可移易。……‘移作白牡丹亦可’。谬矣。”王楙《野客丛书》卷二十二说这样说错在“不深究诗人写物之意”。“牡丹开时，正风和日暖，又安得有月冷风清之气象邪？”如此这般的争论之所以旷日持久，长达数百年，原因在于反对派的理论基点是“写物”“体物”。说法虽有差异，但标准却只有一个，那就是符合客观对象的特点。他们显然忽略了苏轼的笔记的后面还有一个例子：“若石曼卿《红梅》诗云：‘认桃无绿叶，辨杏有青枝。’此至陋语，盖村学中体也。”很显然，一味追求写物，即使抓住对象的在枝叶上独一无二的特点，也只能是“陋语”，格调低下。这就是说，诗的成功并不完全在“写物之功”。肯定派并没有直接抓住这一点，而是反复强调诗句的好处不在形而在神，沈德潜说好在“取神之作”（《唐诗别裁集》卷二十），纪昀说好在“空笔取神”（《玉溪生诗说》下），但是，并未正面触及事物的形与神的矛盾。

直至今人沈祖棻才面对了这样的矛盾，她在《唐人七绝诗浅释》中说：“陆龟蒙的这首诗，就是遗貌取神的一个成功的例子。他咏的是白莲花，但几乎完全没有花费笔墨去刻画其外形，却集中力量去描写它的神态与性格。”应该说，“遗貌取神”，把神放在形之上，这在画论中早已是常识，但是用来阐释这首诗作，毕竟还是有一点突破。虽然这种突破是有限的。因为她所说的神还是客观对象的“神态与性格”。这个说法，仍有不足，联系到具体的诗句，首先，“月晓风清欲堕时”，即使在月晓风清之时，其神态并不一定摇摇欲坠，生机勃勃者并非鲜见，至于“无情有恨何人见”中的“情”和“恨”，属于人的情感，白莲这种植物绝对是不可能具备这种“神”的，“神”不是完全客观的、物的，更多是诗人赋予的，是从诗人审美情感投射出去的。诗人的审美情感，诗意追求同化了白莲，从而把它定格在“月晓风清”之时，而不是艳阳高照之日。硬说这是“集中力量去描写它的神态和性格”，“描绘它在特定时间里的特定神情”，一味拘执于客体，其实是美学上机械唯物论的表现。

诗的意象并不仅仅是客观的反映，不仅仅是主观情感的表现，也不仅仅是主客观的统一，而是主观情感、客观生活和艺术形式的“三维结构”。从主观情感方面看，并不是全部，而是一时被确定的主要特征；从客观对象方面来看，也不是全部，也是某一特征。此二者的猝然遇合，并不是哲学式的抽象统一，而是主观情感特征选择、同化了客观事物特征。如此还只构成了形象的胚胎，要使之投胎为形象，则还要再加上艺术形式的（在这里是七言绝句）审美规范性（包括节奏、韵律和情感结构的预期）和开放性（风格、流派）。这还仅仅是从结构方面而言，而从内容方面来看，则还有历史文化传统和特殊的偶然性等等。对三维结构起作用的还有历史文代传承和风格流派创新。总结起来说这个结构是一种复合性整体，受到多种因素的作用：第一，客观对象特征（写物）的独特选择；第二，主观情感的某种特征（无情有恨）别出心裁的确定；第三，形式规范（七言、四句、平仄）的自由驾驭；第四，使三者和谐统一；第五，与历史文化传承水乳交融；第六，在风格流派上对形式规范的突破。从这个意义来说，数百年来，对于这样一个并不复杂的问题，不管是肯定派还是否定派，不管是写物论、传神论、还是遗形取神论，阐释均如瞎子摸象，执其一端。其原因，乃在于把多种因素规范性和开放性结构狭隘化为单一因果的直线。表面上众说纷纭，实质思想方法上线性思维如出一辙。中国诗话词话在理论上的保守性，发展的缓慢性，其根本原因即于此。

陈一琴辑历代诗话

诗人有写物之功。“桑之未落，其叶沃若。”[①]他木殆不可以当此。……皮日休《白莲花》

① 《诗经·卫风·氓》诗句。

诗云："无情有恨何人见，月晓风清欲坠时。"[①]决非红莲诗，此乃写物之功。若石曼卿《红梅》诗云："认桃无绿叶，辨杏有青枝。"[②]此至陋语，盖村学中体也。

（宋）苏轼《东坡题跋》卷三

东坡云："（引文同上，略）"……如皮日休《咏白莲》诗云："无情有恨何人见，月冷风清欲堕时。"若移作咏白牡丹诗，有何不可，弥更亲切耳。

（宋）胡仔《苕溪渔隐丛话》前集卷三十二

东坡尝喜皮日休《白莲》诗："无情有恨何人见，月晓风清欲坠时。"谓决非红莲诗。然李贺《新笋》云："无情有恨何人见，露压烟啼千万枝。"[③]乃知皮取此。

（宋）吴曾《能改斋漫录》卷八

仆观《陈辅之诗话》谓和靖诗近野蔷薇；《渔隐丛话》谓皮日休诗移作白牡丹，尤更亲切。二说似不深究诗人写物之意。……牡丹开时，正风和日暖，又安得有月冷风清之气象邪？

（宋）王楙《野客丛书》卷二十二

唐人咏物诗于景意事情外，别有一种思致，不可言传，必心领神会始得。此后人所以不及唐也。如陆鲁望《白莲》诗云："（同上引，略）"妙处不在言句上，宋人都晓不得。如东坡《咏荔枝》、梅圣俞《咏河豚》，此等类非诗，特俗所谓偈子耳。

（明）刘绩《霏雪集》卷上

陆鲁望《白莲》诗："（同上引，略）"观东坡与子帖，则此诗之妙可见。然陆此诗祖李长吉，长吉《咏竹》诗云："斫取青光写楚辞，腻香春粉黑离离。无情有恨何人见，露压烟笼千万枝。"或疑无情有恨不可咏竹，非也。竹亦自妩媚，孟东野诗云："竹婵娟，笼晓烟。"[④]左太冲《吴都赋》咏竹云："婵娟檀栾，玉润碧鲜。"合而观之，始知长吉之诗之

---

① 误记，当为陆龟蒙（字鲁望）《白莲》诗："素花多蒙别艳欺，此花真（一作'端'）合在瑶池。还应（一作'无情'）有恨无（一作'何'）人觉，月晓风清欲堕时。"见《全唐诗》卷六百二十八。卷六百十五另载有皮日休《白莲》诗："但恐醍醐难并洁，只应薝卜可齐香。半垂金粉知何似？静婉临溪照额黄。"皮陆齐名，交往甚深，之间赠酬亦多，二诗或是唱和之作？

② 石延年（字曼卿）《红梅》："梅好唯伤白，今红是绝奇。认桃无绿叶，辨杏有青枝。哄笑从人赠，酡颜任笛吹。未应娇意急，发赤怨春迟。"梅尧臣亦有红梅诗断句："认桃无绿叶，辨杏有青枝。"

③ 即《昌谷北园新笋四首》（其二）诗句。

④ 孟郊《婵娟篇》诗句。

工也。

（明）杨慎《升庵诗话》卷三

（陆《白莲》）此诗为白莲传神。

又《绝句衍义》卷一

诗有四格：曰兴，曰趣，曰意，曰理。……陆龟蒙《咏白莲》曰："无情有恨何人见，月晓风清欲堕时。"此趣也。

（明）谢榛《四溟诗话》卷二

杜牧"多少绿荷相倚恨，一时回首背西风"①，与此（指陆诗）末二句皆极体物之妙；若长吉"无情有恨何人见，露压烟迷千万枝"，乃咏竹也，天趣较减矣。

（清）黄生《唐诗摘抄》卷四

陆鲁望《白莲诗》："无情有恨何人见，月白风清欲堕时。"语自传神，不可移易。《苕溪渔隐》乃云："移作白牡丹亦可。"谬矣。

（清）王士禛《池北偶谈》卷十四

余谓陆鲁望"无情有恨何人见？月白风清欲堕时"二语恰是咏白莲诗，移用不得；而俗人议之，以为咏白牡丹、白芍药亦可，此真盲人道黑白。

又《渔洋诗话》卷上

（陆诗）取神之作。

（清）沈德潜《唐诗别裁集》卷二十

（陆诗）末语的是白莲，移不动。

（清）朱之荆《增订唐诗摘抄》卷四

小诗以空笔取神者，如"无情有恨何人见，月晓风清欲堕时"。

（清）纪昀《玉溪生诗说》下

① 《齐安郡中偶题二首》（其一）诗句。

“无情有恨何人见，月晓风清欲堕时。”鲁望《白莲》诗，不过一时直书所见，不自知其贴切，后人只当论其好不好，不当论其切不切也。阮亭、随园（袁枚，号随园老人）俱以为移用不得，此便是笨伯口吻。至如俗人以为咏白牡丹、白芍药亦可，硬将此二句移用，是尤笨伯之尤者。庄子曰：“辨生于末学。”总之此诗在作者不自知其切不切，而后人乃一一妄为解事，可笑也。

（近代）钱振锽《谪星说诗》卷一

“月晓风清”七字，得白莲之神韵。与昔人咏梅花“清极不知寒”[1]，咏牡丹诗“香疑日炙消”[2]，皆未尝切定此花，而他处移易不得，可意会不可言传也。

（近代）俞陛云《诗境浅说续编》

陆龟蒙的这首诗，就是遗貌取神的一个成功的例子。他咏的是白莲花，但几乎完全没有花费笔墨去刻画其外形，却集中力量去描写它的神态与性格。

在一般人看来，有色的花当然比白色的更鲜艳一些，因此也更引人注目一些，更被珍视一些，诗就从这儿着笔。但他不从人与花的关系来写，直说万紫千红更为人们所喜爱，而从花与花的关系来写，说素净的白花往往蒙受其他美艳有色的花的欺负。这是以一般情况衬托特殊情况，为下文同中有异留下地步，而又以曲折出之……次句出白莲。虽然白花一般说来不及有色的花那么动人，但白莲却不是一般的白花。怎样不一般呢？诗人指出，它只应当生长在仙境中的瑶池里。那就是说，不是人间凡艳，而是天上仙花。此句仍是虚摹，第三、四句才转到正面描写。诗中无一字涉及白莲在颜色上、形体上、生活习性与环境上的特征，如许多咏花诗中所常写的，而是只描绘它在特定时间里的特定神情。长夜已过，尚余晓月，犹有清风，在这个时候，莲花的颜色是最明润的，香气是最清冽的。而也正是在这个时候，盛开的花却快败了，要落了。由于它是“素花”白花，不为人所珍视，所以即使无情，而从诗人看来，总不免有恨。可是，无情也罢，有恨也罢，它悄悄地自己开了，又默默地自己落了，又有谁人看见，谁人关心呢？这里，诗人写出了它与“别艳”不同的品格、风姿和遭遇，事实上，也就是为自己写照。从《笠泽丛书》及其他诗文中，我们可以看到，陆龟蒙不缺乏忧国忧民的心思，但却缺乏为国为民的机会，结果只好退隐故乡苏州，自号江湖散人。这首诗有所寄托，是很显然的。

（现当代）沈祖棻《唐人七绝诗浅释》

---

① 崔道融《梅花》诗句：“香中别有韵，清极不知寒。”

② 未详。

树枝折何至莺花同坠

树枝折断，何至莺花同坠？这个问题虽小，却触及汉语诗歌之特殊性。

“何事春风容不得？和莺吹折数枝花。”关键是“和莺”如何解读。贺裳《载酒园诗话》卷一曰：“安有花枝吹折，莺不飞去，和花同坠之理？”把“和莺”解成树和莺一起吹折。黄生在《黄白山先生〈载酒园诗话〉评》中以“诗有别趣”为之辩护，道理不言而喻，只有小孩子才不会想象“莺必不与花同坠”，但是，为什么呢？他没有说明。

把这个问题说得清清楚楚的是王文濡《宋元明诗评注读本》卷四：“言从莺声中吹落也。”这就很到位。“和莺”的“莺”，可以理解为莺，也可理解为“莺声”。于常理，当为莺，于具体上下文，于诗理当为“莺声”也。

汉语字词，尤其是古代汉语文言词，单音为多，其义多元，而口语和接近口语的话词则为双音，其义单纯。在口语中，在白话散文中，莺与莺声不可混同，然而于诗则不然。与此相似者甚多。如王维“古木无人径，深山何处钟”（《过香积寺》），此处“钟”即钟声无疑。白居易“几处早莺争暖树”（《钱塘湖春行》），按字面解是“莺争暖树”，实际上莺不可能争居暖树，而是“莺声”之多，既有争之感，又有热闹（暖）效果。类似的还有岑参的“中军置酒饮归客，胡琴琵琶与羌笛”，欢送贵客，场面盛大，乐器并不摆在那里不动，肯定是要演奏的（《白雪歌送武判官归》）。又如李商隐“锦瑟无端五十弦，一弦一柱思华年”（《锦瑟》），弦和柱本身是无声的，只有弹奏起来，才会勾起往事的回忆。

陈一琴辑历代诗话

元之（宋王禹偁字）本学白乐天诗，在商州尝赋《春日杂兴》云：“两株桃杏映篱斜，装点商州副使家。何事春风容不得？和莺吹折数枝花。”其子嘉佑云：“老杜尝有‘恰似春风相欺得，夜来吹折数枝花’之句，语颇相近。”因请易之。王元之忻然曰：“吾诗精诣，遂能暗合子美邪？”更为诗曰：“本与乐天为后进，敢期杜甫是前身。”卒不复易。

（宋）蔡居厚《蔡宽夫诗话》

王元之诗云：“两株红杏映篱斜，妆点香山（按：原文如此）副使家。何事春风容不得，和莺吹折数枝花！”语虽极工，然大风折树而莺犹不去，于理未通，当更求之。

（宋）陆游《老学庵续笔记》

论诗虽不可以理拘执，然太背理则亦不堪。……王元之《杂兴》云：“（同上蔡引，略）”其子嘉佑曰：“老杜尝有‘恰似春风相欺得，夜来吹折数枝花。’”余以且莫问雷同古人，但安有花枝吹折，莺不飞去，和花同坠之理？此真伤巧。

（清）贺裳《载酒园诗话》卷一

（评王诗及贺说）此正“诗有别趣”之谓。若必讥其无理，虽三尺童子亦知莺必不与花同坠矣！

（清）黄生《黄白山先生〈载酒园诗话〉评》卷上

（王诗“何事”二句）言从莺声中吹落也。借花寓意，不胜迁谪之感。

（近代）王文濡《宋元明诗评注读本》卷四

说长道短处士梅花诗

之前评说过诸家对于陆龟蒙《白莲》诗的争论，现在再来评说林逋梅花诗的得失及聚讼，就诗学理论而言，要说的道理基本上是一样的。但林处士其人其诗都比陆名气大，赏析批评者也多不胜举，所以这里想重点对这首诗次联做些较为细致、深入的剖析，然后也说说对全诗的看法。

“疏影横斜水清浅，暗香浮动月黄昏。”这两句诗，本非林逋的原创，而是五代南唐诗人江为的句子。据明人李日华所载，江诗原句是：“竹影横斜水清浅，桂香浮动月黄昏。”因此李氏赞叹道：“林君复改二字为‘疏影’‘暗香’以咏梅，遂成千古绝调。”其实，绝不仅仅是改动两个字那么简单。江为原作写竹、写桂都有瑕疵，林逋则点化出新用来咏梅，意转境深，两句诗才有了不朽的生命。大体说，千年来绝大多数评者对此联都赞赏不已。但是，究竟妙在何处，以至视为咏梅诗的极致和范本，道理却往往说不到位。原因何在呢？看来，主要还是出在对诗人赋予新意的关键词“疏影”和“暗香”的理解上。

先说上句“疏影”。为什么是“疏”影，而不是繁枝？繁花满枝不是也很美吗？但，那是生命旺盛、生气蓬勃的美。而“疏”，则是稀疏。但在“众芳摇落”之时，“疏影”被表现为一种“暄妍”，一种鲜明，这却是生命在严酷环境中的另一种美。如果把梅花写得很繁茂，不但失去了环境寒冷的特点，而且失去了它与严寒抗衡的风骨，更重要的是，还忽略了以外在的孤瘦显示内在刚强的艺术意蕴。那么，又为什么是“影”？为什么要影影绰绰呢？这是因为淡一点才雅，淡和雅是联系在一起的，而雅往往又与高联系在一起，故有高雅之说。让它鲜明一点不好吗？林逋另有梅花诗曰：“人怜红艳多应俗，天与清香似有私。”太鲜艳、太强烈，就可能不雅，变得俗了，只有清香才是俗的反面，这是老天爷特别的恩惠。这种淡雅，不但在“影”，而且在“疏”，渗透着中国古典的美学密码。

在分析“疏影”时，不能离开句中其他字眼的有机联系。“横斜”二字，在江为诗里，其实与竹的直立特征是矛盾的。到了林逋名句中，却适与梅的曲折虬枝相符。从这个意义上说，林逋抓住客体的特征是更精确的。但是，这还不是最重要的，因为横斜的姿态并非梅花所独有。有人说两句诗也可以用来形容桃花、李花和杏花，苏轼认为“决非桃李诗”，还幽默地回答说“杏李花不敢承担”。从植物学的观念来说，这仅仅是玩笑而已，从审美来说，此中则含有严肃的道理。就是说，最为重要的是“疏影横斜”和“暗香浮动”，写的已经不纯粹是植物的梅花，诗人把自己个体的谈雅高贵气质赋予了它，这里梅花已经成为诗人高雅气质的载体。在陈辅与王楙之间，还有“近似野蔷薇”和“野蔷薇安得有此标致”之争辩。从植物的形态来说，野蔷薇的虬枝也是曲折的，和梅花没有太大的区别，二句用来形容野蔷薇，也很难说有什么不合适。然而从诗人个体的审美感知特征来说，它却没有这样高雅的气质。原因是梅花作为一种意象，在历史过程中长期积淀，特别是经过林逋的加工之后，其高雅性质已经变得稳定了。如果有人以为野蔷薇形态上类似梅花，就将之作为自我形象的象征，可能就会变得不伦不类，乃至滑稽。

特别不可忽略的是，诗人把“疏影横斜”安放在“水清浅”之上，这更是桃、李、杏乃至野蔷薇都不具备的。这并不是简单的提供一个空间“背景”而已。为什么水一定要清而浅？“清”已经是透明了，“浅”就更加透明。已很淡雅的“疏影”，再让它横斜到清浅透明的水面上来，这淡雅就无疑是非常统一和谐了。同时，这个“影”字的内涵也变得丰富起来，它可能是横斜的梅枝本身，更可能是落在水面上的影子。有了这个黑影，虽然淡淡的，水的透明却更加显著了。正是意象组合达到如此和谐的程度，才凸现了梅花“高洁”的鲜明风格。

下句“暗香”的意涵也颇深邃。所谓二句“咏杏与桃李皆可用”云云，提出的问题似乎机智，然而说得并不准确，因为桃李杏花都不可能有梅花特有的香气。林逋把“桂香”改为“暗香”，这正表现出了他的才气。但是对于这点，至今一些学者的文章都未做深入的分析。如有位教授笼统地说：“下句写梅花之风韵。”这样评说就不到位，因为“暗香”写的主要不是梅花这一客体的“风韵”。①

显然，江为所写的桂香是强烈的，诗人笔下梅花的香气则是微妙的。梅花的“疏影”“横斜”视觉可感，“暗香”却是视觉不可感的。“暗香”的神韵就在“暗”，它是微妙的，看不见，又不是绝对不可感的。其特点是“浮动”，也就是不太强烈的，隐隐约约的，若有若无的。但妙就妙在另一种感官——嗅觉已经被调动起来了。虽然“月黄昏”，视觉朦胧，倒反衬出了嗅觉的精致。这就是提示了，梅花的淡雅高贵不是一望而知的，而是超越视觉，有待嗅觉被调动出来才能感知的。“香”本是客体的属性，是嗅觉对于客体的感知。

① 参阅《名作欣赏》2010年第5期载南京大学莫励锋教授文。

诗人把“暗香”和视觉分离开来，“暗香”就有了更多主体的脱俗的品格。也就是说，正是作者把意象群落有机结构的功能发挥到了极致，表现了从视觉到嗅觉感知递进过程的微妙，赋予不可见的香气以高雅品格的属性，从而“暗香”就成了梅花整体的定性。清田同之持异说：“细玩其情形理致，殊觉一字难移，恰是竹桂。即就‘月为之黄而昏’一解论之，亦自是桂花，不是梅花。而古今诵之，不辨未详耶？抑附和盛名耶？吾不能无间然矣。”但是，只有感想式结论，光凭“细玩其情形理致，殊觉一字难移”，似乎有点不讲理，同样的“细玩其情形理致”，也可能得出相反的结论，故此论不足为训。

值得格外重视的是，“暗香”作为一种历史的发现，作为一种“遗世独立”的人格象征，无疑对后世咏梅诗词创作也有着深远的影响。如宋代王淇《梅》诗所云：“不受尘埃半点侵，竹篱茅舍自甘心。只因误识林和靖，惹得诗人说到今。”到了王安石笔下，有“遥知不是雪，为有暗香来”“风亭对竹酬孤峭，雪径寻梅认暗香”之吟。在苏轼作品中，也有“长与东风约今日，暗香先返玉梅魂”之句。后来陆游的《卜算子》，更把这点发挥到了极致：“驿外断桥边，寂寞开无主。已是黄昏独自愁，更着风和雨。　无意苦争春，一任群芳妒。零落成泥碾作尘，只有香如故。”哪怕是可见的花“零落成泥”，作为品格象征的香气也是不可磨灭的。

林逋这两句诗，把江为本不相隶属的只是由于外部的形式对仗而并列的竹和桂，变成了统一的梅花的意境，遂成为千古名句，也成为审美诗语历史的积累的载体。这一联由于他的点化出新而名垂诗史，自是他的才气，也是他的幸运；而江为则为两字之失，为历史所遗忘。在那不讲究版权的时代，这样的不公，是历史的不公，还是个人的不幸？后世读者不管对艺术多么虔诚，都不能改变艺术祭坛上的这个历史记录了。然而又不能不遗憾地说，这首诗最精致的实在也只有这一联，其他三联在艺术质量上简直是不可相提并论。

那位教授接下去分析“霜禽欲下先偷眼，粉蝶如知欲断魂”，给予了同样的赞美。其实，我认为，这一联在全诗中，是最大的败笔。“霜禽”句强调梅花的美是一望而知的，禽鸟和粉蝶的感知都显示了一种强烈的效果，这就把上联隐约的美的意脉截断了。从手法上说，在律诗中用这样的对句，完全是一种程序化的俗套，一种匠气。这一联的情调不但与前面的意境不合，而且与尾联“幸有微吟可相狎，不须檀板共金尊”也有冲突。尾联虽比次联要逊色得多，但在意蕴的微妙上，大体上还是一脉相承的，而此联横插其间，显得异常突兀、不和谐。宋人蔡居厚早就指出颈联“与上联气格全不相类，若出两人”。明王世贞甚至嘲讥“直五尺童耳”。

认真挑剔起来，这首诗的瑕疵，还不止上述一联。至少首联上句的“暄妍”二字，色彩即太强烈，与“疏影”“暗香”淡雅高贵的意境不甚相合。下句中的“占尽”二字，又把美强调到这样无以复加的程度，就很难高雅了。所以胡应麟等评者在赞许次联的同时，对全诗往往都有直率的保留。吴乔批评首联“太杀凡近，后四句亦无高致”。纪昀指摘“五六浅近，结亦滑调”。

从这里，也许可以总结出一点阅读经典的规律：历史的成就积淀于经典中，经得起时间无情的淘汰，从某种意义上来说，它的确是不朽的。正因为这样，经典崇拜是理所当然的。但是，要防止崇拜变成迷信。世界上并不存在什么十全十美的经典，不论什么样的经典都有历史的和个人的局限。对经典不加分析，只能造成舒舒服服的自我蒙蔽。艺术经典阅读应该把赞叹和推敲结合起来，重新审视一切，才能读懂经典的深邃奥秘。

陈一琴辑历代诗话

处士林逋居于杭州西湖之孤山。逋工笔画，善为诗。……《梅花》诗云：“疏影横斜水清浅，暗香浮动月黄昏。”[①] 评诗者谓：“前世咏梅者多矣，未有此句也。”

（宋）欧阳修《归田录》卷二

林逋处士，钱塘人，家于西湖之上，有诗名。人称其《梅花诗》云“疏影横斜水清浅，暗香浮动月黄昏”，曲尽梅之体态。

（宋）司马光《温公续诗话》

林和靖《梅花诗》云：“疏影横斜水清浅，暗香浮动月黄昏。”近似野蔷薇也。

（宋）陈辅《陈辅之诗话》

诗人有写物之功……林逋《梅花》诗云：“疏影横斜水清浅，暗香浮动月黄昏。”决非桃李诗。

（宋）苏轼《东坡题跋》卷三

欧阳文忠公极赏林和靖“疏影横斜水清浅，暗香浮动月黄昏”之句，而不知和靖别有《咏梅》一联云：“雪后园林才半树，水边篱落忽横枝。”[②] 似胜前句。不知文忠公何缘弃此而赏彼？文章大概亦如女色，好恶止系于人。

（宋）黄庭坚《山谷题跋》卷二

---

① 即《山园小梅二首》（其一）：“众芳摇落独暄妍，占断风情向小园。疏影横斜水清浅，暗香浮动月黄昏。霜禽欲下先偷眼，粉蝶如知合断魂。幸有微吟可相狎，不须檀板共金尊。”

② 即《梅花三首》（其一）诗：“吟怀长恨负芳时，为见梅花辄入诗。雪后园林才半树，水边篱落忽横枝。人怜红艳多应俗，天与清香似有私。堪笑胡雏亦风味，解将声调角中吹。”

林和靖《梅花诗》“疏影横斜水清浅，暗香浮动月黄昏”，诚为警绝；然其下联乃云“霜禽欲下先偷眼，粉蝶如知合断魂”，则与上联气格全不相类，若出两人。乃知诗全篇佳者诚难得。唐人多摘句为图，盖以此。

（宋）蔡居厚《蔡宽夫诗话》

田承君云王君卿在扬州同孙巨源、苏子瞻适相会。君卿置酒曰：“‘疏影横斜水清浅，暗香浮动月黄昏’，此林和靖《梅花诗》，然而为咏杏与桃李皆可用也。”东坡曰：“可则可，只是杏李花不敢承当。”一座大笑。

（宋）王直方《王直方诗话》

欧阳文忠最爱林和靖云：“疏影横斜水清浅，暗香浮动月黄昏。”山谷以为不若“雪后园林才半树，水边篱落忽横枝”。余以为其所爱者便是优劣耶。此句于前所称真可处伯仲耳。而和靖又有诗云：“池水倒窥疏影动，屋檐斜入一枝低。”[①]

同上

林和靖《梅诗》云：“疏影横斜水清浅，暗香浮动月黄昏。”大为欧阳文公称赏。大凡《和靖集》中，《梅诗》最好，梅花诗中此两句尤奇丽。

（宋）许觊《许彦周诗话》

林和靖赋《梅花诗》，有“疏影横斜水清浅，暗香浮动月黄昏”之语，脍炙天下殆二百年。东坡晚年在惠州，作《梅花诗》云：“纷纷初疑月挂树，耿耿独与参横昏。”[②]此语一出，和靖之气遂索然矣。……使醉翁（欧阳修号）见之，未必专赏和靖也。

（宋）周紫芝《竹坡诗话》

西湖（林逋，隐居西湖）“横斜”“浮动”之句，屡为前辈击节，尝恨未见其全篇。及得其集观之，云：“（同上引，略）”其卓绝不可及，专在十四字耳！又有七言数篇，皆无如

①《梅花三首》（其三）：“小园烟景正凄迷，阵阵寒香压麝脐。湖水倒窥疏影动，屋檐斜入一枝低。画工空向闲时看，诗客休征故事题。惭愧黄鹂与蝴蝶，只知春色在桃溪。”湖，一作“池”。

② 即《再用前韵》（前首即《十一月二十六日，松风亭下，梅花盛开》）诗：“罗浮山下梅花村，玉雪为骨冰为魂。纷纷初疑月挂树，耿耿独与参横昏。先生索居江海上，悄如病鹤栖荒园。天香国艳肯相顾，知我酒熟诗清温。蓬莱宫中花鸟使，绿衣倒挂扶桑暾。抱丛窥我方醉卧，故遣啄木先敲门。麻姑过君急扫洒，鸟能歌舞花能言。酒醒人散山寂寂，唯有落蕊黏空樽。”

"池水倒窥疏影动，屋檐斜入一枝低""雪后园林才半树，水边篱落忽横枝"之句。

（宋）黄彻《䂬溪诗话》卷六

王直方又爱和靖"池水倒窥疏影动，屋檐斜入一枝低"，以谓此句于前（指前诗"疏影""暗香"一联）所称，真可处伯仲之间。余观此句，略无佳处，直方何为喜之，真所谓一解不如一解也。

（宋）胡仔《苕溪渔隐丛话》前集卷二十七

陈辅之云："林和靖'疏影横斜水清浅，暗香浮动月黄昏'，殆似野蔷薇。"是未为知诗者。予尝踏月水边，见梅影在地，疏瘦清绝，熟味此诗，真能与梅传神也。野蔷薇丛生，初无疏影，花阴散漫，乌得横斜也哉？

（宋）费衮《梁溪漫志》卷七

仆观《陈辅之诗话》谓和靖诗近野蔷薇。……似不深究诗人写物之意。"疏影横斜水清浅"，野蔷薇安得有此潇洒标致？

（宋）王楙《野客丛书》卷二十二

昔人赋梅云："疏影横斜水清浅，暗香浮动月黄昏。"这十四字谁人不晓得！然而前辈直恁地称叹，说他形容得好。是如何？这个便是难说，须要自得他言外之意，须是看得他物事有精神方好。若看得有精神，自是活动有意思，跳掷叫唤，自然不知手之舞之，足之蹈之。这个有两重：晓得文义是一重，识得意思好处是一重。

（宋）朱熹论诗，转引自魏庆之《诗人玉屑·命意》卷六

诗之赋梅，唯和靖一联而已；世非无诗，不能与之齐驱耳。词之赋梅，唯姜白石《暗香》《疏影》二曲，前无古人，后无来者，自立新意，真为绝唱。太白云："眼前有景道不得，崔颢题诗在上头。"诚哉是言也！

（宋）张炎《词源·杂论》

"疏影横斜水清浅，暗香浮动月黄昏。"东山杨公谓此特咏梅之形体，性情则未也。……请与论梅之性情：穷冬祈寒，万木剥落，梅岿然独存。梅主静，性也。未春而花，性而情矣。桃醉而夭，柳柔而娇，皆东君造化。唯梅雪霜自雪霜，特立而独行，发乎情止乎礼义也，形体云乎哉！……上一句是形体，疏影横斜是也。下一句是性情：夫性，生之

谓也，梅之香与生俱生；动处是情，浮动情也。东山何辞以对？

（元）王义山《王义山诗话》

“疏影”“暗香”之联，初以欧阳文忠公极赏之，天下无异辞。王晋卿（《王直方诗话》作“君卿”）尝谓：“此两句杏与桃、李皆可用也。”苏东坡云：“可则可，但恐杏、桃、李不敢承当耳。”予谓彼杏、桃、李者，影能疏乎？香能暗乎？繁浓之花，又与“月黄昏”“水清浅”有何交涉？且“横斜”“浮动”四字牢不可移。

（元）方回《瀛奎律髓》卷二十

天文唯雪诗最多，花木唯梅诗最多。雪诗自唐人佳者已传不可偻数，梅诗尤多于雪。唯林君复（林逋字）“暗香”“疏影”之句为绝唱，亦未见过之者，恨不使唐人专咏之耳。

（明）李东阳《麓堂诗话》

（周紫芝）老人殆未知诗者，梅诗须让和靖。东坡别有一段风味；张（耒）、胡（份）之诗，未见佳处。

（明）安磐《颐山诗话》

《苇航纪谈》云：“‘黄昏’以对‘清浅’，乃两字非一字也。月黄昏，谓夜深香动，月为之黄而昏，非谓人定时也。盖昼午后，阴气用事，花房敛藏，夜半后，阳气用事，而花敷蕊散香。凡花皆然，不独梅也。”

（明）杨慎《升庵诗话》卷一

梅花格高韵胜，见称于诗人吟咏多矣，自和靖香影一联为古今绝唱。

（明）俞弁《逸老堂诗话》卷上

议者以黄昏难对清浅。杨升庵《丹铅续录》云：“黄昏，谓夜深香动月之黄而昏，非谓人定时也。”余意二说皆非，岂诗人之固哉？梅花诗往往多用月落参横字，但冬半黄昏时参横已见，至丁夜则西没矣。和靖得此意乎？

同上

宋诗如林和靖《梅花》诗，一时传诵。“暗香”“疏影”，景态虽佳，已落异境，是许浑至语，非开元大历人语。至“霜禽”“粉蝶”，直五尺童耳。

（明）王世贞《艺苑卮言》卷四

“疏影横斜”于水波清浅之处，“暗香浮动”于月色黄昏之时。二语于梅之真趣，颇自曲尽，故宋人一代尚之。然其格卑，其调涩，其语苦，未足大方也。

（明）胡应麟《少室山房笔丛·续乙部·艺林学山一》卷十九

江为诗：“竹影横斜水清浅，桂香浮动月黄昏。”① 林君复（林逋字）改二字为“疏影”“暗香”以咏梅，遂成千古绝调。诗字点化之妙，譬如仙者丹头在手，瓦砾俱金矣。

（明）李日华《恬致堂诗话》卷四

（按：此则亦见清顾嗣立《寒厅诗话》转引，后三句以“所谓点铁成金”一语概括。）

如《梅花》诗，“暗香”“疏影”两语自是擅场，所微乏者气格耳。

（明）谢肇淛《小草斋诗话》卷二外编上

和靖“疏影横斜水清浅”一联善矣，而起联云“众芳摇落独鲜妍，占断风情向小园”，太杀凡近，后四句亦无高致。人得好句，不可不极力淘煅改易，以求相称。

（清）吴乔《围炉诗话》卷五

咏物诗最难工，而梅尤不易，林君复“雪后园林才半树，水边篱落忽横枝”，此为绝唱矣。他如“疏影横斜水清浅，暗香浮动月黄昏”，仅易江为二字，以“竹”“桂”为“疏”“暗”，是妙于点染者。余则苏子瞻“竹外一枝斜更好”②，高季迪“薄暝山家松树下”③，亦见映带之工。

（清）朱彝尊《静志居诗话》卷十八

《居易录》东坡云：“西湖处士骨应槁，只有此诗君压倒。”按：林诗“疏影、暗香”一联，乃南唐江为诗，止易竹字为疏，桂字为暗耳，虽胜原句，毕竟不免偷江东之诮；如坡

---

① 当系五代南唐江为佚诗断句，《全唐诗》江为卷未载。

② 《和秦太虚梅花》诗：“西湖处士骨应槁，只有此诗君压倒。东坡先生心已灰，为爱君诗被花恼。多情立马待黄昏，残雪消迟月出早。江头千树春欲暗，竹外一枝斜更好。孤山山下醉眠处，点缀裙腰纷不扫。万里春随逐客来，十年花送佳人老。去年花开我已病，今年对花还草草。不知风雨卷春归，收拾余香还畀昊。”

③ 高启《梅花九首》（其二）诗句：“薄暝山家松树下，嫩寒江店杏花前。”

言，逋生平竟无一诗矣。

（清）王士禛《带经堂诗话》卷十二

咏物之作，须如禅家所谓不粘不脱、不即不离，乃为上乘。古今咏梅花者多矣，林和靖“暗香、疏影”之句，独有千古，山谷谓不如“雪后园林才半树，水边篱落忽横枝”；而坡公“竹外一枝斜更好”，识者以为文外独绝，此其故可为解人道耳。《蚕尾文》并录二。

同上

梅诗无过坡公“竹外一枝斜更好”七字，及“雪后园林才半树，水边篱落忽横枝”。高季迪“雪满山中高士卧，月明林下美人来”[①]亦是俗格。若晚唐“认桃无绿叶，辨杏有青枝”，直足喷饭。

又《渔洋诗话》卷上

（林逋“雪后园林”二句）二句不但格高，正以意味胜耳！

（清）查慎行《初白庵诗评》卷下

（又“疏影”“暗香”二句）再三玩味，此联终逊“雪后”一联。

同上

梅花诗，东坡“竹外”七字及和靖“雪后”一联，自是象外孤寄。

……

《竹坡诗话》……等语，大是不解。东坡“纷纷”“耿耿”句，未是绝作，至张、胡句，更复了不异人，安见在“暗香”“疏影”之上？且置却东坡“竹外”七字而于此是取，不唯难服和靖之心，亦且大拂东坡之意。妍媸骙眛，乌足言诗！

（清）田同之《西圃诗说》

王元美论梅花诗云：“‘疏影’‘暗香’二句，景态虽佳，已落异境，是许浑至语，非盛唐语。”良是。盖二句原本南唐江为作，仅易“竹”“桂”二字为“疏”“暗”耳。……

同上

① 《梅花九首》（其一）：“琼姿只合在瑶台，谁向江南处处栽？雪满山中高士卧，月明林下美人来。寒依疏影萧萧竹，春掩残香漠漠苔。自去何郎无好咏，东风愁寂几回开！”

（《苇航纪谈》）其解固是，然和靖以此咏梅，愚意以为不甚允协。盖南唐江为已先有句云："竹影横斜水清浅，桂香浮动月黄昏。"细玩其情形理致，殊觉一字难移，恰是竹桂。即就"月为之黄而昏"一解论之，亦自是桂花，不是梅花。而古今诵之，不辨未详耶？抑附和盛名耶？吾不能无间然矣。

同上

梅诗殊少全璧，逋翁两联犹有此憾，后来如放翁"孤城小驿初飞雪，断角残钟半掩门"[①]，绝妙之联，前后亦复不称。……至方虚谷所选梅花一类，及郭梅岩《梅花字字香》、僧中峰《梅花百咏》，所谓诗愈多可神愈远尔。今之调铅吮粉者，奈何令梅花笑人也。

（清）张宗柟附识，王士禛《带经堂诗话》卷十二

［《山园小梅》（其一）］冯（指冯班）云："首句非梅。"不知次句"占尽风情"四字亦不似梅。三四及前一联皆名句，然全篇俱不称，前人已言之。五六浅近，结亦滑调。

（清）纪昀《瀛奎律髓刊误》卷二十

（苏轼"江头千树"二句）实是名句，谓在和靖"暗香""疏影"一联上，固无愧色。

又《纪文达公评苏文忠公诗集》卷二十二

至若和靖先生《梅花》诗云："疏影横斜水清浅，暗香浮动月黄昏。"陈辅之以为有类于野蔷薇诗。夫蔷薇丛生，初无疏影，花影散漫，乌得横斜？是真无理取闹，不待辨而自明。又有人谓坡公曰："此二句咏桃花、咏杏，亦何不可？"坡公曰："有何不可，只恐桃杏不敢当耳！"斯言最为冷隽。

（清）梁绍壬《两般秋雨庵随笔》卷一

林和靖咏梅，只易"竹""桂"二字为"疏影""暗香"，世皆知林句佳，而不知其蓝本江为。然谓和靖有意蹈袭，亦殊未然，盖兴之所至，偶尔相同，不知我重古人，古人重我也。

（清）马星翼《东泉诗话》卷四

① 陆游《十二月初一日得梅一枝绝奇戏作长句今年于是四赋此花矣》诗："高标已压万花群，尚恐娇春习气存。月兔捣霜供换骨，湘娥鼓瑟为招魂。孤城小驿初飞雪，断角残钟半掩门。尽意端相终有恨，夜寒皴玉倩谁温？"

宋人林处士之“疏影横斜水清浅，暗香浮动月黄昏”“雪后园林才半树，水边篱落忽横枝”，千古名句，惜全篇俚率不称。“雪后”“水边”一联更高，山谷之赏识诚允。此后寂然绝响。

（清）朱庭珍《筱园诗话》卷四

《竹坡诗话》云：“（引略）”云云。此真是全不知诗之言。黄鲁直评和靖诗，谓“雪后”“园林”二语胜于“疏影”“暗香”，犹说得去，若“月挂树”“参横昏”，则用典而已，有何工夫？

（近代）陈衍《石遗室诗话》卷二十七

山谷谓“疏影”二句不如“雪后”一联，亦不尽然。“雪后”联写未盛开之梅，从“前村风雪里，昨夜一枝开”[①]来；“疏影”联写稍盛开矣，其胜于“竹影”“桂香”句，自不待言。

又《宋诗精华录》卷一

古来梅花诗极多，苦无佳构，君复八诗最名而支句实多。“暗香”“雪后”二联，欧黄赏之，语自清韵，余犹病其“忽横枝”三字太生，“浮动”两字不当。

（近代）钱振锽《谪星说诗》卷一

“暗香”“疏影”两句，本是六朝人句。君复仅为易句首二字，尤为无取。

同上

朱熹说，讲诗如只知文义，看不出诗的好处来。如林和靖《梅花诗》“疏影横斜水清浅，暗香浮动月黄昏”，字却平常（从见与嗅，可知梅花），而却有言外之意。只知字面上意义是不够的。要看出精神来（这两句暗示梅花之幽独，清而且艳乃梅花之个性），才是活动的，始觉诗句有意思，好“活动有意思，跳掷叫唤”。就是说，这样才能使人感情移入。他说：“晓得文义是一重，识得意思好处是一重。”文义与它所表现的意思、情感，分明是表里二层，言在此而意在彼。

（现当代）朱自清《朱自清中国文学批评研究讲义》第一章

---

① 唐释齐己《早梅》：“万木冻欲折，孤根暖独回。前村深雪里，昨夜一枝开。风递幽香去，禽窥素艳来。明年如应律，先发映春台。”文字与陈引略异。

中国咏梅名句是“疏影横斜水清浅，暗香浮动月黄昏”。林逋《山园小梅》此二句甚有名而实不甚高。此二句似鬼非人，太清太高了便不是人，不是仙便是鬼，人是有血有肉有力有气的。

（现当代）顾随《驼庵诗话》

窃谓梅诗全首俱佳，当推老杜“东阁官梅”[1]一首，为古今第一。若林和靖“疏影横斜水清浅，暗香浮动月黄昏”“雪后园林才半树，水边篱落忽横枝”，苏东坡“江头千树春欲暗，竹外一枝斜更好”，虽极妙绝，但均只一联，余则不称。

（现当代）冯振《诗词杂话》

林逋的名篇《山园小梅》：“众芳摇落独暄妍，占尽风情向小园。”《瀛奎律髓》卷二十纪昀批：“冯（班）云‘首句非梅’，不知次句‘占尽风情’四字亦不似梅。”这样的批评也是不知通感所产生的。梅花开放时天还很冷，怎么说“暄妍”呢？“暄妍”是和暖而美艳，似不合用。用“风情”来指梅，好像也不合适。其实，这是诗人写出对梅花的感情来，既然李白可以把雪花看成春风中的香花，那么林逋为什么不可以把梅花看成春风中的香花呢？作者忘记了寒冷，产生了“暄妍”之感，觉得它很有“风情”，这正是从视觉联系到温暖的触觉，正写出梅花的“感动人意”来。写诗不是写科学报道。冯、纪两位未免太拘泥于气候了。再像林逋的《梅花》诗：“小园烟景正凄迷，阵阵寒香压麝脐。”“香”是嗅觉，“压”是触觉，是嗅觉通于触觉，用的也是通感手法。像“暗香浮动月黄昏”，“香”是嗅觉，“暗”是视觉，是嗅觉通于视觉，突出香的清淡。

（现当代）周振甫《周振甫讲修辞·通感》

〔附录〕

予谓二联美则美矣，不能无疵。客云：“何也。”曰：横斜之疏影，实清水之所写也。浮动之暗香，宁昏月之所关乎？又雪后半树者，形似也；水边横枝者，实事也。二联上下二句，皆不纯矣。

［日］虎关禅师《济北诗话》

① 杜甫《和裴迪登蜀州东亭送客逢早梅相忆见寄》诗：“东阁官梅动诗兴，还如何逊在扬州。此时对雪遥相忆，送客逢春可自由。幸不折来伤岁暮，若为看去乱乡愁。江边一树垂垂发，朝夕催人自白头。”

“红杏闹春”何解

宋祁《玉楼春》词表现春天城市的游乐生活，有明显的商业市井色彩。作者也很注意表现春光的美好，“绿杨”一句尤其生动地写出了气候的特点：一方面晓寒还在，一方面绿杨已经笼烟。作者精心地把这种乍暖还寒的风物，组织成一幅图画，把晓寒放在绿杨之外，加上一点雾气，让画面有层次感。想来，这一句费了作者不少心力，但是并没有在后世读者心目中留下多么惊喜的印象。倒是下面一句“红杏枝头春意闹”，轰动一时，作者也因此被誉为“红杏尚书”。

其实，“红杏”这句最精彩的也就是一个“闹”字。因为是红杏，所以用“闹”字，显得生动而贴切。如果是白杏呢？就“闹”不起来了。但李渔不以为然：“若红杏之在枝头，忽然加一‘闹’字，此语殊难着解。争斗之声谓之闹。桃李争春则有之，红杏闹春，予实未之见也。‘闹’字可用，则‘吵’字、‘斗’字、‘打’字皆可用矣。……予谓‘闹’字极粗极俗，且听不入耳。非但不可加于此句，并不当见之诗词。”然而这抬杠是没有什么道理的。因为在汉语词语里，存在着一种千百年来积累下来的潜在、自动化而又非常稳定的联想机制。枝头红杏花朵，作为色彩本来是无声的，但汉语里“红”和“火”可以自然地联系在一起，如“红火”；“火”又可以和“热”联系在一起，如“火热”；这样，从“热”就自然联想到了“热闹”。所以“红杏枝头春意闹”之“闹”字，取“热闹”之意，既是一种自由的、陌生的（新颖的）突破，又是对汉语潜在规范的发现。今人吴世昌就王国维之说评论道：“‘闹’字、‘弄’字，无非修辞格中以动词拟人之例，古今诗歌中此类用法，不可胜数。”这个说法似乎很自信，但是，很不到位，修辞学中的动词拟人格，并不能说明问题，因为红杏枝头春意打，春意斗，也是动词修辞格。从理论上来说，动词拟人格是普遍的规律，却有精致和粗糙之别，而文学解读学要解决的是单一文本精致的唯一性。

正是因为这样的语言艺术创造，王国维盛赞其“着一‘闹’字，而境界全出”。为什么不可以用“打”或“斗”呢？“打”和“斗”虽然也是一种陌生的突破，但却不在汉语潜在的联想机制之内，“红”和“斗”“打”都没有现成的联系，没有“热打”“热斗”的说法。正如诗句“不知细叶谁裁出？二月春风似剪刀”，春寒料峭，有锋利之感，但，春风可以用剪刀来比喻，却不可以用菜刀来形容，因为前面有“细叶裁出”的“裁”字埋伏在那里，“剪裁”是汉语固定联想，故而陌生中与熟悉统一，不像在英语里剪与裁是两个不相干的字（cut 和 design）。值得注意的是诗词语言提炼之艰难。如果个人天才离开了历史的积累，那发挥的余地也是比较有限的。宋祁这句词，可能就不是凭空而来的，而是对历史积淀的师承和突破。清人王士禛认为，此句实是从花间派词句“暖觉杏梢红”转化来的，不过是青出于蓝而胜于蓝而已。的确如此，原句表现杏花之红，只给人一种暖的感觉，而红杏在枝头“闹”，不但是暖，而且给人一种喧闹的联想。多了一个层次的翻越，在艺术上就不可同日而语了。

对于这个问题，说得比较深邃的是钱锺书先生。他列举许多例证，认为：“……说‘闹’字‘形容其杏之红’，还不够确切；应当说‘形容其花之盛（繁）’。‘闹’字是把事物无声的姿态说成好像有声音的波动，仿佛在视觉里获得了听觉的感受。……用心理学或语言学的术语来说，这是‘通感’（synaesthesia）或‘感觉挪移’的例子。”钱锺书的说法，可能与法国象征派的诗学主张有关系。象征派所追求的感觉的“契合”（correspondence），或译“应和”，是多维的感觉结构，这种“契合”“应和”不仅表现为几种稳定的感觉之间的交响，而且表现为一种感觉向另外一种感觉的挪移。戴望舒在他著名的《雨巷》诗里就用了这种“通感”的技法，写他想象中的女郎有“丁香一样的颜色，丁香一样的芬芳”，就是以视觉的“颜色”和嗅觉的“芬芳”，又加上听觉“太息一般的眼光”，构成了非常丰富而又新颖的感觉“契合”，或说“应和”。

一个“闹”字，竟有那么多的权威为之赞叹不已。但有所保留的也并非个别，今人冯振就说“虽脍炙一时，互标警策”，“究太伤雕刻，未免有斧凿痕”，意即不够自如，炼字炼到有痕迹，还是欠佳。这显然过于苛刻，但可姑备一说。

陈一琴辑历代诗话

张子野郎中，以乐章擅名一时。宋子京尚书奇其才，先往见之，遣将命者，谓曰：“尚书欲见‘云破月来花弄影’[①]郎中乎？”子野屏后呼曰：“得非‘红杏枝头春意

① 张先《天仙子》（水调数声）词句。

闹’[1]尚书邪？”遂出，置酒尽欢。盖二人所举，皆其警策也。

（宋）陈正敏《遁斋闲览》，转引自胡仔《苕溪渔隐丛话》前集卷三十七

（按：此则又见清王弈清等《历代词话》所引《古今词话》，文字较简略：“宋景文过之野家，将命者曰：‘尚书欲见“云破月来花开影”郎中。’子野内应曰：‘得非“红杏枝头春意闹”尚书耶？’”）

琢句炼字，虽贵新奇，亦须新而妥，奇而确。妥与确，总不越一理字，欲望句之惊人，先求理之服众。时贤勿论，吾论古人。古人多工于此技，有最服予心者，“云破月来花弄影”郎中是也。有蜚声千载上下，而不能服强项之笠翁（李渔晚号）者，“红杏枝头春意闹”尚书是也。“云破月来”句，词极尖新，而实为理之所有。若红杏之在枝头，忽然加一“闹”字，此语殊难着解。争斗有声之谓“闹”，桃李“争春”则有之，红杏“闹春”，予实未之见也。“闹”字可用，则“吵”字、“斗”字、“打”字，皆可用矣。宋子京当日以此噪名，人不呼其姓氏，竟以此作尚书美号，岂由尚书二字起见耶？予谓“闹”字极粗极俗，且听不入耳，非但不可加于此句，并不当见之诗词。近日词中，争尚此字者，子京一人之流毒也。

（清）李渔《窥词管见》第七则

词虽以险丽为工，实不及本色语之妙。如李易安“眼波才动被人猜”[2]……观此种句，觉“红杏枝头春意闹”尚书，安排一个字，费许大气力。

（清）贺裳《皱水轩词筌》

试举“寺多红叶烧人眼，地足青苔染马蹄”[3]之句，谓“烧”字粗俗，红叶非火，不能烧人，可也。然而句中有眼，非一“烧”字，不能形容红之多，犹之非一“闹”字，不能形容其杏之红耳。诗词中有理外之理，岂同时文之理、讲书之理乎？

（清）方中通《与张维》，转引自钱锺书《七缀集·通感》

“红杏枝头春意闹”“云破月来花弄影”，俱不及“数点雨声风约住，朦胧淡月云来

---

① 宋祁（字子京，官工部尚书，谥景文）《玉楼春·春景》词：“东城渐觉风光好，縠皱波纹迎客棹。绿杨烟外晓寒轻，红杏枝头春意闹。　浮生长恨欢娱少，肯爱千金轻一笑。为君持酒劝斜阳，且向花间留晚照。”

② 李清照《浣溪沙》（绣面芙蓉）词句。

③ 王建《江陵即事》诗句。

去。”[①] 予尝谓李后主拙于治国，在词中犹不失为南面王，觉张郎中、宋尚书，直衙官耳。

（清）沈谦《填词杂说》

“红杏枝头春意闹”，一“闹”字卓绝千古。

（清）刘体仁《七颂堂词绎》

（按：清王又华《古今词论·刘公勇词论》引作：“一‘闹’字卓绝千古。字极俗，用之得当，则极雅，未可与俗人道也。”公勇，刘体仁字。）

宋子京词云：“（同上注引，略）”人谓“闹”字甚重，我觉全篇俱轻，所以成为“红杏尚书”。

（清）沈雄《古今词话·词辨上卷》

“红杏枝头春意闹”尚书，当时传为美谈。吾友公勇极叹之，以为卓绝千古。然实本花间“暖觉杏梢红”[②] 特有青蓝冰水之妙耳。

（清）王士禛《花草蒙拾》

偶值春暖花开，思及宋子京得名词句“红杏枝头春意闹”，“闹”字亦佳。但词则可用，字太尖。

（清）方世举《兰丛诗话》

通首浓丽，然总“春意闹”三字，尤为奇辟也。

（清）黄蓼园《蓼园词评》

词中句与字，有似触着者，所谓极炼如不炼也。晏元献“无可奈何花落去”二句[③] 触着之句也；宋景文“红杏枝头春意闹”，“闹”字，触着之字也。

（清）刘熙载《艺概·词曲概》卷四

宋子京词，“红杏枝头春意闹”，“闹”字固炼，然太吃力，不可学。

（清）李佳《左庵词话》卷上

---

① 李煜《蝶恋花》（遥夜亭皋）词句。

② 和凝《菩萨蛮》（越梅半折）词句：“暖觉杏梢红，游丝狂惹风。”词为赵崇祚编《花间集》选录，得以保存。

③ 晏殊（谥元献）《浣溪沙》词句：“无可奈何花落去，似曾相识燕归来。”

叶韵字尤宜留意，古人名句，末字必新隽响亮，如“人比黄花瘦”[①]之“瘦”字，“红杏枝头春意闹”之“闹”字皆是。然有同此字，而用之善不善，则存乎其人之意与笔。

（清）沈祥龙《论词随笔》

“红杏枝头春意闹”，着一“闹”字，而境界全出。“云破月来花弄影”，着一“弄”字，而境界全出矣。

（近代）王国维《人间词话》

红杏尚书，以一“闹”字卓绝千古，而李笠翁痛诋之，谓春意胡可闹乎。不知春到杏林，叶长花苞，次第争发，若红若绿，若大若小，若先若后，实有争恐之意，胡不可谓之“意闹”。笠翁此说，亦西河（清毛奇龄，郡望西河）之诋“春江水暖鸭先知”[②]，宋人之语“杜鹃声里斜阳暮”[③]之类耳。

（近代）碧痕《竹雨绿窗词话》

宋子京词云：“红杏枝头春意闹。”张子野词云：“云破月来花弄影。”虽脍炙一时，互标警策，然“闹”字、“弄”字，究太伤雕刻，未免有斧凿痕。

（现当代）冯振《诗词杂话》

李笠翁谓“（同上引录，略）”余以为诗词用字，往往妙在无理难解，只可以意会之。此“闹”字，余每于春暖杏花怒发时，身历其境，始会其妙。如谓为无理，则下句“为君持酒劝斜阳”，斜阳岂听人劝，又何尝有理。如以“吵”字、“斗”字、“打”字皆可用，东坡诗云“春江水暖鸭先知”，毛西河谓：“鹅独不知耶？”执是以论诗词，口角将无已时。

（现当代）张伯驹《丛碧词话》

绿杨红杏，相映成趣。而“闹”字尤能撮出花繁之神，宜其擅名千古也。

（现当代）唐圭璋《唐宋词简释》

静安曰：“‘红杏枝头春意闹’，着一‘闹’字，而境界全出。‘云破月来花弄影’，着一‘弄’字，而境界全出矣。”“闹”字、“弄”字，无非修辞格中以动词拟人之例，古今诗歌

① 李清照《醉花阴》词句：莫道不消魂，帘卷西风，人比黄花瘦。
② 苏轼《惠崇春江晚景二首》（其一）诗句。
③ 秦观《踏莎行·郴州旅舍》词句。

中此类用法，不可胜数。

（现当代）吴世昌《词林新话·词论》

按："闹"字乃宋人俗语，谓鲜艳惹眼，故有"闹妆""闹蛾儿"，非吵闹之意。笠翁强作解人。唐人有"闹扫妆"，髻名，见《三梦记》(《辞源》作《三唐记》)。"闹蛾儿"见柳永词，《姜斋文集》有记，为插于巾帽之一种草虫妆饰。

又《词林新话·两宋（上）》

宋祁《玉楼春》有句名句："红杏枝头春意闹。"李渔《笠翁余集》卷八《窥词管见》第七则别抒己见，加以嘲笑……同时人方中通《续陪》卷四《与张维四》那封信全是驳斥李渔的……也没有把那个"理外之理"讲明白。……

晏几道《临江仙》："风吹梅蕊闹，雨细杏花香。"毛滂《浣溪沙》："水北烟寒雪似梅，水南梅闹雪千堆。"马子严《阮郎归》："翻腾妆束闹苏堤，留春春怎知！"黄庭坚《次韵公秉、子由十六夜忆清虚》："车驰马骤灯方闹，地静人闲月门妍。"……从这些例子来看，方中通说"闹"字"形容其杏之红"，还不够确切；应当说"形容其花之盛繁"。"闹"字是把事物无声的姿态说成好像有声音的波动，仿佛在视觉里获得了听觉的感受。……用心理学或语言学的术语来说，这是"通感"（synaesthesia）或"感觉挪移"的例子。

（现当代）钱锺书《七缀集·通感》

柳絮、河豚岂同时

诸家论河豚生长宜食之时，有江阴、毗陵（常州）及秣陵（南京）之别，即便梅尧臣《范饶州坐中客语食河豚鱼》一诗所写有误，亦不足怪。考其究竟，意义不在诗学，而在水产学，读诗、学诗者都无须纠缠。宋人陈岩肖记其寓居之直接经验，“见江阴每腊尽春初已食之，毗陵则二月初方食。其后官于秣陵，则三月间方有之”，所言当是。且对不同记述亦有所解释：“盖此鱼由海而上，近海处先得之，鱼至江左，则春已暮矣。”从江阴到常州再到南京，河豚之溯游，从腊尽、春至二三月，良有以也。

陈一琴辑历代诗话

梅圣俞尝于范希文（范仲淹字）席上赋《河豚鱼诗》云：“春洲生荻芽，春岸飞杨花。河豚当是时，贵不数鱼虾。”[①]河豚常出于春暮，群游水上，食絮而肥。南人多与荻芽为羹，云最美。故知诗者，谓只破题两句，已道尽河豚好处。圣俞平生苦于吟咏，以闲远古淡为意，故其构思极艰。此诗作于樽俎之间，笔力雄赡，顷刻而成，遂为绝唱。

（宋）欧阳修《六一诗话》

梅圣俞《河豚诗》曰：“春洲生荻芽，春岸飞杨花。河豚于此时，贵不数鱼虾。”刘原甫戏曰：“郑都官有《鹧鸪诗》，谓之郑鹧鸪。圣俞有《河豚诗》，当呼有梅河豚也。”

（宋）李颀《古今诗话》

① 即《范饶州坐中客语食河豚鱼》诗：“春洲生荻芽，春岸飞杨花。河豚当是时，贵不数鱼虾。其状已可怪，其毒亦莫加。忿腹若封豕，怒目犹吴蛙。庖煎苟失所，入喉为镆铘。若此丧躯体，何须资齿牙。持问南方人，党护复矜夸。皆言美无度，谁谓死如麻。我语不能屈，自思空咄嗟。退之来潮阳，始惮餐笼蛇。子厚居柳州，而甘食虾蟆。二物虽可憎，性命无舛差。斯味曾不比，中藏祸无涯。甚美恶亦称，此言诚可嘉。”

梅圣俞《河豚诗》云："春岸飞杨花。"永叔谓河豚食杨花则肥。韩渥诗："柳絮覆溪鱼正肥"①，大抵鱼食杨花则肥，不必河豚。

（宋）蔡居厚《诗史》

欧阳文忠公记梅圣俞《河豚诗》："春洲生荻芽，春岸飞杨花。"破题两句，已道尽河豚好处。谓河豚出于暮春，食柳絮而肥，殆不然。今浙人食河豚始于上元前，常州江阴最先得。方出时，一尾至直千钱，然不多得，非富人大家预以金啖渔人未易致。二月后，日益多，一尾才百钱耳。柳絮时，人已不食，谓之斑子，或言其腹中生虫，故恶之，而江西人始得食。盖河豚出于海，初与潮俱上，至春深，其类稍流入于江。公，吉州人，故所知者江西事也。

（宋）叶梦得《石林诗话》卷上

晁季一检诗，尝为予言："《归田录》所记圣俞赋河豚云：'春洲生荻芽，春岸飞杨花。河豚于此时，贵不数鱼虾。'则是食河豚时正在二月。而吾妻家毗陵，人争新相问遗，会宾客，唯恐后时，价虽高无吝色，多在腊月。过上元则不复贵重。所食时节，与欧公称赏圣俞绝不相同。岂圣俞赋诗之地与昆陵异邪？"风气所产，随地有早晚，亦未可一概论也，故为记之。

（宋）朱弁《风月堂诗话》卷下

欧阳永叔称圣俞《河豚诗》云："春洲生荻芽，春岸飞杨花。河豚当是时，贵不数鱼虾。"以为河豚食柳絮而肥，圣俞破题便说尽河豚好处，乃永叔褒誉之词，其实不尔也。此鱼盛于二月，柳絮时鱼已过矣。

（宋）孔仲毅《珩璜新论》

东坡诗云："竹外桃花三两枝，春江水暖鸭先知，蒌蒿满地芦芽短，正是河豚欲上时。"②此正是二月景致，是时河豚已盛矣，但欲上之语，似乎未稳。

（宋）胡仔《苕溪渔隐丛话》前集卷三十一

余尝寓居江阴及毗陵，见江阴每腊尽春初已食之，毗陵则二月初方食。其后官于秣陵，则三月间方有之，盖此鱼由海而上，近海处先得之，鱼至江左，则春已暮矣。江阴、毗陵无荻芽，秣陵等处则以荻芽芼之。然则圣俞所咏，乃江左河豚鱼也。圣俞诗多古淡，而此

---

① 唐末韩偓《卜隐》诗句："桑梢出舍蚕初老，柳絮盖溪鱼正肥。"文字与蔡引略异。

② 苏轼《惠崇春江晓景二首》（其一）。

诗特雄赡，故尤为人称美。

（宋）陈岩肖《庚溪诗话》卷下

予按：《倦游杂录》云：“河豚鱼有大毒，肝与卵，人食之必死。暮春柳花飞，此鱼大肥。江、淮人以为时珍，更相赠遗。脔其肉杂蒌蒿荻芽，瀹而为羹，或不甚熟，亦能害人，岁有被毒而死者。”然南人嗜之不已，故圣俞诗“春洲生荻芽，春岸飞杨花。河豚当此时，贵不数鱼虾”。而其后又云：“炮煎苟失所，转喉为莫邪。”

（宋）严有翼《艺苑雌黄》

圣俞诗不好底多。《河豚》诗，当时诸公说道恁地好。据某看来，只似个上门骂人底诗。只似脱了衣裳，上人门骂人父一般，初无深远底意思。

（宋）朱熹《朱子语类》卷一百四十

东坡《咏荔枝》、梅圣俞《咏河豚》，此等类非诗，特俗所谓偈子耳。

（明）刘绩《霏雪集》卷上

以神理相取，在远近之间，才着手便煞，一放手又飘忽去，如同“物在人亡无见期”[①]，捉煞了也。如宋人《咏河鲀》云：“春洲生荻芽，春岸飞杨花。”饶他有理，终是于河鲀没交涉。

（清）王夫之《姜斋诗话》卷下

坡诗“蒌蒿满地芦芽短，正是河豚欲上时”，非但风韵之妙，盖河豚食蒿芦则肥，亦如梅圣俞之“春洲生荻芽，春岸飞杨花”无一字泛设也。

（清）王士禛《渔洋诗话》卷中

（梅尧臣诗）六一谓首二句“已尽河豚之美”，客或驳之曰：“南昌食河豚皆系早春，迨杨柳飞花则失其美矣。”余谓梅诗作于洛下，非在南昌，句亦无害，但此二句“已尽河豚之美”，则未必然耳。

（清）马星翼《东泉诗话》卷一

---

① 唐人李颀《题卢五旧居》诗句：“物在人亡无见期，闲庭系马不胜悲。”前引《古今诗话》作者李颀，则系宋人，生平不详。

秋菊落英之争

蔡绦系奸相蔡京的季子。蔡京晚年政事曾付之，素负肆为奸利“恶名”。但近来有人对之做具体分析，认为他不过“纨绔任性，并非奸恶”。作为文人，其所著《西清诗话》颇有影响。其中关于欧阳修评论王安石诗的一条，引起长期争讼。说是欧阳修见王安石《残菊》诗“黄昏风雨暝园林，残菊飘零满地金”，认为“百花尽落，独菊枝上枯”，因戏曰：“秋英不比春花落，为报诗人仔细吟。”王安石闻之，以屈原《离骚》有“夕餐秋菊之落英”之句反驳。后来曾慥在《高斋诗话》中把这件事安到苏轼头上去。胡仔在《苕溪渔隐丛话》前集卷三十四说，这条材料不太可靠，对于“秋英不比春花落，为报诗人仔细看”这两句诗，他查阅了欧阳修《六一居士全集》及《东坡前后集》，并没有这样的诗句。不知蔡绦有何根据。欧阳修比蔡京大四十岁，1072年去世。王安石比蔡京大二十多岁，1086年去世，三四十年后，蔡绦当权，后即遭流放。此时胡仔大约三十岁，可谓同时人。也许蔡绦所据并非书面材料，而是传说，也就是所谓“小说家言”。但是，这个问题之所以引起长期的关注，其真实与否并不重要，要害在争论背后的理论预设竟是一样的。

支持欧阳修的一派的前提是，王安石的诗中写到菊花败而落地，不符合客观物理事实，故可笑。而支持王安石的一派则认为，王安石的诗句是真实的，一种说法是宋人史正志自称“学为老圃，而颇识草木”，作为内行，在专门研究菊花的《菊谱》之《后序》中说，其实，菊花败后，并不是完全不落，散落的只是其中一部分。不落的是花瓣比较密的，盛开之后，由黄转白，原来白色者则渐转红，枯于枝上；而“花瓣扶疏者多落，盛开之后，渐觉离披，遇风雨撼之，则飘散满地矣”。褚人获《坚瓠集》云：“菊惟黄州落瓣，子瞻见之，始愧服。”当然还有人说，黄州菊落之说，于黄州地方志无据。有人出来打圆场说，有些地方的菊花残后败落，有些地方则不落。更有李奎报在《白云小说》中以亲身经历证明：“诗者，兴所见也。余昔于大风疾雨中，见黄花亦有飘零者。”有人从文字上，为王安石辩护说，屈原的秋菊之落英的“落”并不是落下来的落，而是“初”的意思，隐含着早、嫩的意味。

两派观点相反，但是，理论前提却一样，那就是诗的价值在真实，诗中描述的事物必须是真实的。

但是，对王安石刁难的最大的漏洞被曾慥在《高斋诗话》中有所揭示：苏东坡自己在《谢人寄酒诗》中就有：“漫绕东篱嗅落英。”这个问题的价值不仅仅在指出这个传说的不可靠，而且在于把诗的意象与客观物象的真实的矛盾推向了一个新的层次。把这个矛盾揭露得更为彻底的是四百多年后的胡应麟，他在《诗薮》的内编卷一中指出：“‘餐秋菊之落英’，谈者穿凿附会，聚讼纷纷，不知三闾但托物寓言。如‘集芙蓉以为裳’‘纫秋兰以为佩’，芙蓉可裳，秋兰可佩乎？然则菊虽无落英，谓有落英亦可。屈虽若误用，谓未尝误亦可。”在这里，他提出一个相当深邃的理论范畴，那就是“咏物”和“托物寓言”的关系。有落英无落英，都无所谓。意象的客观真实要紧不要紧，要看情况。当其“托物寓言”时，就可赋予事物以主体的想象的属性，客体真实就无所谓了。但是，当其“咏物”时，也就是做现场的描绘时，则还是要讲究真实的。故屈原食之秋菊之落英，饮之木兰之坠露，已经不再是客观的植物，而是被诗人赋予了非世俗烟火的、高度洁净的精神意味。“集芙蓉以为裳”“纫秋兰以为佩”，则是以花之幽美和华贵象征品性的高贵。用贺裳和吴乔的话来说，客体事物到了诗歌中，“形质俱变”了，客观的事物被主体的品性同化了。

正是因为二者有别，胡应麟论断，王安石的“黄菊飘零满地金”，“却有病”，因为“屈乃寓言，王则咏物也”。

胡氏这个见解产生在 16 世纪，略早于西方莎士比亚时代，西方浪漫主义的激情（passion）和想象（imagination）、变形（transformation 或 deformation）论尚未产生，在中国诗歌理论史上应该说是有所突破。

中国诗歌理论在此以前，有徘徊不前的趋势。类似菊花落与不落、千里何能听得莺啼、千里黄河何能可见、江浪何以打及佛像、雪花何得为香等等，以及诗情不能越史断等等，大抵都是为真实论的理论预设所拘。虽然陆机《文赋》早就有了“诗缘情”的观念，但是，更为权威的《诗大序》的“在心为志，发言为诗”把缘情与写实的矛盾遮蔽了。传统的赋比兴理论，“赋”是很重要的，比，也只是“以彼物喻此物也”，物仍然是物。客观的物与主体的志的矛盾，物如何变质为志，并没有进入理论性的思考。故中国的古典诗歌明明是以抒情为主，但是，权威理论核心却是写景。戴叔伦“诗家之景，如蓝田日暖，良玉生烟。可望而不可置于眉睫之前也”，梅尧臣“状难写之景如在目前，含不尽之意，见于言外”，几成共识。创作任务是写景，把难以描绘的景物描绘出来，把情感渗透于其中。至于如何渗透，渗透之时，景物将发生何等变异，则是盲点。其实早在王逸注释《楚辞》时就提出香草美人之间的象征性问题，早已超越了赋比兴之说，但是仅仅作为个案，而未作为普遍性的理论受到重视。实际上《楚辞》之于《诗经》在艺术上最大的发展有两点：第一，从赋比兴的原始手法进化为系统的象征；第二，从群体情绪表述走向个人命运的直接抒情。这就开拓了汉魏古体的一代诗风。《诗经》和《楚辞》，大致可分为描绘隐情和直接抒情两种艺术流派，延至唐代，分别在古风、歌行、律绝中发展。而司空图所引戴容州之语，只是近体写景隐情一派的艺术方法，其高度发展之极致乃是中国特有的绝对隐情。以王维为代表，如《鸟鸣涧》之“月出惊山鸟，时鸣春涧中”，其不尽之意在山之静至于月光无声之变能惊动山鸟，山鸟之鸣益见山之静。其底蕴乃人心之闲，之静。

陈一琴辑历代诗话

欧阳文忠公嘉祐中见王文公（王安石，卒谥文）诗：“黄昏风雨暝园林，残菊飘零满地金。”① 笑曰：“百花尽落，独菊枝上枯耳。”因戏曰：“秋英（一作“花”）不比春花落，为报诗人仔细吟。”公闻之，怒曰：“是定不知《楚辞》云‘夕餐秋菊之落英’。欧阳公不学之过也。”

（宋）蔡绦《西清诗话》卷下

荆公诗：“黄昏风雨暝园林，残菊飘零满地金。”子瞻跋云：“秋英不比春花落，说与诗人仔细看。”盖为菊无落英故也。荆公云：“苏子瞻读《楚辞》不熟耳。”予以谓屈平（屈原名）“夕餐秋菊之落英”，大概言花衰谢之意，若“飘零满地金”则过矣。东坡既以落英为非，则屈原岂亦谬误乎？坡在海南《谢人寄酒诗》有云：“漫绕东篱嗅落英。”又何也？

（宋）曾慥《高斋诗话》

“秋英不比春花落，为报诗人仔细看。”此是两句诗，余于《六一居士全集》及《东坡前后集》，遍寻并无之。不知《西清》《高斋》何从得此二句诗，互有讥议，亦疑其不审也。

（宋）胡仔《苕溪渔隐丛话》前集卷三十四

蔡绦《西清诗话》，记荆公有“黄菊飘零满地金”之句，而文忠公非之，荆公以文忠不读《楚辞》之过也。以予观之，“夕餐秋菊之落英”，非零落之落。落者，始也。故筑室始

① 王安石《残菊》：“黄昏风雨打园林，残菊飘零满地金。攧得一枝犹好在，可怜公子惜花心。”

成谓之落成。《尔雅》曰："俶、落、权、舆，始也。"

（宋）吴曾《能改斋漫录》卷三

《楚词》曰："餐秋菊之落英。"观国案：秋花不落枝上自枯者，菊也。《楚词》之言，与义未安。

（宋）王观国《学林》卷八

欧阳文忠公评王介甫诗云："秋花不似春花落，凭仗诗人仔细吟。"是固然也。然秋花独菊不落，其他如木犀、芙蓉之类，盖无不落者，则秋花岂尽不落耶？

（宋）袁文《瓮牖闲评》卷七

菊之开也，既黄白深浅之不同，而花有落者，有不落者。盖花瓣结密者不落，盛开之后，浅黄者转白，而白色者渐转红，枯于枝上；花瓣扶疏者多落，盛开之后，渐觉离披，遇风雨撼之，则飘散满地矣。王介甫武夷诗云："黄昏风雨打园林，残菊飘零满地金。"欧阳永叔见之，戏介甫曰："秋花不落春花落，为报诗人仔细看。"介甫闻之，笑曰："欧阳九不学之过也。岂不见《楚辞》云'夕餐秋菊之落英'！"……王彦实言："古人之言有不必尽循者，如《楚辞》言秋菊落英之语。"予谓诗人所以多识草木之名，盖为是也。欧、王二公，文章擅一世，而左右佩纫，彼此相笑，岂非于草木之名犹有未尽识之，而不知有落有不落者耶？王彦实之徒又从而为之赘疣，盖益远矣。……予学为老圃，而颇识草木者，因书于《菊谱》之后。

（宋）史正志《史老圃菊谱后序》

荆公诗云："（引称见上注，'犹'作'还'）"东坡云："秋花不似春花落，寄语诗人仔细看。"荆公云："东坡不曾读《离骚》，《离骚》有云：'朝饮木兰之坠露，夕餐秋菊之落英。'"

（宋）吴可《藏海诗话》

（王安石）引《楚词》"夕餐秋菊之落英"为据。予按：《访落》诗"访予落止"[①]，毛氏曰"落，始也"，《尔雅》"俶、落、权、舆，始也"，郭景纯亦引"访予落止"为注。然则《楚词》之意，乃谓撷菊之始英者尔。东坡《戏章质夫寄酒不至》诗云"漫绕东篱嗅落英"，

① 《诗经·周颂·访落》诗句："访予落止，率时昭考。"

其义亦然。

（宋）费衮《梁溪漫志》卷六

士有不遇，则托文见志，往往反物理以为言，以见造化之不可测也。屈原《离骚》曰："朝饮木兰之坠露兮，夕餐秋菊之落英。"原盖借此以自谕，谓木兰仰上而生，本无坠露，而有坠露；秋菊就枝而殒，本无落英，而有落英，物理之变则然。吾憔悴放浪于楚泽之间，固其宜也。……古人托物之意，大率如此。本朝王荆公用残菊飘零事，盖祖此意。欧公以诗讥之，荆公闻之，以为欧九（欧阳修，排行九）不学之过，后人遂谓欧公之误，而不知欧公意盖有在。欧公学博一世，《楚词》之事，显然耳目之所接者，岂不知之？其所以为是言者，盖深讥荆公用落英事耳，以谓荆公得时行道，自三代以下未见其比，落英反理之谕，似不应用。故曰："秋英不比春花落，为报诗人仔细看。"盖欲荆公自观物理，而反之于正耳。

（宋）王楙《野客丛书》卷一

《楚辞》云："餐菊之落英。"释者云："落，始也。"如《诗经·访落》之落，谓初英也。古人言语多如此，故以乱为治，以臭为香，以扰为驯，以慊为足，以特为匹，以原为再，以落为萌。

（宋）罗大经《鹤林玉露》丙编卷一

荆公亦有强辩处。尝有诗云："黄昏风雨满园林，残菊飘落满地金。"欧公见而戏之曰："秋英不比春花落，传与诗人仔细吟。"荆公闻之曰："永叔独不见《楚辞》'夕餐秋菊之落英'邪？"殊不知《楚辞》虽有落英之语，特寓意朝夕二字，言吞阴阳之精蕊，动以香净，自润泽尔，所谓"落英"者，非飘零落地之谓也。夫百卉皆凋落，独菊花枝上枯，虽童孺莫不知之。

（宋）陈鹄《耆旧续闻》

昔人讥王介甫"残菊飘零满地金"之句，以秋英不比春花落，公引《楚词》为证。或谓"落"，初也，始也，如落成之落。愚谓《楚词》"落英"与"坠露"对言，屈子似非指"落"为"始"者，读者不以辞害意可也。

（元）吴师道《吴礼部诗话》

《离骚》云“落英”，或谓菊花不落而何为落英？一云：“落，大也。”一云：“落，始也，谓始开之英。”姚宽《西溪丛语》引晋许询诗云：“青松凝素体，秋菊落芳英。”沈约云：“英，叶也，言食秋菊之叶。”

（明）俞弁《逸老堂诗话》卷下

吾料荆公一时之误，强以《楚词》落英之落，以释其句也。夫飘落之落与落英之落不同，飧菊之落者，乃抹落其英而飧之菊，固不自飘落，夫荆公亦有误。凡吟者全无诗中之病难矣。

（明）汪彪《全相万家诗话》卷二

“餐秋菊之落英”，谈者穿凿附会，聚讼纷纷，不知三闾（屈原，曾官三闾大夫）但托物寓言。如“集芙蓉以为裳”“纫秋兰以为佩”，芙蓉可裳，秋兰可佩乎？然则菊虽无落英，谓有落英亦可。屈虽若误用，谓未尝误亦可。以《尔雅》《释名》读《北山》《云汉》，则谬以千里矣。余为此论，只足供曲士一笑。质之旷代，当有知言。王介甫“黄菊飘零满地金”，此却有病。屈乃寓言，王则咏物也。

（明）胡应麟《诗薮》内编卷一

此刘贡父讥庐陵语。然欧公即不读书，断无不读《楚辞》之理。盖菊不宜落而落，屈子正自状其放废，半山（王安石号）君臣鱼水，而以落英自况，故欧公以不比凡花讽之也。

（清）宋长白《柳亭诗话》卷十六

王介甫《残菊》诗：“黄昏风雨打园林，残菊飘零满地金。”小说载：“嘉祐中欧阳文忠见此诗，笑曰：‘百花尽落，独菊枝上枯耳！’因戏曰：‘秋英不比春花落，为报诗人仔细看。’或又误作王君玉诗。今世俗又传作东坡笑之。介甫闻之曰：‘是不知《楚词》云“夕飧秋菊之落英”，欧阳九不学之过也。’”李雁湖《王荆公诗》注云：“落英乃是‘桑之未落’华落色衰之落，非必言花委于地也。”欧、王二巨公，岂不晓此，小说谬不可信也。又蔡绦《西清诗话》云：“落，始也。今按始之义，乃落成之‘落’，自与此‘落’字不同。而诗既以飘零满地为言，则似亦不仅色衰之义矣。”

（清）翁方纲《石洲诗话》卷三

世传王介甫《咏菊》，有“黄昏风雨过园林，残菊飘零满地金”之句，苏子瞻续云：“秋花不比春花落，为报诗人仔细吟。”因得罪介甫，谪子瞻黄州。菊惟黄州落瓣，子瞻见之，始愧服。后二句，又传为欧公作。

（清）褚人获《坚瓠集》

近时宋牧中《筠廓偶笔》辨之，谓考《黄州志》及诸书，绝不载此事。又云寓数载，种菊最多，亦不见黄花落地，后唯盆中紫菊才落数瓣。心窃疑之，因考史正志《菊谱后序》，云菊有落者、有不落者……按此则菊原有落、不落二种，更无黄州菊落之事，赋诗相笑，乃欧王二公事，与子瞻无涉。盖牧中之言如此。然谓欧王二公事，特《西清诗话》云尔，若据此为信，则《高斋》之说又是谓何？至《楚辞》落英之解，或主飘落之落，或不主飘落之落，说者亦各不同。大都此一段话，所见异词，所闻异词，用资谈柄则可，彼此有无固均不足深辨也。

（清）陈锡路《黄奶余话》卷三

〔**附录**〕

诗者，兴所见也。余昔于大风疾雨中，见黄花亦有飘零者。文公诗既云“黄昏风雨暝园林”，则以兴所见拒欧公之言可也；强引《楚辞》，则其曰“欧阳其何不见”，此亦足矣；乃反以不学目之，一何褊欤？修若未至博学洽闻者，《楚辞》岂幽径僻说而修不得见之耶？

［朝鲜］李奎报《白云小说》

为何鸭独“先知”

苏轼《惠崇春江晓景二首》“春江水暖鸭先知”之句，获得后世普遍称道。毛奇龄对此独持贬议，认为是仿效唐人“花间觅路鸟先知”而“不及唐人”。他诘问道：“觅路在人，先知在鸟，以鸟习花间故也；此‘先’，先人也。若鸭则先谁乎？”此言似乎甚合诗理：唐诗之好，在于诗人先对本自飞翔之鸟予以主观同化，定性为与自己同样在寻路，因为人不如鸟熟悉花间之路，可以推想鸟比人“先知”；而“春江水暖鸭先知”，则无先后之比，比较当在二者之间，既无对象，比较就不能成立。今人朱自清曾指出：“‘花间失路鸟先知’是唐人句，它表示一个人很闲散，跟着鸟在花丛中走。东坡《题画》句‘春江水暖鸭先知’，是模仿，但却是写鸭之活泼情状了。这里就有了创造。”但可惜的是，朱先生没有细致分析创造在哪里。

然而，从阅读实践来看，千年之传诵仍足以说明“鸭先知”优于“鸟先知”。何也？“鸟先知”，是诗人的想象，暗示他对鸟的喜爱和钦佩。可是鸟飞，目可及之，联想轨迹井然可循，其喜油然却非望外，这就缺乏想象之奇。抒情之要在于以奇动心，如果想象的起点、终点与习惯的距离太近，心情激动则有限，诗情也就显得薄弱。而“鸭先知”之所以优于前者，就在想象与习惯的距离较远，而且隐蔽曲折。

从苏诗题目可知，这本是一首为惠崇《春江晓景》图而作的题画诗。所以，画面上，鸭浮水上，一望而知，一如鸟之可见，但“水暖”二字只是着题“春江”，其实是画不出、看不见的。最清晰可见的，仅仅是三两枝不太浓密的竹外桃花，透出点儿早春的讯息。花发花开的原因在春暖，可“暖”属触觉，不可凭视觉而见，桃花亦不能感知，画家同样无法给予直观的表现。即使画面上有鸭浮于春江，亦无暖之提示。诗人灵气全在于以诗艺超越画艺，从视觉引申出触觉，凭着那静止的鸭子，率领读者想象出不存在于画上的江水之温暖，相当雄辩地把画的视觉美，转化为诗之全方位感官（包含触觉）之美。这里并不是苏轼为世人津津乐道的“画中有诗”，画中本来是没有这样的诗意的，画中的诗意，是诗人想象出来的。诗对于画来说，好就好在无中生有，而画对于诗来说，有中隐无，并非空穴来风。这就应验了张岱所言，如就惠崇之画为诗，则无如此好诗，如就东坡此诗令惠崇为画，则不能画。

苏诗艺术魅力全在感官（从视觉到触觉）想象之隐、曲而奇。

毛奇龄谓鸭之先知无对象可比，非也。早春到来之际，桃花虽因气候转暖而发，但对春温不可能有触觉感知；鸭儿却因弋游时接触江水，所以对水暖能够先觉先知，这就是二者之间的对比。而且，其对比还具有多重的意味：桃花理当有感，却为无知，鸭儿似乎无知，却为先知；桃之艳多少眩之于外，而鸭之暖却无声而默于心，此中都隐含有某种哲理。更妙的是“先知”的道理，聚焦在不可见的水中鸭脚上。鸭可见的虽为躯体，但并非披着羽毛的体肤可以感知水暖，可以用触觉感知的倒是画上不可见的双脚。将春温集中于鸭脚，从而召唤读者参与想象，使不可见不能见的春温转化为可以想见，从而理解了桃花之艳，此为诗人想象的奇中之奇。毛奇龄硬以江鳅、土鳖也可先知为辩，就未免粗俗可笑。毛氏还愤然诘问：“春江水暖，定该鸭知，鹅不知耶？”这似有理却是无知。要是惠崇画中有鸭无鹅，诗曰“春江水暖鹅先知”题之于画，岂非唐突？

历代评者解读此诗，大多限于前两句，而忽略了后两句。其实后两句正是对前两句中“水暖”的阐发，从构思上看也属于不可缺一的并列结构。前两句之妙，在突出早春的矛盾趋势：可见之艳色只是稍炫于外，不可见之温却已隐然上升于内，暗示早春之来势。后两句仍然是写这种矛盾：蒌蒿满地，芦芽短小，已颇为可观，然而更可期待的却是河豚，它虽然还看不见，但可见之日也快到了。一般诗人写早春之美，往往局限于“目击”耳闻，如花木、山水、莺啼、燕语之类。苏诗后两句之可赞，当为“神遇”，它强调了早春不可见的美比可见的美更美。其内心无声的期待和欣喜，也远较耳目的享受意味深长。

陈一琴辑历代诗话

尝在金观察许与汪蛟门（汪懋麟号，字季甪）舍人论宋诗。舍人举东坡诗“春江水暖鸭先知”“正是河豚欲上时”[①]，不远胜唐人乎？予曰：“此正效唐人而未能者。‘花间觅路鸟先知’[②]，唐人句也。觅路在人，先知在鸟，以鸟习花间故也；此‘先’，先人也。若鸭则先谁乎？水中之物皆知冷暖，必先以鸭，妄矣。且细绎二语，谁胜谁负？若第以‘鸭’字、

① 苏轼《惠崇春江晚景二首》（其一）：“竹外桃花三两枝，春江水暖鸭先知。蒌蒿满地芦芽短，正是河豚欲上时。”诸多注本，有用“晓景”，有用“晚景”，此处从《东坡全集》用“晓景”。

② 张谓《春园家宴》诗句：“竹里行厨人不见，花间觅路鸟先知。”

'河豚'字为不数见，不经人道过，遂矜为过人事，则江鳅、土鳖皆物色矣！"

（清）毛奇龄《西河诗话》卷五

萧山毛检讨大可（毛奇龄字，曾官翰林院检讨）生平不喜东坡诗，在京师日，汪季用举坡绝句云："（全诗同上，略）"语毛曰："如此诗，亦可道不佳耶？"毛愤然曰："鹅也先知，怎只说鸭！"众为捧腹。《居易录》。

（清）王士禛《带经堂诗话》卷二十七

（按：此则又见王士禛《渔洋诗话》卷下，文字略异。）

宋稗中载淮南谚曰："鸡寒上树，鸭寒下水。"东坡对于街谈巷语，经常注意，经其变化，皆有理趣，未可辄疑其率也。

（清）高士奇《天禄识余》

（按：陆游《老学庵笔记》卷二亦载："淮南谚曰：'鸡寒上树，鸭寒下水。'验之皆不然。有一媪曰：'鸡寒上距，鸭寒下嘴耳。'上距谓缩一足，下嘴谓藏其喙于翼间。"）

毛西河诋之太过。或引"春江水暖鸭先知"，以为是坡诗近体之佳者。西河云："春江水暖，定该鸭知，鹅不知耶？"此言则太鹘突矣。若持此论诗，则《三百篇》句不是：在河之洲者，斑鸠、鸤鸠皆可在也，何必"雎鸠"耶？[①]止邱隅者，黑鸟、白鸟皆可止也，何必"黄鸟"耶？[②]

（清）袁枚《随园诗话》卷三

此是名篇，兴象实为深妙。

（清）纪昀《纪文达公评苏文忠公诗集》卷二十六

诰按：此乃本集上上绝句，人尽知之，而固陵毛氏独不谓然。凡长于言理者，言诗则往往别具肺肠，卑鄙可笑，何也？

（清）王文诰辑注《苏轼诗集》卷二十六

毛西河论东坡诗"春江水暖鸭先知"云："鹅讵便后知耶？"不知此乃题惠崇画诗，画有鸭则言鸭耳。西河所言，亦目论也。

（清）张道《苏亭诗话》卷三

---

① 《诗经·周南·关雎》诗句："关关雎鸠，在河之洲。"

② 《诗经·小雅·绵蛮》诗句："绵蛮黄鸟，止于丘隅。"

毛西河并此亦要批驳，岂真伧父至是哉？想亦口强耳。

（近代）陈衍《宋诗精华录》卷二

萧山毛西河生平绝不喜东坡诗，谓其词繁意尽，去风骚之义远。一日汪主事蛟门举“竹外桃花三两枝，春江水暖鸭先知”之句相难，谓此等诗，亦得云不佳耶？遽怫然曰：“鹅讵便后知耶？何独尊鸭也！”众为捧腹。

（近代）李伯元《南亭四话·庄谐诗话》卷四

大可曰：“鹅也先知，怎只论鸭。”童语也，宜为笑柄。

（近代）钱振锽《谪星说诗》卷一

“花间失路鸟先知”是唐人句，它表示一个人很闲散，跟着鸟在花丛中走。东坡《题画》句“春江水暖鸭先知”，是模仿，但却是写鸭之活泼情状了。这里就有了创造。

（现当代）朱自清《朱自清中国文学批评研究讲义》第二章

宋诗无幻想，想象力亦不够，故七古好者少，反之倒是七绝真有好诗。如东坡“一年好景君须记，正是橙黄橘绿时”（《赠刘景文》），有想象。秋景皆谓为衰飒、凄凉，而苏所写是清新的，亦如“秋草遍山长”，字句外有想象。至其《惠崇春江晓景》，“竹外桃花三两枝”，直煞；而“春江水暖鸭先知”句，有想象；惠崇春江绝不能画河豚，而曰“正是河豚欲上时”，好，有想象。

（现当代）顾随《顾随全集·讲录卷·宋诗略说》

东坡此句见题《惠崇春江晚景》第一首：“（上已引，略）”是必惠崇画中有桃、竹、芦、鸭等物，故诗中遂遍及之。……西河未顾坡诗题目，遂有此灭裂之谈。

（现当代）钱锺书《谈艺录·春江水暖鸭先知》

盖东坡此首前后半分言所画风物，错落有致，关合生情。然鸭在画中，而河豚乃在东坡意中：“水暖先知 ”是设身处地之体会（mimpathy），即实推虚，画中禽欲活而羽衣拍拍；“河豚欲上”则见景生情之联想（association），凭空生有，画外人如馋而口角津津。诗与画亦即亦离，机趣灵妙。使西河得知全篇，必更曰：“定该河豚上，河鱼不上耶。”

又《谈艺录·补订》

鸿雁何尝栖木

苏东坡《卜算子·黄州定惠院寓居作》："缺月挂疏桐，漏断人初静。时见幽人独往来，缥缈孤鸿影。　　惊起却回头，有恨无人省。拣尽寒枝不肯栖，枫落吴江冷。"胡仔《苕溪渔隐丛话》前集卷三十九曰："鸿雁未尝栖宿树枝，唯在田野苇丛间，此亦语病也。"因而有人建议将"寒枝"改为"寒芦"。其理论准则乃是客观真实。但是，诗并不在乎绝对客观真实。故此论引来后人不断的辩护。王楙《野客丛书》卷二十四反驳之曰："观隋李元操《鸣雁行》曰：'夕宿寒枝上，朝飞空井旁。'坡语岂无自邪？"这话说得有点呆气。人家说这生活中没有这样的事，你反驳说，书本上有。所答非所问。如果前人的诗本身就错了，难道可以成为将错就错的理由吗？虽然如此，但是作为理论，其出发点是：不一定以生活为准，而以书本为准。这样的辩护显然是无力的，没有把诗当作诗来解读。

比较高明的辩护者则从诗本身来评判。陈鹄《耆旧续闻》卷二为苏东坡抱屈说这是"鸟择木"的"取兴"，正是其"高妙"处。对于鸟择木高明在何处，王若虚《滹南诗话》卷中说："'拣尽寒枝不肯栖。'以其不栖木，故云尔；盖激诡之致，词人正贵其如此。"这样的辩护，完全从文本出发，在字面上推敲：人家苏词本来说的就是"不肯栖"，"不栖木"。这样的辩护，表面上有点雄辩，但是多少给人以诡辩的感觉。因为如果绝对不栖，就不用"拣尽寒枝"了。

其实，不管是批评的，还是为之辩护的，在理论上的出发点是一致的，那就是生活真实是唯一的标准，如果生活里没有，就是不真实，就是没有价值。但是，诗的境界并不等于生活的现实，诗中的意象可以悠游于有无、虚实之间。比之散文，它应该更为自由地虚拟和假定。若拘于真而且实，则许多经典诗作都可做类似的质疑，如"旧时王谢堂前燕，飞入寻常百姓家"，晋朝的燕子怎么可能到唐朝还没有死？"春风不度玉门关"，流动的空气怎么可能到玉门关就停住了？"两山排闼送青来"，山怎么排门而入呢？这样的问题之所以傻，就是因为昧于对诗歌想象的假定性的无知。

诸如此类的聚讼论争，在前面许多题中，都有或详或略的评说，这里就不必重复了。

陈一琴辑历代诗话

（苏轼《卜算子》词[①]）“拣尽寒枝不肯栖”之句，或云：“鸿雁未尝栖宿树枝，唯在田野苇丛间，此亦语病也。”此词本咏夜景，至换头但只说鸿，正如《贺新郎》词“乳燕飞华屋”，本咏夏景，至换头但只说榴花。盖其文章之妙，语意到处即为之，不可限以绳墨也。

（宋）胡仔《苕溪渔隐丛话》前集卷三十九

《渔隐》谓鸿雁未尝栖宿树枝，唯在田苇间，“拣尽寒枝不肯栖”，此语亦病。仆谓人读书不多，不可妄议前辈诗句，观隋李元操《鸣雁行》曰：“夕宿寒枝上，朝飞空井旁。”坡语岂无自邪？

（宋）王楙《野客丛书》卷二十四

鲁直跋东坡道人黄州所作《卜算子》词云：“语意高妙，似非吃烟火食人语。”此真知东坡者也。盖“拣尽寒枝不肯栖”，取兴鸟择木之意，所以谓之高妙。而《苕溪渔隐丛话》乃云“鸿雁未尝栖宿树枝．唯在田野苇丛间，此亦语病”，当为东坡称屈可也。

（宋）陈鹄《耆旧续闻》卷二

东坡《雁词》云：“拣尽寒枝不肯栖。”以其不栖木，故云尔；盖激诡之致，词人正贵其如此。而或者以为语病，是尚可与言哉！近日张吉甫复以“鸿渐于木”为辨，而怪昔人之寡闻，此益可笑。《易象》之言，不当援引为证也。其实雁何尝栖木哉！

（金）王若虚《滹南诗话》卷中

予谓句则极精，托意深远，似不可以易解也。后见《词学筌蹄》解云：“（即引鲖阳居士之解释，略）”以为得旨。但意鸿不木栖，今曰“拣尽寒枝”，未免背理，不若易枝、芦耳。每每语人，人以予为是。

（明）郎瑛《七修类稿》卷三十二

---

① 全词参见《如何索解兴到之作托意》一题注引。吴江，一作“沙汀”，一作“沙洲”。

隋李元操有鸿诗曰："夕宿寒枝上，朝飞空井中。"似亦有木栖矣，自悔读书不多也。然又思东坡之事已矣，朱子解《易》亦曰："鸿不木栖，或得平柯，则可以安。"今诗只用一"枝"字，终碍理耶？从书无刻板，录之。

同上

"拣尽寒枝不肯栖"，苕溪谓鸿雁未尝栖树枝，欲改"寒枝"为"寒芦"。大方家寓意之作，正不必如此论。且芦独不可言枝耶。李太白《鸣雁行》"一一衔芦枝"是也。苕溪无益之辩，类如此。

（明）张綖《草堂诗余别录》卷二

或以鸿雁未尝栖宿树枝，欲改作"寒芦"。夫拣尽则不栖枝矣，子瞻不误也。

（明）沈际飞评《草堂诗余正集》卷一

有谓雁不树宿，"寒枝"二字欠妥者，不知不肯枝栖，故有"寂寞沙汀"之慨，若作"寒芦"，似失意旨。

（清）丁绍仪《听秋声馆词话》卷十一

苏轼词赋之赤壁

苏轼《赤壁怀古》这首词，历来被词评家们称誉为“千古绝唱”“乐府绝唱”，被奉为词艺的最高峰，千百年来几乎没有任何争议。但是，其艺术上究竟如何“绝”，则很少得到深切的阐明。历代词评家们论述的水准，与苏轼达到的水准极不相称，甚至解读中时有前后矛盾、混乱的表述。如至今还有评家把词的上半阕，解释为实写赤壁景物，即是一例。

词中赤壁，并非三国赤壁之战的古战场，已为古今学者诸多考证所确认，作者诗赋、笔记也曾反复说明只是传说。那么，作者不过是托物抒怀，即所谓“题是赤壁，心实为己而发”，应该是无可置疑的。但不知为何，至今有的评家既确定作者所游是黄冈之赤壁，又把词中虚写的所有景观都视为眼前实景。就连20世纪的词学权威唐圭璋也说：“上片即景写实，下片因景生情。”甚至著名词学家胡云翼还认为此词“最突出之点是成功地描写了赤壁战场雄奇的景色，塑造出一个‘雄姿英发’的英雄形象”。其实，范成大《吴船录》卷下早就指出所谓乱石穿空都不是事实：“庚寅，发三江口。辰时，过赤壁，泊黄州临皋亭下，赤土山也。未见所谓‘乱石穿空’及‘蒙茸巉岩’之境，东坡词赋微夸焉。”但是，由于20世纪五六十年代的机械唯物论的统治，即使大学者也难免受其遮蔽，以其权威传播，造成人云亦云。在一般读者中，此说几乎成为定论，好像上半阕只是即景写实，写的全是眼前赤壁实景，甚至是赤壁古战场的实景。①但这显然是讲不通的。“即景写实”，与抒情完全游离，不要说是在诗词中，就是在文学散文中也很难成立。什么叫“即景写实”呢？只有像

① 这种说法影响很大，至今一线教师仍然奉为圭臬。网上一篇赏析文章，一开头就是这样的论调：“《念奴娇·赤壁怀古》上阕集中写景。开头一句‘大江东去’写出了长江水浩浩荡荡，滔滔不绝，东奔大海。场面宏大，气势奔放。接着集中写赤壁古战场之景。先写乱石，突兀参差，陡峭奇拔，气势飞动，高耸入云——仰视所见；次写惊涛，水势激荡，撞击江岸，声若惊雷，势若奔马——俯视所睹；再写浪花，由远而近，层层叠叠，如玉似雪，奔涌而来——极目远眺。作者大笔似椽，浓墨似泼，关景摹物，气势宏大，境界壮阔，飞动豪迈，雄奇壮丽，尽显豪放派的风格。为下文英雄人物周瑜的出场做了铺垫，起了极好的渲染衬托作用。”

上面选辑的作者题跋、笔记记述游黄州赤壁那样，才算是“即景写实”。

《赤壁怀古》词一开头“大江东去，浪淘尽、千古风流人物”，就不是实写而是虚写。在古典诗歌话语中，大江不等于眼前可见的长江。把“大江东去”，当作即景写实，从字面上理解成“长江滚滚向东流去”，就不但遮蔽了视觉高度，而且抹杀了话语的深长意味。这种东望大江，隐含着登高望远，长江一览无余的雄姿。李白诗曰：“登高壮观天地间，大江茫茫去不还。”只有身处天地之间的高大，才有大江茫茫不还的视野。何况据比作者晚出不到一百年的范成大纪实，赤壁不过是座“小赤土山也”。甚至据作者自记游踪，除了泛舟，在岸上活动，一路或从平视转仰视，或从平视到探身巡视，可能词人此次连这座“小赤土山”都没有上到顶。可想而知，这“大江东去”，一望无余的眼界，显然是心界，是主观精神性的、抒情性的，是虚拟性的想象。这种艺术想象，才能把自我提升到精神制高点上去。

而且，如若光从生理性的视觉去看，不管如何也不可能看到“千古风流人物”。台湾诗人喜欢把这种审美想象视角叫作“灵视”。其艺术奥秘，就在于超越了即景写实，以空间之高向时间之远自然拓展，把空间的遥远转化为时间的无限。正是这种登高望远的虚拟性想象，作者才可能把无数的英雄尽收眼底，使之纷纷消逝于脚下，从而又反衬出了抒情主人公的精神高度。“大江东去”一语也正是因为蕴含了如此高的眼界和心界，成为精神宏大的载体，才会为后世诗人词家所反复借用，先后出现在张孝祥、文天祥、刘辰翁、黄昇、张可久、周恩来诸多的诗词中。

接下“故垒西边，人道是、三国周郎赤壁”二句，词人已说得明白，更不是写实。那么紧接“乱石穿空，惊涛拍岸，卷起千堆雪”三句，自然也是想象之词。此景，乃此情之表现。此情就是俯视大江的豪情，豪情即激情，激情即澎湃起伏，因而，其石必乱而穿空，其涛必冲击江岸，其浪必千堆翻雪，景观皆为情感冲击感知的变异。换一种情感，就是另外一种景观了。前后《赤壁赋》具有记游性质，对赤壁景观有接近于写实的描述：“苏子与客泛舟，游于赤壁之下。清风徐来，水波不兴……白露横江，水光接天。”“携酒与鱼，复游于赤壁之下。江流有声，断岸千尺，山高月小，水落石出。”根本就没有一点“乱石穿空，惊涛拍岸，卷起千堆雪”的影子。后来不足百年，范成大也说，当时他即“未见所谓‘乱石穿空’”的景观，认为是“东坡词赋微夸焉”。难道真如苏轼所说，“曾日月之几何，而江山不可复识矣”？

由此可见，在苏轼的诗赋中，实有两个赤壁，表现出了两种“风流”：一个是《赤壁怀古》词中虚写的、壮丽的，豪杰的赤壁，一个是《赤壁赋》中接近写实的、婉约优雅的、智者的赤壁。两种境界都在苏轼的心中，也可以用“风流”二字来概括。但是此时彼时心态不同，表现手段有异，二者所写的虚实景观又是不可混淆的。要对苏词做出真正深刻的阐明，就得首先突破诸如以上所述的写实说的拘泥。

陈一琴辑历代诗话

大江东去，浪淘尽、千古风流人物。故垒西边，人道是、三国周郎赤壁。乱石穿空，惊涛拍岸，卷起千堆雪。江山如画，一时多少豪杰。　　遥想公瑾当年，小乔初嫁了，雄姿英发。羽扇纶巾，谈笑间、樯橹灰飞烟灭。故国神游，多情应笑我，早生华发。人生如梦，一尊还酹江月。

（宋）苏轼《念奴娇·赤壁怀古》

［按：王文诰《苏诗总案》卷二十一谓此词作于元丰四年（1081）十月，傅藻《东坡纪年录》则谓作于元丰五年（1082）七月。］

壬戌（即元丰五年）之秋，七月既望（即七月十六日），苏子与客泛舟游于赤壁之下。清风徐来，水波不兴。举酒属客，诵《明月》之诗，歌《窈窕》之章。少焉，月出于东山之上，徘徊于斗、牛之间。白露横江，水光接天。纵一苇之所如，凌万顷之茫然。浩浩乎如冯虚御风，而不知其所止；飘飘乎如遗世独立，羽化而登仙。

……

客曰："'月明星稀，乌鹊南飞'，此非曹孟德之诗乎？西望夏口，东望武昌，山川相缪，郁乎苍苍，此非孟德之困于周郎者乎？方其破荆州，下江陵，顺流而东也，舳舻千里，旌旗蔽空，酾酒临江，横槊赋诗，固一世之雄也，而今安在哉？……"

又《赤壁赋》

是岁（指壬戌年）十月之望，步自雪堂，将归于临皋。二客从予过黄泥之坂。霜露既降，木叶尽脱，人影在地，仰见明月，顾而乐之，行歌相答。

……

于是携酒与鱼，复游于赤壁之下。江流有声，断岸千尺，山高月小，水落石出。曾日月之几何，而江山不可复识矣！……

又《后赤壁赋》

明年，予谪居黄州，辩才参寥遣人致问，且以题名相示。时去中秋不十日，秋潦方涨，水面千里，月出房、心间，风露浩然。所居去江无十步，独与儿子迈棹小舟至赤壁，西望武昌山谷，乔木苍然，云涛际天。

又《秦太虚题名记》

[按：元丰三年（1080），苏轼贬谪黄州。二月抵贬所，初居县东南定惠院；五月，迁至临皋亭，俯临长江。七月中秋前，第一次游赤壁。]

黄州少西，山麓斗入江中，石室如丹。传云："曹公败所，所谓赤壁者。"或曰"非也"。今日李委秀才来相别，因以小舟载酒饮赤壁下。李善吹笛，酒酣作数弄，风起水涌，大鱼皆出，上有栖鹘，坐念孟德、公瑾如昨日耳。

又《与范子丰书》

黄州守居之数百步为赤壁，或言即周瑜破曹公处，不知果是否？断崖壁立，江水深碧，二鹊巢其上，有二蛇，或见之。遇风浪静，辄乘小舟至其下，舍舟登岸，入徐公洞。非有洞穴也，但山崦深邃耳。

又《东坡志林》卷四

（按：此则又见《东坡题跋》卷六。）

孙权破曹操于赤壁，今沔、鄂间皆有之。黄州徙治黄冈，俯大江，与武昌县相对。州治之西，距江名赤鼻矶，俗呼"鼻"为"弼"，后人往往以此为赤壁。武昌寒溪，正孙氏故宫，东坡词有"人道是周郎赤壁"之句，指赤鼻矶也。坡非不知自有赤壁，故言"人道是"者，以明俗记尔。

（宋）朱彧《萍州可谈》卷二

黄之赤壁，士人云，本赤鼻矶也。故东坡长短句云："故垒西边，人道是、三国周郎赤壁。"则亦是传疑而已。今岳阳之下，嘉鱼之上，有乌林赤壁。盖公瑾自武昌列舰，风帆便顺，溯流而上，逆战于赤壁之间也。杜牧有《寄岳州李使君》诗云："乌林芳草远，赤壁健帆开。"则此真败魏军之地也。

（宋）张邦基《墨庄漫录》卷九

曹操入荆州，孙权遣周瑜与刘备并力逆曹公，遇于赤壁，曹公军马烧溺死者甚众，军遂大败。盖谓鄂州蒲圻县赤壁也。黄州亦有赤壁，但非周瑜所战之地，东坡尝作赋云："西望夏口，东望武昌，非孟德之困于周郎者乎？"盖亦疑之矣。故作长短句云："人道是、三国周郎赤壁。”谓之“人道”，是则心知其非矣。

（宋）葛立方《韵语阳秋》卷十三

东坡黄州词云：“人道是、三国周郎赤壁。”盖疑其非也。今江汉间言赤壁者五：汉阳、江川、黄州、嘉鱼、江夏，惟江夏合于史。

（宋）赵彦卫《云麓漫钞》卷六

（黄州赤壁矶）此矶，《图经》及传者皆以为周公瑾败曹操之地，然江上多此名，不可考实。李太白《赤壁歌》云：“烈火张天照云海，周瑜于此败曹公。”不指言在黄州。苏公尤疑之，赋云：“此非曹孟德之困于周郎者乎？”乐府云：“故垒西边，人道是、当日周郎赤壁。”盖一字不轻下如此。至韩子苍云：“此地能令阿瞒走。”则真指为公瑾之赤壁矣。又黄人实谓赤壁曰赤鼻，尤可疑也。

（宋）陆游《入蜀记》卷四

庚寅，发三江口。辰时，过赤壁，泊黄州临皋亭下，赤土山也。未见所谓“乱石穿空”及“蒙茸巉岩”之境，东坡词赋微夸焉。

（宋）范成大《吴船录》卷下

（按：宝颜堂祕笈本《吴船录》所载多数字：“……泊黄州临皋亭下。赤壁，小赤土山也。……”）

苏文忠《赤壁赋》不尽语，裁成“大江东去”词，过处云：“人道是、三国周郎赤壁。”赤壁有五处，嘉鱼、汉川、汉阳、江夏、黄州，周瑜以火败操在乌林，《后汉书》《水经》载已详悉。陆三山（陆游，山阴家居地为三山）《入蜀记》载韩子苍（韩驹字）云：“此地能令阿瞒走。”则直为公瑾之赤壁。

（宋）张侃《拙轩词话》

夏口之战，古今喜称道之。东坡《赤壁词》殆戏以周郎自况也。词才百余字，而江山人物无复余蕴，宜其为乐府绝唱。

（金）元好问《题闲闲书赤壁赋后》

考东坡游赤壁者三，今人知其二者，由其有二赋也。余尝读其《跋龙井题名记》云：“（即《秦太虚题名记》，略）”……据二赋在六年，此则第一游也。且二赋情景，不过衍此数语，略少增其事耳。若前赋佳固佳矣，入曹操事，恐亦未稳。晁补之因其“而今安在”之言，遂误指赤壁为破曹之地，后人因之纷纷并辩赤壁之有五，尤可笑也。东坡之游，自在黄州，《一统志》下已明白注之矣。且其文曰：“去江无十步，望武昌山谷。”又曰：“西望夏口。”可知矣，况武昌正当黄州东南。

（明）郎瑛《七修续稿》卷四

［按：《东坡纪年录》谓《赤壁赋》作于元丰五年（1082）七月，与《念奴娇》词同时。今人王水照选注《苏轼选集》谓《后赤壁赋》亦作于元丰五年。］

鄂州蒲圻县赤壁，正周瑜所战之地。黄州亦有赤壁，东坡夜游之地，诗人托物比兴，故有“西望夏口，东望武昌”，“非孟德之困于周郎者乎”，盖坡翁亦有疑之辞矣。韩子苍亦承东坡之误，有“齐安城畔山危立，赤壁矶头水倒流。此地能令阿瞒走，小偷何敢下芦洲”。①

（明）俞弁《逸老堂诗话》卷上

黄州赤壁，以坡公二赋传耳。其实周郎用火攻处在今嘉鱼也。人皆议坡公之误。朱兰坡题联云：“胜迹别嘉鱼，何须订异箴讹，但借江山摅感慨；豪情传梦鹤，偶尔吟风啸月，毋将赋咏概生平。”

（清）梁章钜《楹联续话》卷二

题是怀古，意谓自己消磨壮心殆尽也。开口“大江东去”二句，叹浪淘人物，是自己与周郎俱在内也。“故垒”句至次阕“灰飞烟灭”句，俱就赤壁写周郎之事。“故国”三句，是就周郎拍到自己。“人生如梦”二句，总结以应起二句。总而言之，题是赤壁，心实为己而发。周郎是宾，自己是主。借宾定主，寓主于宾。是主是宾，离奇变幻，细思方得其主意处。不可但诵其词，而不知其命意所在也。

（清）黄蓼园《蓼园词评》

苏轼在神宗朝以作诗讥讽新法，贬黄州团练副使本州岛安置。此词即在黄州所作。词中主题虽系怀古，而于怀念古代英豪之中，写感叹自身失意之情。……盖黄州有赤鼻矶，世人讹传为破曹军之赤壁山，东坡亦即以赤壁当之，故曰“人道是、三国周郎赤壁”。

（近代）刘永济《唐五代两宋词简析》

---

① 韩驹《某已被旨移蔡贼起旁郡未果进发今日上城部分民兵阅视战舰口号五首》（其一）。

（《赤壁怀古》词）此首，上片即景写实，下片因景生情，极豪放之致。起笔，点江流浩荡，高唱入云，无穷兴亡之感，已先揭出。“故垒”两句，点赤壁。“乱石”三句，写赤壁景色，令人惊心骇目。

（现当代）唐圭璋《唐宋词简释》

（《赤壁怀古》词）苏轼所游的赤壁在黄冈城外，不是三国当年大战的赤壁。全词的内容分三个部分：开头写赤壁的景色，次写周瑜的战功并借以书志，最后是作者的感叹。……最突出之点是成功地描写了赤壁战场雄奇的景色，塑造出一个“雄姿英发”的英雄形象。

（现当代）胡云翼《宋词选》

（《赤壁怀古》词）发生在汉献帝建安十三年（208）那一场对鼎足三分的政治形势具有决定性作用的大战，事实上发生在今湖北省蒲圻县境内，而不在黄州。博学如苏轼，当然不会不知道。但既然已经产生了那次战争是在黄州赤壁进行的传说，而他又是游赏这一古迹而不是来考证其真伪的，那么，也就没有必要十分认真地对待这个在游赏中并非十分重要的问题了。其地虽非那一次大战的战场，但也发生过战争，尚有旧时营垒，所以用“人道是”三字，以表示认为这里是“三国周郎赤壁”者，不过是传闻而已。

（现当代）沈祖棻《宋词赏析》

〔附录〕

三国时赤壁之战所在地，迄今诸说歧异。黄州（古称齐安郡）之赤壁矶，虽然学者大都予以否定，诗人词家作为当时古战场吟咏者却不少见。例如：

唐杜牧《齐安郡晚秋》诗：“可怜赤壁争雄渡，唯有蓑翁坐钓鱼。”

宋苏辙《赤壁怀古》诗：“千艘已共长江险，百姓安知赤壁焚。”

陆游《黄州》诗：“君看赤壁终陈迹，生子何须似仲谋。”

辛弃疾《霜天晓角·赤壁》词：“雪堂迁客，不得文章力。赋写曹刘兴废，千古事，泯陈迹。”

戴复古《满江红·赤壁怀古》词：“赤壁矶头，一番过一番怀古。想当年周郎年少，气吞区宇。”

元赵孟頫《画赤壁》诗：“周郎赤壁走曹公，万里江流斗两雄。”

丁鹤年《黄州赤壁》诗：“横塑英声远，闻笛逸兴长。”

明解缙《赤壁》诗：“芦荻烧残孟德舟，洞箫吹彻子瞻愁。昨从赤壁矶头过，水冷鱼惊月一钩。”

王世贞《游赤壁》诗：“将坛文苑代称雄，指点千年感慨同。”

袁宏道《过赤壁》诗：“周郎事业坡公赋，递与黄州作主人。”

清李调元《黄州》诗：“赤壁已无横槊气，黄州尚有弄箫声。”

袁枚《赤壁》诗：“一面东风百万兵，当年此处定三分。”

（现当代）丁永淮、吴闻章《东坡赤壁诗词选》

（《赤壁怀古》词）黄州的赤壁，一名赤鼻矶，本不是三国赤壁之长的赤壁。词的上片描绘赤壁景色。……“乱石穿空，惊涛拍岸，卷起千堆雪”，具体描写赤壁景色。赤壁是周郎活动的典型环境，即他的用武之地，所以诗人大笔浓抹，从江、山两个方面，具体描写赤壁景色，创造出一个雄奇险峻、惊心动魄的境界。

（现当代）张燕谨、杨钟贤《唐宋词选析》

下编

作诗机杼法式

南宋初韩驹《陵阳先生室中语》认为，金昌绪的“打起黄莺儿，莫叫枝上啼。啼时惊妾梦，不得到辽西”，对于作诗“可为标准”。曾季貍《艇斋诗话》亦说：“古人作诗规模，全在此矣。”“皆此机杼也。”这是有点令人惊讶的。金昌绪这首诗，在唐诗中虽然有特色，然而很难列入最高水准一类。不管是以钟嵘还是司空图的办法来品类，都只能说是中上品。高棅在《唐诗品汇》中说：“盛唐绝句，太白高于诸人，王少伯次之。”[①] 胡应麟在《诗薮》中也说：“七言绝以太白、江宁为主，参以王维之俊雅，岑参之浓丽，高适之浑雄，韩翃之高华，李益之神秀，益以弘、正之骨力，嘉、隆之气运，集长舍短，足为大家。”[②] 唐诗天宇，星汉灿烂，大家辈出，要论作诗“法式”，哪里会轮到连身世都不可考的金昌绪。洪迈《容斋五笔》卷十用这种理论解读杜甫的诗，发现杜甫大量绝句的法式并不是这样的。其五言如：

迟日江山丽，春风花草香。

泥融飞燕子，沙暖睡鸳鸯。

七言如：

两个黄鹂鸣翠柳，一行白鹭上青天。

窗含西岭千秋雪，门泊东吴万里船。

这显然和金昌绪的《春怨》在结构上并不是一个模式。杜诗的格局是前两句和后两句是分别独立的画面，而金昌绪的格局是全诗为不可分割的统一体。前面两句是结果（打黄莺，不让啼），后面两句是原因（啼醒了，不能到辽西）。说明正在做着到辽西会见夫婿的美梦。

① 高棅《唐诗品汇》（第二卷），上海古籍出版社 1981 年版，第 427 页。

② 胡应麟《诗薮》，上海古籍出版社 1979 年版，第 115 页。

宋人究竟看中了金昌绪的什么呢？韩驹说得很明白："从首至尾，语辄联属，如有理词状。"宋张端义《贵耳集》："作诗有句法，意连句圆。'打起黄莺……'一句一接，未尝间断。"说穿了，就是自首到尾，逻辑一贯。这个说法包含着两个方面的意思：第一，首尾连贯为一个整体；第二，其间有理性逻辑。宋人把金昌绪这首诗推崇为"标准""机抒"，就是因为这种结构便于说理。这一点韩驹说得更明白，不但是"从首至尾，语辄联属"，而且其间逻辑有理性："如有理词状。"这话看似说过了头，混淆了诗与理的界限。但是，他们就是这样实践的。如朱熹的《观书有感》："半亩方塘一鉴开，天光云影共徘徊。问渠那得清如许，为有源头活水来。"这里的句法，是连续的，不间断的，更重要的是，这里的因果逻辑是双重的。第一重，为什么田中水总是那么清呢？因为有源头活水。第二重，带着隐喻性质，为什么人心灵总是那么清新呢？因为总是观书。这好像是有点创造性的发挥。但是，这个发挥，与其说是属于诗情的，还不如说是属于理性的。

这样的逻辑结构和金昌绪诗中的逻辑在根本上是不相同的。

在金昌绪那里，逻辑的性质是抒情的，不是理性的。从理性来说这个因果关系是不能成立的。少妇因为不得到辽西这个结果，把黄莺啼叫视为原因，是不合逻辑的，也是无效的，不实用的。但是，对于诗来说，正是因为无理、无效，才是更生动的。用吴乔、贺裳他们"无理而妙""入痴而妙"的理论来阐释，正是因为无理，正是因为入痴，才生动地表现了少妇心灵的天真的、瞬时的激发。

从唐诗的全面成就来看，宋人这样推崇《春怨》是很片面的。黄生在《唐诗摘抄》卷二中说，这种"一意到底的诗"但为绝句中之一格。宋人以偏概全"主此为式"的原因是："盖不欲使意思散缓耳。"也就是为了理性的逻辑更为紧密而已。

仅就唐诗绝句而言，这种"一意到底"的模式，并不是其成就最高者。唐诗绝句中最佳的杰作，恰恰不是一气到底，而是中间转折的。按元人杨载的说法是，大致分为前面两句和后面两句，前两句是起承。第三句则是转。这个转最为关键。第四句则是顺流而下了。杨载的原文如下：

> 绝句之法要婉曲回环，删芜就简，句绝而意不绝，多以第三句为主，而第四句发之，有实接有虚接，承接之间，开与合相关，正与反相依，顺与逆相应，一呼一应，宫商自谐。大抵起承二句固难，然不过平直叙起为佳，从容承之为是，至如宛转变化工夫全在第三句，若于此转变得好，则第四句如顺流之舟矣。①

绝句的压卷之作，于第三句转折，有时，有外部的标志，如陈述句转化为疑问感叹，有时是陈述句变流水句，所有这些变化其功能都是为了表现心情微妙的瞬间感悟，一种自

① 何文焕《历代诗话》(下册)，中华书局2006年版，第732页。

我发现，其精彩在于一刹那的心灵颤动。

压卷之作的好处，也正是绝句的成功的规律，精彩的绝句往往表现出这样的好处来。孟浩然《春晓》："春眠不常晓，处处闻啼鸟。"闭着眼睛感受春日的到来，本来是欢欣地享受，但是"夜来风雨声，花落知多少？"却是突然想到春日的到来，竟是春光消逝、鲜花凋零的结果。这种一刹那从享春到惜春的转折，成就了这首诗的不朽。同样杜牧的《清明》"清明时节雨纷纷，路上行人欲断魂。借问酒家何处有，牧童遥指杏花村"从雨纷纷的阴郁，到欲断魂的焦虑，一变为鲜明的杏花村的远景，二变为心情为之一振。这种意脉的徒然转折，最能发挥绝句这样短小的形式的优越。

对于这一点，同为宋人的张戒在《岁寒堂诗话》卷上中说："诗人之工，特在一时情味，固不可预设法式也。"说得是很到位的。特别是其中之"一时情味"用来说明绝句可谓一语中的。宋诗之不如唐诗，原因之一，在于过于理性，原因之二，在于缺乏唐人绝句那样的"一时情味"，或者瞬间激发。如朱熹上述诗作，完全是长期思索所得，而且把理性的原因和结果用明确的话语正面地表述出来。这就犯了严羽所说的"以议论为诗"的大忌。

陈一琴辑历代诗话

大概作诗，从首至尾，语䡄联属，如有理词状。古诗云："唤婢打鸦儿，莫教枝上啼。啼时惊妾梦，不得到辽西。"[①]可为标准。

（宋）韩驹《陵阳先生室中语》

（按：此则宋魏庆之《诗人玉屑·初学蹊径》卷五"诗要联属"条引载，"从首"前增一"要"字，"语䡄"作"语脉"。）

人问韩子苍（韩驹字）诗法，苍举唐人诗："打起黄莺儿，莫教枝上啼。几回惊妾梦，不得到辽西。"予尝用子苍之言，遍观古人作诗规模，全在此矣。如唐人诗："妾有罗衣裳，秦王在时作。为舞春风多，秋来不堪着。"[②]又如："曲江院里题名处，十九人中最少年。今日风光君不见，杏花零落寺门前。"[③]又如荆公诗："淮口西风急，君行定几时。故应今夜月，

① 《全唐诗》及现今流行本均标为金昌绪之作，题曰《春怨》，首句作"打起黄莺儿"。旧时一作无名氏《伊州歌》，《千家诗》诸旧本则称盖嘉运之作。啼时，一作"几回"。

② 崔国辅《怨诗二首》（其二）。

③ 张籍《哭孟寂》诗。

未便照相思。”[1]皆此机杼也，学诗者不可不知。

（宋）曾季狸《艇斋诗话》

诗人之工，特在一时情味，固不可预设法式也。

（宋）张戒《岁寒堂诗话》卷上

“夜凉吹笛千山月，路暗迷人百种花。棋罢不知人换世，酒阑无奈客思家。”此欧阳公绝妙之语。然以四句各一事，似不相贯穿，故名之曰《梦中作》。永嘉士人薛韶喜论诗，尝立一说云：老杜近体律诗，精深妥帖，虽多至百韵，亦首尾相应。如常山之蛇，无间断龃龉处。而绝句乃或不然，五言如“迟日江山丽，春风花草香。泥融飞燕子，沙暖睡鸳鸯”“急雨捎溪足，斜晖转树腰。隔巢黄鸟并，翻藻白鱼跳”“江动月移石，溪虚云傍花。鸟栖知故道，帆过宿谁家”[2]……七言如“糁径杨花铺白毡，点溪荷叶叠青钱。笋根雉子无人见，沙上凫雏傍母眠”“两个黄鹂鸣翠柳，一行白鹭上青天。窗含西岭千秋雪，门泊东吴万里船”[3]之类是也。予因其说，以《唐人万绝句》考之，但有司空图《杂题》云“驿步堤萦阁，军城鼓振桥。鸥和湖雁下，雪隔岭梅飘”“舴艋猿偷上，蜻蜓燕竞飞。樵香烧桂子，苔湿挂莎衣”。

（宋）洪迈《容斋五笔》卷十

（按：此则又见明徐树丕《识小录》。）

“打起黄莺儿，莫教枝上啼。几回惊妾梦，不得到辽西。”此唐人诗也，人问诗法于韩公子苍，子苍令参此诗以为法。“汴水日驰三百里，扁舟东下更开帆。旦辞杞国风微北，夜泊宁陵月正南。老树挟霜鸣窣窣，寒花承露落毵毵。茫然不悟身何处，水色天光共蔚蓝。”[4]此韩子苍诗也。人问诗法于吕公居仁（宋吕本中字），居仁命参此诗以为法。后之学诗者，熟读此二篇，思过半矣。《小园解后录》。

（宋）魏庆之《诗人玉屑·命意》卷六

“春水满四泽，夏云多奇峰。秋月扬明辉，冬岭秀孤松。”渊明诗，绝句之祖，一句一绝也。作诗有句法，意连句圆。有云“打起黄莺儿（同流行本，略）”，一句一接，未尝间

① 王安石《送王补之行风忽作因题四句于舟中》诗。

② 分别为杜甫《绝句二首》（其一）、《绝句六首》（其四）、《绝句六首》（其六）。

③ 杜甫《绝句漫兴九首》（其七）、《绝句四首》（其三）。

④ 韩驹《夜泊宁陵》诗。

断。作诗当参此意，便有神圣工巧。

（宋）张端义《贵耳集》卷上

昔人以“打起黄莺儿”“三日入厨下”[①]为作诗之法，后乃有“溪回松风长”[②]为法者，犹论学文以《孟子》及《伯夷传》为法。要之，未必尽然，亦各因其所得而入而已。所入虽异，而所至则同。若执一而求之，甚者乃至于废百，则刻舟胶柱之类，恶可与言诗哉？

（明）李东阳《麓堂诗话》

绝句者，一句一绝，起于《四时咏》“春水满四泽，夏云多奇峰。秋月扬明辉，冬岭秀孤松”是也。或以为陶渊明诗，非。杜诗“两个黄鹂鸣翠柳”实祖之。王维诗：“柳条拂地不忍折，松柏梢云从更长。藤花欲暗藏猱子，柏叶初齐养麝香。”[③]宋六一翁亦有一首云：“夜凉吹笛（同上引，略）”皆此体也。乐府有“打起黄莺儿”一首，意连句圆，未尝间断，当参此意，便有神圣工巧。

（明）杨慎《升庵诗话》卷十一

绝句四句皆对，杜工部“两个黄鹂”一首是也。然不相连属，即是律中四句也。唐绝万首，唯韦苏州“踏阁攀林恨不同”[④]及刘长卿“寂寂孤莺啼杏园”[⑤]二首绝妙，盖字句虽对，而意则一贯也。

同上

杜子美诗：“日出篱东水，云生舍北泥。竹高鸣翡翠，沙僻舞鹍鸡。”[⑥]此一句一意，摘一句亦成诗也。盖嘉运诗：“打起黄莺儿（同流行本，略）”此一篇一意，摘一句不成诗矣。

（明）谢榛《四溟诗话》卷一

---

① 王建《新嫁娘词三首》（其三）：“三日入厨下，洗手作羹汤。未谙姑食性，先遣小姑尝。”

② 杜甫《玉华宫》：“溪回松风长，苍鼠窜古瓦。不知何王殿，遗构绝壁下。阴房鬼火青，坏道哀湍泻。万籁真笙竽，秋色正萧洒。美人为黄土，况乃粉黛假。当时侍金舆，故物独石马。忧来藉草坐，浩歌泪盈把。冉冉征途间，谁是长年者？”

③ 《戏题辋川别业》诗。忍、梢，《全唐诗》作“须”“披”。

④ 韦应物《登楼寄王卿》：“踏阁攀林恨不同，楚云沧海思无穷。数家砧杵秋山下，一郡荆榛寒雨中。”

⑤ 《过郑山人所居》：“寂寂孤莺啼杏园，寥寥一犬吠桃源。落花芳草无寻处，万壑千峰独闭门。”

⑥ 《绝句六首》（其一）。

谢茂秦论诗，五言绝以少陵“日出篱东水”作诗法。又宋人以“迟日江山丽”为法。此皆学究教小儿号嗄者。若“打起黄莺儿（同流行本，略）”，与“山中何所有？岭上多白云。只可自怡悦，不堪持赠君”[①]一法，不唯语意之高妙而已，其篇法圆紧，中间增一字不得，着一意不得，起结极斩绝，然中自纾缓，无余法而有余味。

（明）王世贞《艺苑卮言》卷四

（金昌绪《春怨》）一意到底，此但为绝句中之一格。宋人偶主此为式，盖不欲使意思散缓耳，莫便耳食。

（清）黄生《唐诗摘抄》卷二

友人曰：“绝句以一句一意为正格。”余曰：“如而言，则‘春游芳草地’，何如‘打起黄莺儿’耶？”

（清）周容《春酒堂诗话》

（金昌绪《春怨》）一气蝉联而下者，以此为法。

（清）沈德潜《唐诗别裁集》卷十九

① 陶弘景《诏问山中何所有赋诗以答》诗。

蹈袭、祖述、暗合及偷法

艺术总是以创新为贵，以突破权威话语为生命，突破之难难在权威世所公认，占有现成优势，追随难以避免，追随成风导致照搬。刘熙载《艺概·词曲概》卷四曰："词要清新，切忌拾古人牙慧。盖在古人为清新者，袭之即腐烂也。拾得珠玉，化为灰尘，岂不重可鄙笑！"当然，公然照搬是很少的，但是袭用却很难避免。就是大家，也往往在作品中直接用了前人的句子。陶渊明"狗吠深巷中，鸡鸣桑树颠"之于古乐府"鸡鸣高树巅，狗吠深宫中"明明是照搬，王世贞《艺苑卮言》卷四为之辩护："模拟之妙者，分歧逞力，穷势尽态，不唯敌手，兼之无迹。"可能是为贤者讳。其实，这样的情况比比皆是。杜甫《梅雨》"湛湛长江去"，同于阮籍《咏怀》"湛湛长江水"；杜甫《陪王使君晦日泛江就黄家亭子二首》"江平不肯流"，同于唐庾抱（一作韦承庆）《凌朝泛江旅思》诗句"潮平似不流"。杜甫"春水船如天上坐，老年花似雾中看"从沈佺期"船如天上坐，人似镜中行""人疑天上坐，鱼似镜中悬"中化来。后人遂指为蹈袭沈句。但是贺贻孙《诗筏》为之辩护："不知少陵深服沈诗，时取沈句流连把咏，烂熟在手口之间，不觉写出。"这完全可能是当时甚至后来的实际情况。

"冰肌玉骨清无汗，水殿风来暗香满"本是五代后蜀国主孟昶《避暑摩诃池上作》中的诗句，苏东坡将之改编为词：

冰肌玉骨，自清凉无汗，水殿风来暗香满。

后人似乎并不以为是抄袭。大家的才气远远超过了袭用的对象，有姑且用之的性质。当时没有标点符号。如果有，应该会加上引号的。照搬引人诟病。而变相重复，改头换面，屡见不鲜，但是很少较原作高明者。

陶渊明诗：

采菊东篱下，悠然见南山。

韦应物亦有：

……采菊露未稀。

举头见秋山，……

无异于狗尾续貂，本来陶诗之神韵在于“见南山”，“见”，是无意得之，才“悠然”，自然，韦诗又加上个“举头”，把有意突出了，“见南山”的“悠然”的、无意的境界完全被破坏。陶诗从无意出者不仅仅为诗，而且为文。武陵人于无意得“桃花源”之境界，南阳刘子骥有意去寻访，就无功而返了。

王昌龄《长信宫》：

玉颜不及寒鸦色，犹带昭阳日影来。

孟迟《长信宫》也来一个：

自恨轻身不如燕，春来还绕御帘飞。

这就是典型的东施效颦。本来王昌龄意象核心在于寒鸦，从而引出双重的反差，一是玉颜和寒鸦的反差，二是寒鸦和日影的反差，情感强而语含蓄。孟迟诗把寒鸦变成春燕，却失却了双重反差，意境全无。

梅圣俞诗：

南陇鸟过北陇叫，高田水入低田流。

几近重复黄庭坚的：

野水自添田水满，晴鸠却唤雨鸠来。

本来，黄庭坚的诗句就不太高明，梅氏重复则更是平庸。王安石《闲居》：

细数落花因坐久。

显然从王维的“坐久落花多”转化而来。其实，“细数落花因坐久”，把“落花”“坐久”的因果关系说得太明白，太理念化了。而“坐久落花多”，则把因果关系隐藏起来，关键在一个“多”字提示，由于发现落花之“多”，才觉悟坐得久了。这是一种心灵的渐悟，但是，保持平静，显得含蓄隽永，从容淡定。当然，像这样明显的重复比较少，多数是重复其诗意，不重复其诗句。王楙《野客丛书》卷二十说晏几道的“今宵剩把银缸照，犹恐相逢是梦中”盖出于老杜“夜阑更秉烛，相对如梦寐”。类似的还有司空曙“乍见翻疑梦，相悲各问年”，戴叔伦“还作江南会，翻疑梦里逢”，相思之苦以想见如梦表之，反复用之，成为套路，这就是“蹈袭”，而且是低级的，越来越差。比“蹈袭”高明的则是“偷意”“偷势”，而不偷其语，有时很有突破的价值，但和“蹈袭”，甚至“突破”很难区分。北宋魏泰《临汉隐居诗话》说，陈陶《陇西行四首》中的“誓扫匈奴不顾身，五千貂锦丧胡尘。可怜无定河边骨，犹是春闺梦里人”世称经典，系“蹈袭”李华《吊古战场文》。其文曰："其存其没，家莫闻知。人或有言，将信将疑。娟娟心目，梦寐见之。"但是，二者的相异大于相似。相似不过是战死者家人将信将疑，"梦寐见之"，这是散文的叙述，而且六个四言句，有芜杂而单调之嫌，而"可怜无定河边骨，犹是春闺梦里人"则是诗的想象的对比：把意象核心定位于春闺思妇梦中欢会，死者身躯久腐唯存"白骨"，梦是欢会之喜与白骨曝野之悲，其对比之冲击力非李华可比也。王昌龄的才华还表现在文体的转化上，从散文的概括性直陈，到诗借思妇的主观幻觉以抒情，应该属于创造。

一般地说，盲目的追随固然造成艺术腐败，但是，也不无例外，佚名《诗宪》："魏道辅云：'诗恶蹈袭。古人亦有蹈袭而愈工，若出于己者，盖思之精则造语愈深也。'"这种蹈袭而愈工，并不限于在不同文体之间。在同一文体之间，更容易分出高下。王楙《野客丛书》卷十七引吴曾《漫录》说，白居易《长恨歌》"回眸一笑百媚生"来自李白《清平词》"一笑皆生百媚"（胡应麟《少室山房笔丛》以为五代人伪作）。王楙进一步指出李白之语，又来自江总"回身转佩百媚生，插花照镜千娇出"。

虽然白居易的"回眸一笑百媚生"容或有所蹈袭，但是百媚生本是一个抽象概念，而白居易则转化为"回眸"，又将其效果强化到：杨贵妃回眸一笑，唐明皇的感觉就发生了变异——六宫粉黛，三千佳丽，就一个个脸色苍白了。以效果来写美人之美，比之从美本身来写美，要独创得多，江总之失，就失在脱离了视觉主体的感情效果，在"百媚"后面加上"千娇"，又添出华丽的装束来，使得意象主要特征变得芜杂，分散了读者想象的专注。

明人张綖《草堂诗余别录》以为李清照《如梦令》"昨夜雨疏风骤。浓睡不消残酒。试问卷帘人，却道海棠依旧。知否、知否？应是绿肥红瘦"袭自晚唐韩偓诗"昨夜三更雨，今朝一阵寒。海棠花在否？侧卧卷帘看"。二者之间的关系是否真的如此，有待考证，即使真如所说，韩诗也只是因夜寒而担心"海棠花在否"，而李清照则相反，尽管卷帘人觉得"海棠依旧"，自己没有直接观察，却仍然坚持肯定是"绿肥红瘦"。固执到越是不顾事实，越是隐含着女性对年华消逝的隐忧，不是一触即发，而是不触也发。这就是贺裳、吴乔等说的"无理而妙"，不合理性逻辑，才显出情感逻辑之妙。韩渥《懒起》仅仅是懒洋洋地怜花，除了理性的怜花，并无内心的隐喻。二者不在同一艺术水平线上。

不管怎么说，从根本意义上说，依附前人容易落入窠臼，诗家当以个性的原创为先。但是，绝对的原创，完全脱离传统，是不可能的。正是因为这样，艾略特甚至认为诗人不可能脱离文化传统，因而他干脆主张逃避个性，天才只有在传统的基础上才能发挥。这个观念当然相当极端，但是，强调个人天才不脱离传统，有相当的道理。后来发展为一种互文性的学说。互文性（intertexuality），也可以译成文本间性。一切文本都是互相关联的，都处于文学发展的谱系的有机的经纬结构之中，相互有所关联是正常的，不能像一些诗话家那样，看到一点关联就捕风捉影，动不动就扣“蹈袭”的帽子。

孟浩然先写了“江清月近人”，杜甫又写了“江月去人只数尺”。罗大经《鹤林玉露》甲编卷三，就认为杜甫认孟浩然为前辈，不无师承之处，但是，他又认为一个“浑涵”，一个“精工”，各有所长。细读全诗，孟诗“野旷天低树，江清月近人”（《宿建德江》）是视野空旷感和亲近感的反衬；而杜诗“江月去人只数尺，风灯照夜欲三更”（《漫成一绝》）则并不强调空旷，而是描绘在有限的空间中，夜色明暗的对比。比这更为明显的是刘禹锡、杜牧和韦庄都有六朝旧都怀古的诗。刘禹锡的《石头城》：

山围故国周遭在，潮打空城寂寞回。

淮水东边旧时月，夜深还过女墙来。

杜牧的《泊秦淮》：

烟笼寒水月笼沙，夜泊秦淮近酒家。

商女不知亡国恨，隔江犹唱《后庭花》。

韦庄的《台城》：

江雨霏霏江草齐，六朝如梦鸟空啼。

无情最是台城柳，依旧烟笼十里堤。

三首写的都是南京，主题都是悼古伤今，风格近似，各有不可低估的成就。原因在于构思的意脉都是物是人非，从平常、自然的状态中，突出现实与历史的巨大的反差。刘禹锡《石头城》，缅怀当年繁华的都城，极写城墙、江水不变，但已经变成“空城”，浪花变得寂寞，这寂寞是城市的也是诗人心灵的，聚焦在一切都变了，偏偏那月亮，却是一仍其旧，不管寂寞不寂寞，不管空不空，还和旧时一样出现在女墙上面。现时和旧时，寂寞和浪声，构成强烈对比。杜牧写的也是南京，只是他强调的是，秦淮仍旧繁华，夜色仍旧美好，连那《后庭花》的歌声，也都一样欢乐。但是，歌女却不知道，这首歌和陈后主亡国的因果关系。这也是一种对比，是依旧繁华、欢乐和亡国之恨的对比。而韦庄则以繁华的六朝如梦的回忆，衬出诗人伤感到连鸟鸣听来都是“空啼”，可是大自然却“无情”，不管梁武帝曾经饿死台城的悲剧，台城的杨柳依然生机勃勃。以大自然的“无情”的生机来反衬人的有情的感伤。三家所用的方法，显然属于同一联想的机制，其特点是聚焦在一个单纯意象的内在反差上，构成现场联想的反衬结构。这似乎可以说是一种固定化的套路，抒情为什么一定要这样含蓄，总是这样欲说还休，直接抒情，不是更痛快吗？这不是一种束缚吗？和西方诗歌比较一下，就更明显。拜伦的《哀希腊》是这样的：

希腊的群岛啊，希腊的群岛！

在这里，热情的莎乎曾经恋爱和歌唱，

在这里，战争与和平的艺术曾经生长，

在这里，浮起了月神的故乡，太阳的神像！

一切都还镀着永恒的、夏日的华光，

但是，除了那太阳，一切都已沦丧。

西方诗学艺术传统是直接抒发激情，强调“强烈的感情的自然流露”，怀念往昔的繁华是直接呼喊出来的，而且是罗列式的，一泻无余的，并不刻意聚焦在一个意象，而是直接说出来，往日的文治武功，往昔的神话和爱情，虽然看不见了，但仍然镀着夏日的华光，除了这太阳的光芒，一切都无影无踪。诗人并不把感喟的意脉渗透在意象群背后。这种激情的呼喊，是在中国这类诗人想象境界以外的。中国古典诗人为什么不从意象聚焦中的套路突围呢？提出这样的问题是幼稚的。反过来说，西方诗人为什么总是这样直接抒情，不能把感悟隐藏在意象之内吗？这样的问题要到20世纪意象派才能回答。从这个意义上说，意象聚焦中国古典时代的、历史的平台，其中凝聚、积淀着的艺术传统是不可小觑的。正是因为这样，贺裳在《载酒园诗话》卷一中所说的，这不应该叫作“蹈袭”，应该叫作“出处”，得到了广泛的认同。他说，如果把这也叫作“蹈袭”，则是“苛责”，要求诗人每一句都自出心裁（“作诗者必字字杜撰”），那是不可能的。有时，后人似袭前人诗句，如李嘉祐诗：

水田飞白鹭，夏木啭黄鹂。

而王维加以“漠漠”“阴阴”字变成：

漠漠水田飞白鹭，阴阴夏木啭黄鹂。

清田同之《西圃诗说》认为这样一加，“更觉精神飞越，岂尽得以袭取归咎耶”。这个见解是很有艺术性的。“水田飞白鹭”，好处是水田显白鹭之影，但二者均为亮色。加上“漠漠”，一则有模糊之感，与白鹭有反衬之效果；二则具开阔之感，引白鹭群飞之联想。至于“夏木啭黄鹂”，好处是听觉之美。然而，夏木系概念，加上了“阴阴”，则不但显夏木之盛，其浓阴与黄鹂之音色之明亮，构成对比。双重对比，不但表现夏日之景观，而且如田同之所说，渗透诗人之“精神飞越”。

诗话家们出于对“蹈袭”扩大化的捕风捉影（“多摘前人相似之句，以为蹈袭”），对所谓“夺胎换骨”大抵都有相当的警惕，但对诗作中间或有相同相近词句，常取宽容态度。清吴衡照《莲子居词话》卷一：“词有袭前人语而得名者，虽大家不免。”宋人潘淳《潘子真诗话》认为贺铸《青玉案》词句“试问闲愁都几许？一川烟草，满城风絮，梅子黄时雨”出自寇准的诗句：“杜鹃啼处血成花，梅子黄时雨如雾。”贺铸虽然对寇准有所师承，但是，其水准远高出于寇准。寇准旨在描绘梅雨之性状，而贺铸则以之表现不可直接感知的“闲愁”，并以之与“一川烟草，满城风絮”叠加，并使三者构成一幅图画，烟草、风絮、梅雨，在性质和程度上统一和谐。在立意的独特和意象的丰富上，较寇准不可同日而语。类似的情况还有柳永《雨霖铃》词句：

今宵酒醒何处？杨柳岸、晓风残月。

俞彦《爰园词话》指出实乃祖承魏承班《渔歌子》词句：

窗外晓莺残月。

二者在艺术上有天壤之别。“窗外晓莺残月”，只是写景，而“今宵酒醒何处？杨柳岸、晓风残月”暗示昨日不知醉倒何处何时，晓风残月提示至晨方醒。可见送别之痛如此。类似的现象在中国古典诗歌中并不罕见。情况相当复杂，需要具体分析。

有时，直接照搬，成为名句，而原作却湮没无闻。如秦观《满庭芳》词句：

斜阳外，寒鸦万点，流水绕孤村。

实出自隋炀帝诗：

寒鸦千万点，流水绕孤村。

可能是因为炀帝的名声太坏，人们很少有兴趣为他鸣不平。辛弃疾《祝英台近·晚春》词句：

是他春带愁来，春归何处，却不解、带将愁去。

出自他的朋友赵德庄的《鹊桥仙》中的：

春愁元自逐春来，却不肯随春归去。

而赵词又出自李汉老的《洞仙歌·杨花》中的：

蓦地便和春带将归去。

像这辗转相因，可能是中国诗学的特殊情况。有时师承者的确点铁成金，毫厘之分，天壤之别；有时，明明大家全盘照搬，名垂千古，而原创者，仅仅因名声不及，却湮没无闻。这是不公平的，没有道理的。但是，历史的偶然性却不是偶然的。

陈一琴辑历代诗话

凡属文之人，常须作意。凝心天海之外，用思元气之前，巧运言词，精练意魄，所作词句，莫用古语及今烂字旧意。改他旧语，移头换尾，如此之人，终不长进。为无自性，不能专心苦思，致见不成。

（唐）王昌龄语，转引自遍照金刚《文镜秘府论·论文意》南卷

（按：王利器《文镜秘府论校注》按：本卷《论文意》，除《论体》及《定位》等篇外，

皆王昌龄《诗格》与释皎然《诗议》之文；然今本王昌龄《诗格》及《诗中密旨》与此篇所载，大有出入，则今本《诗格》及《诗中密旨》，非复唐代之旧也。）

评曰：不同可知矣，此则有三同。三同之中，偷语最为钝贼。如何汉定律令，厥罪不书？应为酂侯务在匡佐，不暇及诗，致使弱手芜才，公行劫掠。若许贫道片言可折，此辈无处逃刑。其次偷意，事虽可罔，情不可原，若欲一例平反，诗教何设？其次偷势，才巧意精，若无朕迹，盖诗人阃域之中偷狐白裘之手，吾示赏俊，从其漏网。

（唐）释皎然《诗式·三不同：语、意、势》

旧以王维好取人章句，如"行到水穷处，坐看云起时"，乃《英华集》诗也。"漠漠水田飞白鹭，阴阴夏木啭黄鹂"①，乃李嘉祐诗②也。余以为有摩诘之才则可；不然，是剽窃之雄耳。

（宋）王直方《王直方诗话》

（按：梁桥、胡应麟、王士禛、宋长白、陈衍等均认为李年辈后于王，王不可能袭用其句。胡氏《诗薮》内编卷五云："摩诘盛唐，嘉祐中唐，安得前人预偷后来者？此正嘉祐用摩诘诗。"）

予记太白有诗云："野禽啼杜宇，山蝶舞庄周。"③后又见潘佑有《感怀诗》："幽禽唤杜宇，宿蝶梦庄周。席地一樽酒，思与元化浮。但莫孤明月，何必秉烛游。"余谓才思暗合，古今无殊，不可怪也。

（宋）晁迥《法藏碎金》，转引自胡仔《苕溪渔隐丛话》后集卷四

僧惠崇诗云："河分冈势断，春入烧痕青。"④然唐人旧句。而崇之弟子吟赠其师诗曰："河分冈势司空曙，春入烧痕刘长卿。不是师偷古人句，古人诗句似师兄。"⑤杜工部有"峡束苍江起，岩排石树园"⑥，顷苏子美遂用"峡束苍江，岩排石树"作七言句。子美岂窃诗者，大抵讽古人诗多，则往往为己得也。

（宋）刘攽《中山诗话》

① 王维《积雨辋川庄作》诗句："漠漠水田飞白鹭，阴阴夏木啭黄鹂。"
② 佚诗断句："水田飞白鹭，夏木啭黄鹂。"失题。
③ 李白佚诗断句，失题。
④ 释惠崇《访杨云卿淮上别墅》诗句。
⑤ 司空曙、刘长卿之句，出自何诗未详。
⑥ 杜甫《秋日夔府咏怀奉寄郑监李宾客一百韵》诗句。苍，一作"沧"。

诗恶蹈袭古人之意，亦有袭而愈工若出于己者。盖思之愈精，则造语愈深也。……李华《吊古战场文》曰：“其存其没，家莫闻知。人或有言，将信将疑。《渔隐丛话》作‘盖将信疑’。娟娟心目，梦寐见之。”陈陶则云：“可怜无定河边骨，犹是春闺梦里人。”盖愈工于前也。

（宋）魏泰《临汉隐居诗话》

目前景物，自古及今不知凡经几人道。今人下笔要不蹈袭，故有终篇无一字可解者，盖欲新而反不可晓耳。

（宋）韩驹《陵阳先生室中语》

自古诗人文士，大抵皆祖述前人作语。梅圣俞诗云：“南陇鸟过北陇叫，高田水入低田流。”①欧阳文忠公诵之不去口。鲁直诗有“野水自添田水满，晴鸠却唤雨鸠来”②之句，恐其用此格律，而其语意高妙如此，可谓善学前人者矣。

（宋）周紫芝《竹坡诗话》

诗中用双叠字易得句。如“水田飞白鹭，夏木啭黄鹂”，此李嘉祐诗也。王摩诘乃云“漠漠水田飞白鹭，阴阴夏木啭黄鹂”。摩诘四字下得最为稳切。

同上

唐人记“水田飞白鹭，夏木啭黄鹂”为李嘉祐诗，王摩诘窃取之，非也。此两句好处，正在添“漠漠”“阴阴”四字，此乃摩诘为嘉祐点化，以自见其妙，如李光弼将郭子仪军，一号令之，精彩数倍。不然，如嘉祐本句，但是咏景耳，人皆可到。

（宋）叶梦得《石林诗话》卷上

前辈读诗与作诗既多，则遣词措意，皆相缘以起，有不自知其然者。

荆公晚年《闲居》③诗云：“细数落花因坐久，缓寻芳草得归迟。”盖本于王摩诘“兴阑啼鸟换，坐久落花多”④。而其辞意益工也。徐师川自谓：“荆公暮年，金陵绝句之妙传天下，

---

① 梅尧臣《春日拜垅经田家》诗句。前句，《全宋诗》作“南岭禽过北岭叫”。

② 黄庭坚《自巴陵略平江、临湘，入通城，无日不雨，至黄龙奉谒清禅师，继而晚晴，邂逅禅客戴道纯款语，作长句呈道纯》诗句。来，《全宋诗》作“归”。

③ 即《北山》诗。

④ 王维《从岐王过杨氏别业应教》诗句。

其前两句与渠所作云‘细落李花那可数，偶行芳草步因迟’，偶似之邪？窃取之邪？喜作诗者，不可不辨。”予尝以为王因于唐人，而徐又因于荆公，无可疑者。但荆公之诗，熟味之，可以见其闲适优游之意。至于师川，则反是矣。

（宋）吴开《优古堂诗话》

（按：此则又见宋吴曾《能改斋漫录》卷八。）

学诗亦然，若循习陈言，规摹旧作，不能变化，自出诗意，亦何以名家。鲁直诗云：“随人作计终后人。”[①] 又云：“文章最忌随人后。”诚至论也。

（宋）胡仔《苕溪渔隐诗话》前集卷四十九

王摩诘《汉江临泛》诗曰：“江流天地外，山色有无中。”六一居士平山堂长短句云：“平山栏槛倚晴空，山色有无中。”[②]岂用摩诘语耶？然诗人意所到，而语偶相同者，亦多矣。其后东坡作长短句曰：“记取醉翁语，山色有无中。”[③] 则专以为六一语也。

（宋）陈岩肖《庚溪诗话》卷下

韦苏州诗曰：“西施且一笑，众女安得妍？”[④] 而白乐天诗曰：“回眸一笑百媚生，六宫粉黛无颜色。”[⑤]杜子美诗曰：“须臾九重真龙出，一洗万古凡马空。”[⑥]而东坡颂曰：“奋鬣长鸣，万马皆喑。”等一意耳，其后用之益精明。……吴曾《漫录》谓乐天“回眸一笑百媚生”，盖祖李白《清平词》“一笑皆生百媚”[⑦]之语。仆谓李白之语，又有所自，观江总“回身转佩百媚生，插花照镜千娇出”[⑧]，意又出此。

（宋）王楙《野客丛书》卷十七

唐人诗句不一，固有采取前人之意，亦有偶然暗合者。如李白诗：“河阳花作县，秋浦玉为人。”[⑨]武元衡诗：“河阳县里玉人闲。”[⑩]……柳子厚诗：“欸乃一声山水绿。”张文昌诗：

① 黄庭坚《以右军书数种赠邱十四》诗句：“随人作计终后人，自成一家始逼真。”

② 欧阳修《朝中措·送刘仲原甫出守维扬》词句。

③ 苏轼《水调歌头·黄州快哉亭赠张偓佺》词句。

④ 韦应物《广陵遇孟九云卿》诗句。

⑤ 白居易《长恨歌》诗句。

⑥ 杜甫《丹青引》诗句。

⑦ 即所传李白应制《清平乐》词句：“一笑皆生百媚，宸衷教在谁边？”明胡应麟《少室山房笔丛·艺林学山》、王世贞《艺苑卮言》等以为后人伪托。

⑧ 不详。

⑨ 《赠崔秋浦三首》（其三）诗句。

⑩ 武元衡《酬陆三与邹十八侍御》诗句：“令尹关中仙吏会，河阳县里玉人闲。”

"离琴一声罢，山水有余辉。"[①]

同上卷十九

类而推之，如晏叔原"今宵剩把银釭照，犹恐相逢是梦中"[②]，盖出于老杜"夜阑更秉烛，相对如梦寐"[③]，戴叔伦"还作江南会，翻疑梦里逢"[④]，司空曙"乍见翻疑梦，相悲各问年"[⑤]之意。

同上卷二十

"柳色黄金嫩，梨花白雪香"，阴铿诗也，李太白取用之。[⑥]杜子美《太白诗》云："李白（侯）有佳句，往往似阴铿。"[⑦]后人以谓以此讥之。然子美诗有"蛟龙得云雨，雕鹗在秋天"[⑧]一联，已见《晋书》载记矣。如"冰肌玉骨清无汗，水殿风来暗香满"，孟蜀王诗[⑨]，东坡先生度以为词[⑩]。昔人不以蹈袭为非。

（宋）王明清《挥麈录·余话》卷一

孟浩然诗云"江清月近人"[⑪]，杜陵云"江月去人只数尺"[⑫]，子美视浩然为前辈，岂祖述而敷衍之耶？浩然之句浑涵，子美之句精工。

（宋）罗大经《鹤林玉露》甲编卷三

唐人绝句，有意相袭者，有句相袭者。王昌龄《长信宫》云："玉颜不及寒鸦色，犹带昭阳日影来。"孟迟《长信宫》亦云："自恨轻身不如燕，春来还绕御帘飞。"……此皆意相袭者。又杜牧《送隐者》云："公道世间唯白发，贵人头上不曾饶。"高蟾《春》诗云："人生莫遣头如雪，纵得春风亦不消。"……此皆袭其句而意别者。若定优劣，品高下，则亦昭

① 张籍（字文昌）《送郑秀才归宁》诗句。声、水、有，《全唐诗》作"奏""雨""霭"。

② 晏几道（字叔原）《鹧鸪天》词下阕："从别后，忆相逢，几回魂梦与君同。今宵剩把银釭照，犹恐相逢是梦中。"

③ 杜甫《羌村三首》（其一）后半首："世乱遭飘荡，生还偶然遂。邻人满墙头，感叹亦歔欷。夜阑更秉烛，相对如梦寐。"

④ 《客夜与故人偶集》诗句。

⑤ 《云阳馆与韩绅宿别》前二联："故人江海别，几度隔山川。乍见翻疑梦，相悲各问年。"

⑥ 李白《宫中行乐词八首》（其二）诗句。

⑦ 杜甫《与李十二白同寻范十隐居》诗句："李侯有佳句，往往似阴铿。"

⑧ 《奉赠严八阁老》诗句。

⑨ 孟昶《避暑摩诃池上作》诗句，又《木兰花》词句。

⑩ 苏轼《洞仙歌》词句："冰肌玉骨，自清凉无汗。水殿风来暗香满。"

⑪ 《宿建德江》诗句："野旷天低树，江清月近人。"

⑫ 《漫成一绝》诗句："江月去人只数尺，风灯照夜欲三更。"

然矣。

（宋）范晞文《对床夜语》卷四

诗人发兴造语，往往不约而合。如“雨中山果落，灯下草虫鸣”[①]，王维也。“树初黄叶日，人欲白头时”[②]，乐天也。司空曙有云：“雨中黄叶树，灯下白头人。”[③]句法王而意参白，然诗家不以为袭也。

同上

罗隐《陇头水》云：“借问陇头水，年年恨何事？全疑呜咽声，中有征人泪。”[④]于溃云：“借问陇头水，终年恨何事？深疑呜咽声，中有征人泪。”[⑤]所赋同，造语同，未有议其非者，今人则岂无剽窃之疑。

同上卷五

因袭者，用前人之语也。以陈为新，以拙为巧，非有过人之才，则未免以蹈袭为愧。魏道辅（魏泰字）云：“诗恶蹈袭。古人亦有蹈袭而愈工，若出于己者，盖思之精则造语愈深也。”转意者，因袭之变也。前者既有是语矣，吾因而易之，虽语相反，皆不失为佳。

（宋）佚名《诗宪》

子美诗有“夜足沾沙雨，春多逆水风”[⑥]，乐天诗云：“巫山暮足沾花雨，陇水春多逆浪风。”[⑦]陶渊明诗云：“采菊东篱下，悠然见南山。”[⑧]韦应物亦有“采菊露未晞，举头见南山”。[⑨]又东坡《续丽人行》首四句：“深宫无人春昼长，沉香亭北百花香。美人睡起薄梳洗，燕舞莺啼空断肠。”萨天锡（元萨都剌字）《题杨妃病齿》诗则云：“沉香亭北春昼长，海棠睡起扶残妆。清歌妙舞一时静，燕语莺啼空断肠。”但略少变其文。如此等诗，不可尽述，每见录于诗话，美则以为点铁化金，刺则以蹈袭古诗，附会讥诮，殊为可厌。予略录数首

---

① 《秋夜独坐》诗句。

② 《途中感秋》诗句。

③ 《喜外弟卢纶见宿》诗句。

④ 后四句为：“自古蕴长策，况我非才智。无计谢潺湲，一宵空不寐。”一说即于渍之诗，题作《陇头吟》，年年作“终年”，全疑作“深疑”。

⑤ 题作《陇头水》，后四句为：“昨日上山下，达曙不能寐。何处接长波，东流入清渭。”又有《陇头吟》，见上注。

⑥ 杜甫《老病》诗句。

⑦ 白居易《入峡次巴东》诗句。

⑧ 《饮酒诗二十首》（其六）诗句。

⑨ 《答长安丞裴说》诗句：“临流意已凄，采菊露未晞。举头见秋山，万事都若遗。”晞，一作“稀”。

于右，以见陶、杜岂特待白、韦点化，而应物、天锡固窃诗者哉！故老杜尝戏为诗曰："咏及前贤更勿疑，递相祖述复先谁？"[①]大抵诵人诗多，往往为己得也。

（明）郎瑛《七修类稿》卷二十

（李清照《如梦令》词[②]）韩偓诗云："昨夜三更雨，今朝一阵寒。海棠花在否，侧卧卷帘看。"[③]此词尽用其语点缀。结句尤为委曲精工，含蓄无穷之意焉。可谓女流之藻思者矣。

（明）张綖《草堂诗余别录》卷一

欧阳公词："平芜尽处是春山，行人更在春山外。"[④]石曼卿诗："水尽天不尽，人在天尽头。"[⑤]欧与石同时，且为文字友。其偶同乎？抑相取乎？

（明）杨慎《词品》卷一

方干："未明先见海底日，良久远鸡方报晨。"[⑥]方晦叔"山鸡未鸣海日出"[⑦]，此简妙胜干矣。作诗最忌蹈袭，若语工字简，胜于古人，所谓"化陈腐为新奇"是也。

（明）谢榛《四溟诗话》卷二

剽窃模拟，诗之大病。亦有神与境触，师心独造，偶合古语者。如"客从远方来""白杨多悲风""春水船如天上坐"，不妨俱美，定非窃也。其次裒览既富，机锋亦圆，古语口吻间，若不自觉。如鲍明远"客行有苦乐""但问客何行"[⑧]之于王仲宣"从军有苦乐，但问所从谁"[⑨]，陶渊明"鸡鸣桑树颠""狗吠深巷中"[⑩]之于古乐府"鸡鸣高树颠，狗吠深宫中"[⑪]……模拟之妙者，分歧逞力，穷势尽态，不唯敌手，兼之无迹，方为得耳。

（明）王世贞《艺苑卮言》卷四

右丞之"漠漠水田飞白鹭，阴阴夏木啭黄鹂"，或谓他人五言而右丞增而用之者。然其

① 杜甫《戏为六绝句》（其六）诗句："未及前贤更勿疑，递相祖述复先谁？"

② 李词："昨夜雨疏风骤，浓睡不消残酒。试问卷帘人，却道海棠依旧。知否？知否？应是绿肥红瘦。"

③ 韩偓《懒起》诗句。

④ 欧阳修《踏莎行》词句。

⑤ 石延年佚诗断句，失题。

⑥ 方干《题龙泉寺绝顶》诗句。

⑦ 方元焕（字晦叔）佚诗断句，失题。

⑧ 鲍照《从临海王上荆初发新渚》诗句。

⑨ 王粲《从军诗五首》（其一）诗句。

⑩ 《归园田居五首》（其一）诗句："狗吠深巷中，鸡鸣桑树颠。"颠，一作"巅"。

⑪ 古乐府《鸡鸣》诗句。颠，通行本作"巅"。

妙处在“漠漠”“阴阴”四字，写出夏木水田光景，遂觉会心，否则“水田飞白鹭，夏木啭黄鹂”，有何生色？只一村师偶句而已。

（明）冒愈昌《诗学染言》卷下

李嘉祐诗“水田飞白鹭，夏木啭黄鹂”，王摩诘但加“漠漠”“阴阴”四字而气象如生。

（明）李日华《恬致堂诗话》卷四

自有三偷之语，以生吞活剥为能。自有独创之言，以杜撰妄作为是。总皆按牛头吃草。

（明）费经虞《雅伦》卷二十二

自皎然有三偷之说，因指子美“湛湛长江去”[①]同于“湛湛长江水”[②]，“江平不肯流”[③]同于“潮平似不流”[④]，而后人遂谓少陵诗未免蹈袭。如：“船如天上坐，人似镜中行。”[⑤]“人如天上坐，鱼似镜中游。”[⑥]沈佺期诗也。子美“春水船如天上坐，老年花似雾中看”[⑦]，特袭沈句耳。不知少陵深服沈诗，时取沈句流连把咏，烂熟在手口之间，不觉写出。观唐诸家，语句相似颇多，大抵坐此，非蹈袭也。且“人如天上坐”不及“船如天上坐”，加“春水”二字作七言，却更活动。而“老年花似雾中看”，描写老态，龙钟可笑，又岂“鱼似镜中游”可及哉！……非如今人本无佳句，偶盗他语，便觉态出，如穷儿盗乘舆服物，一见便捉败也。

（清）贺贻孙《诗筏》

如金昌绪“打起黄莺儿，莫教枝上啼。啼时惊妾梦，不得到辽西”，令狐楚则曰：“绮席春眠觉，纱窗晓望迷。朦胧残梦里，犹自在辽西。”[⑧]张仲素更曰：“袅袅城边柳，青青陌上桑。提笼忘采叶，昨夜梦渔阳。”[⑨]或反语以见奇，或循蹊而别悟，若尽如此，何病于偷。

偷法一事，名家不免。如刘梦得“山围故国周遭在，潮打空城寂寞回。淮水东边旧时

---

① 杜甫《梅雨》诗句：“湛湛长江去，冥冥细雨来。”

② 阮籍《咏怀》诗句：“湛湛长江水，上有枫树林。”

③ 杜甫《陪王使君晦日泛江就黄家亭子二首》（其一）诗句：“山豁何时断，江平不肯流。”

④ 庾抱（一作韦承庆）《凌朝泛江旅思》诗句：“山远疑无树，潮平似不流。”

⑤ 《全唐诗》沈佺期集未载，何诗不详。徐坚等《初学记》卷五载南朝陈释惠标则有《咏山诗三首》，其一诗句：“舟如空里泛，人似镜中行。”

⑥ 沈佺期《钓竿篇》诗句：“人疑天上坐，鱼似镜中悬。”

⑦ 杜甫《小寒食舟中作》诗句。

⑧ 《长相思》诗。

⑨ 《春闺思》诗。

月，夜深还过女墙来”[①]，杜牧之“烟笼寒水月笼沙，夜泊秦淮近酒家。商女不知亡国恨，隔江犹唱《后庭花》”[②]，韦端已“江雨霏霏江草齐，六朝如梦鸟空啼。无情最是台城柳，依旧烟笼十里堤”[③]。三诗虽各咏一事，意调实则相同。愚意偷法一事，诚不能不犯，但当为韩信之背水，不则为虞诩之增灶，慎毋为邵青之火牛可耳。……

……

《隐居语录》曰：“(引文即上魏泰《临汉隐居诗话》一则，略)”余以以文为诗，此谓之出处，何得为蹈袭。若如此苛责，则作诗者必字字杜撰耶。

(清)贺裳《载酒园诗话》卷一

各自有意，各自言之。宋人每言夺胎换骨，去瞎盛唐字仿句摹有几？宋人翻案诗，即是蹈袭陈言，看不破耳。又多摘前人相似之句，以为蹈袭。诗贵见自心耳，偶同前入何害？作意蹈袭，偷势亦是贼。

(清)吴乔《围炉诗话》卷五

曹植“愿为西南风，长逝入君怀”[④]。徐干“浮云何洋洋，愿因通我辞”[⑤]。齐浣“将心寄明月，流影入君怀”[⑥]，又变“风”“云”为“月”。而太白“我寄愁心与明月，随风直到夜郎西”[⑦]，则“风”“月”并役，是用变为偷者也。石崇金谷涧赋诗，不能者罚酒三斗。太白云：“如诗不成，罚依金谷酒数。”[⑧]而于鳞“诗成罚我我岂辞，便过三斗无论数”[⑨]，是用翻为偷者也。

(清)毛先舒《诗辩坻》卷三

词中佳语，多从诗出。如顾太尉“蝉吟人静，斜日傍，小窗明”[⑩]，毛司徒“夕阳低映小窗明”[⑪]，皆本黄奴“夕阳如有意，偏傍小窗明”[⑫]。若苏东坡之“与客携壶上翠微”(《定风

---

① 刘禹锡《石头城》诗。
② 杜牧《泊秦淮》诗。
③ 韦庄(字端已)《台城》诗。
④《七哀诗》诗句。
⑤《室思诗》诗句。
⑥ 当为刘皋《长门怨》诗句。
⑦《闻王昌龄左迁龙标，遥有此寄》诗句。
⑧《春夜宴诸从弟桃李园序》之句。
⑨ 未详。
⑩ 顾夐(累官至太尉)《临江仙》词句：“蝉吟人静，残日傍，小窗明。”
⑪ 毛文锡(曾官司徒)《虞美人》词句：“夕阳低映小窗明，南园绿树语莺莺，梦难成。”
⑫ 失题。一说唐备之作。

波》)[①]，贺东山之“秋尽江南草未凋”(《太平时》)[②]，皆文人偶然游戏，非向《樊川集》[③]中作贼。

（清）王士禛《花草蒙拾》

“平芜尽处是春山，行人更在春山外。”升庵以拟石曼卿“水尽天不尽，人在天尽头”，未免河汉。盖意近而工拙悬殊，不啻霄壤。且此等入词为本色，入诗即失古雅，可与知者道耳。

同上

（陶渊明《归田园居》诗）“狗吠深巷中，鸡鸣桑树颠”，直用汉乐府句意，退之推鲍、谢而遗陶者，此等处耳。然意之所至，岂必词自己出乎？不本于性情之教，但以不沿袭剽盗为工，非至论之极也。

（清）李光地《榕村诗选》卷二

用前人字句，不可并意用之。语陈而意新，语同而意异，则前人之字句，即吾之字句也。若蹈前人之意，虽字句稍异，仍是前人之作，嚼饭喂人，有何趣味？

（清）薛雪《一瓢诗话》

（王维《杂诗》[④]）成按：陶渊明诗云：“尔从山中来，早晚发天目。我居南窗下，今生几丛菊。”[⑤]王介甫诗云：“道人北山来，问松我东冈。举手指屋脊，云今如许长。”[⑥]与右丞此章同一杼轴，皆情到之辞，不假修饰而自工者也。然渊明、介甫二作，下文缀语稍多，趣意便觉不远。右丞只为短句，一吟一咏，更有悠扬不尽之致，欲于此下复赘一语不得。

（清）赵殿成《王右丞集笺注》卷十三

---

① 苏轼《定风波·重阳》词句：“与客携壶上翠微，江涵秋影雁初飞。”

② 贺铸（有词集《东山集》）《太平时·晚云高》词句：“秋尽江南叶未凋。晚云高。青山隐隐水迢迢。接亭皋。”

③ 杜牧《九日齐安登高》诗句：“江涵秋影雁初飞，与客携壶上翠微。”又《寄扬州韩绰判官》诗句：“青山隐隐水迢迢，秋尽江南草未凋。”

④ 《杂诗》：“君自故乡来，应知故乡事。来日倚窗前，寒梅着花未？”

⑤ 洪迈《容斋五笔》卷一载，题作《问来使》，后四句为“蔷薇叶已抽，秋兰气当馥。归去来山中，山中酒应熟。”并称：“此诗诸集皆不载，唯晁文元（晁迥，卒谥文元）家本有之。”严羽《沧浪诗话》则云：“予谓此篇诚佳，然其体制气象，与渊明不类；得非太白逸诗，后人谩取以入陶集尔。”今学者或以为晚唐人伪作。

⑥ 王安石《道人北山来》诗。

诗中用字妙处，能将死景写活，旧事翻新。如“水田飞白鹭，夏木啭黄鹂”，本系成语，加“漠漠”“阴阴”四字，写雨中村居景象，何等幽寂。

（清）郭兆麒《梅崖诗话》

后人诗句多有似袭前人者，大抵神与境合，遂尔触笔，不觉偶同。亦有于增损之间，用意尤精，如李嘉祐诗“水田飞白鹭，夏木啭黄鹂”，而右丞加以“漠漠”“阴阴”字，更觉精神飞越，岂尽得以袭取归咎耶！

（清）田同之《西圃诗说》

（欧阳修《蝶恋花》词[①]）《南部新书》记严恽诗：“尽日问花花不语，为谁零落为谁开？”[②] 此阕结二语，似本此。

（清）张宗橚《词林纪事》卷四

诗须善学，暗偷其意，而显易其词。如《毛诗》：“嗟我怀人，置彼周行。”[③] 唐人学之云“提笼忘采叶，昨夜梦渔阳”是也。

（清）袁枚《随园诗话》卷五

词有袭前人语而得名者，虽大家不免。如方回“梅子黄时雨”[④]，耆卿“杨柳岸、晓风残月”[⑤]，少游“寒鸦数点，流水绕孤村”[⑥]，幼安“是他春带愁来，春归何处，却不解、带将愁

---

① 《蝶恋花》词结句：“泪眼问花花不语，乱红飞过秋千去。”一说此词为冯延巳作。

② 《落花》：“春光冉冉归何处，更向花前把一杯。尽日问花花不语，为谁零落为谁开？”

③ 《诗经·周南·卷耳》首章：“采采卷耳，不盈顷筐。嗟我怀人，寘彼周行。”

④ 贺铸（字方回）《青玉案》词句：“试问闲愁都几许？一川烟草，满城风絮，梅子黄时雨。”宋潘淳《潘子真诗话》：“世推方回所作‘梅子黄时雨’为绝唱，盖用寇莱公（寇准，封莱国公）语也。寇诗云：‘杜鹃啼处血成花，梅子黄时雨如雾。’”

⑤ 柳永《雨霖铃》词句：“今宵酒醒何处？杨柳岸、晓风残月。”俞彦《爰园词话》：“柳词亦只此佳句，余皆未称。而亦有本，祖魏承班《渔歌子》‘窗外晓莺残月’，第改二字增一字耳。”

⑥ 秦观《满庭芳》词句：“斜阳外，寒鸦万点，流水绕孤村。”严有翼《艺苑雌黄》：“中间有‘寒鸦万点，流水绕孤村’之句，人皆以为少游自造此语，殊不知亦有所本。予在临安，见《平江梅知录》云，隋炀帝诗云：‘寒鸦千万点，流水绕孤村。’少游用此语也。”

去”[①] 等句，唯善于调度，正不以有蓝本为嫌。

（清）吴衡照《莲子居词话》卷一

袭而善者，意转而境深，否则意浮而调旧。毫厘之分，天地悬隔，作诗者仍以不相袭为审慎耳。汉人乐府“白露变为霜”[②]，杜诗“马鸣风萧萧”[③]，只添《风》《雅》[④]一字，而别成气格。此唯汉人、杜公可也，他人免效此捧心矣。

（清）潘德舆《养一斋诗话》卷五

用前人成句入诗词者极多，然必另有意象以点化之，不能用入排偶或直写偶句也。如欧公长短句云：“平山栏槛倚晴空，山色有无中。”此实别有意象。故坡公复作长短句云：“认得醉翁语，山色有无中。”以王摩诘语专归之欧，转见别致。……刘贡父云：“讽古人诗多，则往往为己得。”吾谓后人作诗，无论立志太卑，有意袭古，与读诗太多无意合古者，要当精心洗涤，斯免诟笑。

同上卷七

词要清新，切忌拾古人牙慧。盖在古人为清新者，袭之即腐烂也。拾得珠玉，化为灰尘，岂不重可鄙笑！

（清）刘熙载《艺概·词曲概》卷四

（王维“漠漠”二句诗）二句去此四字，便成呆语，精神景状，全在叠字中也。

（清）李慈铭《越缦堂诗话》卷下之上

“却从巴峡穿巫峡，便下襄阳向洛阳”[⑤]，杜甫诗也，而东坡效之云：“恰从神武来弘景，便向罗浮觅稚川。”[⑥]“鸡声茅店月，人迹板桥霜”，温庭筠《早行》诗也，而欧公效之云：

---

① 辛弃疾《祝英台近·晚春》词句。刘克庄《后村诗话》前集卷一：“雍陶《送春》诗云：‘今日已从愁里去，明年莫更共愁来。’稼轩词云：‘是他春带愁来，春归何处，却不解、和愁将去。’虽用前语，而反胜之。”又陈鹄《耆旧续闻》卷二：“辛幼安词：‘（同上吴引，略）’人皆以为佳，不知赵德庄《鹊桥仙》词云：‘春愁元自逐春来，却不肯随春归去。’盖德庄又本李汉老杨花词：‘蓦地便和春带将归去。’大抵后辈作词，无非道人已道底句，特善能转换耳。”

② 宋子侯《董娇饶》诗句：“高秋八九月，白露变为霜。”

③ 杜甫《后出塞五首》（其二）诗句：“落日照大旗，马鸣风萧萧。”

④《诗经·秦风·蒹葭》诗句：“蒹葭苍苍，白露为霜。”又《诗经·小雅·车攻》诗句：“萧萧马鸣，悠悠旆旌。”

⑤《闻官军收河南河北》诗句。

⑥ 苏轼《舟行至清远县，见顾秀才，极谈惠州风物之美》诗句。

“鸟声梅店雨，野色板桥春。”[①]“偶题岩石云生笔，闲绕庭松露湿衣”，杨徽之《僧舍》[②]诗也，而放翁效之云：“寻碑野寺云生屦，送客溪桥雪满衣。”[③]知古人偷摹句格，虽大家不能免，然终觉逊前人一筹。

（近代）沈其光《瓶粟斋诗话初编》卷二

唐人诗：“漠漠水田飞白鹭，阴阴夏木啭黄鹂。”（王维《积雨辋川庄作》）或曰此原用六朝诗：“水田飞白鹭，夏木啭黄鹂。”而试问，此十字多死，“水田飞白鹭”必加“漠漠”，“夏木啭黄鹂”必加“阴阴”。“漠漠水田飞白鹭”是一片，“阴阴夏木啭黄鹂”是一团，上句是大，下句是深，上句明明看见白鹭，下句可绝没看见黄鹂。景语如此，已不多得。

（现当代）顾随《驼庵诗话》

偷用古人现成句子，在文艺创作上并不是禁律，向来是允许偷的。一字不改的偷，也可以，只要运用得好。改换几个字，更不算罪行了。

（现当代）施蛰存《唐诗百话·戴叔伦：除夜宿石头驿》

附：

诗家翻新抒愁恨

古典诗话词话，常常有一种咬文嚼字的倾向，显示出创作论和鉴赏论的交融，这显然是一种优长，往往咬出了很高的水准。这里提出的是关于表现忧愁的命题，总结出以水喻愁以及以山喻愁的方法，其实理论的潜在量很大，但是过分着重于操作性，把目的单纯定位在师承上，虽然其局限性不可讳言，但是，对于作者和读者艺术感受的熏陶有着不可低估的意义。光是以水喻愁所积累的历史线索就很有启发性。最初北宋的陈师道在《后山诗话》中引王斿的话，从李后主“问君能有几多愁？恰似一江春水向东流”，上溯至秦观《千秋岁》“春去也，飞红万点愁如海”。得出结论曰：“例袭陈言”，不过是“以‘江’为‘海’尔”。这种研究方法有很深厚的传统，其过程往往长到上百年，甚至上千年。南宋王楙《野客丛书》卷二十中，又上溯到唐朝刘禹锡的“蜀江春水拍山流，水流无限似侬愁”，得出的结论是好处在“翻而用之”。对于这样的追根溯源，诗话词话家是颇有耐心的，后来罗大经在《鹤林玉露》乙编卷一中把这种上百年的接力赛延续了下去，又梳理出了“以水喻愁”，

① 欧阳修《过张至秘校庄》诗句。
② 杨徽之佚诗断句。
③ 陆游《留题云门草堂》诗句。

出自李颀的“请量东海水，看取浅深愁”。

陈郁《藏一话腴》内编卷一则又梳理出最早的根源应该属于李白：

请君试问东流水，别意与之谁短长？

下接寇准的：

愁情不断如春水。

又过了几百年，明朝的孙绪在《孙绪诗话》卷十三中提及唐朝的赵嘏的诗句：

此时愁望情多少？万里春流绕钓矶。

但此人生于李白之后一百多年，他认为李后主、赵嘏“皆祖于白者也”。

诗话词话家们当然也注意到有时有“青出于蓝而胜于蓝”，“意味更长”的。但是，他们把最大的注意力放在继承上。对于为什么以水喻愁有这样长的生命力，则没有深究。这也许就流露了古典诗话词话重具体赏析，而不重理论的局限。

“愁”不可直接感知，以物象喻之，则可感。以水喻之虽可感，然单薄，以江喻之，则有流动感，且有滔滔不尽之联想。同样以江水喻愁，李后主的“问君能有几多愁？恰似一江春水向东流”，比之李白的“请君试问东流水，别意之情谁短长”可以说更胜一筹。原因盖在于，李白以东流之水喻离别之意，显系夸张。只要还原到前面的“金陵子弟来相送”之中，不难感到其中多少有些与萍水相逢之女郎的应酬的成分，而李后主《虞美人》“雕阑玉砌应犹在，只是朱颜改。问君能有几多愁，恰似一江春水向东流”之中，亡国之痛，年华之逝，则无疑要深沉得多。

相比之下，秦观《千秋岁》之“日边清梦断，镜里朱颜改。春去也，飞红万点愁如海”固然有对李后主某种师承的痕迹（如“朱颜改”），但，也不仅仅是沿袭，也有创新，飞红万点，在色彩上本非愁意，然融而为愁绪，其中有反衬。如海之飞红新异于一江春水者，又在其飞动，而非流动也。

至于到了20世纪钱锺书先生在《宋诗选注》中又列举了苏轼《虞美人》词句：

无情汴水自东流，只载一船离恨向西州。

陈与义《虞美人》词句：

明朝有酒大江流，满载一船离恨向衡州。

李清照《武陵春》词句：

只恐双溪舴艋舟，载不动许多愁。

辛弃疾《水调歌头》词句：

明月扁舟去，和月载离愁。

张可久《蟾宫曲》词句：

画船儿载不起离愁，人到西陵，恨满东州。

贯云石《清江引》词句：

江声卷暮涛，树影留残照，兰舟把愁都载了。

这里愁和江水的关系，已经不是喻体与被喻的关系，而是把喻体江水，转向与之相联系的“船”，而这种转喻，又不取船之形态而是取其功能——“载”。形象构成，修辞技巧更趋新异精致。到了王实甫的《西厢记》第四本第三折：

遍人间烦恼填胸臆，量这些大小车儿如何载得起！

则又由载超越了船，而转向了车。斯可谓举世无双的接力赛矣。不以水喻愁，而以山喻愁者则比较少，如杜甫的“忧端如山来，澒洞不可掇”，赵嘏的“夕阳楼上山重叠，未抵春愁一倍多”，总的来说，和以水喻愁者不但在数量上，就是质量上也比较低。原因可能是，愁与山固然在重压上有一点相通之处，但是，愁无定形，难以捉摸，而山有定状，一望而知，不若水之无形，且有流动感也。

但是，不管水之喻有多精彩，诗人之最佳选择当以脱出窠臼，超越山水喻愁的套路，想落天外为上。故贺铸之“试问闲愁知几许？一川烟草，满城风絮，梅子黄时雨”，其出奇制胜之妙在于不但不作山水之喻，而且不作直接抒情，而以一幅景观代之。以三种意象高度统一，自然叠加。更胜一筹者当为李白之“抽刀断水水更流，举杯销愁愁更愁”。直接将抒情和即景结合起来，在动作中表现了无奈，所获得的情感自由，就不是拘泥于比喻所能达到的。至于李清照的《声声慢》，主题是“怎一个愁字了得”。她没有用水，也没有用山的意象，而是用直接抒情的手法。“雁过也，正伤心，却是旧时相识”，一年又过去了。时间太快，令人愁怨。因为“满地黄花堆积”，“憔悴损”的，是自己女性的生命。而“守着窗儿，独自怎生得黑”则是时间过得太慢。特别是“梧桐更兼细雨，到黄昏，点点滴滴”一直在提醒自己时间在慢吞吞地过去。这就是另外一种思路，是作者感知的突破，也就是艺术想象的创新了。故这样的词，比之在山水意象中转来转去的，在诗话、词话中评价更高。

陈一琴辑历代诗话

王斿，平甫之子，尝云：“今语例袭陈言，但能转移尔。”世称秦词“愁如海”[①]为新奇，

① 秦观《千秋岁》词句：“日边清梦断，镜里朱颜改。春去也，飞红万点愁如海。”

不知李国主已云："问君能有几多愁？恰似一江春水向东流。"[①]但以"江"为"海"尔。

（宋）陈师道《后山诗话》

《后山诗话》载：王平甫子斿谓秦少游"愁如海"之句，出于江南李后主"问君还有几多愁，恰似一江春水向东流"之意。仆谓李后主之意，又有所自。乐天诗曰："欲识愁多少，高于滟滪堆。"[②]刘禹锡诗曰："蜀江春水拍山流，水流无限似侬愁。"[③]得非祖此乎？则知好处前人皆已道过，后人但翻而用之耳！

（宋）王楙《野客丛书》卷二十

诗家有以山喻愁者，杜少陵云"忧端如山来，澒洞不可掇"[④]，赵嘏云"夕阳楼上山重叠，未抵春愁一倍多"[⑤]是也。有以水喻愁者，李颀云"请量东海水，看取浅深愁"[⑥]，李后主云"问君都有几多愁？恰似一江春水向东流"，秦少游云"落红万点愁如海"是也。贺方回云："试问闲愁知几许？一川烟草，满城风絮，梅子黄时雨。"盖以三者比之愁多也，尤为新奇，兼兴中有比，意味更长。

（宋）罗大经《鹤林玉露》乙编卷一

李颀诗"请量东海水，看取浅深愁"，李后主词"问君还有几多愁？恰似一江春水向东流"，秦少游则以三字尽之，曰"落红万点愁如海"，而语益工。

（宋）俞文豹《吹剑录》

太白云："请君试问东流水，别意与之谁短长？"[⑦]江南李后主曰："问君还有几多愁？恰似一江春水向东流。"略加融点，已觉精彩。至寇莱公则谓"愁情不断如春水"[⑧]，少游云"落红万点愁如海"，青出于蓝而胜于蓝矣。

（宋）陈郁《藏一话腴》内编卷一

---

① 李煜《虞美人》词句："雕阑玉砌应犹在，只是朱颜改。问君能有几多愁？恰似一江春水向东流。"文字与王引略异。

② 白居易《夜入瞿唐峡》诗句。

③ 刘禹锡《竹枝词九首》（其二）："山桃红花满上头，蜀江春水拍山流。花红易衰似郎意，水流无限似侬愁。"

④ 杜甫《自京赴奉先县咏怀五百字》诗句："忧端齐终南，澒洞不可掇。"

⑤ 何诗不详。《全宋诗》载寇准《长安春日》诗有此一联。

⑥ 应为李群玉《雨夜呈长官》诗句。

⑦ 李白《金陵酒肆留别》诗句，全诗参见《竹香、雪香……梦魂香》一题注引。

⑧ 寇准《追思柳恽汀洲之咏尚有遗妍因书一绝》诗句："日落汀洲一望时，愁情不断如春水。"

李白有诗云："请君试问东流水，别意与之谁短长？"又曰："桃花潭水深千尺，不及汪伦送我情。"[①]赵嘏曰："此时愁望情多少？万里春流绕钓矶。"[②]李后主曰："问君都有几多愁？一江春水向东流。"李、赵皆祖于白者也。

（明）孙绪《孙绪诗话》卷十三

（秦观《江城子》词下阕[③]）词人佳句，多是翻案古人语。如淮海（秦观，号淮海居士）此词，"便做春江都是泪，流不尽，许多愁"，可谓警句。虽用李密数隋檄语，亦自李后主"问君都有几多愁，却似一江春水向东流"变化。名家如此类者不可枚举，亦一法也。

（明）张綖《草堂诗余别录》卷二

《后山诗话》谓秦少游词"飞红万点愁如海"出于后主"一江春水"句，《野客丛书》又谓白乐天"欲识愁多少，高于滟滪堆"、刘禹锡之"水流无限似侬愁"，为后主词所祖，但以水喻愁，词家意所易到，屡见载籍，未必互相沿用。就词而论，李、刘、秦诸家之以水喻愁，不若后主之"春江"九字，真伤心人语也。

（近代）俞陛云《唐五代两宋词选释》

（李煜"问君"二句）千古传名，实亦羌无故实，刘继增《笺注》所引《野客丛书》以为本于白居易、刘禹锡，直梦呓耳。胡不曰本于《论语》"子在川上"一章，岂不更现成么？此所谓"直抒胸臆，非傍书史"者也。后人见一故实，便以为"囚在是矣"，何其陋耶。

（现当代）俞平伯《论诗词曲杂著·读词偶得》

予谓词家有以细密喻愁者，如秦少游"无边丝雨细如愁"[④]是也。有以沉重喻愁者，如李易安云"只恐双溪舴艋舟，载不动许多愁"是也。有以多量喻愁者，如吕渭老云"若写幽怀一段愁，应用天为纸"[⑤]是也。设想新奇，各极其妙。

（现当代）唐圭璋《词学论丛·读词札记》

---

① 《赠汪伦》诗句。

② 《曲江春望怀江南故人》诗句。

③ 秦词下阕："韶华不为少年留。恨悠悠。几时休。飞絮落花时候、一登楼。便做春江都是泪，流不尽，许多愁。"

④ 秦观《浣溪沙》词下阕："自在飞花轻似梦，无边丝雨细如愁。宝帘闲挂小银钩。"

⑤ 《卜算子》词下阕："续续说相思，不尽无穷意。若写幽怀一段愁，应用天为纸。"

（郑文宝《柳枝词》[1]）这首诗，很像唐朝韦庄的《古离别》："晴烟漠漠柳毵毵，不那离情酒半酣。要把玉鞭云外指，断肠春色是江南。"但是第三第四句那种写法，比韦庄的后半首新鲜深细得多了，后来许多作家都仿效它。例如：苏轼《虞美人》："无情汴水自东流，只载一船离恨向西州。"陈与义《虞美人》："明朝有酒大江流，满载一船离恨向衡州。"李清照《武陵春》："只恐双溪舴艋舟，载不动许多愁。"辛弃疾《水调歌头》："明月扁舟去，和月载离愁。"张可久《蟾宫曲》："画船儿载不起离愁，人到西陵，恨满东州。"贯云石《清江引》："江声卷暮涛，树影留残照，兰舟把愁都载了。"王实甫的《西厢记》里把船变成车，例如第四本第一折："试着那司天台打算半年愁，端的是太平车儿约有十余载。"第三折："遍人间烦恼填胸臆，量这些大小车儿如何载得起！"陆娟《送人还新安》又把愁和恨变成"春色"："万点落花舟一叶，载将春色到江南。"

（现当代）钱锺书《宋诗选注》

① 《柳枝词》："亭亭画舸系春潭，直到行人酒半酣。不管烟波与风雨，载将离恨过江南。"直到，一作"直待"，又一作"只待"。一说北宋张耒作，题作《绝句》。

夺胎换骨法

在我国古典抒情诗论中，最早的《诗大序》曰："在心为志，发言为诗。"天真地以为有意则有言，有言则有诗。没有意识到情感往往可以意会，不可言传。陆机《文赋》发现了言不逮意，意不称物。如何以言称物逮意呢？这正是为诗之难，光是称物，状难写之景如在目前，已属不易，可并不一定符合诗的要求，还要含不尽之意尽在言外。要不着一字，才能尽得风流。诗要从意到言，又不能全靠言。这就是创作论的尴尬，究竟是从意出发，还是从景（物）出发，抑或是从言出发呢？三者都有难处。中国诗话家在这三维抽象思辨方面，似乎没有投入更多的精力，倒是在具体操作方面颇有发明。所谓"夺胎换骨"法，就是干脆从言出发。言最好是要新的，但是夺胎换骨法，则是从旧言出发。"取古人之陈言入于翰墨，如灵丹一粒，点铁成金。"（《黄庭坚诗话》）这个说法影响相当广泛，宋阮阅《诗话总龟》、胡仔《苕溪渔隐丛话》、李颀《古今诗话》、魏庆之《诗人玉屑》、南宋蔡正孙《诗林广记》后集及《扪虱新话》《懒真子》《云麓漫钞》《五总志》《萤雪丛谈》诸书均加引述。

这个观念值得研究，还因为它颇具中国艺术理论的特征。

中国画家并不像西洋画家那样，从写生，从物的模仿出发，而是讲究气韵生动，骨法用笔，如《芥子园画谱》就是从笔法、墨法的摹写开始。中国书法，也不是像许慎《说文解字》《序言》所说的"仰则观象于天，俯则观法于地，观鸟兽之文与地之宜，近取诸身，远取诸物"那样进行直接创造，而是从临大家之帖入手。这种方法，表面上并不是溯其源，而是取其流，但源流之间，自有互相转化的规律。这就在理论上提出"夺胎换骨"的必要。为什么呢？黄庭坚一语道破，"自作语最难"，因为直接的原创太难了，只能走间接的道路，依托旧语求新，以期点铁成金。什么叫作"夺胎"？"窥入其意而形容之，谓之夺胎法。"什么叫作换骨？"不易其意而造其语，谓之换骨法。"这是释惠洪在《冷斋夜话》卷一中提出的。这个解释表面上不无道理，实际上经不起推敲。二者的核心都是“窥入其意”“不易其意”，都是不脱前人之“意”，将人之意为己意，从字面上来说，这个“意”并没有变，在实践中，这几乎是不可能的。他举郑谷《十日菊》诗句为例：

自缘今日人心别，未必秋香一夜衰。

王安石在《和晚菊》中则化用为：

千花万卉凋零后，始见闲人把一枝。

苏东坡在《南乡子·重九涵晖楼呈徐君猷》中则化用为：

万事到头终是梦，休，休，休，明日黄花蝶也愁。

释惠洪以为：“凡此之类，皆换骨法也。”“换骨法”的要领是不易其意。这里郑谷原诗的“意”是，并不是节气一过，菊花就完全失去了香气，客体可能没有什么变化，只是人心因为历法上节气已过，就觉得蝴蝶还要围绕残枝是无意义的。而王安石的诗是说，秋日千花万卉凋零了，只有菊花还能引起“闲人”把玩。而苏东坡的词则是说，世事如花开花落，变幻无穷，花落与花开之反差如此之大，连蝴蝶也不能不忧愁。应该说，三者在意上并不能说没有变易，其相同处只在从花开花落变幻，引起人生感喟，但正面表述，则转化为蜂蝶的无知或有知的想象。从这个意义上说，“夺胎换骨”所谓的“意”主要并不是人的思想情感，而是诗的想象立意，也就是想象的触发点（花开花落与蜂蝶之关系）。

仅从此例就可以看出，这种号称“换骨”的方法，其实是在原创的想象圈子里打转，语言上有些变化，想象辐射角度也有些变化，但是，辐射的焦点是不变的。这种理论，为想象的因循推波助澜。越是追求点铁成金，越是点金成铁。李白诗云：“白发三千丈，缘愁似个长。”王安石来个“缲成白发三千丈”。刘禹锡诗云：“遥望洞庭湖水面，白银盘里一青螺。”黄庭坚“点化”成：“可惜不当湖水面，银山堆里看青山。”卢仝诗云：“草石是亲情。”山谷点化之，则云：“小山作朋友。”“香草当姬妾。”很明显是越弄越糟，诗情衰减。这就怪不得王若虚在《滹南诗话》卷下中，要骂黄庭坚这个始作俑者：“鲁直论诗，有‘夺胎换骨、点铁成金’之喻，世以为名言。以予观之，特剽窃之黠者耳。”事实上，等而下之的蹈袭比比皆是。韦居安《梅涧诗话》卷上提供了最有说服力的材料：

陆鲁望诗云：“溪山自是清凉国，松竹合封萧洒侯。”戴式之《赠叶竹山》诗云：“山中便是清凉国，门下合封萧洒侯。”王性之诗云：“云气与山为态度，月华借水作精神。”式之《舟中》诗云：“云为山态度，水借月精神。”

对此他的批判是很直率的：“如此下语，则成蹈袭。”冯班《钝吟杂录》卷四则对此等腐败的、没出息的现象骂得更是直率：“夺胎换骨，宋人谬说，只是向古人集中作贼耳！”

当然，任何规律都有例外，就连这种带着某种腐朽气味的“夺胎换骨”也一样。杨慎

《升庵诗话》卷五指出南陈僧慧标《咏水》诗："舟如空里泛，人似镜中行"被沈佺期偷到《钓竿》篇中："人如天上坐，鱼似镜中悬。"而杜甫居然也未能免俗，蹈袭之为"春水船如天上坐，老年花似雾中看"。但，杨慎以为杜甫"虽用二子之句，而壮丽倍之，可谓得夺胎之妙矣"。这倒不是强辩，为尊者讳，而是的的确确，杜甫把本来是写景的、突出水的透明山水之美，变成了春水透明与老年目力模糊的对比。从这个意义上说，这已经超越了"夺胎换骨"说"不易其意"的原则了。

陈一琴辑历代诗话

自作语最难，老杜作诗、退之作文，无一字无来处。盖后人读书少，故谓韩杜自作此语耳。古之能为文章者，真能陶冶万物，虽取古人之陈言入于翰墨，如灵丹一粒，点铁成金也。

（宋）黄庭坚《黄庭坚诗话》

山谷云："诗意无穷，而人之才有限；以有限之才，追无穷之意，虽渊明、少陵，不得工也。然不易其意而造其语，谓之换骨法；窥入其意而形容之，谓之夺胎法。"如郑谷《十日菊》曰："自缘今日人心别，未必秋香一夜衰。"[①]此意甚佳，而病在气不长。……所以荆公菊诗曰："千花万卉凋零后，始见闲人把一枝。"[②]东坡则曰："万事到头终是梦，休，休，休，明日黄花蝶也愁。"[③]……凡此之类，皆换骨法也。顾况诗曰："一别二十年，人堪几回别。"[④]其诗简拔而立意精确。舒王作与故人诗云："一日君家把酒杯，六年波浪与尘埃。不知乌石江边路，到老相逢得几回。"[⑤]乐天诗曰："临风杪秋树，对酒长年身。醉貌如霜叶，虽红不是春。"[⑥]东坡《南中作》诗云："儿童误喜朱颜在，一笑那知是醉红。"[⑦]凡此之类，皆夺胎法也。学者不可不知。

（宋）释惠洪《冷斋夜话》卷一

（按：此则引称黄庭坚"夺胎换骨法"，影响相当广泛，宋阮阅《诗话总龟》前集卷九、

① 《十日菊》："节去蜂愁蝶不知，晓庭还绕折残枝。自缘今日人心别，未必秋香一夜衰。"
② 王安石《和晚菊》诗句。《全宋诗》录载文字略异："可怜蜂蝶飘零后，始有闲人把一枝。"
③ 苏轼《南乡子·重九涵晖楼呈徐君猷》词句。终，《东坡词》作"都"；休休休，一作"休休"。
④ 《上湖至破山赠文周萧元植》诗句。
⑤ 王安石《过外弟饮》诗。
⑥ 白居易《醉中对红叶》诗。
⑦ 即苏轼《纵笔三首》（其一）："寂寂东坡一病翁，白须萧散满霜风。小儿误喜朱颜在，一笑那知是酒红。"

胡仔《苕溪渔隐丛话》前集卷三十五、李颀《古今诗话》、魏庆之《诗人玉屑》卷八、蔡正孙《诗林广记》后集卷二卷三及《扪虱新话》《懒真子》《云麓漫钞》《五总志》《萤雪丛谈》诸书均加引述。)

“河分冈势断，春入烧痕青。”僧惠崇诗也。然“河分冈势”不可对“春入烧痕”，东坡用之，为夺胎法曰：“似闻决决流水缺，尽放青青入烧痕。”[①]以水缺对烧痕，可谓尽妙矣。“一别二十年，人堪几回别”者，顾况诗也。而舒王亦用此法，曰：“(即《过外弟饮》诗，略)”

又《石门洪觉范天厨禁脔·夺胎句法》

《春日》：“有情芍药含春泪，无力蔷薇卧晓枝。”又：“白蚁拨醅官酒熟，紫绵揉色海棠开。”[②]前少游诗，后山谷诗。夫言花与酒者，自古至今不可胜数，然皆一律，若两杰则以妙意取其骨而换之。

又《石门洪觉范天厨禁脔·换骨句法》

文章虽要不蹈袭古人一言一句，然古人自有“夺胎换骨”等法，所谓“灵丹一粒，点铁成金”也。……前辈作者用此法，吾谓此实不传之妙，学者即此便可反隅矣。

(宋)陈善《扪虱新话》上集

诗家有换骨法，谓用古人意而点化之，使加工也。李白诗云：“白发三千丈，缘愁似个长。”荆公点化之，则云：“缲成白发三千丈。”刘禹锡云：“遥望洞庭湖水面，白银盘里一青螺。”[③]山谷点化之，则云：“可惜不当湖水面，银山堆里看青山。”[④]……卢仝诗云：“草石是亲情。”[⑤]山谷点化之，则云：“小山作朋友，香草当姬妾。”[⑥]学诗者不可不知此。

(宋)葛立方《韵语阳秋》卷二

前辈云“诗有夺胎换骨之说”，信有之也。杜陵《谒元元庙》，其一联云：“五圣联龙

① 苏轼《正月二十日，往岐亭，郡人潘、古、郭三人送余于女王城东禅庄院》诗句。清王文诰《苏文忠公诗编注集成》作“稍闻决决流冰谷，尽放青青没烧痕”。

② 黄庭坚《戏答诸君追和予去年醉碧桃》诗句。熟，《全宋诗》作“满”。

③ 《望洞庭》诗句。湖水面，一作“山水翠”，又作“山水色”。

④ 《雨中登岳阳楼望君山二首》(其二)诗句。

⑤ 《自咏三首》(其二)诗句：“蚊虻当家口，草石是亲情。”

⑥ 《颜徒贫乐斋二首》(其一)诗句：“小山作友朋，义重子舆桑。香草当姬妾，不须珠翠妆。”友朋，一作“朋友”。

衮，千官列雁行。”盖纪吴道子庙中所画者。徽宗尝制《哲庙挽诗》，用此意作一联云：“北极联龙衮，秋风折雁行。”亦以雁行对龙衮。然语中的，其亲切过于本诗，兹不谓之夺胎可乎？不然，则徒用前人之语，殊不足贵。

（宋）严有翼《艺苑雌黄》

鲁直论诗，有“夺胎换骨、点铁成金”之喻，世以为名言。以予观之，特剽窃之黠者耳。鲁直好胜而耻其出于前人，故为此强辞，而私立名字。夫既已出于前人，纵复加工，要不足贵。虽然，物有同然之理，人有同然之见，语意之间，岂容全不见犯哉！盖昔之作者，初不校此。同者不以为嫌，异者不以为夸，随其所自得，而尽其所当然而已。至于妙处，不专在于是也。故皆不害为名家而各传后世。何必如鲁直之措意邪！

（金）王若虚《滹南诗话》卷下

夺胎换骨之法，诗家有之，须善融化，则不见蹈袭之迹。陆鲁望诗云：“溪山自是清凉国，松竹合封萧洒侯。”[①] 戴式之《赠叶竹山》诗云：“山中便是清凉国，门下合封萧洒侯。”[②] 王性之诗云：“云气与山为态度，月华借水作精神。”[③] 式之《舟中》诗云：“云为山态度，水借月精神。”如此下语，则成蹈袭。李淑《诗苑》云：“诗有三偷语，最是钝贼，学诗者不可不戒。”

（元）韦居安《梅涧诗话》卷上

予以山谷之言自是，而觉范引证则非矣！盖东坡变乐天之辞，正是换骨。如陈无已《挽南丰》云“丘原无起日，江汉有东流”[④]，乃变老杜“尔曹身与名俱灭，不废江河万古流”[⑤]，皆此类也。若安石《即事》云“静憩鸠鸣午”，乃取唐诗“一鸠鸣午寂”；《红梅》云“北人初未识，浑作杏花看”，即晏元献“若更迟开三二月，北人应作杏花看”[⑥]，此乃夺胎也。山谷之言，但加数字，尤见明白，则觉范亦不错认。如“造”字上加“别”字，“形”字上加“复”字，可矣。

（明）郎瑛《七修类稿》卷二十八

---

① 陆龟蒙佚诗断句，失题。
② 戴复古（字式之）《叶宗裔为令叔求竹山诗》句。
③ 王铚（字性之）佚诗断句，失题。
④ 陈师道《南丰先生挽词二首》（其一）诗句。
⑤ 杜甫《戏为六绝句》（其二）诗句。
⑥ 晏殊佚诗断句，失题。

陈僧慧标《咏水》诗："舟如空里泛，人似镜中行。"沈佺期《钓竿》篇："人如天上坐，鱼似镜中悬。"杜诗："春水船如天上坐，老年花似雾中看。"虽用二子之句，而壮丽倍之，可谓得夺胎之妙矣。

（明）杨慎《升庵诗话》卷五

独李太白有"人烟寒橘柚，秋色老梧桐"[①]句，而黄鲁直更之曰："人家围橘柚，秋色老梧桐。"[②]晁无咎极称之，何也？余谓中只改两字，而丑态毕具，真点金作铁手耳。又有点金成铁者，少陵有句云："昨夜月同行。"[③]陈无己则云："勤勤有月与同归。"[④]……少陵云："乾坤一腐儒。"[⑤]陈则云："乾坤着腐儒。"[⑥]

（明）王世贞《艺苑卮言》卷四

夺胎换骨，宋人谬说，只是向古人集中作贼耳！《冷斋》称王荆公菊花诗"千花万卉凋零后，始见闲人把一枝"，以为胜郑都官《十日菊》，谬也。荆公诗多渗漏，上句"凋零"二字不妥；下句云"一枝"似梅花，"闲人"二字牵凑。何如微之云："不是花中偏爱菊，此花开后更无花。"[⑦]语意俱足。郑亦混成，非荆公所及。

（清）冯班《钝吟杂录》卷四

李太白云："白发三千丈，缘愁似个长。"王介甫袭之云："缫成白发三千丈。"大谬。发岂可缫？卢仝云："草石自亲情。"黄山谷沿之云："小山作朋友，香草当姬妾。"读之令人绝倒。《韵语阳秋》以为得换骨法，我不信也。按沿袭古人句，纵使语妙，杼山偷句，已有明条，云何换骨？

（清）何文焕《历代诗话考索》

夫夺胎换骨，翻案出奇，作者非必尽无所本，实则无心暗合，亦多有之。必一句一字求其源出某某，未免于求剑刻舟。即如李贺诗"桃花乱落如红雨"[⑧]句，刘禹锡诗"摇落繁

---

① 李白《秋登宣城谢朓北楼》诗句。

② 出处不详。

③ 杜甫《奉济驿重送严公四韵》诗句："几时杯重把，昨夜月同行。"

④ 陈师道《东禅》诗句："邂逅无人成独往，殷勤有月与同归。"

⑤ 杜甫《江汉》诗句："江汉思归客，乾坤一腐儒。"

⑥ 出处不详。《全宋诗》载何梦桂《和山房夹谷佥事韵二首》（其一）诗，有句云："迩来风雨无完屋，何处乾坤着腐儒。"

⑦ 元稹《菊花》诗句。

⑧ 李贺《将进酒》诗句："况是青春日将暮，桃花乱落如红雨。"

英堕红雨”[1]句，开既知二人同时，必不相袭。岑参与孟浩然亦同时，乃以参诗“黄昏”“争渡”字，为用浩然《夜归鹿门》诗，不免强为科配。[2]

（清）纪昀、陆锡熊、孙士毅总纂《四库全书总目·集部·诗文评类一》卷一九五评吴开《优古堂诗话》

（王若虚）此论尤为名通。如《能改斋漫录》等书，条举前人之诗，以为某出于某，某本于某。则在我前者，其诗岂能尽读，读又岂能尽记耶？宋人若荆公、山谷，于前人诗语中所用新异之语及不经见之字，往往喜袭取之，或翻空见奇，或反用其语，是又不可一概论矣。

（清）李慈铭《越缦堂日记说诗全编·内编·评论门·总集类七》

欧阳公《别滁》诗云：“花光浓烂柳轻明，酌酒花前送我行。我亦只如常日醉，莫教弦管作离声。”黄山谷《夜发分宁寄杜涧叟》云：“阳关一曲水东流，灯火旌阳一钓舟。我自只如常日醉，满川风月替人愁。”山谷尝言：“不易其意而造其语，谓之换骨法；窥入其意而形容之，谓之夺胎法。”山谷此诗，不特第三句与欧阳公只易一字，即第四句亦有意规模之。盖人本有情，临别伤怀，应不能醉。弦管无情，无论会离，总应如一。风月亦然。乃人却偏能酣醉如常。弦管风月，却偏作离声，偏替人愁。此有情说得无情，无情说得有情。以见哀乐过人，似淡而深。故黄诗即夺胎于欧也。

（现当代）冯振《诗词杂话》

① 刘禹锡《百舌吟》诗句：“花树满空迷处所，摇动繁英坠红雨。”

② 吴开《优古堂诗话》谓：“岑参《巴南舟中夜事》诗云：‘渡口欲黄昏，归人争渡喧。’盖用孟浩然诗耳。浩然有《夜归鹿门山歌》云：‘山寺钟鸣昼已昏，渔梁渡口争渡喧。’”

“崔颢题诗在上头”云云

崔颢《黄鹤楼》先作于武昌黄鹤楼，传说李白见诗有“眼前有景道不得，崔颢题诗在上头”之语，后来遂拟作《登金陵凤凰台》一诗。这两首诗孰优孰差？从北宋一直到清末，争讼近千年，这也许是世界文学史上绝无仅有的佳话。

不少论者以为崔颢诗更好。理由是，崔颢诗是原创，模仿就低了一格。严羽甚至认为，唐人七言律诗，当以崔颢《黄鹤楼》为第一。最极端的是王世贞、毛奇龄，贬李“效颦《黄鹤》，可厌”，“效之，最劣”。但也有论者以为，正因为崔颢有诗在前，李白不但用人家的韵脚，而且写类似的题材，难能可贵，水平旗鼓相当。刘克庄说：“今观二诗，真敌手棋也。若他人必次颢韵，或于诗版之旁别着语矣。”刘辰翁还认为李白诗“出于崔颢而时胜之”。以为二者各有所长的意见，显然没有反对李白的那样意气，一般都心平气和。方回说：“太白此诗，与崔颢《黄鹤楼》相似，格律气势未易甲乙。”潘德舆也说：“崔郎中《黄鹤楼》诗，李太白《凤凰台》诗，高着眼者自不应强分优劣。”但是，简单的论断，没有很强的说服力。二诗各自的高低长短，需要更精细的分析。

把生命奉献给注释李白诗文的王琦，对这两首诗这样评价：“调当让崔，格则逊李。”这个立论出发点比较公允，崔颢在情感、主题、想象方面毕竟是原创，李白是追随者，在这一点上，崔颢是“高出”于李白的。然而在“格”上，也就是在具体的艺术品格档次上，李白比之崔颢要高。理由是：“《黄鹤》第四句方成调，《凤凰》第二句即成调。”在近千年的争讼中，王琦的这种分析，充分显示了我国古代诗评以微观见功夫的优长。崔颢的确四句才成调：光有“昔人已乘黄鹤去，此地空余黄鹤楼”二句，情绪不能相对独立；只有和“黄鹤一去不复返，白云千载空悠悠”二句联系起来，意脉才相对完整。而李白则两句就构成了相对完整的意脉：“凤凰台上凤凰游，凤去台空江自流。”

崔颢的意象焦点在白云不变、黄鹤已逝，李白的意象核心在当年之台已空、江流不变。

二者均系对比结构，物是人非，时光已逝不可见，景观如旧在目前。从这个意义上说，二者可以说是不相上下。但是，李白诗两句顶四句，比崔诗精练，而且空台的静止与江流（时光）的不断流逝，更有时间和空间的张力。其实崔颢的后面两句，在意味上、情绪上，也没有增添多少新的内涵，等于是浪费了两行。而李白却利用这两行，把时光不可见之流逝与景观可视之不变之间的矛盾加以深化："吴宫花草埋幽径，晋代衣冠成古丘。"从表面不变的空台和江流，来想象繁华盛世的变化消隐，这种深沉的历史沧桑感，是崔颢所不及的。

接着下面的两句，崔颢写道："晴川历历汉阳树，芳草萋萋鹦鹉洲。"李白是："三山半落青天外，二水中分白鹭洲。"从意脉上说，二人都是从生命短暂的感喟，转向眼前的美景。但是，汉阳树之历历，鹦鹉洲之萋萋，虽比李的属对更工整，还只是纯为现实美景的直接感知。而李白二句中半落的"半"字，青天外的"外"字，就暗含云气氤氲，不但画面留白，虚实相生，而且为最后一联的"浮云"埋下伏笔。其想象的魄力和构思的有机，不但崔颢，就是比崔颢更有才气的诗人也难能有此超妙。

至于最后一联，崔颢的是："日暮乡关何处是？烟波江上使人愁。"李白的则是："总为浮云能蔽日，长安不见使人愁。"瞿佑认为太白"爱君忧国之意，远过乡关之念，善占地步矣"。以封建皇权观念代替艺术标准，实在冬烘。连乾隆皇帝都不这样僵化，倒是比较心平气和地说："崔诗直举胸情，气体高浑，白诗寓目山河，别有怀抱，其言皆从心而发，即景而成，意象偶同，胜境各擅。"

但是，崔颢和李白虽同为直接抒情，崔颢即景感兴，直抒胸臆；而李白却多了一层，承上"半落青天外"，引出"浮云""蔽日"的暗喻，语带双关，由景生情，情深为志，情、景、志层次井然，水乳交融，浑然一体。从语言质量上看，李白已占了优势。其次，崔颢以日暮引发乡关之思，和前面两联的黄鹤不返、白云千载，意脉几乎完全脱节。王琦说它"不免四句已尽，后半首别是一律，前半则古绝也"。就是说，前面两联和后面两联，在意脉上断裂，在结构上分裂，前四句是带着古风格调的绝句，后四句则是另外一首律体，但又不是完整的律诗。这个评论可能有点偏颇，但王琦的艺术感觉精致，确实也点出了崔诗的不足。

而李白的结尾则相反。首先是视点比崔颢的"晴川历历"更有高度。其次，浮云蔽日，是先提示三山半落青天云外，半落半露，显示为云雾所蒙；再从云雾蔽山，联想到蔽日，从景观到政治，自然而然。再次，与第二联所述吴宫芳草、晋代衣冠的无情消逝，断中有续，与开头两句的生命苦短，遥相呼应。在意脉上，这是笔断意联，隐性相关；在结构上，又是虚虚实实，虚实相生，均堪称有机地统一。

总的来说，从每一联单独看，除第一联，崔颢有发明之功外，其余三联，均逊于李白。从整体观之，可以看出李白之优，就优在意象的密度和意脉的有机统一。

陈一琴辑历代诗话

李白诗飘逸绝尘，而伤于易。……又有崔颢者，曾未及豁达李老，作《黄鹤楼》诗，颇类上士游山水，而世俗云李白，盖当与徐凝一场决杀也。醉中聊为一笑。

（宋）苏轼《苏轼诗话》

唐崔颢题武昌黄鹤楼诗云：“昔人已乘白云去，此地空余黄鹤楼。黄鹤一去不复返，白云千载空悠悠。晴川历历汉阳树，芳草萋萋鹦鹉洲。日暮家山何处在？烟波江上使人愁。”[①]李太白负大名，尚曰：“眼前有景道不得，崔颢题诗在上头。”欲拟之较胜负，乃作《金陵登凤皇台》诗[②]。

（宋）李畋《该闻录》，转引自胡仔《苕溪渔隐丛话》前集卷五

《黄鹤楼》诗：“（引诗与李畋所引大同小异，略。萋萋作‘凄凄’，‘家山’同通行本作‘乡关’）”世传太白云：“眼前有景道不得，崔颢题诗在上头。”遂作《凤凰台》诗以较胜负。恐不然。

（宋）计有功《唐诗纪事》卷二十一

金陵凤凰台，在城之东南，四顾江山，下窥井邑，古题咏唯谪仙（李白，贺知章叹称“谪仙人”）为绝唱。

（宋）张表臣《珊瑚钩诗话》卷一

古人服善，李白过黄鹤楼有“眼前有景道不得，崔颢题诗在上头”之句，至金陵，遂为《凤凰台》诗以拟之。今观二诗，真敌手棋也。若他人必次颢韵，或于诗版之旁别着语矣。

（宋）刘克庄《后村诗话》前集卷一

① 现通行本“已乘白云”作“已乘黄鹤”，“家山何处在”作“乡关何处是”。

② 即李白《登金陵凤凰台》诗：“凤凰台上凤凰游，凤去台空江自流。吴宫花草埋幽径，晋代衣冠成古丘。三山半落青天外，二水中分白鹭洲。总为浮云能蔽日，长安不见使人愁。”

唐人七言律诗，当以崔颢《黄鹤楼》为第一。

（宋）严羽《沧浪诗话·诗评》

《鹤楼》祖《龙池》[1]而脱卸，《凤台》复倚《黄鹤》而翩跹。《龙池》浑然不凿，《鹤楼》宽然有余，《凤台》构造亦新丰凌云妙手，但胸中尚有古人。欲学之，欲似之，终落圈圚。盖翻异者易美，宗同者难超。太白尚尔，况余才乎？

又《评点李太白诗集》卷十八

（李诗）其开口雄伟，脱落雕饰，俱不论。若无后两句，亦不必作。出于崔颢而时胜之，以此云。

（宋）刘辰翁评语，转引自高棅《唐诗品汇》卷八十三

（崔）后游武昌，登黄鹤楼，感慨赋诗。及李白来，曰："眼前有景道不得，崔颢题诗在上头。"无作而去，为哲匠敛手云。

（元）辛文房《唐才子传》卷一

（《黄鹤楼》）此诗前四句不拘对偶，气势雄大。李白读之，不敢再题此楼，乃去而赋《金陵凤凰台》也。太白此诗，与崔颢《黄鹤楼》相似，格律气势未易甲乙。此诗以凤凰台为名，而咏凤凰台不过起语两句已尽之矣，下六句乃登台而观望之景也。三、四怀古人之不见也。五、六、七、八咏今日之景，而慨帝都之不可见也。登台而望，所感深矣。

（元）方回《瀛奎律髓》卷一

崔颢题黄鹤楼，太白过之不更作。时人有"眼前有景道不得，崔颢题诗在上头"之讥。及登凤凰台作诗，可谓十倍曹丕矣。盖颢结句云："日暮乡关何处是，烟波江上使人愁。"而太白结句云："总为浮云能蔽日，长安不见使人愁。"爱君忧国之意，远过乡关之念。善占地步矣！然太白别有"捶碎黄鹤楼"之句，其于颢未尝不耿耿也。

（明）瞿佑《归田诗话》卷上

人谓格律气势，未易甲乙，诚哉斯言。……予又尝论诸诗，古人不以为工，如"鹦鹉

---

① 沈佺期《龙池篇》。

洲”对“汉阳树”，“白鹭洲”对“青天外”，超然不为律缚，此气昌而有余意也。

（明）郎瑛《七修类稿》卷三十一

太白《鹦鹉洲》一篇，效颦《黄鹤》，可厌。“吴宫”“晋代”二句，亦非作手。律无全盛者，唯得两结耳：“总为浮云能蔽日，长安不见使人愁。”“借问欲栖珠树鹤，何年却向帝城飞。”①

（明）王世贞《艺苑卮言》卷四

（按：明李攀龙辑、凌宏宪集评《唐诗广选》引王评则云：“《凤凰台》效颦崔颢，可厌。次联亦非作手。律无全盛者，唯得此篇及‘借问欲栖珠树鹤，何年却向帝城飞’两结耳。”）

崔郎中（崔颢，官终司勋员外郎）作《黄鹤楼》诗，青莲短气。后题《凤凰台》，古今且为勍敌，识者谓前六句不能当，结语深悲慷慨，差足胜耳。然余意更有不然，无论中二联不能及，即结语亦大有辨。言诗须道兴、比、赋，如“日暮乡关”，兴而赋也，“浮云”“蔽日”，比而赋也，以此思之，“使人愁”三字虽同，孰为当乎？“日暮乡关”“烟波江上”，本无指者，登临者自愁耳。故曰“使人愁”，烟波使之愁也。“浮云”“蔽日”，“长安不见”，逐客自应愁，宁须使之？青莲才情，标映万载，宁以予言重轻？尺有所短，寸有所长，窃以为此诗不逮，非一端也。如有罪我者，则不敢辞。

（明）王世懋《艺圃撷余》

崔颢七言律有《黄鹤楼》，于唐人最为超越。太白尝作《鹦鹉洲》《凤凰台》以拟之，终不能及，故沧浪谓：“唐人七言律，当以崔颢《黄鹤楼》为第一。”

（明）许学夷《诗源辩体》卷十七

《黄鹤楼》，太白钦服于前，沧浪推尊于后，至国朝诸先辈，亦靡不称服，即元美不无异同，而亦有“百尺无枝，亭亭独上”之语。

同上

今观崔诗自是歌行短章，律体之未成者，安得以太白尝效之遂取压卷？

（明）胡震亨《唐音癸签》卷十

① 《送贺监归四明应制》诗结句。

崔颢《黄鹤楼》诗，古今绝唱。首起四句，浑然短歌句法也。李白《凤凰台》效之，声调亦似歌行。今人概收入律，恐未必当。唐人律格甚严，“汉阳树”对“鹦鹉洲”，“青天外”对“白鹭洲”，谓之歌体则自然，谓之律体则迁就矣。

（明）徐𤊹《徐氏笔精》卷三

（崔诗）此非初唐高手不能。读太白《凤凰台》作，自不当作黄鹤楼诗矣。

（明）钟惺、谭元春《唐诗归》卷十二钟批语

（崔）此诗妙在宽然有余，无所不写。使他人以歌行为之，尤觉不舒。太白废笔，虚心可敬。

同上谭批语

（崔诗）太白公评此诗，亦只说是“眼前有景道不得，崔颢题诗在上头”。夫以黄鹤楼前，江矶峻险，夏口高危，瞰临沔汉，应接要冲，其为景状，何止尽于崔诗所云晴川、芳草、日暮、烟波而已！然而太白公乃更不肯又道，竟遂俯首相让而去。此非为景已道尽，更无可道，原来景正不可得尽，却是已更道不得也。盖太白公实为崔所题者，乃是律诗一篇，今日如欲更题，我务必要亦作律诗。……今我如欲命意，则崔命意，既已卓矣；如欲审格，则崔审格，既已定矣；再如欲争发笔，则崔发笔，既已空前空后，不顾他人矣。我纵满眼好景，可撰数十百联，徒自呕尽心血，端向何处人手？所以不觉倒身着地，从实吐露曰：“有景道不得。”有景道不得者，犹言眼前可惜无数好景，已是一字更入不得律诗来也。嗟乎！太白公如此虚心服善善，只为自己深晓律诗甘苦。

（清）金圣叹《贯华堂选批唐才子诗甲集七言律》卷四

（李诗）穷敌矣，不如崔自然。极拟矣，然气力相敌，非床上安床也。次联定过崔语。

（清）冯班评语，转引自李庆甲《瀛奎律髓汇评》卷一

（崔诗）鹏飞象行，惊人以远大。竟从怀古起，是题楼诗，非登楼。一结自不如《凤凰台》，以意多碍气也。

（清）王夫之《唐诗评选》卷四

（李诗）浮云蔽日，长安不见，借晋明帝语影出浮云，以悲江左无人，中原沦陷。“使

人愁”三字总结幽径古丘之感，与崔颢《黄鹤楼》落句语同意别。宋人不解此，乃以疵其不及颢作。觌面不识而强加长短，何有哉？太白诗是通首混收，颢诗是扣尾掉收；太白诗自《十九首》来，颢诗则纯为唐音矣。

同上

崔颢《黄鹤楼》便肆意为之，白于《金陵凤凰台》效之，最劣。

（清）毛奇龄、王锡等《唐七律选》卷二

（李诗）起句失利，岂能比肩《黄鹤》？后村以为崔颢敌手，愚哉！一结自佳，后人毁誉皆多事也。

（清）吴昌祺《删订唐诗解》卷十九

（李诗）愚谓此诗虽效崔体，实为青出于蓝。

（清）爱新觉罗・恒仁《月山诗话》

（李诗）从心所造，偶然相似，必谓摹仿司勋，恐属未然。

（清）沈德潜《唐诗别裁集》卷十三

《黄鹤》《凤凰》相敌在何处？《黄鹤》第四句方成调，《凤凰》第二句即成调。不有后句，二诗首唱皆浅稚语耳。调当让崔，格则逊李。颢虽高出，不免四句已尽，后半首别是一律，前半则古绝也。

（清）王琦注《李太白全集》卷二十一

太白《凤凰台》不及《鹦鹉洲》，然“烟开兰叶香风远，岸夹桃花锦浪生”亦近艳矣，故崔颢《黄鹤楼》遂为绝唱。

（清）郭兆麒《梅崖诗话》

李太白过武昌，见崔司勋《黄鹤楼》诗，叹服之，遂不复作。王渔洋见先王父《历下亭》古诗与《桃花扇》绝句，亦不复作。盖绝唱难继，宁搁笔不落人后也。大诗人往往如此。

（清）田同之《西圃诗说》

（李诗）崔颢题诗黄鹤楼，李白见之，去不复作，至金陵登凤凰台乃题此诗。传者以为拟崔而作，理或有之。崔诗直举胸情，气体高浑，白诗寓目山河，别有怀抱，其言皆从心而发，即景而成，意象偶同，胜境各擅。论者不举其高情远意，而沾沾吹索于字句之间，固已蔽矣；至谓白实拟之以较胜负，并谬为“捶碎黄鹤楼”等诗，鄙陋之谈，不值一噱也。

（清）爱新觉罗·弘历《唐宋诗醇》卷七

《黄鹤楼》一章，遂令青莲搁笔。然其诗全在前四语，如行云流水，飘然不群，明人称其五、六，难与言诗矣。

（清）彭端淑《雪夜诗谈》卷上

太白心折崔颢《黄鹤楼》诗，每每效之，如“凤凰台”“鹦鹉洲”，终不逮也。

同上

太白不以七律见长，如此种俱非佳处。原是登凤凰台，不是咏凤凰台，首二句只算引起。虚谷此评，以凤凰台为正文，谬矣。气魄远逊崔诗，云“未易甲乙”误也。

（清）纪昀《瀛奎律髓刊误》卷一

“日暮乡关何处是，烟波江上使人愁”“总为浮云能蔽日，长安不见使人愁”，运意不同，各有境地，何可轩轾！瞿宗吉（瞿佑字）曰：“太白忧君之念，远过乡关之思，善占地步，可谓‘十倍曹丕’。”此头巾气，又隔壁听也。

（清）潘德舆《养一斋诗话》卷三

崔郎中《黄鹤楼》诗，李太白《凤凰台》诗，高着眼者自不应强分优劣。瞿宗吉谓“太白结语，怀君恋阙，意较闳远”，予前已驳之。王敬美乃谓“崔之‘使人愁’，‘烟波’使之愁也。‘长安不见’，逐客自应愁，宁须使之？是太白为不当”。不知两诗皆以十四字成句，崔之愁生于“日暮烟波”，李之愁生于“浮云蔽日”，或兴或比，皆愁所繇结耳。个中旨趣，岂有轩轾？敬美只就末七字索意，遂觉不敌，是敬美自误，非太白误也。予笑太白此诗，人人习诵，而评者都不甚允。

同上卷九

崔颢《黄鹤楼》一诗，神游象外，遂令千古才人搁笔。太白《凤凰台》诗才力相埒，意境偶似，谓有意摹仿者非也。谓“长安不见使人愁”为忧谗畏讥，忠君爱国高出司勋者，亦凿也。

（清）刘存仁《屺云楼诗话》卷一

《黄鹤楼》诗亦殊寻常。沧浪以为唐人七律第一。谭友夏（谭元春字）亦云："太白废笔，虚心可敬。后人犹云作《黄鹤楼》诗，耻心荡然。"语真乖谬！太白废笔，亦偶然败兴时所为也。《凤凰台》诗俗以为拟《黄鹤楼》，此语不知太白曾亲口告人否，附会可笑。

（近代）钱振锽《谪星说诗》卷一

（王世懋云云）未免穿凿，故为立异之谈。夫崔诗之所以胜者，以其时去古诗未远，前六句一气呵成，以古体运于律诗，情韵独绝，非青莲所能及。青莲结语二句，则本之于陆贾《新语》"邪臣蔽贤，犹浮云之障白日"，及《史记·龟策传》亦云"日月之明，而时蔽于浮云"。青莲用为比兴，词婉而切，意境实较崔作为深。王乃强解"使人愁"三字，必欲抑之，非确评也。瞿存斋佑《归田诗话》云："（'《凤凰台》可谓十倍……乡关之念'一段引文见上，略）"云云。可谓独具只眼。

（近代）由云龙《定庵诗话》卷下

太白此诗全摹崔颢《黄鹤楼》而终不及崔诗之超妙，惟结句用意似胜。

（近代）高步瀛《唐宋诗举要》卷五

李白此诗，从思想内容、章法、句法来看，是胜过崔颢的。然而李白有摹仿崔诗的痕迹，也无可讳言。这绝不是像沈德潜所说的"偶然相似"，我们只能评之为"青出于蓝"。方虚谷以为这两首诗"未易甲乙"，刘后村以李诗为崔诗的"敌手"，都不失为持平之论。金圣叹、吴昌祺不从全诗看，只拈取起句以定高下，从而过分贬低了李白，这就未免有些偏见。

（现当代）施蛰存《唐诗百话·黄鹤楼与凤皇台》

〔附录〕

按：崔、李二诗，诸家聚讼，《唐宋诗醇》最得其当，田说亦同，金圣叹亦详辩之。近世纪晓岚（纪昀字）辈推崔贬李，与沧浪同，所谓不值一噱者，非耶？

［日］近藤元粹《李太白诗醇》（《萤雪轩丛书》本）眉批

老妪解诗质疑

宋释惠洪《冷斋夜话》卷一："白乐天每作诗，令一老妪解之，问曰：'解否？'妪曰'解'，则录之；'不解'，则易之。故唐末之诗近于鄙俚。"第一个提出这个说法的并不是惠洪，而是早他约一百年的彭乘，但惠洪为后世称引者良多，遂成千古佳话。

这其中包含着两个问题。第一，此说的可靠性；第二，如果属实，白居易是否因而"诗近于鄙俚"。

对这个佳话大力称道者之中，除出于戏曲演出之考虑，如王骥德、李渔外，深思诗之雅俗取舍者寡，随声附和者众。对之持怀疑态度者，则大抵严肃，从学者杨慎、王夫之到乾隆皇帝，都不以为然。彭乘去白居易两百年，惠洪去白居易三百年，并无文献称引，显系传说。对之稍作考核，杨慎就发现其说有不实之处。《升庵诗话》卷三以《酬严给事玉蕊花》为例：

> 嬴女偷乘凤去时，洞中潜歇弄琼枝。
>
> 不缘啼鸟春饶舌，青琐仙郎可得知。

诗中的雅言和典故，还有省略了的逻辑关系，显然不是老妪所能解者。王夫之在《唐诗评选》卷四中，则以白居易《杭州春望》为例反诘。诗云：

> 望海楼明照曙霞，护江堤白踏晴沙。
>
> 涛声夜入伍员庙，柳色春藏苏小家。
>
> 红袖织绫夸柿蒂，青旗沽酒趁梨花。
>
> 谁开湖寺西南路？草绿裙腰一道斜。

光凭历史典故（伍员、苏小）就不难断定老妪都解的传说不实，二位学者话说得是相当雄辩。

其实这个传说的漏洞是不小的，说是老妪都解，并没有说明什么样的老妪，望文生义，则老妪当为无甚文化者，但若凭听觉即能解读上述诗歌，则可肯定其有相当学养。问题的关键不在妪之年龄，而在是否有文化高度。此佳话则失去美好意义。

至于第二个问题，对白居易诗歌的评价就比较复杂一点。虽然传说不实，但白居易的许多诗歌比之同代诗人，有不避俚俗的倾向，但是，并不能因之对他的艺术一概否定。在这方面叶燮在《原诗》外篇下做了具体分析，他认为，就总体而言，白居易诗集中“矢口而出者固多”，苏轼就因其“浅切”而“厌”之，不无道理。但是，白居易诗也不乏“有作意处，寄托深远。如《重赋》《不致仕》《伤友》《伤宅》等篇，言浅而深，意微而显，此风人之能事也”。就是五言排律，在技巧上也“属对精紧，使事严切，章法变化中条理井然，读之使人惟恐其竟，杜甫后不多得者”。我国古典诗话、词话常有智慧之电光火石，吉光片羽，满足于一得之见，疏于全面深思熟虑，叶燮如此具体全面之分析，实属难能可贵也。当然，叶燮的分析也有不足，他居然忽略了白居易最为脍炙人口的杰作《长恨歌》和《琵琶行》，用这样经受了历史考验的经典为例不是更雄辩吗？

陈一琴辑历代诗话

白乐天每作诗，令一老妪解之，问曰：“解否？”妪曰“解”，则录之；“不解”，则易之。故唐末之诗近于鄙俚。

（宋）释惠洪《冷斋夜话》卷一

（按：此则又见宋彭乘《墨客挥犀》卷三。宋魏庆之《诗人玉屑》卷八引录《冷斋》，卷十六又转载《墨客》，二则文字相同。彭与黄庭坚同时人，似较释惠洪更早，但后世多引后者之说。）

张文潜云：“世以乐天诗为得于容易而来，尝于洛中一士人家见白公诗草数纸，点窜涂之，及其成篇，殆与初作不侔。”苕溪渔隐曰：“乐天诗虽涉浅近，不至尽如《冷斋》所云。余旧尝于一小说中曾见此说，心不然之，惠洪乃取而载之《诗话》，是岂不思诗至于妪解，乌得成诗也哉？余故以文潜所言正其谬耳。”

（宋）胡仔《苕溪渔隐丛话》前集卷八

……试举公晚年长律，其根柢之博，立格炼句之妙，固皆老妪所能解否邪？其说之邪谬，真可付一噱也。

（宋）周必大语，转引自汪立名编《白香山诗集·诗解》后集卷五公诗以六义为主，不尚艰难。每成篇，必令其家老妪读之，问解则录。后人评白诗如山东父老课农桑，言言皆实者也。

（元）辛文房《唐才子传》卷六

质而不俚，是诗家难事。乐府歌辞所载《木兰辞》，前首最近古。唐诗，张文昌善用俚语，刘梦得《竹枝》亦入妙。至白乐天令老妪解之，遂失之浅俗。其意岂不以李义山辈为涩僻而反之？而弊一至是，岂古人之作端使然哉？

（明）李东阳《麓堂诗话》

作诗必使老妪听解，固不可。然必使士大夫读而不能解，亦何故耶？

同上

（按：此则又见清田同之《西圃诗说》。）

（白居易《酬严给事玉蕊花》）“嬴女偷乘凤去时，洞中潜歇弄琼枝。不缘啼鸟春饶舌，青琐仙郎可得知。”[①] 此岂老姥能解者。

（明）杨慎《升庵诗话》卷三

白乐天诗，善用俚语，近乎人情物理。元微之虽同称，差不及也。李西涯诗话云：“乐天赋诗，用老妪解，故失之粗俗。”此语盖出于宋僧洪觉范之妄谈，殆无是理也。近世学者往往因此而蔑裂弗视。

（明）俞弁《逸老堂诗话》卷下

质而不俚，是诗家难事。张文昌（张籍字）善用之，刘梦得《竹枝》亦入妙。至白乐天，索解于老妪，盖欲反李义山之涩僻，而弊也浅俗。

（明）支允坚《艺苑闲评》

白乐天作诗，必令老妪听之，问曰：“解否？”曰“解”，则录之；“不解”，则易。作剧戏，亦须令老妪解得，方入众耳，此即本色之说也。

（明）王骥德《曲律·杂论》卷三十九

① 《全唐诗》题作《酬严给事闻玉蕊花下有游仙绝句》。

诗词未论美恶，先要使人可解，白香山一言，破尽千古词人魔障，爨妪尚使能解，况稍稍知书识字者乎。尝有意极精深，词涉隐晦，翻绎数过，而不得其意之所在。此等诗词，询之作者，自有妙论，不能日叩玄亭，问此累帙盈篇之奇字也。有束诸高阁，俟再读数年，然后窥其涯涘而已。

（清）李渔《窥词管见》第十则

盖诗之为教，相求于性情，固不当容浅人以耳目荐取。……人固自有分际，求知音于老妪，必白居易而后可尔。

（清）王夫之《古诗评选》卷四

（白居易《杭州春望》诗[①]）韵度自非老妪所省，世人莫浪云“元轻白俗”。

又《唐诗评选》卷四

白居易诗，传为“老妪可晓”。余谓此言亦未尽然。今观其集，矢口而出者固多；苏轼谓其“局于浅切，又不能变风操，故读之易厌”[②]。夫白之易厌，更甚于李；然有作意处，寄托深远。如《重赋》《不致仕》《伤友》《伤宅》等篇，言浅而深，意微而显，此风人之能事也。至五言排律，属对精紧，使事严切，章法变化中条理井然，读之使人惟恐其竟，杜甫后不多得者。人每易视白，则失之矣。元稹作意胜于白，不及白春容暇豫。白俚俗处而雅亦在其中，终非庸近可拟。二人同时得盛名，必有其实，俱未可轻议也。

（清）叶燮《原诗》外篇下

《冷斋夜话》所载乐天每作诗，令一老妪解之，解则录之，不解则又复易之，亦属附会之说，不足深辩。

（清）爱新觉罗·弘历《唐宋诗醇》卷十九

白香山使老妪解诗，为千古佳话。余亦谓诗非帷薄之言，何人不可与谈哉？然不可与谈者却有几等：工于时艺者，不可与谈诗；乡党自好者，不可与谈诗；市井小人营营于势

① 白诗：“望海楼明照曙霞，护江堤白踏晴沙。涛声夜入伍员庙，柳色春藏苏小家。红袖织绫夸柿蒂，青旗沽酒趁梨花。谁开湖寺西南路？草绿裙腰一道斜。”

② 见胡震亨《唐音癸签》卷七引苏东坡评论：“乐天善长篇，但格制不高，局于浅切，又不能变风操，故读而易厌。”

利者，亦不可与谈诗。若与此等人谈诗，毋宁与老妪谈诗也。

（清）钱泳《履园谭诗·总论》

光绪二年八月二十二日上道，舆中阅乐天诗，老妪解，我不解。

（清）谭献《复堂日记》

作诗作词，别无异样新奇之法，只要能解，令人一往情深，即是绝妙好词。千古骚人韵士魔障，被香山一人道破。可见作诗作文作词，无一不要明白如话。明白如话，则无人而不知，亦无人而不解，岂独白家爨火老妪而能解诗乎？吾以为无论诗古文词，若能以此为法者，不第易解，抑且无隐晦之病矣。

（清）裘廷桢《海棠秋馆词话》

俗字及杜诗“个”“吃”

唐人李洪宣《缘情手鉴诗格》提出“诗忌俗字”，引起长期的争议，因为这不仅仅是用字的考量，还是整体的趣味和文化品位的问题。直至清朝，颇有名声的刘熙载在《艺概·诗概》卷二中，还说得相当绝对：“俗意俗字俗调，苟犯其一，皆古之弃也。”“俗”这种观念是与“雅”对立的。俗与低相联系，雅则与高相联系。正统诗话家，除个别外，是以高雅自居的。从理论上说，一来，他们往往把雅与俗的对立绝对化了，以为二者的对立是永恒不变的。二来，把俗的外延扩大化了。本来在李洪宣的诗话中，俗字，是指方言之类的生僻字（“‘摩挲’‘抖薮’之类是也”），后来的诗话家扩展到口语。口语与书面语当然有所区别，但具体的界限则很难划清。首先从历史上看，俗和雅的对立是随着时间条件向相反方向转化的。《论语》可谓“雅”矣，但是其中如“小子可鸣鼓而攻之”“小子识之，苛政猛于虎也”中的“小子”似乎就不太雅。先秦诸子对话体、语录体文章，其中之乎者也矣嗟哉，吾师林庚先生说，这都是甲骨文中所没有的，一些是春秋时期口语白话，是非常俗的。但是，历史一久，成为经典，后世就感到雅得令人肃然起敬了。“五四”前夕，胡适和文友梅光迪争论，就用打油诗的形式分析了白话、文言的雅俗问题：

文字没有古今，却有死活可道。
古人叫作“欲”，今人叫作“要”。
古人叫作“至”，今人叫作“到”。
古人叫作“溺”，今人叫作“尿”。
本来同是一字，声音少许变了。
并无雅欲可言，何必纷纷胡闹？
至于古人叫“字”，今人叫作“号”；
古人悬梁，今人上吊：

古名虽未必不佳，今名又何尝不妙？

古人乘舆，今人坐轿；

古人加冠束帻，今人但知戴帽：

这都是古所没有，而后人所创造。

若必叫帽作巾，叫轿作舆，

岂非张冠李戴，认虎作豹？

胡适说得很通俗，雅言和俗语并不是水火不相容的，雅言来自俗语，俗语进入了书面，时间久了，历史化了，经典化了，低俗的就变成了高雅的，而雅的也就可能变成死的。一味歧视诗歌中的俗字，不但没有道理，而且在实践中造成许多可笑的僵化。杨万里在《答卢谊伯书》中就嘲笑过唐人寒食诗，不敢用“饧”字，重九诗，不敢用“糕”字。但是，诗话家们又指出许多经典诗人大量用口语俗字如李白之“耐可”，杜甫诗中有“不肯”。杜甫不止一次把口语中的“个”“个个”用到诗里去（“峡口惊猿闻一个”“两个黄鹂鸣翠柳”“个个五花文”“渔舟个个轻”“却绕井栏添个个”），甚至还有“鹅儿”“雁儿”（“鹅儿黄似酒，对酒爱新鹅”“雁儿争水马，燕子逐樯乌”）。李白甚至有“一叫一回肠一断，三春三月忆三巴”（《宣城见杜鹃花》）与“两人对酌山花开，一杯一杯又一杯”（《山中与幽人对酌》）。用了这么多的大俗字，“一”“三”，在一句中分别用了三次，这不但并不低俗，也不庸俗。相反显得富于天真烂漫的俗趣。

雅有雅的趣味，俗也有俗的趣味，《新婚别》：“父母养我时，日夜令我藏。”其中天真和朴素是雅言所难以表达的。“挽弓当挽强，用箭当用长。射人先射马，擒贼先擒王。”民歌的口语趣味和强悍气概，使其不但不低于雅言，而且高于一味沉溺于艰涩的雅言。

许多古典诗话家们对“俗”缺乏具体分析，因而全盘否定。其根本错误在于：一是把通俗和庸俗混为一谈，二是把俗与低，雅与高僵化地联系在一起。在严羽《沧浪诗话·诗法》中，把这种倾向推向极端，不但反对俗字，而且扩而大之，只要与俗有某种联系，就一概否定：“学诗先除五俗：一曰俗体，二曰俗意，三曰俗句，四曰俗字，五曰俗韵。”沧浪此论显然武断，眉毛胡子一把抓，只看到“俗字”与“俗体”“俗意”“俗句”“俗韵”之间的可能联系，完全忽略了其间普遍存在的不平衡。用了俗字，就注定产生俗句吗？一句之俗，就注定全意、全韵皆俗吗？杨慎《升庵诗话》卷十一就指出“古诗有用近俗字而不俗者”，如孙光宪《采莲》诗曰：“菡萏香连十顷陂，小姑贪戏采莲迟。晚来弄水船头湿，更脱红裙裹鸭儿。”薛雪《一瓢诗话》对这一现象说得非常中肯：“人知作诗避俗句，去俗字，不知去俗意尤为要紧。”罗大经《鹤林玉露》丙编卷三说，杜甫诗“有全篇用常俗语者，然不害其为超妙。”如：“一夜水高二尺强，数日不可更禁当。南市津头有船卖，无钱即买系篱傍。”又如“傍见北斗向江低，仰看明星当空大”之句，罗氏欣赏其“痛快可喜”。胡震亨《唐音癸签》卷七引王安石诗“看是寻常最奇崛，成如容易却艰辛。”以证之：“凡俗言俗事入诗，较用古更难。”可见关键不在字俗不俗，而在是否字俗而意韵不俗。罗氏所引杜甫诗，与杜甫一贯忧国忧民的沉郁顿挫崇高精神不同，这里是日常生活的琐事，充满个人的淡定的乐趣。这种趣味，当然不属于雅趣，而是一种俗趣，兵荒马乱之际，国破家亡之时，对和平生活的热爱，自有一种俗而不俗之处。

可见，关键不在用字，而在立意。清代剧作家黄图珌《看山阁集闲笔·词宜化俗》从元曲观之，突破了诗话的思维套路：“元人白描，纯是口头言语，化俗为雅。亦不宜过于高远，恐失词旨；又不可过于鄙陋，恐类乎俚下之谈也。”此言实在理论上有两大亮点：第一，“化俗为雅”，用俗语，而趣味不庸俗，避免“过于鄙陋”；第二，求雅，然不宜太高雅，以免“过于高远”，则“恐失词旨”，让读者莫名其妙。如此全面的思维在诗话这种片言只语的体制中是难能可贵的。但是，并未从根本解决“诗忌俗字”此一命题的局限。把关键放在“字”上论诗，本身就是片面的。诗之高下，并不取决于单字。单字作为一个要素，进入句子结构，其性质即为句所同化。雅字可为俗句，俗字可为雅韵。如大、直、长、圆，皆俗字也，然进入“大漠孤烟直，长河落日圆”则雅矣。又如破、在、城、深，皆俗字也，然则入“国破山河在，城春草木深”则雅矣。从严格意义上讲“诗忌俗字”比之“诗眼”的命题，不但浅陋，而且在逻辑上跛足。

陈一琴辑历代诗话

六、诗忌俗字。“摩挲”“抖擞”之类是也。

（唐）李洪宣《缘情手鉴诗格》

诗人多用方言，南人谓象牙为“白暗”，犀为“黑暗”。故老杜诗曰：“黑暗通蛮货。”① 又谓“睡美”为“黑甜”，“饮酒”为“软饱”。故东坡诗曰：“三杯软饱后，一枕黑甜余。”②

（宋）彭乘《墨客挥犀》卷一

《西清诗话》言王君玉谓人曰：“诗家不妨间用俗语，尤见工夫。雪止未消者，俗谓之

① 不详何诗，检索《杜诗引得》亦未得。苏轼《送乔施州》诗有句云：“鸡号黑暗通蛮货，蜂闹黄连采蜜花。”作者自注：胡人谓犀为黑暗。

② 苏轼《发广州》诗句。

待伴，尝有《雪诗》：‘待伴不禁鸳瓦冷，羞明常怯玉钩斜。’[①]‘待伴’‘羞明’，皆俗语，而采拾入句，了无痕颣，此点瓦砾为黄金手也。”余谓非特此为然，东坡亦有之。《避谤》诗：“寻医畏病酒入务。”[②]又云：“风来震泽帆初饱，雨入松江水渐肥。”[③]“寻医”“入务”“风饱”“水肥”，皆俗语也。又南人以饮酒为软饱，北人以昼寝为黑甜，故东坡云：“三杯软饱后，一枕黑甜余。”此亦用俗语也。

（宋）黄朝英《缃素杂记》

（按：此则引称王君玉语，又见宋任舟《古今总类诗话》、张镃《诗学规范》。）

数物以“个”，谓食为“吃”，甚近鄙俗，独杜屡用。“峡口惊猿闻一个。”[④]“两个黄鹂鸣翠柳。”[⑤]“却绕井栏添个个。”[⑥]《送李校书》云：“临岐意颇切，对酒不能吃。”[⑦]“楼头吃酒楼下卧。”[⑧]“但使残年饱吃饭。”[⑨]“梅熟许同朱老吃。”[⑩]盖篇中大概奇特，可以映带者也。东坡云：“笔工效诸葛散卓，反不如常笔。正如人学作老杜诗，但见其粗俗耳。”[⑪]

（宋）黄彻《䂬溪诗话》卷七

（按：此则至“映带”句，又见宋魏庆之《诗人玉屑》卷六。）

每下一俗间言语，无一字无来处，此陈无已、黄鲁直作诗法也。

（宋）章宪语，转引自陈长方《步里客谈》卷下

诗固有以俗为雅，然亦须经前辈熔化，乃可因承。如李之“耐可”、杜之“遮莫”、唐人“里许”“若个”之类是也。唐人寒食诗，不敢用“饧”字，重九诗，不敢用“糕”字，半山老人不敢作梅花诗，彼固未敢轻引里母田父，而坐之于平王之子、卫侯之妻之侧也。

（宋）杨万里《答卢谊伯书》

---

① 王琪佚诗断句。

② 即苏轼《七月五日三首》（其二）诗句：“避谤诗寻医，畏病酒入务。”

③ 又《次韵沈长官三首》（其三）诗句。

④ 《夜归》诗句。

⑤ 《绝句四首》（其三）诗句。

⑥ 《见萤火》诗：“巫山秋夜萤火飞，疏帘巧入坐人衣。忽惊屋里琴书冷，复乱檐前星宿稀。却绕井栏添个个，偶经花蕊弄辉辉。沧江白发愁看汝，来岁如今归未归？”

⑦ 即《送李校书二十六韵》诗句。

⑧ 《狂歌行赠四兄》诗句。

⑨ 《病后过王倚饮赠歌》诗句。

⑩ 《绝句四首》（其一）诗句。

⑪ 《东坡题跋》卷五：“散卓笔唯诸葛能之，他人学者，皆得其形似而无其法，反不如常笔，如人学杜甫诗，得其粗俗而已。”

子美善以方言里谚点化入诗句中，词人墨客，口不绝谈。其曰：“吾家老孙子，质朴古人风。”《吾宗》。“客睡何曾着，秋天不肯明。”《夜客》。“汝去迎妻子，高秋念却回。”《舍弟观归蓝田》。“父母养我时，日夜令我藏。”《新婚别》。“枣熟从人打，葵荒欲自锄。”《秋野》。“掉头纱帽侧，曝背竹书光。”同上。……

（宋）孙奕《履斋示儿编·诗说》卷十

余观杜陵诗，亦有全篇用常俗语者，然不害其为超妙。如云：“一夜水高二尺强，数日不可更禁当。南市津头有船卖，无钱即买系篱傍。”①又云：“江上被花恼不彻，无处告诉只颠狂。走觅南邻爱酒伴，经旬出饮独空床。”②又云：“夜来醉归冲虎过，昏黑家中已眠卧。傍见北斗向江低，仰看明星当空大。庭前把烛嗔两炬，峡口惊猿闻一个。白头老罢舞复歌，杖藜不寐谁能那？”③是也。杨诚斋多效此体，亦自痛快可喜。

（宋）罗大经《鹤林玉露》丙编卷三

学诗先除五俗：一曰俗体，二曰俗意，三曰俗句，四曰俗字，五曰俗韵。

（宋）严羽《沧浪诗话·诗法》

（按：此则明解缙《春雨杂述》曾引称以论作诗法，并谓“此幼学入门事”。）

数物以个，俗语也。老杜有“峡口惊猿闻一个”“两个黄鹂鸣翠柳”。双字有“樵声个个同”④“个个五花文”⑤“渔舟个个轻”⑥“却绕井栏添个个”。司空图：“鹤群长绕三株树，不借闲人一只骑。”⑦“只”亦“个”字之类。

（宋）范晞文《对床夜语》卷二

肯令一字俗，已拼百年穷。

（元）方回《诗思》

---

① 杜甫《春水生二绝》（其二）诗。

② 又《江畔独步寻花七绝句》（其一）诗。

③ 又《夜归》诗。醉归、昏黑、不寐，《全唐诗》作“归来”“山黑”“不睡”。

④ 又《秋野五首》（其四）诗句。

⑤ 又《题柏大兄弟山居屋壁二首》（其二）诗句。

⑥ 又《屏迹三首》（其一）诗句。

⑦ 《自河西归山二首》（其二）诗句。长绕、闲人，《全唐诗》作“长扰”“人间”。三株树，通行本作“三珠树”。

予尝譬今之为诗者，一等俗句俗字，类有“燕京琥珀”之味，而不能自脱，安得盛唐内法手为之点化哉？

（明）李东阳《麓堂诗话》

古诗有用近俗字而不俗者，如孙光宪《采莲》诗曰：“菡萏香连十顷陂，小姑贪戏采莲迟。晚来弄水船头湿，更脱红裙裹鸭儿。”李群玉《钓鱼》诗曰：“七尺青竿一丈丝，菰蒲叶里逐风吹。几回举手抛芳饵，惊起沙滩水鸭儿。”

（明）杨慎《升庵诗话》卷十一

诗忌粗俗字，然用之在人，饰以颜色，不失为佳句。譬诸富家厨中，或得野蔬，以五味调和，而味自别，大异贫家矣。绍易君曰：“凡诗有鼠字而无猫字，用则俗矣，子可成一句否？”予应声曰：“猫蹲花砌午。”绍易君曰：“此便脱俗。”

（明）谢榛《四溟诗话》卷三

解元唐子畏（唐寅字），晚年作诗，专用俚语，而意愈深。尝有诗云：“不炼金丹不坐禅，不为商贾不耕田。起来就写青山卖，不使人间造孽钱。”君子可以知其养矣。

（明）顾元庆《夷白斋诗话》

诗戒用僻字，方不落宋人秽吻。……苏东坡诗云：“三杯软饱后，一枕黑甜余。”软饱，醉也；黑甜，昼寝也。林和靖诗云：“草泥行郭索，云木叫钩辀。”①郭索，蟹行躁也；钩辀，鹧鸪声也。此皆宋代名流，而秽吻可厌如此。诗家劫运，至此极矣，宜其并吞于胡元，以其人语，全带死气也。

（明）邓云霄《冷邸小言》

文章穷于用古，矫而用俗，如史、汉后六朝史之人方言俗语是也。籍、建诗之用俗亦然。王荆公题籍集云：“看是寻常最奇崛，成如容易却艰辛。”②凡俗言俗事入诗，较用古更难。知两家诗体，大费铸合在。遁叟。

（明）胡震亨《唐音癸签》卷七

① 佚诗断句，失题。林逋另有《蝑蟹羹》诗：“年年作蝑蟹为羹，佬不能支略放行。但是草泥行郭索，莫愁豕腹胀膨亨。酒今到此都空了，诗亦随渠太瘦生。吏部一生豪到底，此时得意孰为争。”

② 《题张司业诗》诗：“苏州司业诗名老，乐府皆言妙入神。看似寻常最奇崛，成如容易却艰辛。”

（杜甫《客夜》诗[①]）起句用俗语而不俗，笔健故耳。接句“不肯”字，索性以俗语作对，声口隐出纸上。后半四语，的是老人无眠心事，并其情性亦出纸上矣。

（清）黄生《杜诗说》卷四

（杜甫《见萤火》）“个个”字趣，庸手必作“数个”矣。……初时衣上只见一个，后来屋里、檐前、绕井、经花，旋旋见添数个，去来聚散，高下远近，一一写出，其体物之精细又如此。

同上卷九

（杜甫《江畔独步寻花七绝句》诗其七[②]）“即索”犹“只索”“须索”，与“索共梅花笑”同义。即索死，犹俗云连性命俱不顾也。此句亦用俗语，后人反改而文之，全乖本色矣。

同上卷十

杜诗有用俗字而反趣者。如鹅儿、雁儿，本谚语也，一经韵手点染，便成佳句。如“鹅儿黄似酒，对酒爱新鹅”[③]“雁儿争水马，燕子逐樯乌”[④]是也。

（清）仇兆鳌《杜诗详注》卷十二

人知作诗避俗句，去俗字，不知去俗意尤为要紧。

（清）薛雪《一瓢诗话》

元人白描，纯是口头言语，化俗为雅。亦不宜过于高远，恐失词旨；又不可过于鄙陋，恐类乎俚下之谈也。其所贵乎清真，有元人白描本色之妙也。

（清）黄图珌《看山阁集闲笔·词宜化俗》

善古诗必属雅材。俗意俗字俗调，苟犯其一，皆古之弃也。

（清）刘熙载《艺概·诗概》卷二

① 杜诗：“客睡何曾着？秋天不肯明。入帘残月影，高枕远江声。计拙无衣食，途穷仗友生。老妻书数纸，应悉未归情。”

② 其七：“不是看花即索死，只恐花尽老相催。繁枝容易纷纷落，嫩蕊商量细细开。”

③《舟前小鹅儿》诗句。

④《大历三年春白帝城放船出瞿塘峡久居夔府将适江陵漂泊有诗凡四十韵》诗句。

附：

刘郎无胆押“糕”字

中国古代诗人词家，主流是追求创新的，但偶尔也有相当保守的。因为古人没有用过，就不敢用某个字，这实在是中国诗词创作中最为保守、最为腐朽的观念。刘禹锡因“六经”中未见有“糕”字而不敢于诗中用此字，古人为此说法争执不休，又显出中国诗评对所谓“无一字无来历”的迷信，有时达到了迂腐可笑的地步。

陈一琴辑历代诗话

为诗用僻字，须有来处。宋考功（唐宋之间，官至考功员外郎）云：“马上逢寒食，春来不见饧。”尝疑此字，因读《毛诗》郑笺说箫处，注云：“即今卖饧人家物。”“六经”唯此注中有“饧”字。吾缘明日是重阳，欲押一糕字，续寻思“六经”竟未见有“糕”字，不敢为之。……后辈业诗，即须有据，不可率道也。

（唐）刘禹锡《刘宾客嘉话录》

（按：此则又见王谠《唐语林》卷二、李颀《古今诗话》引用，《唐语林》卷二“郑笺”句作：“郑笺说吹箫处，注云：‘即今卖饧者所吹。’”）

刘梦得作《九日诗》，欲用“糕”字，以“五经”中无之，辍不复为。宋子京以为不然。故子京《九日食糕》有咏云：“飚馆轻霜拂曙袍，糗糍花饮斗分曹。刘郎不敢题‘糕’字，虚负诗中一世豪。”遂为古本绝唱。“糗饵粉糍”，糕类也，出《周礼》。“诗豪”，白乐天目梦得云。

（宋）邵博《邵氏闻见后录》卷十九

予见考功全篇，盖考功未尝使“饧”字，而禹锡误呼云卿（沈佺期字）诗为考功所作耳。之问诗题是《途中寒食》，云：“马上逢寒食，途中属暮春。可怜江浦望，不见洛阳人。”佺期诗题乃是《岭表逢寒食》，云：“岭外逢寒食，春来不见饧。洛阳新甲子，何日是清明？”则知使“饧”字者，佺期所作。

（宋）吴曾《能改斋漫录》卷四

仆读《周礼疏》：“羞笾之实，糗饵粉糍。”郑笺：“今之糍糕。”安谓“六经”中无此字邪？又观扬雄《方言》，亦有此字。《苕溪渔隐》谓古人九日诗，未有用“糕”字，唯崔德符和吕居仁一诗，有“买糕沽酒”之语。仆谓景文诗：“刘郎不肯题糕字，虚负人生一世豪。”兹岂古人诗未用“糕”邪？

（宋）王楙《野客丛书》卷六

禹锡举考功“马上逢寒食”之言，而缀以佺期“春来不见饧”之句，是又误以二诗为一诗言耳。

同上卷七

……然白乐天诗云：“移坐就菊丛，糕酒前罗列。”[1]则固已用之矣。刘、白唱和之时，不知曾谈及此否？

（宋）罗大经《鹤林玉露》乙编卷三

夫诗人者，有诗才，亦有诗胆。胆有大有小，每于诗中见之。刘禹锡题《九日》诗，欲用“糕”字，乃谓“六经”无“糕”字，遂不敢用。后人作诗嘲之曰：“刘郎不敢题‘糕’字，空负诗中一世豪。”此其诗胆小也。“六经”原无“碗”字，而卢玉川《茶歌》连用七个“碗”字，遂为名言，是其诗胆大也。胆之大小，不可强为。

（明）江盈科《雪涛小书·诗评》

或云刘梦得作诗，欲押一“饧”字，因《六经》无此字，唯《毛诗·管箫笺》有此一字，终不敢押。然按禹锡《历阳书事》诗：“湖鱼香胜肉，宫酒重于饧。”又何尝押“六经”所出耶？

（明）彭大翼《彭大翼诗话》

今人以“糕”字为俗，并附会云：唐刘梦得作《九日》诗，不敢用“糕”字。此说未确。《方言》：“饵谓之糕。”《广雅》：“糕，饵也。”唯《说文》不收此字，徐铉《新附》始有之。然诗人所用字，岂能尽出《说文》耶？《北史·綦连猛传》：“谣云‘七月刈禾太早，九月啖糕未好。’”是六朝时歌谣已用“糕”字矣。

（清）洪亮吉《北江诗话》卷三

---

① 《九日登西原宴望》（同诸兄弟作）诗句。坐，即“座”。

直寻耶用事耶

南朝钟嵘《诗品·序》中提出古典诗歌中的“直寻”和“用事”的矛盾，很有中国特色。当然，用事（用典）并不是中国诗歌所特有的手法，西方玄学派和浪漫主义风格的诗歌用古希腊神话或者圣经的典故者比比皆是。说到爱情总是要与丘比特的箭有关，谈到太阳又以阿波罗去代替。在法国诗歌中也是一样，丹纳在《艺术哲学》中说过：在法国 18 世纪到 19 世纪初，在拉辛与特里尔之间，说到大炮总要用一句转弯抹角的话，提到海洋，总是把它变成阿姆菲德斯女神。在查理第六、查理第七、弗朗索瓦统治时期，在悲剧诗中是不允许提到手枪这样的字眼的，它必须用别的字眼来代替。在英国浪漫主义诗歌中，这种现象特别明显，把描写对象艺术化的基本手法之一，就是用神话典故。如拜伦《唐璜》中《哀希腊》的著名片段：

希腊的群岛啊，希腊的群岛！
在这里，热情的莎孚曾经恋爱和歌唱，
在这里，战争与和平的艺术曾经生长，
在这里，浮起了月神的故乡，太阳的神像！
一切都还镀着永恒的、夏日的华光，
但是，除了那太阳，一切都已沦丧。

短短六行就用了三个典故：在这里，热情的莎孚（Sapho）曾经恋爱和歌唱；在这里，浮起了月神的故乡（Delos），太阳的神像（Phoebus）。这说明诗中用典是一种世界性的普遍现象，但是，在西方诗歌中似乎并没有出现用典泛滥的潮流。而钟嵘在《诗品·序》中指斥：“大明、泰始中，文章殆同书抄。”“辞不贵奇，竞须新事，尔来作者，浸以成俗。遂乃句无虚语，语无虚字，拘挛补衲，蠹文已甚。但自然英旨，罕值其人。”他所指斥的虽然是从公元 3 世纪末到他生活的 5—6 世纪的情形，但是作为一种流弊，这种情形哪怕是到了唐代仍然相当严重，以至于释皎然《诗式》把“不用事”列为第一，一用事，就只能等而下之黜入第二、第三、第四乃至末等了。到了宋朝，王安石还批评在诗中“使事太多”，作诗变成了“编事”（“皆取其与题合者类之”），直至清朝袁枚《随园诗话》还对在诗中“堆垛”故实表示厌恶。以堆砌典故为务的诗风，在长达千年的声讨中阴魂不散，可能是中国诗歌史上特有的奇观。钟嵘来不及看到这么漫长的历史景观，他所痛切感到的是晋以来的两百年间，诗歌中堆砌用事的流弊积重难返。凭着艺术直觉，他看出古籍的权威并不能提高诗的品位，而那些真正经典的诗语却并不借助任何故实，光凭“直寻”就能表现自我的“自然英旨”。《诗品·序》总结出他的诗歌的纲领是：“至乎吟咏情性，亦何贵于用事？”“观古今胜语，多非补假，皆由直寻。”这就是说，第一，“用事”（典故、经典语言）并不能提高“吟咏性情”的质量；第二，经得起历史考验的诗语，并不借助历史文献，全凭“直寻”和“目即”。他所举的例子有汉末徐干《室思》：

思君如流水，何有穷已时。

曹植《杂诗》：

高台多悲风，朝日照北林。

西晋张华佚诗断句：

清晨登陇首，坎壈行何难。

谢灵运《岁暮》：

明月照积雪，朔风劲且哀。

这些诗句不但在他那个时代十分动人，而且一千多年以后，今日的读者仍然不难为那朴素的情怀所感染。问题在于，钟嵘身后，才人代出，他的这种主张很少反对的声音，但是，他所推崇的诗风，也就是“目即”“直寻”的诗风，却基本上成为历史的记忆中的“古诗”，其中心地位为一种“近体”（绝句和律诗）所取代。

就他所提出的“直寻”和“用事”的矛盾，后世虽不乏讨论者，然而千年之间，深入的程度非常有限。问题出在，他总结的那些古诗“吟咏性情”达到“自然英旨”的成功的经验，对于诗歌这样一种精致的文学形式来说，太简陋了。从思想方法上说，他把“吟咏性情”和“用事”的矛盾，以及其和“目即”“直寻”的统一，都看得太绝对了。在这一点上，宋人韩驹说得很到位：“使事要事自我使，不可反为事使。”王世懋《艺圃撷余》说得更为彻底：“然病不在故事，顾所以用之何如耳？善使故事者，勿为故事所使。如禅家云：‘转《法华》勿为《法华》转。’使事之妙，在有而若无，实而若虚，可意悟不可言传，可力学得不可仓卒得也。”郝敬《艺圃伧谈》更以杜甫和韩愈做比较：“唐诗莫如杜甫，使事莫如杜甫，而使事人不觉莫如杜甫。韩愈诗好使事，人卒然难解。人不解，何由观兴？何贵为诗？”可见问题不在于用事，而在不能被动用事。

问题在于，如果不用事，完全用钟嵘的“目即”“直寻”，有这样省事的艺术吗？

这个问题一直没有人提出，也就没有人回答。直至一千二三百年以后，清朝乔亿《剑溪说诗》卷下才正面提出来：“《诗品》曰：‘吟咏情性，亦何贵于用事。’愚谓情性有难以直抒者，非假事陈词则不可。”提得很精彩：“情性有难以直抒者。”为什么会在用事上折腾这么多年月而不衰，就是因为“性情”不是可以随便直接抒发的。正是因为难以直接抒发，才离不开“用事”这样的手段。性情是今人的，而事是古人的，经典的，积淀着深厚的文化记忆。用事有利于今人性情的深化、诗化。乔亿的不足是没有进一步提出另外一个问题，那就是即使不用事，全凭“目即”“直寻”，也难以成为好诗。

钟嵘思维的不严密在这里暴露无遗，他为了反对用事，走向另外一个极端，以为直接抒发就直接成为诗。《诗经》中的赋比兴他虽然提到了，但是没有把它与吟咏性情，与“目即”“直寻”联系起来，正视其间的矛盾。《诗经》之所以不但有赋，而且有比兴，艺术上的道理是很深邃的。

赋，就是陈述，特点是直接、正面“即目”。但，有时，直接正面“目即”与诗的距离很大。《关雎》的核心是表现君子为淑女所激动，如果一上来，就直截了当地陈述“窈窕淑女，君子好逑”，就不但没有了性情，而且缺乏感性，接受者心理有某种抗阻之感。这时需要另外一种手法，那就是比，也就是比喻。比喻能把抽象的感情变得有具体的感性。如女孩子很多，是抽象的，一用比喻，就具体感性了：“出其东门，有女如云。”（《出其东门》）又如女孩子很美是抽象的，加上系统的比喻就具象了：“手如柔荑，肤如凝脂，领如蝤蛴，齿如瓠犀，螓首蛾眉，巧笑倩兮，美目盼兮。”（《硕人》）但比喻太多，也会令人感到单调，让人产生“审美疲劳”。这时就要有一个起头的过渡，这就是诗经中所谓的兴。兴的功能是起头，一般的起头，就是现场即景，从环境开始，逐渐转向人物的心灵。但是，好的兴，不但是现场即兴，而且是兴中有比。“关关雎鸠，在河之洲”，作为起兴的好处是，一是水鸟美，二是声音（叠词）美，三是河中之洲美。表面上是描述风景，实际上是为了淑女的出场。有了听觉和视觉的美，就有了美的氛围，淑女和君子的感情的美就可以从容显现如电影镜头之淡入。这个兴就有了比喻的意味，故被称为“兴而比”“兴兼比”。正是因为兴而比，故这四句显得很精练，如果不用这种兴而比的手法，要让“窈窕淑女”出场，就要用陈述（“目即”“直寻”），也就是用赋的手法，比如：“有美一人，清扬婉兮。邂逅相遇，适我愿兮。”（《野有蔓草》）但是，就是这样的“直寻”，也还不是直接抒发情怀，而是情感隐藏在描述之中，这就是间接抒情。

有了兴，就不用正面交代“有美一人”，更不用交代是在洲上，还是河边。兴就是现场即兴。现场的环境已经有了，美女出场，就不用承续前面，而是直接变成了后面的“君子好逑”的主语。这就使得句子的连续更紧密，更有机，精练到没有一个意象，没有一个字是多余的。这个“兴”的好处还在于感知的程序很自然，先是听觉启动，鸟在叫，接着是视觉认知，看清是雎鸠，跟着就动心，对淑女一见动心，从感情来看，就是比较迅速的，比较直率的，也是比较天真的，民歌作者村野之气就比较充分，当然，君子也可能有这样一见就“好逑”的，那就不是一般的，而是带野气的君子了。

从根本上来说，把吟咏性情和用事的矛盾当作诗歌创作的基本命题，本身就未能抓住意象构成的根本。就以他所举的“明月照积雪，朔风劲且哀”而言，其中的“明月”哪里是什么“目即”（直觉）所致？其中明月的性质，已不是自然物象，而是诗歌的意象。意象是物象与心性的统一。其性质是由心性决定的。谢灵运的诗中的明月具有悲凉的性质。同样的明月在不同的心性作用下，性质是不同的。在“床前明月光”中，有思乡的属性；在“明月出天山，苍茫云海间”中，虽然也有思乡的性质，但是，它是苍凉的；而在“扰乱边愁听不尽，高高秋月挂长城”中，则是从听歌听得心烦变成看月看得发呆的对象；在“举杯邀明月，对影成三人”中，则是孤独者的友人；而在“春江花月夜”中，则是思妇皎洁明净的情感的象征；而在“明月不归沉沧海，白云愁色满苍梧”中，则是李白悼念自己误以为死于海难的日本僧人的意象。天上的明月只是一个自然现象，而在诗歌中的明月则是如吴乔等所说如米酿成酒，是“形质俱变”了。

钟嵘的天真还表现在对于诗歌语言节奏也就是格律的忽视，“直寻”和“目即”，不可能提供性情的和语言的节奏，而节奏和格律是不可能靠自发的吟咏就完成的。历史证明，从和他差不多同时的沈约搞平仄交替和对仗，到绝句和律诗的成熟，差不多经过了四百年积累，这才有了中国诗歌史上最为辉煌的一页。把思维局限在“直寻”和“用事”的线性矛盾中，而不涉及直抒与意象的构成、与情绪起伏、与语言节奏的交替谱系，是难以洞察诗的奥秘的。

陈一琴辑历代诗话

若乃经国文符，应资博古，撰德驳奏，宜穷往烈。至乎吟咏情性，亦何贵于用事？“思君如流水”①，既是即目；“高台多悲风”②，亦唯所见；“清晨登陇首”③，羌无故实；“明月照积

① 徐干《室思》（其三）诗句：“思君如流水，何有穷已时。”
② 曹植《杂诗》（其一）诗句：“高台多悲风，朝日照北林。”
③ 张华佚诗断句：“清晨登陇首，坎壈行何难。”失题。

雪”[①]，讵出经史。观古今胜语，多非补假，皆由直寻。

（南朝梁）钟嵘《诗品·序》

不用事第一，已见评中。作用事第二，亦见评中。其有不用事而措意不高者，黜入第二格。直用事第三，其中亦有不用事而格稍下，贬居第三。有事无事第四，比于第三格中稍下，故入第四。有事无事，情格俱下第五。情格俱下，可知也。

（唐）释皎然《诗式·诗有五格》卷一

诗家病使事太多，盖皆取其与题合者类之，如此乃是编事，虽工何益？若能自出己意，借事以相发明，情态毕出，则用事虽多，亦何所妨。

（宋）王安石语，转引自蔡居厚《蔡宽夫诗话》

使事要事自我使，不可反为事使。仆曰：“如公《太一图诗》：‘不是峰头十丈花，世间那得莲如许！’当如是耶？”公徐曰：“事可使即使，不须强使耳。”

（宋）韩驹《陵阳先生室中语》

诗之用事，不可牵强，必至于不得不用而后用之，则事词为一，莫见其安排斗凑之迹。苏子瞻尝为人作挽诗云：“岂意日斜庚子后，忽惊岁在巳辰年。”[②]此乃天生作对，不假人力。

（宋）叶梦得《石林诗话》卷上

凡诗人作语，要令事在语中而人不知。余读太史公（司马迁，曾任太史令）《天官书》：“天一、枪、棓、矛、盾动摇，角大，兵起。”杜少陵诗云：“五更鼓角声悲壮，三峡星河影动摇。”[③]盖暗用迁语，而语中乃有用兵之意。诗至于此，可以为工也。

（宋）周紫芝《竹坡诗话》

客或谓予曰：“篇章以故实相夸，起于何时？”予曰：“江左自颜、谢（颜延之、谢灵运）以来，乃始有之，可以表学问而非诗之至也。观古今胜语，皆自肺腑中流出，初无缀缉工夫。故钟嵘云：‘（同上引，略）’其所论为有渊源矣。”

（宋）朱弁《风月堂诗话》卷下

① 谢灵运《岁暮》诗句：“明月照积雪，朔风劲且哀。”
② 苏轼《孔长源挽词二首》（其二）诗句。
③ 杜甫《阁夜》诗句。

韦应物《赠王侍御》云："心同野鹤与尘远，诗似冰壶彻底清。"又《杂言送人》云："冰壶见底未为清，少年如玉有诗名。"① 此可为用事之法，盖不拘故常也。

（宋）黄彻《䂬溪诗话》卷三

词用事最难，要体认着题，融化不涩。如东坡《永遇乐》云："燕子楼空，佳人何在，空锁楼中燕！"用张建封事。白石《疏影》云："犹记深宫旧事，那人正睡里，飞近蛾绿。"用寿阳事。又云："昭君不惯胡沙远，但暗忆江南江北。想佩环月夜归来，化作此花幽独。"用少陵诗②。此皆用事不为事所使。

（宋）张炎《词源·用事》

（按：此则又见清李佳《左庵词话》卷下，当引自张语。）

近世习唐诗者，以不用事为第一格。少陵无一字无来处，众人固不识也。若不用事云者，正以文不读书之过耳。

（元）仇远《仇远诗话》

今人作诗，必入故事。有持清虚之说者，谓盛唐诗即景造意，何尝有此？是则然矣。然以一家言，未尽古今之变也。……子美之后，而欲令人毁靓妆，张空拳，以当市肆万人之观，必不能也。其援引不得不日加而繁。然病不在故事，顾所以用之何如耳？善使故事者，勿为故事所使。如禅家云："转《法华》勿为《法华》转。"使事之妙，在有而若无，实而若虚，可意悟不可言传，可力学得不可仓卒得也。

（明）王世懋《艺圃撷余》

（按：此则又见清田同之《西圃诗说》，当为转引。）

诗自模景述情外，则有用事而已。用事非诗正体，然景物有限，格调易穷，一律千篇，只供厌饫。欲观人笔力材诣，全在阿堵中。且古体小言，姑置可也，大篇长律，非此何以成章！

（明）胡应麟《诗薮》内编卷四

或谓宋人诗使事，唐人不使事。唐人非不使事，使事而人不觉。故杜甫自云："读书破万卷，下笔如有神。"读书多，见闻富，笔底自宽绰。唐诗莫如杜甫，使事莫如杜甫，而使

① 即《杂言送黎六郎》诗句。

② 杜甫《咏怀古迹五首》（其三）咏王昭君诗句："画图省识春风面，环佩空归月夜魂。"

事人不觉莫如杜甫。韩愈诗好使事，人卒然难解。人不解，何由观兴？何贵为诗？

（明）郝敬《艺圃伧谈》卷二

唐人诗佳者，多不使事。自然清越，一味情兴风致，溢于音律辞采之外，诵之心爽神怡。斯为性情之理，声音之道，风人之致也。后人作诗，专喜用故实，由其才思短，兴尽辞穷，不得不牵率填补。虽妆缀富丽，终非天趣。

同上卷三

问："钟嵘《诗品》云：'吟咏性情，何贵用事？'白乐天则谓文字须雕藻两三字文采，不得全直致，恐伤鄙朴。二说孰是？"

答："仲韦（钟嵘字）所举古诗，如'高台多悲风''明月照积雪''清晨登陇首'，皆书即目，羌无故实，而妙绝千古。若乐天云云亦是，而其自为诗却多鄙朴。特其风味佳，故虽云'元轻白俗'，而终传于后耳。"

（清）王士禛《师友诗传续录》

援引典故，诗家所尚，然亦有羌无故实而自高，胪陈卷轴而转卑者。假如作田家诗，只宜称情而言，乞灵古人，便乖本色。

（清）沈德潜《说诗晬语》卷下

故作诗未辨美恶，当先辨是非。有出入经史，上下古今，不可谓之诗者；有寻常数语，了无深意，不可不谓之诗者。会乎此，可与入诗人之域矣。

（清）方贞观《方南堂先生辍锻录》

《诗品》曰："吟咏情性，亦何贵于用事。"愚谓情性有难以直抒者，非假事陈词则不可，顾所用何如耳！

（清）乔亿《剑溪说诗》卷下

近人主王、孟、韦、柳一派，以神韵为宗者，谓诗不贵用典，又以不着议论为高，此皆一偏之曲见也。名手制胜，正在使事与议论耳。……大抵用典之法，在融化剪裁，运古语若已出，毫无费力之痕，斯不受古人束缚矣。

（清）朱庭珍《筱园诗话》卷一

余每作咏古、咏物诗，必将此题之书籍，无所不搜；及诗之成也，仍不用一典。常言：“人有典而不用，犹之有权势而不逞也。”

（清）袁枚《随园诗话》卷一

人有满腔书卷，无处张皇，当为考据之学，自成一家。其次，则骈体文，尽可铺排，何必借诗为卖弄？自《三百篇》至今日，凡诗之传者，都是性灵，不关堆垛。唯李义山诗，稍多典故，然皆用才情驱使，不专砌填也。

同上卷五

诗写性情，原不专恃数典；然古事已成典故，则一典已自有一意，作诗者借彼之意，写我之情，自然倍觉深厚，此后代诗人不得不用书卷也。

（清）赵翼《瓯北诗话》卷十

用成语若太腐，不如造语为佳。须知成语，即古人造语也。

（清）江顺诒《词学集成》卷六

用典该是重生，不是再现。重生就是要活起来。此如同唱戏，当时古人行动未必如此，但我要他活重生，就得如此。平常人用典多是再现。

（现当代）顾随《驼庵诗话》

附：

水中着盐之喻

作诗如水中着盐，这个道理并不复杂，甚至可以说是诗之常识。司空图《诗品》“不着一字，尽得风流”二句，已经把意思说透了。而蔡绦把诗歌语言的经营，限定在“用事”上，也就是用前人之言，“要如禅家语，水中着盐，饮水乃知盐味”，则显然有狭隘之嫌。其实，不管用事，还是不用事，不管用前人之经典语言，还是自己别出心裁首创，均以含蓄隽永，意会多于言传者为上。

所谓“水中着盐”之说，不过是视之则无，味之则有，强调意味不在一望而知，须默默体悟而已。把杜甫的“五更鼓角声悲壮”，和《祢衡传》中之“挝《渔阳操》声悲壮”联系起来，断定必然师承，好像除此之外，声音就未曾有以悲壮形容者，实在经不起推敲。至于硬说“三峡星河影动摇”是“用事”《汉武故事》中的两句话，则更是牵强。《汉武故事》写“星辰动摇”明明是“民劳之应”，而杜甫诗中根本就不存在这样的意味。蔡绦力主“系风捕影”，不意恰成反讽。

当然，这个“水中着盐”的比喻，多多少少还是有道理的。用事，运典之妙，在借助经典权威，提高诗句的质量。但用事过多，则被讥为“掉书袋”；用事过显，则可能淹没自我；用事过僻，则意脉受阻，徒增阅读障碍。其真正微妙处，应在若隐若现之间。如“羚羊挂角，无迹可求”，不露痕迹，则更妙。如李白“朝辞白帝彩云间，千里江陵一日还”诗句，本用郦道元《水经注·三峡》中之“两岸连山，略无阙处。……有时朝发白帝，暮到江陵，其间千二百里，虽乘奔御风不以疾也”一段文字。对于读者，知典者如鱼饮水，冷暖自知，对于不知典者，亦可望文而不害其意。

陈一琴辑历代诗话

杜少陵云：“作诗用事要如禅家语，水中着盐，饮水乃知盐味。”此说诗家秘密藏也。如“五更鼓角声悲壮，三峡星河影动摇”，人徒见凌轹造化之工，不知乃用事也。《祢衡传》：“挝《渔阳操》声悲壮。”《汉武故事》：“星辰动摇，东方朔谓民劳之应。”则善用事者，如系风捕影，岂有迹耶？

（宋）蔡绦《西清诗话》

（按：此则又见宋李颀《古今诗话》、旧题蔡绦《金玉诗话》、张镃《诗学规范》。但《古今诗话》无“杜少陵云”四字，引诗前则标明“杜少陵诗”。杜甫云云，今人学者多疑其误引。郭绍虞《宋诗话辑佚》哈佛燕京学社本按云：“此似非杜语。”）

前人论子美用故事，有着盐水中之喻，固善矣；但未知九方皋之相马，得天机于灭没存亡之间，物色牝牡，人所共知者为可略耳。

（金）元好问《杜诗学引》

又有一等事，用在句中，令人不觉，如禅家所谓撮盐水中，饮水乃知咸味，方是妙手。

（明）王骥德《曲律·论用事》卷三

用典一也，有宜近体者，有宜古体者，有近古体俱宜者，有近古体俱不宜者。用典如水中着盐，但知盐味，不见盐质。用僻典如请生客入座，必须问名探姓，令人生厌。

（清）袁枚《随园诗话》卷七

严沧浪谓用典使事之妙，如镜中之花，水中之月，可以神会，不可言传。又谓如着盐水中，但辨其味，不见其形。所喻入妙，深得诗家三昧。

（清）朱庭珍《筱园诗话》卷一

（按：今通行本《沧浪诗话》未见此则引言。）

《西清诗话》载（疑是“论”或“言”字之讹）杜少陵诗云：“作诗用事，要如释语：水中着盐，饮水乃知盐味。此说、诗家秘密藏也。”……相传梁武帝时，傅大士翕作《心王铭》，文见《五灯会元》卷二，收入《善慧大士传录》卷三，有曰：“水中盐味，色里胶青；决定是有，不见其形。心王亦尔，身内居停。”《西清诗话》所谓“释语”昉此。盐水中，本喻心之在身，兹则借喻故实之在诗。……瑞士小说家凯勒尝言：“诗可以教诲，然教诲必融化于诗中，有若糖或盐之消失于水内。”拈喻酷肖，而放眼高远，非徒斤斤于修辞之薄物细故。然一暗用典实，一隐寓教训，均取譬于水中着盐，则虽立言之大小殊科，而用意之靳向莫二。

（现当代）钱锺书《谈艺录·补订·新补十六》

“点鬼簿”之号

在诗文中连续用古人名字和数字，这样的现象不会出现在西方任何诗文中。原因是，西方语文，人物的名字并不像汉语人名，每个字（音节）都有独立的意义，数字又不像汉语这样，有相同的音节。名字和数字本无特殊意义和节奏，但由于对仗，就有了特别的节奏感和对称美。这样就成了一种独特的技巧。在汉语中不论在诗歌还是文章中，均为一种基本手法。这种手法在散文中发展到极端，就是骈文，在诗歌中则为排律。二者对仗皆病在过多、过密而令读者想象窒息。故在律诗中对仗仅仅限于中间两联，为求其以前后两联之散句以求平衡也。而这里所说的“点鬼簿“及“算博士”现象，以其过多过滥运用低级技法，造成典故之堆砌。

当然，事情并不如此简单，诚如胡仔《苕溪渔隐丛话》后集卷三十一谈到“点鬼簿”时说：“其语虽然如此，亦在用之如何耳，不可执以为定论也。”“善于比喻”，并不妨碍产生佳句。不过他所举出的例句，黄山谷《种竹》“程婴杵臼立孤难，伯夷叔齐食薇瘦”明显用典过密，堆砌过甚，徒劳读者心神。许顗《许彦周诗话》认为“精妙明密”的黄庭坚诗句“平生几两屐？身后五车书”（《和答钱穆父咏猩猩毛笔》）实在是平庸得很。至于数字本来天地就不宽广，佳句极其有限，而有的用了某些不对仗的数字，如，杜牧《题齐安城楼》：“不用凭栏苦回首，故乡七十五长亭。”白居易《正月三日闲行》：“绿浪东西南北水，红栏三百九十桥。”在二位大诗人集中只能列入平俗之笔。而李白之“一叫一回肠一断，三春三月忆三巴”“两人对酌山花开，一杯一杯复一杯”则天机神授，妙手自得，不劳皎然所谓“苦思”也。

陈一琴辑历代诗话

时杨（炯）之为文，好以古人姓名连用，如张平子之略谈，陆士衡（陆机字）之所记，潘安仁宜其陋矣，仲长统何足知之。号为“点鬼簿”。骆宾王文好以数对，如“秦地重关一百二，汉家离宫三十六”。[①]时人号为“算博士”。

（唐）张鷟《朝野佥载》卷六

（按：此则又见宋计有功《唐诗纪事》卷七。）

凡作诗若正尔填实，谓之“点鬼簿”，亦谓之“堆垛死尸”。能如《猩猩毛笔诗》曰：“平生几两屐？身后五车书。”[②]又如：“管城子无食肉相，孔方兄有绝交书。”[③]精妙明密，不可加矣，当以此语反三隅也。

（宋）许𫖮《许彦周诗话》

（按：此则又见《苕溪渔隐丛话》前集卷四十八所引《类苑》，文字大同小异。）

唐李商隐为文，多检阅书史，鳞次堆积左右，时谓为“獭祭鱼”。

（宋）吴垧《五总志》

前辈讥作诗多用古人姓名，谓之“点鬼簿”。其语虽然如此，亦在用之如何耳，不可执以为定论也。如山谷《种竹》云：“程婴杵臼立孤难，伯夷叔齐食薇瘦。”《接花》云：“雍也本犁子，仲由元鄙人。”善于比喻，何害其为好句也。

（宋）胡仔《苕溪渔隐丛话》后集卷三十一

杨炯为文，好以古人姓名联用，号为“点鬼簿”。

（宋）刘克庄《后村诗话续集》卷三

---

① 《帝京篇》诗句。秦地，《全唐诗》作“秦塞”。

② 即黄庭坚《和答钱穆父咏猩猩毛笔》诗句。

③ 又《戏呈孔毅父》诗句。食肉，《全宋诗》作“肉食”。

诗用古人名，前辈谓之“点鬼簿”，盖恶其为事所使也。如老杜“但见文翁能化俗，焉知李广不封侯”[①]“今日朝廷须汲黯，中原将帅忆廉颇”[②]等作，皆借古以明今，何患乎多？李商隐集中半是古人名，不过因事造对，何益于诗？

（宋）范晞文《对床夜语》卷三

问：“诗中用古人及数目，病其过多。若偶一用之，亦谓之‘点鬼簿’‘算博士’耶？”

答：“唐诗如‘故乡七十五长亭’[③]‘红阑四百九十桥’[④]皆妙，虽‘算博士’何妨！但勿呆相耳。所云‘点鬼簿’，亦忌堆垛。高手驱使，自不觉耳。”

（清）王士禛《师友诗传续录》

① 杜甫《将赴荆南，寄别李剑州》诗句。不，通行本作“未”。

② 又《奉寄高常侍》诗句。

③ 杜牧《题齐安城楼》诗句：“不用凭栏苦回首，故乡七十五长亭。”

④ 白居易《正月三日闲行》诗句：“绿浪东西南北水，红栏三百九十桥。”文字与王引略异。

苦吟与神助

精思智竭苦吟和率意而生灵感，在诗歌创作中本该是共生现象，但是，中国古典诗话词话中，往往绝对对立，且对于苦吟多所贬抑。

诗之成败，因人而异，才情不同，多由天赋；学养异途，术业各专，成败之机岂能同日而语？即为同人，又因时，因地而殊，江郎才尽，大器晚成，多由天命，不可一概而论。

诗有自然而得者，所谓文章本天成，妙手自得之，有率尔操觚，倚马千言，斗酒诗百篇者。然，苦吟如诗圣杜甫“新诗改罢自长吟”，转化前贤之用心于已心，岂是易事？“孰知二谢将能事，颇学阴何苦用心”，是杜甫呕心沥血之经验也。然亦有苦吟而不免枯窘者，如贾岛“独行潭底影，数息树边身”，虽耗时三年，亦难称经典也。

诗与读书之关系，见其矛盾者曰，非关书也；见其统一者曰，无学养终不成大器。有早年读书甚少，开一代诗风者；有晚年读书愈多，而诗情萎靡不振者。至于灵感突发，往往神秘，看似偶然，实有必然。良以积学储宝，潜意识中，虽饱和亦不自知，偶遇机缘，电光火石，一触即发也。然，积学矿深，有难见天日者之虞，苦吟则有“盘活”之功。王士禛《师友诗传续录》曰：“苦思自不可少。然人各有能有不能，要各随其性之所近，不可强同。”斯为得之。然不若王应奎《柳南随笔》卷六之说：“作诗者有神来之句，往往成于冲口信笔，所谓好诗必是拾得也。若有意作诗，则初得者为第一层，语必浅近；即第二层犹未甚佳，弃之而冥冥构思；直至第三层，方有妙绪。然第三层意必出之自然，仍如第一层语乃佳。不然，雕琢之过，露斧凿痕，其不入于苦涩一派者几希。”此论既不废苦吟，又警惕苦吟流于“斧凿”，败于苦涩。此等全面深邃之论难能可贵。

贬抑苦吟之论，问题似伪。

比较当于同类，一点相同，异义乃见，非同类而比，则为无类比附。罔顾才情悬殊，作速度与质量之比，逻辑混乱，乃由所比者非吟之苦与否，而在才也。乾隆存诗作数万首，然皆匠气之作，金昌绪只一首，流传千古，与苦吟与率尔无关也。合逻辑之比，当为才华同等，然后以苦吟与否，学养深浅，细较高下。贾岛如不苦吟，则推敲之典不成佳话，即“独行潭底影”亦难得也，白居易“樱桃樊素口，杨柳小蛮腰”、陆游“洗脚上床真一快”皆败笔，若苦吟当不致贻笑后世也。

陈一琴辑历代诗话

诗有三思：一曰生思，二曰感思，三曰取思。

生思一：久用精思，未契意象，力疲智竭，放安神思，心偶照境，率然而生。

感思二：寻味前言，吟讽古制，感而生思。

取思三：搜求于象，心入于境，神会于物，因心而得。

（唐）王昌龄《诗格》

陶冶性灵存底物，新诗改罢自长吟。孰知二谢将能事，颇学阴何苦用心。

（唐）杜甫《解闷十二首》（其七）

又云，不要苦思，苦思则丧自然之质。此亦不然。夫不入虎穴，焉得虎子？取境之时，须至难至险，始见奇句。成篇之后，观其气貌，有似等闲，不思而得，此高手也。有时意静神王，佳句纵横，若不可遏，宛若神助。不然。盖由先积精思，因神王而得乎？

（唐）释皎然《诗式·取境》卷一

诗有三般句：一曰自然句，二曰容易句，三曰苦求句。

命题属意，如有神助，归于自然也。

命题率意，遂成一章，归于容易也。

命题用意，求之不得，归于苦求也。

（唐）旧题白居易《金针诗格》

或有述李频诗于钱尚父曰：“只将五字句，用破一生心。”[①]尚父曰：“可惜此心，何所不

① 李频佚诗断句，失题。李又有《寄友人》诗句：“诗近吟何句，髭新白几茎。”《哭贾岛》诗句：“秦楼吟苦夜，南望只悲君。”

用，而破于诗句，苦哉！”

（宋）孙光宪《北梦琐言》卷七

孟郊诗蹇涩穷僻，琢削不假，真苦吟而成。观其句法、格力可见矣。其自谓“夜吟晓不休，苦吟神鬼愁。如何不自闲，心与身为仇。”①

（宋）魏泰《临汉隐居诗话》

贾岛云：“独行潭底影，数息树边身。”②其自注云：“二句三年得，一吟双泪流。知音如不赏，归卧故山秋。”③不知此二句有何难道，至于“三年始成”，而一吟泪下也？

同上

天下事有意为之，辄不能尽妙，而文章尤然。文章之间，诗尤然。世乃有日锻月炼之说，此所以用功者虽多，而名家者终少也。晚唐诸人议论虽浅俚，然亦有暗合者，但不能守之耳。所谓“尽日觅不得，有时还自来”者，使所见果到此，则“采菊东篱下，悠然见南山”之句，有何不可为？唯徒能言之，此禅家所谓语到而实无见处也。往往有好句当面蹉过，若“吟成一个字，捻断几茎须”④，不知何处合费许多辛苦？正恐虽捻尽须，不过能作“药杵声中捣残梦，茶铛影里煮孤灯”⑤句耳。

（宋）蔡居厚《蔡宽夫诗话》

陈去非（陈与义字）尝谓余言：“唐人皆苦思作诗，所谓‘吟安一个字，捻断数茎须’‘句向夜深得，心从天外归’⑥‘吟成五字句，用破一生心’⑦‘蟾蜍影里清吟苦，舴艋舟中白发生’⑧之类是也。故造语皆工，得句皆奇，但韵格不高，故不能参少陵逸步。后之学诗者，

---

① 即《夜感自遣》诗前二联。首句“吟”字，《全唐诗》作“学”。诗题一作《失志夜坐思归楚江》，又作《苦学吟》。

② 《送无可上人》诗：“圭峰霁色新，送此草堂人。麈尾同离寺，蛩鸣暂别亲。独行潭底影，数息树边身。终有烟霞约，天台作近邻。”

③ 贾诗“独行”二句下注此一绝，《全唐诗》题作《题诗后》。“秋”，《长江集新校》本作“丘”。

④ 卢延让《苦吟》诗：“莫话诗中事，诗中难更无。吟安一个字，捻断数茎须。险觅天应闷，狂搜海亦枯。不同文赋易，为著者之乎。”

⑤ 李洞《赠曹郎中崇贤所居》诗句。

⑥ 刘昭禹佚诗断句，失题。

⑦ 方干《贻钱塘县路明府》诗：“志业不得力，到今犹苦吟。吟成五字句，用破一生心。世路屈声远，寒溪怨气深。前贤多晚达，莫怕鬓霜侵。”题一作《感怀》。

⑧ 又《赠钱塘湖上唐处士》诗句。

倘或能取唐人语而掇入少陵绳墨步骤中，此连胸之术也。”

（宋）葛立方《韵语阳秋》卷二

魏崔浩多才思，爱吟咏。一日病起，友人戏曰：“非子病如此，乃子苦吟诗瘦也。”故杜公寄裴十诗云“知君苦思缘诗瘦”①，而李白寄杜公有“借问新来何瘦生，总为从前作诗苦”②，皆用此事也。

（宋）吕祖谦《诗律武库·咏诗门》卷十二

（按：元辛文房《唐才子传》卷一则载：“崔颢苦吟咏，当病起清虚，友人戏之曰：‘非子病如此，乃苦吟诗瘦耳！’”）

李太白一斗百篇，援笔立成。杜子美改罢长吟，一字不苟。二公盖亦互相讥嘲，太白赠子美云：“借问因何太瘦生，只为从前作诗苦。”苦之一辞，讥其困雕镌也。子美寄太白云：“何时一樽酒，重与细论文。”③细之一字，讥其欠缜密也。……余谓文章要在理意深长，辞语明粹，足以传世觉后，岂但夸多斗速于一时哉！

（宋）罗大经《鹤林玉露》甲编卷六

诗要苦思，诗之不工，只是不精思耳。不思而作，虽多亦奚以为？古人苦心终身，日炼月煅，不曰“语不惊人死不休”④，则曰“一生精力尽于诗”。今人未尝学诗，往往便你能诗，诗岂不学而能哉？

（元）杨载《诗法家数·总论》

三百余篇岂苦思，个中妙处少人知。籁鸣机动何容力，才涉推敲不是诗。

（元）黄庚《论诗》

世人作诗以敏捷为奇，以连篇累册为富，非知诗也。老杜云：“语不惊人死不休。”盖诗须苦吟，则语方妙，不特杜为然也。贾阆仙（贾岛字）云：“两句三年得，一吟双泪流。”

---

① 杜甫《暮登四安寺钟楼寄裴十迪》诗句：“知君苦思缘诗瘦，太向交游万事慵。”

② 李白《戏赠杜甫》诗句。前句，清王琦辑注《李太白全集》卷三十作“借问别来太瘦生”。

③ 杜甫《春日忆李白》诗句。

④ 又《江上值水如海势聊短述》诗：“为人性僻耽佳句，语不惊人死不休。老去诗篇浑漫兴，春来花鸟莫深愁。新添水槛供垂钓，故着浮槎替入舟。焉得思如陶谢手，令渠述作与同游？”，兴，一作“与”。

孟东野云："夜吟晓不休，苦吟鬼神愁。"卢延逊[①]云："险觅天应闷，狂搜海亦枯。"杜荀鹤云："生应无辍日，死是不吟时。"[②]予由是知诗之不工，以不用心之故，盖未有苦吟而无好诗者。

（明）都穆《南濠诗话》

黄郧山评翁灵舒（宋翁卷字）、戴式之诗云："近世有江湖诗者，曲心苦思，既与造化迥隔，朝推暮敲，又未有以溉其本根，而诗于是乎始卑。"然予以为其卑非自江湖始，宋初九僧已为许洞所困，又上溯于唐，则大历而下，如许浑辈，皆空吟不学，平生镂心呕血，不过五七言短律而已。其自状云："吟安一个字，捻断数行须。"不知李杜长篇数千首，安得许多胡须捋扯也。苦哉！

（明）杨慎《升庵诗话》卷九

晚唐之诗分为二派：一派学张籍，则朱庆余、陈标、任蕃、章孝标、司空图、项斯其人也；一派学贾岛，则李洞、姚合、方干、喻凫、周贺、"九僧"其人也。其间虽多，不越此二派，学乎其中，日趋于下。……唯搜眼前景而深刻思之，所谓"吟成五个字，捻断数茎须"也。余尝笑之，彼之视诗道也狭矣。《三百篇》皆民间士女所作，何尝捻须？今不读书而徒事苦吟，捻断肋骨亦何益哉！

同上卷十一

或曰："诗，适情之具。染翰成章，自然高妙，何必苦思以凿其真？"

予曰："'新诗改罢自长吟'，此少陵苦思处。使不深入溟渤，焉得骊颔之珠哉？"

……

诗有天机，待时而发，触物而成，虽幽寻苦索，不易得也。如戴石屏"春水渡旁渡，夕阳山外山"[③]，属对精确，工非一朝，所谓"尽日觅不得，有时还自来"。

（明）谢榛《四溟诗话》卷二

子美曰："细雨荷锄立，江猿吟翠屏。"[④]此语宛然入画，情景适会，与造物同其妙，非

① 当为卢延让，见《全唐诗》卷七一五。

② 《苦吟》诗句。

③ 戴复古（号石屏）《世事》诗句。

④ 杜甫《暮春题瀼西新赁草屋五首》（其三）诗句。

沉思苦索而得之也。

同上卷二

元轻白俗，郊寒岛瘦，此是定论。岛诗："独行潭底影，数息树边身。"有何佳境，而三年始得，一吟泪流。

（明）王世贞《艺苑卮言》卷四

岛才力既薄而识见尤卑，其诗有"秋风吹渭水，落叶满长安"，[1]古今胜语，而不自知爱；如"独行潭底影，数息树边身"，岛先得上句，积思二年，乃得下句。有何佳境？乃云"二句三年得，一吟双泪流"，其识见卑下可知。

（明）许学夷《诗源辩体》卷二十五

古今诗人摹写觅句景象，有极工者。如"吟安五个字，捻断数茎须"，如"险觅天应闷，狂搜海亦枯"，如"竟日觅不得，有时还自来"，如"句向夜深得，心从天外归"……如"两句三年得，一吟双泪流"，如"夜吟晓不休，苦吟神鬼愁"，如"生应无辍日，死是不吟时"……此非深于诗者不能道也！

（明）徐𤊹《徐氏笔精》卷三

诗思太苦则为方干，太易则为子瞻，消息其间甚难。

（清）吴乔《围炉诗话》卷三

作诗机神偶有敏钝，忽然机到，则曰"诗应有神助"[2]；忽然机涩，则曰"老去诗篇浑漫与"。

（清）仇兆鳌《杜诗详注》卷十

问："有谓诗不假修饰苦思者，陈去非不以为然，引'蟾蜍影里清吟苦，舴艋舟中白发生'等句为证，二说宜何从？"

答："苦思自不可少。然人各有能有不能，要各随其性之所近，不可强同。"

（清）王士禛《师友诗传续录》

---

① 《忆江上吴处士》诗句："秋风生渭水，落叶满长安。"

② 杜甫《游修觉寺》诗句："诗应有神助，吾得及春游。"

（贾）岛矜而（魏）泰刻，吾欲以少陵“为人性僻耽佳句”二语，并渭南“作诗未必能传后”[①]二语为二君解纷，有识者定不以为错下名言也。

（清）宋长白《柳亭诗话》卷二十三

予尝论诗有二道：曰工，曰佳。工者多出苦吟，佳者多由快咏。古人谓诗穷而后工，特为工者言耳；而佳诗，则必风流文采翩翩豪迈，能发庙朝太平之音，较之穷而后工者，有风雅正变之殊焉。

（清）孔尚任《山涛诗集序》

作诗者有神来之句，往往成于冲口信笔，所谓好诗必是拾得也。若有意作诗，则初得者为第一层，语必浅近；即第二层犹未甚佳，弃之而冥冥构思；直至第三层，方有妙绪。然第三层意必出之自然，仍如第一层语乃佳。不然，雕琢之过，露斧凿痕，其不入于苦涩一派者几希。

（清）王应奎《柳南随笔》卷六

桐城钱幼光（清钱澄之字）《田间集》有云：“虞山（清钱谦益，常熟人，县境有虞山）不信诗有悟入一路，由其生长华贵，沉溺绮靡，兼以腹笥富而才情赡。因题布词，随手敏捷，生平不知有苦吟之事，故不信有苦吟后之所得耳！苦吟之后，思维路尽，忽尔有触，自然而成。若禅家所谓绝后重苏，庸非悟乎？”少陵云：“语不惊人死不休。”惊人者，悟后句也。虞山不事苦吟，宜其无惊人句矣。

又《柳南续笔》卷四

① 陆游（死前晋爵渭南伯）《幽居遣怀三首》（其三）诗句：“作诗未必能传后，要是幽怀得小摅。”

陶令是“见”或“望”南山

中国古典诗话有“以一字论工拙”的传统，这在世界诗歌史上可能是独一无二的。为了陶渊明“悠然见南山”还是“悠然望南山”，一字之差，从沈括《梦溪笔谈》、苏轼《东坡志林》争论到王国维《人间词话》，长达八九百年，除了其他原因以外，还有一个原因，那就是有参照，比较容易分析。在宋人发现的版本上，并不是悠然“见”南山，而是悠然“望”南山。言“见”字妙者，以东坡为代表，认为精彩在“偶然”：“采菊之次，偶然见之，初不用意，而境与意会，故可喜也。”而“望南山”，“便觉一篇神气索然也”。（《东坡志林》卷五）但是，为什么“望”就神气索然呢？东坡没有讲，后来就成了追索不已的悬案。晁补之《无咎题跋·题陶渊明诗后》中有所发挥：如果是“望南山”，“则既采菊又望山，意尽于此，无余蕴矣”，而“见南山”，“则本自采菊，无意望山，适举首而见之，故悠然忘情，趣闲而景远”。总的说来，无非是“无意”“忘情”。南宋主张“诗味”的张戒在《岁寒堂诗话》中说，其诗味在“至闲至静”。限于感知，未能深入。吾师林庚先生曾对此有所分析：“‘悠然见南山’，其中的‘见’字，一本又作‘望’，那么究竟哪个好呢？当然是‘见’字好。因为‘望’是连续地做了两件事，采菊与望山，而‘见’是从东篱采菊直接飞跃到南山，从隐居的局部生活中飞跃到归隐的终身行止，其所以‘悠然’，不正是无愧于平生吗？南山是陶渊明生活中朝夕与共的，看一眼不过是家常便饭，但今天的南山是不待看而来了，倏然映入眼帘，不期然地面对面，仿佛初次的相会，因而别有天地。这便是语言的飞跃所带给人的新鲜印象与无尽的言说。（林庚《唐诗综论·漫谈中国古典诗歌的艺术借鉴》）林先生的深刻处乃是联系到陶渊明“归隐的终身行止”，悠然见南山，“无愧于平生”。

宋人牟巘的《牟巘诗话》则从人生哲理着眼：“所谓悠然者，盖在有意无意之间，非言所可尽也。”这个牟巘没有什么显赫的名声，他的“有意无意之间”，却颇为深邃，主要是从人生哲理着笔，突破了前人的“无意”，把无意和有意结合起来，还触及了“无意”以下的盲点：“人之于物，可寓意而不可留意，昔有是言矣！盖留意于物，则意为物役。”他的亮点在于，提出了“寓意”和“留意”的矛盾，强调“留意于物”最大的危险是“意为物役”。

这个“物役”的“役”很值得重视，典出陶渊明自己的《归去来兮辞》中的“心为形役”（“既自以心为形役，奚惆怅而独悲？”）。役与劳相连，所以有劳役、服役。役，是被动的，不是自由的，而是强制的，所以有兵役、奴役，甚至苦役之语。所有这些被动之役，都来自客观的、外在的压力。而在陶渊明心目中，“役”有两种，一种是来自外在的物质条件，就是《归去来兮辞》的《序》中的“心惮远役”“口腹自役”。但是物质的“役”在一定条件下，可能转化为精神的，这就是第二种“役”，就是《归去来兮辞》一开头就说的“心为形役”，心（精神）被生理的、物质的需求压抑了，就不自由了。心之所以被形所役，就是因为心屈服于物的欲望，为了使“心”不为自己的“形”奴役，所以才自我罢官。只有心消除了欲望，才能消除外形的压力，才能获得最大的自由，进入自在、自如、自得的心境。而“见南山”恰恰就是这种境界的艺术化，审美化。用语言表述出来就是“无心”，也就是他在《归去来兮辞》中所说的“云无心以出岫”，像云一样“无心”，就是没有目的。见南山，就是诗人对于美好的景观，悠然的、怡然的、随意的、无目的的姿态。这种姿态似乎很合乎康德的无目的的合目的的美感境界。对此最好的解释，就是陶氏的《桃花源记》，那么美好的一个地方，无意中发现了，留下了惊人的美感，但是，南阳刘子骥有心去寻找，却没有结果。“见南山”与“望南山”的不同，就是与无心与有心的悬殊，有目的地去望风景，就不潇洒了，因为“望”字隐含着主体寻觅的动机，就不自由了，不自然了，不自在了，不自如了，不美了。

如果要说“诗眼”，这个“见”字就是“诗眼”。

从诗学上说，就是朴素之美，就是无意的感触，不是有心的追寻，顺带的、瞬时即逝的、飘然的感觉，是美好的。然而，这种瞬时即逝的感觉，对于一般人来说，是没有感觉的感觉，恰恰被诗人发现了，提醒了，无意中体悟，不是顿悟，而是悟而不费神之悟，诗情就脱俗了。但是脱俗如何变得高雅呢?

要注意的，还有两个意象，一个是“篱”（东篱），一个是“菊”（采菊）。篱和庐相呼应，简陋的居所和朴素的环境，是统一的，和谐的；但是，朴素中有美，这就是菊花。这个意象，有着超越字面的内涵，那就是清高。这种清高，均从“无心”而来。没有自我炫耀的意味，既是悠然、淡然、怡然的心态，又是自然的、朴实无华的语态。在陶渊明的时代，诗坛上盛行的是华贵之美。陶渊明生活于约 365—427 年，和他差不多的谢灵运，有了

“池塘生春草”这样的佳句，还要在后面加上“园柳变鸣禽”才放心，华彩的辞章配上强烈的感情是一时风气。但是，陶诗开拓的是简朴之美。越是简朴，越是没有形容、没有夸饰，没有感叹，越是高雅，相反越是华彩，越是热烈，越是低俗。在这里，越是无意，越是自由，也就越是淡泊，而越是有意，感情就越可能强烈、华彩，就可能陷入俗套。

一千年间科学、经济、文化不知进步了多少，可是对于这一个字的解释，却仍然众说纷纭，就是王国维用“无我”之境来解释，也还是不尽人意。其实，这里并不完全纯粹是“以物观物”的“无我”，而是一种超越了外在压力和内心压力的，在审美的境界里流连忘我的享受。忘我的第一个层次，是对物质欲望的“无心”，因而身在人境才能对“车马”（在当时是很豪华的）“声喧”毫无感觉；第二个层次就是对于内心欲望的“无心”，正是因为这样，才能从“犬吠深巷”“鸡鸣桑树”得到心灵的慰藉；第三个层次，则是更高的审美自由，在“采菊东篱下，悠然见南山”之际，享受那漫不经心的一瞥。这不但是“无心”的、朦朦胧胧的，而且和“暧暧远人村，依依墟里烟”的境界一样，感情是不强烈的，但是，是自然的，朴素的、自由的、淡定的境界。

陈一琴辑历代诗话

陶渊明《杂诗》：“采菊东篱下，悠然见南山。”[①] 往时校定《文选》，改作“悠然望南山”，似未允当。若作者“望南山”，则上下句意全不相属，遂非佳作。

（宋）沈括《梦溪笔谈·续笔谈》

近世人轻以意改书。鄙浅之人，好恶多同，故从而和之者众，遂使古书日就讹舛，深可忿疾。……陶潜诗：“采菊东篱下，悠然见南山。”采菊之次，偶然见之，初不用意，而境与意会，故可喜也。今皆作“望南山”。（下文接评改杜诗一字，略）……二诗改此二字，便觉一篇神气索然也。

（宋）苏轼《东坡志林》卷五，此则据《稗海》本

（按：此则又见同书卷七、宋胡仔《苕溪渔隐丛话》前集卷三引载。）

“采菊东篱下，悠然见南山。”因采菊而见山，境与意会，此句最有妙处。近岁俗本皆

① 即《饮酒二十首》（其五）：“结庐在人境，而无车马喧。问君何能尔？心远地自偏。采菊东篱下，悠然见南山。山气日夕佳，飞鸟相与还。此还有真意，欲辨已忘言。”见，梁萧统编《昭明文选》卷三十作“望”。

作“望南山”，则此一篇神气都索然矣。古人用意深微，而俗士率然妄以意改，此最可疾。

又《东坡题跋》卷二

诗以一字论工拙。……记在广陵日，见东坡云：“陶渊明意不在诗，诗以寄其意耳。‘采菊东篱下，悠然望南山’，则既采菊又望山，意尽于此，无余蕴矣，非渊明意也。‘采菊东篱下，悠然见南山’，则本自采菊，无意望山，适举首而见之，故悠然忘情，趣闲而景远。”此未可于文字精粗间求之，以比碔砆美玉不类。

（宋）晁补之《无咎题跋》卷一

友人称一士人诗云“西出潼关客路迷，一胡芦酒一篇诗。胡芦酒尽兴未尽，坐看春山春尽时。”……陶渊明云“采菊东篱下，悠然见南山”矣。于是模写景物，则曰“山气日夕佳，飞鸟相与还”。吟咏情性，则曰“此中有真意，欲辨已忘言”。于是成篇古诗。犹下（今人郭绍虞注：疑有脱字）看春山春尽，有何意味，而遽成诗乎？

（宋）范温《潜溪诗眼》

“采菊东篱下，悠然见南山”，此其闲远自得之意，直若超然邈出宇宙之外。俗本多以“见”字为“望”字，若尔，便有褰裳濡足之态矣。乃知一字之误，害理有如是者。《渊明集》世既多本，校之不胜其异。……若此等类，纵误不过一字之失，如“见”与“望”，则并其全篇佳意败之。

（宋）蔡居厚《蔡宽夫诗话》

如渊明曰：“采菊东篱下，悠然见南山。”其浑成风味，句法如生成。而俗人易曰“望南山”，一字之差，遂失古人情状，学者不可不知也。

（宋）释惠洪《冷斋夜话》卷四

味有不可及者，渊明是也。……渊明“狗吠深巷中，鸡鸣桑树颠”“采菊东篱下，悠然见南山”，此景物虽在目前，而非至闲至静之中，则不能到，此味不可及也。

（宋）张戒《岁寒堂诗话》卷上

陶渊明诗：“采菊东篱下，悠然见南山。”采菊之际，无意于山，而景与意会，此渊明得意处也。

（宋）陈善《扪虱新语》下集

东坡拈出陶渊明谈理之诗，前后有三：一曰“采菊东篱下，悠然见南山”。……皆以为知道之言。盖摛章绘句，嘲弄风月，虽工亦何补。若睹道者，出语自然超诣，非常人能蹈其轨辙也。

（宋）葛立方《韵语阳秋》卷三

东坡以渊明“采菊东篱下，悠然见南山”，无识者以“见”为“望”，不啻碔砆之与美玉。然余观乐天《效渊明诗》有云：“时倾一尊酒，坐望东南山。”[①]然则流俗之失久矣。唯韦苏州《答长安丞裴说》诗有云：“采菊露未晞，举头见秋山。”[②]乃知真得渊明诗意，而东坡之说为可信。

（宋）吴曾《能改斋漫录》卷三

人之于物，可寓意而不可留意，昔有是言矣！盖留意于物，则意为物役，不能为我乐而适为我累耳。山本无情，而好山者每每用意过当。……“采菊东篱下，悠然见南山。”始无意适与意会，千载之内，唯渊明得之。所谓悠然者，盖在有意无意之间，非言所可尽也。

（宋）牟巘《牟巘诗话》

陶渊明“采菊东篱下，悠然见南山”，识者称之不容口。今之云然者，不过野人议璧随和称好耳，求其真识亦几人哉！或以为“望南山”，此又所以谓曲士不可以语道者也。虽乐天犹不免此矣，独韦应物有“采菊露未晞，举头见秋山”为近之，然粘皮骨矣。呜呼！渊明妙处，岂可以意识求哉！

（明）刘绩《霏雪集》卷上

“见”字，无心得妙。

（明）钟惺、谭元春《古诗归》卷九夹批

“采菊”二句，俱偶尔之兴味。东篱有菊，偶尔采之，非必供下文佐饮之需；而南山之见，亦是偶尔凑趣。下四句，却单承南山说来，庐之结此，原因南山之佳。……结庐之妙，正在不远不近，可望而见之间，所谓“在人境”也。若不从南山说起，何异阛阓？然直从南山说起，又少含蕴，故不曰“望”而曰“见”。“望”有意，“见”无意。山且无意而见，

① 即白居易《效陶潜体诗十六首》（其九）诗句。

② 韦应物诗句原为：“临流意已凄，采菊露未晞。举头见秋山，万事都若遗。”

菊岂有意而采？不过借东篱下以为见南山之地，而取采菊为见山之由也。“悠”字具远、久二义，加一“然”字，则不取义而取意，乃自得之谓也。此意宜在见南山之后，乃置于“见”字之上者，盖此自得之趣，在于吾心，不关南山之见与不见也。……“此中”句，紧承四句，而“意”字从上文“心”字生出，又加一“真”字，更跨进一层。则“心远”为一篇之骨，而“真意”又为一篇之髓。“欲辨忘言”，谓此真意非言所能辨。

（清）吴淇《六朝选诗定论》卷十一

心不滞物，在人境不虞其寂，逢车马不觉其喧。篱有菊则采之，采过则已，吾心无菊。忽悠然而见南山，日夕而见山气之佳，以悦鸟性，与之往还，山花人鸟，偶然相对，一片化机，天真自具，既无名象，不落言筌，其谁辨之？

（清）王士禛《古学千金谱》，转引自北京大学中文系《陶渊明诗文汇评》

“悠然望南山。”望，一作“见”。就一句而言，“望”字诚不若“见”字为近自然，然山气、飞鸟皆望中所有，非复偶然见此也。“悠然”二字从上“心远”来。东坡之论不必附会。

（清）何焯《义门读书记·文选》卷四十七

若渊明“采菊东篱下，悠然见南山”“平畴交远风，良苗亦怀新”，中有元化，自在流出，乌可以道理计？

（清）沈德潜《说诗晬语》卷上

（“采菊”二句）今按陶诗妙处，在“悠然”字，神味无穷。

（清）施鸿保《读杜诗说》卷九

有有我之境，有无我之境。……“采菊东篱下，悠然见南山。”……无我之境也。有我之境，以我观物，故物皆着我之色彩。无我之境，以物观物，故不知何者为我，何者为物。

（近代）王国维《人间词话》

（陶渊明）他非常之穷，而心里很平静。家常无米，就去向人家门口求乞。他穷到有客来见，连鞋也没有，那客人给他从家丁取鞋给他，他便伸了足穿上了。虽然如此，他却毫不为意，还是“采菊东篱下，悠然见南山”。这样的自然状态，实在不易模仿。他穷到衣服也破烂不堪，而还在东篱下采菊，偶然抬起头来，悠然地见了南山，这是何等自然。

（现当代）鲁迅《魏晋风度及文章与药及酒之关系》

陶诗："采菊东篱下，悠然见南山。"[《饮酒》(其五)] 人或以为此句乃抬头而见南山就写出来，其实绝不然。绝非偶然兴到、机缘凑泊之作，人与南山在平日已物我两浑，精神融洽，有平时酝酿的功夫，适于此时一发之耳。素日已得其神理，偶然一发，此盖其酝酿之功也。

（现当代）顾随《驼庵诗话》

世之论陶渊明者多误于其"采菊东篱下，悠然见南山"二句。认渊明不可从此认，以断句评人，最不可如此。

同上

"采菊东篱下，悠然见南山。"千古名句。也是千古的谜，究为何意，无人懂。悠然的是什么？若作见鸡说鸡、见狗说狗，岂非小儿，更非渊明。可以说是把小我没入大自然之内了。

同上

"采菊东篱下，悠然见南山"，其中的"见"字，一本又作"望"，那么究竟哪个好呢？当然是"见"字好。因为"望"是连续地做了两件事，采菊与望山，而"见"是从东篱采菊直接飞跃到南山，从隐居的局部生活中飞跃到归隐的终身行止，其所以"悠然"，不正是无愧于平生吗？南山是陶渊明生活中朝夕与共的，看一眼不过是家常便饭，但今天的南山是不待看而来了，倏然映入眼帘，不期然地面对面，仿佛初次的相会，因而别有天地。这便是语言的飞跃所带给人的新鲜印象与无尽的言说。

（现当代）林庚《唐诗综论·漫谈中国古典诗歌的艺术借鉴》

评“池塘生春草”

谢灵运的“池塘生春草，园柳变鸣禽”，这么朴素的两句诗，长期得到极高的评价，评价者还是像王昌龄、李白、释皎然、贾岛、胡应麟、王夫之、沈德潜乃至王国维那样的高人，推崇的理由集中在“情”上，特别强调其“情在言外”，朴素无华。王昌龄《诗格》认为：“诗有天然物色，以五彩比之而不及。由是言之，假物不如真象，假色不如天然。如此之例，皆为高手。”意思有二,一是，语言自然朴素（天然物色）比之文采华丽（五彩比之）要强，二是，写实（真象）比之虚拟（假物、假色）要好。写实比虚拟好，从理论上来说，可能并不十分周密，但是，应该说，不无道理。持反对意见者不止一人，释惠洪、王若虚均赞成李元膺之说，“反复求之，终不见此句之佳”。持这种主张的还有两个古代朝鲜人用汉语写的诗话：李奎报《白云小说》：“古人以谢灵运诗‘池塘生春草’为警策，余未识佳处。”申钦《晴窗软谈》：“‘池塘生春草’非难道之语，‘空梁落燕泥’即眼中之境，而遂为正觉上乘。此乃得之自然，无假于意造也。”

这就需要对原诗做些具体分析。谢灵运《登池上楼》原诗：

潜虬媚幽姿，飞鸿响远音。
薄霄愧云浮，栖川怍渊沉。
进德智所拙，退耕力不任。
徇禄反穷海，卧痾对空林。
衾枕昧节候，褰开暂窥临。
倾耳聆波澜，举目眺岖嵚。
初景革绪风，新阳改故阴。
池塘生春草，园柳变鸣禽。
祁祁伤豳歌，萋萋感楚吟。

索居易永久，离群难处心。

持操岂独古，无闷征在今。

称赞“池塘生春草”的，大抵强调“情”。以情取胜，这是古典诗歌的一般规律，具体到这首诗，好在什么地方，就要弄清在这里，情的特点是什么。对于这一点，古典诗话是有些聪明的评点的。

王直方引田承君之说：“‘池塘生春草’，盖是病起忽然见此为可喜，而能道之，所以为贵。”（《王直方诗话》）俞文豹《吹剑三录》说：“谓池塘方生春草，园柳已变鸣禽。曰变者，言其感化之速，往往人未及知。”明人黄谆耀《黄谆耀诗话》则在方法上进一步指出不能“单拈此句”，其妙处，不仅仅在此，四句之前之“‘卧疴对空林，衾枕昧节候’，乃其根也。‘褰开暂窥临’下历言所见之景，而至于池塘草生，则卧疴前所未见者，其时流节换可知矣。”清人牟愿相《小澥草堂杂论诗》主张“是卧病初起，耳目一新”。对于“王泽竭而草生，候将变而虫鸣”穿凿之说，则不屑一顾。

以上诸论至少有两点很有价值：第一，要从全篇出发；第二，要分析诗人心态，诗的意脉的前后变化。

全诗二十二句，全是对仗，从情绪节奏上看，是比较单调的。但是，语言风格上却似乎并不统一。一开头“潜虬媚幽姿，飞鸿响远音”显然有些枯涩。追求文采，耽于虚拟。题为《登池上楼》，所述当为所见，“飞鸿”尚可视，而“潜虬”则何可见之？至于“媚幽姿”，既是“幽姿”，何以见其“媚”？实为辞藻对仗所误，造成扭捏，失心态之自然。接下去是“薄霄愧云浮，栖川怍渊沉”。“薄霄”承“飞鸿”，“栖川”接“幽姿”，关锁隐其中，语言风格一仍其旧：以虚拟的景观和物象间接抒发情感。如果一直这样吞吞吐吐下去，外部对仗不变再加上借景抒情不变，单调感将不可收拾。所幸，到了第三联，诗人改变了写法，从寓情于景转向了直接抒发：“进德智所拙，退耕力不任。徇禄反穷海，卧痾对空林。”这多少带来了情绪和话语节奏上的变化，可惜的是，语言太理性了，完全放弃了感性。

这就是这首诗在艺术上的矛盾：开头四句有情感，但是，经营意象的斧凿过分，失去自然之致；接下来四句，直接表达，又太直白了，又失去了感性。感性直白的缺乏，在后面六句不能说没有改变：“衾枕昧节候，褰开暂窥临。倾耳聆波澜，举目眺岖嵚。初景革绪风，新阳改故阴。”“衾枕”“窥临”“聆波澜”“眺岖嵚”，都有诗人的动作和心绪的展示，但是，大体都是叙述，带着很强的概括性，虽有感性，但还是缺乏登楼的鲜明的现场感，到了“初景革绪风，新阳改故阴”，诗人的心情进入了现场，感到了变化，但是“革绪风”“改故阴”这样的语言，太抽象，连起码的意象都没有，因而诗人的心灵，诗歌的意脉还是缺乏波澜。

抒情的目的是要感动读者，感情不同于一般的感觉，在于“动”，故汉语中才有“感动”“心动”“触动”“情动于中”，反之则为“无动于衷”。“池塘生春草，园柳变鸣禽”恰恰解决了感而“动”之的问题。有了感性意象，又有心灵、意脉的变动。好处在，第一，“池塘生春草”，当为俯视景观，点到了题目“登池上楼”，突出了现场感。第二，把“革绪风”“改故阴”这样的概括性感受，变成了“生春草”，瞬时的发现。这个发现，不但是景观的，而且是心灵的自我发现，更是意脉的瞬间变动。久病的诗人，突然发现春天早就到来，自己却一直没有感觉。春草，本来不应该生在池塘里，而是应该生在田野，如路边，可是，偏偏从池塘里冒出来，说明草之茂，春之深，一直被自己忽略了。第三，正是因为发现是猝然的，是一种触动，甚至是一种微妙的颤动，往往被一般人，甚至被诗人忽略了，然而，谢灵运却抓住了这个刹那时的颤动，把颤动变成触动。但是，有了诗人的感动并不一定就有动人的诗。诗并不像《诗大序》所说的那样简单，“情动于中而形于言”，有了情意就一定有相应的语言。这句的好处，并不在意与言的统一，而是矛盾，把心理触动又变成了诗歌的意脉的运动。释皎然说得很清楚：“意在言外。”功夫全在写出来的语言之外。

情本身有一种可意会不可言传的性质，情和言的距离，一般来说不啻于万里长城。要把难以直接感知的情，转化为形象，对于诗来说，这就要以最为精练的语言，抓住最有特点的细节。有特点的细节，是少量的，抓住它，就意味着心灵排除了大量的细节。在这里，就是把在田野、路边普遍存在的青草省略掉，只突出生长在池塘里的青草。这就不是一般的细节，而是诗人心灵选择、遇合、同化的意象。正是在这个意义上，“意在言外”的意思是诗意不仅仅在写出来的东西，而且在被心灵省略的东西，那些在田野、路边，在墙头、屋角的春草，好像都不存在似的。诗人把读者习以为常的、到处可见的春草遮蔽掉，把极为罕见的池塘中冒出来的春草作为唯一的存在。当诗人把这样精练的意象写成诗的时候，读者习以为常的记忆就被唤醒了，突然被触动了，诗人的感情和读者的感情就沟通了。这心灵的电波从公元5世纪一接通，至今一千多年，毫无例外地打动了一代又一代的读者。这就叫作艺术的感染力，艺术的不朽就表现在这里。也许真是谢灵运潜意识的饱和积累，确实电光火石，神秘触发。也许谢灵运意识到这句诗的魅力，编造了梦中得此句的故事，正是因为这样，这句诗在5世纪初写出以来，至今仍然保持鲜活的艺术感染力。但是，对之做出确切的阐释却并不容易。

下面一句“园柳变鸣禽”，相比起来，就显得比较弱。虽然它也是诗人心灵的发现，但是，“鸣禽”在柳，系通常景观，触发的能量不足，即使听之，渐觉非往日之禽，需时间之持续，缺乏春草在池塘那样的异常性，也就没有瞬间的视觉冲击力、心灵的饱和度。故有人以为“园柳变鸣禽”不若“池塘生春草”。贺贻孙《诗筏》则在字眼上推敲：“‘池塘生春草’，‘生’字极现成，却极灵幻。虽平平无奇，然较之‘园柳变鸣禽’更为自然。”恐怕是钻牛角尖。《石林诗话》以为应该是“变夏禽”。就是太糊涂了，明明前面池塘里生的是“春草”，鸟怎么会变成夏天的呢？

陈一琴辑历代诗话

《谢氏家录》云：“康乐每对惠连，辄得佳语。后在永嘉西堂思诗，竟日不就，寤寐间忽见惠连，即成‘池塘生春草’[①]。故尝云：‘此语有神助，非我语也。’”

（南朝梁）钟嵘《诗品》卷中

凡高手，言物及意，背不相倚傍。……又“池塘生春草，园柳变鸣禽”……是其例也。诗有天然物色，以五彩比之而不及。由是言之，假物不如真象，假色不如天然。……中手倚傍者，如“余霞散成绮，澄江净如练”[②]，此皆假物色比象，力弱不堪也。

（唐）王昌龄《诗格》，转引自遍照金刚《文镜秘府论·论文意》南卷

梦得池塘生春草，使我长价登楼诗。

（唐）李白《赠从弟南平太守之遥二首》

梦得春草句，将非惠连谁？

又《感时留别从兄徐王延年从弟延陵》

吾家白额驹，远别临东道。他日相思一梦君，应得池塘生春草。

又《送舍弟》

且如“池塘生春草”，情在言外；“明月照积雪”，旨冥句中。风力虽齐，取兴各别。……其有二义：一情，一事。……情者如康乐公“池塘生春草”是也。抑由情在言外，故其辞似淡而无味，常手览之，何异文侯听古乐哉。《谢氏传》曰：“吾尝在永嘉西堂作诗，

---

① 谢灵运《登池上楼》诗：“潜虬媚幽姿，飞鸿响远音。薄霄愧云浮，栖川怍渊沉。进德智所拙，退耕力不任。徇禄反穷海，卧疴对空林。衾枕昧节候，褰开暂窥临。倾耳聆波澜，举目眺岖嵚。初景革绪风，新阳改故阴。池塘生春草，园柳变鸣禽。祁祁伤豳歌，萋萋感楚吟。索居易永久，离群难处心。持操岂独古，无闷征在今。”

② 南朝齐谢朓《晚登三山还望京邑》诗句。

梦见惠连，因得‘池塘生春草’。岂非神助乎？”

（唐）释皎然《诗式》卷二

诗有三格：一曰情，二曰意，三曰事。

情格一：耿介曰情。外感于中而形于言，动天地感鬼神，无出于情，三格中情最切也。如谢灵运诗：“池塘生春草，园柳变鸣禽。”……此皆情也。如此之用，与日月争衡也。

（唐）旧题贾岛《二南密旨》

田承君云：“‘池塘生春草’，盖是病起忽然见此为可喜，而能道之，所以为贵。”

（宋）王直方《王直方诗话》

灵运在永嘉因梦惠连，遂有“池塘生春草”之句；玄晖（谢朓字）在宣城，因登三山，遂有“澄江静如练”之句。二公妙处，盖在于鼻无垩，目无膜尔。鼻无垩，斤将曷运？目无膜，斤将曷施？所谓混然天成，天球不琢者欤！

（宋）唐庚《唐子西文录》

（按：此则又见宋葛立方《韵语阳秋》卷一。）

舒公（王安石）云：“‘池塘生春草，园柳变鸣禽’之句，谓有神助，其妙意不可以言传。”而古今文士多从而称之，谓之确论。独李元膺曰：“予反复观此句，未有过人处，不知舒公何从见其妙？”盖古今佳句在此一联之上者尚多。古之人意有所至，则见于情，诗句盖其寓也。谢公平生喜见惠连，梦中得之，盖当论其情意，不当泥其句也。

（宋）释惠洪《冷斋夜话》卷三

“池塘生春草，园柳变鸣禽。”世多不解此语为工，盖欲以奇求之耳。此语之工，正在无所用意，猝然与景相遇，借以成章，不假绳削，故非常情所能到。诗家妙处，当须以此为根本，而思苦言难者，往往不悟。

（宋）叶梦得《石林诗话》卷中

潘（岳）陆（机）以后，专意咏物，雕镌刻镂之工日以增，而诗人之本旨扫地尽矣。谢康乐“池塘生春草”，颜延之“明月照积雪”，按：“明月照积雪”乃谢灵运诗，谢玄晖“澄江静如练”……就其一篇之中，稍免雕镌，粗足意味，便称佳句。

（宋）张戒《岁寒堂诗话》卷上

灵运有“池塘生春草”之句，自谓神授。此固佳句，然亦人所能道者。第以灵运平日好雕琢，此句得之自然，故以为奇尔。

（宋）张九成《张九成诗话》

刘昭禹云：“五言如四十个贤人，着一个屠沽不得。觅句者若掘得玉匣子，有底有盖，但精心必获其宝。然昔人‘园柳变鸣禽’，竟不及‘池塘生春草’……此数公未始不精心。似此，知全其宝者，未易多得。”

（宋）黄彻《䂬溪诗话》卷五

学诗浑似学参禅，自古圆成有几联？春草池塘一句子，惊天动地至今传。

（宋）吴可《学诗》，转引自魏庆之《诗人玉屑》卷一

二公（指谢“池塘”、谢朓“澄江”诗句）妙处，盖在于鼻无垩、目无膜尔。鼻无垩，斤将曷运？目无膜，篦将曷施？所谓混然天成，天球不琢者与？

（宋）葛立方《韵语阳秋》卷一

《石林诗话》云：“谢灵运诗：‘池塘生春草，园柳变鸣禽。’此语之工，正在于无心猝然与景相遇，备以成章，不假绳削，故非常情之所能到。”仆谓灵运制登池楼诗，而于西堂致思，竟日不就，忽梦惠连得此句，遂足其诗，是非登楼时仓卒对景而就者。谓猝然与景相遇，备以成章，殆恐未然。盖古人之诗，非如今人牵强辏合，要得之自然，如思不到，则不肯成章。故此语因梦得之自然，所以为贵。

（宋）王楙《野客丛书》卷十九

“池塘生春草，园柳变鸣禽。”灵运坐此诗得罪，遂托以阿连梦中授此语。有客以请舒王曰：“不知此诗何以得名于后世？何以得罪于当时？”舒王曰：“权德舆已尝评之，公若未寻绎尔！”客退而求《德舆集》，了无所得，复以为请。舒王诵其略曰：“池塘者，泉水潴既之地，今日‘生春草’，是王泽竭也。《豳》诗所纪一虫鸣，则一候变，今日‘变鸣禽’者，候将变也。”

（宋）陈应行《吟窗杂录》卷三十八

谢灵运"池塘生春草"之句，说诗者多不见其妙；此殆未尝作诗之苦耳。盖是时春律将尽夏景已来，草犹旧态，禽已新声。所以先得变夏禽一句，语意未见，则向上一句，尤更难着。及乎惠连入梦，诗意感怀，因植物之未变，知动物之先时，意到语到，安得不谓之妙？诸家诗话所载，未参此理，数百年间，唯杜子美得之。故云："蚁浮犹腊味，鸥泛已春声。"[①]句中着"犹"字、"已"字，便见本意。然比灵运句法，句法已觉道尽，况下于子美者乎？

（宋）曹彦约《曹彦约诗话》

作诗必以巧进，以拙成。故作字唯拙笔最难，作诗唯拙句最难。至于拙，则浑然天全，工巧不足言矣。古人拙句，曾经拈出，如"池塘生春草""枫落吴江冷""澄江静如练"……

（宋）罗大经《鹤林玉露》丙编卷三

汉魏古诗，气象混沌，难以句摘。晋以还方有佳句，如渊明"采菊东篱下，悠然见南山"，谢灵运"池塘生春草"之类。谢所以不及陶者，康乐之诗精工，渊明之诗质而自然耳。

（宋）严羽《沧浪诗话·诗评》

好诗不在多，自足传不朽。池塘生春草，馀句世无取。

（宋）赵蕃《重阳近矣，风雨骤至，诵邠老"满城风雨近重阳"句，辄为一章，书呈教授沅陵》

"池塘生春草"此五字，何奇而谓之神哉？呜呼，是乃所以为诗也，不钩章，不棘句，不呕己心，不鲠人喉，其斯之谓诗矣！

（宋）姚勉《姚勉诗话》

"池塘生春草，园柳变鸣禽"，本非杰句，而灵运得意焉者。有请康节（邵雍）云："禽鸟飞类，得气之先者，故尧定四时，必以鸟兽。……灵运意亦然，谓池塘方生春草，园柳已变鸣禽。曰变者，言其感化之速，往往人未及知。灵运意到而语未到，梦中忽得之，故谓有神助。"

（宋）俞文豹《吹剑三录》

① 杜甫《正月三日归溪上有作，简院内诸公》诗句。

谢灵运梦见惠连而得“池塘生春草”之句，以为神助。《石林诗话》云：“(同上引，略)”《冷斋》云：“(节录上引，略)”张九成云：“谢灵运平日好雕镌，此句得之自然，故以为奇。”田承君云：“(同上引，略)”予谓天生好语，不待主张；苟为不然，虽百说何益。李元膺以为“反复求之，终不见此句之佳”，正与鄙意暗同。盖谢氏之夸诞，犹存两晋之遗风，后世惑于其言而不敢非，则宜其委曲之至是也。

（金）王若虚《滹南诗话》卷上

池塘春草谢家春，万古千秋五字新。传语闭门陈正字，可怜无补费精神。

（金）元好问《论诗三十首》（其二十九）

坎井鸣蛙自一天，江山放眼更超然。情知春草池塘句，不到柴烟粪火边。

又《论诗三首》（其一）

池上楼，永嘉郡楼。此诗句句佳，铿锵浏亮，合是灵运第一等诗。……（“池塘”句）此句之工，不以字眼，不以句律，亦无甚深意奥旨，如《古诗》及建安诸子，“明月照高楼”“高台多悲风”及灵运之“晓霜枫叶丹”[①]，皆天然浑成，学者当以是求之。

（元）方回《方回诗话》

古今诗人自得语，非其自道，未必人能得之。如谢灵运“池塘生春草”，自谓梦惠连，至如有神助。非其郑重自爱，兼家庭昆弟之乐，托之里许，此五字本无工致，或者人亦皆能及也。其二语为“园树双鸣禽”，此句乃似作意。又或以“双”为“变”，“变”不如“双”，“双”乃有一时自然之趣。灵运倘不自发其趣，后人当更爱下句耳。

（元）刘将孙《刘将孙诗话》

古诗与律不同体，必各用其体乃为合格。然律犹可间出古意，古不可涉律。古涉律调，如谢灵运“池塘生春草，红药当阶翻”，虽一时传诵，固已移于流俗而不自觉。

（明）李东阳《麓堂诗话》

少日读此不解，中岁以来，始觉其妙。意在言外，神交物表，偶然得之，有天然之趣，所以可贵。谢客自谓“殆有神助”，非虚语也。今观谢客诸作，皆精炼似此者绝少，信乎有

① 谢灵运《晚出西谢堂》诗句：“晓霜枫叶丹，夕曛岚气阴。”

神助也。

（明）安磐《颐山诗话》

《扪虱新话》曰："诗有格有韵，渊明'悠然见南山'之句，格高也；康乐'池塘生春草'之句，韵胜也。"格高似梅花，韵胜似海棠。欲韵胜者易，欲格高者难。兼此二者，唯李杜得之矣。

（明）谢榛《四溟诗话》卷二

谢灵运"池塘生春草"，造语天然，清景可画，有声有色，乃是六朝家数，与夫"青青河畔草"①不同。叶少蕴但论天然，非也。又曰："若作'池边''庭前'，俱不佳。"非关声色而何？

同上

"明月照积雪"，是佳境，非佳语。"池塘生春草"，是佳语，非佳境。此语不必过求，亦不必深赏。

（明）王世贞《艺苑卮言》卷三

"池塘生春草"，不必苦谓佳，亦不必谓不佳。灵运诸佳句，多出深思苦索，如"清晖能娱人"②之类，虽非锻炼而成，要皆真积所致。此却率然信口，故自谓奇。

（明）胡应麟《诗薮》外编卷二

（"池塘"句）俱千古奇语，不宜有所附丽。文章妙境，即此了然，齐隋以还，神气都尽矣。

（明）陈继儒《佘山诗话》卷下

诗句之妙，正在无意中得之。"池塘春草"，语亦平淡；"曲终不见"③，词虽警拔，而亦诗人所能到语也。

（明）谢肇淛《文海披沙》卷六

① 乐府古辞《饮马长城窟行》诗句："青青河边草，绵绵思远道。"又《古诗十九首》（其二）诗句："青青河畔草，郁郁园中柳。"

② 谢灵运《石壁精舍还湖中作》诗句："清晖能娱人，游子憺忘归。"

③ 指钱起《省试湘灵鼓瑟》诗句："曲终人不见，江上数峰青。"

“池塘生春草”，在谢未为绝到之语，而殊自矜负。有识者论之云：“谢诸作多出苦思，此独天机偶会故也。”如权文公（唐权德舆，死后谥文）托讽之说，腐儒强作解事，令人厌憎。

（明）冯复京《说诗补遗》卷三

“池塘生春草”，情在言外，“明月照积雪”，旨冥句中，风力虽齐，取兴各别。诗有二义，一曰情，二曰事。……情者，如康乐公“池塘生春草”是也。抑由情在言外，故其词似淡而无味，常手览之，何异文侯听古乐哉！

（明）钟惺《词府灵蛇二集》精集四

谢康乐“池塘生春草”得之梦中，评诗者或以为寻常，或以为淡妙，皆就句中求之耳。单拈此句，亦何淡妙之有？此句之根在四句之前，其云“卧疴对空林，衾枕昧节候”，乃其根也。“褰开暂窥临”下历言所见之景，而至于池塘草生，则卧疴前所未见者，其时流节换可知矣。此等处皆浅浅易晓，然其妙在章而不在句，不识读诗者何必就句中求之也。

（明）黄谆耀《黄谆耀诗话》

总之本领人下语下字，自与凡人不同。虽未尝不炼，然指他炼处，却无炉火之迹。若不求其本领，专学他一二字为炼法，是药汞银，非真丹也。吾尝谓眼前寻常景，家人琐俗事，说得明白，便是惊人之句。盖人所易道，即人所不能道也。如飞星过水，人人曾见，多是错过，不能形容，亏他收拾点缀，遂成奇语。骇其奇者，以为百炼方就，而不知彼实得之无意耳。即如“池塘生春草”，“生”字极现成，却极灵幻。虽平平无奇，然较之“园柳变鸣禽”更为自然。

（清）贺贻孙《诗筏》

权文公谓其托讽深重，为广州祸张本。此等附会恶劣，胜致顿削，余所恨恨；而荆公天资巉刻，取为美谈，乃东坡诗案祸所由阶。……《碧溪诗话》以“园柳变鸣禽”不若前句，以此知全宝不易得。余窃以上句“生”字，嫌其未亮；下句“变”字，笔底有造化迁移，最为神活。《石林诗话》作“变夏禽”，失其旨矣。

（清）吴景旭《历代诗话》卷三十二

全诗妙处全在“衾枕昧节候”一句，为一章关锁。……细玩“池塘生春草”二句，的是仲春景，“初景”二句，却是初春景。妙在不昧，时犹带昧意。盖康乐于去年七月十六日自京起身，比其到郡，当在秋冬之际，种种愤懑无从告诉，只是悠悠忽忽展转衾枕之中，其与节候只知有绪风故阴耳。及当窥临之时，忽见春草云云，始知绪风为初景所革，故阴为新阳所改矣。不然，池塘之草胡为而生，柳边之禽胡为而鸣哉！以久昧节候之人，当此那得不伤祁祁之豳歌，而惊时序之屡迁，感凄凄之楚吟，而痛羁旅之无极耶？

（清）吴淇《六朝选诗定论》卷十四

“池塘生春草”“胡蝶飞南园”[①]“明月照积雪”，皆心中目中与相融浃，一出语时，即得珠圆玉润；要亦各视其所怀来，而与景相迎者也。

（清）王夫之《姜斋诗话》卷下

（《登池上楼》诗）始终五转折，融成一片，天与造之，神与运之。呜呼，不可知已！“池塘生春草”，且从上下前后左右看取，风日云物，气序怀抱，无不显者，较“蝴蝶飞南园”之仅为透脱语，尤广远而微至。

又《古诗评选》卷五

康乐“池塘生春草，园柳变鸣禽”，亦一时意兴妙语耳，乃自谓有神助。

（清）叶矫然《龙性堂诗话初集》

诗不在多，有以一句流传千古者，如崔信明“枫落吴江冷”是也。康乐之“池塘生春草”，道衡之“空梁落燕泥”，则全篇又赖以生色矣。

（清）宋长白《柳亭诗话》卷九

《谢氏家录》云：“（同上引，略）”《吟窗杂录》云：“（参上引，略）”半山读书辨而且博，所引故当不忘，然信如德舆所解，则文人动口皆成诗账矣！

同上卷三十

（《登池上楼》诗）只似自写怀抱。然刊置别处不得，循讽再四，乃觉巧不可阶。“池塘”一联兼寓比托，合首尾咀之，文外重旨隐跃。……“池塘”一联惊心节物，乃尔清绮，

① 张协《杂诗》诗句：“借问此何时？蝴蝶飞南园。”

唯病起即目，故千载常新。

（清）何焯《义门读书记·文选》卷四十六

“池塘生春草”，偶然佳句．何必深求？权德舆解为“王泽竭，候将变”，何句不可穿凿耶！

（清）沈德潜《古诗源》卷十

古今流传名句，如“思君如流水”，如“池塘生春草”，如“澄江净如练”……情景俱佳，足资吟咏。然不如“南登霸陵岸，回首望长安。”[①]忠厚悱恻，得“迟迟我行”[②]之意。

又《说诗晬语》卷上

谢康乐“池塘生春草，园柳变鸣禽”之句，自谓语有神助。李元膺则曰：“余反复观此句，未见有过人处，而誉之盛者，则又以为妙处不可言传，其实皆门外语也。”按《陶弇集》云：“（即引以上黄谆耀语，略）”此评自是确论。若《吟窗杂录》谓灵运因此诗得罪，遂托以阿连梦中授之。权文公评之云……夫锻炼周纳以入人罪，亦复何所不可，若以之论诗，则入魔道矣。

（清）梁绍壬《两般秋雨庵随笔》卷三

（按：清梁章钜《浪迹丛谈》卷十所载一则，与此大同小异。）

谢客诗芜累寡情处甚多，“池塘生春草”句，自谓有神助，非吾语，良然。盖其一生，作得此等自在之句，殊甚稀耳。……然则谢公此句，论之者凡六家，只王、李（王若虚、李元膺）之见相似。愚旧论适与张尚书（张九成，曾权尚书省礼部侍郎）暗合，王、李终不免以奇求之耳。若权文公……穿凿太甚，亦不足辩矣。

（清）潘德舆《养一斋诗话》卷二

李西涯谓古诗不可涉律调，是也。然谓灵运“池塘生春草”“红药当阶翻”，已移于流俗，则不可解。“池塘”句天然流出，与“明月照积雪”“天高秋月明”，同一妙境，皆灵运所仅。……“红药”句乃玄晖作，谓灵运亦误。

同上卷四

① 王粲《七哀》诗句。

② 《孟子·尽心》：“孔子之去鲁，曰：‘迟迟吾行也。’去父母国之道也。”

“明月照高楼”“池塘生春草”等句，皆平平耳，何以遂传诵今古也？此中急切索解人不得。

（清）严廷中《药栏诗话》乙集

（《濉南诗话》）惟于大谢“池塘生春草”句，独取李元膺“反复求之终不见佳”之论，以为谢氏夸诞，犹存两晋遗风，后世惑于其言而不敢非，则通人之言也。

（清）李慈铭《越缦堂诗话》卷上

谢康乐《登池上楼》诗：“池塘生春草，园柳变鸣禽。”只是卧病初起，耳目一新。昔人求其说不得，至谓“王泽竭而草生，候将变而虫鸣”。

（清）牟愿相《小澥草堂杂论诗》

“池塘生春草”“空梁落燕泥”等二句，妙处唯在不隔。

（近代）王国维《人间词话》

谢灵运“池塘生春草”一句，自谓梦中所得，如有神助。就谢诗而论，确实深造妙境，较之其他千锤百炼、雕肝镂肾之作，何止高出十倍。但也只此一句，其对句云“园柳变鸣禽”，便觉搭配不上。

（现当代）冯振《诗词杂话》

〔附录〕

古人以谢灵运诗“池塘生春草”为警策，余未识佳处。

［朝鲜］李奎报《白云小说》

“池塘生春草”非难道之语，“空梁落燕泥”即眼中之境，而遂为正觉上乘。此乃得之自然，无假于意造也。

［朝鲜］申钦《晴窗软谈》

评“澄江静如练”

谢朓写在5世纪末的诗中的两句，到8世纪引起激赏，也有挑剔的，争论持续到17世纪王世禛还没有结束，中国古典诗话这种对于诗歌语言推敲的执着，可能是一种很特别的传统。

赞赏的人士不但有作为评论家的王昌龄，还有作为诗人的李白。王昌龄在《诗格》中把谢朓这首诗中的“余霞散成绮，澄江静（一作‘净’）如练”单独列出来加以赞赏，并将之列入诗歌可贵的一格，赞其为“绮手”，李白的称赞则比较感性，就是说，好到一看江，就想到这句诗，一想到这句诗，就想起这个人。究竟好在什么地方呢？一千多年，居然没有说清楚。

王昌龄提示的“绮手”是个线索，可能大致相当于今天所说的文采吧？

这里的确有文采，关键词是余霞成绮的“绮”，首先就是有鲜明的色彩，其次在质地上又贵重，是丝织品。这可以归入文采范畴。但是，光有文字上的华彩，不会有这样长的艺术生命。应该还有一些东西值得深入研究。看来这两句的精彩，并不在上一句，这主要在下面一句，李白也只表扬了下面一句。这一句把前面一句从质量上提高了。“澄江”，就是明净的江，“练”则是白绢、透明的丝织品。这就把“余霞”的多彩转化为透明，又和透明的丝织品统一起来，进入了一种超越现实的、明净的境界。因为诗句：“静”有“净”异文，习惯于在字句上吹求的诗话家，提出“澄”已经有了净、透明的意味了，二者相重，拟改为“秋江净如练”。此说，并无不可。但，似乎并未增加多少意味，却改出大毛病。本来谢朓写的是春景，有“喧鸟覆春洲，杂英满芳甸”为证。个中缘故，可能在于诗体。毛先舒在《诗辩坻》卷三提出“古诗名手多不忌此处”。古诗自有古诗的好处，那就是“浑朴”。这样硬改是“以唐法绳古诗”，失去了古诗的原汁原味。这个毛先舒说得是很深刻的，同是古典诗歌，古体与近体，其间艺术规律的差异，可谓不小。艺术形式的精致往往就是差之毫厘，谬以千里。

这样的笔墨官司一直没完没了，张耒在《明道杂志》中挑剔说，谢朓写的是宣城城楼上的景观："澄江净如练。"但是，宣城去江近百里，其左右无江，只有两条小溪。这个问题要是在一般诗话家那里可能算个大问题了，但是，这位张耒却也开通，说是"古人作诗，赋事不必皆实"。甚至还说，还有一种可能，当年的大江，几百年后，变成今日的小溪了。这个张耒值得称赞，不仅在于他的开明，而且在于他的说法有对于诗的理解。这首诗的好处在于强调在宣城，登临之高，遥望之远，可能看到长安。这在现实中是不可能的。但是，在诗的想象中则是诗人的心胸境界。故李白的《望庐山瀑布水二首》（其一）形容庐山瀑布壮观曰："海风吹不断，江月照还空。"其实庐山去长江尚有几百里空间距离，去大海则更远，眉睫之间，哪里可能有"海风""江月"？这不过是诗人想象空间的自由而已。

至于说，白居易将之列入嘲风雪弄花草，以政治的讽喻价值为唯一准则，这在古典诗话中屡见不鲜，其片面，其偏执，自不待言。

陈一琴辑历代诗话

诗有六贵例：一曰贵杰起，二曰贵直意，三曰贵穿穴，四曰贵挽打，五曰贵出意，六曰贵心意。……直意二：……谢玄晖诗："余霞散成绮，澄江静如练。"[①] 此绮手也。

（唐）王昌龄《诗格》

（《诗格》又一则，见《评"池塘生春草"》引录。）

诗有九格：……句中比物成语意格七，诗曰"余霞散成绮，澄江静如练"是也。

又《诗中密旨》

金陵夜寂凉风发，独上高楼望吴越。白云映水摇空城，白露垂珠滴秋月。月下沉吟久不归，古来相接眼中稀。解道澄江净如练，令人长忆谢玄晖。

（唐）李白《金陵城西楼月下吟》

---

① 谢朓《晚登三山还望京邑》诗："灞涘望长安，河阳视京县。白日丽飞甍，参差皆可见。余霞散成绮，澄江静如练。喧鸟覆春洲，杂英满芳甸。去矣方滞淫，怀哉罢欢宴。佳期怅何许，泪下如流霰。有情知望乡，谁能鬒不变？"静，《文选》作"净"。

噫！风雪花草之物，《三百篇》中岂舍之乎？顾所用何如耳。设如“北风其凉”[①]，假风以刺威虐也；“雨雪霏霏”[②]，因雪以愍征役也；“棠棣之华”[③]，感华以讽兄弟也；“采采芣苡”[④]，美草以乐有子也。皆兴发于此，而义归于彼。反是者可乎哉？然则“余霞散成绮，澄江净如练”“离花先委露，别叶乍辞风”[⑤]，丽则丽矣，吾不知其所讽焉！故仆所谓嘲风雪、弄花草而已。于时六义尽去矣！

（唐）白居易《与元九书》

古人作诗，赋事不必皆实。如谢宣城诗：“澄江净如练。”宣城去江近百里，州治左右无江，但有两溪耳。或当时谓溪为江，亦未可知也。此犹班固谓“八川分流”。

（宋）张耒《明道杂志》

张文潜《明道杂志》云：“（参见上引，略）”予按谢元晖《晓登三山还望京邑作诗》有“澄江静如练”之语，三山在江宁县北十二里，滨江地名，则此诗非在宣城州治所作也，安得以“八川分流”为比。按：“八川分流”出司马相如《上林赋》，亦非固之言。

（宋）严有翼《艺苑雌黄》

（宋罗大经《鹤林玉露》一则，见《评“池塘生春草”》引录。）

起句以长安、洛阳拟金陵，用王粲、潘岳二诗极佳。李白云：“解道澄江静如练，令人却忆谢玄晖。”此一联尤佳也。三山今犹如故，回望建康甚近，想六朝时甚感也。味末句，其惓惓于京邑如此。去国望乡，其情一也。有情无不知望乡之悲，而况去国乎！

（元）方回《方回诗话》

谢山人（谢榛，号四溟山人）谓玄晖“澄江净如练”，“澄”“净”二字意重，欲改为“秋江净如练”。余不敢以为然，盖江澄乃净耳。

（明）王世贞《艺苑卮言》卷三

（“澄江净如练”）俱千古奇语，不宜有所附丽。文章妙境，即此了然，齐隋以还，神气

---

① 《诗经·邶风·北风》诗句。
② 《诗经·小雅·采薇》诗句。
③ 《诗经·小雅·常棣》诗句。常棣，白氏据《鲁诗》作“棠棣”。
④ 《诗经·周南·芣苡》诗句。
⑤ 鲍照《玩月西城廨中》诗句。《鲍氏集》作：“归华先委露，别叶早辞风。”

都尽矣。

（明）陈继儒《佘山诗话》卷下

六朝以谢灵运、谢玄晖为国手。客问："玄晖'余霞散成绮，澄江静如练'，比灵运'云日相辉映，空水共澄鲜'，谁为较胜？"余曰："成绮如练，还只当一幅好画；灵运乃江天真景，非人力也。"客甚谓知言。

（明）邓云霄《冷邸小言》

张文潜《明道杂志》引谢宣城诗"澄江净如练"，谓宣城去江百里，为谢诗误。然玄晖此诗，乃登三山望京邑作，非宣城郡中诗也。

（明）谢肇淛《文海披沙》卷八

"余霞散成绮，澄江净如练"，意象偶会，拟议不生。○"余霞散成绮，澄江净如练"，景色最佳，此得象最深处。

（明）陆时雍《古诗镜》卷十六

回首长安，飞甍参差，皆从"澄"字中看来。一篇着力此一字，即题中"还望京邑"，具有包蕴在。改作"秋江"，奚啻万里！

（清）吴景旭《历代诗话》卷三十二

"余霞"四句，从来止赏其炼句之工，不知其用心之细。言登山之始，不假他望一眼，只觑定京邑所向。既望之不见，然后渐渐收眼，则亦不离京邑道上俱见，江上之余霞散成绮而已，江中之水静如练而已；渐渐又近至三山之下，则见喧鸟覆洲、杂英满甸而已。

（清）吴淇《六朝选诗定论》卷十五

茂秦谓"澄江净如练"，"澄""净"二字意重，欲改为"秋江净如练"。元美驳之，以为江澄乃净。余谓二君论俱不然。"澄""净"实复，然古诗名手多不忌此处。徐干"兰华凋复零"①，阮籍"思见客与宾"②……此类殊多，不妨浑朴。要之"澄江净如练"，眺瞩之间，景候适辏，语俊调圆，自属佳句耳。茂秦欲易"澄"为"秋"，亡论与通章春景抵牾，已顿成流薄。此茂秦欲以唐法绳古诗，固去之远甚。而元美曲解，亦落言筌，失作者之

① 徐干《杂诗》句："惨惨时节尽，兰叶凋复零。"题一作《室思》。

② 阮籍《咏怀》诗句："平昼整衣冠，思见客与宾。"

妙矣。

（清）毛先舒《诗辩坻》卷三

写景有以比物而愈显者，则用比语更隽。若“澄江如练”是也。

（清）陈祚明《采菽堂古诗选》卷二十

枫落吴江妙入神，思君流水是天真。何因点窜澄江练，笑杀谈诗谢茂秦。

（清）王士禛《戏仿元遗山论诗绝句》

江行看晚霞，最是妙境。余尝阻风小孤三日，看晚霞，极妍尽态，顿忘留滞之苦。……赋三绝句云：“彭泽县前风倒吹，三朝休怨阻帆迟。余霞散绮澄江练，满眼青山小谢诗。”……

又《渔洋诗话》卷上

（清沈德潜《说诗晬语》一则，见《评“池塘生春草”》引录。）

杜诗补字、改字二例

古典诗话以创作论为核心，具体落实到用字者甚多，这种倾向在西方甚为罕见。不过在古希腊亚里士多德的《修辞学》中露过端倪，讲比喻之道具体到什么样的比喻是合适的，什么样的比喻不妥，等等。但是，西方文学理论大抵以文学本源论的形而上演绎为主。虽然对莎士比亚戏剧的版本字句考订，为学院派之正宗，但并不以品评具体用字之优劣为务。而中国古典诗话词话关注经典诗作之不同版本，但以品评优劣为务。这显示出中国创作论传统的深厚。不少典故，至今仍然富有生命。最为著名的是“推敲”，历千年而脍炙人口，甚至进入现代汉语常用词汇。其他如王安石（之“春风又绿江南岸”之“绿”，乃是对“过”“入”反复修改的结果。孟浩然《过故人庄》之末句杨慎阅读时，版本在“还来”与“菊花”之间缺一字。试补以“对”“赏”字，均不称意，后得完本，乃知为“就”字，叹服不已。欧阳修《六一诗话》云：《送蔡都尉诗》云“身轻一鸟”，其下脱一字。陈公因与数客各用一字补之，或云“疾”，或云“落”，或云“起”，或云“下”。其后得一善本，乃是“身轻一鸟过”。均自愧不如。

本来，杜甫的字眼问题并不复杂，杜甫诗是写给武将的，夸其勇悍。

前面的诗句是“蔡子勇成癖，弯弓西射胡。健儿宁斗死，壮士耻为儒。官是先锋得，材缘挑战须”。接着的“身轻一鸟过”，下面还有对句：“枪急万人呼。”从上下文来看，身轻一鸟“落”，身轻一鸟“起”，都与“枪急万人呼”难以匹配，没有“身轻一鸟过”那种勇武而能“轻”的神韵。

但是，要说上述都不如，也还有商榷的余地，至少“身轻一鸟疾”与“枪急万人呼”相配，不但有“轻”的联想，而且有快的意味。只是痕迹是不是太露了一些？其实，事情并没有那么绝对，可能是杜甫太权威，造成了迷信。吴开《优古堂诗话》曰：“其后东坡诗：‘如观李杜飞鸟句，脱字欲补知无缘。’山谷诗：‘百年青天过鸟翼。’东坡诗：‘百年同过鸟。’皆从而效之也。予见张景阳（按：西晋人）诗云：‘人生瀛海内，忽如鸟过目。’则知老杜盖取诸此。”其实这个“过”字，并没有什么了不起，在杜甫诗中并非仅见，如“余生如过鸟”“愁窥高鸟过”。这样平淡的诗句被推崇得神乎其神，往往也表现出诗话常见的片面性。

古典诗话过于拘泥于词语之品评，难免忽略整体的把握。有脱离全篇孤立地“以一字论工拙”的倾向。苏轼《东坡志林》卷五说：“杜子美云：‘白鸥没浩荡，万里谁能驯？’盖灭没于烟波间耳。而宋敏求谓余云：“鸥不解‘没’，改作‘波’字”，二诗改此两字，便觉一篇神气索然也。”苏轼的意思是“没”字提示的是“灭没于烟波间”。有时隐时显的意味。而“波”字则缺少这样的意味。

这就此引起了持久的争论，双方各执一词。

支持苏轼的释惠洪在《冷斋夜话》卷四中说，白鸥没浩荡，改成“白鸥波浩荡”，这个“波”字就被“闲置”了，没有作用了。这是有一点道理的，浩荡本来就隐含着波浪的意味。吴曾《能改斋漫录》卷十说，东坡这个“没”字，“谓出没于浩荡间”，但是，不用这个“没”字，也有经典可寻。如鲍照诗有“翻浪扬白鸥”，李颀诗有“沧浪双白鸥”。白鸥而继以波浪即足，并不一定要点明出没。这个说法比较牵强。举出鲍照和李颀的诗句，只是说明有成就的诗人有此用法，但并未证明不用“没”字优于用“没”字。说得比较有理性的是王楙，他在《野客丛书》卷二十九中说，“形容浑涵气象”要含蓄，以“不露圭角”为上。“白鸥波浩荡”中就蕴含着“沧浪不尽之意，且沧浪之中见一白鸥，其浩荡之意可想，又何待言其出没邪？”根本用不着再点明“出没”。刘辰翁和黄生都支持“波”字更好的见解。

王楙又引《禽经》：“凫好没，鸥好浮。”说明即使有出没，也不是鸥，而是凫。这表面上很雄辩，但在理论上却把诗人的想象抒情和科学的理性真实混同了。就算是诗人搞错了凫和鸥的区别，也并不能从根本上影响诗歌艺术的评价。王嗣奭《杜臆》卷一对苏轼的说法加以补充：“盖烟波浩荡，着一白鸥，谁能见之？故知‘没’字之妙。”这就有点像杨慎质疑杜牧“千里莺啼绿映红”：“千里之遥谁人见得？”其偏颇在于以生理的视野代替诗人想象的心灵视觉。

虽然是微观字眼之争，但涉及诗学的基本观念。

当然，对于古人在观念上的局限，不能脱离当年历史水准，过分苛责，这是违背历史主义原则的。但是，对于字眼的品评，若不能统观全篇，则不能使直觉深化。宋吴可《藏海诗话》提出了着眼“一篇之意”，字眼当以成为“一篇暗关锁”为上的原则。他说：“‘白鸥没浩荡，万里谁能驯？’‘没’若作‘波’字，则失一篇之意。如鸥之出没万里，浩荡而去，其气可知。又‘没’字当是一篇暗关锁也，盖此诗只论浮沉耳。”出于通观全篇的高度，他概括出“此诗只论浮沉”，也就是说全篇的主题就是“论沉浮”。

诗句出于《奉赠韦左丞丈二十二韵》，表现的不仅是鸥的沉浮，更重要的是人，杜甫自身的沉浮。其诗自陈少年壮志，诗才横溢，“自谓颇挺出，立登要路津。”但是命运却很不济，甚至有过“主上顷见征”的机遇，结果却是“青冥却垂翅，蹭蹬无纵鳞”。长期的失落，并未完全消磨杜甫的壮志，他对自己的才能还是有信心（“窃效贡公喜，难甘原宪贫”），在归隐与出仕之间，他仍然把希望寄托于后者（“尚怜终南山，回首清渭滨”）在这种情况下，把自己比喻为在浩荡万里的白波中的一只白鸥，虽然时时“没”于浩荡之中，却以“万里谁能驯”的雄心来鼓舞自己。这是最后的结语，这个“没”字，实在是全诗的“暗关锁”。“关锁”就是意脉，“暗关锁”就是潜在的、隐性的意脉的统一性。这个白鸥时时“没”于波浪之中，正“关锁”着前面反复描绘的失落、挫折，甚至是屈辱，包括“朝扣富儿门，暮随肥马尘。残杯与冷炙，到处潜悲辛”那样的厄运。诗人自己总结的“潜悲辛”，正是这“暗关锁”的最好说明。黄生《杜诗说》卷一说“波”字比“没”字好，因为有“放纵自如之意”，“若以灭没为没，复成何语”。其实，全诗一再强调的，就是杜甫很不得志，哪里谈得上什么“放纵自如”？只是在屡屡挫伤的时候，仍然向往白鸥式的出没洪波之间，有朝一日，能够“放纵自如”而已。

陈一琴辑历代诗话

陈公（陈从易）时偶得《杜集》旧本，文多脱误，至《送蔡都尉诗》云“身轻一鸟”[①]，其下脱一字。陈公因与数客各用一字补之，或云“疾”，或云“落”，或云“起”，或云“下”，莫能定。其后得一善本，乃是“身轻一鸟过”。陈公叹服，以为：“虽一字，诸君亦不能到也。”

（宋）欧阳修《六一诗话》

（按：此则又见宋范温《潜溪诗眼》。）

近世人轻以意改书。鄙浅之人，好恶多同，故从而和之者众，遂使古书日就讹舛，深

① 即杜甫《送蔡希曾都尉还陇右因寄高三十五书记》诗：“蔡子勇成癖，弯弓西射胡。健儿宁斗死，壮士耻为儒。官是先锋得，材缘挑战须。身轻一鸟过，枪急万人呼。云幕随开府，春城赴上都。马头金匼匝，驼背锦模糊。咫尺云山路，归飞青海隅。上公犹宠锡，突将且前驱。汉使黄河远，凉州白麦枯。因君问消息，好在阮元瑜。”

为忿疾。……（评陶诗一段，略）杜子美云："白鸥没浩荡，万里谁能驯？"[①] 盖灭没于烟波间耳。而宋敏求谓余云："鸥不解没，改作'波'字。"二诗改此两字，便觉一篇神气索然也。

（宋）苏轼《东坡志林》卷五，此则据《稗海》本

（按：此则又见同书卷七、《东坡题跋》卷二。）

诗以一字论工拙。如"身轻一鸟过""身轻一鸟下"，"过"与"下"，与"疾"、与"落"，每变而每不及，易较也。如鲁直之言，犹碔砆之于美玉是也。

（宋）晁补之《无咎题跋》卷一

（按：此则又见作者《鸡肋集》。）

老杜诗曰："白鸥没浩荡，万里谁能驯。"今误作"波浩荡"，非唯无气味，亦分外闲置"波"字。

（宋）释惠洪《冷斋夜话》卷四

欧阳文忠公《诗话》："陈公时得杜集，至《蔡都尉》'身轻一鸟'，下脱一字。数客补之，各云'疾''落''起''下'，终莫能定。后得善本，乃是'过'字。"其后东坡诗："如观李杜飞鸟句，脱字欲补知无缘。"[②] 山谷诗："百年青天过鸟翼。"[③] 东坡诗："百年同过鸟。"[④] 皆从而效之也。予见张景阳诗云："人生瀛海内，忽如鸟过目。"[⑤] 则知老杜盖取诸此。况杜又有《贻柳少府》诗："余生如过鸟。"[⑥] 又云："愁窥高鸟过。"[⑦] 景阳之诗，梁氏取以入

---

① 杜甫《奉赠韦左丞丈二十二韵》诗："纨袴不饿死，儒冠多误身。丈人试静听，贱子请具陈。甫昔少年日，早充观国宾。读书破万卷，下笔如有神。赋料扬雄敌，诗看子建亲。李邕求识面，王翰愿卜邻。自谓颇挺出，立登要路津。致君尧舜上，再使风俗淳。此意竟萧条，行歌非隐沦。骑驴三十载，旅食京华春。朝扣富儿门，暮随肥马尘。残杯与冷炙，到处潜悲辛。主上顷见征，欻然欲求伸。青冥却垂翅，蹭蹬无纵鳞。甚愧丈人厚，甚知丈人真。每于百僚上，猥诵佳句新。窃效贡公喜，难甘原宪贫。焉能心怏怏，只是走踆踆。今欲东入海，即将西去秦。尚怜终南山，回首清渭滨。常拟报一饭，况怀辞大臣。白鸥没浩荡，万里谁能驯？"三十载，一作"十三载"。

② 苏轼《仆曩于长安陈汉卿家，见吴道子画佛，碎烂可惜。其后十余年，复见之于鲜于子骏家，则已装背完好。子骏以见遗，作诗谢之》诗句。李杜，当误，清王文诰辑注《苏轼诗集》作"老杜"。

③ 黄庭坚佚诗断句，失题。

④ 苏轼《和寄天选长官》诗句："流光安足恃，百岁同过鸟。"

⑤ 张协《杂诗十首》（其二）诗句。

⑥ 即《贻华阳柳少府》诗句："余生如过鸟，故里空今村。"

⑦ 《悲秋》诗句："愁窥高鸟过，老逐众人行。"

《选》。杜《赠骥子》诗："熟精《文选》理。"则其所取，亦自有本矣。

（宋）吴幵《优古堂诗话》

《冷斋夜话》云："老杜'白鸥波没荡'，今误作'浩荡'，非唯无气，亦分外闲置'波'字。"苕溪渔隐曰："《禽经》云：'凫善浮，鸥善没。'以'没'字易'波'字，则东坡之言益有理。冷斋以'没'字易'浩'字，其理全不通。浩荡谓烟波也，今云'波没荡'，亦不成语，此言无足取。"

（宋）胡仔《苕溪渔隐丛话》前集卷三

东坡以杜诗"白鸥波浩荡"，"波"乃"没"字，谓出没于浩荡间耳。然予观鲍照诗有"翻浪扬白鸥"①，唐李颀诗有"沧浪双白鸥"②。二公言白鸥而继以波浪，此又何耶？

（宋）吴曾《能改斋漫录》卷十

"白鸥没浩荡，万里谁能驯？""没"若作"波"字，则失一篇之意。如鸥之出没万里，浩荡而去，其气可知。又"没"字当是一篇暗关锁也，盖此诗只论浮沉耳。

（宋）吴可《藏海诗话》

仆谓善为诗者，但形容浑涵气象，初不露圭角。玩味"白鸥波浩荡"之语，有以见沧浪不尽之意，且沧浪之中见一白鸥，其浩荡之意可想，又何待言其出没邪？改此一字，反觉意局，更与识者参之。或者又引鸥好没为证，仆按《禽经》："凫好没，鸥好浮。"

（宋）王楙《野客丛书》卷二十九

"没"字本不如"波"字之趣，但以上下语势当是"没"字相应。

（宋）刘辰翁《刘辰翁诗话》

"白鸥没浩荡"，宋敏求因鸥不解没而改为"波"，真稚子之见。盖烟波浩荡，着一白鸥，谁能见之？故知"没"字之妙。东坡虽定为"没"，而作灭没烟波解，似犹未彻也。

（明）王嗣奭《杜臆》卷一

结二句，本在"西去秦"之下，错叙于末，其味乃长。苏长公谓"波"字本作"没"。

① 《上浔阳还都道中作》诗句："腾沙郁黄雾，翻浪扬白鸥。"
② 《赠别张兵曹》诗句："别后如相问，沧波双白鸥。"

予谓白鸥不须用“没”字，“浩荡”必不可无“波”字，不敢为东坡吠声也。

（清）黄生《杜诗说》卷一

余谓白鸥不须用“没”字，浩荡必不可无“波”字，其放纵自如之意，言外自可想见。若以灭没为没，复成何语？坡据者蜀本耳，安知蜀本之必无误？着此一字，正尔神气索然，而其见解乃如此！朱晦翁有言：“字被苏、黄写坏。”予亦云：“诗被苏、黄说坏。”解者自当得之。方采山云：“必非‘没’字。”不敢以东坡为然。鸥不解“没”亦无论。

同上卷十一

《志林》：“宋敏求谓：‘鸥不能没，改作“波”字。’”按：小谢集有《往敬亭路中》联句云：“鹭鸥没而游。”此“没”字所本，不必泥鸥不能没之说。

（清）何焯《义门读书记·杜工部集》卷五十一

“推敲”公案

中国诗话传统讲究炼字，为一个字的优劣，打上近千年的笔墨官司，这在西方是不可想象的。但是，在中国这却是司空见惯寻常之事，最有名要算贾岛的《题李凝幽居》，为了其中“推”字还是“敲”字好，至今争论不休，不但成为一宗未了的公案，而且“推敲”成为现代汉语中的常用词。此事最早见于唐人刘禹锡《刘宾客嘉话录》：

岛初赴举京师，一日于驴上得句云：“鸟宿池边树，僧敲月下门。”始欲着“推”字，又欲着“敲”字，练之未定，遂于驴上吟哦，时时引手作推敲之势。时韩愈吏部权京兆，岛不觉冲至第三节，左右拥之尹前，岛具对所得诗句云云。韩立马良久，谓岛曰：“作‘敲’字佳矣！”遂与并辔而归，留连论诗，与为布衣之交。自此名著。

此后，五代何光远《鉴诫录》等书，转辗抄录，又见宋人阮阅《诗话总龟》前集卷十一引录《唐宋遗史》、黄朝英《缃素杂记》、计有功《唐诗纪事》卷四十、黄彻《䂬溪诗话》卷四、元人辛文房《唐才子传》卷五，文字有增减，本事则同。

一千多年来，推敲的典故，脍炙人口。韩愈当时，是京兆尹，也就是首都的行政长官，他又是大诗人，大散文家，他的说法，很权威，日后几乎成了定论。但是为什么“敲”字就一定比“推”字好呢？至今却没有人，从理论上加以说明。但是，朱光潜在《谈文学·咬文嚼字》中提出异议，认为从宁静的意境的和谐统一上看，倒应该是“推”字比较好一点：“古今人也都赞赏‘敲’字比‘推’字下得好。其实这不仅是文字上的分别，同时也是意境上的分别。‘推’固然显得鲁莽一点，但是它表示孤僧步月归寺，门原来是他自己掩的，于今他‘推’。他须自掩自推，足见寺里只有他孤零零的一个和尚。在这冷寂的场合，他有兴致出来步月，兴尽而返，独往独来，自在无碍，他也自有一副胸襟气度。‘敲’就显得他拘礼些，也就显得寺里有人应门。他仿佛是乘月夜访友，他自己不甘寂寞，那寺里如果不是热闹场合，至少也有一些温暖的人情。比较起来，‘敲’的空气没有‘推’的那么冷寂。就上句‘鸟宿池边树’看来，‘推’似乎比‘敲’要调和些。‘推’可以无声，‘敲’就不免剥啄有声，惊起了宿鸟，打破了岑寂，也似乎平添了搅扰。所以我很怀疑韩愈的修改是否真如古今所称赏的那么妥当。”

朱氏仍用传统的批评方法，虽然在观点上有新见，但在方法上仍然是估测性强于分析性。其实以感觉要素的结构功能来解释，应该是“敲”字比较好。因为“鸟宿池边树，僧推月下门”，二者都属于视觉，而改成“僧敲月下门”，后者就成为视觉和听觉要素的结构。一般地说在感觉的内在构成中，如果其他条件相同，异类的要素结构产生更大的功能。从实际鉴赏过程中来看，如果是“推”字，可能是本寺和尚归来，与鸟宿树上的暗示大体契合；如果是“敲”则肯定是外来的行脚僧，于意境上也是契合的。“敲”字好处胜过“推”字在于它强调了一种听觉信息，由视觉信息和听觉信息形成的结构的功能更大。两句诗所营造的氛围，是无声的静寂的，如果是“推”，则宁静到极点，可能有点单调。

“敲”字的好处在于在这个静寂的境界里敲出了一点声音，用精致的听觉（轻轻地敲，而不是擂）打破了一点静寂，反衬出这个境界更静。①

这种诗的境界，其实质是想象性的，而不是散文那样写实的。有些读解者，在这一点上，忽略了这一点。提出一些可以说是“外行”的问题。例如：“这两句诗，粗看有些费解，其实，难道诗人连夜晚宿在池边的树上的鸟都能看到吗？其实，这正见出诗人构思之巧，有心之苦。正由于月光皎洁，万籁俱寂，因此老僧（或许即指作者）一阵轻微的敲门之声，就惊动了宿鸟，或是引起一阵不安的鸟噪，或是鸟从窝中飞出转了个圈，又栖宿巢中了。作者抓住了这一瞬即逝的现象，来刻画环境之幽静，响中寓静，有出人意料之胜。倘用‘推’字，当然没有这样的艺术效果了。”②

这种说法虽然在作者的感觉（以有声衬托无声）上没有错误，却在理论上混淆了散文和诗歌的区别。散文是写实的，具体到有时间、地点、条件、人称。诗中所写景象（鸟宿）并不一定为作者所见，而是想象的、概括的、没有人称的，是谁看到的还是作者想到的（用台湾诗人所说的，就是灵视），在诗歌中，是没有必要交代的，交代了，反而煞风景。“僧推月下门”，究竟是什么僧，是老僧还是年轻的僧，是作者自谓还是即兴描述，把想象的空间留给读者是诗的审美规范之一。但是，读者的想象，又不能完全脱离诗人提供的文本。不能因为诗中有“鸟宿”二字，就可以自由地想象，鸟不但宿了，睡了，而且飞了，不但飞了，而且叫了，因为有这种叫声才衬托出幽居的静。这不但是过度阐释，而且是多此一举。因为古诗中本来就有以音响效果反衬出幽居的宁静的手法，不用凭空再捏造

① 参见孙绍振《文学创作论》，海峡文艺出版社 2004 年版，第 270 页。

② 《唐诗鉴赏词典》，上海辞书出版社 2003 年版，第 926 页。

出宿鸟惊飞而鸣的景象来。诗的想象，只能是从文本整体的提示中激发而出的，超越文本的添枝加叶，只能是画蛇添足。其实，这与王维的《鸟鸣涧》："月出惊山鸟，时鸣春涧中"是同样的意境。整个大山，一片寂静，寂静到只有一只鸟在山谷里鸣叫，都听得很真切。而且这只鸟之所以叫起来，通常应该是被声音惊醒的，在这里，却不是，它是被月光的变化惊醒的。月光的变化是没有声音的，光和影的变化居然能把鸟惊醒，说明是多么的宁静，而且这无声的宁静又统一了视觉和听觉的整体有机感，把视觉和听觉水乳交融地结合起来成为和谐的整体。每一个元素，都相互补充，相互渗透，相互不可缺少。一如前面的"人闲桂花落"，桂花落下来，这是视觉形象，同时也是静的听觉。因为，桂花很小，心灵不宁静，是不会感觉得到的。这里的静就不仅仅是听觉的表层的静，而且是心理的深层的宁。只有这样宁静的内心，才能感受到月光变化和小鸟的惊叫的因果关系。

在表面上，写的是客观的景物的特点，实质上，表现的是内心的宁静统一了外部世界的宁静，这样内外统一，就是意境的表现。

这里的意境，就是同时驾驭两种以上的感觉交流的效果，把两种或两种以上的感觉交织起来就形成了一种感觉"场"，这种"场"，是不在字面上的，权德舆和刘禹锡有"境在象外"之说，翻译成我的话，就是场在言外。

毛泽东的《忆秦娥·娄山关》也是这样，不过略有不同。上阕主要是以单纯的视觉衬出清晰的听觉"长空雁叫霜晨月"，看得见的，只有发光的月亮和月光照着的霜，其他的一概略而不计，听觉却能清晰地感受到天上大雁的叫声，听觉清晰和视觉朦胧反衬出进攻前阵地上是多么宁静，而在进攻的过程中视觉几乎完全关闭了，只有听觉在起作用："马蹄声碎，喇叭声咽。"只写声音，不写形状，视觉一概省略。写胜利，则相反，不写声音，只写形状："苍山如海，残阳如血。"所有的听觉一律关闭。和"推敲"故事中的视觉和听觉渗透构成交融不同，这里是视觉和听觉的交替，形成了一种"场"（境）的效果，同样是有机的、水乳交融的，不可分割的两种感觉的结构，或者叫作视觉和听觉"场"（境）。"场"（境）的功能不仅补充了被省略的，而且深化了情志：战争虽然是残酷的，但又是壮美的。

说了这么多，只想说明一个道理，那就是，"敲"字因为构成了视听的交融，因而，比"推"字好。

就算这一点能够得到认可，也仍然潜藏着矛盾。我们用来说明"敲"字好的理论，是整体的有机性。但是，这里的"整体"却仅仅是一首诗中的两句，把它当作一个独立的单位，从整体中分离出来，是可以的。但是，这只是一个次整体，或者亚整体。从整首诗来说，这两句只是一个局部，它的结构，它的"场"，是不是融入了更大的整体，更大的结构呢？如果是，则这首诗还有更高的意境，有待分析，如果不是，则这首诗从整体来说，并不完美，应该是有缺陷的，只是局部的句子精彩而已。

这样，就不能不回过头来重新分析整首诗作。贾岛的原诗的题目是《题李凝幽居》，全诗是这样的：

闲居少邻并，草径入荒村。

鸟宿池边树，僧敲月下门。

过桥分野色，移石动云根。

暂去还来此，幽期不负言。

幽居，作为动词，就是隐居，作为名词，就是隐居之所。第一联，从视觉上，写幽居的特点，没有邻居，似乎不算精彩。但是，在第一联中，有两点值得注意。第一个是"闲"。一般写幽（居），从视觉着眼，写其远（幽远）；从听觉上来说，是静（幽静）。这些都是五官可感的，比较容易构成意象。但是，这里的第一句却用了一个五官不可感的字："闲"（幽闲，悠闲）。这个"闲"字和"幽"字的关系，不可放过。因为它和后面的意境，感觉的"场"有关系。

第二句，就把"幽"和"闲"的特点，感觉化了："草径入荒村。"这个"草"，是路面的草还是路边的"草"，如果是在散文里，很值得推敲，但是，在诗歌里，想象的弹性比较大，不必拘泥，只是大致提供了一种荒草之路的意象。这既是"幽"，又是"闲"的结果。因为"幽"，故少人迹，因为"闲"，故幽居者并不在意邻并之少，草径之荒。如果，把这个"幽"中之"闲"作为全诗意境的核心，则对于推敲二字的优劣可以进入更深层次的分析。"僧敲月下门"，可能是外来的和尚，敲门的确衬托出了幽静，但是，不见得"闲"。若是本寺的和尚，当然可能是"推"。还有个不可忽略的字眼——"月下"。回来晚了，也不着急，没有猛擂，说明是很"闲"的心情。僧"敲"月下门，就可能没有这么"闲"了。僧"推"月下门，则比较符合诗人要形容的幽居的"幽"的境界和心情。以"闲"的意脉而论，把前后两联统一起来看，而不是单单从两句来看，韩愈的"敲字佳矣"，似乎不一定是定论，还有讨论的余地。关键是，下面的还有四句。"过桥分野色，移石动云根"究竟是什么意思，不可回避，因为有诗话家认为这两句更为精彩。胡应麟《诗薮》内编卷四说：

晚唐有一首之中，世共传其一联，而其所不传反过之者。……如贾岛"鸟宿池边树，僧敲月下门"，虽幽奇，气格故不如"过桥分野色，移石动云根"也。

这个见解是很奇特的，但是，千年来，这两句的含义，还没有十分确切的解释。当代的《唐诗鉴赏词典》说："是写回归路上所见。过桥是色彩斑斓的原野。"但是，从原诗中（"分野色"）似乎看不出任何"斑斓"的色彩。问题出在"分野"这两个字究竟怎么解释。光是从字面上来抠，是比较费解的。从上下文来看，应该是描述地形地物的，现代辞书上说是“江河分水岭位于同一水系的两条河流之间的较高的陆地区域”。简单说，就是河之间的地区。从上下文中来看，“分野”和“过桥”联系在一起，像是河之间的意思。“过桥分野色”当是过了桥就更显出分出不同的山野之色。这好像没有写出什么特别的精彩来。至于“移石动云根”，云为石之根，尽显其幽居之幽，但是，“移”字没有来由，为什么为一个朋友的别墅题诗要写到移动石头上去，殊不可解。幸而这并不是唯一的解释，在王维的《终南山》中是另外一个意思：

太乙近天都，连山到海隅。

白云回望合，青霭入看无。

分野中峰变，阴晴众壑殊。

欲投人处宿，隔水问樵夫。

这里的“分野”是星象学上的名词。郑康成《周礼·保章氏》注：“古谓王者分国，上应列宿之位。九州诸国之分域，于星有分。”有国界的意思。联系上下文，当是过了桥，或者是桥那边，就是另一种分野，另一种星宿君临之境界了。接下去“移石动云根”。“云根”两字，很是险僻，显示出苦吟派诗人炼字的功夫。石头成了云的“根”，则云当为石的枝叶。但是，整句却有点费解。可能说的是，云雾漶漫飘移，好像石头的根部都浮动起来似的。这是极写视野之辽阔，环境之幽远空灵。对于这一句，历代诗评家是有争议的。《唐诗选脉会通评林评》说：“‘僧敲’句因退之而传，终不及若第三联（按：即此两句）幽活。”而《唐律消夏录》却说：“可惜五六句呆写闲景。”一个说“幽活”，比千古佳句“推敲”还要“活”；一个说它“呆”。[①]究竟，如何来理解呢？

从全诗统一的意境来看，“分野”写辽阔，在天空覆盖之下，像天空一样辽阔。“云根”写辽远。云和石成为根和枝叶的关系，肯定不是近景，而是远景。二者是比较和谐的。但是，与“推敲”句中的“月下门”与“鸟宿”的暗含的夜深光暗，有相矛盾之处。既然是月下，何来辽远之视野？就是时间和空间转换了，也和前面的宁静、幽静的意境不能交融。用古典诗话的话语来说，则是与上一联缺乏“照应”。再加上，“移石”与“动云根”之间的关系显得生硬。表现出苦吟派诗人专注于炼字：“二句三年得，一吟双泪流。”（《题诗后》）另一个诗人卢延让形容自己《苦吟》：“吟安一个字，捻断数茎须。”其失在于，专注于炼字工夫，却不善于营造整体意境。故此两句，“幽”则“幽”矣，“活”，则未必。

最后两句“暂去还来此，幽期不负言”则是直接抒情，极言幽居之吸引力。自家只是暂时离去，改日当重来。诗的题目是《题李凝幽居》，应该不是一般的诗作，也许是应主人之请而作，也许是题写在幽居的墙壁上的。说自己还要来的，把自己的意图说得这么清楚，

① 陈伯海主编《唐诗汇评》（下），浙江教育出版社 1995 年版，第 2588 页。

一览无余，是不是场面上的客套话呢？说是定了日期来此隐居，是不是真的？很值得怀疑。事实上，贾岛早年出家为僧，号无本。元和五年（810）冬，至长安，见到张籍。次年春，至洛阳，始谒韩愈。后还俗，屡举进士不第。文宗时，因诽谤，贬长江（今四川蓬溪）主簿。开成五年（840），迁普州司仓参军。武宗会昌三年（843），在普州去世。从他的经历来看，这可能是一句不准备兑现的客套话。正因为是客套话，就不是很真诚，因而也就软弱无力。

如果这个论断没有太大的错误，那么，韩愈的说法只是限于在两句之间。一旦拿到整首诗歌中去，可靠性就很有限。朱光潜先生在上述同篇文章注意到“问题不在‘推’字和‘敲’字哪一个比较恰当，而在哪一种境界是他当时所要说的而且与全诗调和的”。但是，朱光潜先生在具体分析中，恰恰忽略了全诗各句之间是否“调和”，他似乎都忽略了这首诗歌本身的缺点就是没有能够构成统一的、贯穿全篇的意境。

陈一琴辑历代诗话

岛初赴举京师，一日于驴上得句云：“鸟宿池边树，僧敲月下门。”[①]始欲着“推”字，又欲着“敲”字，炼之未定，遂于驴上吟哦，时时引手作推敲之势。时韩愈吏部权京兆，岛不觉冲至第三节，左右拥之尹前，岛具对所得诗句云云。韩立马良久，谓岛曰：“作‘敲’字佳矣！”遂与并辔而归，留连论诗，与为布衣之交。自此名著。

（唐）刘禹锡《刘宾客嘉话录》

（按：此则记载，又见宋阮阅《诗话总龟》前集卷十一引录《唐宋遗史》、黄朝英《缃素杂记》、计有功《唐诗纪事》卷四十、黄彻《䂬溪诗话》卷四、元辛文房《唐才子传》卷五，文字有所增减，本事则类似。）

岛初赴名场日，常轻于先辈。以八百举子所业，悉不如己，自是往往独语，傍若无人，或闹市高吟，或长衢啸傲。忽一日于驴上作“推”字手势，又作“敲”字手势，不觉行半坊，观者讶之，岛似不见。时韩吏部愈权京兆尹，意气清严，威镇紫陌，经第三对呵唱，岛但手势未已。俄为宦者推下驴，拥至尹前，岛方觉悟。顾问，欲责之，岛具对：“偶得一联，吟安一字未定，神游诗句，致冲大官，非敢取尤，希垂至鉴。”韩立马上久思之，谓岛曰：“作‘敲’字佳矣！”遂与岛语笑同入府署，共论诗道，数日不厌，因与岛为布衣

① 贾岛《题李凝幽居》诗：“闲居少邻并，草径入荒园。鸟宿池边树，僧敲月下门。过桥分野色，移石动云根。暂去还来此，幽期不负言。”

之交。

（五代）何光远《鉴戒录》卷八

唐朝人士，以诗名者甚众，往往因一篇之善，一句之工，名公先达为之游谈延誉，遂至声闻四驰。……“鸟宿池边树，僧敲月下门”，贾岛以是得名……然观各人诗集，平平处甚多，岂皆如此句哉？古人所谓尝鼎一脔，可以尽知其味，恐未必然尔。

（宋）葛立方《韵语阳秋》卷四

贾岛炼“敲”“推”字，至冲京尹节而不知，此正得诗兴之深者。

（宋）费衮《梁溪漫志》卷七

“敲”意妙绝，“下”意更好，结又老成。

（宋）刘辰翁评语，转引自高棅《唐诗品汇》卷六十八

此诗不待赘说。“推”“敲”二字，待昌黎而后定，开万古诗人之迷。学者必如此用力，何止“吟安一个字，捻断数茎须”耶？

（元）方回《瀛奎律髓》卷二十三

韩退之称贾岛“鸟宿池边树，僧敲月下门”为佳句，未若“秋风吹渭水，落叶满长安”[①]气象雄浑，大类盛唐。

（明）谢榛《四溟诗话》卷二

晚唐有一首之中，世共传其一联，而其所不传反过之者。……如贾岛“鸟宿池边树，僧敲月下门”，虽幽奇，气格故不如“过桥分野色，移石动云根”也。

（明）胡应麟《诗薮》内编卷四

刘公《嘉话》云：“（与上引大同小异，略）”予谓：“‘敲’字亦平常语，‘推’字则不成语矣，岛识见虽卑，不应至此。”

（明）许学夷《诗源辩体》卷二十五

---

① 贾岛《忆江上吴处士》诗：“闽国扬帆去，蟾蜍亏复圆。秋风吹渭水，落叶满长安。此地聚会夕，当时雷雨寒。兰桡殊未返，消息海云端。”

三、四苦而呆，绝少生韵，酷似老衲兴味。

（明）陆时雍《唐诗镜》卷四十八

“鸟宿”一联，独以事传，不以谓警句。

（明）邢昉《唐风定》卷十五

诗家固不能废炼，但以炼骨炼气为上，炼句次之，炼字斯下矣。唯中晚始以炼字为工，所谓“推敲”是也。然如“僧敲月下门”，“敲”字所以胜“推”字者，亦只是眼前现成景，写得如见耳。若喉吻间吞吐不出，虽经百炼，何足贵哉！

（清）贺贻孙《诗筏》

“秋风吹渭水，落叶满长安”，非叙景，乃引情也。“鸟宿池边树，僧敲月下门”，写得幽居出。

（清）吴乔《围炉诗话》卷二

“僧敲月下门”，只是妄想揣摩，如说他人梦，纵令形容酷似，何尝毫发关心？知然者，以其沉吟“推敲”二字，就他作想也。若即景会心，则或“推”或“敲”，必居其一，因景因情，自然灵妙，何劳拟议哉？

（清）王夫之《姜斋诗话》卷下

“鸟宿”一联，意境幽寂，妙矣。“过桥”二句，尤其旷远。

（清）黄叔灿《唐诗笺注》卷三

二句本佳，亦不在“推敲”一重公案。

（清）李怀民《重订中晚唐诗主客图》卷下

寄禅僧问：“‘僧敲月下门’胜‘推’字易知，何必推敲？余云：“实是推门，以声调不美，改用‘敲’耳。‘敲’则内有人。又寺门高大不可敲，月下而敲门，是入民家矣。‘敲’字必不可用，韩未思也。”因请张正旸改一字，张改“关”字，余改“留”字。

（清）王闿运《湘绮楼说诗》卷四

诗当求真。阆仙（贾岛字）“推敲”一事，须问其当时光景，是推便推，是敲便敲。奈何舍其真景而空摹一字，堕入做试帖行径。一句如此，其他诗不真可知，此贾诗所以不入上乘也。退之不能以此理告之，而谓“敲”字佳，误矣！

（近代）钱振锽《谪星说诗》卷二

元和后，并讲求于一字两字。如“僧推月下门”“僧敲月下门”……开宋人许多诗说。

（近代）陈衍《石遗室诗话》卷十四

古今人也都赞赏“敲”字比“推”字下得好。其实这不仅是文字上的分别，同时也是意境上的分别。“推”固然显得鲁莽一点，但是它表示孤僧步月归寺，门原来是他自己掩的，于今他“推”。他须自掩自推，足见寺里只有他孤零零的一个和尚。在这冷寂的场合，他有兴致出来步月，兴尽而返，独往独来，自在无碍，他也自有一副胸襟气度。“敲”就显得他拘礼些，也就显得寺里有人应门。他仿佛是乘月夜访友，他自己不甘寂寞，那寺里如果不是热闹场合，至少也有一些温暖的人情。比较起来，“敲”的空气没有“推”的那么冷寂。就上句“鸟宿池边树”看来，“推”似乎比“敲”要调和些。“推”可以无声，“敲”就不免剥啄有声，惊起了宿鸟，打破了岑寂，也似乎平添了搅扰。所以我很怀疑韩愈的修改是否真如古今所称赏的那么妥当。究竟哪一种意境是贾岛当时在心里玩索而要表现的，只有他自己知道。如果他想到“推”而下“敲”字，或是想到“敲”而下“推”字，我认为那是不可能的事。所以问题不在“推”字和“敲”字哪一个比较恰当，而在哪一种境界是他当时所要说的而且与全诗调和的。在文字上推敲，骨子里实在是在思想感情上“推敲”。

（现当代）朱光潜《谈文学·咬文嚼字》

王夫之的意思，和尚是推门的，就用“推”，和尚是“敲”门的，就属“敲”，用不到考虑的。究竟用哪一个字，他没有说，他只提出一个原则来。

……“鸟宿池边树，僧敲月下门。”有人从这两句话考虑，认为和尚一定住在庙里，庙门白天是不关的。到夜里，庙里还有和尚没有回来，门大概是虚掩的，所以和尚回去，不用“敲”门，只要“推”门就可进去。再说，庙门外有树，树上有鸟宿在窝里，要是一敲门，把鸟惊起，就不好了，因此作“推”字好。这个说法，是从这一联来考虑的。按照王夫之的说法，从当时的情景看，光从一联来看，似还不够，应该从全篇来看。……贾岛没有和韩愈交朋友前，他在做和尚，所以“僧敲月下门”，就是他去敲李凝幽居的门。李凝家的门，在夜里一定是关上的，应该是“敲”字对。再从这首诗看，李凝在闲居，即不做官，他住的地方很幽静，少邻家。贾岛去看他，要走长满草的小路，经过一个荒园。李凝家附近有个池，池边有树，树上有鸟宿在窠里。贾岛在月下怎么知道树上有鸟呢？大概他去敲门，惊动了树上的鸟，他才知道。……这样看来，贾岛到李凝家去，是敲门的。所以韩愈说“敲”字好，韩愈停了好一会才决定，大概也在了解情况，知道他在题李凝幽居，才决定“敲”字的。按照王夫之的话，也要看了全诗才好决定。

（现当代）周振甫《周振甫讲修辞·推敲》

诗眼、词眼

古典诗人把炼字当成作诗的基本功，杨载《诗法家数》甚至认为不会炼字“便是俗诗”。古典诗歌讲究语言“推敲”。表面上看，似乎是每一个字都费琢磨，实际上，从“推敲”这个典故来看，讲究的并不是每一个字，而是这两句诗中最关键的一个字。汉语本来就有“字眼”这样的词语，在特别讲究语言的诗中，顺理成章地就产生了“诗眼”的说法。不过这个在中国古典诗学中相当重要的观念，却并没有严密的规定。

起初在释惠洪《冷斋夜话》卷五中，诗眼指的是“句中眼”，也就是一句诗中的关键字。如，王安石的“江月转空为白昼，岭云分暝与黄昏”“一水护田将绿绕，两山排闼送青来”。又如，苏东坡的“只恐夜深花睡去，高烧银烛照红妆”。可是这些诗句中眼在何字，却不明确，只是称赞其“造之工”。到了南宋魏庆之《诗人玉屑》卷三中就有了明确的规定：“眼用活字。五言以第三字为眼，七言以第五字为眼。”如“孤灯燃客梦，寒杵捣乡愁”中的“燃”和“捣”，又如“白沙留月色，绿竹助秋声”中的“留”和“助”。这个说法，确有精到之处。“燃”的本来是灯芯，这里的直接宾语却是“客梦”；“捣”的本来是寒衣，直接宾语却成了“乡愁”。二者于逻辑似乎无理，而“客梦”和“乡愁”本来是抽象的，不可感的，有了“燃”和“捣”这样的暗喻，不可直接感知的情感，就具有了可视、可听的效果。同样，“白沙留月色”，本来是不通的，白沙没有意志，不可能“留”月光，但是，这里的“留”却暗示，月光照在白沙上，比之照在其他地方更为明媚，更为生动，好像专供诗人欣赏，特别“留”在那里等待似的，这个“留”是月光的“留”，也是诗人的意向的“留”，舍不得，二者都在其中。而“绿竹助秋声”中的“助”，本来也不存在助与不助的问题。秋天的风吹在一切草木上，本来都是一样的，可是诗人说，秋声得到绿竹的帮助，就分外动人。这种因果关系是不能成立的，在客观的逻辑上是无理的。但是，从诗人的感情来说，这种因果超越了客观的物理因果，就构成了诗的因果，属于审美价值。而超越了客观的、物理的因果的关键就在“留”和“助”这两个字眼上，在诗歌中，就顺理成章地成了“诗眼”。

在中国古典诗人来看，诗的语言是要呕心沥血地提炼的，虽然不一定能每一句都达到“语不惊人死不休”的程度，但是，至少也得像方回在《跋俞则大诗》中所说：“一首中必当有一联佳，一联中必当有一句胜，一句中必当有一字为眼。”他还在《瀛奎律髓》卷十中举杜甫《奉酬李都督表丈早春作》的“红入桃花嫩，青归柳叶新”为例说：“‘桃花’对‘柳叶’，人人能之，唯‘红’字下着一‘入’字，‘青’字下着一‘归’字，乃是两句字眼是也。”这个“入”字，的确精彩。本来写桃花之红，很容易陷入俗套，但是，有了这个“入”字，和后面的“嫩”字，构成因果关系。桃花嫩红，一望而知，本来是同时呈现的，而诗人却把它分解为一种因果关系：因红主动进入而嫩。这是一种诗的想象的、假定的境界，是诗人怜爱桃花的情感所致。

诗话词话中热衷于对关键字眼的欣赏和阐释，不惜成百上千年地做智慧的接力赛，在世界文学史上可能是绝无仅有的。正因为此，对于这个传统吾人应该分外珍惜。

当然这种“诗眼”的说法，并不完美，其缺点，在日后的创作实践中逐渐暴露了出来。第一，太死板，太机械，往往不能自圆其说。如魏庆之说五言的诗眼在第三字，可是方回所举的杜甫的“红入桃花嫩，青归柳叶新”的诗眼“入”和“归”却在第二字。到了杨载《诗法家数·律诗要法》就不能不放宽了：“五言字眼多在第三，或第二字，或第四字，或第五字。”这就是说，五言诗句除了第一个字，其他字都可以成为诗眼。但，放得这样宽，还是没有改变其根本缺点：仅仅着眼于字，忽略了意，常常弄得很生硬，不自然。毛先舒《诗辩坻》卷一批评说：“固不可率尔下字，然当使法格融浑，虽有字法，生于自然。自宋人‘诗眼’之说，摘次唐人一二字，酷欲仿效，不能益工，只见丑耳。”这个批评是很苛刻的，但是不能不说道破了诗眼之说一味在字眼上死扣，只见树木不见森林之弊。贺贻孙在《诗筏》中说得更为直率，说陷于字眼，“诗眼”可能变成“死眼”：“今人论诗，但穿凿一二字，指为古人诗眼。此乃死眼，非活眼也。凿中央之窍则混沌死，凿字句之眼则诗歌死。”有人问陈仅，《诗人玉屑》谓“古人炼字，只于眼上炼，五字诗以第三字为眼，七字诗以第五字为眼”，然否？他在《竹林答问》中回答：“炼字无定处，眼亦无定处。古今岂有印板诗格邪？”刘熙载《艺概·诗概》卷二：“炼篇、炼章、炼句、炼字，总之所贵乎炼者，是往活处炼，非往死处炼也……诗眼，有全集之眼，有一篇之眼，有数句之眼，有一句之眼；有数句为眼者，有以一句为眼者，有以一二字为眼者。”《艺概·词曲概》卷四则进一步补充说：“其实辅之所谓眼者，仍不过某字工，某句警耳。余谓眼乃神光所聚，故有通体之眼，有数句之眼，前前后后无不待眼光照映。若舍章法而专求字句，纵争奇竞巧，岂能开阖变化，一动万随耶？”这个说法是很精辟的。不能孤立地从一句看，甚至不能从几句看，而要从“通体看”，所谓“开阖变化，一动万随”，就是既有丰富的变化，又有内有机联系。这样才能从整首上判断，看其完整不完整，和谐不和谐。黄生《一木堂诗麈》更为坚决地反对在字眼上做文章，诗的好处，并不一定如宋体人所说，在某个字眼上，关键是要看其字眼是不是服从整体。他说：“宋人论句法，谓句中有眼，宜着意炼此一字，然此特句法之一耳。试问杜甫之‘清新庾开府，俊逸鲍参军’，温庭筠之‘鸡声茅店月，人迹板桥霜’，眼在何处？不尽读唐诗，识其锤炼之妙，未可轻言句法也。”

这些议论都说中了“诗眼”的局限。

对诗而言，孤立在地“竞一字之奇”，早在六朝时期，就受到了批评。当然，有不少诗的美，有时就集中在一字之奇上，如陶渊明之“悠然见南山”的“见”字，换成相近的“望”字，就意味尽失。有时则相反，不在寻章摘句之美，而在整体之中。如王维《鸟鸣涧》：

人闲桂花落，夜静春山空。

月出惊山鸟，时鸣春涧中。

无一字之奇，通体和谐。这属于中国诗学的另一个范畴：意境。类似的还有：

清清白石涧，绿蒲向堪把。

家住水东西，浣纱明月下。

全诗都用平常字眼，然而高度统一于水之明净，白石可见为水透明的效果。绿蒲堪把，为水清而不盛的表现，再加上明月之光，则这种透明就更加纯净。浣纱者为女性，美人家住如此美景中，与海德格尔所说的艺术均产生于“惊异”之感不同，兀自习惯性地、平静地劳作。这样的诗境每一句都没有任何突出的字眼，可谓标准的“不着一字，尽得风流”。

这是一种整体美；而诗眼美，则是局部美，二者不尽相同。也许可以说是对立的。如果诗眼不是孤立的句子的眼，而是整首诗的眼，那就是意境美的密码。局部美从属于整体美，二者在对立中是可能统一的。但是，局部毕竟是局部，过分突出的局部，反而有碍于整体的和谐。如“推敲”故事所强调的“敲字佳”，而就整体来说《题李凝幽居》外部感知和内在意脉，并不完全统一，特别是最后联“暂去还来此，幽期不负言”，根本就脱离了“僧敲月下门”的那种宁静的意境。王国维高度推崇的“红杏枝头春意闹”，说是“着一‘闹’字境界全出”，得到广泛认同。但是，细读宋祁的《玉楼春》整体似乎并不如此：

东城渐觉风光好，縠皱波纹迎客棹。绿杨烟外晓寒轻，红杏枝头春意闹。　浮生长恨欢娱少，肯爱千金轻一笑。为君持酒劝斜阳，且向花间留晚照。

从整首词看，“闹”的红火，生机勃勃，只是意境的一个侧面，另一个侧面则是夕阳短暂，欢愉有限，当及时行乐。故春意固然热闹，然而浮生不再。王国维的说法于此诗不但并不全面，而且在理论上也片面。如果要吹求的话，那么，把他的话改成“着一‘闹’字，境界半出”，可能更恰当。

陈一琴辑历代诗话

造语之工，至于荆公、东坡、山谷，尽古今之变。荆公曰：“江月转空为白昼，岭云分暝与黄昏。”[①]又曰：“一水护田将绿绕，两山排闼送青来。”[②]东坡《海棠》诗曰：“只恐夜深花睡去，高烧银烛照红妆。”又曰：“我携此石归，袖中有东海。”[③]山谷曰：“此皆谓之句中眼，学者不知此妙语，韵终不胜。”

（宋）释惠洪《冷斋夜话》卷五

眼用活字。五言以第三字为眼，七言以第五字为眼。“孤灯燃客梦，寒杵捣乡愁。”岑参《客舍》。[④]……“白沙留月色，绿竹助秋声。”李白《题苑溪馆》。[⑤]……

眼用响字。“青山入官舍，黄鸟出宫墙。”岑参《送郑少府赴滏阳》。……“沙头宿鹭联拳静，船尾跳鱼拨刺鸣。”杜甫。[⑥]……

眼用拗字。“掬水月在手，弄花香满衣。”于良史《春山》。[⑦]……“渡口月初上，人家渔未归。”刘长卿《余干旅舍》。[⑧]……

眼用实字。……“旅愁春入越，乡梦夜归秦。”白居易《避地越地江楼望归》。[⑨]“后峰秋有雪，远涧夜鸣泉。”司空曙《寄僧》。[⑩]

（宋）魏庆之《诗人玉屑·唐人句法》卷三

词之语句，太宽则容易，太工则苦涩。如起头八字相对，中间八字相对，却须用功着

---

① 王安石《登宝公塔》诗句。

② 又《书湖阴先生壁》诗句。

③ 苏轼《文登蓬莱阁下，石壁千丈，为海浪所战，时有碎裂，淘洒岁久，皆圆熟可爱，土人谓此弹子涡也。取数百枚，以养石菖蒲，且作诗遗垂慈堂老人》诗句。携，通行本作“持”。

④ 即《宿关西客舍寄东山严许二山人时天宝初七月初三日在内学见有高道举征》诗句。燃，通行本作“然”。

⑤ 通行本题作《题宛溪馆》。

⑥ 《漫成一绝》诗句。

⑦ 即《春山夜月》诗句。

⑧ 人，通行本作“邻”。

⑨ 即《江楼望归时避难在越中》诗句。

⑩ 即《寄准上人》诗句。

一字眼，如诗眼亦同。

（宋）张炎《词源·杂论》

一首中必当有一联佳，一联中必当有一句胜，一句中必当有一字为眼。

（元）方回《跋俞则大诗》

（杜甫《奉酬李都督表丈早春作》①）“桃花”对“柳叶”，人人能之，唯“红”字下着一“入”字，“青”字下着一“归”字，乃是两句字眼是也。大凡诗两句说景，大浓大闹，即两句说情为佳。“转添”“更觉”亦是两句字眼，非苟然也。所以悲早春，所以转愁，所以更老，尾句始应破，以四海风尘，兵戈未已，望乡思土，故无聊耳。此乃诗法。

又《瀛奎律髓》卷十

（按：此则批语，明杨良弼《作诗体要》全文抄录。）

（王安石《宿雨》②）未有名为好诗而句中无眼者。请以此观。

同上

（杜甫《晓望》③）五六以“坼”字、“隐”字、“清”字、“闻”字为眼，此诗之最紧处。

同上卷十四

五字诗以第三字为句眼，七字诗以第五字为句眼。古人炼字，直于句眼上炼。《蒲氏漫斋录》。

（元）王构《修辞鉴衡》卷一

诗句中有字眼，两眼者妙，三眼者非，且二联用连绵字，不可一般。中腰虚活字，亦须回避。五言字眼多在第三，或第二字，或第四字，或第五字。

（元）杨载《诗法家数·律诗要法》

---

① 《奉酬李都督表丈早春作》：“力疾坐清晓，来诗悲早春。转添愁伴客，更觉老随人。红入桃花嫩，青归柳叶新。望乡应未已，四海尚风尘。”

② 王诗：“绿搅寒芜出，红争暖树归。鱼吹塘水动，雁拂塞垣飞。宿雨惊沙尽，晴云昼漏稀。却愁春梦短，灯火着征衣。”

③ 杜诗：“白帝更声尽，阳台曙色分。高峰寒上日，叠岭宿霾云。地坼江帆隐，天清木叶闻。荆扉对麋鹿，应共尔为群。”

诗要炼字，字者眼也。如老杜诗："飞星过水白，落月动檐虚。"[①]炼中间一字。"地坼江帆隐，天清木叶闻。"炼末后一字。"红入桃花嫩，青归柳叶新。"炼第二字。非炼"归""入"字，则是儿童诗。又曰："暝色赴春愁。"[②]又曰："无因觉往来。"[③]非炼"赴""觉"字便是俗诗。

同上书《总论》

词眼凡二十六则：

……

绿肥红瘦。李易安，《如梦令》。

……

柳昏花暝。史梅溪，《双双燕》。

（元）陆辅之《词旨》下

句中要有字眼，或腰、或足、或膝，无一定之处，最要的当，所谓要炼字下字者是也。

（明）朱权《西江诗法》

诗中用虚活字，时有难易；易若剖蚌得珠，难如破石求玉。且工且易，愈苦愈难。此通塞不同故也。纵尔冥搜，徒劳心思。当主乎可否之间，信口道出，必有奇字，偶然浑成，而无龃龉之患。譬人急买帽子入市，出其若干，一一试之，必有个恰好者。能用戴帽之法，则诗眼靡不工矣。

（明）谢榛《四溟诗话》卷四

盛唐句法浑涵，如两汉之时，不可以一字求。至老杜而后，句中有奇字为眼，才有此，句法便不浑涵。昔人谓石之有眼为研之一病，余亦谓句中有眼为诗之一病。如"地坼江帆隐，天清木叶闻"，故不如"地卑荒野大，天远暮江迟"[④]也。如"返照入江翻石壁，归云拥树失山村"[⑤]，故不如"蓝水远从千涧落，玉山高并两峰寒"[⑥]也。此最诗家三昧，具眼自能

① 《中宵》诗句。檐，《全唐诗》作"沙"。
② 皇甫冉《归渡洛水》诗句："暝色赴春愁，归人南渡头。"
③ 不详。
④ 杜甫《遣兴》诗句。
⑤ 又《返照》诗句。
⑥ 又《九日蓝田崔氏庄》诗句。

辨之。齐、梁以至初唐，率用艳字为眼，盛唐一洗，至杜乃有奇字。

（明）胡应麟《诗薮》内编卷五

诗之有眼，意欲摄长情于短韵，铸浩景于微言。

（明）陆时雍《唐诗镜》卷三

诗有眼，犹弈有眼也。诗思玲珑，则诗眼活；弈手玲珑，则弈眼活。所谓眼者，指诗弈玲珑处言之也。学诗者但当于古人玲珑中得眼，不必于古人眼中寻玲珑。今人论诗，但穿凿一二字，指为古人诗眼。此乃死眼，非活眼也。凿中央之窍则混沌死，凿字句之眼则诗歌死。

（清）贺贻孙《诗筏》

（王安石《宿雨》诗）方万里（方回字）曰："（评语同上引，略）"余意人生好眼，只须两只，何尽作大悲相乎？此诗曰"搅"，曰"争"，曰"吹"，曰"拂"，曰"惊"，曰"漏"，六只眼睛，未免太多。〇此诗虽小失检点，本亦不恶，但尊以为法，则郭有道之垫角巾也。

（清）贺裳《载酒园诗话》卷一

诗固不可率尔下字，然当使法格融浑，虽有字法，生于自然。自宋人"诗眼"之说，摘次唐人一二字，酷欲仿效，不能益工，只见丑耳。

（清）毛先舒《诗辩坻》卷一

说见不得直言"见"，说闻不得直言"闻"。如岑参"见雁思乡信，闻猿积泪痕"①，不若柳宗元之"愁深楚猿夜，梦断越鸡晨"②较为蕴藉。然亦有诗眼在"见闻"二字者。如张佑之"树影中流见，钟声两岸闻"③，温庭筠"果落见猿过，叶干闻鹿行"④，则非二字不足以发其意，又不可概论。宋人论句法，谓句中有眼，宜着意炼此一字，然此特句法之一耳。试问杜甫之"清新庾开府，俊逸鲍参军"⑤，温庭筠之"鸡声茅店月，人迹板桥霜"⑥，眼在何

① 《巴南舟中夜市》诗句。
② 《梅雨》诗句。
③ 应为张祜《题润州金山寺》诗句。影，《全唐诗》作"色"。
④ 《早秋山居》诗句。
⑤ 《春日忆李白》诗句。
⑥ 《商山早行》诗句。

处？不尽读唐诗，识其锤炼之妙，未可轻言句法也。

（清）黄生《一木堂诗麈·诗家浅说》卷一

（杜甫《秋兴八首》诗其六[①]）鹄可驯，故曰“围”。鸥易惊，故曰“起”。极形繁华之景，浓丽而不痴笨，紧要在句眼二字。后人学盛唐，易入痴笨者，由不能炼句眼故也。

又《杜诗说》卷八

（驳方回评杜诗《奉酬李都督表丈早春作》）炼字乃诗中之一法，若以此为安身立命之所，则九僧、四灵尚有突过李、杜处矣。虚谷论诗，见其小而不知其大，故时时标此为宗旨。

（清）纪昀《瀛奎律髓刊误》卷十

（驳方回评王诗《宿雨》）好诗无句眼者不知其几！此论偏甚，亦陋甚。

同上

（驳方回评杜诗《晓望》）冯（冯班）云：“寻常觅佳句，五字中自然有一字用力处。虚谷每言诗眼，殊愦愦，假如‘池塘生春草’一句，眼在何字耶？”

同上卷十四

问:《诗人玉屑》谓“古人炼字，只于眼上炼，五字诗以第三字为眼，七字诗以第五字为眼”。然否？

答：炼字无定处，眼亦无定处。古今岂有印板诗格邪？

（清）陈仅《竹林答问》

炼篇、炼章、炼句、炼字，总之所贵乎炼者，是往活处炼，非往死处炼也。夫活，亦在乎认取诗眼而已。

诗眼，有全集之眼，有一篇之眼，有数句之眼，有一句之眼；有数句为眼者，有以一句为眼者，有以一二字为眼者。

（清）刘熙载《艺概·诗概》卷二

---

① 其六：“瞿唐峡口曲江头，万里风烟接素秋。花萼夹城通御气，芙蓉小苑入边愁。珠帘绣柱围黄鹄，锦缆牙樯起白鸥。回首可怜歌舞地，秦中自古帝王州。”

“词眼”二字，见陆辅之《词旨》。其实辅之所谓眼者，仍不过某字工，某句警耳。余谓眼乃神光所聚，故有通体之眼，有数句之眼，前前后后无不待眼光照映。若舍章法而专求字句，纵争奇竞巧，岂能开阖变化，一动万随耶？

又《艺概·词曲概》卷四

诗眼之说，即诗家炼字法，未可斥为外道，但不宜任意穿凿，强标句眼耳。

（清）许印芳《律髓辑要》卷一

五律炼字，有虚有实，最宜着重，所谓“诗眼”是也。唐人“气蒸云梦泽，波撼岳阳城”；如不用“蒸”“撼”二字，而用“浮”“涌”等字，则死句也。炼字贵新警，若但求避俗，而于神理毫不相关，亦不足重。

（近代）蒋抱玄《民权素诗话·南村〈摅怀斋诗话〉》

“香稻”一联句法及意蕴

中国古典诗话对于格律和语言的关系是很考究的。杜甫《秋兴八首》(其八)：

昆吾御宿自逶迤，紫阁峰阴入渼陂。

香稻啄余鹦鹉粒，碧梧栖老凤凰枝。

佳人拾翠春相问，仙侣同舟晚更移。

彩笔昔曾干气象，白头吟望苦低垂。

其中“香稻啄余鹦鹉粒，碧梧栖老凤凰枝”引起了持久的争议。称赞的说，其诗的句法灵活。沈括《梦溪笔谈》卷十四说：“此亦语反而意全。”“语反”，就是语序倒装的意思。范梈《诗学禁脔》：“错综句法，不错综则不成文章。平直叙之，则曰：‘鹦鹉啄余红稻粒，凤凰栖老碧梧枝。’而用‘红稻’‘碧梧’于上者，错综之也。”这也相当于当代所说“倒装”句法。对于这种倒装的好处，周振甫在《中国修辞学史·沈括》中，指出这是格律上的要求：“‘红稻——鹦鹉啄余粒，碧梧——凤凰栖老枝’，倒装成‘啄余鹦鹉’‘栖老凤凰’，所以要倒装，是平仄关系。因为‘鹦鹉’是平仄，第二字仄，是仄音步，这里要用个平音步，‘啄余’是仄平，第二字平，是平音步，所以调一下。‘凤凰’是仄平，是平音步，这里要用个仄音步，‘栖老’是平仄，是仄音步，所以调一下，成了倒装。”此论颇为细致。

当然，仅仅从外部形式来看问题，是肤浅的。历代论者，早就指出其中暗示的重点主要在香稻和碧梧。这首的根本精神是杜甫流落川中，对当年的怀旧集中在与岑参兄弟旧游时所见之繁华景观。金圣叹说：“先生年老，浪迹夔州，意在归隐。因昔尝同岑参兄弟游渼陂，经昆吾、御宿，喜其风土之良，故切切念之，特挂笔端耳。”争论的原因在于，论者昧于香稻、碧梧皆实的抒写，而凤凰、鹦鹉为虚的想象，二者皆是为了美化“香稻”“碧梧”。边连宝《杜律启蒙》七言卷三说，这样的诗句表面看来“极言物产之盛耳”，其实，那个地方，“不但凤凰无有，即鹦鹉亦生陇西而不生长安”。此言相当雄辩。故黄生《杜诗说》卷八说：“三四旧谓之倒装法，余易名‘倒剔’。盖倒装则韵脚俱动，倒剔不动韵脚也。设云‘鹦鹉啄余红豆粒，凤凰栖老碧梧枝’，亦自稳顺，第本赋红豆、碧梧，换转即似赋凤凰、鹦鹉矣。”这就比单纯从格律形式上看句法要深刻得多。凭直觉感受到突出香稻碧梧的论者不少，吴齐贤《论杜》说，这样的句法，其中有“无限感慨”。如果写成“鹦鹉啄残红豆粒，凤凰栖老碧梧枝”，就太“直而率”了。（转引自仇兆鳌《杜诗详注·诸家论杜》）其实，并不是直率，而是转移了意象的核心、感情的意脉。这一点，周振甫先生也是有感觉的，但是，启功先生在《汉语现象论丛·古代诗歌、骈文的语法问题》中说得更为透彻：“作者在这首诗里主要是写那个地方风景之美，而不是要夸耀珍禽。红豆、碧梧是那个风景区中的名贵物产，作者有意地把它们突出，所以放在首位。也就等于是说：红豆是喂够了鹦鹉的粒，碧梧是爬够了凤凰的枝。如果改为‘鹦鹉啄余红豆粒，凤凰栖老碧梧枝’，句法并无不可，只是侧重写珍禽的动作，稍与作者原来意图不同罢了。”

这种语序结构的自由变换是中国古典诗歌，尤其是律诗的特别的优长。

本来汉语句法与欧美句法有明显的不同，那就是语序不同则语义不同。欧美语言动词有人称、时态、语态的变化，名词代词有性、数、格的词尾变化，全句的变化要高度一致，故语序往往并不改变其意义。如莱蒙托夫的《祖国》一诗中的“我爱祖国”俄语的原文是：

Люблю отчизнуя

直译成汉语是：爱——祖国——我。是不通的。但是，这在俄语中并不会导致混乱，因为 Люблю 是主语第一人称的形态。如果把主语 я 放在首位，就打乱了这首诗的轻重交替的抑扬格律。把主语放在最后，由于动词形态的变化，既不会导致意义的混乱，又可构成音韵上的特殊效果，可谓两全其美。同样的，普希金的《恰如生活欺骗了你》，俄语的原文是：

Если жизнь тебя обманет

如果按原文的词序直译则是：

假如生活你欺骗

而汉语的词序如果这样变换，则意味着在逻辑上施事与受事的变化，会导致意义的颠倒，不是生活欺骗了你，而是假如生活被你欺骗。但是，由于动词 обманет 是第三人称单数形态，主语则不可能是第二人称的“你”，肯定是第三人称的“生活”。在现代汉语中，把狗咬人说成人咬狗，是绝对要闹笑话的。但是，在汉语古典诗歌中，恰恰相反，像杜甫这样的词序倒置，并不意味着施事与受事的转换。读者不会把香稻啄余鹦鹉粒理解为香稻是施事，可以发出啄的动作，碧梧栖老凤凰枝，也不会误解为碧梧可以把凤凰栖老。这种语序严谨而又自由的变化和平仄讲交替、对仗一起经历了四百年以上的建构而成为普及的技巧，成为读者心理预期的组成部分，故广泛应用。只是很少像杜甫这样，与散文语序的矛盾这样突出，这样“险”而已。所谓险，就是与散文逻辑矛盾尖锐到直接冲突的程度。也许正是因为这样，才引起了长期的争论。挑剔的论者大多以为虽然无可厚非，但是，毕竟技巧玩弄得太显眼了，不算是杜甫最好的作品。蔡居厚《蔡宽夫诗话》：“‘红稻啄余鹦鹉粒，碧梧栖老凤凰枝’，可谓精切，而在其集中，本非佳处；不若‘暂止飞鸟将数子，频来语燕定新巢’为天然自在。”应该说是持平之论。至于美国高友工、梅祖麟在《唐诗的魅力》中以此为例而论证：“措辞的不和谐是杜甫后期诗风的主要特征……杜甫用它继续缅怀自己昔日的荣耀。‘香稻啄余鹦鹉粒，碧梧栖老凤凰枝。’即使不分析该联的语法和意义，仅从措辞上也能看出它内在的不和谐。‘香稻’‘鹦鹉’‘碧梧’‘凤凰’都带有某些舒适的感性特征……但‘老’和‘余’则可能引起一种能随美的消逝而必然产生的悲哀情绪。”这种议论就未免显得对诗情的感悟不够，甚至给人一种外行的感觉。本来，杜甫此诗就是晚年流落中川中，缅怀当年盛世繁华，意脉的特点就是交织着赞美（不仅仅是“某些舒适的感性特征”）和失落，很难以“悲哀”情绪来概括。这种抒情意脉的把握不足，即使句法结构的分析成系统，也难以挽救。

陈一琴辑历代诗话

杜子美诗：“红稻啄余鹦鹉粒，碧梧栖老凤凰枝。”[①] 此亦语反而意全。

（宋）沈括《梦溪笔谈》卷十四

诗语大忌用工太过，盖炼句胜则意必不足。语工而意不足，则格力必弱，此自然之理也。“红稻啄余鹦鹉粒，碧梧栖老凤凰枝”，可谓精切，而在其集中，本非佳处；不若“暂止飞鸟将数子，频来语燕定新巢”[②] 为天然自在。

（宋）蔡居厚《蔡宽夫诗话》

① 杜甫《秋兴八首》（其八）：“昆吾御宿自逶迤，紫阁峰阴入渼陂。香稻啄余鹦鹉粒，碧梧栖老凤凰枝。佳人拾翠春相问，仙侣同舟晚更移。彩笔昔曾干气象，白头吟望苦低垂。”香稻，《草堂》本作“红豆”，一作“红稻”，一作“红饭”。

② 杜甫《堂成》诗句。

前人评杜诗云："'红豆啄余鹦鹉粒，碧梧栖老凤凰枝'，若云'鹦鹉啄残红豆粒，凤凰栖老碧梧枝'，便不是好句。"余谓词曲亦然。

（宋）佚名《漫叟诗话》

以事不错综，则不成文章。若平直叙之，则曰："鹦鹉啄余红稻粒，凤凰栖老碧梧枝。"而以"红稻"于上，以"凤凰"于下者，错综之也。

（宋）释惠洪《石门洪觉范天厨禁脔》卷上

沈（括）之说如此。盖以杜公诗句，本是"鹦鹉啄余红稻粒，凤凰栖老碧梧枝"，而语反焉。……特纪其旧游之渼陂，所见尚余红稻在地，乃宫中所供鹦鹉之余粒，又观所种之梧年深，即老却凤凰所栖之枝。既以红稻、碧梧为主，则句法不得不然也。

（宋）郭知达《九家集注杜诗》卷三十

（苏轼《煎茶》诗次句）此倒语也，尤为诗家妙法，即少陵"红稻啄余鹦鹉粒，碧梧栖老凤凰枝"也。

（宋）杨万里《诚斋诗话》

（杜诗）以至倒用一字，尤见工夫。如："蜀酒禁愁得，无钱何处赊。"《草堂即事》。"客睡何曾着，秋天不肯明。"《客愁》。"只作披衣惯，长从漉酒生。"《漫成》。"红稻啄余鹦鹉粒，碧梧栖老凤凰枝。"《秋兴》。凡倒着字句，自爽健也。

（宋）孙奕《履斋示儿编·诗说》卷十

杜诗有反言之者……他如"红豆啄残鹦鹉粒，碧梧栖老凤凰枝"亦然。

（宋）罗大经《鹤林玉露》乙编卷六

所思不专渼陂。……昆吾、御宿逶迤皆在故时上林苑中。地产香稻，鹦鹉食之有余；林茂碧梧，凤凰栖之至老。佳人春间，游者众也；仙舟晚移，乐忘归也。非帝王之都何以有此！向尝熟游，尔时国家全盛……今时事已非，身亦白首，且吟且望，望而不得，垂首自悲而已。……"香稻"二句，所重不在"鹦鹉""凤凰"，非故颠倒其语，文势自应如此。

（明）王嗣奭《杜臆》卷八

赵注以“香稻”一联为倒装法。今观诗意，本谓香稻乃是鹦鹉啄余之粒，碧梧则有凤凰栖老之枝，盖举鹦、凤以形容二物之美，非实事也。若云“鹦鹉啄余香稻粒，凤凰栖老碧梧枝”，则实有凤凰、鹦鹉矣。少陵倒装句固是不少，唯此一联不宜牵合。

（明）唐汝询《唐诗解》卷四十一

（按：清吴景旭《历代诗话》卷三十八引顾修远之说，与此则类似，并赞此说较倒装句法云云“更有思致”。）

先生年老，浪迹夔州，意在归隐。因昔尝同岑参兄弟游渼陂，经昆吾、御宿，喜其风土之良，故切切念之，特挂笔端耳。三四句法奇甚。畜鹦鹉者，必以红豆饲之，先生自喻不苟食也。啄之而有余，此真丰衣足食之所矣。黄帝即位，凤集东囿，栖梧树，终身不去，先生自喻不苟栖也。栖之而至老，此又安居乐业之乡矣。可见长安盛时，且不必说到天子公侯极意游玩，乃至布衣穷居，倶足自适有如此也。

（清）金圣叹《杜诗解》卷三

三四旧谓之倒装法，余易名“倒剔”。盖倒装则韵脚俱动，倒剔不动韵脚也。设云“鹦鹉啄余红豆粒，凤凰栖老碧梧枝”，亦自稳顺，第本赋红豆、碧梧，换转即似赋凤凰、鹦鹉矣。杜之精意固不苟也。

（清）黄生《杜诗说》卷八

如“红豆啄残鹦鹉粒，碧梧栖老凤凰枝”，盖言红豆也，乃鹦鹉啄残之粒，碧梧也，乃凤凰栖老之枝，无限感慨。若曰“鹦鹉啄残红豆粒，凤凰栖老碧梧枝”，直而率矣。

（清）吴齐贤《论杜》，转引自仇兆鳌《杜诗详注·诸家论杜》

安溪云：“稻余鹦粒而梧无凤栖。佳人拾翠，仙侣移棹，皆因当年景物起兴，隐寓宠禄之多而贤士远去，妖幸之盛而高人循迹也。末联入己事，宛与此意凑泊。”按：师说更浑融，亦表里俱彻也。

（清）何焯《义门读书记·杜工部集》卷五十五

“鹦鹉粒”，即是“红豆”。“凤凰枝”，即是“碧梧”。犹饲鹤则云鹤料，巢燕则云燕泥耳。二句铺排精丽，要亦借影京室才贤之盛，如诗咏菶萋[①]，赋而比也。不着秋景说，旧解俱谬。

（清）浦起龙《读杜心解》卷四之二

香稻为鹦鹉所啄，则香稻竟为鹦鹉之粒矣；碧梧为凤凰所栖，则碧梧竟成凤凰之枝矣。一似被他占定者然。然不过极言物产之盛耳，不但凤凰无有，即鹦鹉亦生陇西而不生长安。

（清）边连宝《杜律启蒙》七言卷三

"香稻"一联，浅识者以为语妙，实则毫无意境，徒见其丑拙耳。

（清）李慈铭《越缦堂日记说诗全编·内编·评论门·评驳类三》

此联写物产之美。香稻芬芳，疑是鹦鹉啄余之粒；碧梧挺秀，应为凤凰栖老之枝。香稻碧梧，是指其实在；鹦鹉凤凰，不过借以点染生色。句法自宜如是，并非倒装。

（近代）丁福保《诗钥》第五章

夫鹦鹉、凤凰，皆系主词，豆、粒、梧、枝，皆系谓词，而杜氏必欲倒其词以自矜研炼，此非嗜奇之失乎？

（近代）刘师培《论文杂记》

红豆啄余鹦鹉粒，碧梧栖老凤凰枝。——鹦鹉啄余红豆粒，凤凰栖老碧梧枝。○将主语和谓语中的一部交换位置。

（现当代）陈望道《修辞学发凡》第八编

（按：今人王力主编《古代汉语》见解与此相同。）

老杜《秋兴八首》之一："香稻啄余鹦鹉粒，碧梧栖老凤凰枝。"此二句，亦动名词倒装，而并非不可解，且更有力，言此粒只鹦鹉吃，此枝仅凤凰栖，故曰"鹦鹉粒""凤凰枝"。

（现当代）顾随《顾随全集·讲录卷·说长吉诗之怪》

---

① 《诗经·大雅·卷阿》诗句："凤凰鸣矣，于彼高冈。梧桐生矣，于彼朝阳。菶菶萋萋，雝雝喈喈。"

译文：一路之上，只见畦畦香稻，树树梧桐，那时都是当作奇玩胜境观赏着的；今日回忆起来，也平添无穷的感慨。能言的鹦鹉任意地啄着香稻，残粒丢在地上，令我不禁联想起“朝扣富儿门，暮随肥马尘；残杯与冷炙，到处潜悲辛”（《奉赠韦左丞》）。凤凰择木而栖，不肯与燕雀为伍，只赢得碧梧冷落，老来时羽毛摧颓，我又不禁联想起“西伯今寂寞，凤声亦悠悠”（《凤凰台》），大约也没有什么指望了。○“香稻啄残鹦鹉粒”，也在暗指自己他乡流落，传食诸侯的苦况；“碧梧栖老凤凰枝”，以凤自喻，表示自己的品格，也有老骥伏枥的叹息。

（现当代）傅庚生《杜诗散绎》

杜甫《秋兴》的两句，是“红稻——鹦鹉啄余粒，碧梧——凤凰栖老枝”，倒装成“啄余鹦鹉”“栖老凤凰”，所以要倒装，是平仄关系。因为“鹦鹉”是平仄，第二字仄，是仄音步，这里要用个平音步，“啄余”是仄平，第二字平，是平音步，所以调一下。“凤凰”是仄平，是平音步，这里要用个仄音步，“栖老”是平仄，是仄音步，所以调一下，成了倒装。

（现当代）周振甫《中国修辞学史·沈括》

“香稻啄余鹦鹉粒，碧梧栖老凤凰枝”，照字面看，像不好解释，要是改成“鹦鹉啄余香稻粒，凤凰栖老碧梧枝”，就很顺当。为什么说这样一改就不是好句呢？原来杜甫这诗是写回忆长安景物，他要强调京里景物的美好，说那里的香稻不是一般的稻，是鹦鹉啄余的稻，那里的碧梧不是一般的梧桐，是凤凰栖老的梧桐，所以这样造句。就是“香稻——鹦鹉啄余粒，碧梧——凤凰栖老枝”，采用描写句，把重点放在香稻和碧梧上，是侧重的写法。要是改成“鹦鹉啄余香稻粒，凤凰栖老碧梧枝”，便成为叙述句，叙述鹦鹉凤凰的动作，重点完全不同了。再说，照原来的描写句，侧重在香稻碧梧，那末所谓鹦鹉啄余、凤凰栖老都是虚的，只是说明香稻碧梧的不同寻常而已。要是改成叙述句，好像真有鹦鹉凤凰的啄和栖，反而显得拘泥了。说鹦鹉啄余还可解释，说凤凰栖老显然是虚的。因此，把“香稻”“碧梧”提前并不是倒装句法，是侧重在香稻碧梧上。

又《诗词例话·侧重和倒装》

“香稻啄余鹦鹉粒，碧梧栖老凤凰枝”，本应是“鹦鹉啄余香稻粒，凤凰栖老碧梧枝”，原无多少诗的情味，不论如何颠倒，也改变不了它的本质。就声说律，“香稻”和“鹦鹉”都是“平、仄”，“碧梧”和“凤凰”都是“仄、平”，改与不改也完全一样，于声律无所变化。可是经过这一颠倒，主语和宾语对换了位置，不仅与语法不合，于事理也明明相背，不知老杜用意何在？更不知为什么后世直到现在还有人盲目地赞赏这两句诗说这是“近体诗的语法特点”？（见王力主编《古代汉语》下册第二分册页1461）大约就因为作者是老杜吧？

（现当代）姜书阁《诗学广论·格调篇第三》

“红豆啄余鹦鹉粒，（‘红豆’或作‘红稻’又作‘香稻’）碧梧栖老凤凰枝。”它的语义是：（那里有）鹦鹉啄余（的）红豆粒，（和）凤凰栖老（的）碧梧枝。但作者在这首诗里主要是写那个地方风景之美，而不是要夸耀珍禽。红豆、碧梧是那个风景区中的名贵物产，作者有意地把它们突出，所以放在首位。也就等于是说：红豆是喂够了鹦鹉的粒，碧梧是爬够了凤凰的枝。如果改为“鹦鹉啄余红豆粒，凤凰栖老碧梧枝”，句法并无不可，只是侧重写珍禽的动作，稍与作者原来意图不同罢了。又如改为“红豆鹦鹉啄余粒，碧梧凤凰栖老枝”，除声律不调、艺术性差之外，不但内容未变，即在句法上也不算有何谬误。

（现当代）启功《汉语现象论丛·古代诗歌、骈文的语法问题》

〔**附录**〕

措辞的不和谐是杜甫后期诗风的主要特征……

……

……再看第八首中的一个例子，杜甫用它继续缅怀自己昔日的荣耀。“香稻啄余鹦鹉粒，碧梧栖老凤凰枝。”即使不分析该联的语法和意义，仅从措辞上也能看出它内在的不和谐。“香稻”“鹦鹉”“碧梧”“凤凰”都带有某些舒适的感性特征……但“老”和“余”则可能引起一种能随美的消逝而必然产生的悲哀情绪。

……

在第一联中，四个地名的密集运用暗示了强烈的怀旧情绪——这些地名都使人想起长安附近的著名景观。第二联则是混杂句法的最好例证，从中可以分辨出三种潜在结构：A.香稻啄余鹦鹉粒，碧梧栖老凤凰枝；B.香稻鹦鹉啄余粒，碧梧凤凰栖老枝；C.鹦鹉啄余香稻粒，凤凰栖老碧梧枝。在A中，所有成分都保持原状，“香稻”是名词主语，后接一名义上谓语，这个谓语“啄余”是和鹦鹉共同修饰“粒”的；B不同于A的地方仅在于它是把“鹦鹉啄余”作为一个整体来修饰“粒”；在C中，鹦鹉成为名词主语，其他成分都是动词性谓语。……至于该联的意旨，有两种差别很小的不同观点。赞同A、B解释的人认为：这一联是想要表现过去繁荣和安宁，剩余的香稻显示了土地的丰饶，凤凰——作为一种高贵的鸟，它对栖息地的选择是十分苛求的。这里，它是高尚之士的象征——能够满足地终生栖息在梧桐树上。这说明当时的国家被一位明察秋毫的贤君治理得非常之好。而选择C的人仅仅是变换了强调的重点：像诗人以自己的诗歌给人带来欢乐一样，用歌喉给人以愉快的鹦鹉得到了很好的赡养；而凤凰作为一种譬德于君子的鸟，已经找到了自己理想的栖息场所。……

如果没有破碎的句法和不连续节奏的破坏，诗人那种使自己沉溺于回忆的努力很容易成功。

［美］高友工、梅祖麟《唐诗的魅力》

多意层深或曲意求深

苏东坡《汲江水煎茶诗》："活水还须活火烹，自临钓石取深清。大瓢贮月归春瓮，小杓分江入夜瓶。"胡仔《苕溪渔隐丛话》后集卷十一认为："此诗奇甚，道尽烹茶之要；且茶非活水则不能发其鲜馥，东坡深知以此理矣。"这样的评论，意在褒之，实则贬之。问题出在价值混淆。古典诗歌的好处在审美抒情，而胡氏却从其实用性质上评价，说其好处在"道尽烹茶之妙"：活水还须活火烹。这不是成了烹茶说明吗？用七言诗句式来作这样的说明，说得越明，离诗就越远。故吴乔在《围炉诗话》卷五直截了当地批评，说"活水还须活火烹"，"可谓之茶经，非诗也"。表现了审美价值的坚定。

杨万里不明于此，强作解人。其《诚斋诗话》曰："'自临钓石汲深清。'……七字而具五意：水清，一也；深处清，二也；石下之水，非有泥土，三也；石乃钓石，非寻常之石，四也；东坡自汲，非遣卒奴，五也。"其实这是将本来简单的问题说得复杂了。原因在于，把逻辑上本来互相包含的统一的关系说成了并列的关系。如，所谓"水清，一也；深处清，二也"就是包含关系。深处水清，就包含着水清。石下和钓石的关系，也有从属性质。远离泥岸，为求水清。至于躬身汲水，则可以并列为一意。充其量一句二意也。在唐宋诗中，七言二意算不得创格。此说后来可能影响了罗大经，《鹤林玉露》乙编卷五评杜甫："'万里悲秋常作客，百年多病独登台。'盖万里，地之远也。秋，时之惨凄也。作客，羁旅也。常作客，久旅也。百年，齿暮也。多病，衰疾也。台，高迥处也。独登台，无亲朋也。十四字之间，含八意，而对偶又精确。"罗氏这个说法，倒是有些道理。这样的诗法，与汉语特点有深刻的联系。汉语在动词人称、时态和名词性、数、格方面并不像欧美语言那样讲究词尾变化的统一性。汉语诗歌七言、五言律诗和绝句，每一句即完足，即使有流水对或流水句，也限于两句完足，而欧美诗歌一个语法上完整的句子，可以用关系代词引起从句，可以"跨行"，如莎士比亚在哈姆雷特著名的独白"活着还是死亡"中就用 that 引起了一个选择性从句，使得这个句子长达五行：

To be, or not to be: that is the question:
Whether′tis nobler in the mind to suffer
The slings and arrows of outrageous fortune,
Or to take arms against a sea of troubles,
And by opposing end them?

汉语律诗和绝句不但不能“跨行”扩展，反而往往把一个以上的句子或者句子成分压缩在一句之中，故每一个字都是实词，不能有虚词，连接词、介词都尽可能省略，甚至以名词直接叠加，或者多项名词中，只有一项有相应的动词，其余名词孤悬，并无谓语。从欧美语言来看，这压缩的句式，是不完整的，broken 的，破碎的，而在汉语诗歌却能造成更高的情感的深度、浓度和意象的密度。此法直至 20 世纪，方为美国意象派所发现，大为惊叹，遂主“意象叠加”之说。此说，后为美国新批评发展为意象“密度”之说。

但是此说隐含着偏颇。一味追求意象的叠加，或者意象的密度，必然造成堆砌、生硬，不自然。这一点，我国诗话家早有警惕，揭示了“意欲层深，语欲浑成”的矛盾。“作词者大抵意层深者，语便刻画，语浑成者，意便肤浅，两难兼也。”从创作论的角度，以语欲浑成来限制意欲深层可能造成的晦涩，力求把有刻意深化和自然平易统一起来。这是毛先舒在《词论》中提出来的。他还举了欧阳修的词句“泪眼问花花不语，乱红飞过秋千去”来说明层深和浑成的统一：“因花而有泪，此一层意也。因泪而问花，此一层意也。花竟不语，此一层意也。不但不语，且又乱落，飞过秋千，此一层意也。人愈伤心，花愈恼人，语愈浅，而意愈入，又绝无刻画之迹，谓非层深而浑成耶！”当然，类似的如杜甫的“即从巴峡穿巫峡，更下襄阳向洛阳”，李白的“一叫一回肠一断，三春三月忆三巴”，可以说是既无斧凿痕迹，又提供了近人陈匪石《声执》卷上所说的“层出不穷”的意象。

陈一琴辑历代诗话

东坡《汲江水煎茶诗》云：“活水还须活火烹，自临钓石取深清。大瓢贮月归春瓮，小杓分江入夜瓶。”[①] 此诗奇甚，道尽烹茶之要；且茶非活水则不能发其鲜馥，东坡深知此理矣。

（宋）胡仔《苕溪渔隐丛话》后集卷十一

① 此引系苏轼《汲江煎茶》诗前半首，后半为：“雪乳已翻煎处脚，松风忽作泻时声。枯肠未易禁三碗，坐听荒城长短更。”

东坡《煎茶》诗云："活水还将活火烹，自临钓石汲深清。"第二句七字而具五意：水清，一也；深处清，二也；石下之水，非有泥土，三也；石乃钓石，非寻常之石，四也；东坡自汲，非遣卒奴，五也。"大瓢贮月归春瓮，小杓分江入夜瓶。"其状水之清美极矣。"分江"二字，此尤难下。"雪乳已翻煎处脚，松风仍作泻时声。"此倒语也，尤为诗家妙法，即少陵"红稻啄余鹦鹉粒，碧梧栖老凤凰枝"也。"枯肠未易禁三碗，卧听山城长短更。"又翻却卢仝公案。仝吃到七碗，坡不禁三碗。山城更漏无定，"长短"二字，有无穷之味。

（宋）杨万里《诚斋诗话》

杜陵诗云："万里悲秋常作客，百年多病独登台。"①盖万里，地之远也。秋，时之惨凄也。作客，羁旅也。常作客，久旅也。百年，齿暮也。多病，衰疾也。台，高迥处也。独登台，无亲朋也。十四字之间，含八意，而对偶又精确。

（宋）罗大经《鹤林玉露》乙编卷五

（杜甫《登高》五六句）本好句，被后人将"万里""百年"胡乱用坏，遂成恶套。

（明）胡震亨《杜诗通》卷三十五

（杜诗）"百年""万里"，恨为后人作俑。

（明）邢昉《唐诗定》卷十六

"侧身天地更怀古，回首风尘甘息机"②，十四字中有六层意。"万里悲秋常作客，百年多病独登台"，有八层意。诗之难处在深厚，厚更难于深。

（清）吴乔《围炉诗话》卷四

子瞻《煎茶》诗"活水还须活火烹"，可谓之茶经，非诗也。

同上卷五

词家意欲层深，语欲浑成。作词者大抵意层深者，语便刻画，语浑成者，意便肤浅，

① 杜甫《登高》诗："风急天高猿啸哀，渚清沙白鸟飞回。无边落木萧萧下，不尽长江滚滚来。万里悲秋常作客，百年多病独登台。艰难苦恨繁霜鬓，潦倒新停浊酒杯。"

② 又《将赴成都草堂途中有作先寄严郑公五首》（其五）诗句。

两难兼也。或欲举其似，偶拈永叔词云："泪眼问花花不语，乱红飞过秋千去。"[①]此可谓层深而浑成。何也？因花而有泪，此一层意也。因泪而问花，此一层意也。花竟不语，此一层意也。不但不语，且又乱落，飞过秋千，此一层意也。人愈伤心，花愈恼人，语愈浅，而意愈入，又绝无刻画之迹，谓非层深而浑成耶！然作者初非措意，直如化工生物，笋未出而苞节已具，非寸寸为之也。若先措意便刻画，愈深愈堕恶境矣。

（清）毛先舒词论，转引自王又华《古今词论·毛稚黄词论》

凡诗句以虚涵两意见妙。如"水落"两句[②]，夜则水落鱼龙，秋则山空鸟鼠，一说也；鱼龙之夜故闻水落，鸟鼠之秋故见山空，又一说也。《秋兴》诗："丛菊两开他日泪，孤舟一系故园心。"[③]居夔而园菊两度开花，则羁旅之泪非一日矣，又见一孤舟系岸而动归心，此一说也；观花发而伤心，则他日之泪乃菊所开，见孤舟而思归，则故乡之心为舟所系，又一说也。盖二意归于一意，而著语以虚涵取巧，诗家法也。

（清）李光地《榕村诗选》卷五

（按：此则又见李光地《榕村语录》卷三十，称"句法以两解为更入三昧"，但解释简略。此则所论，清王应奎《柳南随笔》卷五、梁章钜《浪迹丛谈》卷十均特引用，深表赞赏。）

（苏诗《汲江煎茶》）舒促雅合，若风涌云飞。杨万里辈曲为疏解，似反失其趣诣。

（清）汪师韩《苏诗选评》卷六

（苏诗《汲江煎茶》）杨诚斋解首二句，分为七层，太琐碎。诗不必如此说。

（清）纪昀《瀛奎律髓刊误》卷十八

《汲江煎茶》七律，自是清新俊逸之作。而杨诚斋赏之，则谓一篇之中，句句皆奇，一句之中，字字皆奇。此等语，诚令人不解。……且于数千篇中，独以奇推此，实索之不得其说也。岂诚斋之于诗，竟未窥见深旨耶？

（清）翁方纲《石洲诗话》卷四

① 欧阳修《蝶恋花》词，全词参见《如何索解兴到之作托意》一题注引。

② 杜甫《秦州杂诗二十首》（其一）诗句："水落鱼龙夜，山空鸟鼠秋。"

③ 又《秋兴八首》（其一）："玉露凋伤枫树林，巫山巫峡气萧森。江间波浪兼天涌，塞上风云接地阴。丛菊两开他日泪，孤舟一系故园心。寒衣处处催刀尺，白帝城高急暮砧。"

余亦谓词之一道，易流于纤丽空滑，欲反其弊，往往变为质木，或过作谨严，味同嚼蜡矣。故炼意炼辞，断不可少，炼意所谓添几层意思也，炼辞所谓多几分渲染也。

（清）王韬紫《芬陀利室词话序》

词贵意多。一句之中，意亦忌复。

（近代）况周颐《蕙风词话》卷一

（杜甫《登高》）首句于对仗中兼用韵，分之有六层意，合之则写其登高纵目，若秋声万种，排空杂沓而来。……五六句亦分六层意，而以融合出之。

（近代）俞陛云《诗境浅说》丙编

意贵深而不可转入翳障，意贵新而不可流于怪谲，意贵多而不可横生枝节，或两意并一意，或一意化两意，各相所宜以施之。以量言，须层出不穷；以质言，须鞭辟入里。而尤须含蓄蕴藉，使人读之不止一层，不止一种意味，且言尽意不尽，而处处皆紧凑、显豁、精湛，则句意交炼之功，情景交炼之境矣。

（近代）陈匪石《声执》卷上

附：

易安《声声慢》叠字释

关于李清照《声声慢》一词，从当时到当今，大多词评家都集中赞赏李清照的十四个叠词。张端义《贵耳集》说："本朝非无能词之士，未曾有一下十四叠字者。""俱无斧凿痕。"罗大经《鹤林玉露》中回顾了诗中用叠字的历史，列举了诗中一句用三叠字者、连三字者，两句连三字者，三联叠字者，七联叠字者，只有李清照，"起头连叠十四字，以一妇人，乃能创意出奇如此"[①]。还有人指出：元朝著名曲人乔吉的《天净沙》词中，有"莺莺燕燕春春，花花柳柳真真。事事风风韵韵。娇娇嫩嫩，停停当当人人"之句，是"由李易安'寻寻觅觅'来"[②]。

叠字的使用，千年来，引起这么大的反响，原因在于韵律的特殊，因为叠词作为一种语言现象，是汉语的特点；其次在诗歌中如此大规模地运用，确系空前绝后。但是，从修辞技巧来说，这样连续性的叠词，并不是越多越妙，太多，也可能给人以文字游戏的感觉。如刘驾的"树树树梢啼晓莺""夜夜夜深闻子规"，前面两个叠字完全是多余的。又可能造

①② 吴熊和主编《唐宋词汇评》（两宋卷第二册），浙江教育出版社2004年版，第1426页。

成单调烦冗，像韩愈《南山》的“延延离又属，夬夬叛还遘。喁喁鱼闯萍，落落月经宿。訚訚树墙垣，巘巘架库厩。参参削剑戟，焕焕衔莹琇……”，一口气连用了七个对仗的叠词，也是十四个字，但是，给人牙齿跟不上舌头之感。而李清照，同样是十四个叠词，却用得轻松自如。这当然与她用的都是常用字有关，但是还有一个最为根本的原因，是在内容上、情感上的深沉。

对于李清照的这首词的解读，近千年来，词评家们往往被她的叠词的韵律迷了心窍，大都忘记了她的叠词的成功在于，在表达她的感情特征方面达到了高度的和谐。

一开头就是“寻寻觅觅”，这是没有来由的。寻觅什么？自己也不清楚。寻到了没有呢？没有下文。接着是“冷冷清清”，跟“寻寻觅觅”没有逻辑的因果。再看下去，“凄凄惨惨戚戚”，问题更为严重了，冷清变成了凄惨。这里有一种特别的情绪，是孤单的，凄凉的，悲戚的，这没有问题。但是，为什么弄出个“寻寻觅觅”来呢？一个寻觅不够，再来一个，又没有什么寻觅的目标。这说明，她自己也不知道寻觅什么，原因是她说不清自己到底失落了什么。这是一种不知失落的失落。在《如梦令》里，“应是绿肥红瘦”，她还清楚地知道自己失落了的是青春，别人不知道，她知道。她是不是有点感到孤独？不太清晰，但是她不凄惨，至少是不冷清。而在这里，她不但孤独，冷清，而且凄惨；一个凄惨不够，再来一个；再来了一个还不够，还要加上一个“戚戚”，悲伤之至。她知道，失去的东西，是看不见、摸不着的，也是寻觅不回来的。她是在朦胧地体验着、孤独地忍受着失落感。这种失落感，和她词中叠词里断续的逻辑一样，是若断若续的。这样的断续，造成了一种飘飘忽忽、迷迷茫茫的感觉。这是第一个层次，就是沉迷于失落感之中，不能自已，不能自拔。

下面转到气候，“乍暖还寒时候，最难将息”。是调养身体吗？照理应该是。但是从下文看，最难将息的可能不是躯体，而是心理。为什么？她用什么来将息、调理自己的身体？用“三杯两杯淡酒”。喝酒怎么调养身体，尤其对于古代女性？是借酒消愁？但酒是淡酒，不太浓。淡酒，不仅是酒之淡，而且可以联想到词人的情感状态，是不确定的，缥缈的。李清照所营造的“寻寻觅觅”，是不知道寻觅什么，也不在乎寻到了没有。感情状态就是失落，不知失落了什么，也不准备寻到什么。因而其程度，是不强烈的、朦胧的。淡酒的淡，就是在这一点上，与之呼应，为之定性的。下面的“乍暖还寒时候，最难将息”，不但是情怀，而且是气候，也是如情绪一般，不稳定，冷暖不定。“将息”，调养的效果，也是不确定的。

但是，情感的性质不确定，“冷冷清清，凄凄惨惨戚戚”，又不能不说是确定的。这并不是感情本身的性质，而是寻觅无果的效果。虽然性质不明，但是效果强烈。不想强烈地寻觅，造成的心理效果却是强烈的。这就是淡酒的双重的联想特点了。虽然淡，但仍然是酒，而不能是茶。那种“寒夜客来茶当酒”的情调，在程度上，是不够强的。

酒的性质，就是情感的性质，酒的分量，就是情感的分量。

这种分量是很精致的，分寸上是很精确的。

这酒虽然淡，却不是杜甫那样的“浊酒”。“浊酒一杯家万里”，与“潦倒”联系在一起（“潦倒新亭浊酒杯”），与经济上的贫困相关。李清照写的不是这个。这当然也不是“美酒”。王维的“新丰美酒斗十千”与“咸阳游侠多少年”联系在一起。那种酒代表一种豪情，这与李清照的精神状态相去甚远。当然也不是陆游的“腊酒”，“莫笑农家腊酒浑”，虽然质量不高，可也足以用作丰年的欢庆。李清照的精神状态，只能以一个“淡”字来起头。

醉翁之意不在酒，在于打发日子也。

李清照这里的“淡”字，还有一个功能，就是引出下面的大雁。

淡酒本来是用来抵挡晚来的寒风的。虽然无效，抵挡不住，却因风而把李清照的视觉从室内转移到室外。从地上转向了天空。“雁过也”，空间视野开阔了，心情却没有开朗，原因是，“正是旧时相识”。大雁激起的却是时间感觉，一年又过去了。时间之快，突然发现，也就是年华消逝之快的警觉。失落感产生的原因明确了，不再是迷迷蒙蒙的了。

但是酒的功能没有用上，敌不过“晚来风急”。风急了，就是冷，酒挡不住寒气。

李清照如果光是为了挡寒的话，就俗了。她借着“风”字，来了一个空间的转换，目光从孤独狭窄的住所转移到了天上去：“雁过也。”这个“也”字，韵味不简单，是突然冒出来的语气词，有当时口语的味道（当然也是古典文言，但“也”本来就是古代的语气词，古代的口语）。这个“也”字，是不是有点喜悦轻松的语气？这个大雁，是季节的符号，说明秋天来了；加上又“曾是旧时相识”，是老朋友了。本该“有朋自远方来，不亦乐乎”，李清照却乐不起来。绿肥红瘦，春光明媚，尚且悲不自禁；秋天来了，群芳零落，更该悲了。本来“悲秋”在中国古典诗词中就有传统，李清照当然要悲凉一番。这种悲凉，又因旧时相识，就更加沉重：又是一年了。这个雁，还有一层暗示：鸿雁传书。早年她给丈夫的词中，就说：“云中谁寄锦书来，雁字回时，月满西楼。”（《一剪梅》）岁月催人老，加上写此词时，已是“靖康之难”之后，李清照已是家破夫亡，即便大雁能传书，也无书信可传，这自然更令人神伤。

这里隐藏着一个意脉的节点，那就是时间太快，生命消逝得太快。这是第二个层次，将息，心理调整不但失败，反而加重了悲郁。下半阕，心事更加沉闷。“满地黄花堆积，憔悴损、如今有谁堪摘？”这比“绿肥红瘦”更加惨了，不但憔悴，而且有点枯干了。“有谁堪摘”，不说什么人摘。有人解释，说这个“谁”字，是“什么”的意思，也通，但也不能否认，“谁”字亦作人称代词，指“什么人”，二者兼而有之。是不是有人老珠黄之感，留给读者去想象。

这是第三个层次，悲郁之至，对自己无可奈何，几乎是无望了。青春年华只剩下满地枯败的花瓣。

无计可施，只有消极忍受。没有办法排遣，希望这白天不要这么漫长，早点过去，让天色早点黑下来，眼不见，心不烦。但又不是干脆睡大觉，而是守着窗子。“守着窗儿”，是不是舍不得离开？毕竟是孤孤单单一个人，冷冷清清，不如守着窗子，多多少少还能转移一点注意力。但是，时间是那样漫长。为什么那么漫长？这里有个暗示，因为是“独自”，只有一个人，怎么能熬到天色暗下去？

这是第四个层次，对老天放弃抵抗，无可奈何，忍受排遣不了的孤单。

这里的意脉发生了对转，痛苦不是来自时间过得太快，而是相反，时间过得太慢了。

以下所有意象，都集中在一个慢的心理效果上。

第五个层次，是全词的高潮。已经是对自己、对天都无可奈何了，选择了认命，忍受时间的慢慢过去。好容易等到黄昏到了，视觉休息了，心情可以宁静了罢？听觉却增加了干扰。那梧桐叶子上的雨声，一点一滴地，发出声音来。秋雨梧桐，本是古典诗词中忧愁的意象（白居易“秋雨梧桐叶落时”）。李清照突出了它的过程，点点滴滴，都在提醒自己的孤独寂寞、失落、凄惨。这个“点点滴滴”，用得很有才华。一方面是听觉的刺激，虽然不强烈，但却持续漫长，不可休止；另一方面是和开头的叠词呼应，构成完整的、有机的风格。叠词的首尾呼应的有机性，与情感上的一个层次性的推进，最后归结为“这次第、怎一个愁字了得”。次第，就是层次，变化，一个“愁”字，就是众多层次都集中在一个焦点上，从内容到形式，从情绪到话语，高度统一，水乳交融。

有些专家，不从内在的联系上寻求结构的完整性，而是从时间上，说这首词，从早晨写到晚上，认为“晚来风急”当为“晓来风急”，这样与后来的黄昏凑成一整天，时间上就完整了，而且符合李清照《声声慢》的“慢词”体制，故“纯用赋体”[①]。但是从内容上来看，这首词虽然属于“慢词”，情感节奏上却并不慢，一共二十一个句读，情绪却有五个层次，平均每一层次只有四个句读左右，变化应该是非常快的。最长的层次，也只有六句，全是抒情的跳跃性意象组合，谈不上什么“赋体”，既没有多少篇幅是叙述性的，更没有任何敷陈渲染，有的是意象组合，空间时间的转换，外感与内心的活动，都有逻辑的空白，给读者留下了很大的想象空间。所谓一天的过程，并不是像赋体那样有头有尾的。就算是

① 唐珪璋《唐宋词简释》：“此首纯用赋体，写竟日愁情。”见吴熊和主编《唐宋词汇评》（两宋卷第二册），浙江教育出版社 2004 年版，第 1430 页。

“晓来风急”，从早晨到黄昏，中间并没有时间的递进，说一天，只是早晚，当中的时间过程，不是李清照的词里有的，而是专家们的想象被召唤，被激活，用自己的经验补充创造出来的，而这恰恰不是赋体的功能。如果不拘泥于从早到晚，老老实实承认从一开头就是“晚来风急”，时间上集中在傍晚、黄昏，但是心理上纵深层次很丰富，不是更加具有情采和文采的“密度”吗？

陈一琴辑历代诗话

《秋词·声声慢》：“寻寻觅觅，冷冷清清，凄凄惨惨戚戚。”①此乃公孙大娘舞剑手。本朝非无能词之士，未曾有一下十四叠字者，用《文选》诸赋格。后叠又云：“梧桐更兼细雨，到黄昏、点点滴滴。”又使叠字，俱无斧凿痕。

（宋）张端义《贵耳集》卷上

诗有一句叠三字者，吴融《秋树》诗“一声南雁已先红，槭槭凄凄叶叶同”是也。有一句连三字者，刘驾诗“树树树梢啼晓莺”“夜夜夜深闻子规”②是也。有两句连三字者，白乐天诗“新诗三十轴，轴轴金玉声”③是也。有一句四叠字者，古诗“行行重行行”④，《木兰诗》“唧唧复唧唧”是也。有两句互叠字者，王胄诗“年年岁岁花常发，岁岁年年人不同”⑤是也。有三联叠字者，古诗“青青河畔草”⑥六句是也。有七联叠字者，昌黎《南山》诗“延延离又属”十四句是也。至李易安词“寻寻觅觅，冷冷清清，凄凄惨惨戚戚”，连下十四叠字，则出奇胜格，真匪夷所思矣。

（清）梁绍壬《两般秋雨庵随笔》卷二

李易安词“寻寻觅觅，冷冷清清，凄凄惨惨戚戚”，乔梦符（元乔吉字）效之作《天净

---

① 李清照《声声慢》词：“寻寻觅觅，冷冷清清，凄凄惨惨戚戚。乍暖还寒时候，最难将息。三杯两盏淡酒，怎敌他、晚来风急！雁过也，正伤心，却是旧时相识。 满地黄花堆积，憔悴损、如今有谁堪摘？守着窗儿，独自怎生得黑！梧桐更兼细雨，到黄昏、点点滴滴。这次第，怎一个愁字了得！”

② 《晓登迎春阁》诗句：“香风满阁花满树，树树树梢啼晓莺。”又《春夜二首》（其一）诗句：“近来欲睡兼难睡，夜夜夜深闻子规。”

③ 《题故元少尹集后二首》（其二）诗句：“遗文三十轴，轴轴金玉声。”

④ 《古诗十九首》诗句：“行行重行行，与君生别离。”

⑤ 刘希夷《白头吟》、宋之问《有所思》、贾曾《有所思》皆有诗句：“年年岁岁花相似，岁岁年年人不同。”

⑥ 《古诗十九首》诗句：“青青河畔草，郁郁园中柳。盈盈楼上女，皎皎当窗牖。娥娥红粉妆，纤纤出素手。”

沙》词云："莺莺燕燕春春，花花柳柳真真，事事风风韵韵。娇娇嫩嫩，停停当当人人。"叠字又增其半，然不若李之自然妥帖。大抵前人杰出之作，后人学之，鲜有能并美者。

（清）陆以湉《冷庐杂识》卷六

叠字之法最古，义山尤喜用之。然如菊诗："暗暗淡淡紫，融融冶冶黄。"转成笑柄。宋人中易安居士，善用此法。其《声声慢》一词，顿挫凄绝。……二阕，共十余个叠字，而气机流动，前无古人，后无来者，可为词家叠字之法。

（清）陆蓥《问花楼词话》

易安《声声慢》词，张正夫（张端义字）云："（参上引，略）"此论甚陋，十四叠字，不过造语奇隽耳，词境深浅，殊不在此。执是以论词，不免魔障。

（清）陈廷焯《白雨斋词话》卷七

此词首用十四个叠字，后又用两个叠字，昔人称为难能，然此十四叠字，亦有一定层次，首四字尤非有深切情感者不易道出。……简言之，即心中如有所失。盖独处伤心之人，确有此情况也。"冷冷清清"者，境之凄寂也。"凄凄惨惨戚戚"者，心之悲苦也。……一个愁字不能了，故有十四个叠字，十四个叠字不能了，故有全首。

（现当代）刘永济《唐五代两宋词简析》

此十四字之妙：妙在叠字，一也；妙在有层次，二也；妙在曲尽思妇之情，三也。良人既已行矣，而心似有未信其即去者，用以"寻寻"。寻寻之未见也，而心似仍有未信其即便去者，又用"觅觅"；觅者，寻而又细察之也。觅觅之终未有得，是良人真个去矣，闺闼之内，渐以"冷冷"；冷冷，外也，非内也。继而"清清"，清清，内也，非复外矣。又继之以"凄凄"，冷清渐蹙而凝于心，又继之以"惨惨"，凝于心而心不堪任。故终之以"戚戚"也，则肠痛心碎，伏枕而泣矣。似此步步写来，自疑而信，由浅入深，何等层次，几多细腻！不然，将求叠字之巧，必贻堆砌之讥，一涉堆砌，则叠字不足云巧矣。故觅觅不可改在寻寻之上，冷冷不可移植清清之下，而戚戚又必居最末也。且也，此等心情，唯女儿能有之，此等笔墨，唯女儿能出之。

（现当代）傅庚生《中国文学欣赏举隅·精研与达诂》

"寻寻觅觅"四字，劈空而来，似乎难以理解，细加玩索，才知道它们是用来反映心中如有所失的精神状态。环境孤寂，心情空虚，无可排遣，无可寄托，就像有什么东西丢掉了一样。这东西，可能是流亡以前的生活，可能是丈夫在世的爱情，还可能是心爱的文物或者什么别的。它们似乎是遗失了，又似乎本来就没有。……只这一句，就把她由于敌人的侵略、政权的崩溃、流离的经历、索漠的生涯而不得不担承的、感受的、经过长期消磨而仍然留在心底的悲哀，充分地显示出来了。心中如有所失，要想抓住一点什么，结果却什么也得不到，所得到的，仍然只是空虚，这才如梦初醒，感到“冷冷清清”。四字既明指环境，也暗指心情，或者说，由环境而感染到心情，由外而内。接着“凄凄惨惨戚戚”，则纯属内心感觉的描绘。“凄凄”一叠，是外之环境与内之心灵相连接的关键，承上启下。……由此可见，这三句十四字，实分三层，由浅入深，文情并茂。

（现当代）沈祖棻《宋词赏析》

起下十四字叠字，总言心情之悲伤。中心无定，如有所失，故曰“寻寻觅觅”。房栊寂静，空床无人，故曰“冷冷清清”。“凄凄惨惨戚戚”六字，更深一层，写孤独之苦况，愈难为怀。

（现当代）唐圭璋《唐宋词简释》

唐人七绝何诗压卷

在唐诗绝句中评出压卷之作前，在理论上必须清场。首先，中国古典诗论从性质上来说，是文本中心论，当代西方前卫文论的基础则是读者中心论，一千个读者有一千个哈姆雷特。在中国，也不是没有读者中心的苗头，如“诗无达诂”的说法就颇得广泛认同。袁枚说得更具体：“诗如天生花卉，春兰秋菊，各有一时之秀，不容人为轩轾。音律风趣，能动人心目者，即为佳诗，无所为第一、第二也。”吴乔更主张诗之“压卷”不但因人而异，而且因人一时之心情而异，所谓压卷，不过是“对境当情”而已，并以自己对数首唐诗的体验相印证。从理论上说，以读者即时即境的心情来评诗，这是读者中心论的极致。在20世纪八九十年代，西方文论的绝对的相对主义高潮中，有识者在理论上也提出“共同视域”和“理想读者”，乃至“专业读者”的补正。到了2003年，《二十世纪文学理论》的作者特里·伊格尔顿原本主张消解“文学”，在《理论之后》中又改口反对绝对的相对主义，而赞成真理，甚至某种“绝对真理”的存在。①

看来压卷之争隐含着一种预设：绝句毕竟有着统一的艺术准则。这在中外诗歌理论界似乎还是有相通之处的。正是因为如此，唐诗绝句何者压卷之争，古典诗话诗评延续了明清两代，长达数百年。

在品评唐诗的艺术最高成就时，向来是李白、杜甫并称，举世公认。在绝句方面，尤其是七言绝句，从总体上说，历代评家倾向成就最高者当为李白。但究竟是哪位诗人的某一篇章，能获得“压卷”的荣誉，诸家看法则不免有所出入。至于杜甫的绝句不列入“压卷”，似乎又是不约而同的。这就说明有一个不言而喻的共识在起作用。古典诗话诗评的作者们并没有把这种共识概括出来，我们除了从他们所提的“压卷”之作中进行直接归纳以外，别无选择。依据诸家提的“压卷”之作，除个别偶然提及外，比较普遍提到的大致如

① 伊格尔顿《理论之后》，高振译，商务印书馆2009年版，第103页。

下：王昌龄《出塞二首》(其一)、王之涣《凉州词》、李白《早发白帝城》、王翰《凉州词二首》(其一)、王维《送元二使安西》、李益《夜上受降城闻笛》。

诗话并没有具体分析各首艺术上的优越性何在。采用直接归纳法，最方便的是从体式的外部结构开始，并以杜甫遭到非议的绝句代表作“两个黄鹂鸣翠柳，一行白鹭上青天。窗含西岭千秋雪，门泊东吴万里船”加以对比。稍作比较，不难发现：杜甫的四句都是肯定的陈述句，都是视觉写景。而被列入压卷之作的则相反，第三、四句在语气上发生了变化，大都是从陈述变成了否定、感叹或者疑问。如：“但使龙城飞将在，不教胡马度阴山。”“羌笛何须怨杨柳，春风不度玉门关。”“醉卧沙场君莫笑，古来征战几人回？”“劝君更尽一杯酒，西出阳关无故人。”“不知何处吹芦管，一夜征人尽望乡。”不但是句法和语气变了，而且从写客体之景转化为感兴，也就是抒主观之情。被认为压卷之作的几首比之杜甫这首，显然有句法、语气、情绪的变化，甚至是一种跳跃，心灵都显得活跃而丰富。

绝句第三句要有变化，是这种体式的规律。早在元代杨载的《诗法家数》中就有过论述，并强调指出“宛转变化工夫，全在第三句，若于此转变得好，则第四句如顺流之舟矣”。[①]杨载强调第三句相对于前面两句，是一种“转变”的关系，这种“转变”不是断裂，而是在“宛转”“变化”中承接，其中有虚与实，虚就是不直接连续。如《出塞》前两句“秦时明月汉时关，万里长征人未还”是实接，在逻辑上没有空白。到了第三句就不是实接写边塞，而是虚接发起议论来，但仍然有潜在的连续性：明月引发思乡，回不了家，有了李广就不一样了。景不接，但情绪接上了，这就是虚接。

然所举压卷之作，并非第三、四句都是这种句法语气变化。如李白《早发白帝城》，第三句“两岸猿声”在句法上就没有这种变化，四句都是陈述性的肯定句，“啼不住”也是持续的意思，不是句意的否定。这是因为，句式的变化还有另一种形式：如果前两句是相对独立的单句，则后两句在逻辑上是贯穿一体的，不能各自独立，叫作“流水”句式。例如“羌笛何须怨杨柳”，离开了“春风不度玉门关”，逻辑是不完整的。“流水”句式的变化，既是技巧的变化，也是诗人心灵的活跃。前两句如是描绘性的画面的话，后两句再一味描绘，即像前面举的杜甫那首绝句一样，缺乏杨载所说的“宛转变化”工夫，就显得太合，放不开，平板。而“流水”句式，使得诗人的主体更有超越客观景象的能量，更有利于表现诗人的感动、感慨、感叹、感喟。

李白这首诗的第三、四句，也是这种“流水”句式，两句合起来，就有了“宛转变化”，而且流畅得多，还在为诗人心理婉转地向纵深层次潜入提供了基础。第三句超越了视觉形象，转化为听觉；听觉中之猿声，从悲转变为美，由五官感觉深化为凝神观照的美感。

① 何文焕《历代诗话》(下册)，中华书局 2006 年版，第 732 页。

第三句的听觉特点是持续性的，到第四句转化为突然终结，美妙的听觉变为发现已到江陵的欣喜，转入感情深处获得解脱的安宁，安宁中有欢欣。构成张力是多重的，这才深入到作者此时感情纵深的最底层。通篇无一喜字，喜悦之情却尽在字里行间，在句组的“场”之中。

正是因为这样，李白这首绝句被列入压卷之作，几乎没有争议。而王昌龄的《出塞》（其一），则争议颇为持久。赞成李攀龙之说的不在少数，但也有人“不服”，批评王诗后两句是发议论，太直露。不少评点家都以为此诗不足以列入唐诗压卷之列。在我看来，王昌龄这一首硬要列入唐绝句第一，是很勉强的。这后两句，前人说到“议论”，并没有触及要害，议论要看是什么样的。“仰天大笑出门去，我辈岂是蓬蒿人”“安能摧眉折腰事权贵，使我不得开心颜”，这样的议论，在全诗中不但不是弱句，而且是思想艺术的焦点。这是因为，这种议论，其实不是议论，而是直接抒情。抒情与议论的区别就在于，议论是理性逻辑，而抒情则是情感逻辑。而王的议论“但使龙城飞将在，不教胡马度阴山”，虽然不无情感，毕竟比较单薄，理性成分似太多。用杨载的开与合来推敲，可能是开得太厉害，合得不够宛转。

其实，王昌龄《出塞》有两首，另外一首，在水平上不但大大高出其一，就是拿到历代诗评家推崇的“压卷”之作中去，也有过之而无不及。令人不解的是，千年来诗评家却从未论及。因而，特别有必要提出来重点研究一下。原诗是这样的：

骝马新跨白玉鞍，战罢沙场月色寒。

城头铁鼓声犹振，匣里金刀血未干。

读这种诗，令人惊心动魄。不论从意象的密度和机理上，还是从立意的精致上，都不是前述“压卷”之作可以望其项背的。在盛唐诗歌中，以绝句表现边塞豪情的杰作，不在少数。然而，盛唐绝句写战争往往在战场之外，以侧面着笔出奇制胜。这首诗则以四句之短幅从正面着笔，红马、玉鞍，沙场、月色，金刀、鲜血，城头、铁鼓，不过是八个细节（意象），却从微妙的无声感知中，显示出浴血英雄的豪情，构成统一的意境。其工力之非凡表现在：

第一，正面写战争，把焦点放在血战将结束而尚未完全结束之际。战争是血腥的，但毫无血腥的凶残。先是写战前的准备，却一味醉心于战马之美，实际上是表现壮心之雄。接下去诗人又巧妙地跳过正面搏击过程，把焦点放在火热的搏斗以后，写战场上的回忆。为什么呢？

第二，血腥的战事必须拉开距离。不拉开距离，就是岳飞“壮志饥餐胡虏肉，笑谈渴饮匈奴血”，亦不能不带来生理刺激。王昌龄把血腥放在回味之中，拉开时间距离，拉开空间距离，拉开人身距离，都有利于超越实用价值如死亡、伤痛，进入审美的想象境界，让情感获得自由。

第三，从视觉来说，月色照耀沙场。不但提示从白天到夜晚战事持续之长，而且暗示战情之酣，酣到忘记了时间，战罢方才猛醒。这种“忘我”的境界，就是诗人用“寒”字暗示出来的。这个“寒”字的好处还在于，这是一种突然的发现。战斗方殷，生死存亡，无暇顾及，战事结束方才发现，既是一种刹那的自我召回，无疑又是瞬间的享受。

第四，在情绪的节奏上，与凶险的紧张相对照，这是轻松的缓和，隐含着胜利者的欣慰和自得。构思之妙，就在“战罢”两个字上，战罢沙场的缓和，又不同于通常的缓和，是一种尚未完全缓和的缓和。听觉提示着，战鼓之声未绝。结句“匣里金刀血未干”，进一步唤醒回忆，血腥就在瞬息之前。有声与无声，喜悦是双重的，但都是独自的，甚至是秘密的。金刀在匣里，刚刚放进去，只有自己知道。喜悦也只有独自回味才精彩，大叫大喊地欢呼，就没有意思了。

第五，诗人用词，可谓精雕细刻。骝马饰以白玉，红黑色马，配以白色，显其壮美。立意之奇，还在于接下来是“铁鼓”。这个“铁”字炼得惊人，铁鼓所以优于通常的金鼓，是在意气风发之中，带有一点粗犷，甚至野性，也与战事的残酷相照应。更出奇的是，金刀代表荣华富贵，却让它带上鲜血。这些超越常规的联想，并不是俄国形式主义者所说的单个词语的“陌生化”效果，而是潜在于一系列的词语之间的反差。这种层层叠加的反差，构成某种密码性质的意气，表现出刹那间的英雄心态。

第六，诗人的全部构思，就在一个转折点：从外部世界来说，从不觉月寒而突感月寒，本以为战罢而悟到尚未战罢；从内部感受来说，从忘我到唤醒自我，从胜利的自豪到血腥的体悟。这种心态的特点，就是刹那间的，而表现刹那间的心灵震颤，恰恰是最佳绝句的特点。

总之，绝句压卷之作种种“宛转变化”的形式，归根到底都是为了表现诗人微妙的感悟。大致可分为两种：一种是，精彩的绝句，往往表现出情绪的瞬间转变；另一种，则保持着情绪于结束时的持续性。情绪的瞬间转折和延续感是绝句艺术的特殊生命。压卷之作的精妙之处，也正是绝句的成功的规律。

陈一琴辑历代诗话

"秦时明月"①一首，用修、于鳞（明李攀龙字）谓为唐绝第一②。愚谓王之涣《凉州词》神骨声调当为伯仲，青莲"洞庭西望"③气概相敌。第李诗作于沦落，其气沉郁；少伯（王昌龄字）代边帅自负语，其神气飘爽耳。

（明）敖英辑评、凌云补辑《唐诗绝句类选》

李于鳞言唐人绝句当以"秦时明月汉时关"压卷，余始不信，以少伯集中有极工妙者。既而思之，若落意解，当别有所取。若以有意无意可解不可解间求之，不免此诗第一耳。

（明）王世贞《艺苑卮言》卷四

于鳞选唐七言绝句，取王龙标"秦时明月汉时关"为第一，以语人，多不服。于鳞意止击节"秦时明月"四字耳。必欲压卷，还当于王翰"葡萄美酒"④、王之涣"黄河远上"二诗求之。

（明）王世懋《艺圃撷余》

初唐绝，"葡萄美酒"为冠；盛唐绝，"渭城朝雨"⑤为冠；中唐绝，"回雁峰前"⑥为冠；晚唐绝，"清江一曲"⑦为冠。"秦时明月"，在少伯自为常调。用修以诸家不选，故《唐绝增

---

① 王昌龄《出塞二首》（其一），参见《诗可解、不可解、不必解之说》一题注引。

② 见旧题李攀龙编选《唐诗选》。李编《古今诗删·唐七言绝句》卷二十一，又以王勃《蜀中九日》为压卷。

③ 李白《陪族叔刑部侍郎晔及中书贾舍人至游洞庭五首》（其一）："洞庭西望楚江分，水尽南天不见云。日落长沙秋色远，不知何处吊湘君？"

④ 《凉州词二首》（其一），参见《逼真与含糊》一题注引。

⑤ 王维《送元二使安西》诗："渭城朝雨浥轻尘，客舍青青柳色新。劝君更尽一杯酒，西出阳关无故人。"

⑥ 未详何诗。卢仝有诗《送萧二十三二首》（其一）："淮上客情殊冷落，蛮方春早客何如！相思莫道无来使，回雁峰前好寄书。"似非。胡氏同卷又谓："七言绝，开元以下，便当以李益为第一。如《夜上西城》《从军》《北征》《受降》《春夜闻笛》诸篇，皆可与太白、龙标竞爽，非中唐所得有也。"疑"回雁峰前"系"回乐峰前"之误，即指李益《夜上受降城闻笛》一诗："回乐峰前沙似雪，受降城下月如霜。不知何处吹芦管，一夜征人尽望乡。"

⑦ 刘禹锡《杨柳枝》。刘禹锡生于公元 772 年，卒于 842 年，一生历七朝。四唐之说始于元代，但中晚唐界限并不清晰，故有晚唐之说。参见《婉曲含蓄与直致浅露》一题注引、按语。

奇》首录之。所谓前人遗珠，兹则掇拾。于鳞不察而和之，非定论也。

（明）胡应麟《诗薮》内编卷六

王少伯七绝，宫词闺怨，尽多诣极之作；若边词“秦时明月”一绝，发端句虽奇，而后劲尚属中驷。于鳞遽取压卷，尚须商榷。遁叟。

（明）胡震亨《唐音癸签》卷十

于鳞云：“唐七言绝，当以‘秦时明月汉时关’压卷。”《艺苑卮言》过之，然不知乃用修品也。昔过君房，见案上《唐绝增奇》曰：“亦首此乎？”君房无他语，但曰：“是。”余曰：“后二句不太直乎？”君房复曰：“是。”且曰：“何不曰‘周时明月’？”咦，是诗特三句佳耳，后二句无论太直，且应上不响。“但使”“不教”四字，既露且率，无高致，而着力唤应，愈觉趣短，以压万首可乎？释氏称：食蜂蜜，中边甜。此唯“黄河远上”足当之。总看佳，句摘佳，落意解佳，有意无意、可解不可解间亦佳：以第一无愧也。“洞庭西望”庄而浑，“锦城丝管”[①]工而婉，“蒲桃美酒”豪而畅，与“秦时明月”皆堪伯仲。

（明）孙矿《唐诗品》

诗但求其佳，不必问某首第一也。昔人问《三百篇》何句最佳？及《十九首》何句最佳？盖亦兴到之言，其称某句佳者，各就其意之所感，非执此以尽全诗也。李于鳞乃以此首为唐七言绝压卷，固矣哉！无论其品第当否何如，茫茫一代，绝句不啻万首，乃必欲求一首作第一，则其胸中亦梦然矣。

（明）钟惺、谭元春《唐诗归》卷十一王昌龄《出塞》钟批语

凡诗对境当情，即堪压卷。余于长途驴背困顿无聊中，偶吟韩琮诗云：“秦川如画渭如丝，去国还乡一望时。公子王孙莫来好，岭花多是断肠枝。”[②]对境当情，真足压卷。癸卯再入京师，旧馆翁以事谪辽左，余过其故第，偶吟王涣诗云：“陈宫兴废事难期，三阁空余绿草基。狎客沦亡丽华死，他年江令独来时。”[③]道尽宾主情境，泣下沾巾，真足压卷。又于闽南道上，吟唐人诗曰：“北畔是山南畔海，只堪图画不堪行。”[④]又足压卷。……余所谓压卷

---

① 杜甫《赠花卿》诗：“锦城丝管日纷纷，半入江风半入云。此曲只应天上有，人间能得几回闻？”

② 韩琮《骆谷晚望》诗。

③ 王涣《惆怅诗十二首》（其九）。

④ 杜荀鹤《闽中秋思》诗：“雨匀紫菊丛丛色，风弄红蕉叶叶声。北畔是山南畔海，只堪图画不堪行。”

者如是。

（清）吴乔《围炉诗话》卷六

七言绝句，唯王江宁（王昌龄，曾迁江宁丞）能无疵颣；储光羲、崔国辅其次者。至若“秦时明月汉时关”，句非不炼，格非不高，但可作律诗起句；施之小诗，未免有头重之病。

（清）王夫之《姜斋诗话》卷二

（司马札《宫怨》诗[①]）此首犹具盛唐风韵，晚唐绝句，当推第一。

（清）黄生《唐诗摘抄》卷四

七言，初唐风调未谐，开元、天宝诸名家，无美不备，李白、王昌龄尤为擅场。昔李沧溟（李攀龙号）推“秦时明月汉时关”一首压卷，余以为未允。必求压卷，则王维之“渭城”、李白之“白帝”[②]、王昌龄之“奉帚平明”、王之涣之“黄河远上”，其庶几乎！而终唐之世，绝句亦无出四章之右者矣。中唐之李益、刘禹锡，晚唐之杜牧、李商隐四家，亦不减盛唐作者云。

（清）王士禛《唐人万首绝句选·凡例》，又《带经堂诗话》卷四

杜诸体诗，皆妙绝千古，只绝句须让太白。绝句要飘逸蕴藉，如“峨眉山月”[③]“问余何事”[④]诸作，实是绝调。然昔人亦有推王龙标“秦时明月汉时关”为第一者。

（清）李光地《榕村语录》卷三十

唐人七言绝句，李于鳞推“秦时明月”为压卷，其见解独出王氏二美（王世贞、世懋兄弟，字元美、敬美）之上。王阮亭犹以为未允，别取“渭城”“白帝”“奉帚平明”“黄河远上”四首。按：“黄河远上”，王敬美已举之矣；其“渭城”三诗，细味之实不如“秦时明月”之用意深远也。

（清）爱新觉罗·恒仁《月山诗话》

---

① 司马诗：“柳色参差掩画楼，晓莺啼送满宫愁。年年花落无人见，空逐春泉出御沟。”

② 《早发白帝城》诗：“朝辞白帝彩云间，千里江陵一日还。两岸猿声啼不住，轻舟已过万重山。”

③ 李白《峨眉山月歌》：“峨眉山月半轮秋，影入平羌江水流。夜发清溪向三峡，思君不见下渝州。”

④ 又《山中问答》诗，参见《诗可解、不可解、不必解之说》一题注引。

李沧溟推王昌龄“秦时明月”为压卷，王凤洲（王世贞号）推王翰“葡萄美酒”为压卷，本朝王阮亭则云：“必求压卷，王维之‘渭城’，李白之‘白帝’，王昌龄之‘奉帚平明’，王之涣之‘黄河远上’，其庶几乎！而终唐之世，亦无出四章之右者矣。”沧溟、凤洲主气，阮亭主神，各自有见。愚谓：“李益之‘回乐峰前’①，柳宗元之‘破额山前’②，刘禹锡之‘山围故国’③，杜牧之‘烟笼寒水’④，郑谷之‘扬子江头’⑤，气象稍殊，亦堪接武。

（清）沈德潜《说诗晬语》卷上

诗如天生花卉，春兰秋菊，各有一时之秀，不容人为轩轾。音律风趣，能动人心目者，即为佳诗，无所为第一、第二也。……若必专举一人，以覆盖一朝，则牡丹为花王，兰亦为王者之香：人于草木，不能评谁为第一，而况诗乎？

（清）袁枚《随园诗话》卷三

王阮亭司寇删定洪氏《唐人万首绝句》，以王维之“渭城”、李白之“白帝”、王昌龄之“奉帚平明”、王之涣之“黄河远上”为压卷，韪于前人之举“葡萄美酒”“秦时明月”者矣。近沈归愚宗伯，亦效举数首以续之。今按其所举，以杜牧“烟笼寒水”一首为当。其柳宗元之“破额山前”，刘禹锡之“山围故国”，李益之“回乐峰前”，诗虽佳而非其至。郑谷“扬子江头”，不过稍有风调，尤非数诗之匹也。必欲求之，其张潮之“茨菰叶烂”⑥，张继之“月落乌啼”，钱起之“潇湘何事”⑦，韩翃之“春城无处”⑧，李益之“边霜昨夜”⑨，刘禹锡之“二十余年”⑩，李商隐之“珠箔轻明”⑪，与杜牧“秦淮”之作，可称匹美。

（清）管世铭《读雪山房唐诗钞·七绝凡例》卷二十九

余谓“黄河远上”诗气韵尚佳，若“葡萄”一绝风斯下矣，何能压卷？人之嗜好不同，

---

① 即《夜上受降城闻笛》诗。

② 《酬曹侍御过象县见寄》诗：“破额山前碧玉流，骚人遥驻木兰舟。春风无限潇湘意，欲采蘋花不自由。”

③④ 刘禹锡《石头城》、杜牧《泊秦淮》诗，均参见《蹈袭、祖述、暗合及偷法》一题贺裳引。

⑤ 《淮上与友人别》诗：“扬子江头杨柳春，杨花愁杀渡江人。数声风笛离亭晚，君向潇湘我向秦。”

⑥ 《江南行》诗：“茨菰叶烂别西湾，莲子花开不见还。妾梦不离江上水，人传郎在凤凰山。”

⑦ 《归雁》诗：“潇湘何事等闲回？水碧沙明两岸苔。二十五弦弹夜月，不胜清怨却飞来。”

⑧ 《寒食》诗，参见《婉曲含蓄与直致浅露》一题吴乔引。

⑨ 《听晓角》诗：“边霜昨夜堕关榆，吹角当城汉月孤。无限塞鸿飞不度，秋风卷入小单于。”

⑩ 《杏园花下酬乐天见赠》诗：“二十余年作逐臣，归来还见曲江春。游人莫笑白头醉，老醉花间有几人？”

⑪ 《宫妓》诗：“珠箔轻明拂玉墀，披香新殿斗腰支。不须看尽鱼龙戏，终遣君王怒偃师。”

不必苦争，譬已嗜昌蒲菹者，又可强人缩鼻饮之邪？

（清）马星翼《东泉诗话》卷二

文昌“洛阳城里见秋风”[①]一绝，七绝之绝境，盛唐诸巨手到此者亦罕，不独乐府古澹足与盛唐争衡也。王新城（王士禛，山东新城人）、沈长洲（沈德潜，江苏长洲人）数唐人七绝擅长者各四章，独遗此作。沈于郑谷之“扬子江头”亦盛称之，而不及此，此以声调论诗也。

（清）林昌彝《射鹰楼诗话》卷八

（王士禛“而终唐之世，绝句亦无出四章之右者矣”）此论未允，不如李说为长。

（清）李慈铭《越缦堂日记说诗全编·补编》

（王之涣《凉州词》）神韵悠远，唐人万首绝句中，尤推第一。

（清）王维举、王绳祖《诗鹄》中编卷一王绳祖评语

〔附录〕

唐诗各体中压卷之作，古人各有所主。而以余之妄见论之……七言绝则王之涣“黄河远上白云间”……等作，似当为全篇之完备警绝者。

［朝鲜］南龙翼《壶谷诗评》

① 张籍《秋思》：“洛阳城里见秋风，欲作家书意万重。复恐匆匆说不尽，行人临发又开封。”

唐人七律何诗第一

唐人律诗何者为最优，比之绝句孰为“压卷”，众说更为纷纭。诸家所列绝句压卷之作比较集中，就质量而言，相去亦不甚悬殊。而律诗则不然，居然不止一家把沈佺期那首《古意呈补阙乔知之》(《独不见》) 拿出来当成首屈一指的作品。

这首诗，从内涵来说，完全是传统思妇母题的承继，并无独特情志的突破。除了最后一联“含愁独不见”“明月照流黄”多少有些自己的语言外，寒砧木叶、征戍辽阳、白狼河北、丹凤城南，大抵不出现成套语和典故的组装。这样毫无独特风神的作品，在唐代律诗中无疑属于中下水平，不止一代的诗评家却当作压卷之作，还争论不休。究其缘由，可能这首诗在唐诗中，是把古风的思妇母题第一次或第一批纳入了律诗的平仄、对仗体制。所以也有人挑剔其最后一联，仍是齐梁乐府语。至于第二联属对偏枯则更明显，枯就是情趣的枯燥，不过是玩弄律诗对仗技巧，基本上还是套语。这首诗还有一个大缺点，就是第一联的“郁金堂”“玳瑁梁”更加明显承袭齐梁的宫体华丽。从律诗来说，此诗毕竟还比较幼稚，主要是情绪比较单调，不够丰富。从首联到尾联，从时间上写十年征戍、空间上写愁思无限，直到尾联转入现场点明“含愁”，意脉虽然统一和谐，但缺乏起伏变化，情绪没有节奏感。如果这样单纯到有点单调的作品，可评为律诗的“压卷”之作，唐诗在律诗方面的成绩就太可怜了。

另一首得到最高推崇的是崔颢的《黄鹤楼》，而且提名人是严羽，因而影响甚大。这首当然比之沈氏之作高出了不止一个档次，从艺术成就来看，也当属上乘。虽然，平仄对仗并不拘泥规范（如第二联），但是首联、颔联古风的句式，反而使情绪起伏自由而且丰富。此诗和沈佺期那首最大的不同在于，并不用古风式的概括式的抒情主人公的直接抒写，而是纯用个人化的即景抒发，情感驾驭着感官意象，曲折有致。

这首律诗，使用了人生苦短的母题。第一联，是“黄鹤”已经消失而“黄鹤楼”“空余”的感叹。乘黄鹤而去，是传说中生命的不灭，然不可见，可见的只是黄鹤楼，因而有生命缥缈之感，隐含着时间无穷和生命有限的感叹。第二联，又一次重复了黄鹤，是古风的句法，在律诗是破格的，但是与律诗句法结合得比较自然。写时间流逝（千载）的不可感，大自然（白云）的不变的可感，生命迅速幻变的无奈，意脉低降，情绪节奏一变（量变），变得略带悲忧。第三联，“晴川历历汉阳树，芳草萋萋鹦鹉洲”，把生命苦短，放在眼前天高地阔的华彩空间来展示。物是人非固然可叹，但景观的开阔暗示了诗人立足之高度，空间之高远，美景历历在目，已不是昔人黄鹤之愁，而是眼前景观之美，正与黄鹤之缥缈相反衬，精神显得开朗了许多。因而，芳草是“萋萋”，而不是“凄凄”。情绪开朗，意脉为之二变。意脉节奏的第三变在最后一联，突然从高远的空间，联想到遥远的乡关（短暂生命的归宿），开朗的情绪又低回了下来。但言尽而意不尽，结尾有着持续性余韵。这感喟的持续性，和绝句的瞬间情绪转换不同，富有律诗的特征。①

崔诗之所以被许多诗评家称颂为律诗第一，而不像沈氏之作那样争议甚多，原因就在沈氏之作仅仅是外部格律形式的确立，而崔诗内在情绪有节奏，意脉三度起伏，加上结尾的持续性，发挥出了律诗体量大于绝句的优长。正是因为这样，这首诗才得到李白的激赏，有了“眼前有景道不得，崔颢题诗在上头”的佳话。

律诗的好处，就好在情绪的起伏节奏。情绪的多次起伏，是律诗与绝句一次性的“宛转变化”的最大不同点。不过，崔颢这首诗还不能说是艺术上最成熟的律诗。得到最多推崇的，应该是杜甫的《登高》一诗。潘德舆在肯定了崔诗以后，颇为尖刻地说：“太白不长于律，故赏之，若遇子美，恐遭小儿之呵。”这就是说，杜甫的杰作比崔诗还要精彩得多。作为律诗，它精彩在哪里呢？

风急天高猿啸哀，渚清沙白鸟飞回。
无边落木萧萧下，不尽长江滚滚来。
万里悲秋常作客，百年多病独登台。
艰难苦恨繁霜鬓，潦倒新停浊酒杯。

这首诗，约大历二年（767）杜甫流寓四川夔州时所作。首先，从意脉节奏上说，它和崔诗有同样的优长，那就是情绪几度起伏变幻。虽然在诗句中点到“哀”，但不是直接诉说自己感到的悲哀，而是“风急天高猿啸哀”——猿猴的鸣叫声悲哀；又不明说是猿叫得悲哀，还是自己心里感到悲哀，给读者留下了想象的空间。点明了“哀”还不够，第五句又点到“悲”。但是，杜甫的悲哀有他的特殊性，他的“哀”和“悲”和崔颢的“愁”不太相同，显得深厚而且博大。这种厚重、博大，最能体现律诗的特性，是绝句所难以容纳

① 参阅孙绍振《绝句：瞬间转换的情绪结构》，《文艺理论研究》，2010年第6期。

的。诗题是“登高”，充分显示出登高望远的境界，由于高而远，所以有空阔之感。哀在心灵中本以细微为特点，具低沉属性，其空间容量有限，这里的哀却显得壮阔异常。猿声之所以“哀”，当然是自己内心有哀，然而把它放在风急、天高之中，就不是民歌中“巴东三峡巫峡长，猿鸣三声泪沾裳”之“鸣”，也不是李白“两岸猿声啼不住”的“啼”。“鸣”和“啼”声音都有高度，而“啸”则是尖厉，这虽是风之急的效果，同时也让人产生心有郁积、登高长啸的联想。这是客观的景色特征，又是主体的心灵境界载体，啸之哀是山河容载的大哀，不是庭院徘徊的小哀。渚清沙白，本已有俯视之感，再加上“鸟飞回”，强调俯视，则哀中未见悲凉，更觉其悲虽有尖厉之感，但是悲中有壮。第一联的“哀”，内涵厚重而高亢。

到了第二联，“落木”（先师林庚先生曾经指出“落木”比落叶要艺术得多）是“无边”的，视点更高。到了“不尽长江”，就不但有视野的广度，而且有了时间的深度。“子在川上曰：‘逝者如斯夫！’”（《论语·子罕第九》）在古典诗歌的传统意象中，江河不尽，不仅是空间的深远，而且是时间的无限。这就使得悲哀，不是一般低沉的，而是深沉、浑厚的。

在一篇赋中，杜甫把自己作品的风格概括为“沉郁顿挫”。“沉郁”之悲，不仅有“沉”的属性，而且是长时间的“郁”积，“沉郁”就是长时间难以宣泄的苦闷。因而，哀而不凄，这种提升在属性上是有分寸的，“落木”之哀虽然“无边”而且“萧萧”，但是“长江”之悲“不尽”却是“滚滚”的，悲哀因郁积而雄厚。

从意象安排上看，第一联意象密集，两句六个意象（风、天、猿，渚、沙、鸟）。第二联，每句虽然只各有一个意象，但其属性却有“无边”和“萧萧”、“不尽”和“滚滚”，有形有色，有声有状，感觉丰富而统一。尤其是第二联，有对仗构成的时空转换，有叠词造成的滔滔滚滚的声势。从空间的广阔，到时间的深邃，心绪沉而不阴，视野开阔，情郁而不闷，心与造化同样宏大。和前一联相比，第二联把哀不仅在分量上加重了，而且在境界上提升了，情绪节奏进入第二层次。

如果就这样沉郁下去，也未尝不可，但一味浑厚深沉下去，就可能和沈诗一样单调。这首诗中尤其有这样的危险，因为八句全是对句。在律诗中，只要求中间两联对仗，为什么要避免全篇都对？就是怕单纯变成单调。《登高》八句全对，妙在让读者看不出一对到底。这除了语言形式上（特别是最后两联）不耽于写景而直接抒情以外，恐怕就是得力于情绪上的起伏变化，即主要在“沉郁”中还有“顿挫”。

第一、二联，气魄宏大，到了第三、四联，就不再一味宏大下去，而是出现了些许变化：境界不像前面的诗句那样开阔，一下子回到自己个人的命运上来，而且把个人的“潦倒”都直截了当地写了出来。浑厚深沉的宏大境界，突然缩小了，格调也不单纯是深沉浑厚，而是有一点低沉了。境界由大到小，由开到合，情绪也从高亢到悲抑，有微妙的跌宕。

这就是以“顿挫”为特点的情绪节奏感。杜甫追求情感节奏的曲折变化，这种变化有时是默默的，有时却有突然的转折。沉郁已不是许多诗人都做得到的，顿挫则更为难能，而这恰恰是杜甫的拿手好戏。他善于在登高的场景中，把自己的痛苦放在尽可能宏大的空间中，但又不完全停留在高亢的音调上，常常是由高而低，由历史到个人，由洪波到微波，使个人的悲凉超越渺小，形成一种起伏跌宕的意脉。

宋人罗大经在《鹤林玉露》中这样评价这联诗：“杜陵诗云：‘万里悲秋常作客，百年多病独登台。’盖万里，地之远也。秋，时之惨凄也。作客，羁旅也。常作客，久旅也。百年，暮齿也。多病，衰疾也。台，高迥处也。独登台，无亲朋也。十四字之间，含八意，而对偶又极精确。”[①] 这样的评价，得到很多学人的赞赏，是有道理的。但也有不很到位之处，那就是只看出在沉郁情调上的同质叠加，而忽略了其中的顿挫的转折，大开大合的起伏。

杜甫的个性，杜甫的内在丰富，显然更加适合于七律这种结构。哪怕他并不是写登高，也不由自主地以宏大的空间来展开他的感情，例如《秋兴八首》(其一)。第一联，把高耸的巫山巫峡的“萧森”之气，作为自己情绪的载体。第二联，把这种情志放到“兼天”“接地”的境界中去，萧森之气就转化为宏大深沉之情。而第三联的“孤舟”和“他日泪”使得空间缩小到自我个人的忧患之中，意脉突然来了一个顿挫。第四联，则把这种个人的苦闷扩大到“寒衣处处”的空间中，特别是最后一句，更将其夸张到在高城上可以听到的、无处不在的为远方战士御寒的捣衣之声。这样，顿挫后的沉郁空间又扩大了，丰富了情绪节奏的曲折。

对于律诗压卷之作的争议是很复杂的，有时甚至可以说是很不讲理的。有的诗话就认为杜甫律诗最好的，并不是这一首，而是《九日蓝田崔氏庄》。杨万里十分赞赏此诗，称道：“唐律七言八句，一篇之中，句句皆奇，一句之中，字字皆奇，古今作者皆难之。”平心而论，这样的作品，不但在杜甫诗中品质平平，就是拿到唐诗中去比较，也实属一般。原因在于缺乏七律所擅长的情绪起伏：第一联说是悲愁自宽，第二联“短发”“吹帽”“正冠”乃是对第一联的形象说明，仍然是自宽。第三联，描写“蓝水”“玉山”，与悲愁自宽又没有潜在的意脉联系，从结构上看最多只是为最后一联提供某种微弱的过渡。从整体意脉上看，前两联过分统一，缺乏律诗特有的情绪起伏，而第三联则过分跳跃，缺乏与前两联的贯通，虽然第四联有所回归，但已经是强弩之末了。

明人还谓冠冕壮丽无如岑参《奉和中书舍人贾至早朝大明宫》一诗，淡雅幽寂则莫过

① 罗大经《鹤林玉露》，王瑞来点校，中华书局 1983 年版，第 215 页。

王维《积雨辋川庄作》之作。其实，岑参这首是奉和应制之作，通篇歌功颂德，一连三联，都是同样的激动，同样的华彩，到了最后一联，还是同样的情致，情绪明显缺乏起伏节奏。这位评家在诗歌的艺术感觉上，只能说是不及格的。至于说到王维一诗，从情绪变化，意脉（静观）的相承和起伏来衡量，确有比较精致微妙的转换。其第二联“漠漠水田飞白鹭，阴阴夏木啭黄鹂”，亦甚得后人称道。但是，最精彩的当是最后一联“野老与人争席罢，海鸥何事更相疑”，由静而动（争席）之后，又借海鸥之“疑”，在结束处留下了持续的余韵。概而言之，这首七律应该是上品，但比起杜甫杰作的大开大合、起伏跌宕，则所逊又不止一筹。

唐人七律之最优，之所以比评七绝压卷更加分歧，原因可能在于律诗的格律比之绝句严密得多。诗人活跃的情绪与形式固定的格律发生矛盾，非才高如杜甫等者难免屈从于格律，或为格律所窒息。而古代诗评家大多虽是诗人，却并非皆为杰出诗人，所以评诗往往又从纯技巧着眼，把技巧变成了技术套路的翻新，因而所见偏狭，良莠不分。

陈一琴辑历代诗话

唐人七言律诗，当以崔颢《黄鹤楼》[①] 为第一。

（宋）严羽《沧浪诗话·诗评》

“无边落木萧萧下，不尽长江滚滚来。万里悲秋常作容，百年多病独登台。”[②] 景是何等景，事是何等事！宋人乃以《九日蓝田崔氏庄》[③] 为律诗绝唱，何耶？

（明）李东阳《麓堂诗话》

宋严沧浪取崔颢《黄鹤楼》诗为唐人七言律第一。近日何仲默（何景明字）、薛君采

---

① 参见《“崔颢题诗在上头”云云》一题李畋一则所引。

② 杜甫《登高》诗句。

③ 又《九日蓝田崔氏庄》诗：“老去悲秋强自宽，兴来今日尽君欢。羞将短发还吹帽，笑倩旁人为正冠。蓝水远从千涧落，玉山高并两峰寒。明年此会知谁健？醉把茱萸仔细看。”宋杨万里十分赞赏此诗，《诚斋诗话》云：“唐律七言八句，一篇之中，句句皆奇，一句之中，字字皆奇，古今作者皆难之。予尝与林谦之论此事。谦之慨然曰：‘……如老杜《九日》诗云：“老去悲秋强自宽，兴来今日尽君欢。”不徒入句便字字对属。又第一句顷刻变化，才说悲秋，忽又自宽。……“羞将短发还吹帽，笑倩旁人为正冠。”将一事翻腾作一联，又孟嘉以落帽为风流，少陵以不落为风流，翻尽古人公案，最为妙法。“蓝水远从千涧落，玉山高并两峰寒。”诗人至此，笔力多衰，今方且雄杰挺拔，唤起一篇精神，自非笔力拔山，不至于此。“明年此会知谁健，醉把茱萸仔细看。”则意味深长，悠然无穷矣。’”

（薛蕙字）取沈佺期“卢家少妇郁金堂”①一首为第一。诗未易优劣。或以问予，予曰：“崔诗赋体多，沈诗比兴多。以画家法论之，沈诗披麻皴，崔诗大斧劈皴也。”

（明）杨慎《升庵诗话》卷十

（按：此则又见明周子文《艺薮谈宗》。）

何仲默取沈云卿（沈佺期字）《独不见》，严沧浪取崔司勋《黄鹤楼》，为七言律压卷。二诗固甚胜，百尺无枝，亭亭独上，在厥体中，要不得为第一也。沈末句是齐梁乐府语，崔起法是盛唐歌行语。如织官锦间一尺绣，锦则锦矣，如全幅何？老杜集中，吾甚爱“风急天高”一章②，结亦微弱；“玉露凋伤”③“老去悲秋”，首尾匀称，而斤两不足；“昆明池水”④，浓丽况切，惜多平调，金石之声微乖耳。然竟当于四章求之。

（明）王世贞《艺苑卮言》卷四

老杜七言律全篇可法者，《紫宸殿退朝》《九日》《登高》《送韩十四》《香积寺》《玉台观》《登楼》《阁夜》《崔氏庄》《秋兴八篇》，气象雄盖宇宙，法律细入毫芒，自是千秋鼻祖。

（明）胡应麟《诗数》内编卷五

杜“风急天高”一章五十六字，如海底珊瑚，瘦劲难名，沈深莫测，而精光万丈，力量万钧，通章章法、句法、字法，前无昔人，后无来学。微有说者，是杜诗，非唐诗耳。然此诗自当为古今七言律第一，不必为唐人七言律第一也。

同上

崔颢七言律有《黄鹤楼》，于唐人最为超越。太白尝作《鹦鹉洲》《凤凰台》以拟之，终不能及。故沧浪谓：“唐人七言律，当以崔颢《黄鹤楼》为第一。”而何仲默、薛君采取沈佺期“卢家少妇”，亦未甚离。王元美云：“（引‘二诗固甚胜……全幅何’同上，略）”愚按：沈末句虽乐府语，用之于律无害，但其语则终未畅耳。谓崔首四句为盛唐歌行语，

---

① 即《古意呈补阙乔知之》诗：“卢家少妇郁金堂，海燕双栖玳瑁梁。九月寒砧催木叶，十年征戍忆辽阳。白狼河北音书断，丹凤城南秋夜长。谁为含愁独不见，更教明月照流黄。”诗题原作《独不见》。明李攀龙编《古今诗删·唐七言律诗》卷十六，亦以此诗压卷。

② 即《登高》诗。

③ 即《秋兴八首》（其一）。

④ 即《秋兴八首》（其七）：“昆明池水汉时功，武帝旌旗在眼中。织女机丝虚夜月，石鲸鳞甲动秋风。波漂菰米沉云黑，露冷莲房坠粉红。关塞极天唯鸟道，江湖满地一渔翁。”

亦未为谬。

（明）许学夷《诗源辩体》卷十七

诸家取唐七言律压卷者，或推崔司勋《黄鹤楼》，或推沈詹事（沈佺期，官至太子少詹事）《独不见》，或推杜工部“玉树凋残”“昆明池水”“老去悲秋”“风急天高”等篇。然音响重薄，气格高下，难有确论。珽谓冠冕壮丽，无如嘉州《早朝》[①]；淡雅幽寂，莫过右丞《积雨》[②]。

（明）周珽《删补唐诗选脉笺释会通评林》卷四十二

七言律独取王（维）、李（颀）而绌老杜者，李于鳞也。夷王、李、于岑（参）、高（适）而大家老杜者，高廷礼（高棅另名）也。尊老杜而谓王不如李者，胡元瑞也。谓老杜即不无利钝，终是上国武库；又谓摩诘堪敌老杜，他皆莫及者，王弇州（王世贞，号弇州山人）也。意见互殊，几成净论。虽然，吾终以弇州公之言为衷。

（明）胡震亨《唐音癸签》卷十

七言律压卷，迄无定论。宋严沧浪推崔颢《黄鹤楼》，近人何仲默、薛君采推沈佺期“卢家少妇”，王弇州则谓当从老杜“风急天高”“老去悲秋”“玉露凋伤”“昆明池水”四章中求之。今观崔诗自是歌行短章，律体之未成者，安得以太白尝效之遂取压卷？沈诗篇题原名《独不见》，一结翻题取巧，六朝乐府变声，非律诗正格也，不应借材取冠兹体。若杜四律，更尤可议。……吾谓好诗自多，要在明眼略定等差，不误所趋足耳。“转益多师是汝师”，何必取宗一篇，效痴人作此生活！

同上

七言律乎，崔《黄鹤》第一，此唐论也，非严论也。何、薛以沈、卢家拊其背，知出乎？争哉？杨“斧劈麻皴”之喻似矣，亦邓析说耳。弇州举杜四章，具名求乎“渚沙”“飞鸟”已属钉饾，“回”押亦趁韵；“万里”“百年”常语，岂唯结弱难弟谓庶几“昆明”

---

① 即岑参《奉和中书舍人贾至早朝大明宫》诗：“鸡鸣紫陌曙光寒，莺啭皇州春色阑。金阙晓钟开万户，玉阶仙仗拥千官。花迎剑佩星初落，柳拂旌旗露未干。独有凤凰池上客，阳春一曲和皆难。”

② 即王维《积雨辋川庄作》诗：“积雨空林烟火迟，蒸藜炊黍饷东菑。漠漠水田飞白鹭，阴阴夏木啭黄鹂。山中习静观朝槿，松下清斋折露葵。野老与人争席罢，海鸥何事更相疑？”

哉？[①] 然则徒工辞压卷耶？“菊两开晦备正冠”[②]，嚼蜡无论矣。……

（明）孙矿《唐诗品》

（按：《明诗话全编》收录此书，可能点校差错或排印误植。如此则“皴”误作“皮”，“渚”误作“诸”，回、昆明未加引号，“菊两”句也明显错乱不通。）

元美谓：“崔起句是盛唐歌行语，沈结句是齐梁乐府语。”则尤为知言。然必欲于子美“玉露凋伤”“老去悲秋”“风急天高”“昆明池水”四章，求可为第一者，不思杜律雄浑悲壮，在在而是，而间不免于辞费。七言压卷，断不当于彼中求之。

（明）冒愈昌《诗学杂言》卷下

七言律第一篇，诸家各有所主。予谓“卢家少妇”第二联，属对偏枯，结句转入别调。《黄鹤》半古半律，气胜于词。“风急天高”八句，上二字俱可截作五言，“艰难苦恨”四字累黍（赘？）痴重。笃而论之，恐不如“鸡鸣紫陌”之篇也。

（明）冯复京《说诗补遗》卷七

（按：此则选辑时重新标点。原文为：“‘风急天高’八句，上二字俱可截。作五言艰难，若恨四字累黍痴重。”其实“艰难苦恨”本《登高》诗句也。）

（沈佺期《龙池篇》诗）前四语法度恣纵，后四语兴致淋漓。此与《古意》二首当是唐人律诗第一。

（明）陆时雍《唐诗镜》卷四

（沈《古意》诗）六朝乐府行以唐律，瑰玮精工，无可指摘。“起语千古骊珠，结句几成蛇足”，此论吾不谓然。

（明）邢昉《唐风定》卷十六

（崔《黄鹤楼》诗）此诗佳处只五六一联，犹很以“悠悠”“历历”“萋萋”三叠为病。

（清）尤侗《艮斋杂说》卷三

（崔《黄鹤楼》诗）此律法之最变者，然系意兴所至，信笔抒写而得之，如神驹出水，

① 以上云云，当指摘杜甫《登高》诗“渚清沙白鸟飞回”“万里悲秋常作客，百年多病独登台”诸句。“昆明”，指杜甫《秋兴八首》（其七）“昆明池水汉时功”一首。

② 未详所指何诗，疑引文、校点有误。孙说针对王世贞所称四首杜诗而发，杜甫《秋兴八首》（其一）有“丛菊两开他日泪”，《九日蓝田崔氏庄》有“笑倩旁人为正冠”之句，当即指此二诗。

任其踸踔，无行步工拙，裁摩似便恶劣矣。前人评此为唐律第一，或未必然，然安可有二也。张南士云："人不识他诗不碍，惟崔司勋《黄鹤楼》、沈詹事《古意》，若心不能记，目不能诵，便是不识字白丁矣。"其身份乃尔！

（清）毛奇龄、王锡等《唐七律选》卷二

（杜《九日蓝田崔氏庄》诗）张南士云："此诗八句皆就题赋事，不溢一字。……前人亦以此拟三唐第一，要与《黄鹤楼》、'卢家少妇'同妙，神品无优劣也。"

同上

唐人七言律诗，某意以张燕公（张说，封燕国公）"去岁荆南梅似雪"[①]一首为第一，情景词调都合。尝欲推老杜一首为冠，不可得，或者"玉露凋伤枫树林"乎？

（清）李光地《榕村语录》卷三十

（《黄鹤楼》诗）此诗为后来七律之祖，取其气局开展。

（清）查慎行《初白庵诗评》卷下

愚谓王维之《敕赐百官樱桃》[②]、岑参之《早朝大明宫》、李白《登金陵凤凰台》，不独可为唐律压卷，即在本集此体中，亦无第二首也。至元美所取老杜"风急天高""玉露凋伤""老去悲秋""昆明池水"四首，杜律可压卷者，正不止此。

（清）爱新觉罗·恒仁《月山诗话》

成按：诸家采选唐七言律者，必取一诗压卷，或推崔司勋之《黄鹤楼》，或推沈詹事之《独不见》，或推杜工部之"玉树凋伤""昆明池水""老去悲秋""风急天高"等篇。吴江周篆之（周珽）则谓，冠冕庄丽，无如嘉州《早朝》；淡雅幽寂，莫过右丞《积雨》。……要之诸诗皆有妙处，譬如秋菊春松，各擅一时之秀，未易辨其优劣，或有扬此而抑彼，多由览者自生分别耳，质之舆论，未必佥同也！

（清）赵殿成《王右丞集笺注》卷十

（崔颢《黄鹤楼》）气势自是巨手。必以为唐人七律第一，则明人主持之过，诗不宜如

---

① 《幽州新岁作》："去岁荆南梅似雪，今年蓟北雪如梅。共知人事何常定，且喜年华去复来。边镇戍歌连夜动，京城燎火彻明开。遥遥西向长安日，愿上南山寿一杯。"

② 《敕赐百官樱桃》诗："芙蓉阙下会千官，紫禁朱樱出上阑。才是寝园春荐后，非关御苑鸟衔残。归鞍竞带青丝笼，中使频倾赤玉盘。饱食不须愁内热，大官还有蔗浆寒。"

此论。

（清）纪昀《删正二冯评阅才调集》下集

初唐诸君正以能变六朝为圭，至“卢家少妇”一章，高振唐音，远包古韵，此是神到之作，当取冠一朝矣。

（清）姚鼐《五七言今体诗抄序目》

严沧浪谓崔郎中《黄鹤楼》诗为唐人七律第一，何仲默、薛君采则谓沈云卿“卢家少妇”诗为第一。人决之杨升庵，升庵两可之。愚谓沈诗纯是乐府，崔诗特参古调，皆非律诗之正。必取压卷，唯老杜“风急天高”一篇，气体浑雄，剪裁老到，此为弁冕无疑耳。……至沈、崔二诗，必求其最，则沈诗可以追摹，崔诗万难嗣响。崔诗之妙，殷璠所谓“神来气来情来”者也。……太白不长于律，故赏之，若遇子美，恐遭小儿之呵。嘻！亦太妄矣！

（清）潘德舆《养一斋诗话》卷八

七言近体，求一压卷之作，古无定论。严沧浪推崔颢《黄鹤楼》，何仲默、薛君采推沈佺期《卢家少妇》，王弇州则谓当于老杜“风急天高”“老去悲秋”“玉露凋伤”“昆明池水”四诗中求之。其实沈作较优。

（近代）王逸塘《今传是楼诗话》五九二则

婉约与豪放

词本来非“诗余”，本起于民间曲子词，盛唐时已传入宫廷，盛于坊间，处于市民社会，商业气息，故不免红巾翠袖，浅斟低唱，儿女情长者为多。艺术上别为一体，与诗非为父子关系，而是兄弟关系，故李清照《词论》曰：“别为一体。”唐时白居易、刘禹锡、张志和多有佳作。以婉约为宗。主要词人欧、晏、张、贺，多为小令，很少长调慢词。到了秦观、柳永，长篇慢词逐渐崛起，至李清照可谓极一时之盛。但是，风格上仍然以婉约取胜。改变了这种词风的是苏东坡，“以浩瀚之气行之，遂开豪迈一派。南宋辛稼轩，运深沉之思于雄杰之中”，苏辛并称。这就有了豪放风格，刘过、陆游乃成模仿偶像，遂成豪放派。苏轼、辛弃疾、陆游的确开拓了不亚于唐诗豪杰风流、历史担当的大气魄，自此宋词艺术风格流溢恣肆，于中国诗歌史上，乃堪步武辉煌之唐诗。俞文豹《吹剑续录》作总结云：“东坡在玉堂，有幕士善讴。因问我词比柳词何如？对曰：“柳郎中词，只好十七八女孩子，执红牙拍板，唱‘杨柳外、晓风残月’。学士词，须关西大汉，执铁板，唱‘大江东去’。”此说形象生动，遂为日后豪放、婉约二派命名的形象注解，豪放、婉约二派乃为史家认同，至今词史皆据此语二分。

一切历史现象均无限丰富，其间联系错综复杂，从某种意义上，绝对的划分是不可能的。为研究之方便，做逻辑划分，实质上是假定的。正如黄昏与夜晚，头部与颈部，无绝对界限，划分均带有假定性质，而且标准统一必须统一，“一刀切”为逻辑之必需，必然粗暴而且带有破坏性。一切划分不但要关注其间之区别，而且要不能忽略其间之联系。对婉约与豪放做机械之划分，其弊甚大。

这一点，从具体诗人来看则尤其如此。作为婉约派之代表，李清照固然有“寻寻觅觅”之朦朦胧胧、断断续续、飘飘忽忽之柔婉，但亦有“生当作人杰，死亦为鬼雄”之豪雄。苏轼作为豪放派的旗帜，固然有“大江东去”俯瞰千古的雄姿，然亦有“千里孤坟，无处话凄凉”之哀婉。辛弃疾的“醉里挑灯看剑，梦回吹角连营。八百里分麾下炙，五十弦翻塞外声。沙场点秋兵”何等元戎气概，“罗帐灯昏，哽咽梦中语：是他春带愁来，春归何处？却不解、带将愁去？”又何等儿女情长。

从具体作品来看，情况复杂，更需要精致的艺术分析。

苏轼《赤壁怀古》数千古风流人物，公认为豪放派之代表，然豪放中亦有婉约。周瑜在《三国志·吴书》中为雄武勇毅的将军：“衔命出征，身当矢石，尽节用命，视死如归。”[①]而苏轼用“风流”来概括，渗入文士风流之韵味，并且将十年前的战利品小乔，写成浪漫的“小乔初嫁了”，又把本属诸葛亮的“羽扇纶巾”转嫁到他头上去。应该说，豪放中亦渗透着婉约。[②]

毛泽东指出范仲淹的《渔家傲》和《苏幕遮》则很难归入任何一派。范仲淹作为统帅铁骑的将军，《渔家傲》中的环境是很严峻的：“四面边声连角起。千嶂里，长烟落日孤城闭。”困守孤城，坚定不移、在困境中冷峻面对强敌，但是，这位刚毅的将军又公然抒情自己小儿女式的梦境和眼泪：“黯乡魂，追旅思，夜夜除非，好梦留人睡。明月楼高休独倚，酒入愁肠，化作相思泪。”思乡是如此婉约。但是，他的婉约从根本上不同于儿女情长的缠绵，而是由民族的责任感为底蕴的：“浊酒一杯家万里，燕然未勒归无计。”思乡的柔性与报国的责任刚性结合在一起，可谓柔中带刚。因而，婉约中充满了沉郁：“羌管悠悠霜满地，人不寐，将军白发征人泪。”可以说，悲中有壮，婉约中有豪迈，和李清照词中的悲凄属于不同境界。

同样是通过秋天的景色来抒发乡思，《苏幕遮》则更为婉约一点：“黯乡魂，追旅思，夜夜除非，好梦留人睡。明月楼高休独倚，酒入愁肠，化作相思泪。”情绪上是悲的，但是悲而不壮，并没有把思乡的情感与卫国的壮志联系起来。而且在意象上，碧云天、黄叶地、寒烟翠、明月楼，色彩也较明净，悲而清澈。婉约基调中并没有李清照那样凄。同样是婉约的，也有不同的色阶。分析古典作品之要道，不能满足于归入流派之通，更要追求同一流派之异。

---

① 陈寿《三国志》(下)，中华书局2005年版，第937页。

② 鲁迅在《古小说钩沉》中引晋裴启《裴子语林》中“诸葛武侯”条：“诸葛武侯与宣王在渭滨，将战，宣王戎服莅事；使人观武侯。乘素舆，著葛巾，持白羽扇，指麾三军。众军皆随其进止，宣王闻而叹曰：‘可谓名士矣。’”鲁迅《古小说钩沉》人民文学出版社1955年版，第7页。这段佚文有小字注曰：“《书钞》一百八十，又一百三十四，又一百四十；《类聚》六十七；《御览》三百七，又七百二，又七百七十四。”可知这段文字出自《北堂书钞》《艺文类聚》《太平御览》等书。而且“持白羽扇”后还有小字注“亦见《初学记》二十五、《六帖》十四、《事类赋注》十五”。按《裴子语林》为东晋裴启作，后《世说新语》多取材于此。

陈一琴辑历代诗话

李太白诗，不专是豪放，亦有雍容和缓底。如首篇《大雅久不作》，多少和缓！陶渊明诗，人皆说是平淡，据某看他自豪放，但豪放来得不觉耳。其露出本相者，是《咏荆轲》一篇，平淡底人如何说得这样言语出来？

（宋）朱熹《清邃阁论诗》，又见《朱子语类》卷一百四十

东坡在玉堂，有幕士善讴。因问我词比柳词何如？对曰："柳郎中词，只好十七八女孩子，执红牙拍板，唱'杨柳外、晓风残月'①。学士词，须关西大汉，执铁板，唱'大江东去'②。"公为之绝倒。

（宋）俞文豹《吹剑续录》

词体大略有二：一婉约，一豪放，盖词情蕴藉，气象恢宏之谓耳。然亦在乎其人，如少游多婉约，东坡多豪放，东坡称少游为今之词手，大抵以婉约为正也。所以后山评东坡，如教坊雷大使舞，虽极天下之工，要非本色。

（明）张綖词论，转引自王又华《古今词论·张世文词论》

子瞻词无一语着人间烟火，此自大罗天上一种，不必与少游、易安辈较量体裁也。其豪放亦止"大江东去"一词。何物袁绹（指《吹剑续录》所载幕士），妄加品骘，后代奉为美谈，似欲以概子瞻生平。

（明）俞彦《爰园词话》

"杨柳岸晓风残月"与"大江东去"，总为词人极致，然毕竟"杨柳"为本色，"大江"为别调也。盖《花间》《草堂》，为中晚诗家镂冰刻玉、绵脂腻粉之余响，与壮夫弹铗、烈士击壶，何啻河汉！

（明）姚希孟《姚希孟诗话》

① 柳永《雨霖铃》词："寒蝉凄切，对长亭晚，骤雨初歇。都门帐饮无绪，留恋处，兰舟催发。执手相看泪眼，竟无语凝噎。念去去、千里烟波，暮霭沉沉楚天阔。　多情自古伤离别，更那堪冷落清秋节！今宵酒醒何处？杨柳岸晓风残月。此去经年，应是良辰好景虚设。便纵有、千种风情，更与何人说。"

② 即苏轼《念奴娇·赤壁怀古》词。

苏子瞻有铜琶铁板之讥，然其《浣溪沙·春闺》曰："彩索身轻长趁燕，红窗睡重不闻莺。"如此风调，令十七八女郎歌之，岂在"晓风残月"之下？

（清）贺裳《皱水轩词筌》

千秋以陶诗为闲适，乃不知其用意处。朱子亦仅谓《咏荆轲》一篇露本旨。自今观之《饮酒》《拟古》《贫士》《读山海经》，何非此旨？但稍隐耳！

（清）陈祚明《采菽堂古诗选》卷十三

张南湖（张綖，有《南湖诗集》）论词派有二：一曰婉约，一曰豪放。仆谓婉约以易安为宗，豪放唯幼安（辛弃疾字）称首，皆吾济南人，难乎为继矣。

（清）王士禛《花草蒙拾》

苏东坡"大江东去"，有铜将军、铁绰板之讥，柳七（柳永，行七）"晓风残月"，谓可令十七八女郎按红牙檀板歌之。此袁绹语也，后人遂奉为美谈。然仆谓东坡词，自有"横槊"气概，固是英雄本色；柳纤艳处，亦丽以淫耳。

（清）徐釚《词苑丛谈》卷三

词虽小道，亦各见其性情。性情豪放者，强作婉约语，毕竟豪气未除。性情婉约者，强作豪放语，不觉婉态自露。故婉约固是本色，豪放亦未尝非本色也。后山评东坡词"如教坊雷大使舞，虽极天下之工，要非本色"，此离乎性情以为言，岂是平论。

（清）徐喈凤《荫绿轩词证》

填词亦各见其性情，性情豪放者强作婉约语，毕竟豪气未除。性情婉约者，强作豪放语，不觉婉态自露。故婉约自是本色，豪放亦未尝非本色也。

（清）田同之《西圃词说》

世称词之豪迈者，动曰苏辛。不知稼轩（辛弃疾号）词，自有两派，当分别观之。如《金缕曲》之"听我三章约""甚矣吾衰矣"二首，及《沁园春》《水调歌头》诸作，诚不免一意迅驰，专用骄兵。若《祝英台近》之"是他春带愁来，春归何处。却不解、带将愁去"，《摸鱼儿》发端之"更能消几番风雨，匆匆春又归去"，结句之"休去倚危阑，斜阳正在，烟柳断肠处"……皆独茧初抽，柔毛欲腐，平欺秦、柳，下轹张、王。宗之者固仅袭皮毛，诋之者亦未分肌理也。

（清）邓廷桢《双砚斋词话》

词以蕴蓄缠绵、波折俏丽为工，故以南宋为词宗。然如东坡之“大江东去”，忠武之“怒发冲冠”[①]，令人增长意气，似乎两宗不可偏废。是在各人笔致相近，不必勉强定学石帚（姜夔号）、耆卿也。今人谈词家，动以苏、辛为不足学，抑知檀板红牙不可无铜琶铁拨，各得其宜，始为持平之论。

（清）孙兆溎《片玉山房词话》

词之体，各有所宜，如吊古宜悲慨苍凉，纪事宜条畅滉漾，言愁宜呜咽悠扬，述乐宜淋漓和畅。赋闺房宜旖旎妩媚，咏关河宜豪放雄壮。得其宜则声情合矣，若琴瑟专一，便非作家。

（清）沈祥龙《论词随笔》

词有婉约，有豪放，二者不可偏废，在施之各当耳。房中之奏，出以豪放，则情致绝少缠绵。塞下之曲，行以婉约，则气象何能恢拓？苏、辛与秦、柳，贵集其长也。

同上

宋代词家，源出于唐五代，皆以婉约为宗。自东坡以浩瀚之气行之，遂开豪迈一派。南宋辛稼轩，运深沉之思于雄杰之中，遂以苏辛并称。他如龙洲（刘过，号龙洲道人）、放翁、后村诸公，皆嗣响稼轩，卓卓可传者也。嗣兹以降，词家显分两派，学苏辛者所在皆是。

（近代）蒋兆兰《词说》

词家正轨，自以婉约为宗。欧、晏、张、贺，时多小令，慢词寥寥，传作较少。逮乎秦、柳，始极慢词之能事。其后清真崛起，功力既深，才调尤高。

同上

（陶渊明）就是诗，除论客所佩服的“悠然见南山”之外，也还有“精卫衔微木，将以填沧海，形天舞干戚，猛志固常在”之类的“金刚怒目”式。在证明着他并非整天整夜地飘飘然。这“猛志固常在”和“悠然见南山”的是一个人，倘有取舍，即非全人，更加抑扬，更离真实。

（现当代）鲁迅《“题未定”草》

---

① 即岳飞（死后追谥武穆，后又改谥忠武）《满江红·写怀》词：“怒发冲冠，凭栏处潇潇雨歇。抬望眼，仰天长啸，壮怀激烈。三十功名尘与土，八千里路云和月。莫等闲、白了少年头，空悲切。　　靖康耻，犹未雪。臣子恨，何时灭？驾长车踏破贺兰山缺。壮志饥餐胡虏肉，笑谈渴饮匈奴血。待从头、收拾旧山河，朝天阙。”

词有婉约、豪放两派，各有兴会，应当兼读。读婉约派久了，厌倦了，要改读豪放派。豪放派读久了，又厌倦了，应当改读婉约派。我的兴趣偏于豪放，不废婉约。婉约派中有许多意境苍凉而又优美的词。范仲淹的上两首①，介于婉约与豪放两派之间，可算中间派吧；但基本上仍属婉约，既苍凉又优美，使人不厌读。婉约派中的一味儿女情长，豪放派中的一味铜琶铁板，读久了，都令人厌倦的。人的心情是复杂的，有所偏但仍是复杂的。所谓复杂，就是对立统一。人的心情，经常有对立的成分，不是单一的，是可以分析的。词的婉约、豪放两派，在一个人读起来，有时喜欢前者，有时喜欢后者，就是一例。

（现当代）毛泽东批语，见中央文献出版社《毛泽东读文史古籍批语集》

附：

休讪"芍药"女郎诗

秦观《春日》："一夕轻雷落万丝，露光浮瓦碧参差。有情芍药含春泪，无力蔷薇卧晓枝。"元好问在《拟栩先生王中立传》中以之与韩愈的《山石》中之"芭蕉叶大栀子肥"相比，贬之曰"妇人语"。这样的批评显然轻率，不同诗人有不同风格，不可以一种风格为唯一标准，任意贬低其他风格。柳诗固然纤巧，然自有其独到之处，其意象明写"芍药""蔷薇"的自然形态，其性质意象，其为花卉而与仕女的"有情"和"无力"的遇合，蕴含着诗人心目中女性体态和心态的美感。其语言十分考究，如钱锺书先生所说其"非常精致"。"有情芍药含春泪"把芍药花上的雨变异为泪，把句首的"有情"定位在悲愁的性质上。"无力蔷薇卧晓枝"，写的虽然是另一种花卉，但是其体态和意态和芍药在性质上构成和谐统一的意象。因为有情而悲，故无力而卧。柔弱之美在外表，是结果，而多情之愁，在内心，则为原因。诗句是漂亮的，很符合秦观的风格。而韩愈的"芭蕉叶大栀子肥"，固然心态开阔，气魄亦大，但是，也不过是"升堂坐阶新雨足"的生活安逸，心与时谐的表现。在语言上，韩诗常有雕琢刻画之弊，而此句则抓住富有特征的细节，以类似叙述性语句见长。与秦观比，应该是各有所长。故元好问此论一出，几无赞同者。

反驳均有理由，然大都满足于感性论断，至今论者鲜有从理论上升华到意象范畴分析者。

值得一提的是。袁枚《随园诗话》卷五中，提出，韩愈本身就写过对妇女感性的赞美，

① 指《苏幕遮》词："碧云天，黄叶地，秋色连波，波上寒烟翠。山映斜阳天接水，芳草无情，更在斜阳外。　黯乡魂，追旅思，夜夜除非，好梦留人睡。明月楼高休独倚，酒入愁肠，化作相思泪。"又《渔家傲》词："塞下秋来风景异，衡阳雁去无留意。四面边声连角起。千嶂里，长烟落日孤城闭。　浊酒一杯家万里，燕然未勒归无计。羌管悠悠霜满地，人不寐，将军白发征夫泪。"

也有过这样纤巧的诗风："银烛未销窗送曙，金钗半醉坐添春。"（《酒中留上襄阳李相公》）就是号称诗圣的杜甫，也有儿女情长的诗句，如"香雾云鬟湿，清辉玉臂寒"，写妻子的肉体触觉。人情无穷、诗风各异，虽同一亦有多面。故不可狭隘拘泥。然而，钱锺书先生则以为，艺术与精神如同宫殿：一方面"艺术之宫是重楼复室、千门万户，绝不仅仅是一大间敞厅"；另一方面，"这些屋子当然有正有偏，有高有下，绝不可能都居正中，都在同一层楼上"。这就是说，风格尽可多样，然而，评价却有高低。从这个意义上来说，秦观的诗作，和韩愈又不在一个档次上。

陈一琴辑历代诗话

予尝从先生学，问作诗究竟当如何？先生举秦少游《春雨》诗云："'有情芍药含春泪，无力蔷薇卧晚枝。'①此诗非不工，若以退之'芭蕉叶大栀子肥'②之句较之，则《春雨》为妇人语矣。破却工夫，何至学妇人？"

（金）元好问《拟栩先生王中立传》

有情芍药含春泪，无力蔷薇卧晚枝。拈出退之《山石》句，始知渠是女郎诗。

又《论诗三十首》（其二十四）

按昌黎诗云："山石荦确行径微，黄昏到寺蝙蝠飞。升堂坐阶新雨足，芭蕉叶大栀子肥。"遗山（元好问号）固为此论，然诗亦相题而作，又不可拘以一律。如老杜云："香雾云鬟湿，清辉玉臂寒。"③"俱飞蛱蝶元相逐，并蒂芙蓉本自双。"④亦可谓女郎诗耶？

（明）瞿佑《归田诗话》卷上

遗山论诗，直以诗作论也，抑扬讽叹，往往破的。读者息心静气以求之，得其肯会，大是谈诗一助。少游乃填词当家，其于诗场，未免踏入软红尘去，故遗山所咏，切中其病。他日又书以自警，盖知之深、言之当也。

（清）吴景旭《历代诗话》卷六十四

---

① 即秦观《春日》诗："一夕轻雷落万丝，霁光浮瓦碧参差。有情芍药含春泪，无力蔷薇卧晓枝。"晓，一作"晚"。

② 韩愈《山石》诗句："升堂坐阶新雨足，芭蕉叶大栀子肥。"

③ 杜甫《月夜》诗句。

④ 又《进艇》诗句。

元遗山笑秦少游《春雨》诗："有情芍药含春泪，无力蔷薇卧晚枝。拈出退之《山石》句，始知渠是女郎诗。"瞿佑极力致辨。余戏咏云："先生休讪女郎诗，《山石》拈来压晚枝。千古杜陵佳句在，'云鬟''玉臂'也堪师。"

（清）薛雪《一瓢诗话》

（元好问讥秦观）此论大谬。芍药、蔷薇，原近女郎，不近山石；二者不可相提而并论。诗题各有境界，各有宜称。杜少陵诗，光焰万丈；然而"香雾云鬟湿，清辉玉臂寒""分飞蛱蝶原相逐，并蒂芙蓉本是双"。韩退之诗，横空盘硬语，然"银烛未销窗送曙，金钗半醉坐添春"[①]又何尝不是女郎诗耶?《东山》诗："其新孔嘉，其旧如之何？"[②]周公大圣人，亦且善谑。

（清）袁枚《随园诗话》卷五

旧说或谓周公东征三年而归，作此诗以劳归士。（朱熹《诗集传》、方玉润《诗经原始》）今人高亨《诗经今注》则释云："言新夫妻很美好，老夫妻又怎样呢？""有情芍药含春泪，无力蔷薇卧晚枝。"是少游体物佳境。元遗山论诗，援昌黎《山石》诗以衡之，未免拟于不伦。曾见朱梦泉为人画扇，题一绝云："淮海风流句亦仙，遗山创论我嫌偏。铜琶铁绰关西汉，不及红牙唱酒边。"实获吾心矣。

（清）于源《灯窗琐话》卷一

元遗山讥秦少游"有情芍药"一联为"女郎诗"，以其缘情而绮靡耳。余观唐人七律中如白香山云："还似往年春气味，不宜今日病心情。"刘兼云："处处落花春寂寂，时时中酒病恹恹。"亦皆女郎诗也。

（清）吴仰贤《小匏庵诗话》卷一

遗山讥"有情"二语为"女郎诗"。诗者，劳人、思妇公共之言，岂能有《雅》《颂》而无《国风》，绝不许女郎作诗耶？

（近代）陈衍《宋诗精华录》卷二

元遗山《论诗绝句》云："（见上引录，略）"首二句则秦少游诗也。余尝反其意为一绝

① 韩愈《酒中留上襄阳李相公》诗句。
② 《诗经·豳风·东山》诗句。

云："有情芍药含春泪，无力蔷薇卧晓枝。识得温柔本诗教，何妨时作女郎诗。"

（现当代）冯振《诗词杂话》

秦观的诗内容上比较贫薄，气魄也显得狭小，修辞却非常精致……他的诗句"敲点匀净"，常常落于纤巧，所以同时人说他"诗如词""诗似小词""又待入小石调"。后来金国人批评他的诗是"妇人语""女郎诗"，其实只是这个意思，而且不一定出于什么"南北之见"。南宋人不也说他的诗"如时女游春，终伤婉弱"么？"时女游春"的诗境未必不好。艺术之宫是重楼复室、千门万户，绝不仅仅是一大间敞厅；不过，这些屋子当然有正有偏，有高有下，绝不可能都居正中，都在同一层楼上。

（现当代）钱锺书《宋诗选注》

显然，元好问在壮美与优美、阳刚之美与阴柔之美或男性美与女性美之间有所轩轾。我们虽然尊敬元好问在诗歌创作和理论方面所取得的成就，但就这一点而论，却不能不为了他之不知欣赏异量之美而感到惋惜。对此前人也有所议论，清薛雪云："先生休讪女郎诗，《山石》拈来压晚（当作晓）枝。千古杜陵佳句在，'云鬟''玉臂'也堪师。"又朱梦泉云："淮海风流句亦仙，遗山创论我嫌偏。铜琶铁绰关西汉，不及红牙唱酒边。"

（现当代）程千帆《程千帆全集·读宋诗随笔》卷十一

附录

聚讼诗话词话和中国诗学建构①

老友陈一琴君潜心古典诗话词话，积学储宝，凡数十年不倦，辑有《聚讼诗话词话》书稿。然以朴学为务，述而不作，辑而不评，邀余于每题后评说以贯通古今中外，余惶然应命。值此清样付梓之际，又托余为前言，情谊难却，乃勉力为之。

从文学批评的形式，或者文体来说，中国古典诗话和词话，与西方相比，可能是独一无二的。没有一个民族会像中国人这样着迷于诗歌的具体语言，为其词（"望南山"还是"见南山"，"推"字佳还是"敲"字佳）、句（"回看天际下中流，岩上无心云相逐"是否多余）、篇（崔颢的《黄鹤楼》更好还是李白的《登金陵凤凰台》更好）的品评、源流、意蕴，不惜耗费百年甚至千年，不懈地争辩，其心态如此执着，其体式又如此自由，堪称一大世界非物质文化遗产。

历代之诗话词话，皆兴之所至，仅取一端，"予夺可否，次第高下"，"平章风雅，推敲字句"，[②] 往往开门见山，兔起鹘落，戛然而止。即使稍长如诗品、诗式、诗格、诗法，似有多方概括，大抵出于率尔直觉灵感，往往疏于外延之系统分类与内涵之严密界定。然此等写法，自北宋以来，竟成文体。录入《四库全书》者，自欧阳修《六一诗话》以下，即二十余家。郭绍虞先生总结："至清代而登峰造极。清人诗话约有三四百种，不特数量远较前代繁富，而评述之精当亦超越前人。"[③] 朱光潜先生以为："中国向来只有诗话而无诗学，诗话大半是偶感随笔，信手拈来，片言中肯，简练亲切，是其所长；但是它的短处在

① 本文原为陈一琴选辑、孙绍振评说之《聚讼诗话词话》（上海三联书店 2012 年）的代前言。

② 吴琇《龙性堂诗话序》，郭绍虞编选《清诗话续编》（第二册），上海古籍出版社 1983 年版，第 931 页。

③ 郭绍虞《清诗话续编序》，郭绍虞编选《清诗话续编》（第一册），上海古籍出版社 1983 年版，序言第 1 页。

于零乱琐碎，不成系统，有时偏重主观，有时过信传统，缺乏科学的精神和方法。”① 朱先生批评诗话“零乱琐碎，不成系统”颇有道理，但是，说它“缺乏科学的精神和方法”却并不中肯。朱先生显然以为西方的诗论“具有科学的精神和方法”。但是，至今为止的西方文学理论，不管是古典的柏拉图、亚里士多德、康德、黑格尔，还是当代的伊格尔顿、乔纳森·卡勒，乃至福柯、罗兰·巴特，从观念到方法，还没有哪一家是称得上“科学”的。“走向科学的美学”至今仍然是尚未实现的理想，如朱先生所信奉的心理学（如移情、潜意识等）至今还缺乏系统的、周密的实证。因而分析文学作品中的心理，为追求“科学”“客观”的美国新批评所不屑。

西方诗论以“系统”演绎为模式，其优越在于，概念严密界定，逻辑条贯有序，论题内涵统一，有利于学术成果之有效积累。而中国古典文论（情、志、道、气、意境等）的概念缺乏定义，内涵每每错位，研究成果难以有效积淀，诗话词话尤其如此，在宏观上不可能产生康德那样真善美三种价值分化的宏大体系，所以五四先驱才连王国维式的词话形式也加以废弃，采用了西方文论的以定义、演绎为主的范式。但是，像一切范式的优越性不可避免与局限相联系一样，西方文论的范式并非十全十美，其局限也甚显然。从实践效果来看，森严的体系并没有保证其对文本有效阐释。早在 20 世纪中叶，韦勒克和沃伦在他们著名的《文学理论》中就宣告：“多数学者在遇到要对文学作品做实际分析和评价时，便会陷入一种令人吃惊的、一筹莫展的境地。”② 此后五十年，西方文论走马灯似的更新，形势并未改观，以至李欧梵先生在“全球文艺理论二十一世纪论坛”的演讲中坦率地提出：西方文论流派纷纭，本为攻打文本城堡而来，旗号纷飞，各擅其胜：结构主义、解构主义、现象学、读者反应，更有新马、新批评、新历史主义、女性主义等等不一而足，各路人马“在城堡前混战起来，各露其招，互相残杀，人仰马翻”，“待尘埃落定后，众英雄（雌）不禁大失惊，文本城堡竟然屹立无恙，理论破而城堡在”。③

李先生只提出了严峻的问题，并未分析造成此等后果的原因。在我看来，原因首先在于西方文学理论旨在追求普遍性，以哲学化为宗旨，往形而上学方面升华，实际上变成了

① 朱光潜《〈诗论〉抗战版序》，《朱光潜美学文集》（第二卷），上海文艺出版社 1982 年版，第 3 页。

② 韦勒克、沃伦《文学理论》，刘象愚等译，江苏教育出版社 2005 年版，第 155—156 页。

③ 李欧梵《世纪末的反思》，浙江人民出版社 2002 年版，第 274—275 页。其实，李先生此言，似有偏激之处，西方大师也有致力于经典文本分析者。德里达论乔伊斯的《尤利西斯》、卡夫卡的《在法的门前》，罗兰·巴特论《追忆似水年华》《萨拉辛》，德·曼论卢梭的《忏悔录》，米勒评《德伯家的苔丝》，布鲁姆评博尔赫斯，等等。但他们微观的细读往往指向宏观演绎出的理论。德里达用 2 万多字的篇幅论卡夫卡仅有 800 来字的《在法的门前》，解读象征寓言的同时从文类、文学与法律等宏观方面做了超验的演绎，进行后结构主义的延异书写。其主旨在其文化哲学的普遍性，而不在审美价值的唯一性。

哲学的附庸。哲学以高度概括为务，在不同中求同，而文学文本却以个案的特殊性、唯一性、独一无二性为生命，解读文本旨在同中求不同。文学理论的高度概括性、抽象性和普遍性，以牺牲特殊性为必要代价，故其普遍性原理中并不包含文本的特殊性。以之作为大前提，不可能演绎出文本的特殊性、唯一性。其次，当代西方前卫文论，着迷于意识形态，追求文学、文化和历史等的共同性，而不是把文学的审美特性作为探索的目标。就是比较强调文学“内部”特殊性的韦勒克、沃伦的《文学理论》和苏珊·朗格的《情感与形式》也囿于西方学术传统，热衷于往形而上学方面发展。而文学文本的有效解读，则须要向形而下方面还原。文学理论与审美阅读经验为敌，遂为顽症。再次，西方文学理论家长期以来没有意识到文学理论的哲学化，很难不与文学形象发生矛盾，这主要是哲学在思维结构上，在范畴上与文学有差异。传统哲学不管什么流派，都不外是主观与客观、自由与必然、道与器等的二元对立统一的线性思维。当代文化哲学与传统文学理论相反，否定文学的存在，持另一种极端，仍然属于二极思维。而文学形象则是主观、客观和形式（规范形式）的三维结构。哲学思维是没有形式范畴的，而文学形象的三维结构，其功能大于三者相加。文学形式是规范形式，与一般的原生形式不同，一般形式随生随灭，与内容不可分离，无限多样，而文学形式是有限的，在千百年的反复运用中已成为审美积淀的范式，有些（如律诗、绝句，词）甚至形式化了，与内容是可以分离的。最后，它不是被内容决定的，而是可以征服、预期、衍生，甚至如席勒所言是可能“消灭”内容的，审美经验在反复运用中进化积累，因而成为主观和客观统一的载体。缺少了规范形式，哲学化的文学理论就不可能在形式范畴以下，概括出风格对普遍形式的冲击，流派对形式规范的丰富、发展和突破，乃至颠覆。即使有布封那样著名的命题“风格就是人”（或译“风格才是人本身”），也只能是以文学批评的作家论代替文本分析。[①]一个作家有很多文本，文本与文本之间的共同性，只是文本分析的一个侧面，而另一个更重要的侧面则是文本的特殊性、唯一性和不可重复性。

中国诗话词话与西方文论理论形态相比，虽有局限，亦颇有西方所不及的优长。首先，就是对文学的规范形式的重视，以诗与散文、诗与词等的形式规范为纲领，并不着意形而上的升华，而是执着于形而下的还原，重在对诗歌形象做个案的具体阐释。提出问题，不像西方文论从概念、定义出发，而是从具体作品、具体语言出发。当然，其中免不了有些问题，不仅如朱光潜先生所言“零乱琐碎”，而且相当迂腐，如议论白居易夜会琵琶女是否有失体统之类，但是，表面上大量“零乱琐碎”，实质上隐含着追求诗的普遍规律性的问题

① 布封《论文章风格的演说》，《译文》，1957年6月号。

意识。如对“千里莺啼”“千里绿映红”谁人可听得、谁人可见得的争议，[①] 又如“黄河远上白云间”还是“黄沙直上白云间”的版本之争，[②] 杜甫诗中“霜皮溜雨四十围，黛色参天二千尺”是否合乎比例，[③]“晨钟”于“云外”为何可“湿”，[④] 其他如李贺诗“黑云压城城欲摧，甲光向日金鳞开”与气象是否矛盾，长江之浪怎么可能溅及金山寺之佛身，[⑤] 等等，不一而足。此等问题，涉及诗学的根本规律，那就是真实和假定的矛盾在想象中的转化。西方文论的主客二元对立之争绵延两千多年：从柏拉图的模仿理念和亚里士多德的模仿自然，直到18世纪华兹华斯“强烈感情的自然流露”、19世纪车尔尼雪夫斯基“美是生活”，亦即反映论和表现论的争议。纯用西方的范式，以严密的概念定义演绎，众说纷纭，漠视了诗的形式规范，脱离了诗的特殊性，至今并未根本解决文本解读的任务。

在中国诗话中，同样有性质类似的旷日持久的争论，许多弥足珍贵的思想资源，不仅是西方文论所缺乏的，而且在范畴的建构上，也有比西方独到、深邃之处。当然，中国古典诗话词话在理论上往往有陷于客观真实感（所谓“物理”“事理”）的拘泥，完全无视其与情感真诚的矛盾。连王夫之也未能免俗，以亲眼所见为“铁门槛”。（王夫之《姜斋诗话》卷下）但是，也有从诗的规范形式的特殊想象性出发的独创之见。黄生在《一木堂诗麈》（又称《诗麈》）卷一中提出“以无为有，以虚为实，以假为真”[⑥]，建构了有无、虚实、宾主等对立统一的形式范畴，明确地提出了真实和假定的对立统一和转化的条件，是17世纪的西方诗论所望尘莫及的。

中国诗话词话不耽于概念的细微辨析，因而也就避免了陷入西方诗论烦琐的经院哲学的概念迷宫。中国诗学更重诗词的实践性和操作性，把根本目标确定在诗歌的创作和阅读的有效性上。梁章钜《退庵随笔》把“教人作诗之言”[⑦] 作为诗话和词话的理想。西方文论

---

① 杨慎《升庵诗话》卷八：“杜牧之《江南春》云‘十里莺啼绿映红’，今本误作‘千里’。若依俗本，‘千里莺啼’，谁人听得？‘千里绿映红’，谁人见得？若作十里，则莺啼绿红之景，村郭楼台，僧寺酒旗，皆在其中矣。”何文焕《历代诗话考索》：“余谓即作十里，亦未必尽听得着，看得见。题云《江南春》，江南方广千里，千里之中，莺啼而绿映焉。水村山郭，无处无酒旗，四百八十寺，楼台多在烟雨中也。此诗之意既广，不得专指一处，故总而命曰《江南春》。诗家善立题者也。”

② 吴乔《围炉诗话》卷三：“《唐诗纪事》王之涣《凉州词》是‘黄沙直上白云间’，坊本作‘黄河远上白云间’。黄河去凉州千里，何得为景？且河岂可言‘直上白云’耶？此类殊不少，何从取证而尽改之。”

③ 沈括《梦溪笔谈》卷二十三：“杜甫《武侯庙柏》诗云：‘霜皮溜雨四十围，黛色参天二千尺。’四十围乃是径七尺，无乃太细长乎？……此亦文章之病也。”

④ 钟惺、谭元春《唐诗归》钟惺批语：“言‘湿’，又言‘云外’，作何解？”

⑤ 胡仔《苕溪渔隐丛话》后集卷十八，认为孙鲂咏金山寺诗“有疵病”：“如‘惊涛溅佛身’之句，则金山寺何其低而且小哉？”

⑥ 黄生《诗麈》，诸伟奇主编《黄生全集》（第四册），李媛校点，安徽大学出版社2009年版，第326页。

⑦ 梁章钜《退庵随笔》卷二十一，梁章钜等《笔记小说大观》（第十九册），江苏广陵古籍刻印社1983年版，第227页。

超越创作经验，其极致乃在超验的美学，而中国诗论更在意于实践中解决问题。这不但表现在普遍形式上，而且对亚形式规范的特殊性都辨析毫厘。在诗话词话中，各种体式均有多家种种阐释。对乐府、歌行、古诗、骚体、五七古、绝句、五律、七律、排律等体式，都毫无例外地先有体制流变，次有各体比较，最有特色的是，均有“作法”之细致的概括。具体到微观文本，往往为一联诗的修改追根溯源，前赴后继，数百年不懈。最突出的例子莫过于宋林和靖的著名诗句“疏影横斜水清浅，暗香浮动月黄昏”，诗话家考证出自五代江为的“竹影横斜水清浅，桂香浮动月黄昏”，[①]仅二字之改动，化竹与桂二体为梅之一体，点铁成金，不但客体统一，而且主体之风韵尽在其中。对于陶渊明“悠然见南山”之妙，不但以另一版本之“悠然望南山”相比，指出“无意”之妙，还与韦应物《答长安丞裴说》中之“采菊露未晞，举头见秋山”相比，显示有心之拙。[②]

这就显示出中国古典诗论与西方之根本差异，在于前者基础为创作论。这是因为中国诗话词话家，不像西方理论家缺乏创作实践，而是几乎百分之百皆是诗人，出于创作实践的真切体验，从整体的意境到局部语词钩锁关联，都有深切的体悟。大诗人往往能够以诗论诗。李白有“自从建安来，绮丽不足珍”[③]；杜甫有“清新庾开府，俊逸鲍参军”[④]，又有“王杨卢骆当时体，轻薄为文哂未休。尔曹身与名俱灭，不废江河万古流”[⑤]；苏轼有“论画以形似，见与儿童邻。赋诗必此诗，定非知诗人”[⑥]之说；至于元好问则有成套的绝句论诗。在如此丰厚的感性基础上，中国古典诗话其说感兴，具体到“附会即景”“牵合咏物”，其论语言，每每深入到“精思”“练字”。创作甘苦之言，渗透其间。虽然诸家所持有异，然皆深谙独创之难，故强调继承，转益多师，如论杜甫之成就：“掩颜谢之孤高，杂徐庾之流丽。”[⑦]具体到操作，甚至总结出“作诗机杼法式”。从正面说可以“祖述、暗合”，从反面说，严防“蹈袭”，关键是“翻新”，翻新之法莫如“夺胎换骨”。这固然难免有作茧自缚之弊，东施效颦，造成诗风的腐败，但不可否认，在语言艺术的提炼上，也有某种后来居

---

① 顾嗣立《寒厅诗话》转引李日华《紫桃轩杂缀》：“江为诗：‘竹影横斜水清浅，桂香浮动月黄昏。’林君复改二字为‘疏影’‘暗香’以咏梅，遂成千古绝调。”

② 苏轼《东坡志林》卷五：“陶潜诗：‘采菊东篱下，悠然见南山。’采菊之次，偶然见之，初不用意，而境与意会，故可喜也。今皆作‘望南山’。（下文接评改杜诗一字，略）……二诗改此二字，便觉一篇神气索然也。”（据《稗海》）

③ 李白《古风五十九首》（其一），《李太白全集》卷二，中华书局1977年版，第87页。

④ 杜甫《春日忆李白》，《杜诗详注》卷一，中华书局1979年版，第52页。

⑤ 杜甫《戏为六绝句》（其二），《杜诗详注》卷十一，中华书局1979年版，第899页。

⑥ 苏轼《书鄢陵王主簿所画折枝二首》（其一），《苏轼诗集》卷第二十九，中华书局1982年版，第1525页。

⑦ 元稹《唐故检校工部员外郎杜君墓志铭并序》，《元稹集》卷五十六，中华书局1982年版，第601页。

上的积累效果。宋代王楙《野客丛书》卷十七引吴曾《能改斋漫录》说白居易《长恨歌》“回眸一笑百媚生”来自李白《清平词》“一笑皆生百媚”，王楙认为李白之语，又来自江总“回身转佩百媚生，插花照镜千娇出”。[①]其实李白的“生百媚”是抽象概念，白居易不但将之转化为可感的形象，还把江总的“回身”转化为“回眸”，又将其效果强化到杨贵妃回眸一笑，唐明皇的感觉就发生了变异：六宫粉黛，三千佳丽，一个个脸色苍白。以眼神的效果来写美人之美，比之从美本身来写美，要雄辩得多，如《硕人》“巧笑倩兮”比之“齿如瓠犀”效果就更好。江总之失，就失在脱离了视觉主体的感情效果，在“百媚”后面加上“千娇”，又添出华丽的装束来，意象芜杂，情趣低下，格调甚卑。这种艺术形象上隔代积累的现象，充分显示了中国诗学创作论的特色。

中国古典诗话词话另一特点，是把创作论建立在解读论的基础上。既有高度概括的“诗无达诂”，诗的“可解”“不可解”“不必解”之说，又把最大的热情放在解读正误的争辩之上。在解读之际，在内涵上，既有从表层到深层意蕴的深化之求，又有防止穿凿附会之戒。在想象和联想上，特别关注诗和日常实用价值的重大区别，如竹香、雪香、梦魂香之释。[②]解读细到语句，有诗歌与非诗句法之别（如“香稻啄余鹦鹉粒”之辩），又有用事用典之疏密、成败之说。争执往往在一句一词，但是，又并不拘泥，而是重在关键词，提出“诗眼”“词眼”的范畴。品评艺术水平之高下成为传统，争讼往往在同类中进行。如，同写岳阳楼，杜甫、孟浩然之优劣；同为近体诗，李白的绝句为何高于杜甫。至于唐诗七律何者为“压卷”，凡此等等，均以个案的唯一性、不可重复性为鹄的，以艺术的独一无二性为准则。

创作论和文本解读论乃成中国诗话词话的两大支柱。

但是，这并不是说，中国古典诗话，仅仅闭锁于实践性之操作，所长仅仅如朱光潜先生所言“片言中肯，简练亲切”，全无可以与西方诗论媲美的理论创造。西方文学理论在哲学唯理论的基础上，建构起宏大的文学理论体系。而中国诗论重实践理性，在深厚的经验论基础上，在创作论和海量的文本解读中，在跨时空的对话过程中，从直接经验向理性升华，建构诸多理论范畴。当然，这不等于说，古典诗话词话家，没有哲学性的方法论的自觉。他们往往表现出《易经》、老子式的思辨，善于把经验放在对立统一和转化的条件中建构基本范畴。

诗话词话家们面临的是，在汉语构词中，真和实是天然的联系，而虚则和假紧密相关。

---

① 王楙《野客丛书》，上海古籍出版社1991年版，第252页。

② 葛立方《韵语阳秋》卷四：“竹未尝香也，而杜子美诗云：‘雨洗娟娟静，风吹细细香。’雪未尝香也，而李太白诗云：‘瑶台雪花数千点，片片吹落春风香。’”

但是，诗家在进行学术思辨时，自发地运用中国传统的辩证法，强调真时，联系到假，强调实时，联系到虚。问题在于如何转化，避免由虚而假，达到由虚而真。元好问曾经提出，虚得诚乃是根本。“何谓本？诚是也。……故由心而诚，由诚而言，由言而诗也。”[①]“由心而诚”，这样从概念到概念的推演，在中国诗论家看来是不够到位的。这就有了乔亿的“句中有我在”的理性突破。这个突破的特点，还在于其创作论的操作性。把问题回归到创作过程的矛盾中去：“景物万状，前人钩致无遗，称诗于今日大难。”乔亿从难度的克服来展开论述，提出“同题而异趣”，也就是“同景而异趣”。“节序同，景物同”，以景之真为准，则千人一面，以权威、流行之诚为准，则于人为真诚，于我为虚伪。真诚不是公共的，因为“人心故自不同”，自我是私有的。人心不同，各如其面，找到自我就是找到与他人之心的不同，“以不同接所同，斯同亦不同，而诗文之用无穷焉”。[②]只要找到我心与人心之“不同”，即使面对节序景物之“同”，矛盾也能转化，“斯同亦不同”，才有无穷的创造空间。

中国诗论范畴，大都从其内部矛盾来展开。除了人与我的关系以外，就是景与趣的关系。苏轼提出以“反常合道为奇趣”[③]，趣产生于反常与合道的对立而统一。这里的“反常”，可以理解为知觉超越常规的“变异”。俄国形式主义把它叫作“陌生化”，意思是反熟悉化。从表面上看，和苏轼的“反常”异曲同工，都是以新异的话语给读者感觉以冲击。但，“陌生化”是片面的，并不是一切“陌生化”的感知和词语都是富有诗意的。“二月春风似剪刀”之陌生化是诗，“二月春风似菜刀”则是笑话。似剪刀，因为“剪”字前面有“谁裁出”的“裁”作铺垫，裁剪为汉语之固定联想。故陌生以熟悉为基础才有诗意。清李渔《窥词管见》第七则说：“若红杏之在枝头，忽然加一‘闹’字，此语殊难着解。争斗有声之谓‘闹’，桃李‘争春’则有之，红杏‘闹春’，予实未之见也。‘闹’字可用，则‘吵’字、‘斗’字、‘打’字皆可用矣……予谓‘闹’字极粗极俗，且听不入耳，非但不可加于此句，并不当见之诗词。”[④]显然，李渔这种抬杠是缺乏语感根据的。在汉语词语里，存在着一种千百年来积累下来的潜在的、自动化的、非常稳定的联想机制。枝头红杏，作为色彩本来是无声的，但汉语里“红”和“火”自然地联系在一起，如“红火”，“火”又可以和“热”联系在一起，如“火热”，这样，从“热”就自然联想到了“热闹”。所以“红杏枝头春意闹”之“闹”字，取“热闹”之意，既是一种自由的、陌生的（新颖的）突破，又是对汉

① 元好问《元好问诗话》，吴文治主编《辽金元诗话全编》，凤凰出版社2006年版，第323页。

② 乔亿《剑溪说诗》卷下，郭绍虞编选《清诗话续编》（第二册），上海古籍出版社1983年版，第1097页。

③ 释惠洪《冷斋夜话》卷五，《宋元笔记小说大观》（第二册），上海古籍出版社2001年版，第2195页。

④ 唐圭璋编《词话丛编》（第一册），中华书局1986年版，第553页。

语潜在规范的发现。也就是“反常”而“合道”的，“陌生”而“熟悉”的。而“红杏枝头春意‘打’”，则是反艺术的。因为只有“陌生”，只有“反常”，没有“熟悉”，没有“合道”。

从实践经验直接升华，使得中国诗论往往有西方诗论所不及的发明，到了17世纪，在西方浪漫主义诗潮之前，中国诗论至少在两个方面具有领先的优势。[①]

第一个优势是提出了“无理而妙”命题。

长期以来，情与理的矛盾是中国诗论的核心命题，理与情，理与趣，史家论赞与诗家咏史之别，一直是中国古典诗论的焦点，在旷日持久的探索中，缺乏抽象演绎的兴趣的诗话词话家们，往往从个案的解读中，提升出观念，从南宋严羽的“非关理也”[②]到清沈德潜的“议论须带情韵以行”[③]，总是脱不了感性色彩。17世纪，中国古典诗话终于在理论上取得突破。清初文学家贺贻孙《诗筏》提出“妙在荒唐无理”[④]，贺裳和吴乔提出“无理而妙”“痴而入妙”[⑤]。方贞观在《辍锻录》亦持此说。沈雄在《古今词话·词评下卷》又指出：“词家所谓无理而入妙，非深于情者不辨。”[⑥]从无理转化为妙诗的条件就是情感，比之陆机《文赋》中所谓“诗缘情而绮靡”[⑦]，严羽“诗有别趣，非关理也”的陈说是一个大大的飞跃。吴乔《围炉诗话》在引贺裳语时还发挥说：“其无理而妙者，但是于理多一曲折耳。”[⑧]“于理多一曲折”，就是从理性转换为情感层次，就把理性逻辑与情感逻辑的矛盾及其转化的条件提了出来。当然，这还是形式上的。

至于对情的内涵，王夫之的《古诗评选》卷四做出更深入的分析，在中国诗话史上第一次对理提出了“诗人之理”与“名言之理”[⑨]“经生之理”[⑩]的矛盾。王夫之并没有意识到要正面确定其内涵，仅仅从反面说，“经生之理”不是诗理，但否定性的阐释，不能够充分成为定义形态。把这个问题从正面分析得比较透彻的是叶燮，他在《原诗》内篇下中把理分为“可执之理”也就是“可言之理”，与“名言所绝之理”“不可言之理”，认定后二者才是诗家之理。从世俗眼光来看，是“不通”的。然而，这种不合世俗之理，恰恰是“妙于

---

① 这里暂且把中国诗学的“意境”说放在一边。因为这方面的研究成果甚多，且多从概念到概念，突破甚少。

② 严羽《沧浪诗话校释》，郭绍虞校释，人民文学出版社1983年版，第26页。

③ 沈德潜《说诗晬语》卷下，王夫之等《清诗话》（下册），上海古籍出版社1978年1版，第553页。

④ 郭绍虞编选《清诗话续编》（第一册），上海古籍出版社1983年版，第191页。

⑤ 贺裳《载酒园诗话》卷一，郭绍虞编选《清诗话续编》（第一册），上海古籍出版社1983年版，第209、225页；吴乔《围炉诗话》卷一，同上第477—478页。

⑥ 唐圭璋编《词话丛编》，中华书局1986年版，第1044页。

⑦ 张少康《文赋集释》，上海古籍出版社1984年版，第71页。

⑧ 张少康《文赋集释》，上海古籍出版社1984年版，第478页。

⑨ 王夫之《古诗评选》卷四，《船山全书》（第十四册），岳麓书社1996年版，第687页。

⑩ 王夫之《古诗评选》卷五，《船山全书》（第十四册），岳麓书社1996年版，第753页。

事理”的。这种不通之“理”之所以动人，因为是“情至之语”。中国古典诗话论情与理的矛盾，在叶燮这里有了比较系统的阐释。第一，无理的，不通的，之所以妙于事理的，就是因为“情至”，也就是感情极端。“情得然后理真，情理交至。”他的观点和严羽等仅限于情与理的二元对立的观点不同，在情与理的矛盾中，引进了一个新范畴，那就是“真”。这个“理真”是由“情得”来决定的，因为“情得”，不通之理转化为“妙”理。第二，诗歌中往往表达某种“不可名言之理，不可施见之事，不可径达之情”。从不可言到可言，从不施见到可见，从不可径达到撼人心魄，条件是什么呢？他的答案是：“幽渺以为理，想象以为事，惝恍以为情，方为理至事至情至之语。”[①]他在诗学上提出三分法，一是理，二是事，三是情。三者是分离的，唯一可以将之统一起来的，是一个新的范畴“想象”，正是这种“想象”的“事”把“幽渺”“惝恍”的（朦胧的）、不可感知的“情”变得生动。情与事的矛盾，情与理的矛盾，是要通过“想象”的途径来解决的，“想象”能把事情理三者结合起来。叶燮不像一般诗话作者那样，拘泥于描述性的事理，举些依附于景物似乎不真的形象，叫作不合事理。他的魄力表现在举出直接抒情的诗句，其想象境界与现实境界有着比较大的距离。这种距离不是情与事的差异，而是情感与理性在逻辑上的距离。

文学理论中的真与假，情与理，是一个世界性的课题。一百多年后，德国启蒙主义者莱辛在汉堡剧评中才提出“逼真的幻觉”。18世纪西方浪漫主义诗论家赫斯列特等提出了“想象”（下文详说）。

情与理也是西方浪漫主义诗人的思考话题，英国浪漫主义诗人华兹华斯这样说：“诗是一切文章中最富哲学意味的。诗的目的是在真理，不是个别的和局部的真理，而是普遍的和有效的真理。”[②]这和我国严羽的“诗有别趣，非关理也”可以说是针锋相对。华兹华斯又强调一切的好诗都是“强烈感情的自然流露”。对于情与理的矛盾，他说，强烈的情感是从宁静中聚集（凝神）的，是在“审思”（contemplation）中产生，又是在“审思”中消退（disappear）下去，其结果是“good sense”，用曹葆华的译法就是“合情合理”。[③]曹葆华这个翻译，似乎并不太准确，原文本是有良好的感受力的意思。康德《判断力批判》在

① 叶燮《原诗》，人民文学出版社1979年版，第32页。

② 华兹华斯《〈抒情歌谣集〉序言》，曹葆华译，《古典文艺理论译丛》（第一册），人民文学出版社1961年版，第11页。

③ 华兹华斯《〈抒情歌谣集〉序言》，曹葆华译，《古典文艺理论译丛》（第一册），人民文学出版社1961年版，第11页。原文是这样的：“I have said that poetry is the spontaneous overflow of powerful feelings: it takes its origin from emotion recollected in tranquillity: the emotion is contemplated till, by a species of reaction, the tranquillity gradually disappears, and an emotion, kindred to that which was before the subject of contemplation, is gradually produced, and does itself actually exist in the mind.”。自然流露中的自然，原文有点自发（spontaneous）的意味。

18世纪末提出审美的“非逻辑性”，相比起来，还是中国的古典诗话在这个问题上说得比较早，而且丰富，具有某种操作性。在西方直到20世纪初，和无理而妙相似的观念，才由新批评的理论家正面提出。理查兹提到了“逻辑的非关联性”[①]，布鲁克斯则归结为“非逻辑性”[②]，只要向前迈出一步就不难发现，情感逻辑与抒情逻辑的不同。但由于新批评对抒情的厌恶，始终不能直面情感逻辑和理性逻辑的矛盾，都只限于理性在诗中的“悖论”，与抒情无关。在他们看来，抒情是危险的。艾略特说得很清楚：“诗不是放纵感情而是逃避感情，不是表现个性而是逃避个性。”[③]兰色姆则更是直率地宣称：“艺术是一种高度思想性或认知性的活动，说艺术如何有效地表现某种情感，根本就是张冠李戴。”[④]西方文论在抒情与理性的矛盾上，一直没有实质性的进展，原因是，他们的流派更迭过速，强调“强烈感情的自然流露”的浪漫主义还没有来得及把这个命题充分展开，反抒情的意象派和现代派已经抢先登场了。

中国诗话在这个时期对世界诗论的第二贡献，乃是诗酒文饭之说。

这种学说，从哲学方法论上，则表现为文体间的矛盾对立和转化。

西方诗论对于诗歌的研究，从古希腊亚里士多德的《诗学》开始，都把诗与哲学、历史进行比较：历史是个别的人事，而诗是概括的，故诗更接近于哲学。他们的比较似乎总在异类中进行，如关于诗与画的矛盾，莱辛写过《拉奥孔》，阐释了诗与画的不同规律。[⑤]在这方面，我们似乎觉悟得更早。先是苏东坡在《书摩诘〈蓝田烟雨图〉》中说：“味摩诘之诗，诗中有画。观摩诘之画，画中有诗。诗曰：‘蓝溪白石出，玉川红叶稀。山路元无雨，空翠湿人衣。’”[⑥]强调了诗与画的共同性。但是，张岱提出异议：“若以有诗句之画作画，画不能佳；以有画意之诗为诗，诗必不妙。如李青莲《静夜思》‘举头望明月，低头思故乡’，有何可画？王摩诘《山路》诗‘蓝田白石出，玉川红叶稀’，尚可入画；‘山路原无雨，空翠湿人衣’，则如何入画？”[⑦]我国的诗话词话，似乎更长于在同类的语言艺术中进行比较，诗与散文的比较，是诗话词话的一个传统话题。西方不把诗与放在文学范畴中的散文进行同类比较。根源可能还在于，在他们那里散文并不是一个独立的文体。他们的散文

①④ 参见兰色姆《新批评》，王腊宝等译，江苏教育出版社2006年版，第8页。

② 布鲁克斯说：“邓恩在运用‘逻辑’的地方，常常是用来证明其不合逻辑的立场。他运用逻辑的目的是要推翻一种传统的立场，或者‘证实’一种基本上不合逻辑的立场。”布鲁克斯《精致的瓮》，上海人民出版社2008年版，第196页。

③ 艾略特这个说法是很极端的。其中包含着两层意思，一是反对浪漫主义的滥情主义，二是诗人的个性其实并不是独异的，而是整个文化传统所塑造的。因而，个性和感情只是作品的形式：“我的意思是诗人没有什么个性可以表现，只有一个特殊的工具，那只是工具，不是个性。”

⑤ 参见莱辛《拉奥孔》，朱光潜译，人民文学出版社1979年版，第22页。

⑥ 苏轼《苏轼全集》（下册），上海古籍出版社2000年版，第2189页。

⑦ 张岱《琅嬛文集·与包严介》，岳麓书社1985年版，第152页。

在古希腊罗马时期是演讲和对话，后来则是随笔（essay），大体都是主智的，和我们今天心目中的审美抒情散文不属同类。在英语国家的百科全书中，有诗的条目，却没有单独的散文（prose）条目，只有和prose有关的文体，例如：alliterative prose（押头韵的散文）、prose poem（散文诗）、nonfictional prose（非小说类/非虚构写实散文）、heroic prose（史诗散文）、polyphonic prose（自由韵律散文）。在他们心目中，散文并不是一个特殊的文体，而是一种表达的手段，许多文体都可以用。而中国诗论则不然，诗言志，文载道，从来就是对立面。诗与散文的二分法，一直延续到清代。经过明庄元臣和清邹祗谟的努力，得出了二者“情理并至”（统一）的结论，不管是在诗中还是文中，情与理并不是绝对分裂的，而是情理互渗，如经纬之交织，诗情中往往有理，文理中也不乏情致。只是在文中，理为主导，在诗中，情为主导。这在哲学上叫作矛盾的主导方面，决定了事物的性质。当然，毕竟还仅仅是推理，还缺乏文本的实感。真正有理论意义上的突破，则是吴乔。他在《围炉诗话》中这样写：

问曰：“诗文之界如何？”答曰：“意岂有二？意同而所以用之者不同，是以诗文体制有异耳。文之词达，诗之词婉。书以道政事，故宜词达；诗以道性情，故宜词婉。意喻之米，饭与酒所同出。文喻之炊而为饭，诗喻之酿而为酒。文之措词必副乎意，犹饭之不变米形，啖之则饱也。诗之措词不必副乎意，犹酒之变尽米形，饮之则醉也。文为人事之实用，诏敕、书疏、案牍、记载、辨解，皆实用也。实用则安可措词不达，如饭之实用以养生尽年，不可矫揉而为糟也。诗为人事之虚用，永言、播乐，皆虚用也。……诗若直陈，《凯风》《小弁》大诟父母矣。”①

这可以说比较系统地深入到文体的核心了。散文与诗的区别是，第一，在内涵上，文“道政事”，而诗则“道性情”。第二，一个说理，一个抒情。第三，由于内涵的不同，导致了形式上巨大的差异：“文喻之炊而为饭，诗喻之酿而为酒。文之措词必副乎意，犹饭之不变米形，啖之则饱也。诗之措词不必副乎意，犹酒之变尽米形，饮之则醉也。”这个诗酒文饭的说法，在《答万季野诗问》中说得更彻底，不但是形态变了，而且性质也变了（“酒形质尽变”）。②第四，这里还连带提示在价值上，文是“实用”的，而诗是“虚用”的。这个说法相当系统，对千年的诗文之辨是一大突破。在这里最关键的是变形变质，涉及抒情的诗歌形象在想象的假定的境界中变异的规律。这在创作实践中，本来近乎常识：“一日不见，如三秋兮”“谁谓荼苦，其甘如荠”“露从今夜白，月是故乡明”“回眸一笑百媚生，六宫粉黛无颜色”，都是以感知变异的结果提示着情感强烈的原因。

① 郭绍虞编选《清诗话续编》（上），上海古籍出版社1999年版，第479页。

② 王夫之等《清诗话》（上册），上海古籍出版社1978年版，第27页。

创作实践走在理论前面而理论落伍，这一规律使得我国古典诗论往往拘泥于《诗大序》的“在心为志，发言为诗。情动于中而形于言”①的陈说，好像情感直接等于语言，有感情的语言就一定是诗，情感和语言、语言和诗之间没有任何矛盾似的。其实，从情感到语言之间横着一条相当复杂的迷途，心中所有往往笔下所无。言不称意，笔不称言，言不成诗，手中之竹背叛胸中之竹，是普遍规律，正是因为这样，诗歌创作才需要才华。司空图似乎意识到了“遗形得似”的现象，只是天才猜测，限于简单论断未有必要的阐释。

吴乔的贡献首先是，明确地把诗歌形象的变异作为一种普遍规律提上理论前沿，突破了中国古典文论中形与神对立统一的思路，提出了形与形、形与质对立统一的范畴。其次是，“文为人事之实用”“诗为人事之虚用”。“实用”在实质上，就是王夫之所说的“经生之理”和“名言之理”，而“虚用”，乃是王夫之所说的“诗人之理”。“实用”“虚用”的命名，说明他和王夫之一样，已经意识到诗的审美价值是不实用的。这比康德在《判断力批判》中所言审美的“非实用”要早上一百年。当然，吴乔没有康德那样的思辨能力，也没有西方建构宏大体系的演绎能力。他的见解具有相当的深邃性，但是，其表述却满足于感性。这不仅仅是吴乔的局限，而且是诗话词话体裁的局限，也是我国传统民族文化的局限。但是，这并不妨碍他的理论具有超前的性质。

以理性思维见长的西方，直到差不多一个世纪以后，才有雪莱的总结：“诗使它所触及的一切都变形。”②英国浪漫主义诗歌理论家赫斯列特在《泛论诗歌》中说：“想象是这样一种机能，它不按事物的本相表现事物，而是按照其他的思想情绪把事物揉成无穷的不同的形态和力量的综合来表现它们。”“‘我们的眼睛’被其他的官能‘所愚弄’，这是想象的普遍规律。”③其实这个观念并非赫氏的原创，而是来自莎士比亚《仲夏夜之梦》第五幕第一场：“疯子、情人和诗人都是猜想的产儿。”（The lunatic, the lover and the poet are of imagination all compact.）到了西欧浪漫主义诗歌衰亡之后，马拉美提出了“诗是舞蹈，散文是散步”的说法，与吴乔的诗酒文饭之说，有异曲同工之妙。

中国诗论在17世纪之所以取得这样的成就，应该说与中国诗论比之西方对诗的形式规范有更大的关注有关。这种关注，并不限于诗与散文之区别，更有特色的是，同为诗，对于其亚形式也是曲尽其妙。如七言古诗和五言古诗的区别：“五言古以不尽为妙，七言古则不嫌于尽。”④至于律诗与绝句之别，则有更多的钻研，金圣叹把七律的每一联用起承转合的格式加以归纳，如，第一联起得“勃郁”，则第二联必然“条畅”，到第三联则应该“转

① 《毛诗正义》，《十三经注疏》（上册），中华书局1980年版，第269—270页。

② 雪莱《为诗辩护》，《十九世纪英国诗人论诗》，人民文学出版社1984年版，第155页。

③ 《古典文艺理论译丛》（第一册），人民文学出版社1961年版，第60—61页。

④ 贺贻孙《诗筏》，郭绍虞编选《清诗话续编》（第一册），上海古籍出版社1983年版，第138页。

发”，第四联“不得意尽，不得另添”，总之起要“直贯到尾”，结要“直透到顶”。(《贯华堂选批唐才子诗·圣叹尺牍》)而元人杨载分析绝句同样用了起承转合范式，其《诗法家数·绝句》说到诗的“转”：“绝句之法，……句绝而意不绝，多以第三句为主，而第四句发之。……承接之间，开与合相关，反与正相依，顺与逆相应……大抵起承二句固难，然不过平直叙起为佳，从容承之为是。至如宛转变化工夫，全在第三句，若于此转变得好，则第四句如顺流之舟矣。”① 从某种意义上说，中国古典诗论比俄国形式主义更具“形式主义”特色，不过中国古典诗话词话，没有像俄国形式者那样天真，也没有像美国新批评那样武断，企图用粗糙的“陌生化”“反讽”之类作为一元化的纲领阐释全部文学，而是相当切实地深入到形式内部的结构之中去直接归纳。对于形式规范的过分执着，固然束缚思想，付出了艺术形式蜕变为僵化模式的代价，但是，也在形式范畴上逼近艺术特征，避免了西方诗论陷于经院哲学烦琐空论的弊端。固然西方并不否定形式，但是，由于所言往往是内容决定形式，而形式乃原生的生活形式，克罗齐非常强调形式的心灵性质，他在《美学纲要》中说“形式是常驻不变的，也就是心灵的活动”。心灵的活动恰恰不是“常驻不变的”，而是像绝句的杰作所表现的那样，是瞬息万变的。而形式也不是“常驻不变的”，而是随历史的发展而变化的。因而，他所说的形式，其实是心灵自发的原生形式，而非文学的规范形式。②

从美学上来说，原生形式和艺术形式，在性质上是不同的。原生形式是自发的、无限的、不可重复的，与内容不可分离的；而艺术的规范形式则是人造的、有限的（在文学中数量不超过十种)，与内容可以分离的，是千百年不断重复的。以诗歌而言，正是由于重复，才能从草创，经过积累达到成熟。不论是西方的十四行诗，还是中国的近体诗，都有一个形式化、规格化的过程。中国古典诗歌，从古谣谚的二言，到《诗经》的四言，再到骚体的杂言，在走向近体格律的过程中，经历了统一（定言，建句，定篇）结合变化的结构：在节奏上，行内平仄交替，行间平仄相对；在语义上，对仗与不对仗交织。沈约在《宋书·谢灵运传》中说：“夫五色相宣，八音协畅，由于玄黄律吕，各适物宜。”说的是追求内在节奏和外在节奏的统一性，但是光有统一性是不够的，沈约还特别强调“欲使宫羽相变，低昂互节，若前有浮声，后须切响”③。这里的“宫”是指平声，“羽”指仄声；“低”

① 何文焕《历代诗话》(下册)，中华书局1981年版，第732页。

② 例如，他说：“史诗和抒情诗的分别，戏剧和抒情诗的分别，都是烦琐派学者强为之说，分其所不可分，凡是艺术都是抒情的，都是情感的史诗或剧诗。”转引自朱光潜《朱光潜美学文集》(第二卷)，上海文艺出版社1982年版，第54—55页。又见朱光潜《谈美》，金城出版社2006年版，第117页。

③ 《宋书》(第六册)，中华书局1974年版，第1779页。

是仄声的特点，“昂”是平声的特点；“浮声”，也是平而上浮，“切响”是仄声。目的就是要在统一的节奏中尽可能避免单调，格律保证着结构有规律地变化，统一而丰富。从沈约经营平仄，建构近体诗歌形式到盛唐形式化、规范化的成熟阶段，攀登到盛唐气象的艺术高峰，凡四百年。在人类审美超越实用理性的经验积淀进化的过程中，规范形式范畴对于艺术形象的质量的提高是如此关键。缺乏艺术的规范形式范畴，耽溺于哲学化的思辨，就不能不在审美积淀的内涵上，一味满足于从概念到概念的演绎，脱离创作和阅读经验，失去直接概括的基础，正是西方文论解读文本无效和低效，与审美阅读经验为敌，最后干脆否定文学的存在的根源。

2011 年 11 月 6 日—19 日

2012 年 1 月 7 日再改

（原载《文学遗产》2012 年第 5 期）

选辑文中名人异名别称一览

周、秦、汉

屈　原

屈平，名

左徒，曾官左徒、三闾大夫

屈子，尊称

司马迁

龙门，出生地，世称

太史公，曾任太史令

班　固

孟坚，字

张　衡

平子，字

王　粲

仲宣，字

魏晋

刘　备

昭烈，蜀汉昭烈帝

诸葛亮

武侯，蜀汉政权封武乡侯

曹　植

子建，字

陈思，封陈王，谥思

张　协

景阳，字

潘　岳

安仁，字

左　思

太冲，字

陆　机

士衡，字

刘　琨

越石，字

卢　湛

子谅，字

孙　绰

兴公，字

陶渊明

陶潜，名

靖节，友好私谥号

刘　龚

孟公，字

南北朝

颜延之

延年，字

谢灵运

客儿，族人称呼之小名

谢客，世称

康乐，晋时袭封康乐公

鲍　照

明远，字

刘　铄

休玄，字

谢　朓

玄晖，字

宣城，曾官宣城太守

刘　勰

彦和，字

江　淹

文通，字

丘　迟

希范，字

钟　嵘

仲韦，字

唐、五代

释慧能

六祖，被尊禅宗第六祖

宋之问

考功，官至考功员外郎

沈佺期

云卿，字

沈詹事，官至太子少詹事

陈子昂

射洪，梓州射洪人，世称

张　说

燕公，封燕国公

李隆基

明皇，谥号至道大圣大明孝皇帝

孟浩然

孟襄阳，襄阳人，世称

李　颀

东川，东川人，世称

王昌龄

少伯，字

王江宁，曾官江宁丞

王龙标，晚年贬龙标尉

王　维

摩诘，字

王右丞，官至尚书右丞

李　白

太白，字

青莲居士，号

供奉，曾官供奉翰林

谪仙，绰号，贺知章叹称其“谪仙人”

崔　颢

崔司勋、郎中，曾官司勋员外郎

高　适

达夫，字

高常侍，官终散骑常侍

刘长卿

文房，字

刘随州，官终随州刺史

杜　甫

子美，字

少陵野老，自称，少陵曾为杜甫居住处

杜工部，曾官检校工部员外郎

岑　参

岑嘉州，官至嘉州刺史

元　结

次山，字

钱　起

钱员外，曾官祠部员外郎、司勋员外郎

李　泌

长源，字

司空曙

文明，字

戴叔伦

容州，曾官容、管经略使

韦应物

韦左司，曾官左司郎中

韦苏州，曾官苏州刺史

李　益

君虞，字

孟　郊

东野，字

张　籍

文昌，字

韩　愈

退之，字

昌黎，自谓郡望之代称

韩文公，卒谥文

刘禹锡

梦得，字

刘尚书，曾任太子宾客，加检校礼部尚书

白居易

乐天，字

香山居士，晚年自号

李　绅

公垂，字

柳宗元

子厚，字

柳柳州，终贬柳州刺史

李德裕

李太尉，曾居相位

贾　岛

阆仙，字

元　稹

微之，字

李　贺

长吉，字

昌谷，居住地福昌昌谷，世称

李奉礼，曾官奉礼郎

卢　仝

玉川子，号

杜　牧

牧之，字

樊川，长安南常游胜地，嘱文集即名《樊川集》

杜紫薇，官终中书舍人之别称

李商隐

义山，字

温庭筠

飞卿，字

陆龟蒙

鲁望，字

司空图

表圣，字

韩　偓

致光，字

郑　谷

郑都官，曾官都官郎中

韦　庄

端己，字

冯延巳

正中，字

毛文锡

毛司徒，在后蜀官至司徒

顾　敻

顾太尉，在后蜀累官至太尉

李　煜

李后主，五代南唐国主

宋、金

郑文宝

仲贤，字

王禹偁

元之，字

寇　准

平仲，字

寇莱公，曾封莱国公

丁　谓

晋公，封晋国公

陈尧佐

文惠，谥号

林　逋

君复，字

西湖，隐居西湖孤山，世称

和靖先生，谥号

杨　亿

大年，字

范仲淹

希文，字

张　先

子野，字

张郎中，历官都官郎中

柳　永

耆卿，字柳七，排行第七

李　冠

世英，字

晏　殊

元献，谥号

石延年

曼卿，字

宋　祁

子京，字

宋尚书，曾官工部尚书

景文，谥号

梅尧臣

圣俞，字

欧阳修

六一居士，别号

醉翁，自号

欧九，排行第九

庐陵，郡望，世称

欧阳文忠，谥号

苏舜钦

子美，字

邵　雍

尧夫，字

康节，谥号

曾　巩

子固，字

王安石

介甫，字

舒公、荆公，初封舒国公，旋改封荆

王文公，卒后追谥文

半山，号

晏几道

叔原，字

晁　迥

文元，谥号

刘　攽

贡父，字

沈　括

存中，字

苏　轼

子瞻，字

东坡居士，自号

文　同

与可，字

苏　辙

子由，字

黄庭坚

鲁直，字

山谷道人，号

秦　观

少游，字

淮海居士，号

贺　铸

方回，字

东山，未详，或有《东山词》，世称

陈师道

无己，字

后山居士，号

潘大临

邠老，字

张　耒

文潜，字

张右史，曾任秘书丞、著作郎、史馆检讨等职

蔡　绦

约之，字

魏　泰

道辅，字

范　温

元实，字

唐　庚

子西，字

释惠洪

觉范，自称

洪觉范，世称

韩　驹

子苍，字

周紫芝

竹坡老人，号

吕本中

居仁，字

计有功

敏夫，字

葛立方

常之，字

周邦彦

清真居士，号

李清照

易安居士，号

徐　俯

师川，字

陈与义

去非，字

简斋，号

岳　飞

忠武，宁宗时追封鄂王，有《岳忠武王文集》

王　铚

性之，字

吴　沆

环溪，晚年隐居处，自称

葛立方

常之，字

陆　游

放翁，自号

渭南，晚年晋爵渭南伯，有《渭南文集》

三山，山阴（绍兴）家居地，世称

范成大

石湖居士，号

尤　袤

延之，字

杨万里

诚斋，号

朱　熹

元晦，字

晦庵，号

考亭先生，卜居、讲学建阳（福建）考亭，后人别称

晦翁，晚年号

朱子，尊称

张孝祥

于湖居士，号

张　栻

南轩，号

辛弃疾

幼安，字

稼轩，号

陈　亮

同甫，字

王　楙

勉夫，字

刘　过

龙洲道人，号

赵　蕃

章泉，字

史达祖

梅溪，号

姜　夔

尧章，字

白石道人，号

石帚，号

韩　淲

涧泉，号

施　岳

梅川，号

严　羽

仪卿，字

沧浪逋客，号

翁　卷

灵舒，字

戴复古

式之，字

石屏，号

刘克庄

后村居士，号

黄　昇

玉林，字

谢枋得

叠山，号

吴文英

梦窗，号

刘辰翁

会孟，字

须溪，号

周　密

草窗，号

仇　远

仁近，字

唐　珏

玉潜，字

文天祥

文山，号

文信公，封信国公

王沂孙

碧山，号

陈　杰

自堂，未详，或著有《自堂存稿》

元好问

遗山，号

元

方　回

万里，字虚谷，号

杨　载

仲弘，字

范　椁

德机，字

乔　吉

梦符，字

杨维祯

铁崖，号

萨都剌

天锡，字

赵　汸

子常，字

明

高　启

季迪，字

青丘子，号

高　棅

廷礼，另一名

陈献章

白沙先生，新会白沙里人，世称

唐　寅

子畏，字

六如居士，号

沈　周

石田，字

李梦阳

空同子，号

何景明

仲默，字

杨　慎

用修，字

升庵，号

薛　蕙

君采，字

谢　榛

茂秦，字

四溟山人，号

李攀龙

于鳞，字

沧溟，号

王世贞

元美，字

弇州山人，号

王世懋

敬美，字

胡应麟

元瑞，字

钟　惺

伯敬，字

谭元春

友夏，字

钱澄之

幼光，字

清及近代

钱谦益

牧斋，号

吴伟业

梅村，号

李　渔

笠翁，号

顾炎武

亭林，江苏昆山亭林人，世称

冯　班

定远，字

贺　裳

黄公，字

吴　乔

修龄，字

王夫之

船山，晚年屏居石船山，世称

邓汉仪

孝威，字

周在浚

梨庄，著有《梨庄遗谷集》

毛奇龄

大可，字

西河，郡望，世称

毛检讨，曾官翰林院检讨、明史馆纂修官等

邹祇谟

程村，号

王士禛

阮亭，号

新城，山东新城人，世称

渔洋山人，号

邵长衡

青门山人，别号

李光地

李安溪，福建安溪人，学者尊称

阎若璩

百诗，字

赵执信

秋谷，号

沈德潜

归愚，号

长洲，江苏长洲人，世称

王　琦

琢崖，字

袁　枚

子才，字

随园，别号

纪　昀

晓岚，字

张惠言

皋文，字

周　济

介存，字

止庵，晚号

龚自珍

定庵，号

王　韬

紫诠，字

蒋敦复

纯甫，字

谭　献

复堂，号

王鹏运

半塘，号

康有为

南海，广东南海人，世称

王国维

静安，字

参考文献

选辑主要征引书目

一、诗话词话及笔记资料

《评诗格》　（唐）旧题李峤　《吟窗杂录》本、《诗学指南》本

《诗格》　（唐）王昌龄　《吟窗杂录》本、《诗学指南》本

《诗中密旨》　（唐）王昌龄　《吟窗杂录》本、《诗学指南》本

《朝野佥载》　（唐）张鷟　中华书局本

《诗式》　（唐）释皎然　人民文学出版社校注本、《历代诗话》本

《中序》　（唐）释皎然　《格致丛书》本

《刘宾客嘉话录》　（唐）刘禹锡口述、韦绚追记　《续百川学海》本、上海古籍出版社本

《明皇杂录》　（唐）郑处晦　《墨海金壶》本、上海古籍出版社本

《金针诗格》　（唐）旧题白居易　《吟窗杂录》本

《二南密旨》　（唐）旧题贾岛　《吟窗杂录》本

《幽闲鼓吹》　（唐）张固　《说郛》本、中华书局本

《本事诗》　（唐）孟棨　古典文学出版社本

《诗品集解》　（唐）司空图著、（现当代）郭绍虞集解　人民文学出版社本

《缘情手鉴诗格》　（唐）李洪宣　《吟窗杂录》本

《开元天宝遗事》　（五代）王仁裕　中华书局本

《鉴戒录》　（五代）何光远　《学海类编》本

《北梦琐言》　（宋）孙光宪　上海古籍出版社本

《续金针诗格》　（宋）梅尧臣　《吟窗杂录》本

《六一诗话》　（宋）欧阳修　人民文学出版社本

《欧阳修诗话》　（宋）欧阳修　《宋诗话全编》本

《归田录》　（宋）欧阳修　《稗海》本、中华书局本

《温公续诗话》　（宋）司马光　《历代诗话》本

《司马光诗话》　（宋）司马光　《宋诗话全编》本

《陈辅之诗话》　（宋）陈辅　《宋诗话辑佚》本

《玉壶清话》　（宋）释文莹　中华书局本

《玉壶诗话》　（宋）释文莹　《学诲类编》本

《中山诗话》　（宋）刘攽　《历代诗话》本

《梦溪笔谈》《梦溪续笔谈》　（宋）沈括　中华书局本

《程颐诗话》　（宋）程颐　《宋诗话全编》本

《麈史》　（宋）王得臣　《四库全书》本、《知不足斋丛书》本、上海古籍出版社本

《东坡志林》　（宋）苏轼　中华书局本、《稗海》本

《东坡题跋》　（宋）苏轼　《津逮秘书》本

《苏轼诗话》　（宋）苏轼　《宋诗话全编》本

《潘子真诗话》　（宋）潘淳　《宋诗话辑佚》本

《山谷题跋》　（宋）黄庭坚　《津逮秘书》本、《丛书集成初编》本

《黄庭坚诗话》　（宋）黄庭坚　《宋诗话全编》本

《墨客挥犀》　（宋）彭乘　《稗海》本

《彭乘诗话》　（宋）彭乘　《宋诗话全编》本

《后山诗话》　（宋）陈师道　《历代诗话》本

《无咎题跋》　（宋）晁补之　《津逮秘书》本、《纷欣阁丛书》本

《明道杂志》　（宋）张耒　《学海类编》本

《张耒诗话》　（宋）张耒　《宋诗话全编》本

《蔡宽夫诗话》　（宋）蔡居厚　《宋诗话辑佚》本

《诗史》　（宋）蔡居厚　《宋诗话辑佚》本

《西清诗话》　（宋）蔡絛　《宋诗话全编》本、哈佛燕京学社版《宋诗话辑佚》本

《临汉隐居诗话》　（宋）魏泰　《历代诗话》本

《潜溪诗话》　（宋）范温　《宋诗话辑佚》本
《遁斋闲览》　（宋）陈正敏　《说郛》本
《诗话总龟》　（宋）阮阅　人民文学出版社本
《古今诗话》　（宋）李颀　《宋诗话辑佚》本
《优古堂诗话》　（宋）吴开　《历代诗话续编》本
《李复诗话》　（宋）李复　《宋诗话全编》本
《王直方诗话》　（宋）王直方　《宋诗话辑佚》本
《萍洲可谈》　（宋）朱彧　《守山阁丛书》本
《漫叟诗话》　（宋）佚名　《宋诗话辑佚》本
《唐子西文录》　（宋）唐庚口述、强行父追记整理　《历代诗话》本
《冷斋夜话》　（宋）释惠洪　中华书局本
《石门洪觉范天厨禁脔》　（宋）释惠洪　中华书局上海编辑所影印本
《许彦周诗话》　（宋）许顗　《历代诗话》本
《道山清话》　（宋）旧题王暐　《四库全书》本、上海古籍出版社本
《墨庄漫录》　（宋）张邦基　中华书局本、《稗海》本
《陵阳先生室中语》　（宋）韩驹语、范季随录　《说郛》本
《石林诗话》　（宋）叶梦得　《历代诗话》本
《竹坡诗话》　（宋）周紫芝　《历代诗话》本
《风月堂诗话》　（宋）朱弁　中华书局本
《中吴纪闻》　（宋）龚明之　《知不足斋丛书》本、上海古籍出版社本
《缃素杂记》　（宋）黄朝英　《四库全书》本、上海古籍出版社本
《珩璜新论》　（宋）孔仲毅　《学海类编》本
《苕溪渔隐丛话》　（宋）胡仔　人民文学出版社本
《猗觉寮杂记》　（宋）朱翌　《学海类编》本
《懒真子》　（宋）马永卿　《宋人说部丛书》本、上海古籍出版社本
《张九成诗话》　（宋）张九成　《宋诗话全编》本
《五总志》　（宋）吴迴　《笔记小说大观》本
《唐诗纪事》　（宋）计有功　上海古籍出版社本
《砻溪诗话》　（宋）黄彻　人民文学出版社本
《岁寒堂诗话》　（宋）张戒　《历代诗话续编》本
《过庭录》　（宋）范公偁　中华书局本

《艇斋诗话》　（宋）曾季狸　《历代诗话续编》本

《扪虱新话》　（宋）陈善　《儒学警悟》本、《说郛》本

《高斋诗话》　（宋）曾慥　《宋诗话辑佚》本

《邵氏闻见后录》　（宋）邵博　中华书局本

《西溪丛语》　（宋）姚宽　《啸园丛书》本诗

《诗论》　（宋）释普闻　《说郛》本

《艺苑雌黄》　（宋）严有翼　《宋诗话辑佚》本

《东园丛说》　（宋）李如篪　《四库全书》本

《李如篪诗话》　（宋）李如篪　《宋诗话全编》本

《珊瑚钩诗话》　（宋）张表臣　《历代诗话》本

《能改斋漫录》　（宋）吴曾　上海古籍出版社本

《藏海诗话》　（宋）吴可　《历代诗话续编》本

《环溪诗话》　（宋）吴沆　中华书局本

《学林》　（宋）王观国　中华书局本、《武英殿聚珍版全书》本

《韵语阳秋》　（宋）葛立方　《历代诗话》本

《考古编》《续考古编》　（宋）程大昌　中华书局本

《方逢辰诗话》　（宋）方逢辰　《宋诗话全编》本

《庚溪诗话》　（宋）陈岩肖　《历代诗话续编》本

《瓮牖闲评》　（宋）袁文　中华书局本

《容斋随笔》《容斋二笔》《容斋三笔》《容斋四笔》《容斋五笔》　（宋）洪迈　中华书局本

《老学庵笔记》　（宋）陆游　中华书局本

《入蜀记》　（宋）陆游　《笔记小说大观》本

《吴船录》　（宋）范成大　《四库全书》本、《宝颜堂秘芨》本

《二老堂诗话》　（宋）周必大　《历代诗话》本

《梁溪漫志》　（宋）费衮　上海古籍出版社本

《芥隐笔记》　（宋）龚颐正　《说郛》本、《四库全书》本

《诚斋集》　（宋）杨万里　《四部丛刊》本

《诚斋诗话》　（宋）杨万里　《历代诗话续编》本

《杨万里诗话》　（宋）杨万里　《宋诗话全编》本

《清邃阁论诗》　（宋）朱熹　《朱子文集大全类编》本

《朱子语类》　（宋）朱熹　《四库全书》本
《诗律武库》　（宋）吕祖谦　《金华丛书》本
《楼钥诗话》　（宋）楼钥　《宋诗话全编》本
《野客丛书》　（宋）王楙　中华书局本
《白石诗说》　（宋）姜夔　《历代诗话》本
《曹彦约诗话》　（宋）曹彦约　《宋诗话全编》本
《拙轩词话》　（宋）张侃　《词话丛编》本
《挥麈录》　（宋）王明清　《四库全书》本、上海书店出版社本
《履斋示儿编》　（宋）孙奕　上海古籍出版社影印本、《丛书集成初编》本
《鹤林玉露》　（宋）罗大经　中华书局本
《吴氏诗话》　（宋）吴子良　《学海类编》本
《杜工部草堂诗话》　（宋）蔡梦弼　《历代诗话续编》本
《宾退录》　（宋）赵与时　上海古籍出版社本
《耆旧续闻》　（宋）陈鹄　《知不足斋丛书》本
《贵耳集》　（宋）张端义　《津逮秘书》本、中华书局本
《后村诗话》《后村诗话续集》　（宋）刘克庄　中华书局本
《沧浪诗话》　（宋）严羽　人民文学出版社本
《诗人玉屑》　（宋）魏庆之　中华书局本
《深雪偶谈》　（宋）方岳　《学海类编》本
《诗林广记》　（宋）蔡正孙　中华书局本
《牟巘诗话》　（宋）牟巘　《宋诗话全编》本
《刘辰翁诗话》　（宋）刘辰翁　《宋诗话全编》本
《吹剑录全编》　（宋）俞文豹　古典文学出版社本
《姚勉诗话》　（宋）姚勉　《宋诗话全编》本
《对床夜语》　（宋）范晞文　《历代诗话续编》本
《复雅歌词》　（宋）鲖阳居士　《词话丛编》本
《佩韦斋辑闻》　（宋）俞德邻　《学海类编》本
《月下偶谈》　（宋）俞琰　《学海类编》本
《词源》　（宋）张炎　人民文学出版社本
《乐府指南》　（宋）沈义父　人民文学出版社本
《藏一话腴》　（宋）陈郁　《学海类编》本、《四库全书》本

《诗宪》 （宋）佚名 《宋诗话辑佚》本
《吟窗杂录》 （宋）陈应行 中华书局本
《滹南诗话》 （金）王若虚 人民文学出版社本
《元好问诗话》 （金）元好问 《辽金元诗话全编》本
《论诗三十首》 （金）元好问著、（现当代）郭绍虞笺 人民文学出版社本
《归潜志》 （金）刘祁 《四库全书》本
《王义山诗话》 （元）王义山 《辽金元诗话全编》本
《唐才子传》 （元）辛文房 古典文学出版社本
《方回诗话》 （元）方回 《辽金元诗话全编》本
《庶斋老学丛谈》 （元）盛如梓 《知不足斋丛书》本
《修辞论衡》 （元）王构 《万有文库》本
《仇远诗话》 （元）仇远 《辽金元诗话全编》本
《诗法家数》 （元）杨载 《历代诗话》本
《诗学禁脔》 （元）范梈 《历代诗话》本
《词旨》 （元）陆辅之 《词话丛编》本
《吴礼部诗话》 （元）吴师道 《历代诗话续编》本
《杨维桢诗话》 （元）杨维桢 《辽金元诗话全编》本
《李祁诗话》 （元）李祁 《辽金元诗话全编》本
《诗法》 （元）黄子肃 《历代诗话》本
《诗法正论》 （元）傅若金 《诗学指南》本
《诗谱》 （元）陈绎曾 《历代诗话续编》本
《黄庚诗话》 （元）黄庚 《辽金元诗话全编》本
《刘将孙诗话》 （元）刘将孙 《辽金元诗话全编》本
《宋濂诗话》 （明）宋廉 《明诗话全编》本
《徐一夔诗话》 （明）徐一夔 《明诗话全编》本
《王祎诗话》 （明）王祎 《明诗话全编》本
《林弼诗话》 （明）林弼 《明诗话全编》本
《归田诗话》 （明）瞿佑 《历代诗话续编》本
《瞿佑诗话》 （明）瞿佑 《明诗话全编》本
《诗林广记参评》 （明）叶盛 《明诗话全编》本
《霏雪集》 （明）刘绩 《四库全书》本、《学海类编》本

《西江诗法》　（明）朱权　明嘉靖刻本
《陈献章诗话》　（明）陈献章　《明诗话全编》本
《诗学梯航》　（明）周叙　《全明诗话》本
《周叙诗话》　（明）周叙　《明诗话全编》本
《菊坡丛话》　（明）单宇明　成化刻本、《明诗话全编》本
《程敏政诗话》　（明）程敏政　《明诗话全编》本
《震泽长语》　（明）王鏊　《四库全书》本
《麓堂诗话》　（明）李东阳　《历代诗话续编》本
《李东阳诗话》　（明）李东阳　《明诗话全编》本
《南壕诗话》　（明）都穆　《历代诗话续编》本
《陈沂诗话》　（明）陈沂　《明诗话全编》本
《余冬诗话》　（明）何孟春　《学海类编》本
《李梦阳诗话》　（宋）李梦阳　《明诗话全编》本
《谈艺录》　（明）徐祯卿　《历代诗话》本
《梦蕉诗话》　（明）游潜　清康熙刻本、《学海类编》本
《颐山诗话》　（明）安磐　《全明诗话》本
《渚山堂词话》　（明）陈霆　人民文学出版社本
《七修类稿、续稿》　（明）郎瑛　中华书局本、《续修四库全书》本
《升庵诗话》　（明）杨慎　《历代诗话续编》本
《词品》　（明）杨慎　人民文学出版社本
《绝句衍义》　（明）杨慎　《明诗话全编》本
《存余堂诗话》　（明）朱承爵　《历代诗话》本
《四溟诗话》　（明）谢榛　《历代诗话续编》本、齐鲁书社《诗家直说笺注》本
《琼台诗话》　（明）蒋冕　明崇祯刻本、《全明诗话》本
《逸老堂诗话》　（明）俞弁　《历代诗话续编》本
《孙绪诗话》　（明）孙绪　《明诗话全编》本
《夷白斋诗话》　（明）顾元庆　《历代诗话》本
《艺苑玄机》　（明）邵经邦　《明诗话全编》本
《戒庵老人漫笔》　（明）李诩　中华书局本
《解颐新语》　（明）皇甫汸　《全明诗话》本
《四友斋丛说》　（明）何良俊　中华书局本

《全相万家诗话》　（明）汪彪　《全明诗话》本
《说诗》　（明）谭浚　《全明诗话》本
《艺苑卮言》　（明）王世贞　《历代诗话续编》本
《全唐诗说》　（明）王世贞　《全明诗话》本
《诗的》　（明）王文禄　《丛书集成初编》本、《全明诗话》本
《文脉》　（明）王文禄　《丛书集成初编》本
《焚书》《续焚书》　（明）李贽　中华书局本
《艺圃撷余》　（明）王世懋　《历代诗话》本
《屠隆诗话》　（明）屠隆　《明诗话全编》本
《诗谈初编》　（明）田艺蘅　《明诗话全编》本
《诗薮》　（明）胡应麟　中华书局本
《少室山房笔丛》　（明）胡应麟　中华书局本
《少室山房随笔》　（明）胡应麟　中华书局本
《曲律》　（明）王骥德　《中国戏曲论著集成》本
《雪涛小书》　（明）江盈科　《全明诗话》本、《国学珍本文库》1935年重刊本
《诗学杂言》　（明）冒愈昌　《全明诗话》本
《艺圃伧谈》　（明）郝敬　《全明诗话》本、《明诗话全编》本
《佘山诗话》　（明）陈继儒　台湾新文丰出版公司《丛书集成新编》本
《艺苑闲评》　（明）支允坚　《全明诗话》本
《诗源辩体》　（明）许学夷　人民文学出版社本
《艺薮谈宗》　（明）周子文　《全明诗话》本
《庄元臣诗话》　（明）庄元臣　《明诗话全编》本
《徐光启诗话》　（明）徐光启　《明诗话全编》本
《爰园词话》　（明）俞彦　《词话丛编》本
《姚希孟诗话》　（明）姚希孟　《明诗话全编》本
《冷邸小言》　（明）邓云霄　清道光刻本、《全明诗话》本
《小草斋诗话》　（明）谢肇淛　明刻本
《文海披沙》　（明）谢肇淛　福建师大图书馆善本手抄本
《恬致堂诗话》　（明）李日华　《丛书集成初编》本、《学海类编》本
《袁宏道集笺校》　（明）袁宏道　上海古籍出版社笺校本

《徐氏笔精》　（明）徐𤊹　《四库全书》本

《词府灵蛇二集》　（明）钟惺　《全明诗话》本、《明诗话全编》本

《藕居士诗话》　（明）陈懋仁　《全明诗话》本

《艺壳》　（明）邓伯羔　《四库全书》本

《唐诗品》　（明）孙矿　《明诗话全编》本

《诗话补遗》　（明）冯复京　《明诗话全编》本

《诗话类编》　（明）王昌会　明万历刻本、《学海类编》本

《雅伦》　（明）费经虞　清康熙刻本

《张时为诗话》　（明）张时为　《明诗话全编》本

《石室谈诗》　（明）赵士喆　《明诗话全编》本

《诗镜总论》　（明）陆时雍　《历代诗话续编》本

《榆溪诗话》　（明）徐世溥　台湾新文丰出版公司《丛书集成新编》本

《彭大翼诗话》　（明）彭大翼　《明诗话全编》本

《黄谆耀诗话》　（明）黄谆耀　《明诗话全编》本

《敬君诗话》　（明）叶秉敬　《说郛续编》本

《牧斋初学集》　（清）钱谦益　上海古籍出版社标校本

《牧斋有学集》　（清）钱谦益　上海古籍出版社标校本

《列朝诗集小传》　（清）钱谦益　上海古籍出版社本

《诗筏》　（清）贺贻孙　《清诗话续编》本

《窥词管见》　（清）李渔　《词话丛编》本

《载酒园诗话》　（清）贺裳　《清诗话续编》本

《皱水轩词筌》　（清）贺裳　《词话丛编》本

《答万季野诗问》　（清）吴乔　《清诗话》本

《围炉诗话》　（清）吴乔　《清诗话续编》本

《鱼计轩诗话》　（清）计发　《适园丛书》本

《尺牍新钞》　（清）周亮工　上海杂志公司本

《归庄集》　（清）归庄　中华书局本

《日知录》　（清）顾炎武　商务印书馆本

《沧浪诗话纠谬》　（清）冯班　《萤雪轩丛书》本

《历代诗话》　（清）吴景旭　中华书局本

《蠖斋诗话》　（清）施闰章　《清诗话》本

《姜斋诗话》　（清）王夫之　《历代诗话》本

《姜斋诗话笺注》　（清）王夫之　人民文学出版社笺注本

《春酒堂诗话》　（清）周容　《清诗话续编》本

《伯子论文》　（清）魏际瑞　《昭代丛书》本

《诗辩坻》　（清）毛先舒　《清诗话续编》本

《一木堂诗麈》　（清）黄生　福建师大图书馆手抄本

《黄白山先生〈载酒园诗话〉评》　（清）黄生　神州国光社 1936 年本

《龙性堂诗话初集》《龙性堂诗话续集》　（清）叶矫然　《清诗话续编》本

《诗话》　（清）毛奇龄　清康熙《西河合集》刻本

《古今词论》　（清）王又华　《词话丛编》本，

《七颂堂词绎》　（清）刘体仁　《词话丛编》本

《原诗》　（清）叶燮　人民文学出版社本

《静志居诗话》　（清）朱彝尊　人民文学出版社本

《远志斋词衷》　（清）邹祇谟　《词话丛编》本

《古今词话》　（清）沈雄　《词话丛编》本

《柳塘词话》　（清）沈雄　《词话丛钞》本

《池北偶谈》　（清）王士禛　中华书局本

《渔洋诗话》　（清）王士禛　《清诗话》本

《师友诗传续录》　（清）王士禛　《清诗话》本

《带经堂诗话》　（清）王士禛　人民文学出版社本

《分甘余话》　（清）王士禛　中华书局本

《花草蒙拾》　（清）王士禛　《词话丛编》本

《五代诗话》　（清）王士禛原编、郑方坤删补　书目文献出版社本

《柳亭诗话》　（清）宋长白　清康熙刻本、上海杂志公司《中国文学珍本丛书》1935 年本

《词苑丛谈》　（清）徐釚　人民文学出版社王百里校笺本

《诗义固说》　（清）庞垲　《清诗话》本

《榕村语录》　（清）李光地　清道光《榕村全书》刻本、《四库全书》本

《初白庵诗评》　（清）查慎行　上海六艺书局《查初白十二种诗评》本

《渌水亭杂识》　（清）纳兰性德　华东师范大学出版社《通志堂集》本

《茧斋诗谈》　（清）张谦宜　《清诗话续编》本

《汉诗总说》　（清）费锡璜　《清诗话》本
《义门读书记》　（清）何焯　清乾隆刻本、中华书局本
《月山诗话》　（清）爱新觉罗·恒仁　《艺海珠尘》本
《说诗晬语》　（清）沈德潜　人民文学出版社本
《方南堂先生辍锻录》　（清）方贞观　《清诗话续编》本
《秋窗随笔》　（清）马位　《清诗话》本
《澄怀园语》　（清）张廷玉　《啸园丛书》本
《兰丛诗话》　（清）方世举　《清诗话续编》本
《一瓢诗话》　（清）薛雪　人民文学出版社本
《贞一斋诗说》　（清）李重华　《清诗话》本
《说诗菅蒯》　（清）吴雷发　《清诗话》本
《柳南随笔》《柳南续笔》　（清）王应奎　中华书局本
《野鸿诗的》　（清）黄子云　《清诗话》本
《莲坡诗话》　（清）查为仁　《清诗话》本
《渔洋山人精华录会心偶笔》　（清）伊应新　清刻本
《梅崖诗话》　（清）郭兆麒　《山右丛书初编》本
《看山阁集闲笔》　（清）黄图珌　《中国古典戏曲论著集成》本
《葚原诗说》　（清）冒春荣　《清诗话续编》本
《西圃诗说》　（清）田同之　《清诗话续编》本
《西圃词说》　（清）田同之　《词话丛编》本
《剑溪说诗》《剑溪说诗又编》　（清）乔亿　《清诗话续编》本
《历代诗话考索》　（清）何文焕　《历代诗话》本
《词林纪事》　（清）张宗橚　中华书局本
《随园诗话》　（清）袁枚　人民文学出版社本
《雪夜诗谈》　（清）彭端淑　清乾隆刻本
《四库全书总目》　（清）纪昀、陆锡熊、孙士毅　中华书局影印本、整理本
《消寒诗话》　（清）秦朝釪　《清诗话》本
《茶余客话》　（清）阮葵生　中华书局本
《瓯北诗话》　（清）赵翼　人民文学出版社本
《拜经楼诗话》　（清）吴骞　上海博古斋1922年版《拜经楼丛书》本
《石洲诗话》　（清）翁方纲　人民文学出版社本

《咏物七言律诗偶记》　（清）翁方纲　清嘉庆刻本

《雨村诗话》　（清）李调元　《清诗话续编》本

《山静居诗话》　（清）方熏　《清诗话》本

《北江诗话》　（清）洪亮吉　人民文学出版社本

《履园丛谈》　（清）钱泳　中华书局本

《履园谭诗》　（清）钱泳　《清诗话》本

《古南余话》　（清）舒梦兰　清嘉庆刻本

《词苑萃编》　（清）冯金伯　《词话丛编》本

《瓶水斋诗话》　（清）舒位　清刻本、《瓶水斋诗集》附编本

《莲子居词话》　（清）吴衡照　《词话丛编》本

《诗法易简录》　（清）李锳　清道光刻本

《小清华园诗谈》　（清）王寿昌　《清诗话续编》本

《二十四诗品浅解》　（清）杨廷芝　齐鲁书社本

《两般秋雨庵随笔》　（清）梁绍壬　《清代笔记丛刊》本、上海古籍出版社本

《昭昧詹言》　（清）方东树　人民文学出版社本

《双砚斋词话》　（清）邓廷桢　《词话丛编》本

《浪迹丛谈》《浪迹续谈》《浪迹三谈》　（清）梁章钜　中华书局本

《国朝诗话》　（清）杨际昌　《清诗话续编》本

《养一斋诗话》　（清）潘德舆　《清诗话续编》本

《匏庐诗话》　（清）沈涛　望云仙馆本

《竹林答问》　（清）陈仅　《清诗话续编》本

《东泉诗话》　（清）马星翼　清道光刻本、《中国诗话珍本丛书》本

《药栏诗话》　（清）严廷中　《云南丛书初编》本

《片玉山房词话》　（清）孙兆溎　《词话丛编》本

《老生常谈》　（清）延君寿　《清诗话续编》本

《酌雅诗话》《酌雅诗话续编》　（清）陈伟勋　中华书局《云南古代诗文论著辑要》本

《诗品臆说》　（清）孙联奎　齐鲁书社本

《伯山诗话》《伯山诗话后集》《伯山诗话续集》《伯山诗话再续集》《伯山诗话三续集》《伯山诗话四续集》　（清）康发祥　清道光、咸丰、同治刻本

《冷庐杂识》　（清）陆以湉　上海古籍出版社本

《射鹰楼诗话》　（清）林昌彝　清咸丰刻本

《屺云楼诗话》　（清）刘存仁　《屺云楼集》清刻本

《听秋声馆词话》　（清）丁绍仪　《词话丛编》本

《芬陀利室词话》　（清）蒋敦复　《词话丛编》本

《雨华庵词话》　（清）钱裴仲　《词话丛编》本

《蓼园诗评》　（清）黄蓼园　《词话丛编》本

《词学集成》　（清）江顺诒　《词话丛编》本

《问花楼词话》　（清）陆蓥　《词话丛编》本

《词径》　（清）孙麟趾　《词话丛编》本

《苏亭诗话》　（清）张道　中华书局《苏轼资料汇编》本

《艺概》　（清）刘熙载　上海古籍出版社本

《刘熙载论艺六种》　（清）刘熙载　巴蜀书社本

《小匏庵诗话》　（清）吴仰贤　清光绪刻本

《白华山人诗说》　（清）厉志　《清诗话续编》本

《黄奶余话》　（清）陈锡路　《啸园丛书》本

《越缦堂诗话》　（清）李慈铭　商务印书馆1925年本

《越缦堂日记说诗全编》　（清）李慈铭著，（现当代）张寅彭、周容编校　凤凰出版社本

《复堂词话》　（清）谭献　人民文学出版社本

《诗法萃编》　（清）许印芳　《云南丛书初编》本

《湘绮楼说诗》　（清）王闿运　岳麓书社《湘绮楼诗文集》本

《岘佣说诗》　（清）施补华　《清诗话》本

《左庵词话》　（清）李佳　《词话丛编》本

《筱园诗话》　（清）朱庭珍　《清诗话续编》本

《赌棋山庄词话》《赌棋山庄词话续编》　（清）谢章铤　《词话丛编》本、吉林文史出版社《谢章铤集》本

《白雨斋词话》　（清）陈廷焯　人民文学出版社排印本、上海古籍出版社手稿影印本

《论词随笔》　（清）沈祥龙　《词话丛编》本

《词征》　（清）张德瀛　《词话丛编》本

《大鹤山人词话》　（清）郑文焯　《词话丛编》本

《海绡说词》　（清）陈洵　《词话丛编》本
《小瀣草堂杂论诗》　（清）牟愿相　《清诗话续编》本
《诗学指南》　（清）顾龙振　上海萃英书局1922年石印本
《历代诗话》　（清）何文焕　中华书局本
《石遗室诗话》　（近代）陈衍　商务印书馆1935年本、《民国诗话丛编》本
《蕙风词话》　（近代）况周颐　人民文学出版社本
《南亭四话》　（近代）李伯元　上海大东书局1925年石印本
《柯亭词论》　（近代）蔡嵩云　《词话丛编》本
《雅歌堂甃坪诗话》　（近代）徐经清　《雅歌堂全集》刻本
《饮冰室诗话》　（近代）梁启超　人民文学出版社本
《饮冰室文集》　（近代）梁启超　中华书局1926年版本
《佛缘警世录》　（近代）梁启超　四川文艺出版社本
《谪星说诗》　（近代）钱振锽　清光绪《钱氏家集》刻本、《民国诗话丛编》本
《人间词话》　（近代）王国维　人民文学出版社本
《诗钥》　（近代）丁福保　上海医学书局1928年本
《历代诗话续编》　（近代）丁福保　中华书局本
《清诗话》　（近代）丁福保　上海古籍出版社本
《藏斋诗话》　（近代）赵元礼　《民国诗话丛编》本
《诗学》　（近代）黄节　《民国诗话丛编》本
《诗学渊源》　（近代）丁仪　《民国诗话丛编》本
《今传是楼诗话》　（近代）王逸塘　《民国诗话丛编》本
《词说》　（近代）蒋兆兰　《词话丛编》本
《定庵诗话》　（近代）由云龙　《民国诗话丛编》本
《诗式》　（近代）朱宝莹　上海中华书局1921年版本
《诗话补遗》　（近代）彭思贤　福建师大图书馆《寿庵丛书续编》手抄本
《词学通论》　（近代）吴梅　《万有文库》本、中华书局本
《民权素诗话》　（近代）蒋抱玄　《民国诗话丛编》本
《瓶粟斋诗话》　（近代）沈其先　《民国诗话丛编》本
《词论丛钞》　（近代）王文濡　上海大东书局本
《鲁迅语录》　（现当代）鲁迅　湖南师范大学出版社本
《鲁迅诗话》　（现当代）鲁迅　天津人民出版社本

《元白诗笺证稿》　（现当代）陈寅恪　文学古籍刊行社本

《朱自清古典文学论文集》　（现当代）朱自清　上海古籍出版社本

《朱自清中国文学批评研究讲义》　（现当代）朱自清讲授、刘晶雯整理　天津古籍出版社本

《毛泽东读文史古籍批语集》　（现当代）毛泽东　中央文献出版社本

《毛泽东诗话词话书话集观》　（现当代）毛泽东语录、刘汉民编著　长江文艺出版社本

《词论》　（现当代）刘永济　上海古籍出版社本

《顾随全集·讲录卷》　（现当代）顾随　河北教育出版社本

《驼庵诗话》　（现当代）顾随　上海古籍出版社《顾随文集》本

《朱光潜美学文集》　（现当代）朱光潜　上海文艺出版社本

《艺文杂谈》　（现当代）朱光潜　安徽人民出版社本

《谈美书简》　（现当代）朱光潜　上海文艺出版社本

《唐诗杂论》　（现当代）闻一多　中华书局版

《自然室诗稿与诗词杂话》　（现当代）冯振　广西师范大学出版社本

《丛碧词话》　（现当代）张伯驹　辽宁教育出版社本

《论诗词曲杂著》　（现当代）俞平伯　上海古籍出版社本

《词学论丛》　（现当代）唐圭璋　上海古籍出版社本

《词话丛编》　（现当代）唐圭璋　中华书局本

《诗学广论》　（现当代）姜书阁　中国社会科学出版社本

《词林新话》　（现当代）吴世昌　北京出版社本

《中国文学欣赏举隅》　（现当代）傅庚生　陕西人民出版社本

《谈艺录》　（现当代）钱锺书　中华书局补订本

《管锥编》　（现当代）钱锺书　中华书局本

《七缀集》　（现当代）钱锺书　上海古籍出版社修订本

《唐诗综论》　（现当代）林庚　商务印书馆本

《诗词例话》　（现当代）周振甫　中国青年出版社本

《周振甫讲古代诗词》　（现当代）周振甫　江苏教育出版社本

《中国修辞学史》　（现当代）周振甫　商务印书馆本

《周振甫讲修辞》　（现当代）周振甫　江苏教育出版社本

《程千帆全集》　（现当代）程千帆　河北教育出版社本

《古诗考索》　（现当代）程千帆　上海古籍出版社本

《中国历代诗学论著选》　（现当代）陈良运　百花洲文艺出版社本

《中国历代诗话选》　（现当代）王大鹏等　岳麓书社本

《中国诗话珍本丛书》　（现当代）蔡镇楚　北京图书馆出版社本

《域外诗话珍本丛书》　（现当代）蔡镇楚　北京图书馆出版社本

《宋诗话全编》　（现当代）吴文治　江苏古籍出版社本

《辽金元诗话全编》　（现当代）吴文治　凤凰出版社本

《明诗话全编》　（现当代）吴文治主编　江苏古籍出版社本

《全明诗话》　（现当代）周维德　齐鲁书社本

《宋诗话辑佚》　（现当代）郭绍虞　中华书局本

《清诗话续编》　（现当代）郭绍虞编选、富寿荪校点　上海古籍出版社本

《中国历代文论选》　（现当代）郭绍虞　上海古籍出版社本

《民国诗话丛编》　（现当代）张寅彭　上海书店出版社本

《历代论诗绝句选》　（现当代）羊春秋等　湖南人民出版社本

《词话丛编续编》　（现当代）朱崇才　人民文学出版社本

《十三经文论注》　（现当代）董国柱　黑龙江人民出版社本

《魏晋南北朝文论全编》　（现当代）穆克宏、郭丹　江苏教育出版社本

《历代唐诗论评选》　（现当代）陈伯海　河北大学出版社本

《宋金元文论选》　（现当代）陶秋英　人民文学出版社本

《中国近代文论选》　（现当代）舒芜、陈迩冬、周绍良、王利器　人民文学出版社本

《中国古代文论类编》　（现当代）贾文昭　海峡文艺出版社本

《中国近代文论类编》　（现当代）贾文昭　黄山书社本

《古汉语修辞学资料汇编》　（现当代）郑奠、谭全基　商务印书馆本

《中国美学史资料选编》　（现当代）北京大学哲学系美学教研室　中华书局本

二、诗词总集、别集评释

《白居易集》　（唐）白居易　中华书局本

《楚辞集解》　（宋）朱熹　上海古籍出版社本

《万首唐人绝句》 （宋）洪迈编，（明）赵宧光、黄习远编定 书目文献出版社本

《注解章泉涧泉二先生选唐诗》 （宋）赵蕃、韩淲选、谢枋得 江苏古籍出版社《宛委别藏》影印本

《笺注唐贤绝句三体诗法》 （宋）周弼辑、（元）释圆至注 明刻本

《评点李太白诗集》 （宋）严羽 中州古籍出版社《严羽集》本

《分类补注李太白诗》 （宋）杨齐贤、（元）萧士赟注 《四部丛刊》本

《九家集注杜诗》 （宋）郭知达 哈佛燕京学社《杜诗引得》本

《瀛奎律髓》 （元）方回 《四库全书》本

《古诗归》《唐诗归》 （明）钟惺、谭元春 明万历刻本、湖北人民出版社本

《古诗镜》《唐诗镜》 （明）陆时雍 《四库全书》本

《唐音戊签》 （明）胡震亨 故宫博物院图书馆藏《唐音统签》抄补本

《唐音癸签》 （明）胡震亨 古典文学出版社本

《唐诗品汇》 （明）高棅 上海古籍出版社影印本

《唐诗广选》 （明）李攀龙 齐鲁书社《四库全书存目丛书补编》影印本

《唐诗解》 （明）唐汝询 河北大学出版社本

《唐风定》 （明）邢昉 清光绪东湖草堂藏本

《唐诗快》（明）黄周星 清康熙刻本

《删补唐诗选脉笺释会通评林》 （明）周珽辑 齐鲁书社《四库全书存目丛书补编》影印本

《杜臆》 （明）王嗣奭 上海古籍出版社本

《历代诗发》 （清）范大士 清康熙《虚白山房》刻本

《榕村诗选》 （清）李光地 清道光重刻本

《诗鹄》 （清）王维举、王绳祖 清光绪刻本

《瀛奎律髓刊误》 （清）纪昀 上海扫叶山房 1922 年石印本

《删正二冯评阅才调集》 （清）纪昀 台湾新文丰出版公司《丛书集成三编》本

《玉溪生诗说》 （清）纪昀 清光绪校刊本

《纪文达公评苏文忠公诗集》 （清）纪昀 上海扫叶山房 1913 年石印本

《律髓辑要》 （清）许印芳 《云南丛书初编》本

《古诗评选》 （清）王夫之 岳麓书社《船山全书》本、文化艺术出版社本

《唐诗评选》 （清）王夫之 岳麓书社《船山全书》本、文化艺术出版社本

《明诗评选》 （清）王夫之 岳麓书社《船山全书》本、文化艺术出版社本

《采菽堂古诗选》　（清）陈祚明　上海古籍出版社本
《古诗源》　（清）沈德潜　文学古籍刊行社本
《唐诗别裁集》　（清）沈德潜　上海古籍出版社本
《唐诗偶评》　（清）沈德潜　清乾隆刻本
《清诗别裁集》　（清）沈德潜等　上海古籍出版社本
《六朝选诗定论》　（清）吴淇　齐鲁书社《四库全书存目丛书补编》影印本
《古唐诗合解》　（清）王尧衢　日本和刻本、鸿宝书局 1921 年石印本
《古诗赏析》　（清）张玉谷　上海古籍出版社本
《全唐诗》　（清）彭定求、杨中讷等　中华书局本
《贯华堂选批唐才子诗甲集七言律》　（清）金圣叹　北京出版社本
《唱经堂杜诗解》　（清）金圣叹　上海古籍出版社本
《而庵说唐诗》　（清）徐增　中州古籍出版社本
《唐诗评三种》（《唐诗摘抄》《唐诗续评》《唐诗增评》）　（清）黄生、吴修坞、吴智临　黄山书社本
《杜诗说》　（清）黄生　黄山书社本
《唐七律选》　（清）毛奇龄、王锡等　清刻本
《删订唐诗解》　（清）吴昌祺　清康熙刻本
《增订唐诗摘抄》　（清）朱之荆　黄山书社本
《唐宋诗醇》　（清）爱新觉罗·弘历　《四库全书》本、中国三峡出版社本
《重订中晚唐诗主客图》　（清）李怀民　清嘉庆刻本
《读雪山房注唐诗钞》　（清）管世铭　清光绪刻本
《唐贤三昧集笺》　（清）黄培芳　清光绪重刊本
《五七言今体诗钞》　（清）姚鼐　《四部备要》本
《词选》　（清）张惠言　中华书局本
《词则》　（清）陈廷焯　上海古籍出版社手稿影印本
《王右丞集笺注》　（清）赵殿成　上海古籍出版社本
《李太白全集》　（清）王琦　中华书局本
《李贺诗歌集注》　（清）王琦等　上海古籍出版社本
《杜诗言志》　（清）佚名　江苏人民出版社本
《杜诗详注》　（清）仇兆鳌　中华书局本
《读杜心解》　（清）浦起龙　中华书局本

《杜律启蒙》　（清）边连宝　齐鲁书社本

《杜诗镜铨》　（清）杨伦　上海古籍出版社本

《读杜诗说》　（清）施鸿保　上海古籍出版社本

《樊川诗集注》　（清）冯集梧　上海古籍出版社本

《苏诗选评》　（清）汪师韩　中华书局《苏轼资料汇编》本

《苏轼诗集》　（清）王文诰　中华书局本

《诗比兴笺》　（清）陈沆　上海古籍出版社本

《历代诗评注读本（古诗、唐诗、宋元明诗、清诗）》　（近代）王文濡　北京市中国书店影印本

《唐宋诗举要》　（近代）高步瀛　上海古籍出版社本

《宋诗精华录》　（近代）陈衍　商务印书馆 1938 年版本、上海古籍出版社译注本

《唐五代两宋词选释》　（近代）俞陛云　上海古籍出版社本

《诗境浅说》《诗境浅说续编》　（近代）俞陛云　上海书店出版社本

《唐五代两宋词简析》　（近代）刘永济　上海古籍出版社本

《宋词举》　（近代）陈匪石　金陵书画社本

《瀛奎律髓汇评》（现当代）李庆甲　上海古籍出版社本

《诗经今注》　（现当代）高亨注　上海古籍出版社本

《唐人绝句精华》　（现当代）刘永济　人民文学出版社本

《唐诗百话》　（现当代）施蛰存　上海古籍出版社本

《毛泽东评点〈唐诗三百首〉》　（现当代）毛泽东　中共中央党校出版社、中国档案出版社本

《唐人七绝诗浅释》　（现当代）沈祖棻　上海古籍出版社本

《唐诗汇评》　（现当代）陈伯海　浙江教育出版社本

《唐五律诗精评》　（现当代）孙琴安　上海社会科学院出版社本

《唐七律诗精评》　（现当代）孙琴安　上海社会科学院出版社本

《唐人律诗笺注集评》　（现当代）陈增杰　浙江古籍出版社本

《宋诗选注》　（现当代）钱锺书　人民文学出版社本

《全唐五代词》　（现当代）张璋、黄畲　上海古籍出版社本

《唐宋词汇评》（唐五代卷）　（现当代）王兆鹏　浙江教育出版社本

《唐宋词简释》　（现当代）唐圭璋　上海古籍出版社本

《全宋词》　（现当代）唐圭璋编　中华书局本

《唐宋词欣赏》　（现当代）夏承焘　百花文艺出版社本
《唐宋词汇评》（两宋卷）　（现当代）吴熊和　浙江教育出版社本
《陶渊明诗文汇评》　（现当代）北京大学中文系师生　中华书局本
《全宋诗》　（现当代）北京大学古文献研究所　北京大学出版社本
《李白集校注》　（现当代）瞿蜕园、朱金城　上海古籍出版社本
《李白全集校汇释集评》　（现当代）詹锳　百花文艺出版社本
《韩昌黎诗系年集释》　（现当代）钱仲联　上海古籍出版社本
《剑南诗稿校注》　（现当代）钱仲联　上海古籍出版社本
《苏诗汇评》　（现当代）曾枣庄　四川文艺出版社本

三、国外评论资料及国外诗话

《文镜秘府论》　［日］遍照金刚　人民文学出版社本、中国社会科学出版社王利器校注本
《萤雪轩丛书》　［日］近藤元粹　日本青木嵩山堂本
《济北诗话》　［日］虎关禅师　北京图书馆出版社本
《唐诗的魅力》　［美］高友工、梅祖麟　上海古籍出版社本
《中国修辞学史稿》　［新加坡］郑子瑜　上海教育出版社本
《韩国诗话中论中国诗资料选粹》　（现当代）邝健行等　中华书局本